CLÁSICOS
CASTALIA

EL INGENIOSO
HIDALGO
DON QUIJOTE
DE LA MANCHA

I

COLECCIÓN DIRIGIDA POR
PABLO JAURALDE POU

Supuesto retrato de Cervantes,
atribuido a Juan de Jáuregui (h.1600).
Debajo: firma autógrafa.

MIGUEL DE CERVANTES

EL INGENIOSO HIDALGO DON QUIJOTE DE LA MANCHA

I

EDICIÓN, INTRODUCCIÓN Y NOTAS DE
LUIS ANDRÉS MURILLO

CLÁSICOS CASTALIA

Consulte nuestra página web: http://www.edhasa.es

 CASTALIA EDICIONES es un sello propiedad de edhasa

Oficinas en Barcelona:
Diputación, 262, 2°1ª
08007 Barcelona
Tel. 93 494 97 20
E-mail: info@edhasa.es

Primera edición: 2010
Primera edición, primera reimpresión: junio de 2013
Primera edición, tercera reimpresión: febrero de 2018

© de la edición: Luis Andrés Murillo
© de la presente edición: Edhasa (Castalia), 2010

www.castalia.es
www.edhasa.es

Ilustración de cubierta: Carlos Vázquez Úbeda: *Aventura de los molinos de viento* (1898, detalle). En el palacio de la Diputación Provincial, Ciudad Real

Diseño gráfico: RQ

ISBN (Volumen I) 978-84-9740-372-6
ISBN Obra completa (2 vols.) 978-84-9740-374-0
Depósito Legal: M. 49317-2010

Impreso en Huertas
Impreso en España

IN MEMORIAM

ANTONIO RODRÍGUEZ-MOÑINO

IN MEMORIAM

REFUGIO M. MURILLO

1892-1968

Nació en la aldeíta mexicana
de Conguiripo (Michoacán).
Murió un día de diciembre,
en Los Ángeles de California.

S U M A R I O

INTRODUCCIÓN
BIOGRÁFICA Y CRÍTICA

En el verano de 1604, próximo a cumplir los cincuenta y siete años, Miguel de Cervantes entregaba al librero de la corte española el manuscrito de una obra suya a la cual había dado el título *El ingenioso hidalgo don Quijote de la Mancha*, y que casi cuatro siglos después sigue contándose entre las excelsas del genio humano. Autor de otras obras espléndidas, sus *Novelas ejemplares*, su *Persiles y Sigismunda*, es la fama de su *Quijote* lo que le ha elevado en la estimación universal a la altura de los máximos creadores literarios, al lado de Homero, Shakespeare y Dante. Y, además, con esta singularidad a su favor: mientras que Homero, Shakespeare y Dante se expresan en géneros literarios consagrados —la epopeya, el drama, la poesía medieval— Cervantes proyecta el poder de su fascinación e influencia sobre la época moderna como el creador del género que implícitamente la refleja, el género que es a la vez imaginación y crítica, relativista y realista: la novela moderna. La descendencia a que abrió camino su libro se perfila a través de los siglos que ven surgir las novelas de Fielding y Dickens, Goethe y Flaubert, Tolstoy y Galdós. Pero el *Quijote* no es sólo esta obra prototípica de un género multiforme; es también una gran creación poética que ha obrado en el espíritu del hombre moderno con la fuerza irresistible de los mitos y símbolos más profundos de su destino.

Por cualquier lado que se mire esta obra extraordinaria —sea el de sus personajes y su vida íntima (¿y pueden excluirse sus animales?), o el de sus técnicas y estilos novelescos y la diversidad de formas literarias, o el de su cuadro social y la interpretación de la vida contemporánea, o el de su fondo moral e ideológico que refleja la complejidad del momento histórico que vivió España al finalizar el siglo XVI, por cualquier lado que se mire el *Quijote* nos presenta la unidad de un verdadero universo poético, sostenido según el movimiento y la estructura de sus propias leyes artísticas, donde valen tanto las físicas como las personales. Es comprensible que ante tal obra el lector común se sienta despistado por las aclaraciones del propio Cervantes sobre sus propósitos literarios, explicados en el Prólogo y evidentes a través de todo el libro: «todo él es una invectiva contra los libros de caballerías», todo él está destinado a «deshacer la autoridad y cabida que en el mundo y en el vulgo tienen los libros de caballerías», a «derribar la máquina mal fundada destos caballerescos libros, aborrecidos de tantos y alabados de muchos más». Es, declarado así, un propósito ingenuamente desproporcionado con lo que se propone en su invención Cervantes y con lo que lleva a cabo en ella. Aun cuando se conceda a estas declaraciones y a otras análogas en los capítulos 47 y 48 la máxima importancia, hay que tener en cuenta que sólo se refieren, después de todo, a los propósitos llamados explícitos, los inmediatos o directos, y puede que expresen más bien un pretexto. Por esto hay que prestar especial atención a las palabras que le dicta el amigo del Prólogo: «procurar que a la llana, con palabras significantes, honestas y bien colocadas, salga vuestra oración y período sonoro y festivo, pintando en todo lo que alcanzáredes y fuere posible, vuestra intención; dando a entender vuestros conceptos, sin intricarlos y escurecerlos. Procurad también que, leyendo vuestra historia, el melancólico se mueva a risa, el risueño la acreciente, el simple no se enfade, el discreto se admire de la invención, el grave no la desprecie, ni el prudente deje de alabarla». Es, pues, en la esencia de lo creado con tanto empeño, arte y sutileza, donde han de buscarse los propósitos artísticos que rigieron su estrategia novelística, los llamados inmanentes o indirectos, algunos del todo conscientes, otros, quizá, menos deliberados.

La crítica literaria, sobre todo la del siglo XIX, al calcular la importancia decisiva de este libro en la historia del arte y al contemplar la magnitud del esfuerzo creador que exige la unidad de sus diversos elementos, concedió con escrúpulos al hombre y al escritor Cervantes las facultades creadoras conscientes, intelectuales y artísticas, capaces de concebir y dar cuerpo a una obra de tal trascendencia —recuérdese la opinión casi hostil de Juan Valera y la cautelosa de Menéndez y Pelayo. Lo cual dio motivo para que se prolongase la especie de un Cervantes creador genial pero inconsciente, que no han podido desvanecer del todo los procedimientos de la crítica contemporánea, si bien ha quedado desacreditada para siempre la noción de un autor inculto. Puede decirse que de ningún libro o autor se ha escrito tanto sobre la cuestión de la conciencia artística como en el caso del *Quijote* y Cervantes. Ello en parte es atribuible a las cualidades del libro que se presta a numerosas interpretaciones, siendo excepcionales las estrictamente literarias. Pero el enigma, si lo hay, reside en la vida y naturaleza o carácter de Cervantes, es decir en las circunstancias que le llevaron a concebir su *Quijote* cuando, habiendo llegado a los umbrales de la vejez, estaba a punto de fracasar totalmente en su carrera literaria. Lo dice con estas palabras en el Prólogo: «al cabo de tantos años como ha que duermo en el silencio del olvido, salgo ahora, con todos mis años a cuestas...» Era evidente que este libro se ofrecía al público desde la periferia de las ideas y gustos conformistas del ambiente literario de 1604: «salgo... con una leyenda seca como un esparto, ajena de invención, menguada de estilo, pobre de concetos y falta de toda erudición y doctrina, sin acotaciones en las márgenes y sin anotaciones en el fin del libro, como veo que están otros libros, aunque sean fabulosos y profanos, tan llenos de sentencias de Aristóteles, de Platón, y de toda la caterva de filósofos... eruditos y elocuentes...» Cervantes tenía plena conciencia de la índole innovadora de su libro ante el conformismo literario y social de la España de 1604. Nadie mejor que él para decirnos que ese conformismo lo representaba el éxito de su rival Lope de Vega, tanto en la prosa narrativa como en la poesía lírica y el teatro.

La carrera de Cervantes hasta este momento no había sido la del profesional de las letras. Aunque se aficionó a las letras siendo muy joven, no tuvo la preparación universitaria que le habría facilitado un puesto oficial o que le hubiera servido de iniciación al mundo cosmopolita de la cultura, lo cual no implica que no tuviese desde joven un conocimiento más o menos exacto de las ciencias humanísticas corrientes en la España de su época y un conocimiento amplio del mundo social. Su familia careció de medios para facilitarle los estudios universitarios e igualmente de la importancia o influencia que le habrían servido de apoyo. Su formación intelectual y artística se debió más a su propio esfuerzo que a cualquier otro recurso; pero lo que los bienes familiares o una preparación académica dejaron de suplir se lo suministraron con creces su anhelo de saber, su curiosidad, los viajes y una vasta experiencia vital.

Cuanto se sabe hoy de la vida de Cervantes ha sido construido en su mayor parte por la investigación moderna a base del hallazgo en archivos de una multitud de noticias y documentos de tipo oficial: peticiones, poderes notariales, cartas de pago, fianzas, etc[1]. Los contemporáneos que pudieron habernos dejado por lo menos un esbozo biográfico mantuvieron un silencio inexplicable sobre el autor del libro más popular de su tiempo. Aunque no está ausente lo autobiográfico en sus escritos, en muy pocos casos proporcionan noticias positivas o seguras sobre la vida personal y familiar de Cervantes. Ningún otro escritor de su tiempo en España ha dejado tan completa expresión de juicios, preferencias y opiniones personales sobre los diversos aspectos de la vida humana, pero siempre a través de su labrada forma artística. A base de sus obras pueden reconstruirse justamente su pensamiento o su ideología social y política, su creencia religiosa, cultura literaria y teorías sobre la moral y el arte, pero lo que no puede reconstruirse de sus obras, o del estudio crítico de ellas, es la vida íntima

---

[1] La vida de Cervantes se ha construido en forma documental y (de aquí también) en forma artística. Sobre las biografías y noticias biográficas anteriores a 1900 consúltese el tomo II de Rius (*V.* **020** de la Bibliografía Fundamental). Un resumen bibliográfico de biografías de 1737 a 1950 se da en Simón Díaz, **028**: 264-286. La biografía documental más manejable sigue siendo la de Fitzmaurice Kelly (versión española), 1917. La más reciente y extensa es de Luis Astrana Marín, **039**. Su documentación es imprescindible, pero difícil de consultar por la falta de índices. Debe usarse esta obra con cierta cautela. Es defectuosa en método crítico y según la concibió su autor no siempre separa de los hechos documentados su interpretación personal de ellos. Deben tenerse en cuenta además los ss., de reciente aparición: Miguel Herrero García, «La pseudo-hija de Cervantes», *Revista nacional de educación*, n. 103, págs. 21-25 (1951). Agustín G. de Amezúa, «Una carta desconocida e inédita de Cervantes», *BRAE*, 34: 217-223 (1954). Mario Penna, «Il "lugar del esquife"». Appunti cervantini. Estratto dagli *Annali* della Facoltà di Lettere e Filosofia della Università degli Studi di Perugia, 2: 213-288 (1964-1965). *V. AC.*, 10: 271 (1971). Juan Bautista Avalle-Arce, «La captura de Cervantes», *BRAE*, 48: 237-280 (1968). Véase el resumen de trabajos recientes, «Estado actual de los estudios biográficos», de Alberto Sánchez, *SC*, págs. 3-24.

y completa del autor, es decir el desarrollo de su conciencia de sí como hombre y escritor, sus inquietudes y aspiraciones, a través de los años. Son tan escasas sus obras en noticias personales y familiares, que casi nada se colige de ellas sobre sus padres y hermanos, parientes y antepasados, amistades, o su matrimonio y vida afectiva. No se han conservado tampoco cartas familiares, y son muy pocos los documentos en que aparecen noticias de viajes, estancias y actividades personales.

Tan parco fue Cervantes en depararnos noticias personales, y tan completo el silencio de sus contemporáneos y escaso su aprecio de él, que necesariamente sus biógrafos han tenido que recurrir a actas notariales, testamentos de parientes, declaraciones de residencia, etc., para construir no tanto la biografía del hombre y escritor como la contrahaz de esa biografía. Es decir que, de lo que fue en verdad la vida de Cervantes y de lo que podría llamarse su biografía espiritual —el proceso de su formación intelectual y moral, la adquisición de su cultura y la formación de su carácter—, muy poco aporta la investigación de archivos y documentos a lo que ya revelan ciertos pasajes de sus obras, como testimonio personal, indirecto y artístico. Fue el *Quijote* el hecho más importante en esa vida desde cualquier punto de vista: personal, autobiográfico o histórico.

Se ha gastado una infinidad de tinta exponiendo o descifrando el sentido de esta obra prodigiosa como la autobiografía espiritual de Cervantes, ya como la expresión de su desengaño personal, o su desilusión ante la realidad política y social de la España de los Felipes en inminente o plena decadencia, ya como una velada protesta contra el orden moral y la intolerancia religiosa de su tiempo. Indudablemente el fondo autobiográfico del libro es inherente a su sentido literario e histórico, pero a mi parecer debiera verse ese fondo autobiográfico a la luz de su originalidad artística. Porque en fin de cuentas es esta originalidad lo que nos atrae y deleita constantemente. Si el *Quijote* es la expresión del desengaño, desilusión, tristeza, melancolía o velada protesta de Cervantes, ello debiera inducir al que así lo ve a explicar además por qué ese desengaño y esa desilusión dieron en expresarse precisamente en la risa y burla de una invención cómica y festiva, y no en la amargura, el resentimiento y la recriminación, lo cual hubiese sido mucho más normal o común. La actitud del autor ante su invención nunca deja de ser la del artista creador. Nunca se revela esa actitud como la del político o moralista exclusivamente, o incluso como la de un humanista ilustrado del siglo XVI, con o sin ribetes de satírico erasmista. Para algunos intérpretes del libro esa actitud del artista y la originalidad de su libro tienen que explicarse por razones de índole más bien histórica que autobiográfica, es decir, por las corrientes culturales (Renacimiento, humanismo, etc.) a las que estuvo expuesto Cervantes durante la época de su formación intelectual. Otros creen que las corrientes contrarreformistas explican mejor su sentido. Según otros, las explicaciones más convincentes son las que indagan en la psicología del autor y la formación de su carácter, del desengaño del soldado heroico a la resignación del comisario atareado. Algunos buscan en la procedencia de su familia, y sus circunstancias sociales, la razón de su no conformismo, por proceder de cristianos nuevos o conversos, o por ser de linaje ilustre venido a la pobreza y desgracia.

Según opiniones ya varias veces seculares, impresiona Cervantes sobre todo por ser moralista y racionalista en cuestiones de amor y en cuestiones de religión, en lo personal como en lo social. Frente a las creencias ortodoxas, pasivas o tradicionalistas de su época, se distingue por su actitud escéptica pero tolerante, irónica pero comprensiva, por cierto no conformismo y un ideal de piedad laica. El vuelo de su fantasía y la intensidad de su imaginación nunca nos impresionan más que cuando se ven sometidas a la ley de su razón y conciencia.

Vista hacia atrás desde el año 1604, en la vida de Cervantes hubo una época relativamente breve de expansión espiritual, la de su juventud, que ejerció influencia marcada y hasta desproporcionada sobre el ánimo del hombre maduro que, en la siguiente, los largos años de su áspera lucha con la pobreza, sinsabores y desgracias, fue concentrándose en su tarea de escritor. Desde esta perspectiva, se entienden mejor ciertas cualidades muy suyas. Se distinguió Cervantes en su juventud como soldado, y la imagen de sí que conservó hasta su vejez fue la del soldado valiente que había sufrido heridas, privaciones y el duro cautiverio en la noble causa de su rey y nación. Siempre estimó sus méritos militares tan valiosos como sus méritos de escritor, si no más. Y como escritor, habiéndose dedicado a la literatura tardíamente, se revela como autor atrasado en los gustos y modas. Siente una preferencia insólita por las doctrinas, ideas o gustos operantes en el ambiente cultural de su juventud. La censura de los libros de caballerías fue precisamente una de las doctrinas promulgadas por humanistas españoles a mediados del siglo XVI. Y en el ambiente literario de 1604, ajeno al diapasón de esas doctrinas e ideas, se adelanta, sin embargo, a elaborarlas en nueva forma. Pero decir que el *Quijote* es la gran obra decisiva del autor atrasado que fue Cervantes es declarar sólo la mitad, porque también es la gran obra de su madurez, labrada a lo largo de veinte años y más.

* * *

Nació Cervantes en Alcalá de Henares, famosa por su Universidad, probablemente por el día de la festividad de San Miguel, 29 de septiembre. Fue bautizado el 9 de octubre de 1547 (viejo calendario) en la iglesia parroquial de Santa María la Mayor. Se conserva la partida de bautismo: «—Domingo, nueve días del mes de octubre, año del Señor de mill e quinientos e quarenta e siete años, fue baptizado Miguel, hijo de Rodrigo de Cervantes e su muger doña Leonor...» Se supone que desde joven Miguel de Cervantes usó además el apellido *Saavedra* que tal vez le pertenecía de parentesco remoto por el lado paterno. No parece que lo usara ninguno de sus hermanos y tampoco se sabe por qué lo adoptó Miguel. Fue el cuarto hijo de los siete nacidos entre los años 1543 y 1557 al médico cirujano Rodrigo de Cervantes, también natural de Alcalá, y su mujer Leonor de Cortinas. De sus padres no dejó recuerdo o impresión en sus obras, como tampoco de sus hermanos e hermanas. Andrés, el primogénito de sus hermanos, murió en la niñez; Rodrigo, el menor, nacido en 1550, fue soldado; estuvo con Miguel en Italia (después de 1572), en las acciones de Navarino y Túnez y padeció con él el cautiverio argelino. Se distinguió en el asalto de la isla Tercera (Azores, 1583) y con el grado de alférez sirvió en el ejército de Flandes; murió en la batalla de las Dunas en 1600. Se supone que hubo otro hermano menor, Juan; su nombre, sin embargo, apenas aparece mencionado en los documentos. La hermana Luisa, nacida en 1546, tomó el hábito carmelita antes de cumplir los veinte años y vivió hasta 1620. Las dos hermanas, Andrea, la mayor, y Magdalena, la menor, vivieron muchos años en la compañía de Miguel y tuvieron una vida más bien azarosa. Desde su juventud, debido a la pobreza de la familia, hubieron de ser mujeres sin más suerte que la de conseguir muy poco de la felicidad doméstica tras noviazgos fracasados y ambigüedades amatorias. Con ellas en su hogar desquiciado de Valladolid vivirá el escritor en 1605, al estallar el éxito de su libro.

Por su línea materna los ascendientes de esta familia eran castellanos, y por la paterna andaluces, de Córdoba sobre todo. Pertenecía la familia por su estirpe a la clase de los hidalgos, pero era de las más pobres, pues nunca dieron medios suficientes de subsistencia la profesión del padre o los bienes de que disfrutó el matrimonio. El hecho más triste de la niñez de Miguel fue sin duda el más importante: la incapacidad de su padre para conseguir el bienestar económico de su hogar. Rodrigo de Cervantes adoleció desde su juventud de sordera. Trató de remediar su suerte mezquina trasladándose sucesivamente, cargado de familia, a varias ciudades de España, buscando el sitio más favorable para ejercitar su profesión, yendo en los años 1551-1566 de Alcalá a Valladolid, a Córdoba, a Sevilla, a Madrid, siempre embargado por deudas. Fue negociante mediocre y en su humilde profesión de «cirujano romancista» (nunca aprendió latín y no pudo hacer los estudios médicos) fue, por mejor decir, un mero practicante, poco más que sangrador o barbero; sangraba a sus clientes, hacía ligaduras, aplicaba recetas vulgares y cataplasmas, precisamente el oficio de «sacapotras», a que se refiere despectivamente don Quijote en I. 24. De su padre el joven Miguel recibió más bien la pobreza y la miseria que cualquier otra herencia. Estuvo Rodrigo en la cárcel de Valladolid en 1552 por deudas, siendo niño Miguel. Esta suerte perseguirá al hijo a través de su vida de penurias y humillaciones. De su madre Leonor de Cortinas y de la familia de ella apenas se tiene dato alguno. Se sabe que poseía alguna tierra en Arganda, aldea de Alcalá de Henares. Cabe imaginar que fue ella quien aportó al hogar el calor y el cariño.

Las noticias escasas que se tienen de la ascendencia de esta familia indican que provenía de la que hoy podría llamarse clase media. El bisabuelo paterno de Miguel se llamó Rodrigo (Ruy) Díaz de Cervantes; fue hijo de Pedro Díaz de Cervantes. Nació hacia 1435 y vivía en Córdoba en 1500. Era trapero, o sea comerciante en paños. El abuelo paterno fue Juan de Cervantes, que hubo de nacer por 1477. Casó hacia 1503 con Leonor Fernández de Torreblanca, de familia ahidalgada. Fue licenciado en Derecho y ejerció diversas magistraturas en varias poblaciones de España durante muchos años. Los Cervantes, pues, fueron gentes acomodadas algún tiempo que luego decayeron económicamente hasta el punto de que algunos, como Rodrigo, hubieron de ejercer humildes oficios manuales. Cervantes se preció de que su familia era hidalga, y pudo pensar en atribuir cierta nobleza a su ascendencia, pero tan inútil como fantástico ha sido el empeño de algunos por forjarle una genealogía aristocrática.

Hasta ahora no se conoce ningún documento o dato de que fuese esta familia de procedencia conversa, o que tuviera más que una somera relación o contacto con otra que lo fue. Cuanto se ha escrito y supuesto recientemente sobre la posible ascendencia conversa de Cervantes o de «Cervantes cristiano nuevo» no pasa de ser hipótesis y conjeturas, fundadas más bien en la interpretación de sus obras que en noticias positivas. El distinguido crítico e historiador Américo Castro se ha basado en un análisis estructural del *Quijote* para afirmar que tanto Cervantes como don Quijote, el uno en la vida y el otro en su libro, fueron descendientes de nuevos cristianos[2]. Para decirlo de otra manera: la originalidad de Cervantes sólo se entiende tanto artística como históricamente si se ve el libro como concepción de un cristiano nuevo a quien las circunstancias sociales de su casta forzaron a vivir como español marginal, desatendido y arrinconado. Visto así, se explica la actitud escéptica e irónica de Cervantes ante ciertas creencias conformistas, la honra, el linaje, el tocino, etc. De las ideas de Castro sobre el libro se hablará más adelante. Aquí sólo conviene referirse a la parte biográfica de su tesis. Castro cita e interpreta como apoyo a su tesis varias noticias sobre la vida y parientes de Cervantes: la profesión del bisabuelo en Córdoba, la profesión del padre de Miguel, consideradas como propias de judíos conversos en los siglos XV y XVI; y los cambios de domicilio de Rodrigo, el oficio de alcabalero de Miguel, la ascendencia de su mujer, etc. Si bien es ver-

---

[2] Castro ha expresado sus teorías en varias publicaciones. Aquí me refiero concretamente a «Cervantes y el *Quijote* a nueva luz», **183** en la Bibliografía Fundamental. Las citas que más adelante aparecen son de las págs. 59 y 65.

dad que el ser trapero o cirujano bastaba para no oler del
todo a «cristiano viejo» en el siglo XVI, no se agrega nada
decisivo con esta suposición de tipo social a la biografía
de Cervantes, pues fue mayormente la incapacidad del
padre y no la sombra de la presión social la causa de sus
andanzas e inveterada pobreza (se supone que se evitaba
ser reconocido como converso mudándose frecuentemente
de un sitio a otro), y la consecuente privación y aislamiento
del joven escritor. Rodrigo mudó de domicilio sucesivamente
para distanciarse de acreedores y fracasos. Análogas obje-
ciones pueden hacerse a los demás argumentos de Castro
en cuanto al aspecto biográfico de su tesis, las cuales, sin
embargo, no disminuyen el profundo valor de su interpretación del libro en lo literario.

Hasta cumplir los veintidós años en 1569 vivió Miguel
en diversas ciudades de España, siguiendo los pasos de su
padre. De los estudios formativos que hiciera de muchacho
se tienen muy incompletas noticias. Algunos biógrafos supo-
nen que estudió, en Sevilla, o Valladolid, o Córdoba, en un
colegio de la compañía de Jesús porque en el *Coloquio de
los perros* hace un elogio de sus métodos de enseñanza.
Sin duda las andanzas e indigencia del padre y la familia
no permitieron que recibiera el joven una preparación for-
mal y completa. De sus obras no puede deducirse nada en
concreto sobre sus años escolares. En su vejez recordó que
siendo muchacho había visto representar sus pasos a Lope
de Rueda, lo que pudo ser el origen de su afición al teatro.
Fue probablemente en 1564 en Sevilla, cuando tenía dieci-
siete años, pero pudo ser antes, en Madrid, por ejemplo,
en 1561. Cuanto nos es permisible deducir de sus obras
sobre la base formativa de su cultura y erudición —moral,
ciencias, arte— indica que fue adquirido más bien por su
propio esfuerzo. Entre los escritores humanistas de su tiempo Cervantes es un caso único de autodidacto, tanto por la
amplitud como por la sutileza de sus conocimientos. En
ello le valieron sin duda su afán de saber, su inteligencia
y una memoria extraordinaria, y sobre todo su curiosidad
por los libros y por el espectáculo de la vida.

Sin embargo, lo único concreto que se sabe de sus estudios juveniles es ampliamente revelador. A principios
de 1569 se hizo cargo del Estudio o colegio oficial de la
villa de Madrid el licenciado Juan López de Hoyos, quien
en septiembre de ese año publicó un libro sobre las exequias

hechas a la muerte de la reina Isabel, libro dirigido al Cardenal Espinosa, el poderoso ministro de Felipe II e inquisidor general. En este tomo aparecen cuatro poesías de Miguel de Cervantes, a quien López de Hoyos llama «nuestro caro y amado discípulo», un soneto-epitafio a la reina, una copla real, cuatro redondillas y una extensa elegía dirigida al Cardenal Espinosa «en nombre de todo el Estudio». Como la reina Isabel, tercera esposa de Felipe II, murió el 3 de octubre de 1568 y las exequias se celebraron el 24 del mismo mes, estas poesías debieron escribirse un año antes de publicarse el tomo. Son las primeras poesías conocidas de Cervantes. Se deduce, pues, que Miguel en 1568, y tal vez por algunos años antes, recibió la instrucción de este maestro de gramática y que se distinguió entre sus alumnos por su habilidad literaria. De López de Hoyos como erasmista han escrito Marcel Bataillon y Américo Castro en sendos trabajos magistrales. Este maestro de Cervantes —lo demuestra su dedicatoria en el tomo citado— fue influido por las doctrinas de Erasmo de Rotterdam y precisamente en una época tardía para su influencia en España, pues desde 1559 fueron prohibidas sus obras religiosas. He aquí, pues el dato biográfico que permite atribuir a Cervantes una formación humanista directamente ligada a las doctrinas erasmistas, en los tempranos e impresionables años de su formación espiritual. Puede creerse que quedaban depositados en el ánimo del joven los gérmenes de un cristianismo orientado más hacia el espíritu que a la observación de prácticas tradicionales y de ceremonias. Es lógico suponer que a través de su vida sintió Miguel un vivo interés por las ideas erasmistas y que satisfizo su inclinación leyendo traducciones de Erasmo en español o italiano u obras afines. Sin embargo, todavía resta que la crítica contemporánea llegue a explicar precisamente de qué manera pudo obrar la influencia erasmista en la formación de este espíritu de tolerancia y compasiva comprensión ante la ortodoxia religioso-social de su época. Su indudable erasmismo fue, para la historia de Erasmo en España, fruto tardío, inesperado tal vez, pero explicable por haber sido Cervantes un escritor que recoge en su madurez las impresiones e ideas de su juventud, habiendo vivido y madurado con ellas íntimamente.

Los años de 1569 a 1580 son los memorables de su viaje a Italia, los de su vida aventurera de soldado y los de su heroico cautiverio. Se supone que el joven Miguel se marchó a Italia como fugitivo por cierto lance que reclamó la condenación en rebeldía, con una dura orden de castigo y destierro. Sabemos que en Roma sirvió de camarero en el séquito de Giulio Acquaviva, el hijo del duque de Atri, joven que en mayo de 1570 fue hecho cardenal a la edad de veinticuatro años. Nos imaginamos a Cervantes recorriendo en estos años las suntuosas ciudades de la Italia renacentista, de que nos dejó tan durable impresión en sus obras; aprende el italiano, lee en el original a los grandes autores, sobre todo a Ariosto; se complace en la belleza del paisaje y la opulencia de plazas y palacios... Su espíritu se abre y rebosa en la deslumbrante claridad de la cultura humanística, pinturas, arquitectura, literatura, que han venido formando varias generaciones de artistas, poetas y filósofos italianos. Para él el horizonte de la cultura y la experiencia se ha extendido para siempre más allá de la vida española. Pero como español siente el orgullo y la confianza en el ideal político de una España católica e imperial, segura de su dominio. En Nápoles, en el verano de 1570, sentó plaza de soldado en los tercios españoles que se preparaban a acompañar la flota cristiana en la guerra contra el turco.

Asistió, como recordó en repetidas ocasiones, a la batalla naval de Lepanto (7 de octubre de 1571) a bordo de la galera *Marquesa*. Estaba enfermo ese día y sus jefes le aconsejaron que se quedara bajo cubierta. Pero así extenuado, encendido y sudoroso de fiebre, abandona el lecho y busca un lugar peligroso; le entregan el lugar del esquife y allí pelea heroicamente. Lo hieren gravemente; recibe dos arcabuzazos, uno en el pecho y otro en el brazo izquierdo que le estropea la mano, «... herida que, aunque parece fea, él la tiene por hermosa, por haberla cobrado en la más memorable y alta ocasión que vieron los pasados siglos, ni esperan ver los venideros...» Curado de sus heridas, que no le impiden seguir siendo soldado, se incorpora al tercio de don Lope de Figueroa y toma parte en las acciones de Navarino en 1572, en la ocupación de Túnez en 1573 y en la tentativa por socorrer a la Goleta en 1574. En septiembre de 1575, con deseo de obtener el grado de capitán, se embarca en Nápoles para España con cartas de recomendación del propio don Juan de Austria y de don Gonzalo Fernández de Córdoba, III Duque de Sessa y

III Duque de Terranova. Habiendo partido las galeras el día 6 ó 7 del mes, iban bordeando la costa de Francia cuando se levantó una borrasca y desbarató la flotilla de cuatro galeras, aislando del resto de la escuadra a la galera *Sol* en que iban Miguel y su hermano Rodrigo[3]. Atacada por corsarios argelinos, Miguel, su hermano y otras personas son capturados y llevados a Argel como esclavos.

Los cinco años de cautiverio son los de la plenitud de sus fuerzas juveniles, fuerzas que ahora el destino adverso malogra. Pero con ser la época más dolorosa de su vida, es ahora cuando se levanta sobre la humillación, el infortunio y el sufrimiento con voluntad indomable y muestra el temple heroico de su carácter, su generosidad y audacia, su inteligencia y ánimo de mando. Conocidos son los relatos de las cuatro tentativas de fuga que hizo, fracasadas casi siempre por la traición[4]. Su hermano Rodrigo fue rescatado en 1577, con dinero que pudo reunir la familia de su triste situación económica en Madrid. En septiembre de 1580, estando ya a bordo de la galera en que regresaba a Constantinopla su amo Hasan Bajá con su familia y esclavos, se verifica el milagro de la liberación de Miguel. Un fraile de la orden Trinitaria ha conseguido redimirlo a último momento, pagando la suma de 500 escudos por su rescate. Su liberación queda grabada en el ánimo del futuro novelista que la recreará idealizada en la historia del capitán cautivo, en que la fe cristiana, el amor y la lealtad se elevan maravillosamente sobre la eficacia material del dinero, y triunfantes sobre lo que fue en la realidad de la vida la miseria y la traición.

Al pisar de nuevo la tierra de España en octubre de 1580, Cervantes ha llegado al medio del camino de la vida, pues acaba de cumplir los treinta y tres años. Y sin embargo tiene que orientar de nuevo su existencia. Siempre han oscilado sus impulsos entre las dos metas que se ofrecen al hombre de su clase sin más recursos que el ánimo y el talento: las armas y las letras. Pero quedó perdida en los años del cautiverio la oportunidad para adelantar en la carrera militar. Cerrada la etapa de los años aventureros del sol-

[3] *V.* el artículo de Avalle-Arce, citado arriba, pág. 247.
[4] Son de suma importancia las *Informaciones* que hicieron testigos sobre el cautiverio de Cervantes y las tentativas de fuga, sobre todo por lo que revelan del carácter del joven escritor, Navarrete, *Vida*, págs. 315 y ss.

dado, ensaya la carrera de las letras. Entiéndase las letras poéticas o la literatura, pues para actuar en la carrera de las letras que señala don Quijote en su discurso (la carrera de letrado como la que hizo el abuelo de Miguel, Juan de Cervantes) hacía falta tener grados universitarios. El hidalgo pobre y soldado, no teniendo residencia o solar fijos y las propiedades de que mantenerse, se ve obligado a tomar los cargos disponibles en la burocracia real para los de su clase a quienes ni la suerte ni el linaje permiten más. Han empezado los años más ingratos y más difíciles de toda su vida. A medida que vaya madurando en años se irá desvaneciendo la ilusión de un empleo decoroso, digno de sus méritos y compensador de sus servicios. Se le dan algunas comisiones por orden del rey, pero de ellas no resulta nada que ofrezca posibilidades o que le asegure el futuro. Se acoge a la idea de encauzar su vida en las Indias; solicita uno de los puestos vacantes en 1582, como volverá a hacer cuando su situación sea aún más precaria en 1590. Ensaya los géneros en boga, la comedia y la novela pastoril, que prometen la fama y el lucro. Tan consciente de sus habilidades prácticas como de sus cualidades como escritor, aspira al mismo éxito en ambas empresas y en ambas sus esfuerzos apenas rinden para vivir.

En el año en que termina su novela pastoril *La Galatea*, a la edad de treinta y siete años, casa con una joven, Catalina Salazar y Palacios Vozmediano, que tiene diecinueve años. El hogar matrimonial será en Esquivias, provincia de Toledo, pero Miguel pasará poco tiempo en él. De este matrimonio casi nada se revela en sus obras, pero interesa que en ellas sobresalen los casos del hombre maduro de edad que se casa con una muchacha. Sus biógrafos remontan el enigma de sus relaciones con Ana Villafranca (o Franca) de Rojas a los años 1582-84. Su fama y su éxito como escritor de obras teatrales y de *La Galatea*, o de sus poesías, son en el mejor de los casos medianos. En estos años vierte el recuerdo de la experiencia del cautiverio en obras dramáticas y el ensayo de prosa narrativa que llegará a ser la historia del cautivo.

En 1587 fija su residencia en Sevilla y consigue ser nombrado comisario en la gran empresa administradora de aquel momento, la de provisionar la Armada que Felipe II prepara contra Inglaterra. Empieza ahora la época de su vida más rica en proyectos e invenciones artísticas y sin embargo la más azarosa y angustiada para sus ambiciones literarias. Sus comisiones lo llevan por los caminos de Andalucía, de pueblo en pueblo, más de sesenta, requisando trigo, cebada y aceite. En esta rutinaria y penosa tarea su trato es con oficiales mezquinos, molineros y bizcocheros, carreteros y arrieros, y curas excomulgadores. El joven soldado bravo pero disciplinado, el escritor de idilios pastoriles, es ahora el comisario que aparece en los documentos rindiendo cuenta de tantos miles de arrobas de aceite, de fanegas de trigo y cebada, a veces rindiendo la misma cuenta repetidas veces, enredado en fianzas y litigios. De nuevo en 1590 solicita uno de los puestos vacantes en las Indias, sin resultado. Se resigna a seguir desempeñando su habilidad en comisiones. En 1592 en Sevilla suscribe un curioso contrato con un autor de comedias en que se compromete a escribir seis comedias. También en 1592 un corregidor de Écija, a pretexto de que había vendido sin orden trescientas fanegas de trigo, le encarcela, en Castro del Río. Miguel apela la condena y logra la libertad.

Siempre atento a los detalles que ofrece el espectáculo de la vida, sus viajes y tareas le ponen en contacto con la diversidad de gentes de la España meridional, y en Sevilla con la miseria y necesidad que oculta su esplendor. Observa de primera mano a los sujetos de la vida ínfima, los pícaros y ganapanes, los delincuentes de tendencias anormales; pero también a ricachones, mercaderes y licenciados. Se fijan en su imaginación tipos y escenas que se transformarán en sus cuadros de pícaros y buhoneros, titiriteros y fregonas, moriscos y gitanos, hidalgos pobres y licenciados despistados. La generosa nobleza de su carácter ahora se expresará en una comprensiva contemplación de mujeres y hombres de toda clase. Pero prodiga la amplitud de su tolerancia y amable sonrisa sobre los desheredados y menesterosos. Se ve aislado de la corriente de las modas literarias, del éxito y del aplauso, pero desde el centro de su reclusión el escritor contempla el cuadro completo de su sociedad sin la amargura del desengaño o la complacencia del ilusionismo. La propia experiencia de calamidades y privaciones le ha enriquecido en recursos afectivos para penetrar hasta las aflicciones y el ahogo de los desamparados, de los que como él se sienten vivir al margen de una sociedad fastuosa de ilusiones.

Desde nuestro punto de vista son inconcebibles el *Qui-*

jote y las *Novelas ejemplares* sin la penosa y rutinaria vida que el destino le deparó a Cervantes en los años de su madurez intelectual. La experiencia y los viajes de estos años han sido para él el laboratorio en que ha fraguado sus proyectos de un nuevo arte. Porque si las privaciones que sufre le obligan a tratar con personas de toda índole y bajo diversas condiciones, la situación precaria en que labra sus proyectos literarios le impele hacia la invención ingenua, espontánea, y la libertad artística. Desde 1594 se encarga de la cobranza en el reino de Granada de varios atrasos de tercias y alcabalas. Sabido es que en 1595 quiebra el banquero sevillano en que había depositado parte de la recaudación. Y ahora, por un error de los contadores, se ve preso en Sevilla hasta rendir cuentas a pesar de que tenía dadas fianzas. Se le encierra en la cárcel real de Sevilla en septiembre de 1597 por varios meses.

«Y así, ¿qué podrá engendrar el estéril y mal cultivado ingenio mío sino la historia de un hijo seco, avellanado, antojadizo y lleno de pensamientos varios y nunca imaginados de otro alguno, bien como quien se engendró en una cárcel, donde toda incomodidad tiene su asiento y donde todo triste ruido hace su habitación?» La crítica cervantina ha supuesto tradicionalmente que esta declaración del Prólogo se refiere a las circunstancias en que se engendró el *Quijote* en la cárcel sevillana. Pero no hay por qué interpretarla en un sentido literal. Esa cárcel mencionada pudo ser meramente una alusión simbólica. Aun así resalta que va ligada a la afirmación de que su libro es algo nuevo, original, y que ha nacido en circunstancias penosas para él. Cabe, pues, imaginárnoslo en los momentos en que concibe su fábula, reconcentrándose en su tarea, encerrado, si no en una cárcel, en el recinto de su conciencia. ¿A qué remedios acogerse para aliviar su suerte de penurias y desgracias? En 1597 ha cumplido los cincuenta años y tan desmedrada carrera administrativa como ha sido la suya se ha frustrado para siempre. Ha acumulado proyectos literarios, esbozos de novelas, comedias, entremeses; se le conoce como poeta ingenioso, pero desde 1585 no ha publicado nada que dé indicios de que Miguel de Cervantes sea escritor de alguna importancia. Consciente de su poder creador, se adentra en el mundo fantástico de sus creaciones.

Si por el año 1592 se desprendió, de entre otras figuras imaginadas por él, la del hidalgo manchego que devoraba libros de caballerías, es ahora, acosado por la incertidumbre y la angustia, que se reconcentra para elaborar su relato. No sólo es el proyecto que se presta a una elaboración mayor, sino que la idea fundamental que la rige —la oposición entre la ilusión literaria y la dura realidad— responde a un cambio en la sensibilidad de muchos españoles en los últimos años del reinado de Felipe II. Si los desaires y las escaseces personales le han endurecido para hacer frente a sus apuros, los fracasos y humillaciones internacionales que ha sufrido España, la derrota de la Armada invencible en 1588, el saqueo de Cádiz por los ingleses en 1596, y la decadencia que va asomándose por todas partes del país, han templado su afán patriótico en una actitud irónica ante cualquier proyecto, económico, militar, para recobrar la antigua gloria. El desengaño del hombre se convierte en la expresión burlesca y agridulce del artista que ahora reduce a risa el sueño de gallardas y fantásticas empresas, que recobra de desatinos y donaires una forma de arte nueva y única.

En septiembre de 1598 expira el rey Felipe II y con él el siglo de la formidable expansión imperial de España. En Sevilla se erigió el suntuoso túmulo que inspiró el más conocido de los sonetos de Cervantes, «Voto a Dios, que me espanta esta grandeza...» Ya en el soneto que escribió sobre la entrada del duque de Medina en Cádiz (1596) había irrumpido imprevista la vena satírica. Estas composiciones de Cervantes, escritas al eclipsarse el siglo de las empresas heroicas en medio de la pompa y la descomunal ostentación, nos ofrecen un indicio de la forma expresiva que había de tomar su desconfianza y desengaño.

Dos concepciones serían fundamentales para el desarrollo de su fábula. La primera despliega el poder mágico de transformación que pueden ejercer los libros de caballerías en el ánimo y la mente de un hidalgo arrinconado en su aldea. Su locura es efecto del poder que puede ejercer la obra de imaginación, impresa y divulgada, en la vida social y cultural. Así lo habían entendido los humanistas del siglo XVI que vieron como peligrosa para la moral la difusión de obras de fantasía desvariada, exentas de enseñanza o ejemplaridad. Aunque con ella se reduce a lo ridículo las ficciones caballerescas, esta idea eleva al plano de una verdad ejemplar los procedimientos que en el caso del hidalgo se introducen como sátira y burla. La segunda concepción es la que se mantiene por el efecto de la risa. Las malandanzas del hidalgo sirven para recreo o pasatiempo de quien las lea; divierten o deleitan porque el protagonista grave, colérico y melancólico provoca por sus acciones la risa desenfrenada. Por su virtud cómica se mantiene el libro como pasatiempo, suspendiendo los ánimos y despertando la admiración. Va dirigido a toda suerte de lectores, pero es «el pecho melancólico» el que más profundamente ha de sentir el alivio que le causa la risa. «Yo he dado en Don Quijote pasatiempo / al pecho melancólico y mohíno / en cualquiera sazón, en todo tiempo», dicen los versos del *Viaje del Parnaso*, 4. 22-4.

Vista así, se entiende que la parodia del libro caballeresco sea el mecanismo para llegar a más distantes y difíciles metas. En la historia de la literatura las grandes innovaciones suelen ocurrir en los momentos en que va agotándose el impulso creador sostenido a través de varias generaciones de autores. Por el año 1600 quedaba agotada en España la corriente de narraciones idealistas iniciada con la aparición de *Amadís de Gaula* (1508) y que a mediados del siglo sostuvo el bulto de producciones caballerescas. Había pasado el apogeo de la llamada novela sentimental y la pastoril, aunque sus temas y forma seguían siendo respetados, por ser convencionales. La gran novedad del año 1599 fue la obra moralizadora y picaresca de Mateo Alemán, el *Guzmán de Alfarache*. El *Quijote* se explica como parodia de la ficción idealista según esta perspectiva histórica, porque, con ser la negación de un mundo ideal y legendario sostenido por recursos literarios, es también la invención de otros, definidores del cuadro realista, ejemplar y moral de Cervantes.

Es su emparejamiento de lo soñado y lo real, lo lejano y lo inmediato en una doble visión el recurso de mayor tensión y eficacia. Se describe al lector una realidad cotidiana, donde todo es normal, rutinario y vulgar, y que excluye toda posibilidad de prodigio o maravilla. A esta realidad pertenece el hidalgo enloquecido por la continua lectura de libros de caballerías. De su desequilibrio mental nace la visión de otra realidad, legendaria e indefinida en el tiempo y el espacio, sostenida por el empeño y la fe. En ella es el caballero andante don Quijote de la Mancha. Esta doble visión la sostiene el autor admirablemente como una unidad de conceptos poético-burlescos, psicológicos y morales, y desde la primera página el lector siente comprenderla perfectamente, pues cree penetrar en un artificio de la vida retratada como ficción. Debido a su *humor* colérico y melancólico, en este héroe burlesco se abre cauce una excitación interior que le ha de enajenar de su persona social, y por lo mismo del conformismo a la ideología según la cual no es más que un hidalgo de los pobres de aldea. Esta excitación, digámoslo así, no la ha sentido antes ningún personaje de una obra literaria. Ningún héroe de ficción ha sentido antes esta necesidad de afirmar para sí una nueva existencia, de cobrarse un nuevo ser. He aquí el nexo entre la vida del autor y su personaje que es el punto de partida de la brillante interpretación de Américo Castro. Se impone como axiomático que la no conformidad del personaje con su estado social corresponde de alguna manera decisiva con el no conformismo de Cervantes ante la ideología y los usos sociales de su tiempo y país. De aquí el tono con que expresa tanto su orgullo como sus reticencias en el Prólogo, pues es consciente de que su libro, al desviarse de todo precedente por el lado de burlas, desatinos y donaires, intenta establecerse en el ambiente de 1604 como un arte nuevo. El hidalgo se propone restaurar la antigua caballería, pero su manera de llevarlo a cabo es trasladarse al tiempo y espacio representado en su arcaica forma literaria, acogiéndola como cierta estructura social, cierto modo de vivir, en que su nueva identidad se pueda ensanchar y cumplirse. Lo audaz de la invención de Cervantes reside en que el hidalgo por su locura adquiere su nueva y efectiva existencia en una forma literaria tan imprevista como gratuita con respecto a los modos narrativos anteriores y a las condiciones históricas y sociales de su época.

Para nosotros la unidad poética, psicológica y moral que es a la vez la ilusión del protagonista y la verosimilitud del autor comprueba ampliamente la ejemplaridad de sus fines artísticos. Ahora la novedad de su personaje se irá afirmando a lo largo de su ruta de aventuras desorbitantes y frustradas. El ardor caballeresco se deshace en palizas y humillaciones, pero de ello, como de un destino adverso y circunstancial, el hidalgo enloquecido se forja su existencia: tan heroico en la imagen que de sí se despliega en su conciencia como los héroes míticos de las ficciones que le inspiran. Su nueva existencia es la que proyecta y sostiene la dualidad de la visión equívoca, la cual, de esta manera, hace posible también la nueva forma literaria de su libro. El que el personaje mismo vaya trazando su propia manera de ser es el eje de la forma circunstancial que lo retrata. Por eso, lejos de ser mero pretexto, la locura de don Quijote es el aliciente que lo realza y sostiene en el ámbito de la imaginación, sea en las páginas de Cervantes, sea en la recreación del lector. El no ver en la locura de don Quijote más que un trastorno mental para urdir una invectiva contra los libros de caballerías impedirá siempre al lector llegar a la grandeza de la invención cervantina. Son admisibles del todo estas palabras de Américo Castro: «La obra va movida por un impulso original, por la continua tensión del antes hidalgo a fin de mantener existiendo el ser de sí mismo, como don Quijote, surgido a la vida por la decisión de su voluntad. La ruta del caballero manchego no es producto de su demencia, sino de la necesidad de mantenerse siendo él quien ha decidido ser... Cervantes ha introducido una nueva dimensión en la literatura, la de trazarse la figura imaginada su propia vía... Don Quijote aparece haciéndose a sí mismo, sirviéndose de la incitación de unos libros, que usa y usará en la medida que convenga a sus designios, y olvidará el resto como inservible. Hasta tal punto es creación de sí mismo, que su demencia será también instrumental, entreverada...»

El autor no sólo ha ideado el proceso psicológico y moral según el cual se transforma el personaje, sino que ha concebido en relación con él la gran diversidad de materias literarias que combinadas van a estructurar el mundo poético de su fábula, el mundo quijotesco. Es por eso que el conjunto de estilos y materias novelísticas que integran su libro se impone como el testimonio más fehaciente de sus propósitos literarios. El libro, por su diversidad, está ideado como una *summa* de formas y estilos narrativos, repartidos en episodios y cuentos, los cuales, además, están enlazados de diversas y desusadas maneras. Por la singularidad de su protagonista está ideado como otro "caso extraño" al estilo de las novelas ejemplares, pero notablemente distinto de éstas por la imitación de la forma episódica y el historiador fingido del libro caballeresco, que a su vez imitaba recursos épicos. Por su lado el arte ejemplar nos describe los rasgos sociales, físicos y psicológicos del hidalgo. De su autonomía como personaje novelesco va a surgir la parodia del libro caballeresco, todo lo cual se vislum-

bra ya en el nombre que se da a sí mismo, y en los que da a
su dama y a su caballo. Tal vez sea este el rasgo más difícil de apreciar en toda su novedad. Es por el acceso for-
tuito de su aberrada e ingeniosa imaginación por donde va
a entrar en el relato de su vida cotidiana todo el orbe fantástico de la caballería andante, sus leyendas, sus héroes,
su población de «dueñas y doncellas», hadas y encantadores, enanos y gigantes; su aparatoso escenario de castillos
sumergidos, ínsulas, serpientes y endriagos, confabulación
de magia y mitologías; su culto a la mujer y su idea del amor
y de la atracción sexual. Con este recurso va a recrear
Cervantes los temas y los trances de un mundo de pura ficción como una realidad psicológica y cargada de consecuencias morales para el mundo de la España de 1600. Para la
historia del arte este recurso tiene la importancia del des-
cubrimiento de un nuevo continente, pues con él se incor-
porará, cobrando un sentido crítico y verosímil, el mundo
fabuloso de la ficción caballeresca, surgido del mito puro,
en el arte racionalista de la novela moderna. Con él las aventuras del caballero-héroe quedan reducidas a una posibilidad psicológica, a proyecciones alusivas y al espejismo de
estilos entrecruzados.
    Por si no fuera esto ya suficiente como innovación, en
sus andanzas don Quijote se irá encontrando con otros
seres retratados en su afán de vivir, con cabreros y pastores, arrieros, venteros y galeotes, con amantes apenados
que han salido a los campos y caminos en busca de la solución a su apremiante desdicha, solución que la ciudad y el
hogar les vedaba; con ellos se asimilan a su fábula los recursos y temas de otras formas narrativas, el relato pastoril, la novela sentimental, la picaresca, y en la del *Curioso
impertinente*, la novela psicológica italiana, y luego, en el
relato del capitán Ruy Pérez, la exótica de costumbres mo-
riscas. En su segunda salida le acompaña de escudero Sancho Panza, el rústico labrador, y con él se da paso a la tradición popular y folklórica, cuentos como el de las cabras
de la pastora Torralba, sentencias y refranes. El trato entre
hidalgo y criado recrea maravillosamente la forma del
diálogo estimulada en el siglo XVI por el influjo de Erasmo, los italianos y los clásicos. No podían faltar en esta
suma de pasatiempo las formas poéticas: los viejos romances caballerescos, la poesía aristocrática renacentista, sonetos, canciones, que predomina ·sobre la forma popular

del romance. Tan completo es su inventario de formas narrativas que pudo decir Menéndez y Pelayo que con sólo el
Quijote se podría adivinar y restaurar toda la producción
novelesca en España anterior a Cervantes. Cualquier intento de explicar sus propósitos literarios tiene que empezar por ponderar la amplitud de su empresa, que de alguna manera había de corresponder a la hondura en que se
fraguó su unidad. Que su relato satírico-ejemplar es la
negación del libro caballeresco, y su intento el de suplan-
tarlo con el suyo en los gustos y aficiones del lector, no cabe
duda. Pero el libro anti-caballeresco es también el libro
pluscuamlibro, ya que eleva todo el concepto de la obra
de imaginación al plano superior de la obra reflexiva, irónica y consciente de sus recursos, fines y artificios. La parodia caballeresca es solamente un elemento más en la estructura de una obra de ficciones dentro de ficciones, del
libro dentro del libro. Y desde luego en el mundo contem-
poráneo de sus personajes los engañosos libros de caballerías existen como una realidad compleja, como objetos
con su bulto y peso, como escritura, y como efusiones mágicas e ilusorias. La creación de don Quijote, digámoslo
de una vez, supuso la invención de la ficción quijotesca.

Por más que sorprenda la diversidad de materias literarias que ensayó y dominó Cervantes, lo decisivo de su
invención ha sido la gracia artística con que la resolvió en
una armónica unidad, pues desde cualquier lado que se
mire se nos ofrece como una narración a la vez crítica y
racionalista e ingenua y portentosa. De ahí que su libro
haya suscitado tan variadas como controvertidas interpretaciones como las que se han propuesto. Hoy, sin embargo,
puede decirse que cuanto mejor se entiende este universo
poético que es el *Quijote*, más reflexivas, más deliberadas
y conscientes se revelan las facultades artísticas de su autor.
Hasta tal punto impresiona el prodigioso genio literario de
Cervantes que cabe pensar que en él se dio el narrador más
extraordinario de todos los tiempos.

El año 1600 fue el último en la etapa sevillana de su
vida. Desde julio de este año hasta la aparición del *Quijote*
en 1605 se sabe poquísimo de Cervantes, y hubo de ser precisamente en estos años cuando escribió la mayor parte
de su libro en Castilla. Por mucho tiempo le supusieron sus
biógrafos encarcelado en Sevilla por segunda vez en 1602,
pero tal suposición carece de fundamento. Vivió proba-

blemente en Toledo y Madrid, con visitas ocasionales a Esquivias. Había empezado, pues, la etapa de su residencia en las ciudades importantes de Castilla, la etapa en que dará a conocer sus libros. A mediados de 1604 se traslada a Valladolid, a la sazón corte de Felipe III, donde vive con las mujeres de su familia, menos la esposa. Su vida al lado de estas cuatro mujeres (se dedicaban, al parecer, a la costura), las dos hermanas Andrea y Magdalena, y las hijas, Constanza de Ovando, hija natural de Andrea, e Isabel de Saavedra, tal vez hija de Magdalena (y no del autor, como se ha supuesto), y las irregularidades que se deslizan de ellas por el ruidoso incidente del caballero Ezpeleta, en junio de 1605, son asunto en que suelen detenerse los biógrafos, no siempre por la falta, casi completa, de noticias sobre lo que hacía el escritor en los días en que salía de nuevo su nombre en letras de molde, al cabo de veinte años de silencio.

Un día de julio o agosto de 1604 entregaba su manuscrito a Francisco de Robles, quien, como librero del rey, negociaría la solicitud de la licencia de impresión. Se ignora la cantidad que el escritor cobró de Robles por los derechos del libro en que había vertido el caudal de su fantasía y su esperanza indomable. Seguramente que no llegó a la suma de 1.600 reales que le dio por la cesión del privilegio de las *Novelas ejemplares* en 1612, cuando era ya escritor muy conocido. Tal vez por consejo de algunos amigos se adelantó a dedicarlo al joven duque de Béjar. A fines del verano se entregaba el manuscrito a la imprenta de Juan de la Cuesta en Madrid, y hubo de aparecer por los primeros días de enero de 1605. Su éxito fue instantáneo. En el mismo año se hicieron seis ediciones, dos en Madrid, por Juan de la Cuesta, dos furtivas en Lisboa, y dos en Valencia. En 1607 se publicó en Bruselas, y en 1608 lo volvió a imprimir Juan de la Cuesta en Madrid. En vida dè Cervantes se tradujo al inglés y al francés, en 1622 al italiano y en 1648 al alemán.

Aunque todo asunto relacionado con su aparición y difusión es hoy de un interés mayor, siempre importará más destacar las resonancias que su éxito tuvo en la vida de Cervantes. Fue sin duda el hecho más importante de su vida de escritor, pues desde este momento es uno de los autores más leídos en España y uno de los españoles más conocidos fuera de ella. Habiendo llegado a la vejez y la madurez tardía, el soldado y comisario frustrado se revela como el gran escritor que tras una vida pródiga en desgracias se sintió ser, y el Miguel de Cervantes de la historia de las letras que la posteridad conoce. Los últimos diez años de su vida fueron de una asombrosa abundancia, colmados en el ocaso dorado de los últimos tres que vieron la publicación de las *Novelas ejemplares*, el *Viaje del Parnaso*, las *Comedias y entremeses*, la continuación del *Quijote*, y, ya póstumamente en 1616, *Persiles y Sigismunda*. El *Quijote* de 1605 fue un éxito de librería, se vendió y se leyó, y pronto se hizo el libro español más popular, pero su extraordinaria difusión material no deparó a su autor ningún alivio a la estrechez económica en que siguió viviendo. Tampoco puede decirse que le granjeó todo lo que se hubiese esperado en respeto, influencia y prestigio personal. Entre sus coetáneos fue conocido y estimado como el autor de una obra festiva y popular, pero sin fondo serio; fue para ellos, a lo sumo, un escritor discreto, fabricador de decorosos regocijos y donaires, con el genio de la invención. A Cervantes no le concedieron sus contemporáneos ni la mitad del aplauso y la adulación que prodigaron sobre su rival, Lope de Vega. Por otra parte, pronto empezó a manifestarse el efecto de lo que puede llamarse la difusión espiritual del *Quijote*, es decir de su fábula, sus personajes y su estilo literario. Ya en el mismo año de 1605 aparecieron representadas las figuras de don Quijote y Sancho en farsas y regocijos callejeros, y en los años sucesivos se popularizó también la figura de Rocinante en torneos y mascaradas burlescas. De un día a otro, pasaron al dominio de la imaginación popular y folklórica y, a la vez, muchas frases y conceptos del libro se hicieron proverbiales. En suma, que fue tan completo el triunfo del libro en la imaginación popular que promovió su continuación y vino a influir en el concepto que de su propia ficción quijotesca se había de formar Cervantes en la segunda parte.

Luis Andrés Murillo

NOTA PREVIA

ESTA edición va dirigida a todo lector que sienta el
estímulo por conocer el arte de Cervantes con buen sentido crítico. Reproduce el texto íntegro de los originales
de 1605 y 1615, modernizado según las normas filológicas
y tipográficas debidas, y ofrece al interesado una anotación
de síntesis precisa. Además, ofrece por primera vez una
bibliografía fundamental completa sobre el *Quijote* que
acompaña al texto y a la cual se hace referencia en las anotaciones. También por vez primera se incorpora como anotación al texto la referencia seleccionada a la materia aclaratoria de comentaristas y anotadores, facilitándole al curioso
la consulta de los comentarios y ediciones anotadas de mayor autoridad.

El *Quijote* es la obra más comentada de la literatura española. En torno a él, y a lo largo de tres siglos, se ha venido acumulando una enormidad de escritos inspirados
por el afán de comentarlo, interpretarlo, y hasta descifrar-
lo. Es también, sin duda, la obra en prosa más imitada en
letra española. Su interés y su público son universales, pues
asimismo es la obra de imaginación más traducida de todos
los tiempos. Al lector moderno que lo lee en español le es
indispensable una edición que sirva de guía para orientarle
por esta frondosidad exegética y bibliográfica y señalarle
directamente las fuentes de información indispensables. Este
criterio ha regido la redacción de las notas y la presentación
de la bibliografía fundamental.

El *Texto* sigue la reproducción crítica de Rodolfo Schevill (**007**) de las ediciones príncipes (con notas de variantes de
la 2.ª y 3.ª ediciones de Juan de la Cuesta y la de Bruselas
de 1607 para la primera parte de 1605), hasta hoy el esfuerzo
de mayor rigor científico para fijar un texto definitivo.

He tomado en cuenta los trabajos de R. M. Flores (*V.* página 44 y el n. **003** de la Bibliografía) sobre las preferencias ortográficas de los compositores de las tres ediciones de Cuesta. Desde luego, son imprescindibles sus indicaciones para establecer la uniformidad ortográfica de un texto modernizado; son menos valiosas con respecto a la enmienda de las evidentes erratas de impresión (e. g., p. 254, etc.) o la solución de omisiones en el texto de la edición príncipe (p. 235, 278).

Por lo general no llamo la atención a detalles de interpretación o corrección textual o tipográfica. Cuando me ha parecido imprescindible o importante algún detalle lo he hecho constar con el símbolo refiriéndome a la anotación de Schevill o de cualquier otro editor, según se explica luego.

Al modernizar la ortografía he respetado la fonética de la época de Cervantes tanto como el uso que fue típicamente suyo.

En la puntuación y la división de párrafos no sigo como regla la versión de Schevill. Mi criterio ha sido presentar al lector culto un texto modernizado según el buen uso y el mejor gusto de tipógrafos y editores españoles, y para ello me he valido principalmente de las ediciones de Martín de Riquer y Rodríguez Marín.

La *Anotación.* No entraña ninguna novedad decir que el *Quijote* es una de las maravillas del arte literario que habla directamente al lector de cualquier edad o en cualquier tiempo, pues el mismo Cervantes se preció de ello, por boca de su personaje que desde dentro de la *historia* dice: «es tan clara que no hay cosa que dificultar en ella: los niños la manosean, los mozos la leen, los hombres la entienden y los viejos la celebran... (II. 3)». Por maravilla consiguió este autor escribir un libro que parece excluir la necesidad de un comento. Así lo han entendido centenares que, no obstante, se han dedicado a explicar extensamente por qué su diáfana naturaleza no requiere más del lector que el aprecio de sus primores. Yo entiendo que cualquier comentario a esta obra cumbre debe inspirarse en el humilde deseo de restituir al lector moderno las condiciones que le permitan el encanto único de su inteligente lectura. Por ser obra de vivo interés, clara e inteligible para sus primeros lectores, no tuvo la fortuna de suscitar entre los contemporáneos de Cervantes un comentarista que nos hubiese dejado una explicación de su léxico o de su estilo, el caso de otras obras clásicas, como la poesía de Góngora. Hubo de pasar más de un siglo antes de que se le concediese la importancia de obra clásica, digna de verse editada con notas aclaratorias, y ello fue primero en Inglaterra donde se leyó afanosamente en el siglo XVIII. A la traducción de Jarvis, 1742 (221), acompaña la primera anotación. Y con la edición del reverendo John Bowle de 1781 (008) se inicia el comento erudito. A la erudición de este infatigable admirador de Cervantes debieron una cantidad apreciable de sus citas, referencias y aclaraciones los anotadores españoles que le siguieron: Pellicer (009) y Clemencín*.

En el lugar correspondiente del texto he indicado con un símbolo la aclaración, comentario, o anotación que en tal caso o particular más vale tener en cuenta para la comprensión literaria e histórica del libro de Cervantes. Tanto en mis notas como en las referencias indicadas en el texto mi propósito ha sido referir al lector o a quien consulte mi anotación al comentario de más autoridad hasta la fecha que podrá consultar sobre dicho particular. Me he limitado a la labor de los siguientes editores:

TABLA DE LAS EDICIONES CITADAS

Símbolo	Número de la Bibliografía	Sigla	Edición y y anotaciones de...
a	007	S-B	Schevill-Bonilla[1]
b	013	RM	Rodríguez Marín, 1947-9[2]
c	010		Diego Clemencín[3]
d	014		Martín de Riquer, 1950[4]
e	015		Martín de Riquer, 1962[5]
f	012		Cortejón[6]
g	016		Mendizábal[7]
h	017	C-L	Cortazar-Lerner[8]

* Se da noticia del desarrollo de estos comentarios en el Epílogo de Agustín González de Amezúa a la edición de Rodríguez-Marín, 013, t. 8. V. además Julio Casares, 289.

[1] 007 Rodolfo Schevill y Adolfo Bonilla, *Obras completas de Miguel de Cervantes Saavedra*, Madrid: Imp. de Bernardo Rodríguez. Gráficas Reunidas; 1914-1941. 18 v. *El Ingenioso hidalgo...* Gráficas Reunidas. 4 v., I, 1928; II, 1931; III, 1935; IV, 1941, Reproducción crítica del texto de las ediciones príncipes.

El comentario de Clemencín aclara copiosamente alusiones a muchas de las ficciones caballerescas y en general a la literatura del Siglo de Oro y es rico en lo que documenta del fondo histórico y social. Los comentarios de Rodríguez Marín representan un esfuerzo extraordinario para aclarar numerosos pasajes desde el punto de vista de la lengua literaria y popular del tiempo de Cervantes. Su documentación bibliográfica no ha sido superada. La autoridad del texto fijado por él, sin embargo, ha sido eclipsada por el rigor y la fidelidad ,con que han transcrito el texto de las ediciones príncipes Schevill y Riquer.

Las notas de Cortejón, aunque extensas e informativas, son de mérito desigual. Las del tomo 6 son de Juan Givanel Mas y se imponen por la erudición y fino sentido crítico

[2] **013** *El Ingenioso hidalgo Don Quijote de la Mancha...* Nueva edición crítica, con el comento refundido y mejorado y más de mil notas nuevas, dispuesta por Francisco Rodríguez Marín. Madrid: PCCC, Ediciones Atlas, 1947-49. 10 v.

[3] **010** *El Ingenioso hidalgo Don Quijote de la Mancha...* Comentado por Diego Clemencín. Madrid: D. E. Aguado, 1833-1839. 6 v. Reeditado varias veces; véase **026**; reproduce el comentario la edición de Luis Astrana Marín, Madrid: Ediciones Castilla, 1966.

[4] **014** *Don Quijote de la Mancha...* Texto y notas de Martín de Riquer. Segunda edición, con anotación ampliada y un índice onomástico y de situaciones. Barcelona: Editorial Juventud, 1950.

[5] **015** Miguel de Cervantes: *Don Quijote de la Mancha, seguido del «Quijote» de Avellaneda.* Edición, introducción y notas de Martín de Riquer. Barcelona: Editorial Planeta, 1962, 1967. Colección Clásicos Planeta.

[6] **012** *El Ingenioso hidalgo Don Quijote de la Mancha...* Primera edición crítica con variantes, notas y el diccionario de todas las palabras usadas en la inmortal novela, por D. Clemente Cortejón. Continuada por Juan Givanel Mas y Juan Suñé Benajes. Madrid: Victoriano Suárez, 1905-1913. 6 v. No llegó a publicarse el diccionario.

[7] **016** *El Ingenioso hidalgo Don Quijote de la Mancha.* Introducción, notas e índices por Rufo Mendizábal. Tercera edición. Madrid: Ediciones Fax, 1966.

[8] **017** *El Ingenioso hidalgo Don Quijote de la Mancha.* Edición y notas de Celina S. de Cortazar e Isaías Lerner. Prólogo de Marcos A. Morínigo. Ilustraciones de Roberto Páez. Buenos Aires: Editorial Universitaria de Buenos Aires, 1969. 2 v.

de este insigne cervantista. Son, en varios aspectos, el mejor comentario literario en forma de notas al texto de Cervantes que tenemos.

Las anotaciones del padre Rufo Mendizábal siguen siendo de sumo valor por su detallada precisión, sobre todo en lo gramatical y lexical. La anotación de Celina S. de Cortazar e Isaías Lerner, modelo de gusto y métodos depurados, sobrepasa a las demás en su aspecto informativo y tiene la novedad de aclarar el texto de Cervantes desde el punto del uso lingüístico de los países de América.

En las notas me he propuesto primero aclarar cualquier aspecto textual, literario o gramatical, histórico o social, que presente alguna dificultad al lector culto común. En ello he querido cumplir con brevedad y concisión. Dado el proceder científico, cualquier ensayo de anotar el texto de Cervantes, y el mío en particular, había de partir de la materia disponible en ediciones y comentarios ya existentes. Cuando la aclaración está tomada o basada en la de otro editor o intérprete del libro hago constar mi deuda o fuente con el símbolo ya indicado o con una referencia bibliográfica. En estos casos casi siempre mi nota es una versión sinóptica de la explicación más extensa. Alguna vez he resumido el contenido de trabajos claves, pero en general he visto mi tarea como la de guiar y referir al lector a la fuente aclaratoria.

En cuanto a las citas de textos antiguos, mi norma ha sido citar del texto según la edición más autorizada (ortografía, puntuación) en el caso de obras anteriores al *Quijote* y modernizar el texto de obras contemporáneas o posteriores a él.

Al inglés Bowle se debe la práctica de aclarar el léxico de Cervantes con citas del *Tesoro* de Sebastián de Covarrubias. Sigo esta práctica, aunque aplico mi propio criterio en cuanto a la selección y modernizo el texto editado por Martín de Riquer, y empleo las cifras establecidas por él indicando página, columna, línea; e. g., 167. b. 30.

Las referencias al texto del *Quijote* se dan según Parte (Primera, 1605, Segunda, 1615), capítulo, y página; e. g., I. 52, p. 000. II. 74, p. 000.

En las notas al texto me refiero a las fichas de la Bibliografía con las cifras **000-500** en negrilla. Las páginas van indicadas bien con la abreviación p. ó, en citas en que se indica el tomo, con dos puntos. Por ejemplo: **021.1**:6. Es de-

cir que me refiero a la página 6 del tomo 1.º de la bibliografía de Givanel Mas.

La *Bibliografía* (Tomo III) va ordenada según expone
la Presentación. Aunque podría dar la impresión de ser
exorbitante, si no excesiva, aseguro que no he pretendido
más que a señalar lo esencial entre lo que, sencillamente,
es casi inagotable. Prueba de ello será que su contenido
apenas si ofrecerá alguna novedad al especialista. Téngase
en cuenta que mi criterio ha sido el de seleccionar de lo impreso sobre Cervantes, su vida y sus obras, solo lo que se
refiere fundamentalmente al *Quijote*.

Para realizar este ensayo bibliográfico consulté, a partir
del año 1967, las colecciones cervantinas de la Biblioteca
Central de la Diputación Provincial de Barcelona, de la
Biblioteca Nacional, Madrid, del Museo Británico, Londres, la colección que fue de Rodolfo Schevill y cedida por
sus hijos a la biblioteca de la Universidad de California,
Berkeley, y las de otras universidades de Norte América,
Inglaterra y España. Sobre todo me he servido de las colecciones del magnífico fondo general de la biblioteca de la
Universidad de Harvard, que he utilizado como si fuese
la propia y a la cual he de expresar aquí mi más profundo
agradecimiento.

LUIS ANDRÉS MURILLO

Londres - Madrid - Cambridge, Massachusetts.
Agosto de 1975.

ABREVIATURAS Y SIGLAS UTILIZADAS EN LAS NOTAS A ESTA EDICIÓN

OBRAS DE CERVANTES.

DQ	*Don Quijote.*
NE	*Novelas ejemplares.*
CyE	*Comedias y entremeses.*
PyS	*Persiles y Sigismunda.*
VdP	*Viaje del Parnaso.*

DICCIONARIOS.

Acd.	Real Academia Española, *Diccionario de la lengua española*, Decimonovena ed., 1970.
Aut.	Real Academia Española, *Diccionario de autoridades*, ed. facsímil, Madrid, 1969. 3 vols.
CS	Cárcer y de Sobíes, Enrique de, *Las frases del «Quijote»*, etc. V. 033 de la Bibliografía.
Corominas *Breve*	Joan Corominas, *Breve diccionario etimológico de la lengua castellana*, 2.ª ed., Madrid: Gredos, 1967.
Corominas *DCE*	*Diccionario crítico etimológico de la lengua castellana*, por J. Corominas. Madrid, 1954. 4 vols.
Correas	Gonzalo Correas, *Vocabulario de refranes y frases proverbiales* (1627), ed. de Louis Combet. Institut d'études ibériques et ibéroaméricaines de l'Université de Bordeaux, 1967.
Cov.	Sebastián de Covarrubias, *Tesoro de la lengua castellana o española*, según la impresión de 1611..., ed. preparada por Martín de Riquer. Barcelona, 1943.

OBRAS Y AUTORES CITADOS CON FRECUENCIA.

AdG	*Amadís de Gaula*, ed. Edwin B. Place. *V.* nota, pág. 110 infra.

Ariosto. *OF* [35.10]   Ludovico Ariosto, *Orlando Furioso* [canto 35. estrofa 10].

Canc. de rom., s. a.   *Cancionero de romances*, impreso en Amberes sin año. Edición facsímil con una introducción por R. Menéndez Pidal. Madrid: CSIC, 1945.

Canc. de rom., 1550.   *Cancionero de romances* (Anvers, 1550), edición, estudio, bibliografía e índices por Antonio Rodríguez-Moñino. Madrid: Castalia, 1967.

Guerras civiles de Granada.   Ginés Pérez de Hita, *Guerras civiles de Granada*, reproducción de la edición príncipe del año 1595, publicada por Paula Blanchard-Demouge. Madrid: Centro de Estudios Históricos, 1913. 2 vols.

Orígenes de la novela.   Marcelino Menéndez Pelayo, *Orígenes de la novela*, 4 tomos. Edición Nacional de las Obras Completas de Menéndez Pelayo.

Rom. gen.   *Romancero general* (1600, 1604, 1605), edición, prólogo e índices de Ángel González Palencia. Madrid: CSIC, 1947. 2 tomos.

Rom. hisp.   Ramón Menéndez Pidal, *Romancero hispánico*, Madrid: Espasa-Calpe, 1968. 2.ª ed., 2 tomos.

c.   capítulo, -os

p.   página, -as

Véase, además, Las Siglas y Abreviaturas Empleadas en la Bibliografía, Tomo III.

BREVIARIO DE VOCES que con frecuencia aparecen en el texto de Cervantes y cuyo sentido —*distinto del actual*— no conviene repetir en la anotación.

a o *por dicha:* por ventura, por casualidad
acaso: casualmente
además o *a demás:* en demasía, sumamente, con exceso
a deshora: a la hora menos pensada, de pronto, de improviso
aunque más: por más que
de industria: adrede
de espacio: despacio
después aca: desde entonces hasta ahora
después que: desde que
luego: en seguida
otro día: al otro día, al día siguiente
puesto que: aunque, dado que
tal vez: alguna vez, tal o cual vez, a veces
tanto cuanto: algún tanto, un poco
una por una: en todo caso, de hecho, siempre que, por ahora
atender: esperar
avenir: suceder
curar: cuidar
mandar: prometer, asegurar
parecer, parecerse: aparecer, ver, verse
presentar: regalar
preguntar: pedir, demandar
prometer: permitir
volver por: defender, salir en defensa de

EL INGENIOSO

HIDALGO DON QVI-
XOTE DE LA MANCHA,

Compuesto por Miguel de Ceruantes
Saauedra.

DIRIGIDO AL DVQVE DE BEIAR,
Marques de Gibraleon, Conde de Benalcaçar, y Bañares, Vizconde de la Puebla de Alcozer, Señor de
las villas de Capilla, Curiel, y
Burguillos.

Año, 1605.

CON PRIVILEGIO,
EN MADRID, Por Iuan de la Cuesta.

Vendese en casa de Francisco de Robles, librero del Rey nȓo señor.

PORTADA[a] Se reproduce del ejemplar de la Biblioteca Nacional, Madrid. Sobre los detalles tipográficos de la ed. pr. **020.1, 022,** y Seb. Dueñas Blasco, «La edición príncipe...», *Gutenberg Jahrbuch*, 1933: 139-159; y su relación con la 2.ª de Cuesta: R. M. Flores, *BHS*, 48: 193-217 (1971); *The Compositors of the First and Second Madrid Editions of...*, London: Modern Humanities Research Association, 1975.

[El escudo:] El escudete se ha hecho famoso porque lo usó Juan de la Cuesta para las ediciones del *Quijote*. Lo había usado, con variaciones, como su marca Pedro Madrigal, que lo tomó de otros impresores. La leyenda, «*Post tenebras spero lucem*», es cita del libro de Job, 17,12 (cf. II. 68, pág. 553). V. **020.2:** 176; **021.1:** 6; y Esteve Batey, «La marca del impresor Juan de la Cuesta...» *RByD*, 2, n. 1 y 2: 179-182 (1948).

Con Privilegio Se concedía al autor o a su editor la autorización para imprimir el libro por diez años para el reino de Castilla. En la 2.ª ed. de Cuesta: «Con Privilegio de Castilla, Aragón, y Portugal», concedido 9 febrero 1605.

Juan de la Cuesta[a] Los libros impresos por la imprenta de la viuda de Pedro Madrigal, muerto en 1594, llevan el nombre de Juan de la Cuesta, regente de dicho establecimiento, a partir del año 1603. *V.* Astrana Marín, **039.5:** 607 y ss.

Francisco de Robles[a] Librero de la Corte desde 1593, había nacido hacia 1564, en Madrid, y murió en 1623. Compró a Cervantes los derechos a *Las novelas ejemplares*, 1613, y del *Quijote* de 1615. Su padre, Blas de Robles, fue el editor de *La Galatea*, 1585. *V.* Astrana Marín, **039.5:** 523 y ss.

TASA

Yo, Juan Gallo de Andrada, escribano de Cámara del Rey nuestro Señor, de los que residen en su Consejo, certifico y doy fe que, habiendo visto por los señores dél un libro intitulado *El ingenioso hidalgo de la Mancha*, compuesto por Miguel de Cervantes Saavedra, tasaron cada pliego del dicho libro a tres maravedís y medio; el cual tiene ochenta y tres pliegos, que al dicho precio monta el dicho libro docientos y noventa maravedís y medio, en que se ha de vender en papel; y dieron licencia para que a este precio se pueda vender, y mandaron que esta tasa se ponga al principio del dicho libro, y no se pueda vender sin ella. Y para que dello conste, di la presente en Valladolid, a veinte días del mes de deciembre de mil y seiscientos y cuatro años.

JUAN GALLO DE ANDRADA.

TESTIMONIO DE LAS ERRATAS

Este libro no tiene cosa digna[1] que no corresponda a su original; en testimonio de lo haber correcto di esta fee[b]. En el Colegio de la Madre de Dios de los Teólogos de la Universidad de Alcalá, en primero de diciembre de 1604 años.

EL LICENCIADO FRANCISCO MURCIA DE LA LLANA[a].

---

[1] Así en la ed. pr., Schevill propone la corrección «*cosa digna* [*de anotar*] *que...*,» según se lee en la 3.ª ed. de Cuesta de 1608.

EL REY

Por cuanto por parte de vos, Miguel de Cervantes, nos fue fecha de relación que habíades compuesto un libro intitulado *El ingenioso hidalgo de la Mancha*, el cual os había costado mucho trabajo y era muy útil y provechoso, nos pedistes y suplicastes os mandásemos dar licencia y facultad para le poder imprimir, y previlegio por el tiempo que fuesemos servidos, o como la nuestra merced fuese; lo cual visto por los del nuestro Consejo, por cuanto en el dicho libro se hicieron las diligencias que la premática últimamente por nos fecha sobre la impresión de los libros dispone, fue acordado que debíamos mandar dar esta nuestra cédula para vos, en la dicha razón, y nos tuvímoslo por bien. Por la cual, por os hacer bien y merced, os damos licencia y facultad para que vos, o la persona que vuestro poder hubiere, y no otra alguna, podáis imprimir el dicho libro, intitulado *El ingenioso hidalgo de la Mancha*, que desuso se hace mención, en todos estos nuestros reinos de Castilla, por tiempo y espacio de diez años, que corran y se cuenten desde el dicho día de la data desta nuestra cédula; so pena que la persona o personas que, sin tener vuestro poder, lo imprimiere o vendiere, o hiciere imprimir o vender, por el mesmo caso pierda la impresión que hiciere, con los moldes y aparejos della, y más incurra en pena de cincuenta mil maravedís, cada vez que lo contrario hiciere. La cual dicha pena sea la tercia parte para la persona que lo acusare, y la otra tercia parte para nuestra Cámara, y la otra tercia parte para el juez que lo sentenciare. Con tanto que todas las veces que hubiéredes de hacer imprimir el dicho libro, durante el tiempo de los dichos diez años, le traigáis al nuestro Consejo, juntamente con el original que en él fue visto, que va rubricado cada plana y firmado al fin dél de

Juan Gallo de Andrada, nuestro escribano de Cámara de los que en él residen, para saber si la dicha impresión está conforme el original; o traigáis fe en pública forma de como por corretor nombrado por nuestro mandado, se vio y corrigió la dicha impresión por el original, y se imprimió conforme a él, y quedan impresas las erratas por él apuntadas, para cada un libro de los que así fueren impresos, para que se tase el precio que por cada volume hubiéredes de haber. Y mandamos al impresor que así imprimiere el dicho libro, no imprima el principio ni el primer pliego dél, ni entregue más de un solo libro con el original al autor, o persona a cuya costa lo imprimiere, ni otro alguno, para efeto de la dicha correción y tasa, hasta que antes y primero el dicho libro esté corregido y tasado por los del nuestro Consejo; y estando hecho, y no de otra manera, pueda imprimir el dicho principio y primer pliego, y sucesivamente ponga esta nuestra cédula y la aprobación, tasa y erratas, so pena de caer e incurrir en las penas contenidas en las leyes y premáticas destos nuestros reinos. Y mandamos a los del nuestro Consejo y a otras cualesquier justicias dellos, guarden y cumplan esta nuestra cédula y lo en ella contenido. Fecha en Valladolid, a veinte y seis días del mes de setiembre de mil y seiscientos y cuatro años.

YO EL REY.

Por mandado del Rey nuestro Señor:
JUAN DE AMEZQUETA.

AL DUQUE DE BÉJAR[1]

MARQUÉS DE GIBRALEÓN, CONDE DE BENALCÁZAR Y BAÑARES, VIZCONDE DE LA PUEBLA DE ALCOCER, SEÑOR DE LAS VILLAS DE CAPILLA, CURIEL Y BURGUILLOS

N fe del buen acogimiento y honra[b] que hace Vuestra Excelencia a toda suerte de libros, como príncipe tan inclinado a favorecer las buenas artes, mayormente las que por su nobleza no se abaten al servicio y granjerías del vulgo, he determinado de sacar a luz al INGENIOSO HIDALGO DON QUIJOTE DE LA MANCHA, al abrigo del clarísimo nombre de Vuestra Excelencia, a quien, con el acatamiento que debo a tanta grandeza, suplico le reciba agradablemente en su protección, para que a su sombra, aunque desnudo de aquel precioso ornamento de elegancia y erudición de que suelen andar vestidas las obras que se componen en las casas de los hombres que saben, ose parecer seguramente en el juicio de algunos que, no continiéndose[h] en los límites de su ignorancia, suelen condenar con más rigor y menos justicia los trabajos ajenos; que, poniendo los ojos la prudencia de Vuestra Excelencia en mi buen deseo, fío que no desdeñará la cortedad de tan humilde servicio.

MIGUEL DE CERVANTES SAAVEDRA.

[1] Don Alonso Diego López de Zúñiga Sotomayor, séptimo duque de Béjar, había heredado este título en 1601. Tenía veinte y ocho años en 1605 y vivió hasta 1619, pero Cervantes no lo volvió a mencionar en sus libros[a]. Para esta dedicatoria copió Cervantes frases enteras de la que Fernando de Herrera dirigió al Marqués de Ayamonte en su edición de las *Obras de Garcilaso de la Vega* con anotaciones en 1580[f].

PRÓLOGO

Desocupado lector: sin juramento me podrás creer que quisiera que este libro, como hijo del entendimiento, fuera el más hermoso, el más gallardo y más discreto que pudiera imaginarse. Pero no he podido yo contravenir al orden de naturaleza; que en ella cada cosa engendra su semejante. Y así, ¿qué podrá engendrar el estéril y mal cultivado ingenio mío sino la historia de un hijo seco, avellanado[1], antojadizo y lleno de pensamientos varios y nunca imaginados[a] de otro alguno, bien como quien se engendró en una cárcel[2], donde toda incomodidad tiene su asiento y donde todo triste ruido hace su habitación? El sosiego, el lugar apacible, la amenidad de los campos, la serenidad de los cielos, el murmurar de las fuentes, la quietud del espíritu son grande parte[3] para que las musas más estériles se muestren fecundas y ofrezcan partos al mundo que le colmen de maravilla y de contento. Acontece tener un padre un hijo feo y sin gracia alguna, y el amor que le tiene le pone una venda en los ojos para que no vea sus faltas, antes las juzga por discreciones y lindezas y las cuenta a sus amigos por agudezas y donaires. Pero yo, que, aunque parezco padre, soy padrastro[4] de don Quijote, no quiero irme con

---

[1] *avellanado*] «Avellanado se dice el hombre viejo, seco, enjuto de carnes, sólido y firme, como la madera del avellano», Cov. 167.b.30.

[2] Sobre estas palabras se ha erigido la idea de que Cervantes escribió su libro o concibió a su protagonista estando encarcelado. En 1597 estuvo preso en la Cárcel Real de Sevilla por varios meses. De no ser metafórico lo de la cárcel, lo más probable es que se refiriera a esta prisión. *V.* RM, «La cárcel en que se engendró el *Quijote*», *EC*, p. 65-92; Astrana Marín, **039.5**:226-242.

[3] *son grande parte*] 'dan ocasión'.

[4] *soy padrastro*] No dejan de tener interés las coincidencias, de conceptos y frases, entre este Prólogo de Cervantes y el libro de Erasmo

la corriente del uso, ni suplicarte casi con las lágrimas en los ojos, como otros hacen, lector carísimo, que perdones o disimules las faltas que en este mi hijo vieres, y[5] ni eres su pariente ni su amigo, y tienes tu alma en tu cuerpo y tu libre albedrío como el más pintado[6], y estás en tu casa, donde eres señor della, como el rey de sus alcabalas[b], y sabes lo que comúnmente se dice, que debajo de mi manto, al rey mato[7]. Todo lo cual te esenta[8] y hace libre de todo respecto y obligación, y así, puedes decir de la historia todo aquello que te pareciere, sin temor que te calunien[9] por el mal ni te premien por el bien que dijeres della.

Sólo quisiera dártela monda y desnuda[10], sin el ornato de prólogo, ni de la inumerabilidad y catálogo de los acostumbrados sonetos, epigramas y elogios que al principio de los libros suelen ponerse. Porque te sé decir que, aunque me costó algún trabajo componerla, ninguno tuve por mayor que hacer esta prefación que vas leyendo. Muchas veces tomé la pluma para escribille, y muchas la dejé, por no saber lo que escribiría; y estando una suspenso, con el papel delante, la pluma en la oreja[11], el codo en el bufete y

---

Encomium Moriae (Elogio de la locura), expuestas por Antonio de Vilanova, **182**. Se trata en ambos autores de los pasajes en que se ridiculiza la pedantesca erudición. Aquí Cervantes pudo haber tenido presente la idea de Plinio *(Historia natural*, VII, 1) recogida por Erasmo en sentido burlesco: «*La naturaleza, que no pocas veces más bien que madre es madrastra...*,*»* Vilanova, op. cit., p. 425. Hasta ahora no se tiene prueba fehaciente de que Cervantes hubiese conocido directamente la *Moria* (de que no se conoce versión castellana) o las otras obras de Erasmo, pero el influjo de lo que fue el erasmismo en España en el siglo XVI es innegable en sus obras, y sobre todo en el *Quijote*, **175 a 182.**

[5] Ya la tercera ed. de Cuesta de 1608 lleva la enmienda «y *pues* ni eres...»[a]

[6] *como el más pintado*]   como el más hábil, prudente o experimentado.

[7] Refrán, variantes en Correas 323a[b].

[8] *te esenta*]   exentar: eximir; por tanto, 'te exime'.

[9] *te calunien*]   del antiguo *caloñar*[b], «exigir responsabilidad, principalmente pecunaria, por un delito o falta», *Acd.*

[10] *dártela monda y desnuda*]   La gran originalidad de este Prólogo ante los gustos y convenciones literarias de 1600, originalidad derivada del libro en total, la explicó Américo Castro en un trabajo decisivo para la crítica de nuestro siglo, **071**. Con ésta y análogas expresiones, entre la reticencia y la arrogancia, Cervantes exponía ante el público sus propósitos literarios, cuya amplitud traspasaba, vale insistir en ello, la sátira de libros de caballerías.

[11] *la pluma en la oreja*]   Alusión[b] a un refrán (o a varios), Correas, 67b, 98b.

la mano en la mejilla, pensando lo que diría, entró a deshora
un amigo mío, gracioso y bien entendido, el cual, viéndome
tan imaginativo, me preguntó la causa, y, no encubriéndosela
yo, le dije que pensaba en el prólogo que había de hacer
a la historia de don Quijote, y que me tenía de suerte que ni
quería hacerle, ni menos sacar a luz[12] las hazañas de tan
noble caballero.

—Porque ¿cómo queréis vos[13] que no me tenga confuso
el qué dirá el antiguo legislador que llaman vulgo cuando
vea que, al cabo de tantos años como ha que duermo en el
silencio del olvido[14], salgo ahora, con todos mis años a
cuestas, con una leyenda seca como un esparto, ajena de
invención, menguada de estilo, pobre de concetos y falta
de toda erudición y doctrina, sin acotaciones en las márgenes y sin anotaciones en el fin del libro, como veo que están
otros libros, aunque sean fabulosos y profanos, tan llenos de
sentencias de Aristóteles, de Platón y de toda [b] la caterva
de filósofos, que admiran a los leyentes y tienen a sus autores por hombres leídos, eruditos y elocuentes?[15] ¡Pues qué,
cuando citan la Divina Escritura! No dirán sino que son unos
santos Tomases y otros doctores de la Iglesia; guardando
en esto un decoro tan ingenioso, que en un renglón han
pintado un enamorado destraído y en otro hacen un sermon-
cico cristiano, que es un contento y un regalo oílle o leelle.

[12] Riquer enmienda «sacar a luz *sin él*», es decir, **sin** el Prólogo.
[13] *¿cómo queréis vos...?*] El primer caso en que repentinamente
Cervantes cambia de objeto a quien se dirige, aquí del lector al supuesto
amigo, pasando del estilo indirecto al directo. Ocurrirá lo mismo en
varias ocasiones a través del libro. Estos cambios pueden explicarse
como un recurso estilístico[h]; en otras épocas se vieron como tantos
descuidos de un autor distraído.
[14] En 1604 tenía Cervantes cincuenta y siete años, y hacía veinte
que no publicaba nada. Había publicado *La Galatea* en 1585. Se supone
que antes de 1600 había escrito y tenía en borrador varias comedias y
novelas. En el *Quijote* sacaba a luz una obra que por la novedad de su
contenido variado representaba veinte años de proyectos literarios.
[15] Aunque todo este aparato llegó a ser costumbre entre muchos
autores (*V.* Riley, **108**, p. 128), es evidente que Cervantes aludía a las
obras del más famoso de ellos, a Lope de Vega. Estas alusiones a Lope
(las comenta en detalle RM) son como una especie de continuación
de las pláticas entre el canónigo de Toledo y el cura Pero Pérez en los c. 47
y 48. Cervantes tuvo muy presente a Lope y sus obras en los años (1602
a 1604) en que redactaba las narraciones y diálogos de la *Cuarta Parte*
(c. 28 a 52); no revela igual interés en los capítulos de las primeras tres
Partes. Su Prólogo es en realidad un epílogo, escrito después de terminado el libro.

De todo esto ha de carecer mi libro, porque ni tengo qué acotar en el margen, ni qué anotar en el fin, ni menos sé qué autores sigo en él, para ponerlos al principio, como hacen todos, por las letras del A B C, comenzando en Aristóteles y acabando en Xenofonte y en Zoilo o Zeuxis, aunque fue maldiciente el uno y pintor el otro. También ha de carecer mi libro de sonetos al principio, a lo menos de sonetos cuyos autores sean duques, marqueses, condes, obispos, damas o poetas celebérrimos[16]; aunque si yo los pidiese a dos o tres oficiales[17] amigos, yo sé que me los darían, y tales que no les igualasen los de aquellos que tienen más nombre en nuestra España. En fin, señor y amigo mío —proseguí—, yo determino que el señor don Quijote se quede sepultado en sus archivos en la Mancha, hasta que el cielo depare quien le adorne de tantas cosas como le faltan; porque yo me hallo incapaz de remediarlas, por mi insuficiencia y pocas letras, y porque naturalmente soy poltrón y perezoso de andarme buscando autores que digan lo que yo me sé decir sin ellos. De aquí nace la suspensión y elevamiento, amigo, en que me hallastes: bastante causa para ponerme en ella la que de mí habéis oído.

Oyendo lo cual mi amigo, dándose una palmada en la frente y disparando en una carga de risa, me dijo:

—Por Dios, hermano, que agora me acabo de desengañar de un engaño en que he estado todo el mucho tiempo que ha que os conozco, en el cual siempre os he tenido por discreto y prudente en todas vuestras aciones. Pero agora veo que estáis tan lejos de serlo como lo está el cielo de la tierra. ¿Cómo que es posible que cosas de tan poco momento y tan fáciles de remediar puedan tener fuerzas de suspender y absortar[18] un ingenio tan maduro como el vuestro, y tan hecho a romper y atropellar por otras dificultades mayores? A la fe, esto no nace de falta de habili-

---

[16] Al frente de *La Arcadia* (1598) de Lope figuran trece poesías laudatorias firmadas por personajes ilustres; al frente del *Isidro* (1599), nueve; *El peregrino en su patria* (1604) lleva ocho y *La hermosura de Angélica* (1602) doce, firmados por varios autores, entre ellos, un príncipe, un marqués, dos condes, y dos damas, una de ellas *Camila Lucinda*, amante de Lope. Se supone que el mismo Lope escribió muchas de estas composiciones, algunas de gran perfección artística[be].

[17] *oficiales*] en la acepción de *menestrales* o *artesanos*[b]. Los antiguos gremios de artesanos constaban de *aprendices*, *oficiales* y *maestros*.

[18] *absortar*] 'arrebatar el ánimo'. Es verbo formado del participio *absorto*.

dad, sino de sobra de pereza y penuria de discurso. ¿Queréis ver si es verdad lo que digo? Pues estadme atento y veréis cómo en un abrir y cerrar de ojos confundo todas vuestras dificultades, y remedio todas las faltas que decís que os suspenden y acobardan para dejar de sacar a la luz del mundo la historia de vuestro famoso don Quijote, luz y espejo de toda la caballería andante.

—Decid —le repliqué yo, oyendo lo que me decía—: ¿de qué modo pensáis llenar el vacío de mi temor y reducir a claridad el caos de mi confusión?

A lo cual él dijo:

—Lo primero en que reparáis de los sonetos, epigramas o elogios que os faltan para el principio, y que sean de personas graves y de título, se puede remediar en que vos mesmo toméis algún trabajo en hacerlos, y después los podéis bautizar y poner el nombre que quisiéredes[b], ahijándolos al Preste Juan de las Indias o al Emperador de Trapisonda[19], de quien[20] yo sé que hay noticia que fueron famosos poetas; y cuando no lo hayan sido y hubiere algunos pedantes y bachilleres que por detrás os muerdan y murmuren desta verdad, no se os dé dos maravedís[21]; porque ya que[22] os averigüen la mentira, no os han de cortar la mano con que lo escribistes. En lo de citar en las márgenes los libros y autores de donde sacáredes las sentencias y dichos que pusiéredes en vuestra historia, no hay más sino hacer, de manera que venga a pelo, algunas sentencias o

---

[19] *Preste Juan... Emperador de Trapisonda*] Personajes legendarios y proverbiales. Desde la segunda mitad del siglo XII circularon en Europa mss. (en latín) de una carta atribuida al Preste Juan de las Indias, rey y sacerdote cristiano que gobernaba un vasto imperio en Asia y ofrecía su ayuda a los príncipes cristianos en la reconquista de las Tierras Santas. En el siglo XVI circularon y se divulgaron varias versiones o leyendas de esta figura y su reino fabuloso. La versión más conocida en España situaba su reino en África, e.g., Cov., «Emperador de Etiopía», 881.b.25. *Trapisonda:* o Trebisonda, ciudad situada en la costa meridional del Mar Negro, y capital del imperio de este nombre, que fue una de las cuatro partes en que se dividió el imperio bizantino en la Edad Media (ca. 1220). Del *imperio de Trapisonda* se hizo frecuente mención en libros caballerescos[c].

[20] *quien*] la forma singular del relativo sirve para el plural. No se volverá a llamar la atención sobre este uso, común en la época.

[21] *dos maravedís*] 'nada'[b]. El *maravedí* fue unas veces moneda efectiva y otras imaginaria, y tuvo diferentes valores y calificativos (v.g., de oro, de plata, de cobre)[g].

[22] *ya que*] aunque[b].

latines que vos sepáis de memoria, o, a lo menos, que os
cuesten poco trabajo el buscalle, como será poner, tratando
de libertad y cautiverio:

> *Non bene pro toto libertas venditur auro*[23].

Y luego, en el margen, citar a Horacio, o a quien lo dijo.
Si tratáredes del poder de la muerte, acudir luego con:

> *Pallida mors æquo pulsat pede pauperum tabernas,*
> *Regumque turres*[24].

Si de la amistad y amor que Dios manda que se tenga al
enemigo, entraros luego al punto por la Escritura Divina,
que lo podéis con tantico de curiosidad[25], y decir las palabras, por lo menos[26], del mismo Dios: *Ego autem dico vobis:*
diligite inimicos vestros[27]. Si tratáredes de malos pensamientos, acudid con el Evangelio: *De corde exeunt cogita-*
tiones malæ[28]. Si de la instabilidad de los amigos, ahí está
Catón, que os dará su dístico:

> *Donec eris felix, multos numerabis amicos,*
> *Tempora si fuerint nubila, solus eris*[29].

Y con estos latinicos y otros tales os tendrán siquiera por
gramático; que el serlo no es de poca honra y provecho
el día de hoy. En lo que toca el[a] poner anotaciones al fin
del libro, seguramente lo podéis hacer desta manera: si
nombráis algún gigante en vuestro libro, hacelde[30] que sea

---

[23] «No existe bastante oro para pagar la libertad». Es el primer verso
de un dístico *(Non bene pro toto libertas venditur auro / Hoc celeste*
bonum preterit orbis opus.) con que termina Walther o Gualterus Anglicus
(Gualterio el Inglés, siglo XII) la fábula esópica *De cane et lupo*[a].
[24] Horacio, *Odas*, I, vs. 4. «La pálida muerte con pie de igual pujanza
bate la choza del pobre y las torres de los reyes»[a].
[25] *curiosidad*] cuidado, diligencia.
[26] *por lo menos*] 'nada menos que', o 'no menos que'[b].
[27] San Mateo 5,44. «Y yo os digo: amad a vuestros enemigos».
[28] San Mateo, 15,19. «Del corazón salen los malos pensamientos».
[29] Es dístico de Ovidio, *Tristia*, I, elegía 9, vss. 5-6[a]. «Mientras seas
feliz contarás con muchos amigos: pero si el tiempo se nubla te quedarás
solo». La burla de la pedantesca erudición está en atribuir a Catón
(I.20, nota 22) estos versos que nadie ignoraría que eran de Ovidio,
450.1.
[30] *hacelde*] por hacedle, metátesis muy común en el imperativo con
enclítico[b].

el gigante Golías, y con sólo esto, que os costará casi nada, tenéis una grande anotación, pues podéis poner: *El gigante Golías, o Goliat, fue un filisteo a quien el pastor David mató de una gran pedrada, en el valle de Terebinto, según se cuenta en el libro de los Reyes,* en el capítulo que vos halláredes que se escribe[a]. Tras esto, para mostraros hombre erudito en letras humanas y cosmógrafo, haced de modo como en vuestra historia se nombre el río Tajo, y veréisos luego con otra famosa anotación, poniendo: *El río Tajo fue así dicho por un rey de las Españas; tiene su nacimiento en tal lugar y muere en el mar Océano, besando los muros de la famosa ciudad de Lisboa, y es opinión que tiene las arenas de oro, etc*[e]. Si tratáredes de ladrones, yo os diré la historia de Caco, que la sé de coro[31]; si de mujeres rameras, ahí está el obispo de Mondoñedo, que os prestará a Lamia, Laida y Flora, cuya anotación os dará gran crédito[32]; si de crueles, Ovidio os entregará a Medea; si de encantadores y hechiceras, Homero tiene a Calipso, y Virgilio a Circe; si de capitanes valerosos, el mesmo Julio César os prestará a sí mismo en sus *Comentarios*, y Plutarco os dará mil Alejandros[33]. Si tratáredes de amores, con dos onzas que sepáis de la lengua toscana, toparéis con León Hebreo[34], que os hincha las medidas. Y si no queréis andaros por tierras estrañas, en vuestra casa tenéis a Fonseca, *Del amor de Dios*[35], donde se cifra todo lo que vos y el más ingenioso acertare a desear

[31]   *de coro*] de memoria. Virgilio narró la historia del gigante Caco, *Eneida*, VIII, vs. 185. Cf. I.2, p. 84.
[32]   Alusión a una de las *Epístolas familiares* de Fray Antonio de Guevara (1480-1545), «en la cual el autor cuenta la historia de tres enamoradas antiquísimas»[a]. Guevara, primero obispo de Guadix y luego de Mondoñedo y cronista de Carlos V, fue uno de los autores de mayor reputación en el siglo XVI. Cervantes lo cita con sorna, pues su posición de obispo apenas valía para acreditar las conocidas supercherías de sus libros.
[33]   Alusión a otro aspecto de la erudición ostentada por Lope, en especial en *La Arcadia*[be]. Ovidio, *Meta.*, VII; Homero, *Odisea*, X; Virgilio, *Eneida*, VII; los «mil Alejandros» de Plutarco en *Vidas paralelas*.
[34]   *León Hebreo*[a]] o sea Judá Abrabanel, autor de los *Dialoghi d'amore* (Roma, 1535) de que hubo tres trads. castellanas, una de ellas por el inca Garcilaso de la Vega. Sobre la resonancia de la doctrina neoplatónica del amor en las obras de Cervantes (sobre todo en *La Galatea)*, Menéndez y Pelayo, Américo Castro (*n.* **060**, p. 144 y ss. y Francisco López Estrada, *La «Galatea» de Cervantes* (Tenerife: Universidad de la Laguna, 1948), p. 110-112.
[35]   Se refiere a la obra de fray Cristóbal de Fonseca, agustino, *Tratado del amor de Dios* (1592)[ab].

en tal materia[b]. En resolución, no hay más sino que vos procuréis nombrar estos nombres, o tocar estas historias en la vuestra, que aquí he dicho, y dejadme a mí el cargo de poner las anotaciones y acotaciones; que yo os voto a tal[36] de llenaros las márgenes y de gastar cuatro pliegos en el fin del libro. Vengamos ahora a la citación de los autores que los otros libros tienen, que en el vuestro os faltan. El remedio que esto tiene es muy fácil, porque no habéis de hacer otra cosa que buscar un libro que los acote todos, desde la A hasta la Z, como vos decís. Pues ese mismo abecedario pondréis vos en vuestro libro; que, puesto que a la clara se vea la mentira, por la poca necesidad que vos teníades de aprovecharos dellos, no importa nada; y quizá alguno habrá tan simple que crea que de todos os habéis aprovechado en la simple y sencilla historia vuestra; y cuando no sirva de otra cosa, por lo menos servirá aquel largo catálogo de autores a dar de improviso autoridad al libro. Y más, que no habrá quien se ponga a averiguar si los seguistes o no los seguistes, no yéndole nada en ello. Cuanto más que, si bien caigo en la cuenta, este vuestro libro no tiene necesidad de ninguna cosa de aquellas que vos decís que le falta, porque todo él es una invectiva contra los libros de caballerías[37], de quien nunca se acordó Aristóteles, ni dijo nada San Basilio, ni alcanzó Cicerón, ni caen debajo de la cuenta de sus fabulosos disparates las puntualidades de la verdad, ni las observaciones de la astrología; ni le son de importancia las medidas geométricas, ni la confutación de los argumentos de quien se sirve la retórica; ni tiene para que predicar a ninguno, mezclando lo humano con lo divino, que es un género de mezcla[b] de quien no se ha de vestir ningún cristiano entendimiento. Sólo tiene que aprovecharse de la imitación en lo que fuere escribiendo; que cuanto ella fuere más perfecta, tanto mejor será lo que se escribiere[38]. Y, pues, esta vuestra escritura no mira a más que a deshacer la autoridad y cabida que en el mundo y en el vulgo tienen los libros de caballerías, no hay para qué andéis mendigando sentencias de filósofos, consejos de la

---

[36] *voto a tal*] uno de varios juramentos eufemísticos (se evita la irreverencia de votar claramente a Dios) en el *Quijote*[b].

[37] *libros de caballerías*] Sobre los propósitos literarios, directos e indirectos, de Cervantes, Morínigo, **067**.

[38] Para las teorías de la época sobre la imitación, y la manera de Cervantes de entenderlas, Riley, **108**.

Divina Escritura, fábulas de poetas, oraciones de retóricos, milagros de santos, sino procurar que a la llana, con palabras significantes, honestas y bien colocadas, salga vuestra oración y período sonoro y festivo, pintando, en todo lo que alcanzáredes y fuere posible, vuestra intención; dando a entender vuestros conceptos sin intricarlos y escurecerlos. Procurad también que, leyendo vuestra historia, el melancólico se mueva a risa, el risueño la acreciente, el simple no se enfade, el discreto se admire de la invención, el grave no la desprecie, ni el prudente deje de alabarla. En efecto, llevad la mira puesta a derribar la máquina mal fundada destos caballerescos libros, aborrecidos de tantos y alabados de muchos más; que si esto alcanzásedes, no habríades alcanzado poco.

Con silencio grande estuve escuchando lo que mi amigo me decía, y de tal manera se imprimieron en mí sus razones, que, sin ponerlas en disputa las aprobé por buenas y de ellas mismas quise hacer este prólogo, en el cual verás, lector suave, la discreción de mi amigo, la buena ventura mía en hallar en tiempo tan necesitado tal consejero, y el alivio tuyo en hallar tan sincera y tan sin revueltas la historia[39] del famoso don Quijote de la Mancha, de quien hay opinión, por todos los habitadores del distrito del campo de Montiel, que fue el más casto enamorado y el más valiente caballero que de muchos años a esta parte se vio en aquellos contornos. Yo no quiero encarecerte el servicio que te hago en darte a conocer tan noble y tan honrado caballero; pero quiero que me agradezcas el conocimiento que tendrás del famoso Sancho Panza, su escudero, en quien, a mi parecer, te doy cifradas todas las gracias escuderiles que en la caterva[40] de los libros vanos de caballerías están esparcidas.

Y con esto, Dios te dé salud, y a mí no olvide. *Vale.*

[39] *historia*] Cervantes siempre habló de su libro como *historia:* nunca lo llamó *novela,* pues este término solo denotaba en su tiempo la narración más o menos corta, e.g., *Novelas ejemplares.* Pero ya desde la Edad Media el término *historia* se había usado con una vaga o incierta connotación de una crónica de hechos imaginarios y no estrictamente históricos. Añádase a esto el sentido burlesco y paródico de una *historia* de un hidalgo manchego al estilo de las caballerescas y se vislumbrará el sentido complejo que tiene esta voz en el texto de Cervantes. Las cualidades del *Quijote* no se apreciaron como las de una *novela* en el sentido de novela moderna (extensa narración de vida contemporánea) hasta las últimas décadas del siglo XVIII.

[40] *caterva*] la segunda vez que aparece esta voz. *V. supra,* p. 52, «la caterva de filósofos»; aquí como en otros casos, I.20, p. 238, no tiene sentido despectivo.

AL LIBRO DE
DON QUIJOTE DE LA MANCHA

URGANDA LA DESCONOCIDA[1]

Si de llegarte a los bue-,[2]
libro, fueres con letu-,
no te dirá el boquirru-
que no pones bien los de-.
Mas si el pan no se te cue-
por ir a manos de idio-,
verás de manos a bo-,
aun no dar una en el cla-,
si bien se comen las ma-
por mostrar que son curio-.[3]
    Y pues la espiriencia ense-
que el que a buen árbol se arri-

---

[1] *Urganda la desconocida*] En *Amadís de Gaula* libro 1.º, c. 11 (I. 6, nota 4) es la doncella y sabia encantadora o maga que protege al héroe y a toda su parentela; lleva el sobrenombre *la desconocida* «porque muchas vezes se transformaua y desconoscia», ed. E. B. Place, I, p. 96.

[2] El artificio de esta moda poética, llamada *versos de cabo roto*[ab], de boga efímera por los años 1604-1606, consiste en hacer rimar los versos en la última sílaba acentuada, suprimiendo los que puedan seguir. Cervantes la utilizó en el soneto al final de la jornada 2.ª de la comedia *La entretenida; V*. nota S-B, CyE, v. 6, p. 132-133. Las décimas que siguen están cuajadas de refranes, frases hechas y expresiones familiares; las comentan extensamente RM y CS.

[3] 1.ª décima] El primer verso alude al refrán «Allégate a los buenos y serás uno dellos», Correas, 80b. *ir con letura:* 'ir con cuidado, con atención'. *boquirrubio:* se refiere a un mozo fácil de engañar, inexperto. *no pones bien los dedos:* 'no sabes bien lo que te haces'. *no cocérsele a uno el pan:* que anda inquieto o ansioso por decir o hacer algo, Correas, 658a. *de manos a boca:* 'de repente', 'impensadamente', según el refrán «De la mano a la boca desaparece la sopa». *curiosos:* 'entendidos, inteligentes'.

buena sombra le cobi-,
en Béjar[4] tu buena estre-
un árbol real te ofre-
que da príncipes por fru-,
en el cual floreció un duque es nuevo Alejandro Ma-:
llega a su sombra; que a osa-
favorece la fortu-.
　　De un noble hidalgo manche-
contarás las aventu-,
a quien ociosas letu-
trastornaron la cabe-:
damas, armas, caballe-,[5]
le provocaron de mo-,
que, cual Orlando furio-,
templado a lo enamora-,
alcanzó a fuerza de bra-
a Dulcinea del Tobo-.
　　No indiscretos hierogli-
estampes en el escu-[6];

---

[4] 2.ª décima] elogio del duque de Béjar: el árbol «*que da príncipes por fruto*» es *real* porque según la geneología de los Zúñigas descendían de la casa real de Navarra. *Alejandro Magno:* modelo de magnanimidad. El aforismo «Ayuda a los osados la Fortuna» fue predilecto de los humanistas del siglo XVI[ab].

[5] 3.ª décima] *damas, armas, caballeros:* alusión al primer verso del *Orlando furioso* de Ariosto (I. 6, nota 15): «*Le donne, i cavallier, l'arme, gli amori | ...io canto*». *alcanzó a fuerzas de brazos* ('a fuerza de mérito o de trabajo'. *Acd) a Dulcinea del Toboso:* Tan patente contradicción con la ficción del libro parece imposible por parte de Cervantes. Saltan a la vista alusiones equivocadas en estos versos preliminares a lo narrado en el libro, y señaladamente en los *de cabo roto*. Por tanto, cabe preguntarse si fueron escritos realmente por Cervantes, cf. Prólogo, p. 54. No es inverosímil que algunas o todas de estas composiciones fuesen escritas por amigos de Cervantes para servir de elogios preliminares a su libro, según costumbre de la época. *V*. Astrana-Marín, **039.5**: 588.

[6] 4.ª décima] *No indiscretos hieroglíficos | estampes en el escudo:* Se ha creído que se aludía a Lope de Vega, quien hizo estampar en la portada de *La Arcadia* (1598) y *El peregrino en su patria* (1604) un escudo con diecinueve torres, por lo que fue objeto de mofas como la de Góngora[b]. Es más probable, sin embargo, que se refiere al libro *La pícara Justina* de Francisco López de Úbeda, que fue conocido como el libro de los «jeroglíficos». En la portada de la 1.ª ed. (Medina del Campo, 1605) de este libro figura un escudo de armas de don Rodrigo Calderón, que pretendía ser de ascendencia ilustre, Marcel Bataillon, **396.4**. *dirección:* dedicatoria del libro. Los últimos cuatro versos imitan otros de cierta

que cuando es todo figu-,
con ruines puntos se envi-^{eg}.
Si en la dirección te humi-,
no dirá mofante algu-:
«¡Qué don Alvaro de Lu-
qué Aníbal el de Carta-,
qué rey Francisco en Espa-
se queja de la fortu-!»
          Pues al cielo no le plu-
que salieses tan ladi-
como el negro Juan Lati-,⁷
hablar latines rehu-.
No me despuntes de agu-,
ni me alegues con filó-;
porque, torciendo la bo-,
dirá el que entiende la le-,
no un palmo de las ore-:
«¿Para qué conmigo flo-?»
          No te metas en dibu-,⁸
ni en saber vidas aje-;
que en lo que no va ni vie-
pasar de largo es cordu-.
Que suelen en caperu-
darles a los que grace-;
mas tú quémate las ce-
sólo en cobrar buena fa-;
que el que imprime necedá-
dalas a censo perpe-.
          Advierte que es desati-,
siendo de vidrio el teja-,
tomar piedras en las ma-
para tirar al veci-.

---

poesía que escribió fray Domingo de Guzmán, en burla de la conocida
décima de fray Luis de León, «Aquí la envidia y mentira / me tuvieron
encerrado...»^{ab}

⁷ 5.ª décima] *Juan Latino:* humanista (muerto por 1573), hijo de
una esclava negra del duque de Sesa, que por sus conocimientos llegó
a tener el sobrenombre de *Latino*^{ah}. *despuntar de agudo:* 'hacer el ingenioso', cf. I.25, p. 313, *leva:* treta de la esgrima, y de ahí: 'engaño, embuste'^b. *flor:* trampa en el juego^g, 'artimaña, embustería'^b.

⁸ 6.ª décima] *No meterse en dibujos:* abstenerse de hacer o decir
impertinentemente más de aquello que corresponde, *Acd. dar en caperuza:*
hacer daño a uno, frustrarle sus designios o dejarlo cortado en la disputa,
Acd. (ser) un censo: perpetuar gastos repetidos o continuos.

Deja que el hombre de jui-
en las obras que compo-
se vaya con pies de plo-[9];
que el que saca a luz pape-
para entretener donce-
escribe a tontas y a lo-.

AMADÍS DE GAULA
A DON QUIJOTE DE LA MANCHA

Soneto

Tú, que imitaste la llorosa vida
que tuve ausente y desdeñado sobre
el gran ribazo de la Peña Pobre[10],
de alegre a penitencia reducida,

    tú, a quien los ojos dieron la bebida
de abundante licor, aunque salobre,
y alzándote[11] la plata, estaño y cobre,
te dio la tierra en tierra la comida,

    vive seguro de que eternamente,
en tanto, al menos, que en la cuarta esfera,
sus caballos aguije el rubio Apolo,

    tendrás claro renombre de valiente;
tu patria será en todas la primera;
tu sabio autor, al mundo único y solo[b].

DON BELIANÍS DE GRECIA[12]
A DON QUIJOTE DE LA MANCHA

Soneto

Rompí, corté, abollé, y dije y hice[13]
más que en el orbe caballero andante;
fui diestro, fui valiente, fui arrogante;
mil agravios vengué, cien mil deshice.

---

[9] 7.ª décima]   *con pies de plomo:* 'con precaución'. *a tontas y locas:*
'sin orden ni concierto'[b].

[10] *Peña Pobre*]   Se refiere al episodio narrado en los c. 25 y 26.

[11] *alzándote*]   'quitándote'[g].

[12] *Don Belianís de Grecia*]   Protagonista pendenciero y fogoso de
El Libro primero del valeroso e inuencible Príncipe don Belianís de Grecia
(Partes I y II), Burgos, 1547 (III y IV), 1579[a]. El autor fue Jerónimo
Fernández. *V.* I.1, nota 9.

[13] *dije y hice*]   *decir y hacer:* hacer una cosa con ligereza[b].

Hazañas di a la Fama que eternice;
fui comedido y regalado amante;
fue enano para mí todo gigante
y al duelo en cualquier punto satisfice.
　　Tuve a mis pies postrada la Fortuna,
y trajo del copete mi cordura
a la calva Ocasión al estricote[14].
　　Mas, aunque sobre el cuerno de la luna
siempre se vio encumbrada mi ventura,
tus proezas envidio, ¡oh gran Quijote!

LA SEÑORA ORIANA[15]
A DULCINEA DEL TOBOSO

Soneto

¡Oh, quién tuviera, hermosa Dulcinea,
por más comodidad y más reposo,
a Miraflores puesto en el Toboso,
y trocara sus Londres con tu aldea!
　　¡Oh, quién de tus deseos y librea
alma y cuerpo adornara, y del famoso
caballero que hiciste venturoso
mirara alguna desigual pelea!
　　¡Oh, quién tan castamente se escapara
del señor Amadís como tú hiciste
del comedido hidalgo don Quijote!
　　Que así envidiada fuera, y no envidiara,
y fuera alegre el tiempo que fue triste,
y gozara los gustos sin escote[16].

---

[14] Se hizo proverb.[b] la exp. tomada de la fig. retórica, de autores latinos *(Occasionem arripere»*, etc., *Aut)* en que se pintaba la Ocasión calva por detrás, pero con un mechón en la frente, al que se agarraba el avisado o afortunado. La explicó Erasmo *(«Fronte capillata, post est Occasio calva»)* citando a Ausonio *Epigram.* 33, etc., *Coll. Adagiorum veterum, Opera Omnia,* Leiden, 1703, II, 289. En I.25 dice don Quijote: «no hay para qué se deje pasar la ocasión, que ahora... me ofrece sus guedejas», p. 304, *al estricote:* 'a mal traer', 'sin sosiego'[a].

[15] *Oriana*] La amada y luego esposa de Amadís de Gaula, e hija del rey Lisuarte. En el libro II de *Amadís de Gaula* se cuenta que vivía en un bello castillo de placer llamado *Miraflores,* a dos leguas de Londres, ed. E. B. Place, II, p. 432.

[16] *sin escote*[c]]　sin tasa, sin gasto.

GANDALÍN, ESCUDERO DE AMADÍS DE GAULA,
A SANCHO PANZA, ESCUDERO DE DON QUIJOTE

Soneto

Salve, varón famoso, a quien Fortuna,
cuando en el trato escuderil te puso,
tan blanda y cuerdamente lo dispuso,
que lo pasaste sin desgracia alguna.

Ya la azada o la hoz poco repugna
al andante ejercicio; ya está en uso
la llaneza escudera, con que acuso
al soberbio que intenta hollar la luna.

Envidio a tu jumento y a tu nombre,
y a tus alforjas igualmente envidio,
que mostraron tu cuerda providencia.

Salve otra vez, ¡oh Sancho!, tan buen hombre,
que a solo tú nuestro español Ovidio,
con buzcorona[17] te hace reverencia.

DEL DONOSO POETA ENTREVERADO[a] A SANCHO PANZA
Y ROCINANTE

Soy Sancho Panza, escude-
del manchego don Quijo-;
puse pies en polvoro-,
por vivir a lo discre-;
que el tácito Villadie-[18]

[17] *buzcorona*]   burla que se hacía dando a besar la mano, y descargando un golpe sobre la cabeza y carillo inflado del que la besaba; hace *el buzcorona* así el que da la mano como el que la toma para besarla[abc].
[18] 1.ª décima]   *el tácito Villadiego*[a]: alusión al consejo de Sempronio a Páramo, *La Celestina*, acto 12, «Apercíbete a la primera boz que oyeres, tomar calças de Villadiego». Según el refrán, «Tomar las [calzas] de Villadiego» significa tanto como «poner pies en [calle] polvorosa»: escaparse, huir, Correas 725b. *a lo discreto:* al propio arbitrio o antojo. *tácito:* 'silencioso, callado'. Marcel Bataillon, en el artículo citado supra **(396.4,** p. 296-299) expresa la hipótesis de que estas décimas, y las de Urganda (se trata en ambos casos de octosílabos *de cabo roto)*, podrían ser obra del poeta Gabriel Lasso de la Vega, amigo de Cervantes y autor del *Manojuelo de romances*, 1601, y que aquí se nombra de «donoso poeta». También sugiere Bataillon la posibilidad de que las poesías laudatorias al final del libro, atribuidas allí burlescamente a «los Académicos de Argamasilla», no sean de Cervantes sino de un grupo de amigos

toda su razón de esta-
cifró en una retira-
según siente *Celesti*-,
libro, en mi opinión, divi-,
si encubriera más lo huma-.

A Rocinante

Soy Rocinante el famo-
bisnieto del gran Babie-[19];
por pecados de flaque-
fui a poder de un don Quijo-.
Parejas corrí a lo flo-;
mas por uña de caba-[b]
no se me escapó ceba-
que esto saqué a Lazari-
cuando, para hurtar el vi-
al ciego, le di la pa-.

---

suyos de Valladolid. No sé si el propio Bataillon, al apuntar la posibilidad de ser de mano ajena estas décimas, reparó en que en tal caso
el juicio sobre *La Celestina* expresado en los últimos dos versos no sería
de Cervantes. Se ha entendido siempre como un juicio literario expresado
seriamente (**384**); pero consta que aparece en unos versos burlescos,
convencionales y nada exactos en cuanto a lo que transcurre en la obra,
pues Sancho nunca huye en el sentido en que se afirma aquí. Adviértase
que en estos versos preliminares (incluso en los sonetos) se alude equi-
vocadamente en varios detalles a los personajes y a la acción del libro.

[19] 2.ª décima] *Babieca*[g]*:* sobre el sentido de este nombre observó
Menéndez Pidal: «Este nombre dado a un caballo, pudiera significar
'el babeador', pero más bien es denominación humorística, pues la voz
«bauieca» tenía corrientemente la significación de 'necio'... Véase a este
propósito la anécdota que refiere la Crónica Particular del Cid, c. 2; al
Cid, cuando niño, llamóle su padrino «babieca», porque eligió para sí
un potro sarnoso, y el niño llamó de aquel modo al potro elegido».
Cantar de Mío Cid, Madrid, 1908-11, II, p. 501. *correr parejas:* «ejercicio
de caballeros que pasan dos juntos la carrera, a veces asidos de las manos»,
Cov. 852.a.45. *a lo flojo:* flojamente, despacio, por lo cual gana el que
llega último[b]. *Lazarillo:* se refiere al episodio narrado en el Tratado 1.º
de *Lazarillo de Tormes* (1554), cuando Lázaro hurta el vino a su amo el
ciego que tiene asido el jarro, chupándolo por medio de una paja.

ORLANDO FURIOSO A DON QUIJOTE DE LA MANCHA[20]

Soneto

Si no eres par, tampoco le has tenido:
que par pudieras ser entre mil pares;
ni puede haberle donde tú te hallares,
invito vencedor, jamás vencido.

Orlando soy, Quijote, que, perdido
por Angélica[21], vi remotos mares,
ofreciendo a la Fama en sus altares
aquel valor que respetó el olvido.

No puedo ser tu igual; que este decoro
se debe a tus proezas y a tu fama,
puesto que, como yo, perdiste el seso.

Mas serlo has mío, si al soberbio moro
y cita fiero domas, que hoy nos llama,
iguales en amor, con mal suceso.

EL CABALLERO DEL FEBO[22]
A DON QUIJOTE DE LA MANCHA

Soneto

A vuestra espada, no igualó la mía,
Febo español, curioso cortesano,
ni a la alta gloria de valor mi mano,
que rayo fue do nace y muere el día.

[20] Se alude en este soneto a la locura de Orlando narrada por Ariosto en el *Orlando furioso* (terminado en 1532, *V.* nota 15, c. 6) y su imitación por don Quijote, I.25-26.

[21] *Angélica*] Aparecen varios juicios sobre ella en el *Quijote*, I.25, p. 305, I.26, p. 319, II.1, p. 51, *par... mil pares:* juego de palabras, cf. II.26, «*O par sin par...*» *invito:* invicto. *cita:* escita. *nos llama:* nos reta. *suceso.* 'éxito, resultado'. Sobre este soneto **450.5.**

[22] *El caballero del Febo*] Uno de los dos hermanos y protagonistas de *Espeio de Principes y Cavalleros. En el qual se cuentan los inmortales hechos del Cauallero del Febo y de su hermano Rosicler, hijos del grande Emperador Trebacio...,* por Diego Ortúñez de Calahorra, Zaragoza, 1555. Hubo continuaciones: 1581, 1587, 1589. *Claridiana:* personaje principal de la misma obra; hija del Emperador de Trapisonda y de la reina de las Amazonas^c. *godo:* 'noble, de ilustre linaje'.

Imperios desprecié; la monarquía
que me ofreció el Oriente rojo en vano
dejé, por ver el rostro soberano
de Claridiana, aurora hermosa mía.
    Améla por milagro único y raro,
y, ausente en su desgracia, el propio infierno
temió mi brazo, que domó su rabia.
    Mas vos, godo Quijote, ilustre y claro,
por Dulcinea sois al mundo eterno,
y ella, por vos, famosa, honesta y sabia.

DE SOLISDÁN[23] A DON QUIJOTE DE LA MANCHA

Soneto

Maguer, señor Quijote, que[24] sandeces
vos tengan el cerbelo derrumbado,
nunca seréis de alguno reprochado
por home de obras viles y soeces.
    Serán vuesas fazañas los joeces,
pues tuertos desfaciendo habéis andado,
siendo vegadas mil apaleado
por follones cautivos y raheces.
    Y si la vuesa linda Dulcinea
desaguisado contra vos comete,
ni a vuesas cuitas muestra buen talante,
    en tal desmán, vueso conorte sea
que Sancho Panza fue mal alcagüete,
necio él, dura ella, y vos no amante.

---

[23] *Solisdán*] Personaje no identificado. Según los comentaristas, se trata o de un personaje inventado por Cervantes (Clemencín), o de una errata de imprenta, por *Solimán*, emperador de Trapisonda (Schevill), o de un personaje que figuraba en un libro de caballerías perdido (Riquer).

[24] Los arcaísmos de este soneto imitan al estilo de algunos libros de caballerías[c]. *Maguer... que:* aunque. *vos:* os. *cerbelo:* seso, juicio, caletre[b]. *home:* hombre. *fazaña:* hazaña. *joez:* juez. *tuertos desfaciendo:* reparando o vengando injurias. *vegada:* vez. *follón:* cobarde, vano, vil. *cautivo:* vil, miserable, infeliz. *rahez:* despreciable. *desaguisado:* denuesto, acción descomedida. *cuita:* trabajo, aflicción. *talante:* semblante, disposición. *conorte:* conhorte, consuelo[b].

DIÁLOGO ENTRE BABIECA[25] Y ROCINANTE

Soneto

B.   ¿Cómo estáis, Rocinante, tan delgado?
R.   Porque nunca se come, y se trabaja.
B.   Pues ¿qué es de la cebada y de la paja?
R.   No me deja mi amo ni un bocado.
B.   Andá[26], señor, que estáis muy mal criado,
      pues vuestra lengua de asno al amo ultraja.
R.   Asno se es de la cuna a la mortaja.
      ¿Queréislo ver? Miraldo[27] enamorado.
B.   ¿Es necedad amar? R. No es gran prudencia.
B.   Metafísico estáis. R. Es que no como.
B.   Quejaos del escudero. R. No es bastante.
      ¿Cómo me he de quejar en mi dolencia,
      si el amo y escudero o mayordomo
      son tan rocines[28] como Rocinante?

---

[25] *Babieca*]   supra nota 19.
[26] *Andá*]   andad[b].
[27] *Miraldo:* metátesis; *miradlo.*
[28] *rocines*]   «*Rocín* es el potro que, o por no tener edad, o estar maltratado, o no ser de buena raza, no llegó a merecer el nombre de caballo, y así llamamos arrocinados a los caballos desbaratados y de mala traza... *venir de rocín a ruín:* de mal en peor», Cov. 912.a.58.

PRIMERA PARTE DEL INGENIOSO[1] HIDALGO DON QUIJOTE DE LA MANCHA

CAPÍTULO PRIMERO

Que trata de la condición y ejercicio del famoso hidalgo Don Quijote de la Mancha

N un lugar de la Mancha[2], de cuyo nombre no quiero acordarme[3], no ha mucho tiempo que vivía un hidalgo de los de lanza en astillero[4], adarga antigua, rocín flaco y galgo corredor[b]. Una olla de algo más vaca que carnero, salpicón las más noches, duelos y quebrantos los sábados[a], lantejas los viernes, algún palomino de añadidura los domingos, consumían las tres

---

[1] *Ingenioso*] Como en algunas narraciones más de Cervantes, el adjetivo del título describe el rasgo esencial del personaje y el plano de su verdad poética, e.g., «El *celoso* extremeño», «El curioso *impertinente*», «El licenciado *Vidriera.*» *Ingenioso* describe la índole de ánimo vivaz y ansioso del hidalgo que, inclinándole a singulares y sutiles ocurrencias, había de provocar su transformación imaginativa. La locura de don Quijote, como aberración psíquica, tiene su correspondencia en el temperamento y complexión física del hidalgo. Por coincidir en varios detalles la descripción que hace Cervantes del complejo psíquico-somático de su personaje y las doctrinas del doctor Juan Huarte de San Juan en *Examen de ingenios para las ciencias*, 1575, se ha propuesto que el apelativo *ingenioso* deriva de este libro, leidísimo en los años anteriores a 1600. Cervantes no menciona al doctor Huarte en sus obras. Sobre la influencia que pudo ejercer el *Examen de ingenios* (de él hubo diez ediciones en castellano antes de 1605) en la obra de Cervantes, *V.* los estudios de Mauricio de Iriarte, Harald Weinrich y Otis H. Green, **401-403.**

[2] *En un lugar de la Mancha*] La primera frase coincide con un octosílabo y verso quinto del romance con que se abre cierta «Ensaladilla» anónima, impresa primero en *Flores del Parnaso, Octava Parte*, recopilado por Luys de Medina, Toledo, 1596 [ed. Rodríguez-Moñino, *Fuentes del Romancero general de 1600*, Madrid, 1957, v. 10], f. 112 vto., y luego en el *Romancero general*, 1600, f. 359 [ed. González Palencia, I, p. 532]. Las primeras tres frases combinan elementos de lugar y tiempo tradicionales de principio de cuentos. Los mismos elementos aparecen combinados de una manera muy parecida en dos otras narraciones: *El celoso extremeño*: *(«No ha muchos años que de un lugar de Extremadura*

70   MIGUEL DE CERVANTES SAAVEDRA

partes de su hacienda[5]. El resto della concluían sayo de
velarte, calzas de velludo para las fiestas, con sus pan-
tuflos de lo mesmo, y los días de entresemana se honraba

---

salió un hidalgo...») y el relato del capitán cautivo, I.39 *(«En un lugar
de las montañas de León tuvo principio mi. linaje...»)*. Cervantes, pues,
no precisaba aquí ningún lugar determinado. Hoy solo tiene interés de
curiosidad histórica la leyenda o tradición de que Cervantes se refería
a Argamasilla de Alba y en la frase *no quiero acordarme* a su prisión en
la cárcel pública de dicho pueblo. En el siglo pasado fueron partidarios
de esta tradición Clemencín y sobre todo J. E. Hartzenbusch **011**.

[3] *de cuyo nombre no quiero acordarme*] 'de cuyo nombre no me
acuerdo', o 'no me viene a la memoria'. El verbo *querer* tiene mero valor
de auxiliar. *V.* RM, Apéndice 6. El no acordarse el narrador es una fórmula
inmemorial del relato popular y característica de la narración oral.
En la Edad Media española la emplea don Juan Manuel en el *Conde
Lucanor*, «En una tierra de que me non acuerdo el nombre, avía un
rey...» *Exemplo 51* (ed. Castalia, p. 254). Cervantes le da un sesgo particular como fórmula de principio de cuento, pero su giro *«no quiero»*
no entraña intención de suprimir un nombre conocido por él, **451**.

[4] *un hidalgo... lanza en astillero*]   De las tres categorías (la primera:
los *grandes;* la segunda: los *caballeros)* de nobleza de la sociedad española a fines de la Edad Media la de los *hidalgos* era la inferior. Aunque
en el sentido general hidalgos eran todos los nobles, la clase de hidalgos
en el siglo xvi se venían formando los que no eran más que hidalgos,
es decir, los que se distinguían solo por su linaje o herencia de sangre
y carecían de la riqueza, privilegios o propiedades que les elevarían a la
categoría de caballeros, con el privilegio de usar *don* y separándolos, por
otra parte, de la clase de villanos ricos. Había varias especies de hidalgos,
los llamados de ejecutoria, de gotera, de privilegio, de cuatro costados, etc.
(V. Cov. s.v. *fidalgo)*. En I.21 don Quijote se llama hidalgo «de solar
conocido, de posesión y propiedad...», p. 262. Como clase social con
ciertos privilegios nobiliarios los hidalgos se habían desarrollado en la
Edad Media en buena parte de la milicia, y quedaba su importancia
identificada con la Reconquista. Por lo tanto, la transformación de la
sociedad española a través del siglo xvi fue desfavorable a sus privilegios
y en efecto los fue dejando progresivamente desamparados, si bien el
sentar plaza en los tercios imperiales de Carlos V y Felipe II abría nuevas
oportunidades a los más aventureros (el caso del mismo Cervantes).
En varias obras literarias del siglo xvi (y del xvii[b]) aparece el tipo de
hidalgo de escasa o modesta hacienda refugiado en su aldea solariega
y ostentando las armas mohosas de sus antepasados como muestra de
su linaje en las cámaras y portales de su casa. Los «luengos siglos» de
la frase de Cervantes (p. 75) son una graciosa hipérbole que se refiere
a esta condición. En su tratado *Menosprecio de corte y alabanza de aldea*
(1539), Fr. Antonio de Guevara ya describía la manera de vivir de este
tipo de «hidalgo de aldea»[c], su afán por la caza, su ociosidad, indumen-
taria y su ajuar, v.g., «una lança tras la puerta, un rocín en el establo,
una adarga en la çámara» (Clás. Cast., c. 5 y 7).

[5] *las tres partes de su hacienda*] Las tres *cuartas* partes[g]... Tan
medianas eran sus rentas que se le agotaban en el vestido y el alimento.

con su vellorí de lo más fino. Tenía en su casa una ama que pasaba de los cuarenta, y una sobrina que no llegaba a los veinte, y un mozo[6] de campo y plaza, que así ensillaba el rocín como tomaba la podadera. Frisaba la edad de nuestro hidalgo con los cincuenta años; era de complexión recia, seco de carnes, enjuto de rostro, gran madrugador y amigo de la caza. Quieren decir[7] que tenía el sobrenombre de Quijada, o Quesada[f], que en esto hay alguna diferencia en los autores que deste caso escriben; aunque por conjeturas verosímiles se deja entender que se llamaba Quejana. Pero esto importa poco a nuestro cuento; basta que en la narración dél no se salga un punto de la verdad.

Es, pues, de saber, que este sobredicho hidalgo, los ratos que estaba ocioso —que eran los más del año—, se daba a leer libros de caballerías con tanta afición y gusto, que olvidó casi de todo punto el ejercicio de la caza, y aun la administración de su hacienda; y llegó a tanto su curiosidad y desatino en esto, que vendió muchas hanegas de tierra de sembradura para comprar libros de caballerías en que

---

En estas frases concretiza Cervantes un tipo social y literario del hidalgo, para luego apuntar los rasgos de su idiosincrasia. La imaginación popular ya había dado expresión a los atributos de casa y mesa del tipo del hidalgo en varios refranes, v.g., «Hidalgo de aldea, la pobreza allá le lleva (Correas, 591b)», «Al hidalgo que no tiene galgo fáltale algo», «Vaca y carnero, olla de caballero», etc. Correas 119b. *Duelos y quebrantos*: se trata de un manjar humilde de semiabstinencia[g]. La curiosidad erudita de dos siglos y más no ha bastado para aclarar su oscuro origen y significado. Se expone el desarrollo de las diversas opiniones y teorías que desde 1797 se han dado a la locución en **451.8.** RM sostuvo que se trataba de la fritada de «huevos y torreznos» (Apéndice 7); Schevill, que la expresión no se aplicaba a un plato de ingredientes fijos, sino a una comida no exclusiva de los sábados que sería algunas veces solo la «grosura» del animal (cabeza, pies, manos, y asadura) a la cual se le podía agregar, en ocasiones, sesos y el gordo del tocino, y huevos. Casi seguro es que Cervantes fue el primero que usó la locución en forma escrita, lo cual complica el asunto[a]. *sayo:* vestidura que, en la calle, se llevaba bajo la capa. *velarte*[b]: especie de paño de abrigo, de color negro o azul, «fino y estimado», Cov. 996.b.41. *calzas:* cubrían los muslos y las piernas, de modo que servían de pantalones; había *calzas enteras* o *calzas a secas,* y *medias calzas* o *medias*[g]. *velludo:* felpa o terciopelo. *pantuflo:* «calzado de gente anciana, de dos corchos o más», Cov. 851.a.2. *vellorí:* (llamado así por su color pardo)[b] paño entrefino e inferior al de velarte.

[6] *mozo*] No vuelve a mencionarse en todo el libro.

[7] *quieren decir*] 'dicen' o 'sostienen', 'pretenden'; la misma perífrasis de *no quiero acordarme.*

leer, y así, llevó a su casa todos cuantos pudo haber dellos;
y de todos, ningunos le parecían tan bien como los que
compuso el famoso Feliciano de Silva[8], porque la claridad
de su prosa y aquellas entricadas razones suyas le parecían de
perlas, y más cuando llegaba a leer aquellos requiebros
y cartas de desafíos, donde en muchas partes hallaba escrito: *La razón de la sinrazón que a mi razón se hace*[c], *de
tal manera mi razón enflaquece, que con razón me quejo
de la vuestra fermosura.* Y también cuando leía: ...*los altos
cielos que de vuestra divinidad divinamente con las estrellas
os fortifican, y os hacen merecedora del merecimiento que
merece la vuestra grandeza.*

Con estas razones perdía el pobre caballero el juicio,
y desvelábase por entenderlas y desentrañarles el sentido,
que no se lo sacara ni las entendiera el mesmo Aristóteles,
si resucitara para sólo ello. No estaba muy bien con las
heridas que don Belianís[9] daba y recebía, porque se imaginaba que, por grandes maestros[10] que le hubiesen curado,
no dejaría de tener el rostro y todo el cuerpo lleno de cica-
trices y señales. Pero, con todo, alababa en su autor aquel
acabar su libro con la promesa de aquella inacabable aventura, y muchas veces le vino deseo de tomar la pluma y
dalle fin al pie de la letra, como allí se promete; y sin duda

[8] *Feliciano de Silva*[af]] 1492?-1558?, autor de fácil pluma y una especie de industrial literario de la época de Carlos V. Imitó las obras más
en boga; son suyas una continuación de la *Celestina* (1534) y varias
del *Amadís: Lisuarte de Grecia, Amadís de Grecia, Florisel de Niquea* y
Rogel de Grecia, publicados entre 1514 y 1535. Fue celebrado por sus
contemporáneos, pues su habilidad coincidía con la vulgarización de
obras novelísticas que permitió el libro impreso. Ya antes de Cervantes
había sido frecuente objeto de burla su estilo hinchado y puerilmente
afectado[ac]. *V.* Menéndez Pelayo, *Orígenes de la novela*, I, p. 407-415;
160.1, p. 71-76.
[9] *don Belianís*] El héroe ya mencionado en un soneto de los preliminares, nota 12, p. 62. Recibió un número extraordinario de heridas
graves (Clemencín contó ciento y una en los primeros dos libros) porque
no era invulnerable ni tenía armas encantadas. Al dar fin a su libro, dice
el autor, Jerónimo Fernández, que bien quisiera referir los sucesos que
deja pendientes, «mas el sabio Fristón, pasando de Grecia en Nubia,
juró había perdido la historia, y así la tornó a buscar. Yo le he esperado,
y no viene; y suplir yo con fingimientos a historia tan estimada, sería
agravio; y así la dejaré en esta parte, dando licencia a cualquiera a cuyo
poder viniere la otra parte, la ponga junto con ésta, porque yo quedo
con harta pena y deseo de verla»[c]. Cervantes a su vez parodia este tipo
de fingimientos.
[10] *maestros*] médicos o cirujanos[c].

alguna lo hiciera, y aun saliera con ello, si otros mayores y continuos pensamientos no se lo estorbaran. Tuvo muchas veces competencia con el cura de su lugar —que era hombre docto[11], graduado en Sigüenza—, sobre cuál había sido mejor caballero: Palmerín de Ingalaterra o Amadís de Gaula[12]; mas maese Nicolás, barbero del mesmo pueblo, decía que ninguno llegaba al Caballero del Febo, y que si alguno se le podía comparar era don Galaor, hermano de Amadís de Gaula, porque tenía muy acomodada condición para todo; que no era caballero melindroso ni tan llorón como su hermano[13], y que en lo de la valentía no le iba en zaga[f].

En resolución, él se enfrascó tanto en su letura, que se le pasaban las noches leyendo de claro en claro, y los días de turbio en turbio[f]; y así, del poco dormir y del mucho leer se le secó[14] el celebro, de manera que vino a perder el juicio. Llenósele la fantasía de todo aquello que leía en los libros, así de encantamentos como de pendencias, batallas, desafíos, heridas, requiebros, amores, tormentas y disparates imposibles; y asentósele de tal modo en la imaginación que era verdad toda aquella máquina de aquellas sonadas[b] soñadas invenciones que leía, que para él no había otra historia más cierta en el mundo. Decía él que el Cid Ruy Díaz había sido muy buen caballero, pero que no tenía que ver con

---

[11] *hombre docto*] Alusión irónica a los grados académicos conferidos por las universidades llamadas menores —la de Sigüenza se fundó en 1472. Pero a partir del c. 6 el cura se muestra instruido y docto de verdad y ahí se llama gran amigo de Cervantes.

[12] Se mencionan aquí los protagonistas de los dos libros de caballerías más leídos en España y a ambos se les concede un juicio favorable en el c. 6.

[13] Amadís derrama abundancia de lágrimas después de recibir la carta de Oriana que provoca su penitencia, *Amadís de Gaula*, libro 2: «Amadís yua sospirando y gimiendo con tanta angustia y dolor, que los que lo veyan eran puestos en dolor en así lo ver...» c. 45, p. 375; «era ya su salud tan llegada al cabo que no esperaua biuir quinze días, y del mucho llorar, junto con la su gran flaqueza, tenía el rostro muy descarnado y negro, mucho más que si de gran dolencia agrauiado fuera», c. 52, p. 422. Cortejón cita otros ejemplos.

[14] Se establece una relación entre los desvelos del hidalgo y el desecamiento de su cerebro. La destemplanza caliente y seca del cerebro, por ser él de carácter, o humor, colérico, hubo de producir la lesión imaginativa. Según las doctrinas de Huarte de San Juan (nota 1, *supra)* los hombres de temperamento caliente y seco son ricos en inteligencia y en imaginación, y, en cuanto al carácter, coléricos y melancólicos, y picando fácilmente en manías.

el Caballero de la Ardiente Espada[15], que de sólo un revés
había partido por medio dos fieros y descomunales gigantes. Mejor estaba con Bernardo del Carpio[16], porque en
Roncesvalles había muerto a Roldán el encantado, valién-
dose de la industria[17] de Hércules, cuando ahogó a Anteo,
el hijo de la Tierra, entre los brazos. Decía mucho bien del
gigante Morgante[18] porque, con ser de aquella generación
gigantea, que todos son soberbios y descomedidos[c], él sólo
era afable y bien criado. Pero, sobre todos, estaba bien con
Reinaldos de Montalbán[19], y más cuando le veía salir de
su castillo y robar cuantos topaba, y cuando en allende[20]
robó aquel ídolo de Mahoma que era todo de oro, según
dice su historia. Diera él por dar una mano de coces al
traidor de Galalón[21], al ama que tenía y aun a su sobrina
de añadidura.

En efeto, rematado ya su juicio, vino a dar en el más estraño pensamiento que jamás dio loco en el mundo, y fue
que le pareció convenible y necesario, así para el aumento

[15] Protagonista de una de las continuaciones de Feliciano de Silva:
*El noveno libro de Amadís de Gaula, que es la crónica del muy valiente
y esforçado Príncipe y cauallero de la Ardiente Espada Amadís de Grecia,
hijo de Lisuarte de Grecia, emperador de Constantinopla y de Trapisonda...*
(Cuenca, 1530)[a]. Tenía estampada en el pecho una espada bermeja a
manera de brasa, y como tal quemaba, hasta que el sabio Alquife le curó
de esta incomodidad[cf].

[16] *Bernardo del Carpio*] Héroe castellano fabuloso, desconocido a
los cantares franceses, que según una tradición medieval española venció
en Roncesvalles a Roldán. Cervantes alude al episodio narrado en el
canto 35 del poema (especie de continuación de Ariosto) de Nicolás
Espinosa, *La segunda parte de Orlando con el verdadero suceso de la
famosa batalla de Roncesvalles* (1555)[ac]. En algunos romances castellanos
se llama a Roldán «el encantado».

[17] *industria*] 'habilidad, artimaña'.

[18] *del gigante Morgante*] Protagonista del poema *Morgante maggiore*
de Luigi Pulci (1432-1484), donde se narra que de tres fieros gigantes
paganos mató Roldán a Pasamonte y a Alabastro y convirtió al cristianismo a Morgante, que luego le acompañó en aventuras[c]. Su versión
castellana fue *Libro del esforçado gigante Morgante y de Roldán y Reynaldos* (1533)[a].

[19] *Reinaldos de Montalbán*] Héroe épico francés, y protagonista de
un cantar del siglo XII. Se popularizó en España, donde, contra las tradiciones francesas, se le hizo tomar parte en la batalla de Roncesvalles[c].
Aparece con frecuencia en el romancero castellano.

[20] *en allende*] del otro lado del mar, en ultramar[b].

[21] *Galalón*] Ganelón, fr. *Guenelon*, Conde de Maganza, por cuya
traición murieron en Roncesvalles los doce Pares de Francia, según la
leyenda carolingia.

de su honra como para el servicio de su república, hacerse
caballero andante[22], y irse por todo el mundo con sus armas
y caballo a buscar las aventuras y a ejercitarse en todo
aquello que él había leído que los caballeros andantes se
ejercitaban, deshaciendo todo género de agravio, y poniéndose en ocasiones y peligros donde, acabándolos, cobrase
eterno nombre y fama. Imaginábase el pobre ya coronado
por el valor de su brazo, por lo menos, del imperio de Trapisonda[c]; y así, con estos tan agradables pensamientos,
llevado del estraño gusto que en ellos sentía, se dio priesa
a poner en efeto lo que deseaba. Y lo primero que hizo fue
limpiar unas armas que habían sido de sus bisabuelos[23], que,
tomadas de orín y llenas de moho, luengos siglos había
que estaban puestas y olvidadas en un rincón. Limpiólas
y aderezólas lo mejor que pudo; pero vio que tenían una
gran falta, y era que no tenían celada de encaje, sino morrión
simple; mas a esto suplió su industria, porque de cartones
hizo un modo de media celada, que, encajada con el morrión,
hacían una apariencia de celada entera. Es verdad que para
probar si era fuerte y podía estar al riesgo de una cuchillada, sacó su espada y le dio dos golpes, y con el primero
y en un punto[24] deshizo lo que había hecho en una semana; y no dejó de parecerle mal la facilidad con que la había
hecho pedazos, y, por asegurarse deste peligro, la tornó a
hacer de nuevo, poniéndole unas barras de hierro por de
dentro, de tal manera que él quedó satisfecho de su fortaleza, y sin querer hacer nueva experiencia della, la diputó
y tuvo por celada finísima de encaje.

Fue luego a ver su rocín, y aunque tenía más cuartos
que un real[25] y más tachas que el caballo de Gonela, que

---

[22] Se han señalado, como posibles antecedentes de Cervantes, algunas
anécdotas de personas históricas (siglo XVI) o ficticias que enloquecieron
por efecto de la lectura de libros de caballerías, tomando sus ficciones
por hechos verídicos. *V.* Menéndez Pelayo, **062**, p. 350; Menéndez Pidal,
087. Las resume Schevill en parte, y negando su importancia, ed. S-B,
I, p. 415.
[23] *bisabuelos*] Por ser de sus bisabuelos, las armas que viste el
hidalgo se remontaban al siglo XV o principios del XVI. El *morrión simple*
solo cubría la parte superior de la cabeza, y la *celada de encaje* llevaba
una pieza ancha y circular que protegía y encajaba sobre la coraza.
Estas piezas distaban mucho de formar un conjunto homogéneo y de
fácil manejo: eran arcaicas y procedían de distintas épocas y armaduras.
V. Enrique de Leguina, *Las armas de don Quijote* (Madrid, 1908), p. 35-41.
[24] *en un punto*] 'en un momento'.
[25] *cuartos... real*] Juego de palabras con el doble sentido de la

tantum pellis et ossa fuit[26], le pareció que ni el Bucéfalo[b] de Alejandro ni Babieca el del Cid con él se igualaban. Cuatro días se le pasaron en imaginar qué nombre le pondría; porque —según se decía él a sí mesmo— no era razón que caballo de caballero tan famoso, y tan bueno él por sí, estuviese sin nombre conocido; y ansí, procuraba acomodársele de manera que declarase quién había sido antes que fuese de caballero andante, y lo que era entonces; pues estaba muy puesto en razón que, mudando su señor estado, mudase él también el nombre, y le cobrase famoso y de estruendo, como convenía a la nueva orden y al nuevo ejercicio que ya profesaba; y así, después de muchos nombres que formó, borró y quitó, añadió, deshizo y tornó a hacer en su memoria e imaginación, al fin le vino a llamar *Rocinante*[27], nombre, a su parecer, alto, sonoro y significativo de lo que había sido cuando fue rocín, antes de lo que ahora era, que era antes y primero de todos los rocines del mundo.

Puesto nombre, y tan a su gusto, a su caballo, quiso ponérsele a sí mismo, y en este pensamiento duró otros ocho días, y al cabo se vino a llamar *don Quijote*[28]; de donde,

antigua moneda española y la enfermedad que padecen las caballerías en los cascos[c].

[26] tantum pellis et ossa fuit] «todo era piel y huesos». *Pietro Gonella:* bufón de la corte de los duques de Ferrara en el siglo xv[a]. Cervantes cita la frase de un epigrama de Merlino Cocai (o sea Teófilo Folengo, 1496-1544): «Stare parangono Gonellae nempe cavalli / posset, qui tantum pellis et ossa fuit». *V.* Vit. Camera de Asarta, *RFE*, 46: 179-180 (1963); **341.1.**

[27] Rocinante] Su rara ingeniosidad inspira al hidalgo a dar un nombre 'literario' o 'poético' a su caballo. Se inicia así la transformación grotesco-humorística del personaje ecuestre que vendrán a representar Don Quijote y Rocinante en el arte universal. Los famosos caballos a que se compara el rocín del hidalgo *(Babieca, Bucéfalo, Frontino,* o los legendarios, *Hipogrifo, Clavileño,* cf. II.40, p. 341) proceden de una tradición heroico-legendaria que no figuró en los libros de caballerías. En la poesía heroica (e.g., *Orlando furioso,* y no en libros andantescos) se les da nombre a los caballos. Según esta tradición también se da nombre a la espada del héroe, pero nunca se le ocurre esto al hidalgo.

[28] Al anteponerse *don* el hidalgo piensa más en la tradición andantesca de las ficciones (y general en obras medievales) que en el uso social de la época en que lo concibe Cervantes, pero para los lectores de 1605 fue lo mismo, por el efecto satírico. En el invento del nombre figura principalmente la raíz de su apellido *(Quija*do o *Quixa*no) y el nombre de una pieza de la armadura defensiva que cubría el muslo: *quijote,* s.v. Cov., que procede del francés *cuissot* o del catalán *cuixot,* 'muslera'[e].

como queda dicho, tomaron ocasión los autores desta tan verdadera historia que, sin duda, se debía de llamar Quijada, y no Quesada, como otros quisieron decir. Pero, acordándose que el valeroso Amadís no sólo se había contentado con llamarse Amadís a secas, sino que añadió el nombre de su reino y patria, por hacerla famosa, y se llamó Amadís de Gaula, así quiso, como buen caballero, añadir al suyo el nombre de la suya y llamarse *don Quijote de la Mancha*, con que, a su parecer, declaraba muy al vivo su linaje y patria, y la honraba con tomar el sobrenombre della.

Limpias, pues, sus armas, hecho del morrión celada, puesto nombre a su rocín y confirmándose[29] a sí mismo, se dio a entender que no le faltaba otra cosa sino buscar una dama de quien enamorarse; porque el caballero andante sin amores era árbol sin hojas y sin fruto y cuerpo sin alma. Decíase él a sí:

—Si yo, por malos de mis pecados, o por mi buena suerte, me encuentro por ahí con algún gigante, como de ordinario les acontece a los caballeros andantes, y le derribo de un encuentro, o le parto por mitad del cuerpo, o, finalmente, le venzo y le rindo, ¿no será bien tener a quien enviarle presentado[30] y que entre y se hinque de rodillas ante mi dulce señora, y diga con voz humilde y rendido: «Yo, señora, soy el gigante Caraculiambro[31], señor de la

---

lat., *coxa*, 'cadera', 'muslo'. La terminación coincide con el sufijo *-ote* que en castellano tiene un claro matiz ridículo, monig*ote*, libr*ote*, mit*ote*. «Quijote»[b], pues, resulta una desfiguración humorística de todo esto. Pero Cervantes tuvo presente también al caballero Lanzarote (forma hispanizada del fr. *Lancelot)* de las leyendas artúricas y de los romances viejos castellanos. Al llegar a la venta en el c. 2, don Quijote recuerda el romance que empieza: «Nunca fuera [es decir *fue*] caballero / de damas tan bien servido / como fuera Lanzarote / cuando de Bretaña vino...» —pero se identifica con el héroe legendario y lo sustituye, diciendo: «Nunca fuera caballero / de damas tan bien servido / como fuera don Quijote / cuando de su aldea vino...» En la mente de Cervantes *don-Qui-jo-te* y *Lan-za-ro-te* hacían una especie de paronomasia. De toda la materia del romancero viejo que Cervantes incorporó en su libro esta poesía fue la más oportuna, según se apuntará en estas notas. Por último, téngase en cuenta que en el *Primaleón* (1534) figuraba el «fidalgo Camilote», escudero ridículo y feo que ante el rey pide que le arme caballero, Dámaso Alonso, **153,** y Spitzer, **102,** nota 13.

[29] *confirmándose*] mudando de nombre: alude al sacramento de la Confirmación.

[30] *presentar:* regalar.

[31] *Caraculiambro*] nombre que recuerda el mote que en español se

ínsula Malindrania, a quien venció en singular batalla el jamás como se debe alabado caballero don Quijote de la Mancha, el cual me mandó que me presentase ante vuestra merced, para que la vuestra grandeza disponga de mí a su talante»?

¡Oh, cómo se holgó nuestro buen caballero cuando hubo hecho este discurso, y más cuando halló a quien dar nombre de su dama! Y fue, a lo que se cree, que en un lugar cerca del suyo había una moza labradora de muy buen parecer, de quien él un tiempo anduvo enamorado, aunque, según se entiende, ella jamás lo supo, ni le dio cata[32] dello. Llamábase Aldonza Lorenzo[33], y a ésta le pareció ser bien darle título de señora de sus pensamientos, y, buscándole nombre que no desdijese mucho del suyo y que tirase y se encaminase al de princesa y gran señora, vino a llamarla *Dulcinea*[34] *del Toboso*, porque era natural del Toboso; nombre[b], a su parecer, músico y peregrino y significativo, como todos los demás que a él y a sus cosas había puesto.

CAPÍTULO II

Que trata de la primera salida que de su tierra hizo
el ingenioso Don Quijote

Hechas, pues, estas prevenciones, no quiso aguardar más tiempo a poner en efeto su pensamiento, apretándole a ello la falta que él pensaba que hacía[1] en el mundo su tar-

---

da al ancho de cara. Los autores de libros caballerescos se esforzaron por dar a los gigantes nombres horrísonos, que por ser tan exagerados habían de dar en lo ridículo.

[32] *ni le dio cata*] 'ni él le dio a ella cuenta de ello'[c]. Algunos editores enmiendan 'ni *se* dio cata dello'.

[33] *Aldonza Lorenzo*] Aldonza era nombre rústico y proverbial, según el refrán: «A falta de moza, buena es Aldonza». Usa de apellido el nombre del padre, que se llama Lorenzo Corchuelo; la madre se llama Aldonza Nogales, I.25, p. 311.

[34] Dulcinea] El nombre está formado sobre *Dulce*, equivalente de Aldonza según creencia general en el siglo XVI (Cov. 79.b.65), y se asocia a la onomástica pastoril renacentista con resonancias rústico-cómicas, **430** y 431.

[1] *hacía*] 'causaba', 'ocasionaba'. *Hacer falta* no significaba 'ser menester', sino 'causar o originar falta'[b].

danza, según eran los agravios que pensaba deshacer, tuertos que enderezar[2], sinrazones que emendar, y abusos que mejorar, y deudas que satisfacer. Y así, sin dar parte a persona alguna de su intención, y sin que nadie le viese, una mañana, antes del día, que era uno de los calurosos del mes de julio[3], se armó de todas sus armas, subió sobre Rocinante, puesta su mal compuesta celada, embrazó su adarga, tomó su lanza, y por la puerta falsa de un corral salió al campo, con grandísimo contento y alborozo de ver con cuánta facilidad había dado principio a su buen deseo. Mas apenas se vio en el campo, cuando le asaltó un pensamiento terrible, y tal, que por poco le hiciera dejar la comenzada empresa; y fue que le vino a la memoria que no era armado caballero, y que, conforme a la ley de caballería, ni podía ni debía tomar armas con ningún caballero; y puesto que lo fuera, había de llevar armas blancas[4], como novel caballero, sin empresa en el escudo, hasta que por su esfuerzo la ganase. Estos pensamientos le hicieron titubear en su propósito; mas, pudiendo más su locura que otra razón alguna, propuso de hacerse armar caballero del primero que topase, a imitación de otros muchos que así lo hicieron, según él había leído en los libros que tal le tenían. En lo de las armas blancas, pensaba limpiarlas de

___

[2] *tuertos que enderezar*] 'injusticias o injurias que reparar'. El *tuerto* (o acción torcida) era la injusticia que había que *enderezar*.

[3] Nótese la manera aparentemente improvisada e incidental con que se introducen ciertos elementos temporales. Cervantes no ideó su relato según un 'plan cronológico' (idea predilecta de Vicente de los Ríos y Hartzenbusch). Fijó el tiempo de la acción en verano, como convenía a sus fines satíricos. El calor de un día de julio en la Mancha exacerba el delirio (o el desecamiento del cerebro) de don Quijote. Además, según ciertas nociones fisiológicas en que las cuatro estaciones del año correspondían a los cuatro temperamentos del hombre (sanguíneo, colérico, flegmático, melancólico), el estío correspondía al *humor colérico*, que formaba otras analogías con el fuego y el dios Marte. En el siglo xv el Arcipreste de Talavera describe al «hombre colérico» así: «...éstos son calientes e secos, por quanto el elemento del fuego es su correspondyente, que es calyente e seco. Estos tales súbyto son yrados muy de rezio... son muy sobervios... animosos de coraçón, ligeros por sus cuerpos, mucho sabyos, *sobtiles, e engeniosos*», ed. Castalia, p. 182.

[4] *tomar armas... armas blancas*] entrar en combate... Se refiere al escudo de los caballeros noveles que llevaban *escudos blancos* hasta que realizaban alguna notable proeza y la indicaban en la empresa y adornos del escudo, tomando de ellos el nombre. Más adelante se juega con el otro sentido de *armas blancas*, «armas limpias», o sea tersas y bruñidas, como acabadas de estrenar[e].

manera, en teniendo lugar, que lo fuesen más que un armiño, y con esto se quietó y prosiguió su camino, sin llevar otro que aquel que su caballo quería, creyendo que en aquello consistía la fuerza de las aventuras[5].

Yendo, pues, caminando nuestro flamante aventurero, iba hablando consigo mesmo y diciendo:

—¿Quién duda sino que en los venideros tiempos, cuando salga a luz la verdadera historia de mis famosos hechos, que el sabio que los escribiere no ponga, cuando llegue a contar esta mi primera salida tan de mañana, desta manera?[6]: «Apenas había el rubicundo Apolo tendido por la faz de la ancha y espaciosa tierra las doradas hebras de sus hermosos cabellos, y apenas los pequeños y pintados pajarillos con sus arpadas lenguas habían saludado con dulce y meliflua armonía la venida de la rosada aurora, que, dejando la blanda cama del celoso marido, por las puertas y balcones del manchego horizonte a los mortales se mostraba, cuando el famoso caballero don Quijote de la Mancha, dejando las ociosas plumas, subió sobre su famoso caballo Rocinante, y comenzó a caminar por el antiguo y conocido campo de Montiel».

Y era la verdad que por él caminaba. Y añadió diciendo:

—Dichosa edad y siglo dichoso aquel adonde saldrán a luz las famosas hazañas mías, dignas de entallarse en bronces, esculpirse en mármoles y pintarse en tablas para memoria en lo futuro. ¡Oh tú, sabio encantador, quienquiera

---

[5] Recurso frecuente de autores de los libros caballerescos, pero de escaso interés. Sin embargo, Garci Rodríguez de Montalvo en el *Amadís* logró acrecentar con él un efecto sentimental: «y Amadís sintiéndose con ello muy desmayado y desconsolado, soltaua la rienda del cauallo y yuase por donde él quería...» «y metióse muy presto por la espessa montaña, no a otra parte sino donde el cauallo lo quería leuar...» II, c. 45, p. 374, 377. Clemencín anota otros ejemplos.

[6] Esta parodia incluye la novedad de que el protagonista invoca a su propio historiador y hasta le redacta los renglones iniciales de su *historia*. Don Quijote evoca un «amanecer mitológico», es decir, de un día de primavera que según la tradición poética recordaba la eterna primavera de la edad dorada (Ovidio, *Meta.*, I, vs. 107). Es notable que en estas invocaciones paródicas Cervantes uniera al tema heroico-caballeresco el lírico-pastoril, pues recuerda incluso las descripciones del alba escritas en serio en su *Galatea*. Sobre la tradición y los antecedentes de estas descripciones del alba, María Rosa Lida de Malkiel, «El amanecer mitológico en la poesía española», *RFH*, 8: 77-110 (1946), «Arpadas lenguas», *EDMP*, II, p. 227-252, y **452.1-2.** *celoso marido:* Titón; *ociosas plumas:* el colchón.

que seas, a quien ha de tocar el ser coronista desta peregrina historia! Ruégote que no te olvides de mi buen Rocinante, compañero eterno mío en todos mis caminos y carreras.

Luego volvía diciendo, como si verdaderamente fuera enamorado:

—¡Oh princesa Dulcinea, señora deste cautivo corazón! Mucho agravio me habedes fecho en despedirme y reprocharme con el riguroso afincamiento de mandarme no parecer ante la vuestra fermosura. Plégaos, señora, de membraros deste vuestro sujeto corazón, que tantas cuitas por vuestro amor padece[7].

Con éstos iba ensartando otros disparates, todos al modo de los que sus libros le habían enseñado, imitando en cuanto podía su lenguaje. Con esto, caminaba tan despacio, y el sol entraba tan apriesa y con tanto ardor, que fuera bastante a derretirle los sesos, si algunos tuviera.

Casi todo aquel día caminó sin acontecerle cosa que de contar fuese[8], de lo cual se desesperaba, porque quisiera topar luego luego[9] con quien hacer experiencia del valor de su fuerte brazo. Autores hay que dicen que la primera

[7] El estilo arcaico recuerda ciertos pasajes del *Amadís:* «—¡O, mi señora Oriana... membradvos, señora, de mí a esta sazón en que tanto vuestra sabrosa membrança me es menester!»; y de la carta de Oriana: «...no parescáys ante mí ni en parte donde yo sea...», II, c. 44, p. 367, 370. *Cautivo:* infeliz, desdichado; *afincamiento:* apremio, dolor, congoja; *plégaos:* plázcaos; *membraros:* acordaros; *cuita:* aflicción.

[8] *que de contar fuese*] Parodia de otro recurso de autores de libros caballerescos, en que se afectaba suprimir la mención de ciertos acontecimientos por carecer de importancia. «Partido Palmerín de la corte..., algunas aventuras halló de que *aquí no se hace mención por ser de poca calidad. Assi que, dejando de contar* algunas cosas que en aquella jornada passó, dice la historia que...», *Palmerín de Inglaterra, NBAE,* t. 11, p. 177. «Y otro día caminaron *sin cosa que de contar sea les acaeçiesse* hasta que llegaron a Uindilisora, donde era el rey Lisuarte», *Amadís de Gaula,* I, c. 13, p. 114a. «Fueron quinze dias *sin que aventura les viniesse que de contar sea»,* *Amadís de Grecia,* II, c. 22 (Bowle). En la primera salida, Don Quijote sale al campo de Montiel y camina hacia el mediodía o el oriente, pero luego llegará a un punto al noroeste de este campo. Cervantes situó las distintas escenas de este episodio según coincidían la geografía de la Mancha y su fantasía. No hacía falta, ni se propuso, imaginar un itinerario exacto, lo cual no ha impedido que sus críticos y lectores conciban la ruta que sigue don Quijote en términos exactos de espacio y tiempo. *V.* José Terrero, «Las rutas de las tres salidas de don Quijote...,» *AC,* 8: 1-49 (1959-60), y los escritos de «Azorín», **286.**

[9] *topar luego luego*] encontrar luego al punto, en seguida; la repetición tiene sentido de superlativo, o de mayor intensidad[b].

aventura que le avino fue la del Puerto Lápice[10]; otros dicen que la de los molinos de viento; pero lo que yo he podido averiguar en este caso, y lo que he hallado escrito en los anales de la Mancha[11], es que él anduvo todo aquel día, y, al anochecer, su rocín y él se hallaron cansados y muertos de hambre; y que, mirando a todas partes por ver si descubriría algún castillo o alguna majada de pastores donde recogerse y adonde pudiese remediar su mucha hambre y necesidad, vio, no lejos del camino por donde iba, una venta, que fue como si viera una estrella que, no a los portales, sino a los alcázares de su redención le encaminaba. Diose priesa a caminar, y llegó a ella a tiempo que anochecía.

Estaban acaso a la puerta dos mujeres mozas, destas que llaman del partido[12], las cuales iban a Sevilla con unos arrieros que en la venta aquella noche acertaron a hacer jornada, y como a nuestro aventurero todo cuanto pensaba, veía o imaginaba le parecía ser hecho y pasar al modo de lo que había leído, luego que vio la venta se le representó que era un castillo con sus cuatro torres y chapiteles de luciente plata[c], sin faltarle su puente levadiza y honda cava, con todos aquellos adherentes que semejantes castillos se pintan. Fuese llegando a la venta que a él le parecía castillo, y a poco trecho della detuvo las riendas a Rocinante, esperando que algún enano se pusiese entre las almenas a dar señal con alguna trompeta de que llegaba caballero al castillo. Pero como vio que se tardaban y que Rocinante se daba priesa por llegar a la caballeriza, se llegó a la puerta de la venta, y vio a las dos destraídas mozas que allí estaban, que a él le parecieron dos hermosas doncellas o dos graciosas damas que delante de la puerta del castillo se estaban solazando. En esto sucedió acaso que un porquero que andaba recogiendo de unos rastrojos una manada de puercos —que, sin perdón[13], así se llaman— tocó un cuerno, a cuya señal ellos se recogen, y al instante se le representó a don Quijote lo que deseaba, que era que algún enano hacía señal de su venida, y así, con estraño contento llegó a la

---

[10] la del Puerto Lápice] La aventura del vizcaíno, que sigue a la de los molinos, ambas contadas en el c. 8.

[11] Cf. I.52, p. 604.

[12] «Mujer del partido: la ramera pública», Cov. 854.b.59[b].

[13] sin perdón] Deformación irónica de la costumbre (que perdura entre gente rústica) de pedir perdón al mencionar algo vil o desagradable[b]. Cervantes nombra los puercos sin perdón.

venta y a las damas, las cuales, como vieron venir un hombre de aquella suerte armado, y con lanza y adarga, llenas de miedo se iban a entrar en la venta; pero don Quijote, coligiendo por su huida su miedo, alzándose la visera de papelón y descubriendo su seco y polvoroso rostro, con gentil talante y voz reposada les dijo:

—No fuyan[14] las vuestras mercedes ni teman desaguisado alguno; ca a la orden de caballería que profeso non toca ni atañe facerle a ninguno, cuanto más a tan altas doncellas[15] como vuestras presencias demuestran.

Mirábanle las mozas, y andaban con los ojos buscándole el rostro, que la mala visera le encubría; mas como se oyeron llamar doncellas, cosa tan fuera de su profesión, no pudieron tener la risa, y fue de manera que don Quijote vino a correrse[16] y a decirles:

—Bien parece la mesura en las fermosas, y es mucha sandez además la risa que de leve causa procede; pero non vos lo digo porque os acuitedes ni mostredes mal talante; que el mío non es de ál que de serviros.

El lenguaje, no entendido de las señoras, y el mal talle de nuestro caballero acrecentaba en ellas la risa y en él el enojo, y pasara muy adelante si a aquel punto no saliera el ventero, hombre que, por ser muy gordo, era muy pacífico, el cual, viendo aquella figura contrahecha[17], armada de armas tan desiguales[18] como eran la brida, lanza, adarga

---

[14] Lenguaje arcaico: *fuyan:* huyan; *desaguisado:* agravio, acción descomedida; *ca:* porque; *non:* no.

[15] *altas doncellas*]   Con esta alusión a las doncellas que figuraban en los libros caballerescos se introduce un tópico al que Cervantes a lo largo de su libro dará una transformación novelesca, **491.**

[16] *correrse*]   afrentarse, avergonzarse, Cov. 363.a.5.

[17] *contrahecha*]   fingida, disfrazada. «Contrahacer: imitar alguna cosa de lo natural o artificial», Cov. 353.a.31.

[18] *armas tan desiguales*]   Por pertenecer a diferentes géneros de armadura. «*La brida* era manera de montar propia de los hombres de armas o caballería pesada, a diferencia de *la jineta*, que era propia de la caballería ligera, y muy usada por los moros. En *la brida*, se llevaban los estribos largos y las piernas tendidas: el jinete parecía estar en pie, las camas del freno eran largas. En la jineta, los frenos eran recogidos, los estribos cortos: el caballero parecía ir sentado, y sus piernas no bajaban de la barriga del caballo... Los caballeros andantes montaban a *la brida*... usaban de escudos fuertes de hierro, que llevaban sus escuderos. *Brida* y *adarga* se contradicen. *La adarga* era hecha de cuero, y arma propia de los que montaban *a la jineta*»[c]. Eran, pues, armadura ligera la *adarga* y el *coselete*, que principalmente cubrían el pecho y la espalda[b8].

y coselete, no estuvo en nada en acompañar[19] a las doncellas en las muestras de su contento. Mas, en efeto, temiendo
la máquina de tantos pertrechos[20], determinó de hablarle
comedidamente, y así le dijo:

—Si vuestra merced, señor caballero, busca posada,
amén[21] del lecho (porque en esta venta no hay ninguno),
todo lo demás se hallará en ella en mucha abundancia.

Viendo don Quijote la humildad del alcaide de la fortaleza, que tal le pareció a él el ventero y la venta, respondió:

—Para mí, señor castellano, cualquiera cosa basta,
porque

> mis arreos son las armas,
> mi descanso el pelear, etc[22].

Pensó el huésped que el haberle llamado castellano había
sido por haberle parecido de los sanos de Castilla[23], aunque
él era andaluz, y de los de la playa de Sanlúcar, no menos
ladrón que Caco, ni menos maleante que estudiantado
paje, y así le respondió:

—Según eso, las camas de vuestra merced serán duras
peñas, y su dormir, siempre velar; y siendo así, bien se
puede apear, con seguridad de hallar en esta choza ocasión

[19] *no estuvo en nada*[a] *en acompañar*] 'estuvo a poco en acompañar'.
[20] Se refiere a la figura desatinada que hace don Quijote armado de
piezas desiguales.
[21] *amén*] Suele significar 'además', pero aquí significa 'menos',
'fuera de'.
[22] Primeros dos versos de un romance, o más bien, de un fragmento,
conocidísimo en la época; al contestar pícaramente el ventero alude al
mismo: «Mis arreos son las armas / mi descanso *es* pelear / mi cama
las duras peñas / mi dormir siempre velar». *Canc. de rom.*, s.a. f. 252.
arreos: 'adornos'. Cf. II.64, p. 532.
[23] *castellano… sanos de Castilla*, etc.] Se acumulan varios sentidos.
El *castellano* era el alcaide o señor a cuyo cargo estaría el castillo. Pero
el ventero se cree aludido por el sentido de *sanos de Castilla*, o sea 'hombre
honrado'. Era creencia vulgar la idea de que los de Castilla la Vieja eran
hombres honestos y los andaluces no. Además, en el lenguaje de germanía
o jerga de rufianes y criminales las frase *sano de Castilla* significaba 'ladrón
disimulado'[a]. Las dos significaciones pueden estar presentes en el ánimo
del ventero, ya que en su manera disimulada de contestar inyecta en el
relato el lenguaje y la mentalidad de rufianes y pícaros, por lo cual se
puede entender que aquí se dan, por primera vez en el libro, en oposición
dos figuras capitales de la prosa narrativa castellana del siglo XVI: *el
caballero y el pícaro. playa de Sanlúcar:* lugar conocido como uno de
los centros de la vida picaresca[b]; se mencionan otros en el c. 3, p. 88.

y ocasiones para no dormir en todo un año, cuanto más en una noche.

Y diciendo esto, fue a tener el estribo a don Quijote, el cual se apeó con mucha dificultad y trabajo, como aquel que en todo aquel día no se había desayunado.

Dijo luego al huésped[24] que le tuviese mucho cuidado de su caballo, porque era la mejor pieza que comía pan[25] en el mundo. Miróle el ventero, y no le pareció tan bueno como don Quijote decía, ni aun la mitad; y acomodándole en la caballeriza, volvió a ver lo que su huésped mandaba, al cual estaban desarmando las doncellas, que ya se habían reconciliado con él; las cuales, aunque le habían quitado el peto y el espaldar, jamás supieron ni pudieron desencajarle la gola[26] ni quitalle la contrahecha celada, que traía atada con unas cintas verdes, y era menester cortarlas, por no poderse quitar los ñudos; mas él no lo quiso consentir en ninguna manera, y así, se quedó toda aquella noche con la celada puesta, que era la más graciosa y estraña figura que se pudiera pensar; y al desarmarle, como él se imaginaba que aquellas traídas y llevadas que le desarmaban eran algunas principales señoras y damas de aquel castillo, les dijo con mucho donaire:

—Nunca fuera caballero[27]
de damas tan bien servido
como fuera don Quijote
cuando de su aldea vino:
doncellas curaban dél,
princesas del su rocino,

Caco: gigante o jayán que, en la mitología romana, habitaba al pie del monte Aventino y robó a Hércules su ganado, por lo cual éste acabó con él, ahorcándolo[c]. *maleante:* voz germanesca, 'burlador'. *estudiantado paje*[a]: estudiante malogrado o fracasado en sus estudios.

[24] *huésped]* Esta voz podía significar tanto el hospedado como el que hospeda. Aquí se refiere al ventero y en la oración siguiente a don Quijote.

[25] *pan]* Aquí significa todo cereal, sea trigo, cebada, o centeno[b].

[26] *peto, espaldar, gola]* Piezas del arnés; *el peto* defendía el pecho, *el espaldar* la espalda y *la gola* el cuello; la *celada* cubría la cabeza.

[27] Estos versos iniciales del romance ya mencionado, supra, c. 1, nota 28, describen la llegada de Lanzarote a un castillo. Al adaptarlos a esta situación, don Quijote iguala a las dos mujeres a doncellas y princesas. Es un desatino más, pero derivado del romance, que princesas cuidasen de un rocín. Decía el viejo romance: «Nvnca fuera cauallero / de

o Rocinante, que éste es el nombre, señoras mías, de mi caballo, y don Quijote de la Mancha el mío; que, puesto que no quisiera descubrirme fasta que las fazañas fechas en vuestro servicio y pro[28] me descubrieran, la fuerza de acomodar al propósito presente este romance viejo[29] de Lanzarote ha sido causa que sepáis mi nombre antes de toda sazón; pero tiempo vendrá en que las vuestras señorías me manden y yo obedezca, y el valor de mi brazo descubra el deseo que tengo de serviros.

Las mozas, que no estaban hechas a oír semejantes retóricas, no respondían palabra; sólo le preguntaron si quería comer alguna cosa.

—Cualquiera yantaría[30] yo —respondió don Quijote—, porque, a lo que entiendo, me haría mucho al caso.

A dicha, acertó a ser viernes aquel día, y no había en toda la venta sino unas raciones de un pescado que en Castilla llaman abadejo, y en Andalucía bacallao, y en otras partes curadillo, y en otras truchuela[31]. Preguntáronle si por ventura comería su merced truchuela, que no había otro pescado que dalle a comer.

—Como haya muchas truchuelas —respondió don Quijote—, podrán servir de una trucha, porque eso se me da[32] que me den ocho reales en sencillos[33] que en una pieza de a ocho. Cuanto más, que podría ser que fuesen estas truchuelas como la ternera, que es mejor que la vaca, y el cabrito que el cabrón. Pero, sea lo que fuere, venga luego,

---

damas tan bien seruido / como fuera Lançarote / quando de Bretaña vino / que dueñas curauan del / donzellas del su rocino / essa dueña Quintañona / essa le escanciaua el vino / la linda reyna Ginebra / se lo acostaua consigo...» *Canc. de rom.*, s.a., f. 228 vto. Estos versos expresaban una versión ya deformada, humorística y popular, del caballero medieval. Son «dueñas y doncellas», damas de alta calidad, las que le reciben, pero su cabalgadura es un rocín. El mismo romance le servirá a Cervantes para establecer el tono burlesco de las escenas en que don Quijote y Sancho llegan al castillo de los duques, II.31, p. 275. Adviértase que se omitió aquí toda mención de *dueñas*.

[28] *pro*] provecho.

[29] Así se llamaban los romances antiguos anónimos que venían por tradición oral. El de Lanzarote se remonta al siglo xv.

[30] *yantaria*] comería.

[31] *truchuela*] El bacalao curado; don Quijote no parece conocer la palabra con esta significación y cree que es trucha pequeña.

[32] *se me da*] 'me da lo mismo'.

[33] *en sencillos*] sueltos.

que el trabajo y peso de las armas no se puede llevar sin el gobierno de las tripas.

Pusiéronle la mesa a la puerta de la venta, por el fresco, y trújole el huésped una porción de mal remojado y peor cocido bacallao y un pan tan negro y mugriento como sus armas; pero era materia de grande risa verle comer, porque, como tenía puesta la celada y alzada la visera[34], no podía poner nada en la boca con sus manos si otro no se lo daba y ponía, y ansí, una de aquellas señoras servía deste menester. Mas al darle de beber, no fue posible, ni lo fuera si el ventero no horadara una caña, y puesto el un cabo en la boca, por el otro le iba echando el vino; y todo esto lo recebía en paciencia, a trueco de no romper las cintas de la celada. Estando en esto, llegó acaso a la venta un castrador de puercos, y así como llegó, sonó su silbato de cañas cuatro o cinco veces, con lo cual acabó de confirmar don Quijote que estaba en algún famoso castillo, y que le servían con música, y que el abadejo eran truchas, el pan candeal[35] y las rameras damas, y el ventero castellano del castillo, y con esto daba por bien empleada su determinación y salida. Mas lo que más le fatigaba era el no verse armado caballero, por parecerle que no se podría poner legítimamente en aventura alguna sin recebir la orden de caballería.

CAPÍTULO III

Donde se cuenta la graciosa manera que tuvo don Quijote en armarse caballero[e]

Y así, fatigado deste pensamiento, abrevió su venteril[b] y limitada cena; la cual acabada, llamó al ventero y, encerrándose con él en la caballeriza, se hincó de rodillas ante él, diciéndole:

—No me levantaré[c] jamás de donde estoy, valeroso

---

[34] *alzada la visera*] Así en la ed. pr. Algunos comentaristas han creído que hay aquí un error de impresión por *babera*, porque la *visera* alzada no podría ser impedimento para comer[g]. No obstante, el verbo *tener* podía significar 'tener asido', 'mantener', y así podría interpretarse que don Quijote tenía puesta la celada y mantenía, o sujetaba con las dos manos la *visera*[e].

[35] *candeal*] s., 'panecillo de trigo candeal'[b].

caballero, fasta que[1] la vuestra cortesía me otorgue un don que pedirle quiero, el cual redundará en alabanza vuestra y en pro del género humano.

El ventero, que vio a su huésped a sus pies y oyó semejantes razones, estaba confuso mirándole, sin saber qué hacerse ni decirle, y porfiaba con él que se levantase, y jamás quiso, hasta que le hubo de decir que él le otorgaba el don que le pedía.

—No esperaba yo menos de la gran magnificencia vuestra, señor mío —respondió don Quijote—; y así, os digo que el don que os he pedido y de vuestra liberalidad me ha sido otorgado[e]; es que mañana en aquel día[2] me habéis de armar caballero, y esta noche en la capilla deste vuestro castillo velaré las armas[e], y mañana, como tengo dicho, se cumplirá lo que tanto deseo, para poder, como se debe, ir por todas las cuatro partes del mundo[3] buscando las aventuras, en pro de los menesterosos, como está a cargo de la caballería y de los caballeros andantes, como yo soy[f], cuyo deseo a semejantes fazañas es inclinado.

El ventero, que, como está dicho, era un poco socarrón y ya tenía algunos barruntos[4] de la falta de juicio de su huésped, acabó de creerlo cuando acabó de oírle semejantes razones, y, por tener que reír aquella noche, determinó de seguirle el humor; y así, le dijo que andaba muy acertado en lo que deseaba y pedía, y que tal prosupuesto[5] era propio y natural de los caballeros tan principales como él parecía y como su gallarda presencia mostraba; y que él, ansimesmo, en los años de su mocedad, se había dado a aquel honroso ejercicio, andando por diversas partes del mundo, buscando sus aventuras, sin que hubiese dejado los Percheles de Málaga, Islas de Riarán, Compás de Sevilla, Azoguejo de Segovia, la Olivera de Valencia, Rondilla de Granada, playa de Sanlúcar, Potro de Córdoba y las Ventillas de Toledo y otras diversas partes[6], donde había

---

[1] *fasta que*] arcaísmo fónico por hasta que; y más adelante: *fazañas:* hazañas.

[2] *mañana en aquel día*] pleonasmo.

[3] *las cuatro partes del mundo*] Europa, Asia, África y América; Cf., I.48, p. 570.

[4] *barruntos*] indicios, sospechas.

[5] *prosupuesto*] intención, propósito.

[6] *Percheles... diversas partes*] Barrios y parajes frecuentados por delincuentes y vagabundos, comentados extensamente por Clemencín

ejercitado la ligereza de sus pies, sutileza de sus manos, haciendo muchos tuertos, recuestando[7] muchas viudas, deshaciendo algunas doncellas y engañando a algunos pupilos, y, finalmente, dándose a conocer por cuantas audiencias y tribunales hay casi en toda España; y que, a lo último, se había venido a recoger a aquel su castillo, donde vivía con su hacienda y con las ajenas, recogiendo en él a todos los caballeros andantes, de cualquiera calidad y condición que fuesen, sólo por la mucha afición que les tenía y porque partiesen con él de sus haberes[b], en pago de su buen deseo.

Díjole también que en aquel su castillo no había capilla alguna donde poder velar las armas, porque estaba derribada para hacerla de nuevo; pero que en caso de necesidad, él sabía que se podían velar dondequiera, y que aquella noche las podría velar en un patio del castillo; que a la mañana, siendo Dios servido, se harían las debidas ceremonias, de manera que él quedase armado caballero, y tan caballero, que no pudiese ser más en el mundo.

Preguntóle si traía dineros; respondió don Quijote que no traía blanca[8], porque él nunca había leído en las historias de los caballeros andantes que ninguno los hubiese traído. A esto dijo el ventero que se engañaba; que, puesto caso que en las historias no se escribía, por haberles parecido a los autores dellas que no era menester escrebir una cosa tan clara y tan necesaria de traerse como eran dineros[a] y camisas limpias, no por eso se había de creer que no los trujeron; y así, tuviese por cierto y averiguado que todos los caballeros andantes, de que tantos libros están llenos y atestados, llevaban bien herradas[9] las bolsas, por lo que pudiese sucederles; y que asimismo llevaban camisas y una arqueta pequeña llena de ungüentos para curar las heridas que recebían, porque no todas veces en los campos y desiertos donde se combatían y salían heridos había quien los curase, si ya no era que tenían algún sabio encantador por amigo, que luego los socorría, trayendo por el aire, en alguna nube, alguna doncella o enano con alguna redo-

---

(a quien se debe la frase «especie de mapa picaresco de España») y RM, Apéndice 8; Schevill facilita datos bibliográficos indispensables.

[7] *recuestando*] recuestar o requestar: requerir de amores, cortejar; y, también, 'demandar'.

[8] *blanca*] moneda de escaso valor (valía medio maravedí)[b].

[9] *herradas*] 'provistas de dinero'.

ma de agua de tal virtud, que, en gustando alguna gota
della, luego al punto quedaban sanos de sus llagas y heridas,
como si mal alguno hubiesen tenido. Mas que en tanto
que esto no hubiese, tuvieron los pasados caballeros por
cosa acertada que sus escuderos fuesen proveídos de dineros
y de otras cosas necesarias, como eran hilas y ungüentos
para curarse; y cuando sucedía que los tales caballeros no
tenían escuderos —que eran pocas y raras veces—, ellos
mesmos lo llevaban todo en unas alforjas muy sutiles, que
casi no se parecían[10], a las ancas del caballo, como que era
otra cosa de más importancia; porque, no siendo por ocasión semejante, esto de llevar alforjas no fue muy admitido
entre los caballeros andantes; y por esto le daba por consejo, pues aun se lo podía mandar como a su ahijado, que
tan presto lo había de ser[c], que no caminase de allí adelante
sin dineros y sin las prevenciones referidas, y que vería
cuán bien se hallaba con ellas, cuando menos se pensase.
    Prometióle don Quijote de hacer lo que se le aconsejaba,
con toda puntualidad, y así, se dio luego orden como ve-
lase las armas en un corral grande que a un lado de la venta
estaba; y recogiéndolas don Quijote todas[11], las puso sobre
una pila que junto a un pozo estaba y, embrazando su adarga, asió de su lanza, y con gentil continente se comenzó a
pasear delante de la pila; y cuando comenzó el paseo comenzaba a cerrar la noche.
    Contó el ventero a todos cuantos estaban en la venta
la locura de su huésped, la vela de las armas y la armazón[12]
de caballería que esperaba. Admiráronse de tan estraño
género de locura y fuéronselo a mirar desde lejos, y vieron
que, con sosegado ademán, unas veces se paseaba; otras,
arrimado a su lanza, ponía los ojos en las armas, sin quitar-
los por un buen espacio dellas. Acabó de cerrar la noche;
pero con tanta claridad de la luna, que podía competir
con el que se la prestaba; de manera, que cuanto el novel
caballero hacía era bien visto de todos. Antojósele en esto
a uno de los arrieros que estaban en la venta ir a dar agua a
su recua, y fue menester quitar las armas de don Quijote,
que estaban sobre la pila; el cual, viéndole llegar, en voz
alta le dijo:

---

[10] *no se parecían*] *parecerse* tiene el sentido pasivo de verse[b].
[11] A excepción de la celada, que tendría puesta, y la lanza.
[12] *armazón*] acto de armar.

—¡Oh tú, quienquiera que seas, atrevido caballero, que llegas a tocar las armas del más valeroso andante que jamás se ciñó espada! Mira lo que haces y no las toques, si no quieres dejar la vida en pago de tu atrevimiento.

No se curó el arriero destas razones —y fuera mejor que se curara, porque fuera curarse en salud[13]—; antes, trabando de las correas, las arrojó gran trecho de sí. Lo cual, visto por don Quijote, alzó los ojos al cielo y, puesto el pensamiento —a lo que pareció— en su señora Dulcinea, dijo:

—Acorredme[14], señora mía, en esta primera afrenta que a este vuestro avasallado pecho se le ofrece; no me desfallezca en este primero trance vuestro favor y amparo[b].

Y diciendo estas y otras semejantes razones, soltando la adarga, alzó la lanza a dos manos y dio con ella tan gran golpe al arriero en la cabeza, que le derribó en el suelo tan maltrecho, que si segundara con otro, no tuviera necesidad de maestro que le curara[bf]. Hecho esto, recogió sus armas y tornó a pasearse con el mismo reposo que primero. Desde allí a poco, sin saberse lo que había pasado —porque aún estaba aturdido el arriero—, llegó otro con la mesma intención de dar agua a sus mulos y, llegando a quitar las armas para desembarazar la pila, sin hablar don Quijote palabra y sin pedir favor a nadie, soltó otra vez la adarga y alzó otra vez la lanza, y, sin hacerla pedazos, hizo más de tres la cabeza del segundo arriero, porque se la abrió por cuatro. Al ruido acudió toda la gente de la venta, y entre ellos el ventero. Viendo esto don Quijote, embrazó su adarga y, puesta mano a su espada, dijo:

—¡Oh señora de la fermosura, esfuerzo y vigor del debilitado corazón mío! Ahora es tiempo que vuelvas los ojos de tu grandeza a este tu cautivo caballero, que tamaña aventura está atendiendo[15].

Con esto cobró, a su parecer, tanto ánimo[c], que si le acometieran todos los arrieros del mundo, no volviera el pie atrás. Los compañeros de los heridos, que tales los vieron, comenzaron desde lejos a llover piedras sobre don

---

[13] Se juega con dos significaciones de *curar*. En la frase *no se curó el arriero* significa 'cuidar, hacer caso'; en *curarse en salud* significa 'precaverse de un daño' o 'curarse antes de caer enfermo'.

[14] *Acorredme*] arcaísmo por 'socorredme'; y, luego, *desfallezca, desfallecer*: 'faltar'.

[15] *atender*: esperar.

Quijote, el cual, lo mejor que podía, se reparaba[16] con su adarga, y no se osaba apartar de la pila por no desamparar las armas. El ventero daba voces que le dejasen, porque ya les había dicho como era loco, y que por loco se libraría aunque los matase a todos. También[17] don Quijote las daba mayores, llamándolos de alevosos y traidores, y que el señor del castillo era un follón[18] y mal nacido caballero, pues de tal manera consentía que se tratasen los andantes caballeros, y que si él hubiera recebido la orden de caballería, que él le diera a entender su alevosía: —Pero de vosotros, soez y baja canalla, no hago caso alguno; tirad, llegad, venid y ofendedme en cuanto pudiéredes; que vosotros veréis el pago que lleváis de vuestra sandez y demasía[19].

Decía esto con tanto brío y denuedo, que infundió un terrible temor en los que le acometían; y así por esto como por las persuasiones del ventero, le dejaron de tirar, y él dejó retirar a los heridos y tornó a la vela de sus armas con la misma quietud y sosiego que primero.

No le parecieron bien al ventero las burlas de su huésped, y determinó abreviar y darle la negra[20] orden de caballería luego, antes que otra desgracia sucediese. Y así, llegándose a él, se desculpó de la insolencia que aquella gente baja con él había usado, sin que él supiese cosa alguna; pero que bien castigados quedaban de su atrevimiento. Díjole cómo ya le había dicho que en aquel castillo no había capilla, y para lo que restaba de hacer tampoco era necesaria; que todo el toque de quedar armado caballero consistía en la pescozada y en el espaldarazo[f], según él tenía noticia del ceremonial de la orden[b], y que aquello en mitad de un campo se podía hacer, y que ya había cumplido con lo que tocaba al velar de las armas, que con solas dos horas de vela se cumplía, cuanto más que él había estado más de cuatro. Todo se lo creyó don Quijote, que él estaba allí pronto para obedecerle, y que concluyese con la mayor brevedad que pudiese; porque si fuese otra vez acometido y se viese armado caballero, no pensaba dejar persona viva en el castillo, eceto aquellas que él le mandase, a quien por su respeto dejaría.

[16] *se reparaba*]   se defendía.
[17] *También*]   aún.
[18] *follón*]   hinchado, vano, jactancioso, y de ahí, 'vil y cobarde'.
[19] *demasía*]   agravio, descortesía.
[20] *negra*]   maldecida, infeliz.

Advertido y medroso desto el castellano, trujo luego un libro donde asentaba la paja y cebada que daba a los arrieros, y con un cabo de vela que le traía un muchacho, y con las dos ya dichas doncellas[21], se vino adonde don Quijote estaba, al cual mandó hincar de rodillas; y, leyendo en su manual —como que decía alguna devota oración—, en mitad de la leyenda[22] alzó la mano y diole sobre el cuello un buen golpe, y tras él, con su mesma espada, un gentil[23] espaldarazo, siempre murmurando entre dientes, como que rezaba. Hecho esto, mandó a una de aquellas damas[24] que le ciñese la espada[c], la cual lo hizo con mucha desenvoltura y discreción, porque no fue menester poca para no reventar de risa a cada punto de las ceremonias; pero las proezas que ya habían visto del novel caballero les tenía la risa a raya. Al ceñirle la espada dijo la buena señora:

—Dios haga a vuestra merced muy venturoso caballero y le dé ventura en lides[b].

Don Quijote le preguntó cómo se llamaba, porque él supiese de allí adelante a quién quedaba obligado por la merced recebida, porque pensaba darle alguna parte de la honra que alcanzase por el valor de su brazo. Ella respondió con mucha humildad que se llamaba la Tolosa, y que era hija de un remendón natural de Toledo, que vivía a las tendillas de Sancho Bienaya[25], y que dondequiera que ella estuviese le serviría y le tendría por señor. Don Quijote le replicó que, por su amor, le hiciese merced que de allí adelante se pusiese *don* y se llamase doña Tolosa. Ella se

---

[21] *doncellas*] Desde la escena en que llegó a la venta se ha pensado en estas dos mujeres como «doncellas» que han de intervenir en esta parodia de las solemnes ceremonias en los libros de caballerías, en que damas o doncellas nobles asisten a la recepción del joven caballero; cf. la escena en que Esplandián es armado caballero, *AdG*, IV, c. 133, p. 1336-7; sobre esta escena las notas de Riquer y **078** y **159**. Nótese que la parodia depende de la socarronería pícara del ventero, a quien se le ha ocurrido traer a las dos mujeres a la caballeriza y leer del libro de cuentas, que luego se llama «*manual*», y es alusión al libro de preces. O no tiene más sentido que el de burla el disimular leer una oración, o no se ha explicado a qué uso o versos de la Sagrada Escritura pudo haber aludido Cervantes.

[22] *leyenda*] lectura.

[23] *gentil*] gallardo, descomunal[b].

[24] *damas*] alusión a su manera de vivir; 'damas cortesanas' solía llamarse a mujeres de mala vida[b]; cf. I.46, nota 9.

[25] *a las tendillas de Sancho Bienaya*] 'en o cerca de las tendillas...', que estaban en la plaza de este nombre en Toledo[cb].

lo prometió, y la otra le calzó la espuela, con la cual le pasó casi el mismo coloquio que con la de la espada[c]. Preguntóle su nombre, y dijo que se llamaba la Molinera, y que era hija de un honrado molinero de Antequera; a la cual también rogó don Quijote que se pusiese *don*, y se llamase doña[b] Molinera, ofreciéndole nuevos servicios y mercedes.

Hechas, pues, de galope y aprisa las hasta allí nunca vistas ceremonias[c], no vio la hora don Quijote de verse a caballo y salir buscando las aventuras, y, ensillando luego a Rocinante, subió en él, y abrazando a su huésped, le dijo cosas tan estrañas, agradeciéndole la merced de haberle armado caballero, que no es posible acertar a referirlas[d]. El ventero, por verle ya fuera de la venta, con no menos retóricas, aunque con más breves palabras, respondió a las suyas y, sin pedirle la costa de la posada, le dejó ir a la buen hora[26].

CAPÍTULO IV

De lo que le sucedió a nuestro caballero cuando salió de la venta[e]

La del alba[1] sería cuando don Quijote salió de la venta tan contento, tan gallardo, tan alborozado por verse ya armado caballero, que el gozo le reventaba por las cinchas del caballo. Mas viniéndole a la memoria los consejos de su huésped cerca de las prevenciones tan necesarias que había de llevar consigo, especial[2] la de los dineros y camisas, determinó volver a su casa y acomodarse de todo, y de un escudero, haciendo cuenta de recebir a un labrador vecino[3] suyo, que era pobre y con hijos, pero muy a propó-

---

[26] *a la buen hora*] galicismo o italianismo: 'en hora buena'.

[1] *La del alba*] 'la hora del alba'. Sobre este enlazamiento anafórico entre capítulos y zeugma, Willis, **094**. Nótese que se abre el capítulo con el tópico del amanecer (ya introducido en el c. 2), lo cual se repite en I.13, etc.

[2] *especial*] adv., especialmente.

[3] Primera mención, sin nombrarle, de Sancho y el papel que ha de desempeñar. Para los fines paródicos con que empezó su libro, a Cervantes le bastaba presentar a don Quijote probándose en las aventuras solitario. La figura de Sancho se concibe íntegra en el plano de las aventuras de la segunda salida, a partir del c. 7.

sito para el oficio escuderil de la caballería. Con este pensamiento guió a Rocinante hacia su aldea, el cual, casi conociendo la querencia[4], con tanta gana comenzó a caminar, que parecía que no ponía los pies en el suelo.

No había andado mucho, cuando le pareció que a su diestra mano, de la espesura de un bosque que allí estaba, salían unas voces delicadas, como de persona que se quejaba, y apenas las hubo oído, cuando dijo:

—Gracias doy al cielo por la merced que me hace, pues tan presto me pone ocasiones delante donde yo pueda cumplir con lo que debo a mi profesión, y donde pueda coger el fruto de mis buenos deseos. Estas voces, sin duda, son de algún menesteroso o menesterosa, que ha menester mi favor y ayuda.

Y, volviendo las riendas, encaminó a Rocinante hacia donde le pareció que las voces salían[c]. Y a pocos pasos que entró por el bosque, vio atada una yegua a una encina, y atado en otra a un muchacho, desnudo de medio cuerpo arriba, hasta de edad de quince años, que era el que las voces daba, y no sin causa, porque le estaba dando con una pretina[5] muchos azotes[b] un labrador de buen talle, y cada azote le acompañaba con una reprehensión y consejo. Porque decía:

—La lengua queda y los ojos listos.

Y el muchacho respondía:

—No lo haré otra vez, señor mío; por la pasión de Dios que no lo haré otra vez, y yo prometo de tener de aquí adelante más cuidado con el hato[6].

Y viendo don Quijote lo que pasaba, con voz airada dijo:

—Descortés caballero, mal parece tomaros con[7] quien defender no se puede; subid sobre vuestro caballo y tomad vuestra lanza —que también tenía una lanza arrimada a la encina adonde estaba arrimada[8] la yegua—, que yo os haré conocer ser de cobardes lo que estáis haciendo.

El labrador, que vio sobre sí aquella figura llena de ar-

---

[4] *querencia*] «Término de cazadores, es el lugar adonde el animal acude de ordinario, o al pasto o la dormida», Cov. 891.b.24.

[5] *pretina*] cinturón de cuero.

[6] *hato*] ganado, rebaño.

[7] *tomarse con* uno: reñir o tener contienda o cuestión con él[b].

[8] Así en la ed. pr.; la 2.ª ed. corrige[a] *arrendada*. o sea, atada de la rienda.

mas blandiendo la lanza sobre su rostro, túvose por muerto, y con buenas palabras respondió:

—Señor caballero, este muchacho que estoy castigando es un mi criado, que me sirve de guardar una manada de ovejas que tengo en estos contornos, el cual es tan descuidado, que cada día me falta una; y porque castigo su descuido, o bellaquería, dice que lo hago de miserable, por no pagalle la soldada que le debo, y en Dios y en mi ánima que miente[b].

—¿«Miente»[9] delante de mí, ruin villano? —dijo don Quijote—. Por el sol que nos alumbra que estoy por pasaros de parte a parte con esta lanza. Pagadle luego sin más réplica; si no, por el Dios que nos rige que os concluya y aniquile en este punto. Desatadlo luego.

El labrador bajó la cabeza y, sin responder palabra, desató a su criado, al cual preguntó don Quijote que cuánto le debía su amo. Él dijo que nueve meses, a siete reales cada mes. Hizo la cuenta don Quijote y halló que montaban setenta[10] y tres reales, y díjole al labrador que al momento los desembolsase, si no quería morir por ello. Respondió el medroso villano que para[11] el paso en que estaba y juramento que había hecho —y aún no había jurado nada—, que no eran tantos; porque se le habían de descontar y recebir en cuenta tres pares de zapatos que le había dado, y un real de dos sangrías que le habían hecho estando enfermo.

—Bien está todo eso —replicó don Quijote—; pero quédense los zapatos y las sangrías por los azotes que sin culpa le habéis dado; que si él rompió el cuero de los zapatos que vos pagastes, vos le habéis rompido el de su cuer-

---

[9] El desmentir a alguien se tenía por afrentoso para el desmentido, y en presencia de una persona de categoría constituía una ofensa hecha a esa persona. Aun entre iguales no se hacía sin pedir perdón a los oyentes, cf. II.62, p. 509[b]. Don Quijote se encoleriza porque se siente ofendido por un antagonista. Le ha desafiado como caballero y ahora le llama «ruín villano», más bien en el sentido de 'hombre descortés y mal criado' que refiriéndose a su estado llano social—o sea, el que habita en una villa o aldea.

[10] setenta] así en las eds. primitivas. Las siguientes corrigieron sesenta[a]. Riquer[e] supone que podría tratarse de un error matemático que intencionadamente Cervantes hace cometer a don Quijote.

[11] para] Equivale a por en esta fórmula de juramento; entiéndase 'por el paso... por el juramento...' Nótese la frecuencia, y variedad, de los juramentos expresados en este episodio.

po; y si le sacó el barbero sangre estando enfermo, vos en sanidad[12] se la habéis sacado; ansí que, por esta parte, no os debe nada.

—El daño está, señor caballero, en que no tengo aquí dineros: véngase Andrés conmigo a mi casa, que yo se los pagaré un real sobre otro.

—¿Irme yo con él —dijo el muchacho— más? ¡Mal año![13] No, señor, ni por pienso; porque en viéndose solo, me desuelle como a un San Bartolomé.

—No hará tal —replicó don Quijote—: basta que yo se lo mande para que me tenga respeto; y con que él me lo jure por la ley de caballería que ha recebido[c], le dejaré ir libre y aseguraré la paga.

—Mire vuestra merced, señor, lo que dice —dijo el muchacho—; que este mi amo no es caballero ni ha recebido orden de caballería alguna; que es Juan Haldudo el rico[14], el vecino del Quintanar.

—Importa poco eso —respondió don Quijote—; que Haldudos puede haber caballeros; cuanto más, que cada uno es hijo de sus obras[15].

—Así es verdad —dijo Andrés—; pero este mi amo, ¿de qué obras es hijo, pues me niega mi soldada y mi sudor y trabajo?

—No niego, hermano Andrés —respondió el labrador—; y hacedme placer de veniros conmigo; que yo juro por todas las órdenes que de caballerías hay en el mundo de pagaros, como tengo dicho, un real sobre otro, y aun sahumados[16].

—Del sahumerio os hago gracia —dijo don Quijote—; dádselos en reales[17], que con eso me contento; y mirad que lo cumpláis como lo habéis jurado; si no, por el mismo juramento os juro de volver a buscaros y a castigaros, y que os tengo de hallar, aunque os escondáis más que una lagartija. Y si queréis saber quién os manda esto, para quedar

---

[12] *sanidad*] salud.

[13] *¡Mal año!*] fr. imprecatoria; aquí equivale a una maldición no proferida de un modo completo[b]. Sobre su uso en la obra, CS.

[14] Sobre el tipo del labrador rico, **202** y **203**.

[15] *Cada uno... obras*] refrán[a], Correas 376a; cf. I.47, p. 563; II.32, p. 291.

[16] *sahumados*] 'perfumados'. «Volver una cosa a su dueño *sahumada* es volverla más bien tratada que él la dió», Cov. 920.b.50.

[17] *en reales*] en buena moneda de plata, y no en vellón[b] (fabricada con liga de cobre o plata y cobre).

con más veras obligado a cumplirlo, sabed que yo soy el valeroso don Quijote de la Mancha, el desfacedor de agravios[18] y sinrazones, y a Dios quedad, y no se os parta de las mientes lo prometido y jurado, so pena de la pena pronunciada.

Y en diciendo esto, picó a su Rocinante, y en breve espacio[19] se apartó dellos. Siguióle el labrador con los ojos, y cuando vio que había traspuesto del bosque y que ya no parecía, volvióse a su criado Andrés y díjole:

—Venid acá, hijo mío; que os quiero pagar lo que os debo, como aquel deshacedor de agravios me dejó mandado.

—Eso juro yo —dijo Andrés—; y ¡cómo que andará vuestra merced acertado en cumplir el mandamiento de aquel buen caballero, que mil años viva; que, según es de valeroso y de buen juez, vive Roque, que si no me paga, que vuelva y ejecute lo que dijo!

—También lo juro yo —dijo el labrador—; pero, por lo mucho que os quiero, quiero acrecentar la deuda por acrecentar la paga.

Y asiéndole del brazo le tornó a atar a la encina, donde le dio tantos azotes, que le dejó por muerto.

—Llamad, señor Andrés, ahora —decía el labrador— al desfacedor de agravios; veréis cómo no desface aquéste. Aunque creo que no está acabado de hacer, porque me viene gana de desollaros vivo, como vos temíades.

Pero, al fin, le desató y le dio licencia que fuese a buscar su juez, para que ejecutase la pronunciada sentencia. Andrés se partió algo mohíno, jurando de ir a buscar al valeroso don Quijote de la Mancha y contalle punto por punto lo que había pasado, y que se lo había de pagar con las setenas[20]. Pero con todo esto, él se partió llorando y su amo se quedó riendo[21].

Y desta manera deshizo el agravio el valeroso don Quijote; el cual, contentísimo de lo sucedido, pareciéndole que había dado felicísimo y alto principio a sus caballerías,

---

[18] *desfacedor de agravios*]   Esta frase con su arcaísmo la repite luego, perversamente, el labrador.

[19] *espacio*]   intervalo de tiempo.

[20] *con las setenas*]   La multa llamada *las setenas* consistía en pagar siete veces más la cantidad debida. Aquí la expresión equivale a 'con creces', 'con exceso'.

[21] Andrés reaparece en el c. 31, p. 388, donde se vuelve a contar el resultado de la intervención de don Quijote.

con gran satisfación de sí mismo iba caminando hacia su aldea, diciendo a media voz:

—Bien te puedes llamar dichosa sobre cuantas hoy viven en la tierra, ¡oh sobre las bellas bella Dulcinea del Toboso!, pues te cupo en suerte tener sujeto y rendido a toda tu voluntad e talante a un tan valiente y tan nombrado caballero como lo es y será don Quijote de la Mancha, el cual, como todo el mundo sabe, ayer rescibió la orden de caballería, y hoy ha desfecho el mayor tuerto y agravio que formó la sinrazón y cometió la crueldad: hoy quitó el látigo de la mano a aquel despiadado enemigo que tan sin ocasión vapulaba[22] a aquel delicado infante.

En esto, llegó a un camino que en cuatro se dividía[23], y luego se le vino a la imaginación las encrucejadas donde los caballeros andantes se ponían a pensar cuál camino de aquéllos tomarían, y, por imitarlos, estuvo un rato quedo; y al cabo de haberlo muy bien pensado, soltó la rienda a Rocinante, dejando a la voluntad del rocín la suya, el cual siguió su primer intento, que fue el irse camino de su caballeriza.

Y habiendo andado como dos millas[24], descubrió don Quijote un grande tropel de gente, que, como después se supo, eran unos mercaderes toledanos que iban a comprar seda a Murcia[bc]. Eran seis, y venían con sus quitasoles, con otros cuatro criados a caballo y tres mozos de mulas a pie. Apenas los divisó don Quijote, cuando se imaginó ser cosa de nueva aventura; y, por imitar en todo cuanto a él le parecía posible los pasos[25] que había leído en sus libros, le pareció venir allí de molde uno que pensaba hacer. Y así, con gentil continente y denuedo, se afirmó bien en los estribos, apretó la lanza, llegó la adarga al pecho y, puesto en la mitad del camino, estuvo esperando que aquellos caballeros andantes llegasen, que ya él por tales los tenía y juzgaba; y cuando llegaron a trecho que se pudieron ver y oír, levantó don Quijote la voz, y con ademán arrogante dijo:

---

[22] *vapular* o vapulear: azotar.

[23] *a un camino... se dividía*] a una encrucijada de cuatro caminos. *V.* la anotación de Bowle, **008.**

[24] *millas*] «Milla es un espacio de camino, que contiene en sí mil pasos, y tres millas hacen una legua», Cov. 805.a.15.

[25] *pasos*] «no son aquí pasajes o sucesos, sino las justas o funciones solemnes de caballería»[e].

—Todo el mundo se tenga, si todo el mundo no confiesa que no hay en el mundo todo doncella más hermosa que la emperatriz de la Mancha, la sin par Dulcinea del Toboso.

Paráronse los mercaderes al son destas razones y a ver la estraña figura del que las decía; y por la figura y por las razones luego echaron de ver la locura de su dueño; mas quisieron ver despacio en qué paraba aquella confesión que se les pedía, y uno dellos, que era un poco burlón y muy mucho discreto, le dijo:

—Señor caballero, nosotros no conocemos quién sea esa buena señora que decís; mostrádnosla: que si ella fuere de tanta hermosura como significáis, de buena gana y sin apremio alguno confesaremos la verdad que por parte vuestra nos es pedida.

—Si os la mostrara —replicó don Quijote—, ¿qué hiciérades vosotros en confesar una verdad tan notoria? La importancia está en que sin verla lo habéis de creer, confesar, afirmar, jurar y defender; donde no, conmigo sois en batalla, gente descomunal y soberbia. Que, ahora vengáis uno a uno, como pide la orden de caballería, ora[b] todos juntos, como es costumbre y mala usanza de los de vuestra ralea, aquí os aguardo y espero, confiado en la razón que de mi parte tengo.

—Señor caballero —replicó el mercader—, suplico a vuestra merced, en nombre de todos estos príncipes que aquí estamos, que, porque no encarguemos[26] nuestras conciencias confesando una cosa por nosotros jamás vista[c] ni oída, y más siendo tan en perjuicio de las emperatrices y reinas del Alcarria y Estremadura, que vuestra merced sea servido de mostrarnos algún retrato de esa señora, aunque sea tamaño como un grano de trigo; que por el hilo se sacará el ovillo, y quedaremos con esto satisfechos y seguros, y vuestra merced quedará contento y pagado; y aun creo que estamos ya tan de su parte que, aunque su retrato nos muestre que es tuerta de un ojo y que del otro le mana bermellón y piedra azufre[27], con todo eso, por complacer a vuestra merced, diremos en su favor todo lo que quisiere.

—No le mana, canalla infame —respondió don Quijote, encendido en cólera—; no le mana, digo, eso que decís;

---

[26] *encargar:* 'imponer una carga'[b].
[27] *le mana... azufre*] le mana una supuración roja y amarilla.

sino ámbar y algalia entre algodones[28]; y no es tuerta ni corcovada, sino más derecha que un huso de Guadarrama[29]. Pero ¡vosotros pagaréis la grande blasfemia que habéis dicho contra tamaña beldad como es la de mi señora!

Y en diciendo esto, arremetió con la lanza baja contra el que lo había dicho, con tanta furia y enojo, que si la buena suerte no hiciera que en la mitad del camino tropezara y cayera Rocinante, lo pasara mal el atrevido mercader. Cayó Rocinante, y fue rodando su amo una buena pieza[30] por el campo; y queriéndose levantar, jamás pudo; tal embarazo le causaban la lanza, adarga, espuelas y celada, con el peso de las antiguas armas. Y entretanto que pugnaba por levantarse y no podía, estaba diciendo:

—Non fuyáis, gente cobarde; gente cautiva, atended; que no por culpa mía, sino de mi caballo[c], estoy aquí tendido.

Un mozo de mulas de los que allí venían, que no debía de ser muy bien intencionado, oyendo decir al pobre caído tantas arrogancias, no lo pudo sufrir sin darle la respuesta en las costillas. Y llegándose a él, tomó la lanza y, después de haberla hecho pedazos, con uno dellos comenzó a dar a nuestro don Quijote tantos palos, que, a despecho y pesar de sus armas, le molió como cibera. Dábanle voces sus amos que no le diese tanto y que le dejase; pero estaba ya el mozo picado[31] y no quiso dejar el juego hasta envidar todo el resto[32] de su cólera, y acudiendo por los demás trozos de la lanza, los acabó de deshacer sobre el miserable caído, que, con toda aquella tempestad de palos que sobre él vía, no cerraba la boca, amenazando al cielo y a la tierra, y a los malandrines, que tal le parecían.

---

[28] *ámbar y algalia entre algodones*] ámbar, pasta de olor suavísimo, *algalia*, unguento odorífico, ambos de origen animal y usados en la confección de pomadas y perfumes[bc]. *entre algodones:* delicadamente cuidados, o que el receptáculo, poma, caja o vasillo, se guardaba cuidadosamente. Cf. *El vizcaíno fingido:* «...y que toda eras ámbar, almizcle, y algalia entre algodones», *Entremeses*, ed. E. Asensio, Clás. Castalia, p. 159. Es pues, forma de expresar la suma delicadeza de lo guardado.

[29] *huso de Guadarrama*] fr. fig.; de las hayas de Guadarrama se hacían los husos y otros utensilios[abc].

[30] *una buena pieza*] un gran trecho o espacio[f].

[31] *picado*] «Picarse y *estar picado* en el juego: pesarle de perder y porfiar en jugar», Cov. 869.a.21.

[32] «*Envidar el resto:* cuando ofrece uno al naipe todo lo que le queda en la mesa de caudal», Cov. 505.b.14.

Cansóse el mozo, y los mercaderes siguieron su camino, llevando que contar en todo él del pobre apaleado. El cual, después que se vio solo, tornó a probar si podía levantarse; pero si no lo pudo hacer cuando sano y bueno, ¿cómo lo haría molido y casi deshecho? Y aún se tenía por dichoso, pareciéndole que aquélla era propia desgracia de caballeros andantes, y toda la atribuía a la falta³³ de su caballo, y no era posible levantarse, según tenía brumado³⁴ todo el cuerpo.

CAPÍTULO V

*Donde se prosigue la narración de la desgracia de nuestro caballero*ᵉ

Viendo, pues, que, en efecto, no podía menearse, acordó de acogerse a su ordinario remedio, que era pensar en algún paso de sus libros¹, y trújole su locura a la memoria

---

³³ *falta*]   error o defecto. Parodia de otro recurso de los libros de caballerías. Bowle y Clemencín citan ejemplos.
³⁴ *brumado*]   «*Brumar:* ...quebrantar a golpes, sin hacer rotura ni herida en el cuerpo», Cov. 237.b.58. Es la primera ocasión en que queda apaleado el hidalgo, como resultado, según su imaginación, de un lance caballeresco. Esta ocasión y las que siguen darán motivo al tema de «los infinitos palos» dados al protagonista, II.3, p. 61.
¹ *paso de sus libros*]   'suceso contado en sus libros'ᶜ. Pero el hidalgo no recuerda ningún incidente de sus libros, sino el romance viejo del Marqués de Mantua, que refiere la muerte de Valdovinos (o Baldovinos), sobrino del Marqués, por Carloto, hijo del Emperador Carlomagnoᵃ. Los romances de Baldovinos y el Marqués de Mantua derivan de la leyenda francesa de Ogier li Danois, o de Dinamarca (el Marqués, llamado Danés Urgel en versiones españolas), y Baudouin. Carloto sacó con engaño a la floresta Sinventura a Baldovinos, con ánimo de quitarle la vida y casarse con su viuda, la infanta Sebilla. Le hirió a traición y le dejó abandonado. El marqués, que andaba cazando por allí, oyó sus lamentos y le reconoció, *V.* nota 7, infra. Luego hizo el juramento de vengar la muerte de su sobrino de que habla don Quijote en I.10, p. 150.
En este c. don Quijote se imagina ser primero Valdovinos herido y luego el moro Abindarráez cautivo. Estos desvaríos o desdoblamientos de su personalidad podrán parecer perjudiciales para la personalidad que luego mantendrá a través de toda la obra. Además, puede pensarse que Cervantes se desviaba de su propósito declarado de poner en descrédito los libros de caballerías, ya que aquí reducía a la comicidad el contenido de los romances tradicionales, tan en boga por el año 1600. En efecto, el episodio de este capítulo coincide en varios detalles con la parodia bufa del romancero en un endeble *Entremés de los romances*, de autor

aquel de Valdovinos y del marqués de Mantua, cuando
Carloto le dejó herido en la montiña[2], historia sabida de
los niños, no ignorada de los mozos, celebrada y aun creída
de los viejos, y, con todo esto, no más verdadera que los
milagros de Mahoma[ab]. Ésta, pues, le pareció a él que le
venía de molde para el paso en que se hallaba; y así, con
muestras de grande sentimiento, se comenzó a volcar[3] por
la tierra, y a decir con debilitado aliento lo mesmo que dicen
decía el herido caballero del bosque:

> —¿Dónde estás, señora mía,
> que no te duele mi mal?
> O no lo sabes, señora,
> o eres falsa y desleal[4].

Y desta manera fue prosiguiendo el romance, hasta
aquellos versos que dicen:

> —¡Oh noble marqués de Mantua,
> mi tío y señor carnal![5]

---

anónimo, que se publicó por primera vez en 1611 o 1612 (Parte III,
Comedias de Lope de Vega), pero que bien pudo componerse algunos
años antes, entre 1588 ó 1591 y 1597. En 1874 Adolfo de Castro lo reim-
primió, atribuyéndolo a Cervantes, pues lo consideraba como el primer
bosquejo del Quijote (Varias obras inéditas de Cervantes, Madrid, 1874,
p. 129-174; texto también en D. Alonso. El hospital de los podridos, y
otros entremeses alguna vez atribuidos a Cervantes, Madrid, 1936); pero
en general los cervantistas del siglo pasado creyeron que en este entremés
se daba la primera imitación de Cervantes. En 1920 Menéndez Pidal (087)
expuso la tesis de que por estímulo de esta obra teatral Cervantes concibió
los primeros episodios del Quijote: «Cervantes descubrió una gracia
fecunda en el entremés que se burla del trastorno mental causado por la
indiscreta lectura del Romancero. Esta sátira literaria le pareció tema
excelente; pero la apartó del Romancero, género poético admirable,
para llevarla a un género literario de muchos execrado, el de las novelas
caballerescas, no menos en moda que el Romancero». Esta tesis la han
apoyado Entwistle (055, p. 106), Riquer y otros; pero Schevill (nota al
Prólogo, 1605) sostuvo que el Entremés era posterior al Quijote e imitación
de él; V. también RM, Apéndice 9, y 446.1-2.
    [2] montiña] por montaña, bosque o monte alto; se encuentra en
algunos romances viejos.
    [3] volcar] revolcarse[b].
    [4] Estos versos coinciden con los primeros cuatro de un breve romance
'nuevo' incluído en el Romancero general de 1600, Segunda Parte, f. 34,
y contrahecho sobre algunos versos del viejo romance del Marqués de
Mantua, Canc. de rom., s.a., f. 29-42. Cervantes, pues, recordó o inventó

Y quiso la suerte que, cuando llegó a este verso, acertó
a pasar por allí un labrador de su mesmo lugar y vecino
suyo, que venía de llevar una carga de trigo al molino; el
cual, viendo aquel hombre allí tendido, se llegó a él y le
preguntó que quién era y qué mal sentía, que tan tristemente
se quejaba. Don Quijote creyó, sin duda, que aquél era el
marqués de Mantua, su tío, y así, no le respondió otra cosa
si no fue proseguir en su romance, donde le daba cuenta
de su desgracia y de los amores del hijo del Emperante[6]
con su esposa, todo de la mesma manera que el romance
lo canta.

El labrador estaba admirado oyendo aquellos disparates; y quitándole la visera, que ya estaba hecha pedazos, de
los palos, le limpió el rostro, que le tenía cubierto de polvo,
y apenas le hubo limpiado, cuando le conoció y le dijo[7]:

—Señor Quijana[8] —que así se debía de llamar cuando él

---

una versión que adaptaba los versos iniciales de un romance reciente al
antiguo y popularísimo. Esta versión no figura en el *Entremés de los
romances* donde se sigue la tradicional: «Donde estas señora mía / que
no te pena mi male / de mis pequeñas heridas / compassion solias tomare...».

[5] ¿Así, también, diría disparatadamente una versión del *Entremés*
por «mi *señor* [y] *tío* carnal»? *V.* nota de Adolfo de Castro, p. 162. Las
semejanzas entre el *Entremés* y este episodio son evidentes, pero no
decisivas. En el *Entremés* el labrador Bartolo enloquece de tanto «leer
el Romancero» e imita ridículamente las hazañas de sus héroes. En ambas
obras son apaleados los protagonistas con su propia lanza y ambos
echan la culpa a la cabalgadura de hallarse tendidos en tierra. Ambos
recuerdan a trozos el romance del Marqués de Mantua, creyéndose ser
el herido Valdovinos, y cuando son auxiliados imaginan que quien acude
es el propio Marqués y le saludan con los mismos versos. Pero Cervantes,
a diferencia del entremesista, no alude a ningún libro de romances,
ni supone que don Quijote hubiese *leído* romances en cualquier texto;
tanto aquí como en el resto del *Quijote* los romances figuran por tradición
oral. El entremesista concibió su obra a base de la novedad, impuesta
después de 1580, de romances «nuevos» impresos en colecciones. Lo que
este episodio y el *Entremés* tienen en común es que en ambos se recuerdan
los viejos romances a la manera satírico-burlesca del «*Nuevo* Romancero».

[6] *Emperante*] emperador; forma anticuada usual en cantares de
gesta; aquí se trata de Carlomagno.

[7] Parodia del romance viejo; el vecino obra inconscientemente del
mismo modo que el Marqués de Mantua con Valdovinos: «Con vn
paño que traya / la cara le fue a limpiare / desque lo ouo limpiado / luego
conocido lo hae...».

[8] *Quijana*] La primera, y única, ocasión en que otro personaje le
llama al hidalgo con su propio nombre en el texto de 1605. Cuando le
vean en casa del cura y el barbero, aunque le hayan conocido desde años,
le llamarán «*don Quijote*», y así todos en adelante.

tenía juicio y no había pasado de hidalgo sosegado a caballero andante—, ¿quién ha puesto a vuestra merced desta
suerte?
Pero él seguía con su romance a cuanto le preguntaba.
Viendo esto el buen hombre, lo mejor que pudo le quitó
el peto y el espaldar, para ver si tenía alguna herida; pero
no vio sangre ni señal alguna. Procuró levantarle del suelo,
y no con poco trabajo le subió sobre su jumento, por
parecer caballería más sosegada. Recogió las armas, hasta
las astillas de la lanza, y liólas sobre Rocinante, al cual
tomó de la rienda, y del cabestro al asno, y se encaminó
hacia su pueblo, bien pensativo de oír los disparates que
don Quijote decía; y no menos iba don Quijote, que, de
puro molido y quebrantado, no se podía tener sobre el
borrico, y de cuando en cuando daba unos suspiros que los
ponía en el cielo; de modo que de nuevo obligó a que
el labrador le preguntase[9] le dijese qué mal sentía; y no
parece sino que el diablo le traía a la memoria los cuentos
acomodados a sus sucesos; porque en aquel punto, olvidándose de Valdovinos, se acordó del moro Abindarráez[10],
cuando el alcaide de Antequera, Rodrigo de Narváez, le
prendió y llevó cautivo a su alcaidía. De suerte que, cuando
el labrador le volvió a preguntar que cómo estaba y qué
sentía, le respondió las mesmas palabras y razones que el
cautivo Abencerraje respondía a Rodrigo de Narváez, del
mesmo modo que él había leído la historia en La Diana, de
Jorge de Montemayor, donde se escribe; aprovechándose

---

[9] *preguntar:* pedir, demandar.
[10] Se refiere a los sucesos narrados en la historia de *El Abencerraje
y la hermosa Jarifa*, obrita anónima que cuenta como la primera novela
morisca, publicada a mediados del siglo XVI en varias ediciones. *V.* el
estudio y la ed. de cuatro versiones de Francisco López Estrada, Madrid, 1957. Se intercaló en el libro IV de la *Diana* de Jorge de Montemayor (a partir de la edición de Valladolid de 1561) donde la había
leído el hidalgo, como se dice luego. Sobre su afinidad a los temas caballerescos (honor, amor sentimental), G. Cirot, «La maurophilie littéraire
en Espagne», *BulHisp.* 40: 280-296, 433-447 (1938). Abindarráez era
un moro de linaje distinguido de los Abencerrajes de Granada. Yendo
de camino para reunirse y casarse en secreto con Jarifa, tuvo la desgracia de caer en una emboscada que tenía puesta Rodrigo de Narváez, el
cual, compadecido de su aflicción, le permitió seguir su camino bajo la
palabra de volver al tercer día. La fidelidad del moro, que volvió con
Jarifa, hizo que Narváez les restituyese generosamente a los dos la libertad. Cervantes altera algún tanto este suceso, suponiendo que Narváez
se llevó cautivo al moro en su alcaidía[e].

della tan a propósito, que el labrador se iba dando al diablo de oír tanta máquina de necedades; por donde conoció que su vecino estaba loco, y dábale priesa a llegar al pueblo, por escusar[11] el enfado que don Quijote le causaba con su larga arenga. Al cabo de lo cual dijo:

—Sepa vuestra merced, señor don Rodrigo de Narváez, que esta hermosa Jarifa que he dicho es ahora la linda Dulcinea del Toboso, por quien yo he hecho, hago y haré los más famosos hechos de caballerías que se han visto, vean ni verán en el mundo.

A esto respondió el labrador:

—Mire vuestra merced, señor, pecador de mí, que yo no soy don Rodrigo de Narváez, ni el marqués de Mantua, sino Pedro Alonso, su vecino; ni vuestra merced es Valdovinos, ni Abindarráez, sino el honrado hidalgo del señor Quijana.

—Yo sé quién soy[12] —respondió don Quijote—, y sé que puedo ser no sólo los que he dicho, sino todos los doce Pares de Francia, y aun todos los nueve de la Fama, pues a todas las hazañas que ellos todos juntos y cada uno por sí hicieron, se aventajarán las mías.

En estas pláticas y en otras semejantes llegaron al lugar, a la hora que anochecía; pero el labrador aguardó a que fuese algo más noche, porque no viesen al molido hidalgo tan mal caballero[13]. Llegada, pues, la hora que

[11]   *escusar*]   evitar.

[12]   *Yo sé quién soy*]   Esta declaración, que de alguna manera parece recoger resonancias del *Entremés* ya citado, afirma la autonomía de don Quijote ante los héroes que le enloquecen, y corrobora la dimensión artística de los desvaríos o desdoblamientos de su personalidad. Al erguirse sobre los héroes legendarios, el hidalgo identifica su voluntad y conciencia de ser en el plano y potencia de lo mítico. *Doce pares de Francia*, I.49, p. 582. Eran caballeros iguales (pares) entre sí y los más preciados del rey Carlos, según las leyendas carolingias. Aparecen nombrados en la *Chanson de Roland* conservada (ca. 1100), pero antes se habían mencionado en la llamada Nota Emilianense de hacia 1070. Los nombres de Roland y Oliveros siempre aparecen en las distintas listas o nóminas de los *doce pares;* en los demás nombres no hay unanimidad. V. Menéndez Pidal, *La Chanson de Roland y el neotradicionalismo*, Madrid: Espasa-Calpe, 1959, c. 10. *Los nueve de la Fama:* personajes proverbiales[b]; tres judíos: Josué, David y Judas Macabeo; tres gentiles: Alejandro, Héctor y Julio César; y tres cristianos: el rey Artús, Carlomagno y Godofredo de Bullón. Sus vidas se narran en la *Chronica llamada del triunpho de los nueve más preciados varones de la Fama*, etc., Lisboa, 1530[a].

[13]   *tan mal caballero*]   mal montado o que cabalga mal[b].

le pareció, entró en el pueblo, y en la casa de don Quijote, la cual halló toda alborotada; y estaban en ella el cura y el barbero del lugar, que eran grandes amigos de don Quijote, que estaba diciéndoles su ama a voces:

—¿Qué le parece a vuestra merced, señor licenciado Pero Pérez[b] —que así se llamaba el cura—, de la desgracia de mi señor? Tres días ha que no parecen él, ni el rocín, ni la adarga, ni la lanza, ni las armas. ¡Desventurada de mí!, que me doy a entender, y así es ello la verdad como nací para morir, que estos malditos libros de caballerías que él tiene y suele leer tan de ordinario le han vuelto el juicio; que ahora me acuerdo haberle oído decir muchas veces, hablando entre sí, que quería hacerse caballero andante, e irse a buscar las aventuras por esos mundos. Encomendados sean a Satanás y a Barrabás tales libros, que así han echado a perder el más delicado entendimiento que había en toda la Mancha.

La sobrina decía lo mesmo, y aun decía más:

—Sepa, señor maese Nicolás —que éste era el nombre del barbero—, que muchas veces le aconteció a mi señor tío estarse leyendo en estos desalmados libros de desventuras dos días con sus noches, al cabo de los cuales arrojaba el libro de las manos, y ponía mano a la espada, y andaba a cuchilladas con las paredes, y cuando estaba muy cansado decía que había muerto a cuatro gigantes como cuatro torres, y el sudor que sudaba del cansancio decía que era sangre de las feridas que había recebido en la batalla, y bebíase luego un gran jarro de agua fría, y quedaba sano y sosegado[14], diciendo que aquella agua era una preciosísima bebida que le había traído el sabio Esquife[15], un grande encantador y amigo suyo. Mas yo me tengo la culpa de

---

[14] *sano y sosegado*] La sobrina da algunos detalles del proceso en que «del poco dormir y del mucho leer se le secó el celebro» (I.1, nota 14). Se deduce que por ser de temperamento seco y caliente, los desvelos y el mucho leer agravaban la destemplanza humoral del resecamiento del cerebro del hidalgo. En las grandes cantidades de agua que bebía se alude a esta destemplanza fisiológica a que se sometía. Al regreso de cada una de las tres salidas le llevan a su cama y tras un largo sueño reparador recupera, en parte, tanto de la lesión imaginativa como del molimiento sufrido en sus aventuras, Iriarte, **401**, p. 325.

[15] *Esquife*] deformación de *Alquife*, marido de Urganda la desconocida, encantador que aparece en obras de la serie de los *Amadises* y el supuesto autor de *Amadís de Grecia*, I.1, nota 15. De igual modo estropea el ama el nombre de Urganda cuando la llama «*hurgada*».

todo, que no avisé a vuestras mercedes de los disparates de mi señor tío, para que lo remediaran antes de llegar a lo que ha llegado, y quemaran todos estos descomulgados libros, que tiene muchos, que bien merecen ser abrasados, como si fuesen de herejes.

—Esto digo yo también —dijo el cura—, y a fee que no se pase el día de mañana sin que dellos no se haga acto público, y sean condenados al fuego, porque no den ocasión a quien los leyere de hacer lo que mi buen amigo debe de haber hecho.

Todo esto estaban oyendo el labrador y don Quijote, con que acabó de entender el labrador la enfermedad de su vecino, y así, comenzó a decir a voces:

—Abran vuestras mercedes al señor Valdovinos y al señor marqués de Mantua, que viene mal ferido, y al señor moro Abindarráez, que trae cautivo el valeroso Rodrigo de Narváez, alcaide de Antequera.

A estas voces salieron todos, y como conocieron los unos a su amigo, las otras a su amo y tío, que aún no se había apeado del jumento, porque no podía, corrieron a abrazarle. Él dijo:

—Ténganse todos, que vengo malferido por la culpa de mi caballo. Llévenme a mi lecho y llámese, si fuere posible, a la sabia Urganda, que cure y cate de[a] mis feridas.

—¡Mirá, en hora maza[16] —dijo a este punto el ama—, si me decía a mí bien mi corazón del pie que cojeaba mi señor! Suba vuestra merced en buen hora, que, sin que venga esa hurgada, le sabremos aquí curar. ¡Malditos, digo, sean otra vez y otras ciento estos libros de caballerías, que tal han parado[17] a vuestra merced!

Lleváronle luego a la cama, y, catándole las feridas, no le hallaron ninguna; y él dijo que todo era molimiento, por haber dado una gran caída con Rocinante, su caballo, combatiéndose con diez jayanes, los más desaforados y atrevidos que se pudieran fallar en gran parte de la tierra.

—¡Ta, ta! —dijo el cura—. ¿Jayanes hay en la danza? Para mi santiguada[18] que yo los queme mañana antes que llegue la noche.

---

[16] *en hora maza*[a]]   forma eufemística y popular por 'en hora mala'. *Mirá:* mirad.

[17] *parar:* poner.

[18] *Para mi santiguada*]   fórmula de juramento 'por mi *cara* santiguada'[b], o sea, 'por mi fe', 'a fe mía'.

Hiciéronle a don Quijote mil preguntas, y a ninguna quiso responder otra cosa sino que le diesen de comer y le dejasen dormir, que era lo que más le importaba. Hízose así, y el cura se informó muy a la larga del labrador del modo que había hallado a don Quijote. Él se lo contó todo, con los disparates que al hallarle y al traerle había dicho, que fue poner más deseo en el licenciado de hacer lo que otro día hizo, que fue llamar a su amigo el barbero maese Nicolás, cón el cual se vino a casa de don Quijote,

CAPÍTULO VI

Del donoso y grande escrutinio que el cura y el barbero hicieron en la librería de nuestro ingenioso hidalgo[c]

el cual aún todavía dormía. Pidió[1] las llaves, a la sobrina del aposento donde estaban los libros autores del daño, y ella se las dio de muy buena gana. Entraron dentro todos, y la ama con ellos, y hallaron más de cien cuerpos[2] de libros grandes, muy bien encuadernados, y otros pequeños; y así como el ama los vio, volvióse a salir del aposento con gran priesa, y tornó luego con una escudilla de agua bendita y un hisopo, y dijo:

—Tome vuestra merced, señor licenciado; rocíe este aposento, no esté aquí algún encantador de los muchos que tienen estos libros, y nos encanten, en pena de las que les queremos dar echándolos del mundo.

Causó risa al licenciado la simplicidad del ama, y mandó al barbero que le fuese dando de aquellos libros uno a uno, para ver de qué trataban, pues podía ser hallar algunos que no mereciesen castigo de fuego.

—No —dijo la sobrina—, no hay para qué perdonar a ninguno, porque todos han sido los dañadores; mejor será arrojarlos por las ventanas al patio, y hacer un rimero[3] dellos, y pegarles fuego, y si no, llevarlos al corral, y allí se hará lo hoguera, y no ofenderá el humo.

Lo mismo dijo el ama: tal era la gana que las dos tenían de la muerte de aquellos inocentes; mas el cura no vino en

---

[1] El sujeto de *dormir* es don Quijote; el sujeto de *pidió las llaves* es el cura. Sobre este enlace textual de capítulos: Willis, **094**, p. 65.
[2] *cuerpos*] volúmenes[c].
[3] *rimero*] montón.

ello sin primero leer siquiera los títulos. Y el primero que
maese Nicolás le dio en las manos fue *Los cuatro de Amadís
de Gaula*[4], y dijo el cura:

—Parece cosa de misterio ésta; porque, según he oído
decir, este libro fue el primero de caballerías que se imprimió en España, y todos los demás han tomado principio
y origen deste[5]; y así, me parece que, como a dogmatizador

---

[4] *Los quatro libros del virtuoso cauallero Amadís de Gaula;* la edición
de 1508, en Zaragoza, es la más antigua que se conoce. La ed. moderna
más solvente, citada en estas notas, es de Edwin B. Place, Madrid:
CSIC, 1959-1969, 4 tomos, reimpresión del 1.º en 1971. En este tomo
primero se encontrará una bibliografía descriptiva de ediciones y traducciones, en el III un estudio literario, y en el IV una noticia biográfica
sobre Montalvo y una bibliografía escogida. Los primeros tres libros de
esta obra prototípica se remontan a principios del siglo xv; los refundió,
agregando el cuarto, Garci Rodríguez de Montalvo (por error llamado
Ordóñez en casi todas las ediciones antiguas), Regidor de Medina del
Campo por los años 1482 a 1500. Circulaban ya por el año 1350 los
manuscritos de la versión primitiva castellana que constaba de dos
libros y que en el siglo xv constaría de tres. Esta versión primitiva se
inspiró mayormente en la materia de la llamada versión *Vulgar* o *Vulgata*
prosificada (en francés) de las leyendas artúricas. Aunque el héroe Amadís
no puede ser identificado con ninguno de los héroes de estas leyendas
(caballeros de la Mesa Redonda y Demanda del Santo Graal), es evidente
que el relato de sus hazañas y aventuras derivan de las que se contaban
de Lancelot y Tristan. Se conservan unos fragmentos del siglo xv dados
a conocer por Antonio Rodríguez Moñino: «El primer manuscrito del
Amadís de Gaula», *BRAE*, 36: 199-216 (1956), estudio importantísimo
por lo que expone frente a la teoría de Montalvo adicionador o arreglador
del texto primitivo. Contra el criterio general o aceptado, plantea la
probable supresión y eliminación por parte del Regidor medinés de una
tercera parte de la versión primitiva. Apoya, además, la tesis de María
Rosa Lida de Malkiel sobre la presencia de Esplandián en el *Amadís*
primitivo, en que el héroe moriría en armas contra su hijo desconocido,
«El desenlace del *Amadís* primitivo», *Romance Philology*, 6: 283-289
(1952-3).

[5] No es exacta esta afirmación, aunque sí acertadas las nociones que
tenía Cervantes tanto de la influencia y calidad literaria del *Amadís
de Gaula* como de la incertitud de su procedencia[b]. El texto catalán de
Tirant lo Blanc (escrito hacia 1460) se publicó en 1490. Cervantes sin
duda solo conoció la traducción castellana de 1511, y no hubo de conocer
El Caballero Zifar, escrito hacia 1300. Tomaron origen del *Amadís*
los libros de la serie de los Amadises, pero no todos los libros de caballerías españoles. Estos se clasifican comúnmente según la materia o
asuntos de que derivan o narran. Ya en la Edad Media era categórica
la división de todo asunto, fabuloso, histórico o épico según nuestro
criterio, en tres materias distintas: materia de Roma (o de la antigüedad
griego-latina), materia de Bretaña, y materia de Francia. En obras rena-
centistas, el caso del *Orlando furioso*, *Tirant lo Blanc*, y el mismo *Amadís*

de una secta tan mala, le debemos, sin escusa alguna, condenar al fuego.

—No, señor —dijo el barbero—; que también he oído decir que es el mejor de todos los libros que de este género se han compuesto; y así, como a único en su arte, se debe perdonar.

—Así es verdad —dijo el cura—, y por esa razón se le otorga la vida por ahora. Veamos esotro que está junto a él.

—Es —dijo el barbero— *Las Sergas de Esplandián*[6], hijo legítimo de Amadís de Gaula.

---

de Gaula, se acentúa la tendencia a combinar asuntos procedentes de una y otra materia y cierta preferencia por la región del oriente mediterráneo como escenario de aventuras. Por tanto, cuando a mediados del siglo pasado Pascual de Gayangos hizo una división de cinco clases para los libros de caballerías españoles, las primeras tres hubieron de corresponder al ciclo bretón o artúrico (materia de Bretaña), ciclo carolingio (materia de Francia) y el ciclo greco-asiático o bizantino, que incluye la serie de los Amadises y la de los Palmerines, además de los de asunto independiente, es decir, los sueltos, como el *Don Belianís de Grecia*. Aunque el *Amadís de Gaula* deriva de las leyendas artúricas, reflejando en ello su procedencia medieval septentrional, en la refundición de Montalvo, a partir del libro cuarto, se desplazan las aventuras hacia el oriente asiático, aliándose a la empresa de las cruzadas y por fin a la guerra santa contra los turcos (Constantinopla fue conquistada por los turcos en 1453), lo cual indica ya un interés tanto narrativo como militar-político propio del Renacimiento. Consta, pues, que la mayor parte de los libros de caballerías españoles pertenecen al ciclo greco-bizantino. Sobre este género son indispensables, además de los n. **150-160**, los estudios de Gayangos, t. 40, BAE, 1857, y de Menéndez Pelayo, *Orígenes de la novela*, t. 1, 1905.

En este capítulo se abre juicio sobre algunos libros de caballerías, las llamadas novelas pastoriles, y libros de poesía lírica y heroica. Esta selección indica la preferencia del hidalgo por obras de pura imaginación o de historia poetizada. Al parecer, en su biblioteca no hay tratados de historia o libros de devoción. Compárese lo que dice de la suya otro hidalgo, don Diego de Miranda, II.16, p. 153. Aquí el cura censura someramente los defectos artísticos de algunos libros de caballerías. En I.47-8, se censura todo el género en términos concluyentes, tanto morales como literarios, y allí se repudia junto con las comedias del teatro popular de Lope de Vega. Sobre las censuras que de los libros de caballerías hicieron humanistas y eclesiásticos del siglo XVI: Glaser, **157** y Riquer, **079**.

[6] *Esplandián*] Continuación o quinto libro de Amadís de Gaula, obra original de Garci Rodríguez de Montalvo: *Las Sergas del muy virtuoso cauallero Esplandián, hijo de Amadís de Gaula, llamadas Ramo de los quatro libros de Amadís*. La ed. de Sevilla, 1510[b], es la más antigua que se conoce; se supone que no es la príncipe*. *Sergas*, al parecer, es 'sarga' (cf. II.71, p. 574), tela pintada, o tapiz con la historia de un per-

—Pues en verdad —dijo el cura— que no le ha de valer al hijo la bondad del padre. Tomad, señora ama; abrid esa ventana y echadle al corral, y dé principio al montón de la hoguera que se ha de hacer.

Hízolo así el ama con mucho contento, y el bueno de Esplandián fue volando al corral, esperando con toda paciencia el fuego que le amenazaba.

—Adelante —dijo el cura.

—Ese que viene —dijo el barbero— es *Amadís de Grecia*[7]; y aun todos los deste lado, a lo que creo, son del mesmo linaje de Amadís.

—Pues vayan todos al corral —dijo el cura—; que a trueco de quemar a la reina Pintiquiniestra, y al pastor Darinel, y a sus églogas[c], y a las endiabladas y revueltas razones de su autor, quemaré con ellos al padre que me engendró, si anduviera en figura de caballero andante.

—De ese parecer soy yo —dijo el barbero.

—Y aun yo —añadió la sobrina.

—Pues así es —dijo el ama—, vengan, y al corral con ellos.

Diéronselos, que eran muchos, y ella ahorró la escalera y dio con ellos por la ventana abajo.

—¿Quién es ese tonel?[8] —dijo el cura.

—Este es —respondió el barbero— *Don Olivante de Laura*[9].

—El autor de este libro —dijo el cura— fue el mesmo que compuso a *Jardín de flores;* y en verdad que no sepa determinar cuál de los dos libros es más verdadero, o, por decir mejor, menos mentiroso; sólo sé decir que éste irá al corral, por disparatado y arrogante.

---

sonaje[de], y no 'erga', del griego, con la *s* del artículo plural, que significaría 'hazañas', 'proezas'[ab]. Sobre el *Esplandián:* Samuel Gili Gaya, «*Las Sergas de Esplandián* como crítica de la caballería bretona», *BBMP*, 23, n. 2 y 3: 103-111 (1947).

[7] *Amadís de Grecia*] Continuación, hacia 1530, por Feliciano de Silva, y conocido como noveno libro de la serie. *V. supra* nota 8, I.1.

[8] *tonel*] volumen de bulto grande[b]. Nótese que era vulgar referirse al libro impreso como si se tratase de la persona del héroe andantesco.

[9] *La historia del inuencible cauallero Don Oliuante de Laura*, Barcelona, 1564, es obra de Antonio de Torquemada[c]. Además del *Jardín*, 1570 (que tuvo resonancias en el *Persiles* de Cervantes[a]), fue autor de unos *Coloquios satíricos*, 1553[b]. *V.* Alfonso Reyes, «De un autor censurado en el *Quijote*», *Obras completas*, t. 6.

—Este que se sigue es *Florismarte de Hircania*[10] —dijo el barbero.

—¿Ahí está el señor Florismarte? —replicó el cura—. Pues a fe que ha de parar presto en el corral, a pesar de su estraño nacimiento y sonadas aventuras; que no da lugar a otra cosa la dureza y sequedad de su estilo. Al corral con él, y con esotro, señora ama.

—Que me place, señor mío —respondía ella; y con mucha alegría ejecutaba lo que le era mandado.

—Éste es *El Caballero Platir*[11] —dijo el barbero.

—Antiguo libro es ése —dijo el cura—, y no hallo en él cosa que merezca venia. Acompañe a los demás sin réplica.

Y así fue hecho. Abrióse otro libro y vieron que tenía por título *El Caballero de la Cruz*[12].

—Por nombre tan santo como este libro tiene se podía perdonar su ignorancia; mas también se suele decir: «tras la cruz está el diablo». Vaya al fuego.

Tomando el barbero otro libro, dijo:

—Este es *Espejo de caballerías*[13].

—Ya conozco a su merced —dijo el cura—. Ahí anda el señor Reinaldos de Montalbán con sus amigos y compañeros, más ladrones que Caco, y los doce Pares, con el

---

[10] *Primera parte de la grande historia del muy animoso y esforçado príncipe Felixmarte de Yrcania y de su estraño nascimiento*, etc., Valladolid, 1556; su autor fue Melchior de Ortega[a]. El héroe lleva dos nombres, Florismarte y Felixmarte; su extraño nacimiento fue en una montaña[c].

[11] Libro anónimo de la serie de los Palmerines, *Cronica del muy valiente y esforçado cauallero Platir, hijo del Emperador Primaleón*, Valladolid 1533[a].

[12] *El Caballero de la Cruz*] Se refiere a una de dos obras. En 1521 se publicó en Valencia *La Cronica de Lepolemo, llamado el Cauallero de la Cruz, hijo del Emperador de Alemaña, compuesta en arauigo por Xarton y trasladada en castellano por Alonso de Salazar*[a], y hubo de ella diversas ediciones. *El libro segundo del esforçado Cauallero de la Cruz Lepolemo, príncipe de Alemaña, que trata de los grandes hechos en armas del alto Príncipe y temido cauallero Leandro el Bel, su hijo*, lo publicó la casa de Miguel Ferrer en Toledo, 1563, y figura como autor Pedro de Luján[a], autor de los *Coloquios matrimoniales*, Sevilla, 1550. Thomas, **160**, Apéndice 1, teoriza que este libro segundo es traducción de la obra italiana *Leandro il Bello*, Venecia, 1560, de Pietro Lauro.

[13] *Espejo de caballerías*] Es evidente[cb] que se refiere el cura a la obra (especie de adaptación en prosa de Boiardo) *Primera, segunda y tercera parte de Orlando enamorado: Espejo de cauallería*, etc., Medina del Campo, 1586. *V*. nota de Schevill, I, p. 439. Es el único libro del ciclo carolingio en la biblioteca de don Quijote. *Caco:* cf. I.2, p. 84.

114   MIGUEL DE CERVANTES SAAVEDRA

verdadero historiador Turpín[14], y en verdad que estoy por condenarlos no más que a destierro perpetuo, siquiera porque tienen parte de la invención del famoso Mateo Boyardo, de donde también tejió su tela el cristiano poeta Ludovico Ariosto[15]; al cual, si aquí le hallo, y que habla en otra lengua que la suya, no le guardaré respeto alguno; pero si habla en su idioma, le pondré sobre mi cabeza[16].

—Pues yo le tengo en italiano —dijo el barbero—; mas no le entiendo.

—Ni aun fuera bien que vos le entendiérades[17] —respondió el cura—, y aquí le perdonáramos al señor capitán que no le hubiera traído a España y hecho castellano; que le quitó mucho de su natural valor, y lo mesmo harán todos aquellos que los libros de verso quisieren volver en otra lengua: que, por mucho cuidado que pongan y habilidad que muestren, jamás llegarán al punto que ellos tienen

[14] *el verdadero historiador Turpín*]   Ya en el siglo XII existía (en latín) la llamada crónica del *pseudo o falso Turpín*. Es una crónica novelesca sobre la vida de Carlomagno y Roldán y se atribuía a Jean Turpin, Arzobispo de Reims a fines del siglo VIII. *V*. J. Bédier[a], *Les légendes épiques*, t. 3, p. 41 y ss. Al llamarle irónicamente 'verdadero historiador' seguía Cervantes a Ariosto y a otros tantos.

[15] *Ludovico Ariosto*]   El *Orlando furioso* de Ariosto (1474-1533) completó la asimilación de los temas amorosos de la caballería artúrica y su mundo maravilloso a las leyendas de los héroes carolingios que, apenas divisados en el poema épico-burlesco *Morgante maggiore* de Pulci (*V*. nota 18, I.1) había promovido el *Orlando innamorato* de Boiardo (1441-1494). La locura o furia del Orlando ariostesco, como la de los héroes artúricos, la provoca el desaire de la dama amada, Angélica (*V*. I.25, p. 305). El *Quijote* tiene cierta afinidad con estas epopeyas cómico-serias que reflejan la actitud escéptica e irónica de espíritus modernos ante la exaltación bélica y amorosa de los héroes de la caballería medieval. Para la comparación entre Cervantes y Ariosto han sido decisivas las opiniones de Hegel, De Sanctis y Croce, **161-174**.

[16] *le pondré sobre mi cabeza*]   en señal de respeto[cb].

[17]   La opinión del cura refleja la desaprobación eclesiástica que había caído sobre el poeta italiano. Por lo mismo, probablemente, le ha calificado de soslayo de «cristiano poeta»[a]. *V*. Castro, **188**, p. 219-220. La Inquisición portuguesa mandó expurgar algunos pasajes del *Orlando furioso* en 1581. El índice de 1583 del Inquisidor español Gaspar de Quiroga prohibió la *Sátira V* y el índice de 1612, de Sandoval y Rojas, mandó corregir algunos pasajes del *Orlando furioso*. *V*. G. M. Bertini, «L'*Orlando furioso* e l'Inquisizione spagnuola», *Convivium*, 7: 540-550 (1935), y el n. **161**. En seguida Cervantes alude despectivamente a las traducciones del *Orlando furioso* y en particular a la del capitán Jerónimo de Urrea, Anvers, 1549, que a pesar de sus defectos fue muy conocida; la siguieron las de Hernando de Alcocer, Toledo, 1550, y Diego Vásquez de Contreras, Madrid, 1585.

en su primer nacimiento. Digo, en efeto, que este libro, y todos los que se hallaren que tratan destas cosas de Francia, se echen y depositen en un pozo seco, hasta que con más acuerdo se vea lo que se ha de hacer dellos, ecetuando a un *Bernardo del Carpio* que anda por ahí, y a otro llamado *Roncesvalles*; que éstos[18], en llegando a mis manos, han de estar en las del ama, y dellas en las del fuego, sin remisión alguna.

Todo lo confirmó el barbero, y lo tuvo por bien y por cosa muy acertada, por entender que era el cura tan buen cristiano y tan amigo de la verdad, que no diría otra cosa por todas las del mundo. Y abriendo otro libro, vio que era *Palmerín de Oliva*[19], y junto a él estaba otro que se llamaba *Palmerín de Ingalaterra*[20]; lo cual visto por el licenciado, dijo:

—Esa oliva se haga luego rajas y se queme, que aun no queden della las cenizas, y esa palma de Ingalaterra se guarde y se conserve como a cosa única y se haga para ello otra caja como la que halló Alejandro en los despojos de Dario, que la diputó para guardar en ella las obras del poeta Homero. Este libro, señor compadre, tiene autoridad por dos cosas: la una, porque él por sí es muy bueno, y la otra, porque es fama que le compuso un discreto rey de Portugal[21]. Todas las aventuras del castillo de Miraguarda son bonísimas y de grande artificio; las razones, cortesanas y claras, que guardan y miran el decoro del que habla con mucha propriedad y entendimiento. Digo, pues, salvo vues-

---

[18] Alude el cura a dos obras prosaicas en octavas reales: *Historia de las hazañas y hechos del inuencible Caballero Bernardo del Carpio*, de Agustín Alonso, Toledo, 1585 (cf. I.1, p. 74), y *El verdadero suceso de la famosa batalla de Roncesvalles, con la muerte de los doze Pares de Francia*, etc., de Francisco Garrido Villena, 1555[af].

[19] La primera edición de *El libro del famoso y muy esforçado cauallero Palmerín de Oliv(i)a*, etc., es de Salamanca, 1511[af]; obra primogénita de la serie de los Palmerines; sobre su autor, Mancini, **152**, p. 11-16.

[20] Libro de caballerías portugués de Francisco de Moraes Cabral, escrito hacia 1544; del original no se conoce ed. anterior a la de Évora, 1567. Cervantes se refiere a la traducción castellana[b]: *Libro del muy esforçado cauallero Palmerín de Inglaterra, hijo del rey don Duardos*, etc., Toledo, 1547-8 (texto, ed. Bonilla y San Martín, NBAE, v. 11), versión bastante desaliñada que se dio a luz en Toledo, 1547-8, es decir, veinte años antes de la ed. portuguesa de 1567. El traductor fue Luis de Hurtado. Sobre el juicio de Cervantes, Thomas, c. 3.

[21] *un discreto rey de Portugal*] Don Juan II, o su hijo, Juan III, muerto en 1557.

tro buen parecer, señor maese Nicolás, que éste y *Amadís de Gaula*, queden libres del fuego, y todos los demás, sin hacer más cala y cata[22], perezcan.

—No, señor compadre —replicó el barbero—; que este que aquí tengo es el afamado *Don Belianís*[23].

—Pues ése —replicó el cura—, con la segunda, tercera y cuarta parte, tienen necesidad de un poco de ruibarbo para pugnar la demasiada cólera suya, y es menester quitarles todo aquello del castillo de la Fama y otras impertinencias de más importancia, para lo cual se les da término ultramarino[24], y como se enmendaren, así se usará con ellos de misericordia o de justicia; y en tanto, tenedlos vos, compadre, en vuestra casa; mas no los dejéis leer a ninguno.

—Que me place —respondió el barbero.

Y sin querer cansarse más en leer libros de caballerías, mandó al ama que tomase todos los grandes y diese con ellos en el corral. No se dijo a tonta ni a sorda, sino a quien tenía más gana de quemallos que de echar una tela[25], por grande y delgada que fuera; y asiendo casi ocho de una vez, los arrojó por la ventana. Por tomar muchos juntos, se le cayó uno a los pies del barbero, que le tomó gana de ver de quién era, y vio que decía: *Historia del famoso caballero Tirante el Blanco*[26].

[22] *sin hacer más cala y cata*] sin hacer más averiguaciones[b]. «Cala y cata: la diligencia que hacen para averiguar la cantidad de los bastimentos y provisión. La cala se entiende de lo sólido y árido, y la cata de lo líquido, o sea que sea uno y otro junto», Cov. 263.a.40.
[23] *Don Belianís*] Esta obra (p. 62 y I.1, nota 9) fue objeto especial de la burla de Cervantes. Se refiere en varias ocasiones al sabio Fristón, el supuesto autor de la historia «sacada de lengua griega», y aquí en un juego conceptual se refiere a la cólera o ira, 'bilis', del héroe pendenciero como si fuese la del libro y pudiera purgarse con unos colagogos preparados de la raíz del ruibarbo. De esta manera también llama la atención sobre la cólera de don Quijote, que el lector sabe se debe a su naturaleza y temperamento, pero que por lo mismo es imitación paródica de la saña de los héroes míticos.
[24] *término ultramarino*] en sentido forense: el plazo más largo que el corriente que se concede para la prueba judicial que haya de hacerse en ultramar; y en sentido figurado, plazo dilatado[b].
[25] *echar una tela*] hacer las labores necesarias hasta tejerla; exp. proverb.
[26] Se publicó el texto catalán original del *Tirant lo Blanc* por vez primera en Valencia, 1490 (y en Barcelona en 1497). En una rúbrica o colofón se lee que Joan Martorell murió después de terminada la tercera parte y que Martí Joan de Galba escribió la cuarta parte y terminó la obra. Cervantes la conoció a través de la traducción anónima castellana

—¡Válame Dios! —dijo el cura, dando una gran voz—. ¡Que aquí esté Tirante el Blanco! Dádmele acá, compadre; que hago cuenta que he hallado en él un tesoro de contento y una mina de pasatiempos. Aquí está don Quirieleisón de Montalbán, valeroso caballero, y su hermano Tomás de Montalbán, y el caballero Fonseca, con la batalla que el valiente de Tirante hizo con el alano, y las agudezas de la doncella Placerdemivida, con los amores y embustes de la viuda Reposada, y la señora Emperatriz, enamorada de Hipólito, su escudero. Dígoos verdad, señor compadre, que, por su estilo, es éste el mejor libro del mundo: aquí comen los caballeros, y duermen y mueren en sus camas, y hacen testamento antes de su muerte, con estas cosas de que todos los demás libros deste género carecen[27]. Con todo eso, os digo que merecía el que le compuso, pues no hizo tantas necedades de industria[28], que le echaran a galeras por todos los días de su vida[29]. Llevadle a casa y leedle, y veréis que es verdad cuanto dél os he dicho.

—Así será —respondió el barbero—; pero ¿qué haremos destos pequeños libros que quedan?

—Éstos —dijo el cura— no deben de ser de caballerías, sino de poesía.

---

de Valladolid, 1511, en la cual no figuraban los nombres de sus autores catalanes: *Los cinco libros del esforçado e invencible cavallero Tirante el Blanco de Roca Salada*. Martín de Riquer ha publicado en ed. moderna el texto catalán y la trad. castellana, **150**.

[27] *por su estilo... deste género carecen*] Cervantes elogia el humorismo y la verosimilitud del *Tirante* y solo parece aludir a su aspecto libidinoso en la expresión 'necedades' que luego usa el cura. La escena final del *Quijote*, II.74, en que Alonso Quixano hace testamento y muere en su cama, recuerda estas frases.

[28] *pues no hizo tantas necedades de industria*] Este elogio paradójico recuerda un terceto del *Viaje del Parnaso*, c. 6: «¿Cómo pueda agradar un desatino / si no es que de propósito [*de industria*] se hace / mostrándole el donaire su camino?» ed. S-B, p. 85. Con las mismas palabras, y en varias ocasiones, Cervantes expresó un criterio aplicable también al *Quijote*.

Cf. Cov.: «*Hacer una cosa de industria:* hacerla a sabiendas y adrede, para que de allí suceda cosa que para otro sea a caso y para él de propósito; puede ser en buena y en mala parte», 735.b.2.

[29] Este juicio sin duda entraña un juego de palabras y un chiste conceptista. Desde Clemencín se ha venido llamando 'el pasaje más oscuro', por la contradicción entre el elogio del libro y la severidad con que al parecer se condena al autor. Pero entendida bien la fr. «*no... de industria*», y su aplicación estética al libro de Martorell, se percibe que Cervantes

Y abriendo uno, vio que era *La Diana*[30], de Jorge de Montemayor, y dijo, creyendo que todos los demás eran del mesmo género:

—Estos no merecen ser quemados, como los demás, porque no hacen ni harán el daño que los de caballerías han hecho; que son libros de entendimiento[31], sin perjuicio de tercero[32].

—¡Ay señor! —dijo la sobrina—. Bien los puede vuestra merced mandar quemar, como a los demás; porque no sería mucho que, habiendo sanado mi señor tío de la enfermedad caballeresca, leyendo éstos se le antojase de hacerse pastor[33] y andarse por los bosques y prados cantando y tañendo, y, lo que sería peor, hacerse poeta, que, según dicen, es enfermedad incurable y pegadiza.

—Verdad dice esta doncella —dijo el cura—, y será bien quitarle a nuestro amigo este tropiezo y ocasión delante. Y, pues comenzamos por *La Diana*, de Montemayor, soy de parecer que no se queme, sino que se le quite todo aquello que trata de la sabia Felicia y de la agua encantada, y casi todos los versos mayores[b], y quédesele en hora buena la prosa, y la honra de ser primero en semejantes libros.

—Este que se sigue —dijo el barbero— es *La Diana* lla-

---

expresó un juicio serio e inequívoco en forma de un chiste complicado y ambiguo. Se resumen las diversas interpretaciones en RM, Apéndice 11 y la nota de Riquer[e]. *V*. también E. C. Riley, **108**, p. 48-52/23-25; **150.6**, y F. Maldonado de Guevara, *AC*, 1: 133-1'57 (1951). Obsérvese que el juicio del cura justifica humorísticamente una penalidad aplicada al autor, pero no al libro, pues aconseja al barbero que lo lea. El autor no obró tantas *necedades* conscientemente; es decir, que no se prestó a narrar extravagancias e impropiedades con discreción artística. Y por eso el efecto de su lectura provoca en el lector la censura dirigida al que no supo agradar del todo contando desatinos novelescos, por carecer de donaire y de artificio. En el caso del *Tirante*, pues, el libro se redime del fuego, pero la condenación ha caído sobre el que le compuso.

[30] *Los siete libros de la Diana*, novela pastoril escrita en castellano por el autor portugués; la ed. más antigua de las conocidas es de Valencia y no lleva fecha (se supone que es de 1558 o 1559). *V*. F. López Estrada, Prólogo a su ed., Clás. Cast., Madrid, 1967; sobre el género y la *Diana* en particular, el estudio de J. B. Avalle-Arce, **440.1**.

[31] *entendimiento*] Algunos editores corrigen *entretenimiento*[ab].

[32] *sin perjuicio de tercero*] que no perjudican la moral ni las buenas costumbres[h].

[33] Cf. II.73, p. 583.

mada *segunda del Salmantino*[34], y éste, otro que tiene el mesmo nombre, cuyo autor es Gil Polo[35].

—Pues la del Salmantino —respondió el cura—, acompañe y acreciente el número de los condenados al corral, y la de Gil Polo se guarde como si fuera del mesmo Apolo; y pase adelante, señor compadre, y démonos prisa; que se va haciendo tarde.

—Este libro es —dijo el barbero abriendo otro— *Los diez libros de Fortuna de amor*[36], compuestos por Antonio de Lofraso, poeta sardo.

—Por las órdenes que recebí —dijo el cura—, que desde que Apolo fue Apolo, y las musas musas, y los poetas poetas, tan gracioso ni tan disparatado libro como ése no se ha compuesto, y que, por su camino, es el mejor y el más único[37] de cuantos deste género han salido a la luz del mundo, y el que no le ha leído puede hacer cuenta que no ha leído jamás cosa de gusto. Dádmele acá, compadre; que precio más haberle hallado que si me dieran una sotana de raja de Florencia[38].

Púsole aparte con grandísimo gusto, y el barbero prosiguió diciendo:

—Estos que se siguen son *El Pastor de Iberia, Ninfas de Henares* y *Desengaños de celos*[39].

—Pues no hay más que hacer —dijo el cura—, sino en-

[34] Continuación, 1564, de la obra de Montemayor por Alonso Pérez, médico de Salamanca.

[35] *Primera parte de Diana enamorada*, Valencia, 1564.

[36] *Los diez libros de Fortuna d'Amor... donde hallaran los honestos y apazibles amores del Pastor Frexano y de la hermosa pastora Fortuna...*, Barcelona, 1573. De Lofraso volvió a tratar Cervantes en el *Viaje del Parnaso*, c. 3, (*V*. nota ed. Schevill, p. 166) en términos que no dan lugar a duda que los elogios del cura son irónicos[b].

[37] *por su camino... el más único*] a su manera... el más singular.

[38] *raja de Florencia*] paño rico y costoso que solo vestiría la gente principal[b].

[39] *El pastor de Iberia*, de Bernardo de la Vega, Sevilla, 1591[ab]; *Primera parte de las ninphas y pastores de Henares*, de Bernardo González de Bobadilla, Alcalá, 1587[b]; *Desengaño* (sic) *de celos*, Madrid, 1586[b], novela pastoril disparatada de Bartolomé López de Enciso; la primera es la obra de más reciente fecha que se menciona en el escrutinio. Es evidente que a Cervantes le interesó referirse a estas producciones bastante mediocres que aparecieron después de su *Galatea*, 1585. No menciona, por otro lado, la *Arcadia* de Lope de Vega, 1598, por lo que induce a creer que hubo de escribirse el capítulo en los años 1592 a 1597.

tregarlos al brazo seglar del ama[40] : y no se me pregunte el
porqué, que sería nunca acabar.

—Este que viene es *El Pastor de Fílida*[41].

—No es ése pastor —dijo el cura—, sino muy discreto
cortesano; guárdese como joya preciosa.

—Este grande que aquí viene se intitula —dijo el barbero— *Tesoro de varias poesías*[42].

—Como ellas no fueran tantas —dijo el cura—, fueran
más estimadas; menester es que este libro se escarde y
limpie de algunas bajezas que entre sus grandezas tiene.
Guárdese, porque su autor es amigo mío, y por respeto de
otras más heroicas y levantadas obras que ha escrito.

—Éste es —siguió el barbero— *El Cancionero*, de López Maldonado[43].

—También el autor de ese libro —replicó el cura— es
grande amigo mío, y sus versos en su boca admiran a quien
los oye; y tal es la suavidad de la voz con que los canta, que
encanta. Algo largo es en las églogas; pero nunca lo bueno
fue mucho: guárdese con los escogidos. Pero ¿qué libro es
ese que está junto a él?

—*La Galatea*, de Miguel de Cervantes[44] —dijo el barbero.

—Muchos años ha que es grande amigo mío ese Cervantes, y sé que es más versado en desdichas que en versos. Su libro tiene algo de buena invención; propone algo,
y no concluye nada: es menester esperar la segunda parte

---

[40] *entregarlos al brazo seglar del ama*] «Entregar a uno al brazo
seglar es ponerle en poder de quien lo ha de acabar y destruir. Está
tomado de lo que hace la justicia eclesiástica, degradando al clérigo y
entregándole a la justicia seglar, y lo mesmo el tribunal del Santo Oficio
a los que relaja», Cov. 233.a.65.

[41] De Luis Gálvez de Montalvo, Madrid, 1582[b], *V.* nota de Schevill-
Bonilla, *La Galatea*, II, p. 317.

[42] De Pedro de Padilla, Madrid, 1580[b]. Sobre Padilla *V. La Galatea*,
ed. Avalle-Arce, II, p. 200.

[43] De Cervantes figuran dos poesías laudatorias en el *Cancionero*
de López Maldonado, Madrid, 1586, y una en el *Jardín espiritual*, Madrid,
1585, de Padilla. Padilla, Montalvo y López Maldonado fueron amigos
de Cervantes; los elogia en el «Canto de Calíope», *La Galatea* (ed. Avalle-
Arce, II, p. 198-200). De Montalvo y López Maldonado figuran sendos
sonetos laudatorios en *La Galatea*.

[44] *Primera parte de la Galatea, dividida en seis libros*, Alcalá: Juan
Gracián, 1585. Ed. Schevill-Bonilla, Madrid, 1924, 2v; J-B. Avalle-
Arce, Madrid: Espasa-Calpe, Clás. Cast., 1961, 2v. *V.* supra, nota,
p. 119.

que promete[45]; quizá con la emienda alcanzará del todo la
misericordia que ahora se le niega; y entre tanto que esto
se ve, tenedle recluso en vuestra posada, señor compadre.

—Que me place —respondió el barbero—. Y aquí vienen tres, todos juntos: *La Araucana*[46], de don Alonso de
Ercilla; *La Austríada*, de Juan Rufo[47], jurado de Córdoba,
y *El Monserrato*[48], de Cristóbal de Virués, poeta valenciano.

—Todos esos tres libros —dijo el cura— son los mejores
que, en verso heroico, en lengua castellana están escritos,
y pueden competir con los más famosos de Italia: guárdense
como las más ricas prendas de poesía que tiene España.

Cansóse el cura de ver más libros, y así, a carga cerrada[49],
quiso que todos los demás se quemasen; pero ya tenía
abierto uno el barbero, que se llamaba *Las lágrimas de
Angélica*[50].

—Lloráralas yo —dijo el cura en oyendo el nombre—
si tal libro hubiera mandado quemar; porque su autor fue
uno de los famosos poetas del mundo, no sólo de España,
y fue felicísimo en la tradución de algunas fábulas de
Ovidio[b].

[45] Al final de *La Galatea* el autor promete continuarla en una '*segunda parte*'. El juicio del cura refleja la convicción profunda de Cervantes de que los méritos de su obra reclamaban su conclusión. Repitió
la promesa de continuarla en la dedicatoria de las *Ocho comedias y
ocho entremeses*, en el Prólogo del *Quijote* de 1615 y en la dedicatoria
del *Persiles*.

[46] *La Araucana*] 1.ª Parte, Madrid, 1569; 2.ª, 1578; 3.ª, 1589; completo, 1590, 1592, 1597. Cervantes había elogiado a Ercilla en el «Canto
de Calíope». *V.* nota de S-B, ed., *La Galatea*, II, p. 300.

[47] *La Austríada*] Poema sobre las hazañas de don Juan de Austria,
Madrid, 1584. Sobre Cristóbal de Virués *V.* Avalle-Arce, ed., *La Galatea*,
II, p. 223.

[48] *El Monserrato*] Parece ser error del impresor por *El Monserrate*,
Madrid, 1587, poema sobre la leyenda del monje Garín, su penitencia
y la fundación del famoso santuario de Montserrat[c].

[49] *a carga cerrada*] Cov.: «lo que se compra, o toma sin saber si
es bueno o malo», 307.a.1; o sea, 'a bulto, sin discriminación'.

[50] *Primera parte de la Angélica* de Luis Barahona de Soto, Granada,
1586[b], en que se narra una continuación del episodio de Angélica y
Medoro del *Orlando furioso*.

CAPÍTULO VII

De la segunda salida de nuestro buen caballero don Quijote de la Mancha[e]

Estando en esto, comenzó a dar voces don Quijote, diciendo:

—Aquí, aquí, valerosos caballeros; aquí es menester mostrar la fuerza de vuestros valerosos brazos; que los cortesanos llevan lo mejor del torneo.

Por acudir a este ruido y estruendo, no se pasó adelante con el escrutinio de los demás libros que quedaban; y así, se cree que fueron al fuego, sin ser vistos ni oídos, *La Carolea*[f] y *León de España*, con *Los Hechos del Emperador*[f], compuestos por don Luis de Ávila[1], que, sin duda, debían de estar entre los que quedaban, y quizá, si el cura los viera, no pasaran por tan rigurosa sentencia.

Cuando llegaron a don Quijote, ya él estaba levantado de la cama, y proseguía en sus voces y en sus desatinos, dando cuchilladas y reveses a todas partes, estando tan despierto como si nunca hubiera dormido. Abrazáronse con él y por fuerza le volvieron al lecho; y después que hubo sosegado un poco, volviéndose a hablar con el cura, le dijo:

—Por cierto, señor arzobispo Turpín, que es gran mengua de los que nos llamamos doce Pares dejar tan sin más ni más llevar la vitoria deste torneo a los caballeros cortesa-

---

[1] *Primera parte de la Carolea, que trata las victorias del Emperador Carlos V, Rey de España*, etc., de Jerónimo Sempere, Valencia, 1560; *Primera y Segunda Parte de El León de España*, por Pedro de la Vecilla Castellanos, Salamanca, 1586; respecto al tercero, es evidente que se refiere a una obra de Luis de Ávila y Zúñiga, y como este autor no escribió ninguna otra intitulada *Los Hechos del Emperador*, pero si un *Comentario...de la guerra de Alemaña, hecha de Carlo V*, etc., Venecia, 1584, se supone que Cervantes se refería a ésta[b]. Sin embargo, el *Comentario* es obra seria de historia, en prosa, y digna de elogio, y parece estar fuera de lugar citarla en una plática sobre libros de entretenimiento, entre un grupo de obras en verso y junto con dos poemas que se condenan al fuego por malos. Por tanto, dice Schevill: «Se justifica la sospecha que Cervantes, al escribir *D. Luis de Avila*, pensase en *D. Luis Zapata*, que escribió 'de los *hechos*, las empresas, las hazañas' del Emperador en un poema largo de cincuenta cantos, titulado: *Carlo famoso*, Valencia, 1566»[a].

nos[c], habiendo nosotros los aventureros ganado el prez[2] en los tres días antecedentes.

—Calle vuestra merced, señor compadre —dijo el cura—; que Dios será servido que la suerte se mude y que lo que hoy se pierde se gane mañana, y atienda vuestra merced a su salud por agora; que me parece que debe de estar demasiadamente cansado, si ya no es que está malferido.

—Ferido no —dijo don Quijote—; pero molido y quebrantado, no hay duda en ello; porque aquel bastardo de don Roldán me ha molido a palos con el tronco de una encina, y todo de envidia, porque ve que yo solo soy el opuesto de sus valentías. Mas no me llamaría yo Reinaldos de Montalbán[3] si, en levantándome deste lecho, no me lo pagare, a pesar de todos sus encantamentos; y, por agora, tráiganme de yantar, que sé que es lo que más me hará al caso, y quédese lo del vengarme a mi cargo.

Hiciéronlo ansí: diéronle de comer, y quedóse otra vez dormido, y ellos, admirados de su locura.

Aquella noche quemó y abrasó el ama cuantos libros[f] había en el corral y en toda la casa, y tales debieron de arder que merecían guardarse en perpetuos archivos; mas no lo permitió su suerte y la pereza del escrutiñador, y así, se cumplió el refrán en ellos de que pagan a las veces justos por pecadores[4].

Uno de los remedios que el cura y el barbero dieron, por entonces, para el mal de su amigo, fue que le murasen y tapiasen el aposento de los libros, porque cuando se levantase no los hallase —quizá quitando la causa, cesaría el efeto—, y que dijesen que un encantador se los había llevado, y el aposento y todo[5]; y así fue hecho con mucha presteza. De allí a dos días se levantó don Quijote, y lo primero que hizo fue a ver sus libros; y como no hallaba el aposento donde le había dejado, andaba de una en otra parte buscándole. Llegaba adonde solía tener la puerta, y tentábala con las manos, y volvía y revolvía los ojos por todo, sin decir palabra; pero al cabo de una buena pieza, preguntó a su ama que hacia qué parte estaba el aposento

---

[2] *prez*] la honra de la victoria (y premio) que adjudicaban los jueces o fieles a los vencedores en los torneos[b].

[3] De la rivalidad entre Roldán y Reinaldos de Montalbán se contó en algunos romances viejos y en el *Orlando innamorato* de Boiardo[bc].

[4] Correas 463.b.

[5] *y todo*] fr. proverb., 'también'.

de sus libros. El ama, que estaba bien advertida de lo
que había de responder, le dijo:

—¿Qué aposento, o qué nada, busca vuestra merced?
Ya no hay aposento ni libros en esta casa, porque todo se
lo llevó el mesmo diablo.

—No era diablo —replicó la sobrina—, sino un encantador que vino sobre una nube una noche, después del
día que vuestra merced de aquí se partió, y apeándose de
una sierpe en que venía caballero, entró en el aposento, y
no sé lo que se hizo dentro, que a cabo de poca pieza salió
volando por el tejado, y dejó la casa llena de humoᶜ; y
cuando acordamos a mirar lo que dejaba hecho, no vimos
libro ni aposento alguno; sólo se nos acuerda muy bien a
mí y al ama que, al tiempo del partirse aquel mal viejo,
dijo en altas voces que por enemistad secreta que tenía al
dueño de aquellos libros y aposento, dejaba hecho el daño
en aquella casa que después se vería. Dijo también que se
llamaba el sabio Muñatón.

—Frestón⁶ diría —dijo don Quijote.

—No sé —respondió el ama— si se llamaba Frestón o
Fritón; sólo sé que acabó en *tón* su nombre.

—Así es —dijo don Quijote—; que ése es un sabio encantador, grande enemigo mío, que me tiene ojeriza, porque sabe por sus artes y letras que tengo de venir, andando
los tiempos, a pelear en singular batalla con un caballero
a quien él favorece, y le tengo de vencer, sin que él lo pueda
estorbar, y por esto procura hacerme todos los sinsabores
que puede; y mándole⁷ yo que mal podrá él contradecir ni
evitar lo que por el cielo está ordenado.

—¿Quién duda de eso? —dijo la sobrina—. Pero ¿quién
le mete a vuestra merced, señor tío, en esas pendencias?
¿No será mejor estarse pacífico en su casa y no irse por el
mundo a buscar pan de trastrigo⁸, sin considerar que muchos
van por lana y vuelven tresquilados?⁹

---

⁶ *Frestón*] Fristón se llama el sabio encantador y supuesto autor del
libro *Don Belianís de Grecia*, I.1, nota 9; I.6, nota 23.

⁷ *mandar:* prometer, asegurar.

⁸ *buscar pan de trastrigo*ᶠ] refrán, «buscar ocasión de enojo con
demasías imposibles: el trigo es el mejor grano y pan más subido, y es
imposible hallarle mejor», Correas, 366a.

⁹ *tresquilados*] El refrán «ir por lana y volver tresquilado», o tras-
quilado (Correas, 163b.), alude a la pena impuesta según la costumbre
gótica de cortar el pelo sin orden ni regla al delincuenteᶜ. Cf. II.14, p. 139,
II.43, p. 363, II.67, p. 549.

—¡Oh sobrina mía —respondió don Quijote—, y cuán mal que estás en la cuenta! Primero que a mí me tresquilen tendré peladas y quitadas las barbas a cuantos imaginaren tocarme en la punta de un solo cabello.

No quisieron las dos replicarle más, porque vieron que se le encendía la cólera.

Es, pues, el caso que él estuvo quince días en casa muy sosegado, sin dar muestras de querer segundar sus primeros devaneos, en los cuales días pasó graciosísimos cuentos[10] con sus dos compadres el cura y el barbero, sobre que él decía que la cosa de que más necesidad tenía el mundo era de caballeros andantes y de que en él se resucitase la caballería andantesca. El cura algunas veces le contradecía, y otras concedía, porque si no guardaba este artificio no había poder averiguarse con él[11].

En este tiempo solicitó don Quijote a un labrador vecino suyo, hombre de bien —si es que este título se puede dar al que es pobre—, pero de muy poca sal en la mollera[12]. En resolución, tanto le dijo, tanto le persuadió y prometió, que el pobre villano[13] se determinó de salirse con él y servirle de escudero. Decíale, entre otras cosas, don Quijote que se dispusiese a ir con él de buena gana, porque tal vez[14] le podía suceder aventura que ganase, en quítame allá esas pajas, alguna ínsula[15] y le dejase a él por gobernador della. Con estas promesas y otras tales, Sancho Panza[16],

[10] *pasó... cuentos*] tuvo... coloquios.
[11] *averiguarse con él*] avenirse con él, traerle a razón.
[12] *de muy poca sal en la mollera*[a]] de poca discreción o inteligencia.
[13] *villano*] en el sentido de vecino o habitador del estado llano de una villa o aldea.
[14] *tal vez*] alguna vez.
[15] *ínsula*] Forma cultista, *isla*. En la geografía de las ficciones caballerescas son frecuentes las islas, pero llamadas «ínsola», «ínsula» («Ínsola Firme», *AdG*). En los relatos artúricos franceses se empleó la forma *isle*, y no se ha explicado por qué los autores españoles prefirieron la forma cultista (*V*. E. B. Place, ed., *Amadís de Gaula*, II, p. 606). Importa notar que la figura de Sancho se introduce en el mismo momento en que se hace mención de la «*ínsula*», y que desde el principio su papel como escudero va identificado con la aspiración a ser gobernador de ella. Sancho desconoce el verdadero sentido de la palabra. Para él nunca significará precisamente 'isla en el mar', pues supone que puede haber *ínsulas* situadas tierra adentro.
[16] El nombre Sancho era proverbial desde la Edad Media, y figuraba en varios refranes: «Hallado ha Sancho su roçín», Marqués de Santillana, «Allá va Sancho con su rocino» Cov. 925.a.46; «A buen callar

que así se llamaba el labrador, dejó su mujer y hijos y asentó por escudero de su vecino.

Dio luego don Quijote orden en buscar dineros, y, vendiendo una cosa, y empeñando otra, y malbaratándolas todas, llegó[17] una razonable cantidad. Acomodóse asimesmo de una rodela[18], que pidió prestada a un su amigo, y, pertrechando su rota celada lo mejor que pudo, avisó a su escudero Sancho del día y la hora que pensaba ponerse en camino para que él se acomodase de lo que viese que más le era menester. Sobre todo le encargó que llevase alforjas; e dijo que sí llevaría, y que ansimesmo pensaba llevar un asno que tenía muy bueno, porque él no estaba duecho[19] a andar mucho a pie. En lo del asno reparó un poco don Quijote, imaginando si se le acordaba si algún caballero andante había traído escudero caballero asnalmente; pero nunca le vino alguno a la memoria; mas con todo esto determinó que le llevase, con presupuesto[20] de acomodarle de más honrada caballería en habiendo ocasión para ello, quitándole el caballo al primer descortés caballero que topase[21]. Proveyóse de camisas y de las demás cosas que él pudo, conforme al consejo que el ventero le había dado; todo lo cual hecho y cumplido, sin despedirse Panza de sus hijos y mujer, ni don Quijote de su ama y sobrina, una noche se salieron del lugar sin que persona los viese; en la

---

llaman Sancho», Marqués de Santillana, y *Corbacho*, ed. Castalia, p. 195. V. Rosenblat, **123**, p. 173. Al finalizar su libro en 1604 Cervantes recalcó la originalidad de su genial creación, «en quien, a mi parecer, te doy cifradas todas las gracias escuderiles...». Prólogo, supra, p. 58. Sobre la ascendencia literaria de Sancho, Menéndez y Pelayo, **062**, y **413, 414**. No ha faltado quien observase que no se le ha ocurrido al hidalgo cambiar el nombre al escudero. Pi y Molist[f] (**252**, p. 37), «Sancho Panza se llamaba el escudero, pero al Caballero no se le ocurrió mudarle el nombre —¿estuvo en ello intencionado Cervantes? bien pudo ser— en otro expresivo, altisonante...».

[17] *llegó*] allegó, reunió.

[18] *rodela*] Don Quijote en la primera salida llevaba adarga; ahora lleva rodela. La *adarga* era grande, de cuero y de forma oval; tenía por dentro dos asas y era arma propia de jinete. La *rodela* era escudo pequeño, redonda, de hierro y propia de infante o gente de pie, lo cual hacía la armadura de don Quijote más ridícula[e].

[19] *duecho*[a]] forma rústica y anticuada de ducho, 'acostumbrado', s.v. Cov.

[20] *con presupuesto*] con propósito[b].

[21] *quitándole el caballo... que topase*] Se olvida de esta promesa. Tuvo solo una ocasión y no la aprovechó. II.14.

cual caminaron tanto, que al amanecer se tuvieron por
seguros de que no los hallarían aunque los buscasen.

Iba Sancho Panza sobre su jumento como un patriarca[cb],
con sus alforjas y su bota, y con mucho deseo de verse ya
gobernador de la ínsula que su amo le había prometido.
Acertó don Quijote a tomar la misma derrota[22] y camino
que el que él había tomado en su primer viaje, que fue por
el campo de Montiel, por el cual caminaba con menos
pesadumbre que la vez pasada, porque, por ser la hora
de la mañana y herirles a soslayo, los rayos del sol no les
fatigaban. Dijo en esto Sancho Panza a su amo:

—Mire vuestra merced, señor caballero andante, que
no se le olvide lo que de la ínsula me tiene prometido[23];
que yo la sabré gobernar, por grande que sea.

A lo cual le respondió don Quijote:

—Has de saber, amigo Sancho Panza, que fue costumbre muy usada de los caballeros andantes antiguos hacer
gobernadores a sus escuderos de las ínsulas o reinos que
ganaban, y yo tengo determinado de que por mí no falte
tan agradecida usanza; antes pienso aventajarme en ella:
porque ellos algunas veces, y quizás las más, esperaban
a que sus escuderos fuesen viejos, y ya después de hartos
de servir y de llevar malos días y peores noches, les daban
algún título de conde, o, por lo mucho, de marqués, de algún valle o provincia de poco más a menos; pero si tú vives
y yo vivo, bien podría ser que antes de seis días ganase yo
tal reino, que tuviese otros a él adherentes, que viniesen
de molde para coronarte por rey de uno dellos. Y no lo
tengas a mucho; que cosas y casos acontecen a los tales
caballeros por modos tan nunca vistos ni pensados, que con
facilidad te podría dar aún más de lo que te prometo.

—De esa manera —respondió Sancho Panza—, si yo
fuese rey por algún milagro de los que vuestra merced dice,
por lo menos[24], Juana Gutiérrez, mi oíslo[25], vendría a ser
reina, y mis hijos infantes.

[22] *derrota*] derrotero, rumbo.
[23] La *ínsula* como recompensa para Sancho tiene su enlace con las
utopías de la imaginación renacentista. Como recompensa mágica tiene
relación con temas folklóricos. Como recompensa absurda y desproporcionada al mérito individual tiene antecedentes en ciertas figuras
populares del teatro del siglo XVI.
[24] *por lo menos*] 'nada menos'.
[25] *oíslo*[cb]] En la lengua familiar es nombre usado por el marido
para designar a su mujer y a veces a la inversa.

128   MIGUEL DE CERVANTES SAAVEDRA

—Pues ¿quién lo duda? —respondió don Quijote.

—Yo lo dudo —replicó Sancho Panza—; porque tengo para mí que, aunque lloviese Dios reinos sobre la tierra, ninguno asentaría bien sobre la cabeza de Mari Gutiérrez[26]. Sepa, señor, que no vale dos maravedís para reina; condesa le caerá mejor, y aun Dios y ayuda.

—Encomiéndalo tú a Dios, Sancho —respondió don Quijote—, que Él dará lo que más le convenga; pero no apoques tu ánimo tanto, que te vengas a contentar con menos que con ser adelantado[27].

—No haré, señor mío —respondió Sancho—, y más teniendo tan principal amo en vuestra merced, que me sabrá dar todo aquello que me esté bien y yo pueda llevar.

CAPÍTULO VIII

Del buen suceso[1] que el valeroso don Quijote tuvo en la espantable y jamás imaginada aventura de los molinos de viento, con otros sucesos dignos de felice recordación

En esto, descubrieron treinta o cuarenta molinos de viento[c] que hay en aquel campo, y así como don Quijote los vio, dijo a su escudero:

[26] Se dan varios nombres a la mujer de Sancho. Arriba la ha llamado Sancho *Juana Gutiérrez. Mari Gutiérrez* podría explicarse como aplicación de *Mari* según uso familiar y proverbial a cualquier mujer o nombre de mujer, uso común entre la gente vulgar de la Mancha[f] (v.g., *Maritornes*). A la hija de Sancho la llama su madre *Mari Sancha*, II.5. Al final de la primera parte de 1605 se lee «Juana Panza, que así se llamaba la mujer de Sancho y aunque no eran parientes, sino porque se usa en la Mancha tomar las mujeres el apellido de sus maridos», I.52, p. 603. En la segunda parte de 1615 dice ella: «Cascajo se llamó mi padre; y a mí, por ser vuestra mujer me llaman Teresa Panza, que a buena razón me habían de llamar Teresa Cascajo». II.5, p. 76. Es lo más probable que esta anarquía onomástica se deba, no a descuidos u olvido de Cervantes[cb], sino a un recurso suyo deliberado y de intención cómica. *V.* Spitzer, **102**. El imitador Avellaneda se decidió por la versión genérica y vulgarísima *Mari Gutiérrez.* Y visto esto por Cervantes, hizo decir a Sancho en el capítulo escrito en 1614: «¡Por cierto, bien debe de estar en el cuento de nuestros sucesos, pues llama a Teresa Panza, mi mujer Mari Gutiérrez!» II.59, p. 487.
[27] *adelantado*] Gobernador militar y político de una provincia, designado en los siglos de la reconquista por los reyes de Castilla[e]. En la guerra de fronteras contra los moros mandaba las fuerzas militares.
[1] *suceso*] éxito, resultado.

—La ventura va guiando nuestras cosas mejor de lo que acertáramos a desear; porque ves allí, amigo Sancho Panza, donde se descubren treinta, o pocos más, desaforados gigantes, con quien pienso hacer batalla y quitarles a todos las vidas, con cuyos despojos comenzaremos a enriquecer; que ésta es buena guerra[2], y es gran servicio de Dios quitar tan mala simiente de sobre la faz de la tierra.

—¿Qué gigantes? —dijo Sancho Panza.

—Aquellos que allí ves —respondió su amo— de los brazos largos, que los suelen tener algunos de casi dos leguas.

—Mire vuestra merced —respondió Sancho— que aquellos que allí se parecen no son gigantes, sino molinos de viento[3], y lo que en ellos parecen brazos son las aspas, que, volteadas del viento, hacen andar la piedra del molino.

—Bien parece —respondió don Quijote— que no estás cursado[4] en esto de las aventuras: ellos son gigantes; y si tienes miedo, quítate de ahí, y ponte en oración en el espacio que yo voy a entrar con ellos en fiera y desigual batalla.

Y diciendo esto, dio de espuelas a su caballo Rocinante, sin atender a las voces que su escudero Sancho le daba, advirtiéndole que, sin duda alguna, eran molinos de viento, y no gigantes, aquellos que iba a acometer. Pero él iba tan puesto en que eran gigantes, que ni oía las voces de su escudero Sancho, ni echaba de ver, aunque estaba ya bien cerca, lo que eran; antes iba diciendo en voces altas:

—Non fuyades[5], cobardes y viles criaturas, que un solo caballero es el que os acomete.

Levantóse en esto un poco de viento, y las grandes aspas comenzaron a moverse, lo cual visto por don Quijote, dijo:

[2] *buena guerra*] guerra lícita y justa[b].

[3] *molinos de viento*] Esta es probablemente la más conocida de las aventuras de don Quijote en la imaginación universal y ha dado origen a varias expresiones proverbiales en distintas lenguas. La cantidad y variedad de comentarios sobre ella son extraordinarias. La imaginación romántica del siglo XIX le dio tal vez su más rica interpretación literaria (*V.* Victor Hugo, **272** y **319.2**) e iconográfica (*V.* **045.10**). Al que interese la historia del uso de molinos de viento en La Mancha puede consultar: Julio Caro Baroja, «Disertación sobre los molinos de viento», *Revista de dialectología y tradiciones populares*, 8: 212-366 (1952).

[4] *cursado*] versado.

[5] *Non fuyades*] no huyáis, en lenguaje arcaico, cf. I.2, p. 83.

—Pues aunque mováis más brazos que los del gigante Briareo[6], me lo habéis de pagar.

Y en diciendo esto, y encomendándose de todo corazón a su señora Dulcinea, pidiéndole que en tal trance le socorriese, bien cubierto de su rodela, con la lanza en el ristre[7], arremetió a todo el galope de Rocinante y embistió con el primero molino que estaba delante; y dándole una lanzada en el aspa, la volvió el viento con tanta furia, que hizo la lanza pedazos, llevándose tras sí al caballo y al caballero[8], que fue rodando muy maltrecho por el campo. Acudió Sancho Panza a socorrerle, a todo el correr de su asno, y cuando llegó halló que no se podía menear: tal fue el golpe que dio con él Rocinante.

—¡Válame Dios! —dijo Sancho—. ¿No le dije yo a vuestra merced que mirase bien lo que hacía, que no eran sino molinos de viento, y no lo podía ignorar sino quien llevase otros tales en la cabeza?

—Calla, amigo Sancho —respondió don Quijote—; que las cosas de la guerra, más que otras, están sujetas a continua mudanza; cuanto más, que yo pienso, y es así verdad, que aquel sabio Frestón que me robó el aposento y los libros ha vuelto estos gigantes en molinos por quitarme la gloria de su vencimiento: tal es la enemistad que me tiene; mas al cabo al cabo, han de poder poco sus malas artes contra la bondad de mi espada.

—Dios lo haga como puede —respondió Sancho Panza.

Y, ayudándole a levantar, tornó a subir sobre Rocinante, que medio despaldado[9] estaba. Y, hablando en la pasada aventura, siguieron el camino del Puerto Lápice[10], porque allí decía don Quijote que no era posible dejar de hallarse muchas y diversas aventuras, por ser lugar muy

---

[6] *Briareo*] Titán o gigante de la mitología griega y romana; tenía cien brazos y cincuenta cabezas[c].

[7] *ristre*] «Es un hierro que el hombre de armas ingiere en el peto, a la parte derecha donde encaja el cabo de la manija de la lanza, para afirmar en él... se detiene allí la lanza y se afirma», Cov. 911.b.46.

[8] *al caballo y al caballero*] Recuerda la versión de Herrera «Al caballo y al caballero los precipitó en el mar», Canción II, de la frase bíblica, Éxodo 15,21.

[9] *despaldado*] con la espalda dañada.

[10] *Puerto Lápice*] Sitio de La Mancha, entre Villarta y Herencia· en el camino real de Madrid y Toledo a Andalucía, y donde había una venta[abc].

pasajero[11]; sino que iba muy pesaroso por haberle faltado la lanza; y, diciéndoselo a su escudero, le dijo:

—Yo me acuerdo haber leído que un caballero español llamado Diego Pérez de Vargas, habiéndosele en una batalla roto la espada, desgajó de una encina un pesado ramo o tronco, y con él hizo tales cosas aquel día y machacó[b] tantos moros, que le quedó por sobrenombre Machuca, y así él como sus decendientes se llamaron desde aquel día en adelante Vargas y Machuca[12]. Hete dicho esto, porque de la primera encina o roble que se me depare pienso desgajar otro tronco tal y tan bueno como aquel que me imagino, y pienso hacer con él tales hazañas, que tú te tengas por bien afortunado de haber merecido venir a vellas y a ser testigo de cosas que apenas podrán ser creídas.

—A la mano de Dios[13] —dijo Sancho—; yo lo creo todo así como vuestra merced lo dice; pero enderécese un poco, que parece que va de medio lado, y debe de ser del molimiento de la caída.

—Así es la verdad —respondió don Quijote—; y si no me quejo del dolor es porque no es dado a los caballeros andantes quejarse de herida alguna, aunque se le salgan las tripas por ella.

—Si eso es así, no tengo yo que replicar —respondió Sancho—; pero sabe Dios si yo me holgara que vuestra merced se quejara cuando alguna cosa le doliera. De mí sé decir que me he de quejar del más pequeño dolor que tenga, si ya no se entiende también con los escuderos de los caballeros andantes eso del no quejarse.

No se dejó de reír don Quijote de la simplicidad de su escudero; y así, le declaró que podía muy bien quejarse como y cuando quisiese, sin gana o con ella; que hasta entonces no había leído cosa en contrario en la orden de caballería. Díjole Sancho que mirase que era hora de comer. Respondióle su amo que por entonces no le hacía menester; que comiese él cuando se le antojase. Con esta licencia se acomodó Sancho lo mejor que pudo sobre su

---

[11] *pasajero*] transitado.

[12] Diego Pérez de Vargas fue personaje histórico del tiempo de Fernando III el Santo (1199-1252). El suceso al que alude don Quijote se refiere en *Valerio de las historias escolásticas y de España*[c], de Diego Rodríguez de Almela, y en un romance de Lorenzo de Sepúlveda[abf].

[13] *A la mano de Dios*] 'en buen hora', 'con bendición de Dios', Correas, 598a.

jumento, y, sacando de las alforjas lo que en ellas había
puesto, iba caminando y comiendo detrás de su amo muy
de su espacio[14], y de cuando en cuando empinaba la bota,
con tanto gusto que le pudiera envidiar el más regalado
bodegonero de Málaga. Y en tanto que él iba de aquella
manera menudeando tragos, no se le acordaba de ninguna
promesa que su amo le hubiese hecho, ni tenía por ningún
trabajo, sino por mucho descanso, andar buscando las
aventuras, por peligrosas que fuesen.

En resolución, aquella noche la pasaron entre unos árboles, y del uno dellos desgajó don Quijote un ramo seco
que casi le podía servir de lanza, y puso en él el hierro que
quitó de la que se le había quebrado. Toda aquella noche
no durmió don Quijote, pensando en su señora Dulcinea,
por acomodarse a lo que había leído en sus libros, cuando
los caballeros pasaban sin dormir muchas noches en las
florestas[15] y despoblados, entretenidos con las memorias
de sus señoras[c]. No la pasó ansí Sancho Panza; que, como
tenía el estómago lleno, y no de agua de chicoria, de un
sueño se la llevó toda, y no fueran parte para despertarle, si
su amo no lo llamara, los rayos del sol, que le daban en el
rostro, ni el canto de las aves, que, muchas y muy regoci-
jadamente, la venida del nuevo día saludaban. Al levantarse
dio un tiento a la bota, y hallóla algo más flaca que la noche
antes; y afligiósele el corazón, por parecerle que no llevaban
camino de remediar tan presto su falta. No quiso desayu-
narse don Quijote, porque, como está dicho, dio en sustentarse de sabrosas memorias. Tornaron a su comenzado
camino del Puerto Lápice, y a obra de las tres del día[16]
le descubrieron.

—Aquí —dijo en viéndole don Quijote— podemos,
hermano Sancho Panza, meter las manos hasta los codos
en esto que llaman aventuras. Mas advierte que, aunque
me veas en los mayores peligros del mundo, no has de poner
mano a tu espada[17] para defenderme, si ya no vieres que
los que me ofenden es canalla y gente baja, que en tal caso

---

[14] *muy de su espacio*] muy despacio.
[15] *floresta*] selva o monte espeso. Se elabora sobre el tema de los
desvelos de los héroes caballerescos. La condición psicosomática de
don Quijote que le prohibe el sueño imita paródicamente los desvelos
del héroe épico. *V.* Arturo Marasso, **083,** p. 210-211.
[16] *a obra[b] de las tres del día*] a eso de las tres de la tarde.
[17] *tu espada*] No se ha mencionado antes que Sancho llevase espada.

bien puedes ayudarme; pero si fueren caballeros, en ninguna manera te es lícito ni concedido por las leyes de caballería que me ayudes, hasta que seas armado caballero.

—Por cierto, señor —respondió Sancho—, que vuestra merced sea muy bien obedecido en esto; y más, que yo de mío me soy pacífico y enemigo de meterme en ruidos ni pendencias. Bien es verdad que en lo que tocare a defender mi persona no tendré mucha cuenta con esas leyes, pues las divinas y humanas permiten que cada uno se defienda de quien quisiere agraviarle.

—No digo yo menos —respondió don Quijote—; pero en esto de ayudarme contra caballeros has de tener a raya tus naturales ímpetus.

—Digo que así lo haré —respondió Sancho—, y que guardaré ese preceto tan bien como el día del domingo.

Estando en estas razones, asomaron por el camino dos frailes de la orden de San Benito, caballeros sobre dos dromedarios^c: que no eran más pequeñas dos mulas en que venían. Traían sus antojos de camino[18] y sus quitasoles. Detrás dellos venía un coche^a, con cuatro o cinco de a caballo que le acompañaban y dos mozos de mulas a pie. Venía en el coche, como después se supo, una señora vizcaína, que iba a Sevilla, donde estaba su marido, que pasaba a las Indias con un muy honroso cargo. No venían los frailes con ella, aunque iban el mesmo camino; mas apenas los divisó don Quijote, cuando dijo a su escudero:

—O yo me engaño, o ésta ha de ser la más famosa aventura que se haya visto; porque aquellos bultos negros que allí parecen deben de ser, y son, sin duda, algunos encantadores que llevan hurtada alguna princesa en aquel coche, y es menester deshacer este tuerto a todo mi poderío.

—Peor será esto que los molinos de viento —dijo Sancho—. Mire, señor, que aquéllos son frailes de San Benito, y el coche debe de ser de alguna gente pasajera. Mire que digo que mire bien lo que hace, no sea el diablo que le engañe.

—Ya te he dicho, Sancho —respondió don Quijote—, que sabes poco de achaque[19] de aventuras; lo que yo digo es verdad, y ahora lo verás.

---

[18] *antojos de camino*]   antifaces con cristales para proteger los ojos del sol y del polvo^c.

[19] *achaque*]   asunto, materia.

Y diciendo esto, se adelantó y se puso en la mitad del camino por donde los frailes venían, y, en llegando tan cerca que a él le pareció que le podrían oír lo que dijese, en alta voz dijo:

—Gente endiablada y descomunal, dejad luego al punto las altas princesas que en ese coche lleváis forzadas; si no, aparejaos a recebir presta muerte, por justo castigo de vuestras malas obras[e].

Detuvieron los frailes las riendas, y quedaron admirados, así de la figura de don Quijote como de sus razones, a las cuales respondieron:

—Señor caballero, nosotros no somos endiablados ni descomunales, sino dos religiosos de San Benito que vamos nuestro camino, y no sabemos si en este coche vienen, o no, ningunas forzadas princesas.

—Para conmigo no hay palabras blandas; que ya yo os conozco, fementida[20] canalla —dijo don Quijote.

Y sin esperar más respuesta, picó a Rocinante y, la lanza baja, arremetió contra el primero fraile, con tanta furia y denuedo, que si el fraile no se dejara caer de la mula, él le hiciera venir al suelo mal de su grado, y aun mal ferido, si no cayera muerto[21]. El segundo religioso, que vio del modo que trataban a su compañero, puso piernas al castillo[22] de su buena mula, y comenzó a correr por aquella campaña, más ligero que el mesmo viento.

Sancho Panza, que vio en el suelo al fraile, apeándose ligeramente de su asno, arremetió a él y le comenzó a quitar los hábitos. Llegaron en esto dos mozos de los frailes y preguntáronle que por qué le desnudaba. Respondióles Sancho que aquello le tocaba a él ligítimamente, como despojos de la batalla que su señor don Quijote había ganado. Los mozos, que no sabían de burlas[23], ni entendían aquello

---

[20] *fementida*] 'falsa de fe y palabra'.

[21] *que si el fraile... cayera muerto*] Cervantes imita un recurso del estilo formulario de los libros andantescos. Sobre este estilo escribió Arturo Marasso: «En los incomparables combates caballerescos no se les puede mermar magnitud a los golpes; si de un golpe se abate al adversario, se destruye la descripción del combate, si se le quita valor y resistencia se aminora el triunfo del héroe; hay que encontrar la fórmula que, a pesar de la magnitud del golpe, prolongue la vida de los adversarios y sobre todo la del héroe de la novela...» **083**, p. 37-38.

[22] *castillo*] ponderación irónica, por el gran tamaño de la mula.

[23] *que no sabían de burlas*] Cov., «No saber de burlas; ser hombre severo o poco de palacio, o arriscado», 247.a.25. Shelton tradujo

de despojos ni batallas, viendo que ya don Quijote estaba desviado de allí, hablando con las que en el coche venían, arremetieron con Sancho y dieron con él en el suelo, y, sin dejarle pelo en las barbas, le molieron a coces y le dejaron tendido en el suelo, sin aliento ni sentido. Y, sin detenerse un punto, tornó a subir el fraile, todo temeroso y acobardado y sin color en el rostro; y cuando se vio a caballo, picó tras su compañero, que un buen espacio de allí le estaba aguardando, y esperando en qué paraba aquel sobresalto, y, sin querer aguardar el fin de todo aquel comenzado suceso, siguieron su camino, haciéndose más cruces que si llevaran al diablo a las espaldas.

Don Quijote estaba, como se ha dicho, hablando con la señora del coche, diciéndole:

—La vuestra fermosura, señora mía, puede facer[24] de su persona lo que más le viniere en talante, porque ya la soberbia de vuestros robadores yace por el suelo, derribada por este mi fuerte brazo; y porque no penéis por saber el nombre de vuestro libertador, sabed que yo me llamo don Quijote de la Mancha, caballero andante y aventurero, y cautivo de la sin par y hermosa doña Dulcinea del Toboso, y en pago del beneficio que de mí habéis recebido, no quiero otra cosa sino que volváis al[25] Toboso, y que de mi parte os presentéis ante esta señora y le digáis lo que por vuestra libertad he fecho.

Todo esto que don Quijote decía escuchaba un escudero de los que el coche acompañaban, que era vizcaíno; el cual, viendo que no quería dejar pasar el coche adelante, sino que decía que luego había de dar la vuelta al Toboso, se fue para don Quijote y, asiéndole de la lanza, le dijo, en mala lengua castellana y peor vizcaína, desta manera:

—Anda, caballero que mal andes; por el Dios que crióme, que, si no dejas coche, así te matas como estás ahí vizcaíno[26].

«which understood not the jest». Puede suponerse que los mozos entendieron la malicia del engaño o chanza.

[24] *fermosura... facer*] arcaísmos.

[25] *volváis al*] 'deis la vuelta hacia el...'

[26] Cervantes imita el mal castellano de los vizcaínos poco cultos[b]. El tipo cómico del vasco y su manera de expresarse en castellano fue tópico literario en los siglos XVI y XVII y lo trató Cervantes en su entremés *El vizcaíno fingido* y en la comedia *La casa de los celos. V.* **454.1**. Las palabras del vizcaíno quieren decir: «Vete, caballero, en hora mala,

Entendióle muy bien don Quijote, y con mucho sosiego le respondió:

—Si fueras caballero, como no lo eres, ya yo hubiera castigado tu sandez y atrevimiento, cautiva criatura.

A lo cual replicó el vizcaíno:

—¿Yo no caballero? Juro a Dios tan mientes como cristiano. Si lanza arrojas y espadas sacas, ¡el agua cuán presto verás que al gato llevas! Vizcaíno por tierra, hidalgo por mar, hidalgo por el diablo, y mientes que mira si otra dices cosa[27].

—Ahora lo veredes, dijo Agrajes[28] —respondió don Quijote.

Y arrojando la lanza en el suelo, sacó su espada y embrazó su rodela, y arremetió al vizcaíno, con determinación de quitarle la vida. El vizcaíno, que así le vio venir, aunque quisiera apearse de la mula, que, por ser de las malas de alquiler[29], no había que fiar en ella, no pudo hacer otra cosa sino sacar su espada; pero avínole bien que se halló junto al coche, de donde pudo tomar una almohada que le sirvió de escudo, y luego se fueron el uno para el otro, como si fueran dos mortales enemigos. La demás gente quisiera ponerlos en paz; mas no pudo, porque decía el vizcaíno en sus mal trabadas razones que si no le dejaban acabar su batalla, que él mismo había de matar a su ama y a toda la gente que se lo estorbase. La señora del coche, admirada y temerosa de lo que veía, hizo al cochero que se desviase de allí algún poco, y desde lejos se puso a mirar la rigurosa contienda, en el discurso de la cual dio el vizcaíno una gran cuchillada a don Quijote encima de un hombro, por encima

---

que, por el Dios que me crió, si no dejas el coche, es tan cierto que te matará este vizcaíno como estás ahí». Los vizcaínos eran conocidos como de carácter tosco y duro, coléricos, y orgullosos de su hidalguía[cb].

[27] «¡Yo no caballero! Juro a Dios, como cristiano, que mientes. Si arrojas la lanza y sacas la espada, ¡cuán presto verás que llevo el gato al agua! El vizcaíno es hidalgo por tierra y por mar, y mira que mientes si dices otra cosa.» *Llevar el gato al agua:* así se llamó un antiguo juego de niños[b]; la expresión significa ganar en una riña o en otra competencia sobre algo difícil y peligroso. Equivale a 'salirse con la suya'.

[cb] *dijo Agrajes*] Agrajes, hijo del rey Languines, personaje en el *Amadís* que solía emplear esta expresión como amenaza[a]. El personaje y la frase llegaron a hacerse proverbiales, Correas 64b.

[29] *malas de alquiler*[c]] Cf., «la mula... era de alquiler, que para decir que era mala esto basta», I.29, p. 368. Se insiste en este detalle en el capítulo siguiente.

de la rodela, que, a dársela sin defensa, le abriera hasta la cintura. Don Quijote, que sintió la pesadumbre de aquel desaforado golpe, dio una gran voz, diciendo:

—¡Oh señora de mi alma, Dulcinea, flor de la fermosura, socorred a este vuestro caballero, que, por satisfacer a la vuestra mucha bondad, en este riguroso trance se halla!

El decir esto, y el apretar la espada, y el cubrirse bien de su rodela, y el arremeter al vizcaíno, todo fue en un tiempo, llevando determinación de aventurarlo todo a la de un golpe solo[30].

El vizcaíno, que así le vio venir contra él, bien entendió por su denuedo su coraje, y determinó de hacer lo mesmo que don Quijote. Y así, le aguardó bien cubierto de su almohada, sin poder rodear la mula a una ni a otra parte; que ya, de puro cansada y no hecha a semejantes niñerías, no podía dar un paso.

Venía, pues, como se ha dicho, don Quijote contra el cauto vizcaíno, con la espada en alto, con determinación de abrirle por medio, y el vizcaíno le aguardaba ansimesmo levantada la espada y aforrado[31] con su almohada, y todos los circunstantes estaban temerosos y colgados[32] de lo que había de suceder de aquellos tamaños golpes con que se amenazaban; y la señora del coche y las demás criadas suyas estaban haciendo mil votos y ofrecimientos a todas las imágenes y casas de devoción de España, porque Dios librase a su escudero y a ellas de aquel tan grande peligro en que se hallaban.

Pero está el daño de todo esto que en este punto y término deja pendiente el autor desta historia esta batalla, disculpándose que no halló más escrito, destas hazañas de don Quijote, de las que deja referidas. Bien es verdad que el segundo autor[33] desta obra no quiso creer que tan

---

[30] *a la* (ventura o azar) *de un golpe solo.*
[31] *aforrado*] abrigado, resguardado.
[32] *colgados*] pendientes.
[33] *segundo autor*] Se introduce así, al parecer improvisadamente, la idea de que el relato de las aventuras de don Quijote es obra de *dos* autores. Nunca se aclarará quién sea precisamente este *segundo autor*, si el propio Cervantes u otro intérprete de la obra del historiador arábigo Cide Hamete. En el capítulo primero se ha hablado de *autores* que llaman al protagonista con distintos apellidos. Puede suponerse que ambos *autores*, tanto el primero como el segundo, se han servido de intérpretes o para traducir el original o los documentos redactados en lengua extraña, cf., II.3, II.44 y fin de II.74. Este recurso es parodia de otro del

curiosa historia estuviese entregada a las leyes del olvido, ni que hubiesen sido tan poco curiosos los ingenios de la Mancha, que no tuviesen en sus archivos o en sus escritorios algunos papeles que deste famoso caballero tratasen; y así, con esta imaginación, no se desesperó de hallar el fin desta apacible historia, el cual, siéndole el cielo favorable, le halló del modo que se contará en la segunda parte.

---

estilo de los libros de caballerías en que se fingía que el relato caballeresco narraba las aventuras (aquí obra del *segundo autor*) según una versión verídica y de venerable antigüedad (la *historia* del primer autor).

SEGUNDA PARTE[1] DEL INGENIOSO HIDALGO DON QUIJOTE DE LA MANCHA

CAPÍTULO IX

Donde se concluye y da fin a la estupenda batalla que el gallardo vizcaíno y el valiente manchego tuvieron[e]

EJAMOS en la primera parte desta historia[2] al valeroso vizcaíno y al famoso don Quijote con las espadas altas y desnudas, en guisa de[3] descargar dos furibundos fendientes[4], tales, que si en lleno se acertaban, por lo menos se dividirían y fenderían de arriba abajo y abrirían como una granada; y que en aquel punto tan dudoso paró y quedó destroncada tan sabrosa historia, sin que nos diese noticia su autor dónde[5] se podría hallar lo que della faltaba.

---

[1] En 1604 dio Cervantes a su libro el título *El ingenioso hidalgo don Quijote de la Mancha* y dividió el relato en *cuatro* partes, pero con numeración seguida de capítulos. En 1615 el título de su libro es *Segunda Parte del ingenioso caballero don Quijote de la Mancha* y se prescinde de divisiones internas. Cuando, a partir del año 1637, se empieza a imprimir los dos libros juntos, el de 1605 es la *Primera Parte* de la obra completa y se establece la división que tácitamente impuso Cervantes al llamar *Segunda Parte* su libro de 1615. Vale insistir en que don Quijote *ingenioso hidalgo* y don Quijote *ingenioso caballero* corresponden a dos etapas distintas, tanto de su libro como de su protagonista, en la invención novelística de Cervantes.

[2] Señala RM la posible fuente de este artificio, un recurso empleado por Alonso de Ercilla en *La Araucana*. Al fin de la segunda parte de su poema Ercilla dejó pendiente la pelea de Rengo y Tucapel y años después continuó la descripción de la pelea en la tercera parte (se publicó en 1590, nota 46, I.6), tras ocho estrofas de reflexiones morales acerca de la ira y los desafíos. Clemencín notó la semejanza entre el pasaje y éste del *Espejo de príncipes y caballeros:* «Dejó el gran sabio Lirgandeo en el último capítulo de su historia a los dos raros en valor y fortaleza, el gran siciliano Bravorante y el famoso africano Brufaldoro, dando en el aire la vuelta con sus furiosos caballos, las espadas en alto

Causóme[6] esto mucha pesadumbre, porque el gusto de haber leído tan poco se volvía en disgusto, de pensar el mal camino que se ofrecía para hallar lo mucho que, a mi parecer, faltaba de tan sabroso cuento. Parerecióme cosa imposible y fuera de toda buena costumbre que a tan buen caballero le hubiese faltado algún sabio que tomara a cargo[c] el escrebir sus nunca vistas hazañas, cosa que no faltó a ninguno de los caballeros andantes,

> de los que dicen las gentes
> que van a sus aventuras[7],

porque cada uno dellos tenía uno o dos sabios[8], como de molde, que no solamente escribían sus hechos, sino que pintaban sus más mínimos pensamientos y niñerías, por más escondidas que fuesen; y no había de ser tan desdichado

---

con tan fiero denuedo, que exagera el sabio que al verlos se encogieron de temor los más animosos griegos»[c]. Cervantes pudo haber recordado a ambos relatos.

[3] *en guisa de*]   *guisa:* vale 'manera', 'modo', s.v., Cov., o 'actitud'[b].

[4] *fendientes*]   o hendientes, golpes dados de arriba abajo con el filo de la espada[c].

[5] *dónde*]   de dónde[b].

[6] *Causóme*]   Se habla por segunda vez (*V.* p. 82) en primera persona por parte del autor, que sería el *segundo* nombrado al fin del capítulo anterior. Se notará que estas páginas del c. 9 transparentan una nota personal que no aparecerá en lo demás del relato de 1605. Solo en el Prólogo al lector se ha revelado Cervantes en términos parecidos. Allí se llamó «padrastro de don Quijote», p. 50.

[7] Se repiten estos versos en I.49, p. 581, y II.16, p. 151. Son o de un romance antiguo (perdido) o de la pluma de Alvar Gómez de Ciudad Real que los empleó en su traslación de los *Trionfi* de Petrarca (*Triumphus Cupidinis*, III, vss. 79-84), sin que haya en la obra original nada que se parezca a ellos[c].

[8] *uno o dos sabios*]   Ya se han notado algunos ejemplos de estos fingidos autores. *La Crónica de Lepolemo, llamado el Caballero de la Cruz* (*V.* c. 6, nota 12) finge ser traducción del autor arábigo Xarton; el sabio Fristón escribió el original de *Don Belianís de Grecia* en lengua griega. (*V.* c. 1, nota 9). La *Crónica de Florisel de Niquea*, IV párte, 1551, finge ser «escrita por el gran hystoriador Galersio en lengua Griega, que fue traducida en Latín por Filastes Campaneo y... sacada en romance castellano por Feliciano de Silva...»" *Don Cirongilio de Tracia* se supone traducido de un original escrito por Novarco en griego y por Promusis en latín. *V.* I.32, nota 8, y nota de Bowle y Clemencín. Cervantes se burla de estos recursos, pero su parodia establece la omnisciencia del historiador fingido en el plano de una técnica novelística.

tan buen caballero, que le faltase a él lo que sobró a Platir[9] y a otros semejantes. Y así, no podía inclinarme a creer que tan gallarda historia hubiese quedado manca y estropeada, y echaba la culpa a la malignidad del tiempo, devorador y consumidor de todas las cosas, el cual, o la tenía oculta o consumida.

Por otra parte, me parecía que, pues entre sus libros se habían hallado tan modernos como *Desengaño de celos* y *Ninfas y pastores de Henares*[10], que también su historia debía de ser moderna, y que, ya que no estuviese escrita, estaría en la memoria de la gente de su aldea y de las a ella circunvecinas. Esta imaginación me traía confuso y deseoso de saber real y verdaderamente toda la vida y milagros de nuestro famoso español don Quijote de la Mancha, luz y espejo de la caballería manchega, y el primero que en nuestra edad y en estos tan calamitosos tiempos[11] se puso al trabajo y ejercicio de las andantes armas, y al desfacer agravios, socorrer viudas, amparar doncellas, de aquellas que andaban con sus azotes y palafrenes[12], y con toda su virginidad a cuestas, de monte en monte y de valle en valle; que si no era que algún follón, o algún villano de hacha y capellina[13], o algún descomunal gigante las forzaba, doncella hubo en los pasados tiempos que, al cabo de ochenta años, que en todos ellos no durmió un día debajo de tejado, y se fue tan entera a la sepultura como la madre que la había parido[14]. Digo, pues, que por estos y otros muchos res-

---

[9] *Platir*] El supuesto recopilador de la crónica de Platir (I.6, nota 11) se llamaba Galtenor.

[10] *V.* c. 6, p. 119 y nota 39.

[11] *el primero... tan calamitosos tiempos*] La idea de que los males del tiempo presente se debían a la decadencia de la moralidad del hombre fue muy desarrollada por poetas y humanistas del siglo XVI. Su versión más conocida fue tal vez la de Antonio de Guevara en *Menosprecio de corte y alabanza de aldea* (Clás. Cast., c. 16). Aquí la idea de que los malos tiempos reclaman la virtud del caballero andante se introduce en tono burlesco como observación del segundo autor, pero luego la recoge el mismo don Quijote (c. 11 y 20) como la más evidente justificación de su carrera andantesca. Nótese que aparece aquí al lado del tema de la honestidad de las doncellas. La misma ligación forma el tema central del discurso de don Quijote sobre la edad dorada en el c. 11.

[12] *azotes y palafrenes*] 'látigos y caballos'. Palafrén era caballo manso en que montaban 'dueñas y doncellas' en las ficciones caballerescas.

[13] *capellina*] o capacete, arma defensiva de gente rústica. Sobre el villano en los libros de caballerías *V.* notas de Bowle, Clemencín y RM.

[14] La malicia de esta expresión (no original de Cervantes[bc]) resulta

petos es digno nuestro gallardo Quijote de continuas y memorables alabanzas, y aun a mí no se me deben negar, por el trabajo y diligencia que puse en buscar el fin desta agradable historia; aunque bien sé que si el cielo, el caso y la fortuna no me ayudan, el mundo quedará falto y sin el pasatiempo y gusto que bien casi dos horas podrá tener el que con atención la leyere. Pasó, pues, el hallarla en esta manera:

Estando yo un día en el Alcaná de Toledo[15], llegó un muchacho a vender unos cartapacios y papeles viejos a un sedero; y como yo soy aficionado a leer, aunque sean los papeles rotos de las calles, llevado desta mi natural inclinación, tomé un cartapacio de los que el muchacho vendía, y vile con carácteres que conocí ser arábigos. Y puesto que aunque los conocía no los sabía leer, anduve mirando si parecía por allí algún morisco aljamiado[16] que los leyese, y no fue muy dificultoso hallar intérprete semejante, pues aunque le buscara de otra mejor y más antigua lengua[17], le hallara. En fin, la suerte me deparó uno, que, diciéndole mi deseo y poniéndole el libro en las manos, le abrió por medio, y leyendo un poco en él, se comenzó a reír.

Preguntéle yo que de qué se reía, y respondióme que de una cosa que tenía aquel libro escrita en el margen por anotación. Díjele que me la dijese, y él, sin dejar la risa, dijo:

—Está, como he dicho, aquí en el margen escrito esto:

---

de la omisión de la frase que define el sentido de *tan entera*: '...*se fue tan entera a la sepultura como* fue en el día en que *la madre la había parido*'. El papel que desempeñan las doncellas en las ficciones del ciclo bretón se explica por su ascendencia literaria. Descienden de la mitología céltica y su prototipo sería una diosa de la vegetación a quien la imaginación primitiva atribuyó una autonomía y virtud natural inviolables. *V.* **491.1.**

[15] *Alcaná de Toledo*[bc]] calle de Toledo donde había tiendas de mercería y especiería.

[16] *morisco aljamiado*] que hablaba castellano. Dar de esta manera en Toledo con un morisco que leyera árabe (y se supone castellano) no habría sido fácil a principios del siglo XVII. Imagina Cervantes una circunstancia que habría sido mucho más probable años antes. La idea de que el original de las aventuras de un hidalgo manchego esté escrito en árabe, y que un morisco lo traduzca al castellano, y, además, que Dulcinea sea del Toboso, cuya población era en gran parte morisca (tal vez repoblada del reino de Granada o de Valencia) son alusiones burlescas a la asociación que en la opinión popular tenía la Mancha con moriscos.

[17] *y más antigua lengua*] Alude al hebreo. En el Alcaná de Toledo comerciarían muchos descendientes de familias judías. *V.* José Gómez-Menor, *Cristianos nuevos y mercaderes de Toledo*, Toledo, 1971.

«Esta Dulcinea del Toboso, tantas veces en esta historia referida, dicen que tuvo la mejor mano para salar puercos que otra mujer de toda la Mancha».

Cuando yo oí decir «Dulcinea del Toboso», quedé atónito y suspenso, porque luego se me representó que aquellos cartapacios contenían la historia de don Quijote. Con esta imaginación, le di priesa que leyese el principio, y, haciéndolo ansí, volviendo de improviso el arábigo en castellano, dijo que decía: *Historia de don Quijote de la Mancha*[18], *escrita por Cide Hamete Benengeli*[19], *historiador arábigo*. Mucha discreción fue menester para disimular el contento que recebí cuando llegó a mis oídos el título del libro; y, salteándosele al sedero, compré al muchacho todos los papeles y cartapacios por medio real; que si él tuviera discreción y supiera lo que yo los deseaba, bien se pudiera prometer y llevar más de seis reales de la compra. Apartéme luego con el morisco por el claustro de la iglesia mayor, y roguéle me volviese aquellos cartapacios, todos los que trataban de don Quijote, en lengua castellana, sin quitarles ni añadirles nada, ofreciéndole la paga que él quisiese. Contentóse con dos arrobas de pasas[20] y dos fanegas de trigo, y prometió de traducirlos bien y fielmente[b] y con mucha brevedad. Pero yo, por facilitar más el negocio y por no dejar de la mano tan buen hallazgo, le truje[h] a mi casa, donde en poco

[18] Se da el título de la supuesta versión original. Nótese que la llama *historia*. El libro de Cervantes, y el del *segundo* autor, se supone ser interpretación, relato o nueva versión de un original. Puede pensarse, pues, que *la historia* de don Quijote es el libro 'original' dentro del libro de Cervantes, que sería una novela en nuestro sentido moderno. El conjunto es parodia originalísima de Cervantes, pues la 'historia' habría de contar la vida completa del personaje, y Cervantes narra solo la etapa final de la vida de su hidalgo. No interesó a Cervantes contarnos apenas nada sobre los primeros cincuenta años de su personaje. La crítica del siglo XVIII no vio esta distinción y dio a *El ingenioso hidalgo...* el título de *Vida y hechos de... V.* **221.**

[19] *Cide Hamete Benengeli*[b]] Se deduce que el árabe de tal historiador sería corrompido o no muy puro o correcto, como tampoco lo sería el del traductor, el morisco aljamiado. *Cide* es tratamiento de honor y vale a 'mi señor'. *Hamete* es el nombre propio Hámed, 'el que alaba, el que glorifica'. *Benengeli* es una cómica deformación y tiene sentido de 'aberenjenado' o 'berenjenero'. Cf. II.2, p. 57 y II.27, p. 253. Cov. registra el refrán que alude al gran gusto que tenían los Toledanos a las berenjenas: «Toledano, ajo, berenjena», 206.b.54. Sobre el sentido que además pueda tener este nombre **420-424.**

[20] *pasas*] La afición de los moros a las pasas era proverbial[bc].

más de mes y medio la tradujo toda, del mesmo modo que aquí se refiere.

Estaba en el primero cartapacio pintada muy al natural la batalla de don Quijote con el vizcaíno[c], puestos en la mesma postura que la historia cuenta, levantadas las espadas, el uno cubierto de su rodela, el otro de la almohada, y la mula del vizcaíno tan al vivo, que estaba mostrando ser de alquiler a tiro de ballesta. Tenía a los pies escrito el vizcaíno un título que decía: _Don Sancho de Azpetia,_ que, sin duda, debía de ser su nombre, y a los pies de Rocinante estaba otro que decía: _Don Quijote._ Estaba Rocinante maravillosamente pintado, tan largo y tendido[21], tan atenuado y flaco, con tanto espinazo, tan hético confirmado[22], que mostraba bien al descubierto con cuánta advertencia y propiedad se le había puesto el nombre de Rocinante. Junto a él estaba Sancho Panza, que tenía del cabestro a su asno, a los pies del cual estaba otro rétulo que decía: _Sancho Zancas_[23], y debía de ser que tenía, a lo que mostraba la pintura, la barriga grande, el talle corto y las zancas largas, y por esto se le debió de poner nombre de Panza y de Zancas, que con estos dos sobrenombres le llama algunas veces la historia. Otras algunas menudencias había que advertir, pero todas son de poca importancia y que no hacen al caso a la verdadera relación de la historia, que ninguna es mala como sea verdadera.

Si a ésta se le puede poner alguna objeción cerca de su verdad, no podrá ser otra sino haber sido su autor arábigo, siendo muy propio de los de aquella nación ser mentirosos; aunque, por ser tan nuestros enemigos, antes se puede entender haber quedado falto en ella que demasiado. Y ansí me parece a mí, pues cuando pudiera y debiera estender la pluma en las alabanzas de tan buen caballero, parece que de industria[24] las pasa en silencio; cosa mal hecha y peor pensada, habiendo y debiendo ser los historiadores puntuales, verdaderos y no nada apasionados, y que ni el interés ni el miedo, el rancor[25] ni la afición, no les hagan torcer

---

[21] _tan largo y tendido_] Sobre la longura de Rocinante II.16, nota 12.

[22] _hético confirmado_] tísico declarado. Es hiperbólica la exp., cf. Cov. 572.b.56.

[23] _Zancas_] Es la única ocasión en que se le llama así.

[24] _de industria_] Nótese que se emplea en un sentido muy parecido a la idea expresada en el juicio sobre el _Tirante el Blanco,_ c. 6, p. 117.

[25] _rancor_] rencor.

del camino de la verdad, cuya madre es la historia, émula del tiempo, depósito de las acciones, testigo de lo pasado, ejemplo y aviso de lo presente, advertencia de lo por venir[bc]. En ésta sé que se hallará todo lo que se acertare a desear en la más apacible; y si algo bueno en ella faltare, para mí tengo que fue por culpa del galgo[26] de su autor, antes que por falta del sujeto. En fin, su segunda parte, siguiendo la tradución, comenzaba desta manera:

Puestas y levantadas en alto las cortadoras espadas de los dos valerosos y enojados combatientes, no parecía sino que estaban amenazando al cielo, a la tierra y al abismo: tal era el denuedo y continente que tenían. Y el primero que fue a descargar el golpe fue el colérico vizcaíno; el cual fue dado con tanta fuerza y tanta furia, que, a no volvérsele la espada en el camino, aquel solo golpe fuera bastante para dar fin a su rigurosa contienda y a todas las aventuras de nuestro caballero; mas la buena suerte, que para mayores cosas le tenía guardado, torció la espada de su contrario, de modo que, aunque le acertó en el hombro izquierdo, no le hizo otro daño que desarmarle todo aquel lado, llevándole, de camino, gran parte de la celada, con la mitad de la oreja; que todo ello con espantosa ruina vino al suelo, dejándole muy maltrecho.

¡Válame Dios, y quién será aquel que buenamente pueda contar ahora la rabia que entró en el corazón de nuestro manchego, viéndose parar de aquella manera! No se diga más sino que fue de manera, que se alzó de nuevo en los estribos, y apretando más la espada en las dos manos, con tal furia descargó sobre el vizcaíno, acertándole de lleno sobre la almohada y sobre la cabeza, que, sin ser parte tan buena defensa, como si cayera sobre él una montaña, comenzó a echar sangre por las narices y por la boca, y por los oídos, y a dar muestras de caer de la mula abajo, de donde cayera, sin duda, si no se abrazara con el cuello; pero, con todo eso, sacó los pies de los estribos y luego soltó los brazos, y la mula, espantada del terrible golpe, dio a correr por el campo, y a pocos corcovos dio con su dueño en tierra.

Estábaselo con mucho sosiego mirando don Quijote, y como lo vio caer, saltó de su caballo y con mucha ligere-

---

[26] *galgo*] De 'perro' y 'galgo' se motejaban cristianos y moros, o mahometanos, recíproca y despectivamente.

za se llegó a él, y poniéndole la punta de la espada en los
ojos, le dijo que se rindiese; si no, que le cortaría la cabeza.
Estaba el vizcaíno tan turbado, que no podía responder
palabra; y él lo pasara mal, según estaba ciego don Quijote, si las señoras del coche, que hasta entonces con gran
desmayo habían mirado la pendencia, no fueran adonde
estaba y le pidieran con mucho encarecimiento les hiciese
tan gran merced y favor de perdonar la vida a aquel su escudero. A lo cual don Quijote respondió con mucho en-
tono y gravedad:

—Por cierto, fermosas señoras, yo soy muy contento de
hacer lo que me pedís; mas ha de ser con una condición y
concierto, y es que este caballero me ha de prometer de
ir al lugar del Toboso y presentarse de mi parte ante la
sin par doña Dulcinea, para que ella haga dél lo que más
fuere de su voluntad.

Las temerosas y desconsoladas señoras, sin entrar en
cuenta de lo que don Quijote pedía, y sin preguntar quién
Dulcinea fuese, le prometieron que el escudero haría todo
aquello que de su parte le fuese mandado.

—Pues en fe de esa palabra, yo no le haré más daño,
puesto que me lo tenía bien merecido[27].

CAPÍTULO X

*De lo que más le avino a don Quijote con el vizcaíno y del
peligro en que se vio con una turba de yangüeses*[1]

Ya en este tiempo se había levantado Sancho Panza,
algo[2] maltratado de los mozos de los frailes, y había estado
atento a la batalla de su señor don Quijote, y rogaba a

[27] *puesto que… bien merecido*] 'aunque ante mí lo había bien merecido'e.
[1] El epígrafe[a] no corresponde a lo narrado en este capítulo. La
aventura del vizcaíno quedó ya terminada y la de los yangüeses (ni
mención se hace de ellos aquí) se refiere en el c. 15, que empieza la «Tercera Parte» de 1605. Se trata probablemente de un descuido de Cervantes,
pero descuido revelador, ya que indica la posibilidad de que en una
primera redacción viniera tras la aventura del vizcaíno la de los yangüeses.
El episodio, o interludio pastoril, de Grisóstomo y Marcela, c. 11-14,
se hubiese interpolado posteriormente. Por tanto, puede suponerse que
la división en Partes se le ocurrió a Cervantes después de haber escrito
el relato de las aventuras del vizcaíno y de los yangüeses o gallegos y que

Dios, en su corazón, fuese servido de darle vitoria y que en ella ganase alguna ínsula de donde le hiciese gobernador, como se lo había prometido. Viendo, pues, ya acabada la pendencia, y que su amo volvía a subir sobre Rocinante, llegó a tenerle el estribo, y antes que subiese se hincó de rodillas delante dél, y asiéndole de la mano, se la besó y le dijo:

—Sea vuestra merced servido, señor don Quijote mío, de darme el gobierno de la ínsula que en esta rigurosa pendencia se ha ganado; que, por grande que sea, yo me siento con fuerzas de saberla gobernar tal y tan bien como otro que haya gobernado ínsulas en el mundo.

A lo cual respondió don Quijote:

—Advertid, hermano Sancho, que esta aventura y las a ésta semejantes no son aventuras de ínsulas, sino de encrucijadas, en las cuales no se gana otra cosa que sacar rota la cabeza o una oreja menos. Tened paciencia, que aventuras se ofrecerán donde no solamente os pueda hacer gobernador, sino más adelante[3].

Agradecióselo mucho Sancho, y, besándole otra vez la mano y la falda de la loriga[4], le ayudó a subir sobre Rocinante; y él subió sobre su asno y comenzó a seguir a su señor, que, a paso tirado[5], sin despedirse ni hablar más con las del coche, se entró por un bosque que allí junto estaba. Seguíale Sancho a todo el trote de su jumento, pero caminaba tanto Rocinante, que, viéndose quedar atrás, le fue forzoso dar voces a su amo que se aguardase. Hízolo así don Quijote, teniendo las riendas a Rocinante hasta que llegase su cansado escudero, el cual, en llegando, le dijo:

—Paréceme, señor, que sería acertado irnos a retraer a alguna iglesia; que, según quedó maltrecho aquel con

---

habiendo interpolado el episodio pastoril entre estas dos aventuras, y considerando a éste como la unidad de la «Segunda Parte», se le olvidó cambiar el epígrafe original. Se ha especulado sobre una posible versión o redacción primitiva de Cervantes, **455**.

[2] *algo*]   Su sentido es irónico y la exp. es un caso de lítote.

[3] *más adelante*]   más todavía.

[4] *loriga*]   «Armadura del cuerpo, hecha de láminas de acero, que por otro nombre llaman corazas», Cov. 772.a.37. Del peto y espaldar, que formaban la coraza de don Quijote, pendía la falda; el besarla era una demostración de respeto".

[5] *a paso tirado*]   a paso largo, de prisa.

quien os combatistes, no será mucho que den noticia del caso a la Santa Hermandad[6] y nos prendan; y a fe que si lo hacen, que primero que salgamos de la cárcel que nos ha de sudar el hopo[7].

—Calla —dijo don Quijote—. Y ¿dónde has visto tú, o leído jamás, que caballero andante haya sido puesto ante la justicia, por más homicidios que hubiese cometido?

—Yo no sé nada de omecillos[8] —respondió Sancho—. Ni en mi vida le caté[9] a ninguno; sólo sé que la Santa Hermandad tiene que ver con los que pelean en el campo, y en esotro no me entremeto.

—Pues no tengas pena, amigo —respondió don Quijote—; que yo te sacaré de las manos de los caldeos[10], cuanto más de las de la Hermandad. Pero dime por tu vida: ¿has visto más valeroso caballero que yo en todo lo descubierto de la tierra? ¿Has leído en historias otro que tenga ni haya tenido más brío en acometer, más aliento en el perseverar, más destreza en el herir, ni más maña en el derribar?

—La verdad sea —respondió Sancho— que yo no he leído ninguna historia jamás, porque ni sé leer ni escrebir; mas lo que osaré apostar es que más atrevido amo que vuestra merced yo no le he servido en todos los días de mi vida, y quiera Dios que estos atrevimientos no se paguen donde tengo dicho. Lo que le ruego a vuestra merced es que se cure; que le va mucha sangre de esa oreja; que aquí traigo hilas y un poco de ungüento blanco[11] en las alforjas.

—Todo eso fuera bien escusado —respondió don Quijote— si a mí se me acordara de hacer una redoma del bál-

---

[6] *la Santa Hermandad*[abc]] Institución armada y tribunal que perseguía y castigaba, sin apelación a otro tribunal, los delitos cometidos en el campo o despoblado. Sus individuos se llamaban cuadrilleros y el tribunal se componía de un cuadrillero mayor, de sus tenientes y de otros cuadrilleros comisarios, que había distribuidos por las ciudades, lugares y ventas. Retraerse a la iglesia, como aconseja Sancho, era acogerse al derecho de asilo concedido a la iglesia por las leyes.

[7] *que*[a]... *el hopo*] Sobre la *que* redundante, Rosenblat, **123**, p. 291-295. Hopo significa 'copete'[b]. La exp. equivale a 'sudar hasta los pelos'.

[8] *omecillos*] Sancho entiende la palabra culta *homicidio* como *omecillo*[a], vocablo antiguo y rústico que tenía sentido de 'enemistad, contienda, riña', Cov. 695.a.65.

[9] *caté*] guardé, tuve.

[10] *caldeos*] alusión bíblica[f], Jeremías 32, 28; 43, 3.

[11] *ungüento blanco*] medicamento que se hacía con cera, albayalde y aceite rosado[b].

samo de Fierabrás[12], que con sola una gota se ahorraran
tiempo y medicinas.

—¿Qué redoma y qué bálsamo es ése? —dijo Sancho
Panza.

—Es un bálsamo —respondió don Quijote— de quien
tengo la receta en la memoria, con el cual no hay que tener temor a la muerte, ni hay pensar morir de herida alguna.
Y ansí, cuando yo le haga y te le dé, no tienes más que hacer
sino que, cuando vieres que en alguna batalla me han partido
por medio del cuerpo (como muchas veces suele acontecer[c]),
bonitamente la parte del cuerpo que hubiere caído en el
suelo, y con mucha sotiliza, antes que la sangre se yele, la
pondrás sobre la otra mitad que quedare en la silla, advir-
tiendo de encajallo igualmente y al justo. Luego me darás
a beber solos dos tragos del bálsamo que he dicho, y verásme
quedar más sano que una manzana.

—Si eso hay —dijo Panza—, yo renuncio desde aquí
el gobierno de la prometida ínsula, y no quiero otra cosa,
en pago de mis muchos y buenos servicios, sino que vuestra
merced me dé la receta de ese estremado licor; que
para mí tengo que valdrá la onza adondequiera más de a
dos reales, y no he menester yo más para pasar esta vida
honrada y descansadamente. Pero es de saber agora si tiene
mucha costa el hacelle[b].

—Con menos de tres reales se pueden hacer tres azum-
bres[13] —respondió don Quijote.

---

[12] *bálsamo de Fierabrás*] Bálsamo con propiedades milagrosas, de
las leyendas del ciclo carolingio. Aparece como tema en el cantar de
gesta francés *Fierabrás* ('el de feroces brazos') que se fecha hacia 1170.
Según la leyenda épica, cuando el rey sarraceno Balán y su hijo el gigante
Fierabrás conquistaron Roma, robaron en dos barriles los restos del
bálsamo con que fue embalsamado el cuerpo de Jesucristo, que tenía
el poder de curar las heridas a quien lo bebía. Vencido el gigante por
Oliveros, y habiéndose hecho cristiano, lo devolvió a Roma el emperador
Carlomagno. Se trata de una piadosa leyenda medieval que los contemporáneos de Cervantes conocerían por la traducción de una versión en
prosa francesa del siglo xv, *Hystoria del emperador Carlomagno y de los
doze pares de Francia, e de la cruda batalla que huvo Oliveros con Fierabrás*
(Sevilla, 1525, y reimpresa varias veces), c. 17 y 19. En esta versión dice
Fierabrás que ganó los dos barriles del bálsamo por fuerza de armas en
Jerusalén. Oliveros, mortalmente herido, bebe de él y sana por completo
(citas en Bowle, Clemencín, Cortejón y RM). Consúltese Martín de
Riquer, *Los cantares de gesta franceses*, G-BRH, 1952, p. 241-243.
[13] *azumbre*] medida de capacidad para líquidos, y compuesta de
cuatro cuartillas, o poco más de dos litros.

—¡Pecador de mí! —replicó Sancho—. ¿Pues a qué aguarda vuestra merced a hacelle y a enseñármele?

—Calla, amigo —respondió don Quijote—; que mayores secretos pienso enseñarte y mayores mercedes hacerte; y, por agora, curémonos, que la oreja me duele más de lo que yo quisiera.

Sacó Sancho de las alforjas hilas y ungüento. Mas cuando don Quijote llegó a ver rota su celada, pensó[14] perder el juicio, y puesta la mano en la espada[15] y alzando los ojos al cielo, dijo:

—Yo hago juramento al Criador de todas las cosas y a los Santos cuatro Evangelios, donde más largamente están escritos[16], de hacer la vida que hizo el grande marqués de Mantua cuando juró de vengar la muerte de su sobrino Valdovinos[17], que fue de no comer pan a manteles[bc], ni con su mujer folgar, y otras cosas que, aunque dellas no me acuerdo, las doy aquí por expresadas, hasta tomar entera venganza del que tal desaguisado me fizo.

Oyendo esto Sancho, le dijo:

—Advierta vuestra merced, señor don Quijote, que si el caballero cumplió lo que se le dejó ordenado de irse a presentar ante mi señora Dulcinea del Toboso, ya habrá cumplido con lo que debía, y no merece otra pena si no comete nuevo delito.

—Has hablado y apuntado muy bien —respondió don Quijote—; y así, anulo el juramento en cuanto lo que toca a tomar dél nueva venganza; pero hágole y confírmole de nuevo de hacer la vida que he dicho, hasta tanto que quite por fuerza otra celada tal y tan buena como ésta a algún caballero. Y no pienses, Sancho, que así a humo de pajas[18] hago esto, que bien tengo a quien imitar en ello[c]; que esto mesmo pasó, al pie de la letra, sobre el yelmo de Mambrino[19], que tan caro le costó a Sacripante.

[14] *pensó*] estuvo para.
[15] *la mano en la espada*] Actitud de juramento de los caballeros; a veces juraban por su espada o por la cruz de su espada[c].
[16] *donde más... escritos*] fórmula judicial y de juramento. Era costumbre sustituir el libro de los Evangelios por hojas con los primeros versículos de cada uno de ellos y se añadía esta frase[b].
[17] Alude al romance ya mencionado, I.5, p. 102.
[18] *a humo de pajas*] 'con ligereza, sin reflexión'.
[19] *yelmo de Mambrino*] En este capítulo Cervantes introduce dos temas maravillosos que luego desarrollarán las aventuras de don Quijote: *el bálsamo de Fierabrás* y *el yelmo de Mambrino*. Las propiedades del

—Qué dé al diablo vuestra merced tales juramentos, señor mío —replicó Sancho—; que son muy en daño de la salud y muy en perjuicio de la conciencia. Si no, dígame ahora: si acaso en muchos días no topamos hombre armado con celada, ¿qué hemos de hacer? ¿Hase de cumplir el juramento, a despecho de tantos inconvenientes e incomodidades, como será el dormir vestido, y el no dormir en poblado, y otras mil penitencias que contenía el juramento de aquel loco viejo del marqués de Mantua, que vuestra merced quiere revalidar ahora? Mire vuestra merced bien, que por todos estos caminos no andan hombres armados, sino arrieros y carreteros, que no sólo no traen celadas, pero quizá no las han oído nombrar en todos los días de su vida.

—Engáñaste en eso —dijo don Quijote—; porque no habremos estado dos horas por estas encrucijadas, cuando veamos más armados que los que vinieron sobre Albraca[20], a la conquista de Angélica la Bella.

—Alto, pues; sea ansí —dijo Sancho—, y a Dios prazga[21] que nos suceda bien, y que se llegue ya el tiempo de ganar esta ínsula que tan cara me cuesta, y muérame yo luego[b].

—Ya te he dicho, Sancho, que no te dé eso cuidado alguno; que cuando faltare ínsula, ahí está el reino de Dinamarca o el de Soliadisa[22], que te vendrán como anillo

---

bálsamo ya se han mencionado, supra, p. 149. El yelmo de Mambrino es tópico de los poemas épico-burlescos italianos[bc], *V.* notas, ed. Aldo Scaglione, Boiardo, *Orlando innamorato*, libro I, canto 4, estrofa 82. Lo llevaba el rey moro Mambrino cuando lo venció Reinaldos de Montalbán. Ariosto cuenta que lo llevaba Reinaldos cuando entró en combate con el pagano Dardinel (no Sacripante) que en vano descargó un fiero golpe sobre él, y Reinaldos mató al sarraceno, *OF.* 18.151. Don Quijote parece confundir a Dardinel con Sacripante, el enamorado de Angélica, en su pelea con Reinaldos en el canto 2.º de Ariosto. Las propiedades mágicas del yelmo no tienen el aspecto maravilloso del bálsamo. Se supone que tenía el poder de proteger la vida del que lo llevara, pero no le valió al rey Mambrino. Se trata probablemente de un atributo que engrandece la figura y la fuerza del que lo gana y lo lleva como trofeo, por lo menos así se entiende en el tratamiento burlesco de Cervantes. Don Quijote lo supone 'encantado', pero nunca se explica por qué lo sería.

[20] *Albraca*[c]] castillo del rey Galafrone del Catay, en que estaba encerrada su hija, Angélica, Boiardo, *Orlando innamorato*, libro 1, canto 10 y ss. El ejército de Agricane, uno de los caudillos que sitiaron al castillo, era compuesto de veintidós centenares de millares de caballeros (estrofa 26).

[21] *prazga*] por plazga, o plegue, a lo rústico.

[22] *Soliadisa*] Nombre de una princesa mencionada en el libro de

al dedo, y más que, por ser en tierra firme, te debes más alegrar. Pero dejemos esto para su tiempo, y mira si traes algo en esas alforjas que comamos, porque vamos luego[23] en busca de algún castillo donde alojemos esta noche y hagamos el bálsamo que te he dicho; porque yo te voto a Dios[b] que me va doliendo mucho la oreja.

—Aquí trayo una cebolla, y un poco de queso, y no sé cuántos mendrugos de pan —dijo Sancho—; pero no son manjares que pertenecen a tan valiente caballero como vuestra merced.

—¡Qué mal lo entiendes! —respondió don Quijote—; hágote saber, Sancho, que es honra de los caballeros andantes no comer en un mes, y, ya que coman, sea de aquello que hallaren más a mano; y esto se te hiciera cierto si hubieras leído tantas historias como yo; que aunque han sido muchas, en todas ellas no he hallado hecha relación de que los caballeros andantes comiesen, si no era acaso y en al-algunos suntuosos banquetes que les hacían, y los demás días se los pasaban en flores[24]. Y aunque se deja entender que no podían pasar sin comer y sin hacer todos los otros menesteres naturales, porque, en efeto, eran hombres como nosotros, hase de entender también que andando lo más del tiempo de su vida por las florestas y despoblados, y sin cocinero, que su más ordinaria comida sería de viandas rústicas, tales como las que tú ahora me ofreces. Así que, Sancho amigo, no te congoje lo que a mí me da gusto. Ni querrás tú hacer mundo nuevo, ni sacar la caballería andante de sus quicios.

—Perdóneme vuestra merced —dijo Sancho—; que como yo no sé leer ni escrebir, como otra vez he dicho, no sé ni he caído en las reglas de la profesión caballeresca; y de aquí adelante yo proveeré las alforjas de todo género de fruta seca para vuestra merced, que es caballero, y para

---

Clamades y Clarmonda, 1562 (NBAE, t. 11, p. 425)[e]. En la segunda ed. de Cuesta se lee Sobradisa (lección que siguen Schevill y otros editores), el nombre de un reino mencionado en Amadís de Gaula, en que también se menciona el de Dinamarca, V. libro I, c. 3, 21 y 42 (Bowle). Tanto el uno como el otro resultan cómicos como nombres de reino; no hay por qué suponer que la enmienda se deba a Cervantes.

[23] porque vamos luego] 'para que vayamos en seguida'[b].

[24] pasaban en flores] 'pasar en flores' significa mantenerse con cosas fútiles y de poca sustancia, por oposición a frutos[c]. Cf. NE, El casamiento engañoso, ed. B-S, III, p. 135.

mí las proveeré, pues no lo soy, de otras cosas volátiles[25] y de más sustancia.

—No digo yo, Sancho —replicó don Quijote—, que sea forzoso a los caballeros andantes no comer otra cosa sino esas frutas que dices, sino que su más ordinario sustento debía de ser dellas, y de algunas yerbas que hallaban por los campos[c], que ellos conocían y yo también conozco.

—Virtud es —respondió Sancho— conocer esas yerbas; que, según yo me voy imaginando, algún día será menester usar de ese conocimiento.

Y sacando, en esto, lo que dijo que traía, comieron los dos en buena paz y compaña. Pero, deseosos de buscar donde alojar aquella noche, acabaron con mucha brevedad su pobre y seca comida. Subieron luego a caballo, y diéronse priesa por llegar a poblado antes que anocheciese; pero faltóles el sol, y la esperanza de alcanzar lo que deseaban, junto a unas chozas de unos cabreros, y así, determinaron de pasarla allí; que cuanto fue de pesadumbre para Sancho no llegar a poblado, fue de contento para su amo dormirla al cielo descubierto, por parecerle que cada vez que esto le sucedía era hacer un acto posesivo[26] que facilitaba la prueba de su caballería.

CAPÍTULO XI

De lo que le sucedió a don Quijote con unos cabreros

Fue recogido[1] de los cabreros con buen ánimo, y habiendo Sancho, lo mejor que pudo, acomodado a Rocinante y a su jumento, se fue tras el olor que despedían de sí ciertos tasajos de cabra que hirviendo al fuego en un caldero estaban; y aunque él quisiera en aquel mesmo punto ver si estaban en sazón de trasladarlos del caldero al estómago, lo dejó de hacer, porque los cabreros los quitaron del fuego, y, tendiendo por el suelo unas pieles de ovejas, aderezaron con mucha priesa su rústica mesa y convidaron a los dos, con muestras de muy buena voluntad, con lo que tenían. Sentáronse a la redonda de las pieles seis dellos,

[25] *cosas volátiles*]   pollos, pichones, u otras aves[c].
[26] *acto posesivo*]   o 'positivo', hecho que califica la nobleza de alguna persona[b].
[1] *recogido*]   acogido.

que eran los que en la majada había, habiendo primero con groseras[2] ceremonias rogado a don Quijote que se sentase sobre un dornajo[3] que vuelto del revés le pusieron. Sentóse don Quijote, y quedábase Sancho en pie para servirle la copa, que era hecha de cuerno. Viéndole en pie su amo, le dijo:

—Porque veas, Sancho, el bien que en sí encierra la andante caballería, y cuán a pique[b] están los que en cualquiera ministerio della se ejercitan de venir brevemente a ser honrados y estimados del mundo, quiero que aquí a mi lado y en compañía desta buena gente te sientes, y que seas una mesma cosa conmigo, que soy tu amo y natural señor; que comas en mi plato y bebas por donde yo bebiere[4]; porque de la caballería andante se puede decir lo mesmo que del amor se dice: que todas las cosas iguala[5].

—¡Gran merced! —dijo Sancho[c]—; pero sé decir a vuestra merced que como yo tuviese bien de comer, tan bien[b] y mejor me lo comería en pie y a mis solas como sentado a par de un emperador. Y aun, si va a decir verdad, mucho mejor me sabe lo que como en mi rincón sin melindres ni respetos, aunque sea pan y cebolla, que los gallipavos[6] de otras mesas donde me sea forzoso mascar despacio, beber poco, limpiarme a menudo, no estornudar ni toser si me viene gana, ni hacer otras cosas que la soledad y libertad traen consigo. Ansí que, señor mío, estas honras que vuestra merced quiere darme por ser ministro[7] y adherente de la caballería andante, como lo soy siendo escudero de vuestra merced, conviértalas en otras cosas que me sean de más cómodo[8] y provecho; que éstas, aunque las doy por bien recebidas, las renuncio para desde aquí al fin del mundo.

—Con todo eso, te has de sentar; porque a quien se humilla, Dios le ensalza[9].

---

[2] *groseras*] rústicas, campesinas.
[3] *dornajo*] Artesuela pequeña en que se daba de comer a los lechones; servía también para otros usos, Cov. 484.b.31.
[4] *por donde yo bebiere*] 'en el mismo vaso en que yo beba'[b].
[5] *del amor... todas las cosas iguala*] Alude al parecer tanto a la noción refranesca de que el amor iguala al vasallo con el señor como a San Pablo (Cor. I.13), en que 'amor' aparece por 'caridad' en algunas versiones[a].
[6] *gallipavos*] pavo americano (gallina-pavo), guajolote[h].
[7] *ministro*] sirviente.
[8] *cómodo*] comodidad, utilidad[b].
[9] Alusión a la máxima de San Lucas, 18,14.

Y asiéndole por el brazo, le forzó a que junto dél se sentase.

No entendían los cabreros aquella jerigonza de escuderos y de caballeros andantes, y no hacían otra cosa que comer y callar, y mirar a sus huéspedes, que, con mucho donaire y gana, embaulaban tasajo como el puño[bc]. Acabado el servicio de carne, tendieron sobre las zaleas[10] gran cantidad de bellotas avellanadas, y juntamente pusieron un medio queso más duro que si fuera hecho de argamasa. No estaba, en esto, ocioso el cuerno, porque andaba a la redonda tan a menudo —ya lleno, ya vacío como arcaduz de noria—, que con facilidad vació un zaque[11] de dos que estaban de manifiesto. Después que don Quijote hubo bien satisfecho su estómago, tomó un puño de bellotas en la mano, y, mirándolas atentamente, soltó la voz a semejantes razones:

—Dichosa edad[12] y siglos dichosos aquellos a quien los antiguos pusieron nombre de dorados, y no porque en ellos el oro, que en esta nuestra edad de hierro tanto se estima, se alcanzase en aquella venturosa sin fatiga alguna, sino porque entonces los que en ella vivían ignoraban estas dos palabras de *tuyo* y *mío*. Eran en aquella santa edad todas las cosas comunes; a nadie le era necesario para alcanzar su ordinario sustento tomar otro trabajo que alzar la mano y alcanzarle de las robustas encinas, que liberalmente les estaban convidando con su dulce y sazonado fruto[b]. Las claras fuentes y corrientes ríos, en magnífica abundancia, sabrosas y transparentes aguas les ofrecían. En las quiebras de las peñas y en lo hueco de los árboles formaban su república las solícitas y discretas abejas[b], ofreciendo a cualquiera

---

[10] *zaleas*] «Zalea, la piel por esquilar que está con su lana o vellón», Cov. 391.a.52.

[11] *zaque*] odre pequeño de cuero para guardar líquidos.

[12] *Dichosa edad...*[b]] Con estas palabras don Quijote invocó el tiempo en que saldría a luz la historia de sus hazañas, «Dichosa edad y siglo dichoso aquel adonde saldrán a luz las famosas hazañas mías...», I.2, p. 80. La afinidad entre el tópico pastoril de la edad de oro mítica y su profesión caballeresca es en el fondo la proyección de sus aventuras en el tiempo imaginario de las ficciones andantescas. Esta proyección de sí en *illo tempore* del mito y la ficción es otro gran recurso que define el arte de narrar de Cervantes. La edad de oro es la primera de cinco que delineó Hesíodo, *Los trabajos y los días:* edad de oro, plata, bronce y hierro. En el c. 20 don Quijote identifica su empresa con la edad de hierro. Sobre el tópico de la edad de oro en el tiempo de Cervantes, **456**.

mano, sin interés alguno, la fértil cosecha de su dulcísimo trabajo. Los valientes alcornoques despedían de sí, sin otro artificio que el de su cortesía, sus anchas y livianas cortezas, con que se comenzaron a cubrir las casas, sobre rústicas estacas sustentadas, no más que para defensa de las inclemencias del cielo. Todo era paz entonces, todo amistad, todo concordia; aún no se había atrevido la pesada reja del corvo arado a abrir ni visitar las entrañas piadosas de nuestra primera madre, que ella, sin ser forzada, ofrecía, por todas las partes de su fértil y espacioso seno, lo que pudiese hartar, sustentar y deleitar a los hijos que entonces la poseían. Entonces sí que andaban las simples y hermosas zagalejas de valle en valle y de otero en otero en trenza y en cabello[13], sin más vestidos de aquellos que eran menester para cubrir honestamente lo que la honestidad quiere y ha querido siempre que se cubra, y no eran sus adornos de los que ahora se usan, a quien la púrpura de Tiro[14] y la por tantos modos martirizada seda encarecen, sino de algunas hojas verdes de lampazos[15] y yedra entretejidas, con lo que quizá iban tan pomposas y compuestas como van agora nuestras cortesanas con las raras y peregrinas invenciones que la curiosidad ociosa les ha mostrado. Entonces se decoraban[16] los concetos amorosos del alma simple y sencillamente del mesmo modo y manera que ella los concebía, sin buscar artificioso rodeo de palabras para encarecerlos. No había la fraude[17], el engaño ni la malicia mezclándose con la verdad y llaneza. La justicia se estaba en sus proprios términos, sin que la osasen turbar ni ofender los del favor y los del interese[18], que tanto ahora la menoscaban, turban y

[13] *en trenza y en cabello*] locución pleonástica, 'sin tocado, con la cabeza descubierta'[b], que era signo de doncellez.
[14] *púrpura de Tiro*] *Aut.:* «Pescado de concha retorcida (molusco gasterópodo marino) como la del caracol, dentro de cuya garganta se halla aquel precioso licor rojo, con que antiguamente se teñían las ropas de los reyes y emperadores, siendo el más estimado el de Tiro...» Se aplicaba además a la ropa teñida de este color.
[15] *lampazos*] 'Arctium Lappa' (planta también llamada *bardana*), del lat. Lappaceus. Corominas *DCE.*
[16] *decoraban*] Aunque pudo ser su sentido en la época de Cervantes el de 'aprender, saber o recitar de memoria', es evidente que *decorar* aquí significa 'expresar'. *V.* Leo Spitzer, *RFH*, 6: 176-186 (1944).
[17] *la fraude*] fem. en los siglos XVI y XVII; 'la fraude y el engaño' era exp. y cópula común[b].
[18] *interese*] interés.

persiguen. La ley del encaje[19] aún no se había sentado en el entendimiento del juez, porque entonces no había que juzgar, ni quien fuese juzgado. Las doncellas y la honestidad andaban, como tengo dicho, por dondequiera, sola y señora, sin temor que la ajena desenvoltura y lascivo intento le menoscabasen[20], y su perdición nacía de su gusto y propria voluntad. Y agora, en estos nuestros detestables siglos, no está segura ninguna, aunque la oculte y cierre[21] otro nuevo laberinto, como el de Creta; porque allí, por los resquicios o por el aire, con el celo de la maldita solicitud se les entra la amorosa pestilencia y les hace dar con todo su recogimiento al traste. Para cuya seguridad, andando más los tiempos y creciendo más la malicia, se instituyó la orden de los caballeros andantes, para defender las doncellas[c], amparar las viudas y socorrer a los huérfanos y a los menesterosos. Desta orden soy yo, hermanos cabreros, a quien agradezco el gasaje[22] y buen acogimiento que hacéis a mí y a mi escudero. Que, aunque por ley natural están todos los que viven obligados a favorecer a los caballeros andantes, todavía, por saber que sin saber vosotros esta obligación me acogistes y regalastes, es razón que, con la voluntad a mí posible, os agradezca la vuestra.

Toda esta larga arenga —que se pudiera muy bien escusar— dijo nuestro caballero, porque las bellotas que le dieron le trujeron a la memoria la edad dorada, y antojósele hacer aquel inútil razonamiento a los cabreros, que, sin respondelle palabra, embobados y suspensos, le estuvieron escuchando. Sancho asimesmo callaba y comía bellotas, y

---

[19] *la ley del encaje*] «La resolución que el juez toma por lo que a él se le ha encajado en la cabeza, sin tener atención a lo que las leyes disponen», Cov. 513.b.2.

[20] *Las doncellas y la honestidad... sola y señora... le menoscabasen*] Así en la ed. pr. A partir de Pellicer es usual corregir 'señera', enmienda que aceptan casi todos los editores, incluso Schevill, por ser frecuente la expresión *solo(a)* y *señero(a)* en Cervantes[f]. Pellicer y otros[b], suponiendo que los adjetivos se refieren a doncellas, corrigen *solas y señeras*. 'Solo y señero' (señero del lat. *singulariu*) es exp. pleonástica de raigambre medieval y solía emplearse en singular. Riquer, por otro lado, propone que «sola y señora» puede defenderse suponiendo que las doncellas y la honestidad se consideran como un todo abstracto. C-L[h] citan de la novela de Lope de Vega *Las fortunas de Diana* el ejemplo: «una mujer sola y señora, que caminaba tanta tierra por la aspereza de los montes», *Obras sueltas*, t. 8 (Madrid, 1777), p. 27.

[21] *cierre*] encierre.

[22] *gasaje*] agasaje.

visitaba muy a menudo el segundo zaque que, porque se enfriase el vino, le tenían colgado de un alcornoque.

Más tardó en hablar don Quijote que en acabarse la cena; al fin de la cual uno de los cabreros dijo:

—Para que con más veras pueda vuestra merced decir, señor caballero andante, que le agasajamos con prompta y buena voluntad, queremos darle solaz y contento con hacer que cante un compañero nuestro que no tardará mucho en estar aquí; el cual es un zagal muy entendido y muy enamorado, y que, sobre todo, sabe leer y escrebir y es músico de un rabel[23], que no hay más que desear.

Apenas había el cabrero acabado de decir esto cuando llegó a sus oídos el son del rabel, y de allí a poco llegó el que le tañía, que era un mozo de hasta veinte y dos años, de muy buena gracia. Preguntáronle sus compañeros si había cenado, y respondiendo que sí, el que había hecho los ofrecimientos le dijo:

—De esa manera, Antonio, bien podrás hacernos placer de cantar un poco, porque vea este señor huésped qué tenemos; que también por los montes y selvas hay quien sepa de música. Hémosle dicho tus buenas habilidades y deseamos que las muestres y nos saques verdaderos; y así, te ruego por tu vida que te sientes y cantes el romance de tus amores que te compuso el beneficiado tu tío[24], que en el pueblo ha parecido muy bien.

—Que me place —respondió el mozo.

Y sin hacerse más de rogar, se sentó en el tronco de una desmochada encina, y, templando su rabel, de allí a poco, con muy buena gracia, comenzó a cantar, diciendo desta manera:

ANTONIO

—Yo sé, Olalla[25], que me adoras,
puesto que no me lo has dicho
ni aun con los ojos siquiera,
mudas lenguas de amoríos.

[23] *rabel*] «Instrumento músico de cuerdas y arquillo; es pequeño y todo de una pieza, de tres cuerdas y de voces muy subidas. Usan dél los pastores, con que se entretienen...», Cov. 893.a.43. *V.* **046,** p. 148, y nota de Schevill.
[24] *el beneficiado tu tío*] Las estrofas finales de estos versos octosilábicos patentizan cierta inspiración clerical. *Beneficiado:* presbítero.

Porque sé que eres sabida[26],
en que me quieres me afirmo;
que nunca fue desdichado
amor que fue conocido.

Bien es verdad que tal vez,
Olalla, me has dado indicio
que tienes de bronce el alma
y el blanco pecho de risco.

Más allá, entre tus reproches[c]
y honestísimos desvíos,
tal vez la esperanza muestra
la orilla de su vestido[h].

Abalánzase al señuelo[27]
mi fe, que nunca ha podido,
ni menguar por no llamado,
ni crecer por escogido[28].

Si el amor es cortesía,
de la que tienes colijo
que el fin de mis esperanzas
ha de ser cual imagino.

Y si son servicios parte
de hacer un pecho benigno,
algunos de los que he hecho
fortalecen mi partido.

Porque si has mirado en ello,
más de una vez habrás visto
que me he vestido en los lunes
lo que me honraba el domingo.

Como el amor y la gala
andan un mesmo camino,
en todo tiempo a tus ojos
quise mostrarme polido.

Dejo el bailar por tu causa,
ni las músicas te pinto
que has escuchado a deshoras
y al canto del gallo primo[29].

---

o clérigo de grado inferior, que goza un beneficio eclesiástico que no es curato o prebenda.

[25] *Olalla*] forma anticuada y rústica de Eulalia. El sabor rústico y popular de este romance forma el contrapeso a la Canción de Grisóstomo en el c. 14, escrita a la manera culta pastoril.

[26] *sabida*] discreta.

[27] *señuelo*] (voz de la cetrería) figura de ave en que se ponía el cebo, y de aquí: lo que sirve para atraer. s.v. Cov.

[28] Alusión al Evangelio, San Mateo, 20,18.

[29] *gallo primo*] En la Edad Media se denotaba la hora de media noche con las frases 'al primer gallo', 'a los gallos primeros'[b].

No cuento las alabanzas
que de tu belleza he dicho;
que, aunque verdaderas, hacen
ser yo de algunas malquisto.
    Teresa del Berrocal,
yo alabándote, me dijo:
«Tal piensa que adora a un ángel,
y viene a adorar a un jimio[30].
    Merced a los muchos dijes
y a los cabellos postizos,
y a hipócritas hermosuras,
que engañan al Amor mismo.»
    Desmentíla, y enojóse;
volvió por[31] ella su primo:
desafióme, y ya sabes
lo que yo hice y él hizo.
    No te quiero yo a montón[32],
ni te pretendo y te sirvo
por lo de barraganía[33];
que más bueno es mi designio.
    Coyundas tiene la Iglesia
que son lazadas de sirgo[34];
pon tú el cuello en la gamella[35];
verás como pongo el mío.
    Donde no, desde aquí juro
por el santo más bendito
de no salir destas sierras
sino para capuchino.

Con esto dio el cabrero fin a su canto; y aunque don
Quijote le rogó que algo más cantase, no lo consintió Sancho Panza, porque estaba más para dormir que para oír
canciones. Y ansí, dijo a su amo:
    —Bien puede vuestra merced acomodarse desde luego
adonde ha de posar esta noche; que el trabajo que estos

---

[30] *jimio*] mono..., «simia... animal que... comúnmente el vulgo la
llama jimia», Cov. 939.a.52.
[31] *volver por*: defender *Aut.*; cf. I.24, p. 298.
[32] *a monton*] exp. vulgar. Querer *a montón* significa querer 'sobrada,
excesivamente'; 'amontonarse: amancebarse'[h].
[33] *barraganía*[c]] de *barragán*: 'mozo soltero, valiente y arriscado...'
s.v. Cov. Corominas *DCE*. Se entiende 'amancebamiento'.
[34] *lazadas de sirgo*] 'lazos de seda', metáfora por matrimonio.
[35] *pon... gamella*] 'casándote'. «Y porque con las *gamellas* del
yugo parean las mulas o los bueyes en el carro o arado, tomaron este
nombre, lo cual algunas veces los labradores llaman casar o ayuntar»,
Cov. 626.a.34.

buenos hombres tienen todo el día no permite que pasen las noches cantando.

—Ya te entiendo, Sancho —le respondió don Quijote—; que bien se me trasluce que las visitas del zaque piden más recompensa de sueño que de música.

—A todos nos sabe bien, bendito sea Dios —respondió Sancho.

—No lo niego —replicó don Quijote—; pero acomódate tú donde quisieres, que los de mi profesión mejor parecen velando que durmiendo. Pero, con todo esto, sería bien, Sancho, que me vuelvas a curar esta oreja, que me va doliendo más de lo que es menester.

Hizo Sancho lo que se le mandaba, y, viendo uno de los cabreros la herida, le dijo que no tuviese pena, que él pondría remedio con que fácilmente se sanase. Y tomando algunas hojas de romero[b], de mucho que por allí había, las mascó y las mezcló con un poco de sal, y aplicándoselas a la oreja, se la vendó muy bien, asegurándole que no había menester otra medicina, y así fue la verdad.

CAPÍTULO XII

De lo que contó un cabrero a los que estaban con don Quijote

Estando en esto, llegó otro mozo de los que les traían del aldea el bastimento[1], y dijo:

—¿Sabéis lo que pasa en el lugar, compañeros?

—¿Cómo lo podemos saber? —respondió uno dellos.

—Pues sabed —prosiguió el mozo— que murió esta mañana aquel famoso pastor estudiante llamado Grisóstomo[2], y se murmura que ha muerto de amores[3] de aquella endiablada moza de[b] Marcela, la hija de Guillermo el rico, aquella que se anda en hábito de pastora por esos andurriales.

—¿Por Marcela dirás? —dijo uno.

—Por ésa digo —respondió el cabrero—. Y es lo bueno que mandó en su testamento que le enterrasen en el campo, como si fuera moro, y que sea al pie de la peña donde

---

[1] *bastimento*] provisión de boca, comestibles[c].
[2] *Grisóstomo*] forma antigua y rústica de Crisóstomo[b].
[3] I.14, nota 1.

está la fuente del alcornoque, porque, según es fama, y él dicen que lo dijo, aquel lugar es adonde él la vio la vez primera[h]. Y también mandó otras cosas, tales, que los abades[4] del pueblo dicen que no se han de cumplir ni es bien que se cumplan, porque parecen de gentiles. A todo lo cual responde aquel gran su amigo Ambrosio, el estudiante, que también se vistió de pastor con él, que se ha de cumplir todo, sin faltar nada, como lo dejó mandado Grisóstomo, y sobre esto anda el pueblo alborotado; mas, a lo que se dice, en fin se hará lo que Ambrosio y todos los pastores sus amigos quieren; y mañana le vienen a enterrar con gran pompa adonde tengo dicho. Y tengo para mí que ha de ser cosa muy de ver; a lo menos, yo no dejaré de ir a verla, si supiese no volver[5] mañana al lugar.

—Todos haremos lo mesmo —respondieron los cabreros—; y echaremos suertes a quién ha de quedar a guardar las cabras de todos.

—Bien dices, Pedro —dijo uno—; que no será menester usar de esa diligencia, que yo me quedaré por todos. Y no lo atribuyas a virtud y a poca curiosidad mía, sino a que no me deja andar el garrancho[6] que el otro día me pasó este pie.

—Con todo eso, te lo agradecemos —respondió Pedro.

Y don Quijote rogó a Pedro le dijese qué muerto era aquél y qué pastora aquélla; a lo cual Pedro respondió que lo que sabía era que el muerto era un hijodalgo rico, vecino de un lugar que estaba en aquellas sierras, el cual había sido estudiante muchos años en Salamanca, al cabo de los cuales había vuelto a su lugar, con opinión de muy sabio y muy leído.

—Principalmente, decían que sabía la ciencia de las estrellas y de lo que pasan, allá en el cielo, el sol y la luna, porque puntualmente nos decía el cris[b] del sol y de la luna.

—*Eclipse* se llama, amigo, que no *cris*, el escurecerse esos dos luminares mayores —dijo don Quijote.

Mas Pedro, no reparando en niñerías, prosiguió su cuento, diciendo:

—Asimesmo adevinaba cuándo había de ser el año abundante o éstil.

---

[4] *abades*] clérigos, sacerdotes. «En común llamamos *abad* a cualquiera sacerdote, reverenciándole como padre», Cov. 24.b.31.

[5] *si supiese no volver*] 'aunque supiese que no había de volver'[b].

[6] *garrancho*] parte dura, aguda y saliente de una rama o tronco.

—*Estéril* queréis decir, amigo —dijo don Quijote.

—*Estéril* o *éstil* —respondió Pedro—, todo se sale allá. Y digo que con esto que decía se hicieron su padre y sus amigos, que le daban crédito, muy ricos, porque hacían lo que él les aconsejaba, diciéndoles: «Sembrad este año cebada, no trigo; en éste podéis sembrar garbanzos y no cebada; el que viene será de guilla[7] de aceite; los tres siguientes no se cogerá gota.»

—Esa ciencia se llama astrología —dijo don Quijote.

—No sé yo cómo se llama —replicó Pedro—; mas sé que todo esto sabía; y aún más. Finalmente, no pasaron muchos meses, después que[8] vino de Salamanca, cuando un día remaneció vestido de pastor, con su cayado y pellico, habiéndose quitado los hábitos largos que como escolar traía; y juntamente se vistió con él de pastor otro su grande amigo, llamado Ambrosio, que había sido su compañero en los estudios. Olvidábaseme de decir como Grisóstomo, el difunto, fue grande hombre de componer coplas; tanto, que él hacía los villancicos para la noche del Nacimiento del Señor, y los autos para el día de Dios[9], que los representaban los mozos de nuestro pueblo, y todos decían que eran por el cabo[10]. Cuando los del lugar vieron tan de improviso vestidos de pastores a los dos escolares, quedaron admirados, y no podían adivinar la causa que les había movido a hacer aquella tan estraña mudanza. Ya en este tiempo era muerto el padre de nuestro Grisóstomo, y él quedó heredado en mucha cantidad de hacienda, ansí en muebles como en raíces[11], y en no pequeña cantidad de ganado, mayor y menor, y en gran cantidad de dineros; de todo lo cual quedó el mozo señor desoluto[12], y en verdad que todo lo merecía, que era muy buen compañero y caritativo y amigo de los buenos, y tenía una cara como una bendición. Después se vino a entender que el haberse mudado de traje no había sido por otra cosa que por andarse por estos despoblados en pos de aquella pastora Marcela que nuestro zagal nom-

---

[7] *guilla*] buena cosecha (de aceitunas)[b].
[8] *después que*] desde que[b].
[9] *día de Dios*] la fiesta del Corpus Christi, II.11, nota 9.
[10] *por el cabo*] acabados, perfectos.
[11] *en raíces*] «En heredades y otras posesiones y en casas, porque estos tales bienes están arraigados y no se pueden llevar de una parte a otra, como los muebles», Cov. 894.b.30.
[12] *desoluto*] a lo rústico por 'absoluto'[b].

bró denantes[bh], de la cual se había enamorado el pobre difunto de Grisóstomo. Y quiéroos decir agora, porque es bien que lo sepáis, quién es esta rapaza; quizá, y aun sin quizá, no habréis oído semejante cosa en todos los días de vuestra vida, aunque viváis más años que sarna.

—Decid *Sarra*[13] —replicó don Quijote, no pudiendo sufrir el trocar de los vocablos del cabrero.

—Harto vive la sarna —respondió Pedro—; y si es, señor, que me habéis de andar zahiriendo a cada paso los vocablos, no acabaremos en un año.

—Perdonad, amigo —dijo don Quijote—; que por haber tanta diferencia de *sarna* a *Sarra* os lo dije; pero vos respondistes muy bien, porque vive más *sarna* que *Sarra;* y proseguid vuestra historia, que no os replicaré más en nada.

—Digo, pues, señor mío de mi alma —dijo el cabrero—, que en nuestra aldea hubo un labrador aún más rico que el padre de Grisóstomo, el cual se llamaba Guillermo, y al cual dio Dios, amén de las muchas y grandes riquezas, una hija, de cuyo parto murió su madre, que fue la más honrada mujer que hubo en todos estos contornos. No parece sino que ahora la veo, con aquella cara que del un cabo tenía el sol y del otro la luna[14]; y, sobre todo, hacendosa y amiga de los pobres, por lo que creo que debe de estar su ánima a la hora de ahora gozando de Dios en el otro mundo. De pesar de la muerte de tan buena mujer murió su marido Guillermo, dejando a su hija Marcela, muchacha y rica, en poder de un tío suyo sacerdote y beneficiado en nuestro lugar. Creció la niña con tanta belleza, que nos hacía acordar de la de su madre, que la tuvo muy grande; y, con todo esto, se juzgaba que le había de pasar la de la hija. Y así fue, que cuando llegó a edad de catorce a quince años, nadie la miraba que no bendecía a Dios, que tan hermosa la había criado, y los más quedaban enamorados y perdidos por ella. Guardábala su tío con mucho recato y con mucho encerramiento; pero, con todo esto, la fama de su mucha hermosura se estendió de manera que así por ella como por sus muchas riquezas, no solamente de los de nuestro pueblo, sino de los de muchas leguas a la redonda, y de los mejores

---

[13] Sarra] la mujer de Abraham, cuya longevidad era proverbial. *Sarra* y *sarna* era tópico y comparación popular de vejez o antigüedad[bh].
[14] *el sol... la luna*] elogio propio de gente rústica ensalzando la belleza de un rostro de mujer[b]. Cf. II.48, p. 402 y *La ilustre fregona, NE*, ed. B-S, II, p. 278.

dellos, era rogado, solicitado e importunado su tío se la diese por mujer. Mas él, que a las derechas[b] es buen cristiano, aunque quisiera casarla luego, así como la vía[h] de edad, no quiso hacerlo sin su consentimiento, sin tener ojo a la ganancia y granjería que le ofrecía el tener la hacienda de la moza dilatando su casamiento. Y a fe que se dijo esto en más de un corrillo en el pueblo, en alabanza del buen sacerdote. Que quiero que sepa, señor andante, que en estos lugares cortos[15], de todo se trata y de todo se murmura; y tened para vos, como yo tengo para mí, que debía de ser demasiadamente bueno el clérigo que obliga a sus feligreses a que digan bien dél, especialmente en las aldeas.

—Así es la verdad —dijo don Quijote—, y proseguid adelante; que el cuento es muy bueno, y vos, buen Pedro, le contáis con muy buena gracia.

—La del Señor no me falte, que es la que hace al caso. Y en lo demás sabréis que, aunque el tío proponía a la sobrina y le decía las calidades de cada uno, en particular, de los muchos que por mujer la pedían, rogándole que se casase y escogiese a su gusto, jamás ella respondió otra cosa sino que por entonces no quería casarse, y que, por ser tan muchacha, no se sentía hábil para poder llevar la carga del matrimonio. Con estas que daba, al parecer, justas escusas, dejaba el tío de importunarla y esperaba a que entrase algo más en edad y ella supiese escoger compañía a su gusto. Porque decía él, y decía muy bien, que no habían de dar los padres a sus hijos estado contra su voluntad. Pero hételo aquí, cuando no me cato[16], que remanece un día la melindrosa Marcela hecha pastora; y, sin ser parte su tío ni todos los del pueblo, que se lo desaconsejaban, dio en irse al campo con las demás zagalas del lugar y dio en guardar su mesmo ganado. Y así como ella salió en público y su hermosura se vio al descubierto, no os sabré buenamente decir cuántos ricos mancebos, hidalgos y labradores han tomado el traje de Grisóstomo y la andan requebrando por esos campos. Uno de los cuales, como ya está dicho, fue nuestro difunto, del cual decían que la dejaba de querer, y la adoraba[b]. Y no se piense que porque Marcela se puso en aquella libertad y vida tan suelta y de tan poco o de ningún recogimiento, que por eso ha dado indicio, ni por se-

---

[15] *cortos*] pequeños, de escaso vecindario[ab].
[16] *cuando no me cato*] 'cuando menos me lo imaginaba'.

mejas, que venga en menoscabo de su honestidad y recato; antes es tanta y tal la vigilancia con que mira por su honra, que de cuantos la sirven y solicitan ninguno se ha alabado, ni con verdad se podrá alabar, que le haya dado alguna pequeña esperanza de alcanzar su deseo. Que, puesto que no huye ni se esquiva de la compañía y conversación de los pastores, y los trata cortés y amigablemente, en llegando a descubrirle su intención cualquiera dellos, aunque sea tan justa y santa como la del matrimonio, los arroja de sí como un trabuco[17]. Y con esta manera de condición hace más daño en esta tierra que si por ella entrara la pestilencia; porque su afabilidad y hermosura atrae los corazones de los que la tratan a servirla y a amarla; pero su desdén y desengaño los conduce a términos de desesperarse[18], y así, no saben qué decirle, sino llamarla a voces cruel y desagradecida, con otros títulos a éste semejante, que bien la calidad de su condición manifiestan. Y si aquí estuviésedes, señor, algún día, veríades resonar estas sierras y estos valles con los lamentos de los desengañados que la siguen. No está muy lejos de aquí un sitio donde hay casi dos docenas de altas hayas, y no hay ninguna que en su lisa corteza no tenga grabado y escrito el nombre de Marcela, y encima de alguna[19], una corona grabada en el mesmo árbol, como si más claramente dijera su amante que Marcela la lleva y la merece de toda la hermosura humana. Aquí sospira un pastor, allí se queja otro; acullá se oyen amorosas canciones, acá desesperadas endechas[20]. Cuál hay que pasa todas las horas de la noche sentado al pie de alguna encina o peñasco, y allí, sin plegar los llorosos ojos, embebecido y transportado en sus pensamientos, le halló el sol a la mañana, y cuál hay que, sin dar vado[21] ni tregua a sus suspiros, en mitad del ardor de la más enfadosa siesta del verano,

[17] *trabuco*] máquina de guerra, especie de catapulta, con que se arrojaban piedras gruesas, s.v., Cov. 972.a.14.

[18] *desesperarse*] 'suicidarse'. Ya se ha aludido a este triste fin que tuvo el amor de Grisóstomo. Dice Cov.: «Desesperarse es matarse de cualquiera manera por despecho; pecado contra el Espíritu Santo. No se les da a los tales sepultura, queda su memoria infamada y sus bienes confiscados», 458.b.43.

[19] *alguna*] así en la ed. pr. Algunos editores corrigen *alguno*[b], suponiendo que se refiere a *nombre*[ab].

[20] *endechas*] «canciones tristes y lamentables, que se lloran sobre los muertos», Cov. 516.a.56.

[21] *vado*] 'salida', 'alivio'.

tendido sobre la ardiente arena, envía sus quejas al piadoso cielo. Y déste y de aquél, y de aquéllos y de éstos, libre y desenfadadamente triunfa la hermosa Marcela, y todos los que la conocemos estamos esperando en qué ha de parar su altivez y quién ha de ser el dichoso que ha de venir a domeñar condición tan terrible y gozar de hermosura tan estremada. Por ser todo lo que he contado tan averiguada verdad, me doy a entender que también lo es la que nuestro zagal dijo que se decía de la causa de la muerte de Grisóstomo. Y así os aconsejo, señor, que no dejéis de hallaros mañana a su entierro, que será muy de ver, porque Grisóstomo tiene muchos amigos, y no está de este lugar a aquel donde manda enterrarse media legua.

—En cuidado me lo tengo²² —dijo don Quijote—, y agradézcoos el gusto que me habéis dado con la narración de tan sabroso cuento.

—¡Oh! —replicó el cabrero—. Aún no sé yo la mitad de los casos sucedidos a los amantes de Marcela; mas podría ser que mañana topásemos en el camino algún pastor que nos los dijese. Y por ahora, bien será que os vais a dormir debajo de techado, porque el sereno²³ os podría dañar la herida, puesto que es tal la medicina que se os ha puesto, que no hay que temer de contrario acidente.

Sancho Panza, que ya daba al diablo el tanto hablar del cabrero, solicitó, por su parte, que su amo se entrase a dormir en la choza de Pedro. Hízolo así, y todo lo más de la noche se le pasó en memorias de su señora Dulcinea, a imitación de los amantes de Marcela. Sancho Panza se acomodó entre Rocinante y su jumento, y durmió, no como enamorado desfavorecido, sino como hombre molido a coces.

CAPÍTULO XIII

Donde se da fin al cuento de la pastora Marcela, con otros sucesos

Mas apenas comenzó a descubrirse el día por los balcones del oriente¹, cuando los cinco de los seis cabreros se

²² *En cuidado me lo tengo*ᶜ] 'ya estoy en ello', 'así lo tengo pensado y resuelto', cf. I.21, p. 253.
²³ *el sereno*] «el aire alterado de la prima noche con algún vapor que se ha levantado de la tierra», Cov. 934.b.57.
¹ *los balcones*ᵇ *del oriente*] Se reduce la descripción del amanecer

levantaron y fueron a despertar a don Quijote, y a decille si estaba todavía con propósito de ir a ver el famoso entierro de Grisóstomo, y que ellos le harían compañía. Don Quijote, que otra cosa no deseaba, se levantó y mandó a Sancho que ensillase y enalbardase al momento, lo cual él hizo con mucha diligencia, y con la mesma se pusieron luego todos en camino. Y no hubieron andado un cuarto de legua, cuando, al cruzar de una senda, vieron venir hacia ellos hasta seis pastores, vestidos con pellicos negros y coronadas las cabezas con guirnaldas de ciprés y de amarga adelfa[2]. Traía cada uno un grueso bastón de acebo[c] en la mano. Venían con ellos, asimesmo, dos gentiles hombres de a caballo, muy bien aderezados de camino[3], con otros tres mozos de a pie que los acompañaban. En llegándose a juntar se saludaron cortésmente, y, preguntándose los unos a los otros dónde iban, supieron que todos se encaminaban al lugar del entierro, y así, comenzaron a caminar todos juntos.

Uno de los de a caballo, hablando con su compañero le dijo:

—Paréceme, señor Vivaldo, que habemos de dar por bien empleada la tardanza que hiciéremos, en ver este famoso entierro, que no podrá dejar de ser famoso, según estos pastores nos han contado estrañezas, ansí del muerto pastor como de la pastora homicida.

—Así me lo parece a mí —respondió Vivaldo—; y no digo yo hacer tardanza de un día, pero de cuatro la hiciera, a trueco de verle.

Preguntóles don Quijote qué era lo que habían oído de Marcela y de Grisóstomo. El caminante dijo que aquella madrugada habían encontrado con aquellos pastores, y que, por haberles visto en aquel tan triste traje, les habían preguntado la ocasión por que iban de aquella manera; que uno dellos se lo contó, contando la estrañeza y hermosura de una pastora llamada Marcela, y los amores de muchos que la recuestaban, con la muerte de aquel Grisóstomo a cuyo entierro iban. Finalmente, él contó todo lo que Pedro a don Quijote había contado.

---

a la metáfora ya empleada cómicamente en el c. 2, «las puertas y balcones del manchego horizonte», *V.* nota 6, p. 80.

[2] *pellicos negros... amarga adelfa*] apariencias de luto del pastor poético, cf. *La Galatea*, ed. Avalle-Arce, I, p. 205.

[3] *aderezados de camino*] con trajes de camino[b].

Cesó esta plática, y comenzóse otra, preguntando el que se llamaba Vivaldo a don Quijote qué era la ocasión que le movía a andar armado de aquella manera por tierra tan pacífica. A lo cual respondió don Quijote:

—La profesión de mi ejercicio[4] no consiente ni permite que yo ande de otra manera. El buen paso[5], el regalo y el reposo, allá se inventó para los blandos cortesanos; mas el trabajo, la inquietud y las armas sólo se inventaron e hicieron para aquellos que el mundo llama caballeros andantes, de los cuales yo, aunque indigno, soy el menor de todos.

Apenas le oyeron esto, cuando todos le tuvieron por loco; y por averiguarlo más y ver qué género de locura era el suyo, le tornó a preguntar Vivaldo que qué quería decir caballeros andantes.

—¿No han vuestras mercedes leído[6] —respondió don Quijote— los anales e historias de Ingalaterra, donde se tratan las famosas fazañas del rey Arturo[7], que continua-

---

[4] *La profesión de mi ejercicio*] Es la primera ocasión en que don Quijote se ve obligado a justificar su empresa ante un desconocido, y por primera vez había de hablar de 'su profesión', cf. I. 49, p. 579. Nótese la frecuencia con que se repite este término en lo que sigue.

[5] *El buen paso*] es decir, el buen pasar, o sea 'la buena vida', 'la vida tranquila'.

[6] Con gran acierto Cervantes obliga a su protagonista a invocar las leyendas artúricas para justificarse como caballero. Su idea del caballero en lo que sigue no responde a lo que fue en el sentido histórico o cultural la caballería, aunque en varios aspectos concuerde esta idea con ordenanzas y usos promulgados en varios documentos políticos o sociales, v.g., *Las Siete Partidas* (Partida II, Título 21), o el *Libro de la orden de caballería* de Ramón Llull. Don Quijote tiene presente la figura del caballero tal como la elaboró la literatura aristocrática y cortesana de la Edad Media, sobre todo en los relatos de la materia de Bretaña, donde las proezas del caballero-héroe se desarrollan en una serie de aventuras en que intervienen lo imprevisto, la magia, y la maravilla. Por el lado sentimental, su amor a la dama se complica románticamente, siendo un amor secreto, infeliz o ilícito, el caso de los amores entre Tristán e Iseo y Lanzarote y la reina Ginebra. El acierto de Cervantes es notable en que don Quijote reduce a una simplificación muy suya los grandes rasgos que apasionaron a una multitud de lectores y autores a través de los siglos medievales.

[7] *rey Arturo*] Nombre derivado del lat. *Artorius*. Artús es la forma directamente tomada del nominativo en francés antiguo. El rey Arturo es figura legendaria y fabulosa que una tradición medieval (literaria, popular e histórica) elaboró como rival a las de Carlomagno y Alejandro. En torno a él gira la maquinaria legendaria de la materia de Bretaña. Apenas si existen datos concretos para hablar de un hombre netamente

mente en nuestro romance castellano llamamos el rey
Artús, de quien es tradición antigua y común en todo
aquel reino de la Gran Bretaña que este rey no murió[8],
sino que, por arte de encantamento, se convirtió en cuervo, y que, andando los tiempos, ha de volver a reinar
y a cobrar su reino y cetro; a cuya causa no se probará
que desde aquel tiempo a éste haya ningún inglés muerto
cuervo alguno? Pues en tiempo deste buen rey fue insti-
tuida aquella famosa orden de caballería de los caballeros de la Tabla Redonda, y pasaron, sin faltar un punto,
los amores que allí se cuentan de don Lanzarote del Lago
con la reina Ginebra[b], siendo medianera dellos y sabidora
aquella tan honrada dueña Quintañona[9], de donde na-

histórico, de ascendencia romana, que hubiese sido (no rey, sino) caudillo
o general *(dux bellorum)* de los britanos ante los invasores sajones por
el año 500. En los siglos sucesivos creció la leyenda de un héroe y rey
invicto de las gentes célticas en cuya persona se encarnaba tanto la
herencia mítica de tiempos remotos como la esperanza de una futura
primacía política bajo su nuevo reinado. A esta vaga tradición super-
viviente en cuentos y relatos folklóricos el clérigo Godofredo de Mon-
mouth, por el año 1135, dio la forma y la autoridad de un relato histórico
en la *Historia Regum Britanniae* primero y luego en las *Prophetiae Merlini* y el poema *Vita Merlini*, elaborando de elementos mitológicos y pin-
torescos una fabricación de la ascendencia del rey y de su poderío, su
corte y los caballeros que le sirvieron (Caballeros de la Tabla o Mesa
Redonda), que se impuso como historia verdadera sobre los hombres
más letrados. La gran difusión que tuvieron las leyendas artúricas se
debió a los recitadores bretones profesionales (inglés *minstrels*, francés,
conteurs) que adaptaron los cuentos tradicionales de Gales y la Bretaña
antigua al gusto de un público aristocrático francés. Sabido es que la antigua población de la Pequeña Bretaña descendía de los emigrados a
la península de este nombre en los siglos que siguieron a la invasión sajona
de la isla británica. En los relatos en verso de Chrétien de Troyes, circa
1175, se le dio a esta materia la elegancia de una forma literaria acabada,
cuyos elementos vinieron a ser los del *roman* (en francés) y *romance*
(en inglés). La letra erudita y crítica sobre las leyendas artúricas es muy
extensa. Sobre el conocimiento de ellas que tuvo Cervantes, **160.2.**
Como guía general es imprescindible el volumen de artículos especia-
lizados editado por R. S. Loomis, **160.4,** que incluye el trabajo de María
Rosa Lida de Malkiel sobre los relatos artúricos en España.
    [8] Sobre esta leyenda y en particular la conversión del rey en cuervo,
notas de Schevill (y *PyS*, I, p. 341-343), Riquer y el artículo de R. S.
Loomis «The legend of Arthur's survival», p. 65, en la obra citada arriba.
La fuente más directa de Cervantes pudo ser Julián del Castillo, *Hist.
de los reyes godos*, Burgos, 1582, f. 54.
    [9] *dueña Quintañona*] Esta figura es invención del romancero cas-
tellano. En ningún relato en prosa de los amores entre la reina Ginebra

ció aquel tan sabido romance, y tan decantado en nuestra España, de

> Nunca fuera caballero
> de damas tan bien servido
> como fuera Lanzarote
> cuando de Bretaña vino,

y Lanzarote interviene una *dueña* como medianera (V. I.1, nota 28), ni se les atribuye a las dueñas tales ocupaciones en los relatos artúricos. Don Quijote ignora, al parecer, que se trata de un amor adúltero. Reproduzco la versión del romance en que se menciona al rey (**Bibl.** Nac., ms. 1317, f. 452.)

Nunca fuera cavallero/ de damas tan bien seruido,
como fuera Lançarote/ quando de Bretaña vino;
donzellas curavan del,/ y dueñas de su rroçino;
esa dueña Quintañona,/ esa le escançiava el bino;
la linda rreyna Ginebra/ se lo acostava consigo;
estando al mejor sabor,/ que sueño no avia dormido,
la rreyna, toda turbada,/ movido le ha vn partido:
'Lançarote, Lançarote,/ si antes fuerades venido,
no dixera el orgulloso/ las palabras que abia dicho:
que mataria al rrey Artus/ y avn a todos sus sobrinos,
y, a pesar de vos, señor,/ el dormiria comigo'.
Lançarote, que lo oyo,/ gran pesar a rrecebido;
lleno de muy gran enojo/ sus armas avia pedido;
armose de todas ellas,/ de la rreyna se ha partido,
va buscar al orgulloso,/ hallolo baxo de vn pino;
combatense de las lanças,/ a las hachas han venido,
de la sangre que les corre/ todo el canpo esta teñido;
ya desmaya el orgulloso,/ ya cae en tierra tendido,
cortado le ha la cabeça,/ sin hazer ningun partido,
tornose para la rreyna,/ de quien fue bien rrecebido.
Texto en Adolfo Bonilla y San Martín, *Anales de la lit. esp.*, Madrid, 1904, p. 29-30. Cf. Diego Catalán, *Por campos del romancero*, G-BRH, 1970, p. 82-86.

Dueña (sustantivo tónico, del lat. *dômĭna*) es el término en uso general en la época medieval para 'señora' o 'mujer casada' a quien corresponde el título de respeto *doña* (adjetivo-título átono, también del lat. *dômĭna*), Corominas, *DCE*, s.v. 'Dama' en castellano no se establece hasta el siglo xv. En los relatos de la materia de Bretaña *dueñas* (francés, *dames*, inglés, *ladies*) son señoras de alta categoría social, algunas de ellas princesas y reinas. 'Dueñas y doncellas' (mujeres casadas o de edad y las no casadas) se llaman las mujeres de la cámara de la reina en *Las Siete Partidas* (II, título 14, ley 3), y '*dueñas y doncellas*' se usó invariablemente en castellano para traducir del francés 'dames et damoiselles' de los relatos artúricos. Según el romance, la dueña Quintañona atendía a la reina Ginebra y fue escanciadora del vino servido a Lanzarote. Puede inferirse que ya en el siglo xv una tradición oral castellana había elaborado

con aquel progreso tan dulce y tan suave de sus amorosos
y fuertes fechos. Pues desde entonces[c], de mano en mano[10],
fue aquella orden de caballería estendiéndose y dilatán-
dose por muchas y diversas partes del mundo, y en ella
fueron famosos y conocidos por sus fechos el valiente
Amadís de Gaula, con todos sus hijos y nietos[c], hasta la

---

la idea de que esta dueña (o dama) fue medianera entre la reina y el
caballero. Quintañona, como explica el *Dicc. Aut.* es nombre que «en
su riguroso sentido parece quiere significar la persona que tiene cien
años, con alusión al quintal; pero regularmente se toma por el sujeto
que es sumamente viejo». Todas las versiones conocidas del romance
comienzan con el verso «Nunca fuera (o se vio) caballero/ de damas
tan bien servido», y en todas se mencionan enseguida doncellas y dueñas.
Es evidente que cuando el romance se elaboró la voz *dama* se había
establecido en el uso cortesano (siglo xv), pues aquí aparece como el
término general cuyo sentido luego se reparte entre 'doncellas' y 'dueñas'.
Dueña, pues, ya no se entendía exclusivamente en su uso tradicional de
'señora'; y tendría (además del de 'mujer casada, o viuda, o mujer sol-
tera y anciana') el sentido limitado de 'dueña de honor' y 'dueña de servicio', que adquiere plenamente en el siglo xvi. Las dueñas sobre quienes
cae la desagradable reputación de medianeras en el siglo xvi no son,
pues, las nobles señoras de los libros de caballerías, pese a lo que se
imagina don Quijote.
    Es usual, en los relatos artúricos, que sirvan de medianeras las don-
cellas (*V.* I, 21, p. 260 y la nota 64 a este c. de Clemencín), caso famoso
el de la doncella Darioleta que conduce a su señora Helisena a la cámara
del rey Perión, de cuya unión nace el héroe Amadís (*AdG*, I). La dueña
Quintañona como medianera se ha explicado como derivada por la
imaginación popular o de la doncella Brangel de la leyenda de Tristán
e Iseo, o de la dueña Malagud (la dame de Malohaut), *V.* Entwistle,
160.2 (versión inglesa), p. 199, 200, nota, 205; o, aunque inverosímil,
de la figura del caballero Galehaut (el Galeotto de Dante, *Inferno*, V, vs.
127-138, y el «Galeote, discreto e sotil mediante» del Marqués de Santillana, «Triunfete de Amor», *V.* Entwistle, op. cit., p. 21. Pero lo más
probable es que haya una conexión entre la dueña del romance y la anciana que urdió el engaño por el cual Lanzarote engendra a su hijo Galaz
en la hija del rey de Pelles, en la versión *Vulgata.* El episodio es conocidísimo (*V.* R. S. Loomis, *The grail from celtic myth to christian symbol*,
Columbia Univ. Press, 1963, c. XI). Tan anciana era esta Brisaina que
se decía que podía tener cien años... «vne dame de si grant aage que elle
pooit bien auior. C. ans», ed. Sommer, v. 5, p. 107. La versión de *Lanzarote de Lago* del ms. 9611 de la Bibl. Nac. la describe: «una dueña
que había más de cient años», f. 311. Esta dueña hace servir a Lanzarote
un vino que lo embriaga (en la versión francesa parece ser una bebida
mágica), haciéndole creer que duerme con la reina Ginebra. Por lo que
insinuaban los versos del romance, pues, suponía don Quijote imprescindible que una *dueña* interviniera entre el caballero y la amada, cf. I.16,
p. 203, I.32, p. 393, I.43, p. 527.
    [10] *de mano en mano*] 'de padre a hijos', 'por tradición'[b].

quinta generación, y el valeroso Felixmarte de Hircania, y el nunca como se debe alabado Tirante el Blanco, y casi que[11] en nuestros días vimos y comunicamos y oímos al invencible y valeroso caballero don Belianís de Grecia. Esto, pues, señores, es ser caballero andante, y la que he dicho es la orden de su caballería; en la cual, como otra vez he dicho, yo, aunque pecador, he hecho profesión, y lo mesmo que profesaron los caballeros referidos profeso yo. Y así, me voy por estas soledades y despoblados buscando las aventuras, con ánimo deliberado de ofrecer mi brazo y mi persona a la más peligrosa que la suerte me deparare, en ayuda de los flacos y menesterosos.

Por estas razones que dijo acabaron de enterarse los caminantes que era don Quijote falto de juicio, y del género de locura que lo señoreaba, de lo cual recibieron la mesma admiración que recibían todos aquellos que de nuevo[12] venían en conocimiento della. Y Vivaldo, que era persona muy discreta y de alegre condición, por pasar sin pesadumbre el poco camino que decían que les faltaba, al llegar a la sierra del entierro, quiso darle ocasión a que pasase más adelante con sus disparates. Y así, le dijo:

—Paréceme, señor caballero andante, que vuestra merced ha profesado una de las más estrechas profesiones que hay en la tierra, y tengo para mí que aun la de los frailes cartujos no es tan estrecha.

—Tan estrecha bien podía ser —respondió nuestro don Quijote—; pero tan necesaria en el mundo no estoy en dos dedos[13] de ponello en duda. Porque, si va a decir verdad, no hace menos el soldado que pone en ejecución lo que su capitán le manda que el mesmo capitán que se lo ordena. Quiero decir, que los religiosos, con toda paz y sosiego, piden al cielo el bien de la tierra; pero los soldados y caballeros ponemos en ejecución lo que ellos piden, defendiéndola con el valor de nuestros brazos y filos de nuestras espadas, no debajo de cubierta, sino al cielo abierto, puestos por blanco de los insufribles rayos del sol en el verano y de los erizados yelos del invierno. Así, que somos ministros de Dios en la tierra, y brazos por quien se ejecuta en ella su justicia. Y como las cosas de la guerra y las a ella

---

[11] *casi que*]   'casi casi'[b].
[12] *de nuevo*]   'ahora, y no antes', por primera vez. Cf. nota de J. B. Avalle-Arce, *La Galatea*, ed. Clás. Cast., I, p. 133.
[13] *en dos dedos*]   a dos dedos[b].

tocantes y concernientes no se pueden poner en ejecución sino sudando, afanando y trabajando, síguese que aquellos que la profesan tienen, sin duda, mayor trabajo que aquellos que en sosegada paz y reposo están rogando a Dios favorezca a los que poco pueden. No quiero yo decir, ni me pasa por pensamiento, que es tan buen estado el de caballero andante como el del encerrado religioso; sólo quiero inferir, por lo que yo padezco, que, sin duda, es más trabajoso y más aporreado, y más hambriento y sediento, miserable, roto y piojoso; porque no hay duda sino que los caballeros andantes pasados pasaron mucha malaventura en el discurso de su vida. Y si algunos subieron a ser emperadores por el valor de su brazo, a fe que les costó buen porqué[14] de su sangre y de su sudor, y que si a los que a tal grado subieron les faltaran encantadores y sabios que los ayudaran, que ellos quedaran bien defraudados de sus deseos y bien engañados de sus esperanzas.

—De ese parecer estoy yo —replicó el caminante—; pero una cosa, entre otras muchas, me parece muy mal de los caballeros andantes, y es que, cuando se ven en ocasión de acometer una grande y peligrosa aventura, en que se vee manifiesto peligro de perder la vida, nunca en aquel instante de acometella se acuerdan de encomendarse a Dios, como cada cristiano está obligado a hacer en peligros semejantes; antes se encomiendan a sus damas, con tanta gana y devoción como si ellas fueran su Dios: cosa que me parece que huele algo a gentilidad[cf].

—Señor —respondió don Quijote—, eso no puede ser menos en ninguna manera, y caería en mal caso el caballero andante que otra cosa hiciese; que ya está en uso y costumbre en la caballería andantesca que el caballero andante que al acometer algún gran fecho de armas tuviese su señora delante vuelva a ella los ojos blanda y amorosamente, como que le pide con ellos le favorezca y ampare en el dudoso trance que acomete; y aun si nadie le oye, está obligado a decir algunas palabras entre dientes, en que de todo corazón se le encomiende; y desto tenemos innumerables ejemplos en las historias. Y no se ha de entender por esto que han de dejar de encomendarse a Dios; que tiempo y lugar les queda para hacerlo en el discurso de la obra.

---

[14] *buen porqué*[a]]   adj. y s.: buena porción, gran cantidad.

—Con todo eso —replicó el caminante—, me queda un escrúpulo, y es que muchas veces he leído que se traban palabras entre dos andantes caballeros; y, de una en otra, se les viene a encender la cólera, y a volver los caballos, y tomar una buena pieza del campo, y luego, sin más ni más, a todo el correr dellos, se vuelven a encontrar; y en mitad de la corrida se encomiendan a sus damas; y lo que suele suceder del encuentro es que el uno cae por las ancas del caballo, pasado con la lanza del contrario de parte a parte, y al otro le viene[15] también, que, a no tenerse a las crines del suyo, no pudiera dejar de venir al suelo[c]. Y no sé yo cómo el muerto tuvo lugar para encomendarse a Dios en el discurso de esta tan acelerada obra. Mejor fuera que las palabras que en la carrera gastó encomendándose a su dama las gastara en lo que debía y estaba obligado como cristiano. Cuanto más, que yo tengo para mí que no todos los caballeros andantes tienen damas a quien encomendarse, porque no todos son enamorados.

—Eso no puede ser —respondió don Quijote—: digo que no puede ser que haya caballero andante sin dama, porque tan proprio y tan natural les es a los tales ser enamorados como al cielo tener estrellas, y a buen seguro que no se haya visto historia donde se halle caballero andante sin amores[c]; y por el mesmo caso[16] que estuviese sin ellos, no sería tenido por legítimo caballero, sino por bastardo, y que entró en la fortaleza de la caballería dicha, no por la puerta, sino por las bardas, como salteador y ladrón[a].

—Con todo eso —dijo el caminante—, me parece, si mal no me acuerdo, haber leído que don Galaor, hermano del valeroso Amadís de Gaula, nunca tuvo dama señalada[c] a quien pudiese encomendarse; y, con todo esto, no fue tenido en menos, y fue un muy valiente y famoso caballero.

A lo cual respondió nuestro don Quijote:

—Señor, una golondrina sola no hace verano. Cuanto más, que yo sé que de secreto estaba ese caballero muy bien enamorado, fuera que aquello de querer a todas bien cuantas bien le parecían, era condición natural, a quien no podía ir a la mano[17]. Pero, en resolución, averiguado está muy bien que él tenía una sola a quien él había hecho se-

---

[15] *le viene*]   le aviene, acontece o sucede[ab].
[16] *por el mesmo caso*]   por igual razón o motivo[b].
[17] *ir a la mano*]   'contenerle, moderarle'[b].

ñora de su voluntad, a la cual se encomendaba muy a menudo y muy secretamente, porque se preció de secreto caballero.

—Luego si es de esencia que todo caballero andante haya de ser enamorado —dijo el caminante—, bien se puede creer que vuestra merced lo es, pues es de la profesión. Y si es que vuestra merced no se precia de ser tan secreto como don Galaor, con las veras que puedo le suplico, en nombre de toda esta compañía y en el mío, nos diga el nombre, patria, calidad y hermosura de su dama; que ella se tendría por dichosa de que todo el mundo sepa que es querida y servida de un tal caballero como vuestra merced parece.

Aquí dio un gran suspiro don Quijote, y dijo:

—Yo no podré afirmar si la dulce mi enemiga[18] gusta, o no, de que el mundo sepa que yo la sirvo; sólo sé decir, respondiendo a lo que con tanto comedimiento se me pide, que su nombre es Dulcinea; su patria, el Toboso, un lugar de la Mancha; su calidad, por lo menos, ha de ser de princesa, pues es reina y señora mía; su hermosura, sobrehumana, pues en ella se vienen a hacer verdaderos todos los imposibles y quiméricos atributos de belleza que los poetas dan a sus damas: que sus cabellos son oro, su frente campos elíseos, sus cejas arcos del cielo, sus ojos soles, sus mejillas rosas, sus labios corales, perlas sus dientes, alabastro su cuello, mármol su pecho, marfil sus manos, su blancura nieve, y las partes que a la vista humana encubrió la honestidad son tales, según yo pienso y entiendo, que sólo la discreta consideración puede encarecerlas, y no compararlas[19].

—El linaje, prosapia y alcurnia querríamos saber —replicó Vivaldo.

A lo cual respondió don Quijote:

—No es de los antiguos Curcios, Gayos y Cipiones[20] romanos, ni de los modernos Colonas y Ursinos, ni de los Moncadas y Requesenes de Cataluña, ni menos de los Rebellas y Villanovas de Valencia, Palafoxes, Nuzas, Rocabertis[e], Corellas, Lunas, Alagones, Urreas, Foces y Gurreas

---

[18] *la dulce mi enemiga*[a]]   II.38, nota 13.
[19] *y las partes... no compararlas*]   Fue censurada esta cláusula por la Inquisición portuguesa en 1624[e].
[20] Sobre estos linajes, notas de Clemencín, Schevill y Riquer. *Cipiones:* Escipiones.

de Aragón, Cerdas, Manriques, Mendozas y Guzmanes de Castilla, Alencastros, Pallas y Meneses de Portogal; pero es de los del Toboso de la Mancha, linaje, aunque moderno, tal, que puede dar generoso principio a las más ilustres familias de los venideros siglos. Y no se me replique en esto, si no fuere con las condiciones que puso Cervino al pie del trofeo de las armas de Orlando, que decía:

Nadie las mueva
que estar no pueda con Roldán a prueba[21].

—Aunque el mío es de los Cachopines de Laredo[22] —respondió el caminante—, no le osaré yo poner con el del Toboso de la Mancha, puesto que, para decir verdad, semejante apellido hasta ahora no ha llegado a mis oídos.

—¡Como eso no habrá llegado![23] —replicó don Quijote.

Con gran atención iban escuchando todos los demás la plática de los dos, y aun hasta los mesmos cabreros y pastores conocieron la demasiada falta de juicio de nuestro don Quijote. Sólo Sancho Panza pensaba que cuanto su amo decía era verdad, sabiendo él quién era y habiéndole conocido desde su nacimiento; y en lo que dudaba algo era en creer aquello de la linda Dulcinea del Toboso, porque nunca tal nombre ni tal princesa había llegado jamás a su noticia, aunque vivía tan cerca del Toboso.

En estas pláticas iban, cuando vieron que, por la quiebra que dos altas montañas hacían, bajaban hasta veinte pastores, todos con pellicos de negra lana vestidos y coronados con guirnaldas, que, a lo que después pareció, eran cuál de tejo y cuál de ciprés[24]. Entre seis dellos traían unas

---

[21] Trad. de Ariosto, *OF*, 24.57; cf. II.66, p. 542. Cervino, hijo del rey de Escocia, fue puesto en libertad por Orlando, y agradecido por esta merced y habiendo encontrado sus armas hizo de ellas el trofeo que se menciona aquí[c].

[22] *Cachopines de Laredo*] Citado aquí como apellido santanderino prototípico; Corominas *DCE*, s.v. *cacho*. Su uso aquí no parece tener sentido irónico[bcd].

[23] *¡Como... llegado!*] Es forma vulgar de negativa y equivale a 'Pero es posible que cosa tan sabida no haya llegado a vuestros oídos'[e].

[24] *tejo... ciprés*] Estos detalles recuerdan la traducción no muy fiel de Virgilio, *Eneida*, VI, vs. 216, de Hernández de Velasco, que decía «hojosos ramos de funestos tejos—y de cipreses lúgubres». Marasso, **083**, p. 84. Al tejo se le atribuían propiedades malignas[c]. Cf. Virgilio, *Égloga* IX, vs. 30.

andas, cubiertas de mucha diversidad de flores y de ramos.
Lo cual visto por uno de los cabreros, dijo:

—Aquellos que allí vienen son los que traen el cuerpo de
Grisóstomo, y el pie de aquella montaña es el lugar donde
él mandó que le enterrasen.

Por esto se dieron priesa a llegar, y fue a tiempo que ya
los que venían habían puesto las andas en el suelo, y cuatro
dellos con agudos picos estaban cavando la sepultura a
un lado de una dura peña.

Recibiéronse los unos y los otros cortésmente, y luego
don Quijote y los que con él venían se pusieron a mirar las
andas, y en ellas vieron cubierto de flores un cuerpo muerto,
vestido como pastor, de edad, al parecer, de treinta años;
y, aunque muerto, mostraba que vivo había sido de rostro
hermoso y de disposición gallarda. Alrededor dél tenía en
las mesmas andas algunos libros y muchos papeles, abiertos
y cerrados. Y así los que esto miraban, como los que abrían
la sepultura, y todos los demás que allí había, guardaban
un maravilloso silencio, hasta que uno de los que al muerto
trujeron dijo a otro:

—Mirá²⁵ bien, Ambrosio, si es éste el lugar que Grisóstomo dijo, ya que queréis que tan puntualmente se cumpla
lo que dejó mandado en su testamento.

—Éste es —respondió Ambrosio—; que muchas veces en él me contó mi desdichado amigo la historia de su
desventura. Allí me dijo él que vio la vez primera a aquella
enemiga mortal del linaje humano, y allí fue también donde la primera vez le declaró su pensamiento, tan honesto
como enamorado, y allí fue, la última vez, donde Marcela
le acabó de desengañar y desdeñar, de suerte que puso
fin a la tragedia de su miserable vida. Y aquí, en memoria
de tantas desdichas, quiso él que le depositasen en las entrañas del eterno olvido.

Y volviéndose a don Quijote y a los caminantes, prosiguió diciendo:

—Ese cuerpo, señores, que con piadosos ojos estáis
mirando, fue depositario de un alma en quien el cielo puso
infinita parte de sus riquezas. Ése es el cuerpo de Grisóstomo, que fue único en el ingenio, solo en la cortesía, estremo en la gentileza, fénix en la amistad, magnífico sin
tasa, grave sin presunción, alegre sin bajeza, y, finalmente,

²⁵ *mirá*] mirad.

primero en todo lo que es ser bueno, y sin segundo en todo lo que fue ser desdichado. Quiso bien, fue aborrecido; adoró, fue desdeñado; rogó a una fiera, importunó a un mármol, corrió tras el viento, dio voces a la soledad, sirvió a la ingratitud, de quien alcanzó por premio ser despojos de la muerte en la mitad de la carrera[b] de su vida, a la cual dio fin una pastora a quien él procuraba eternizar para que viviera en la memoria de las gentes, cual lo pudieran mostrar bien esos papeles que estáis mirando, si él no me hubiera mandado que los entregara al fuego en habiendo entregado su cuerpo a la tierra.

—De mayor rigor y crueldad usaréis vos con ellos —dijo Vivaldo— que su mesmo dueño, pues no es justo ni acertado que se cumpla la voluntad de quien[b] lo que ordena va fuera de todo razonable discurso. Y no le tuviera bueno Augusto César si consintiera que se pusiera en ejecución lo que el divino Mantuano dejó en su testamento mandado[26]. Ansí que, señor Ambrosio, ya que deis el cuerpo de vuestro amigo a la tierra, no queráis dar sus escritos al olvido; que si él ordenó como agraviado, no es bien que vos cumpláis como indiscreto. Antes haced, dando la vida a estos papeles, que la tenga siempre la crueldad de Marcela, para que sirva de ejemplo, en los tiempos que están por venir, a los vivientes, para que se aparten y huyan de caer en semejantes despeñaderos; que ya sé yo, y los que aquí venimos, la historia deste vuestro enamorado y desesperado amigo, y sabemos la amistad vuestra, y la ocasión de su muerte, y lo que dejó mandado al acabar de la vida; de la cual lamentable historia se puede sacar cuánto haya sido la crueldad de Marcela, el amor de Grisóstomo, la fe de la amistad vuestra, con el paradero que tienen los que a rienda suelta corren por la senda que el desvariado amor delante de los ojos les pone. Anoche supimos la muerte de Grisóstomo, y que en este lugar había de ser enterrado, y así, de curiosidad y de lástima, dejamos nuestro derecho viaje, y acordamos de venir a ver con los ojos lo que tanto nos había lastimado en oíllo. Y en pago desta lástima, y

---

[26] *testamento mandado*] Alude a la disposición que dio Virgilio de que se quemaran los libros originales de su *Eneida*, por no haberle podido limar, según las antiguas biografías. *V. Vitae Vergilianae Antiqvae*, ed. Hardie, Oxford, 1966. Cervantes pudo recordar la trad. de Hernández de Velasco de la *Vita Donati*, o sea la biografía de Claudio Donato, Marasso, **083**, p. 83.

del deseo que en nosotros nació de remedialla si pudiéramos, te rogamos, ¡oh discreto Ambrosio!, a lo menos, yo te lo suplico de mi parte, que, dejando de abrasar estos papeles, me dejes llevar algunos dellos.

Y sin aguardar que el pastor respondiese, alargó la mano y tomó algunos de los que más cerca estaban; viendo lo cual Ambrosio, dijo:

—Por cortesía consentiré que os quedéis, señor, con los que ya habéis tomado; pero pensar que dejaré de abrasar los que quedan es pensamiento vano.

Vivaldo, que deseaba ver lo que los papeles decían, abrió luego el uno dellos y vio que tenía por título: *Canción desesperada*. Oyólo Ambrosio, y dijo:

—Ése es el último papel que escribió el desdichado; y porque veáis, señor, en el término que le tenían sus desventuras, leelde de modo que seáis oído; que bien os dará lugar a ello el que se tardare en abrir la sepultura.

—Eso haré yo de muy buena gana —dijo Vivaldo.

Y como todos los circunstantes tenían el mesmo deseo, se le pusieron a la redonda, y él, leyendo en voz clara, vio que así decía:

CAPÍTULO XIV

Donde se ponen los versos desesperados[1] del difunto pastor, con otros no esperados sucesos

Canción de Grisóstomo

Ya que quieres, cruel, que se publique
de lengua en lengua y de una en otra gente[a]
del áspero rigor tuyo la fuerza,
haré que el mesmo infierno comunique
al triste pecho mío un son doliente,
con que el uso común de mi voz tuerza.
Y al par de mi deseo, que se esfuerza

___

[1] *versos desesperados*] En el c. anterior se le dio a esta composición el título «Canción desesperada», y aquí se le llama «Canción de Grisóstomo». En 1867 José M.ª Asensio (**245,** p. 23-28) encontró en la Biblioteca Colombina de Sevilla un ms. de esta poesía con el título «Canción desesperada», que luego Adolfo de Castro reprodujo en *Obras inéditas de Cervantes,* p. 179-185, señalando notables variantes[af]. A principios del c. 12, p. 161, el mozo declara que se murmura en la aldea que Gri-

a decir mi dolor y tus hazañas,
de la espantable voz irá el acento,
y en él mezcladas[2] por mayor tormento,
pedazos de las míseras entrañas.
Escucha, pues, y presta atento oído,
no al concertado son, sino al rüido
que de lo hondo de mi amargo pecho,
llevado de un forzoso desvarío,
por gusto mío[3]   sale y tu despecho.
El rugir del león, del lobo fiero
el temeroso aullido, el silbo horrendo
de escamosa serpiente, el espantable
baladro[4] de algún monstruo, el agorero
graznar de la corneja, y el estruendo
del viento contrastado en mar instable;
del ya vencido toro el implacable
bramido, y de la viuda tortolilla
el sentible arrullar; el triste canto
del envidiado búho[5], con el llanto
de toda la infernal negra cuadrilla,
salgan con la doliente ánima fuera[6],
mezclados en un son, de tal manera,
que se confundan los sentidos todos,
pues la pena cruel que en mí se halla
para contalle pide nuevos modos.

De tanta confusión no las arenas
del padre Tajo oirán los tristes ecos,

---

sóstomo «ha muerto de amores» de Marcela, y en *la prosa* del texto no
se aclara que el fingido pastor se ha suicidado. Además, los versos in-
culpan a la amada de haber provocado celos, de engaños e infidelidad,
lo cual ha motivado el suicidio, pero que contradice el relato en prosa
de la honradez y honestidad de Marcela. Es evidente que Cervantes
intercaló esta canción que habría escrito algunos años antes (1595-7?)
en el relato en prosa, y que las contradicciones entre la versión en prosa
y la de los versos sobre la muerte del pastor se deben a que la concepción
novelística que representa Grisóstomo en su arte no correspondía del
todo a las circunstancias implícitas en la poesía. Obsérvese que solo en
la prosa resulta ambigua la explicación de esta muerte.
    [2] *mezcladas*] se refiere a *entrañas*[b].
    [3] Hay rima interna en el último verso de cada estancia, que consuena
(en la cuarta y quinta sílaba) con la palabra final del verso anterior[b].
    [4] *baladro*] alarido o grito desentonado y espantoso[c].
    [5] *del envidiado búho*] Alude a la creencia popular que las aves de
cetrería atacaban los ojos del búho por envidia de su grandeza y belleza[bc].
    [6] Sabido[b] es que Cervantes utilizó el verso 606 de la Égloga II de
Garcilaso en tres ocasiones, aquí y en *La Galatea*, ed. Clás. Cast., I,
p. 180, y *PyS*, ed. Castalia, p. 171.

ni del famoso Betis las olivas:
que allí se esparcirán mis duras penas
en altos riscos y en profundos huecos,
con muerta lengua y con palabras vivas,
o ya en escuros valles, o en esquivas
playas, desnudas de contrato humano,
o adonde el sol jamás mostró su lumbre,
o entre la venenosa muchedumbre
de fieras que alimenta el libio llano[7];
que, puesto que en los páramos desiertos
los ecos roncos de mi mal, inciertos,
suenen con tu rigor tan sin segundo,
por privilegio de mis cortos hados,
serán llevados   por el ancho mundo.

Mata un desdén, atierra[8] la paciencia,
o verdadera o falsa, una sospecha;
matan los celos con rigor más fuerte;
desconcierta la vida larga ausencia;
contra un temor de olvido no aprovecha
firme esperanza de dichosa suerte.
En todo hay cierta, inevitable muerte;
mas yo, ¡milagro nunca visto!, vivo
celoso, ausente, desdeñado y cierto
de las sospechas que me tienen muerto,
y en el olvido en quien mi fuego avivo,
y, entre tantos tormentos, nunca alcanza
mi vista a ver en sombra[9] a la esperanza,
ni yo, desesperado, la procuro;
antes, por estremarme en mi querella,
estar sin ella   eternamente juro.

¿Puédese, por ventura, en un instante
esperar y temer, o es bien hacello,
siendo las causas del temor más ciertas?
¿Tengo, si el duro celo[10] está delante,
de cerrar estos ojos, si he de vello
por mil heridas en el alma abiertas?
¿Quién no abrirá de par en par las puertas
a la desconfianza, cuando mira
descubierto el desdén, y las sospechas,
¡oh amarga conversión!, verdades hechas,
y la limpia verdad vuelta en mentira?

[7] *el libio llano*] la llanura de Libia, en África.
[8] *atierra*] 'echa por tierra, abate'[8].
[9] *en sombra*] 'aun en sombra'.
[10] *celo*] 'celos'[b].

¡Oh, en el reino de amor fieros tiranos
celos, ponedme un hierro en estas manos!
Dame, desdén, una torcida soga.
Mas, ¡ay de mí!, que, con cruel vitoria,
vuestra memoria   el sufrimiento ahoga.

Yo muero, en fin; y porque nunca espere
buen suceso en la muerte ni en la vida,
pertinaz estaré en mi fantasía.
Diré que va acertado el que bien quiere,
y que es más libre el alma más rendida
a la de amor antigua tiranía.
Diré que la enemiga siempre mía   Marcela
hermosa el alma como el cuerpo tiene,
y que su olvido de mi culpa nace,
y que en fe de los males que nos hace,
amor su imperio en justa paz mantiene.
Y con esta opinión y un duro lazo,
acelerando el miserable plazo
a que me han conducido sus desdenes,
ofreceré a los vientos cuerpo y alma,
sin lauro o palma   de futuros bienes.

Tú, que con tantas sinrazones muestras
la razón que me fuerza a que la haga
a la cansada vida que aborrezco,
pues ya ves que te da las notorias muestras
esta del corazón profunda llaga,
de como alegre a tu rigor me ofrezco,
si, por dicha, conoces que merezco
que el cielo claro de tus bellos ojos
en mi muerte se turbe, no lo hagas;
que no quiero que en nada satisfagas,
al darte de mi alma los despojos.
Antes, con risa en la ocasión funesta
descubre que el fin mío fue tu fiesta;
mas gran simpleza es avisarte desto,
pues sé que está tu gloria conocida
en que mi vida   llegue al fin tan presto.

Venga, que es tiempo ya, del hondo abismo
Tántalo con su sed[11]; Sísifo venga
con el peso terrible de su canto;

---

[11] Cita en seguida los malvados más famosos de la mitología pagana,
atormentados en los infiernos[bc]. Cf. *La Galatea*, ed. Avalle-Arce, Clás.
Cast., II, p. 50-51.

Ticio traya su buitre, y ansimismo
con su rueda Egïón no se detenga,
ni las hermanas[12] que trabajan tanto,
y todos juntos su mortal[13] quebranto
trasladen en mi pecho, y en voz baja
—si ya a un desesperado son debidas—
canten obsequias[14] tristes, doloridas,
al cuerpo, a quien se niegue aun la mortaja.
Y el portero infernal de los tres rostros[15],
con otras mil quimeras y mil monstros,
lleven el doloroso contrapunto;
que otra pompa mejor no me parece
que la merece   un amador difunto.

Canción desesperada, no te quejes
cuando mi triste compañía dejes;
antes, pues, que la causa do naciste
con mi desdicha augmenta su ventura,
aun en la sepultura   no estés triste.

Bien les pareció, a los que escuchado habían, la canción
de Grisóstomo, puesto que el que la leyó dijo que no le
parecía que conformaba con la relación que él había oído
del recato y bondad de Marcela, porque en ella se quejaba
Grisóstomo de celos, sospechas y de ausencia, todo en perjuicio del buen crédito y buena fama de Marcela. A lo cual
respondió Ambrosio, como aquel que sabía bien los más
escondidos pensamientos de su amigo:
—Para que, señor, os satisfagáis desa duda, es bien que
sepáis que cuando este desdichado escribió esta canción
estaba ausente de Marcela, de quien él se había ausentado
por su voluntad, por ver si usaba con él la ausencia de sus
ordinarios fueros; y como al enamorado ausente no hay
cosa que no le fatigue ni temor que no le dé alcance, así
le fatigaban a Grisóstomo los celos imaginados y las sospechas temidas como si fueran verdaderas[b]. Y con esto
queda en su punto la verdad que la fama pregona de la
bondad de Marcela; la cual[16] fuera de ser cruel, y un poco

[12] Las hijas de Dánao, condenadas en el infierno a sacar agua con
cubas agujereadas[c].
[13] *mortal*] En el ms. Colombino se lee *inmortal*, que parece más
lógico; pero *mortal* significa también 'mortífero', 'capaz de dar muerte'[e].
[14] *obsequias*] exequias.
[15] El perro Cerbero o Cancerbero de tres caras que guardaba las
puertas del infierno.
[16] *la cual*] a la cual[a].

arrogante, y un mucho desdeñosa, la mesma envidia ni debe ni puede ponerle falta alguna.

—Así es la verdad —respondió Vivaldo.

Y queriendo leer otro papel de los que había reservado del fuego, lo estorbó una maravillosa visión —que tal parecía ella— que improvisamente se les ofreció a los ojos; y fue que, por cima de la peña donde se cavaba la sepultura, pareció la pastora Marcela, tan hermosa, que pasaba a su fama su hermosura. Los que hasta entonces no la habían visto la miraban con admiración y silencio; y los que ya estaban acostumbrados a verla no quedaron menos suspensos que los que nunca la habían visto. Mas apenas la hubo visto Ambrosio, cuando con muestras de ánimo indignado le dijo:

—¿Vienes a ver, por ventura, ¡oh fiero basilisco destas montañas!, si con tu presencia vierten sangre las heridas deste miserable a quien tu crueldad quitó la vida?[17] ¿O vienes a ufanarte en las crueles hazañas de tu condición, o a ver desde esa altura, como otro despiadado Nero, el incendio de su abrasada Roma, o a pisar arrogante este desdichado cadáver, como la ingrata hija al de su padre Tarquino?[18] Dinos presto a lo que vienes, o qué es aquello de que más gustas; que por saber yo que los pensamientos de Grisóstomo jamás dejaron de obedecerte en vida, haré que, aun él muerto, te obedezcan los de todos aquellos que se llamaron sus amigos.

—No vengo, ¡oh Ambrosio!, a ninguna cosa de las que has dicho —respondió Marcela—, sino a volver por mí misma, y a dar a entender cuán fuera de razón van todos aquellos que de sus penas y de la muerte de Grisóstomo me culpan; y así, ruego a todos los que aquí estáis me estéis atentos, que no será menester mucho tiempo ni gastar muchas palabras para persuadir una verdad a los discretos. Hízome el cielo, según vosotros decís, hermosa, y de tal manera, que, sin ser poderosos a otra cosa, a que me améis os mueve mi hermosura, y por el amor que me mostráis,

---

[17] En el derecho de la Edad Media existió la *lex feretri*, según la cual el acusado de homicidio podía ser llevado a la presencia de su víctima para ver si las heridas volvían a verter sangre, probando en tal caso su culpaᵃ. Fue superstición muy extendida en los siglos anteriores a Cervantes y tópico cultivado por poetas, RM, t. 9, p. 204-210.

[18] Cervantes, como otros autores anteriores, confunde a Tarquino, esposo de Tulia, con el padre de ésta, Servio Tulioᵃᵇ.

decís, y aun queréis, que esté yo obligada a amaros. Yo
conozco, con el natural entendimiento que Dios me ha
dado, que todo lo hermoso es amable; mas no alcanzo
que, por razón de ser amado, esté obligado lo que es amado
por hermoso a amar a quien le ama. Y más, que podría
acontecer que el amador de lo hermoso fuese feo, y siendo
lo feo digno de ser aborrecido, cae muy mal el decir: «Quiérote por hermosa; hasme de amar aunque sea feo.» Pero,
puesto caso que[19] corran igualmente las hermosuras, no por
eso han de correr iguales los deseos, que no todas las hermosuras enamoran; que algunas alegran la vista y no rinden la voluntad; que si todas las bellezas enamorasen y
rindiesen, sería un andar las voluntades confusas y desca-
minadas, sin saber en cuál habían de parar; porque, siendo infinitos los sujetos hermosos, infinitos habían de ser
los deseos. Y, según yo he oído decir, el verdadero amor no
se divide, y ha de ser voluntario, y no forzoso. Siendo esto
así, como yo creo que lo es, ¿por qué queréis que rinda mi
voluntad por fuerza, obligada no más de que decís que
me queréis bien? Si no, decidme: si como el cielo me hizo
hermosa me hiciera fea, ¿fuera justo que me quejara de
vosotros porque no me amábades? Cuanto más, que habéis
de considerar que yo no escogí la hermosura que tengo,
que, tal cual es, el cielo me la dio de gracia, sin yo pedilla
ni escogella. Y, así como la víbora no merece ser culpada
por la ponzoña que tiene, puesto que con ella mata, por
habérsela dado naturaleza, tampoco yo merezco ser reprehen-
dida por ser hermosa; que la hermosura en la mujer honesta es como el fuego apartado o como la espada aguda, que
ni él quema ni ella corta a quien a ellos no se acerca. La honra
y las virtudes son adornos del alma, sin las cuales el cuerpo, aunque lo sea, no debe de parecer hermoso. Pues si la
honestidad es una de las virtudes que al cuerpo y alma
más adornan y hermosean, ¿por qué la ha de perder la que
es amada por hermosa, por corresponder a la intención
de aquel que, por sólo su gusto, con todas sus fuerzas e
industrias procura que la pierda? Yo nací libre, y para
poder vivir libre escogí la soledad de los campos. Los árboles
destas montañas son mi compañía, las claras aguas destos
arroyos mis espejos; con los árboles y con las aguas
comunico mis pensamientos y hermosura. Fuego soy apar-

---

[19] *puesto caso que*] aunque.

tado y espada puesta lejos. A los que he enamorado con la vista he desengañado con las palabras. Y si los deseos se sustentan con esperanzas, no habiendo yo dado alguna a Grisóstomo ni a otro alguno, en fin[f], de ninguno dellos, bien se puede decir que antes le mató su porfía que mi crueldad. Y si se me hace cargo que eran honestos sus pensamientos, y que por esto estaba obligada a corresponder a ellos, digo que cuando en ese mismo lugar donde ahora se cava su sepultura me descubrió la bondad de su intención, le dije yo que la mía era vivir en perpetua soledad, y de que sola la tierra gozase el fruto de mi recogimiento y los despojos de mi hermosura; y si él, con todo este desengaño, quiso porfiar contra la esperanza y navegar contra el viento, ¿qué mucho que se anegase en la mitad del golfo de su desatino? Si yo le entretuviera, fuera falsa; si le contentara, hiciera contra mi mejor intención y prosupuesto. Porfió desengañado, desesperó sin ser aborrecido: ¡mirad ahora si será razón que de su pena se me dé a mí la culpa! Quéjese el engañado, desespérese aquel a quien le faltaron las prometidas esperanzas, confíese el que yo llamare, ufánese el que yo admitiere; pero no me llame cruel ni homicida aquel a quien yo no prometo, engaño, llamo ni admito. El cielo aún hasta ahora no ha querido que yo ame por destino y el pensar que tengo de amar por elección es escusado. Este general desengaño sirva a cada uno de los que me solicitan de su particular provecho; y entiéndase de aquí adelante que si alguno por mí muriere, no muere de celoso ni desdichado, porque quien a nadie quiere, a ninguno debe dar celos; que los desengaños no se han de tomar en cuenta de desdenes. El que me llama fiera y basilisco, déjeme como cosa perjudicial y mala; el que me llama ingrata, no me sirva; el que desconocida[20], no me conozca; quien cruel, no me siga; que esta fiera, este basilisco, esta ingrata, esta cruel y esta desconocida, ni los buscará, servirá, conocerá ni seguirá en ninguna manera. Que si a Grisóstomo mató su impaciencia y arrojado deseo, ¿por qué se ha de culpar mi honesto proceder y <u>recato</u>? Si yo conservo mi limpieza con la compañía de los árboles, ¿por qué ha de querer que la pierda el que quiere que la tenga con los hombres? Yo, como sabéis, tengo riquezas propias y no codicio las ajenas; tengo libre condición y

---

[20] *desconocida*] desagradecida, ingrata.

no gusto de sujetarme; ni quiero ni aborrezco a nadie. No engaño a éste, ni solicito aquél; ni burlo con uno, ni me entretengo con el otro. La conversación honesta de las zagalas destas aldeas y el cuidado de mis cabras me entretiene. Tienen mis deseos por término estas montañas, y si de aquí salen, es a contemplar la hermosura del cielo, pasos con que camina el alma a su morada primera[h].

Y en diciendo esto, sin querer oír respuesta alguna, volvió las espaldas y se entró por lo más cerrado de un monte que allí cerca estaba, dejando admirados, tanto de su discreción como de su hermosura, a todos los que allí estaban. Y algunos dieron muestras —de aquellos que de la poderosa flecha de los rayos de sus bellos ojos estaban heridos —de quererla seguir, sin aprovecharse del manifiesto desengaño que habían oído. Lo cual visto por don Quijote, pareciéndole que allí venia bien usar de su caballería, socorriendo a las doncellas menesterosas, puesta la mano en el puño de su espada, en altas e inteligibles voces, dijo:

—Ninguna persona, de cualquier estado y condición que sea, se atreva a seguir a la hermosa Marcela, so pena de caer en la furiosa indignación mía. Ella ha mostrado con claras y suficientes razones la poca o ninguna culpa que ha tenido en la muerte de Grisóstomo, y cuán ajena vive de condescender con los deseos de ninguno de sus amantes, a cuya causa es justo que, en lugar de ser seguida y perseguida, sea honrada y estimada de todos los buenos del mundo, pues muestra que en él ella es sola la que con tan honesta intención vive.

O ya que fuese por las amenazas de don Quijote, o porque Ambrosio les dijo que concluyesen con lo que a su buen amigo debían, ninguno de los pastores se movió ni apartó de allí hasta que, acabada la sepultura y abrasados los papeles de Grisóstomo, pusieron su cuerpo en ella, no sin muchas lágrimas de los circunstantes. Cerraron la sepultura con una gruesa peña, en tanto que se acababa una losa que, según Ambrosio dijo, pensaba mandar hacer, con un epitafio que había de decir desta manera:

Yace aquí de un amador
el mísero cuerpo helado,
que fue pastor de ganado,
perdido[b] por desamor.

Murió a manos del rigor
de una esquiva hermosa ingrata,
con quien su imperio dilata
la tiranía de amor.

Luego esparcieron por cima de la sepultura muchas flores y ramos, y, dando todos el pésame a su amigo Ambrosio, se despidieron dél. Lo mesmo hicieron Vivaldo y su compañero, y don Quijote se despidió de sus huéspedes y de los caminantes, los cuales le rogaron se viniese con ellos a Sevilla[b], por ser lugar tan acomodado a hallar aventuras, que en cada calle y tras cada esquina se ofrecen más que en otro alguno. Don Quijote les agradeció el aviso y el ánimo que mostraban de hacerle merced, y dijo que por entonces no quería ni debía ir a Sevilla, hasta que hubiese despojado todas aquellas sierras de ladrones malandrines, de quien era fama que todas estaban llenas. Viendo su buena determinación, no quisieron los caminantes importunarle más, sino, tornándose a despedir de nuevo, le dejaron y prosiguieron su camino, en el cual no les faltó de qué tratar, así de la historia de Marcela y Grisóstomo como de las locuras de don Quijote. El cual determinó de ir a buscar a la pastora Marcela y ofrecerle todo lo que él podía en su servicio. Mas no le avino como él pensaba, según se cuenta en el discurso desta verdadera historia, dando aquí fin la segunda parte.

TERCERA PARTE DEL INGENIOSO HIDALGO DON QUIJOTE DE LA MANCHA

CAPÍTULO XV

Donde se cuenta la desgraciada aventura que se topó don Quijote en topar con unos desalmados yangüeses[1]

UENTA el sabio Cide Hamete Benengeli que, así como don Quijote se despidió de sus huéspedes y de todos los que se hallaron al entierro del pastor Grisóstomo, él y su escudero se entraron por el mesmo bosque donde vieron que se había entrado la pastora Marcela; y, habiendo andado más de dos horas por él, buscándola por todas partes sin poder hallarla, vinieron a parar a un prado lleno de fresca yerba, junto del cual corría un arroyo apacible y fresco; tanto, que convidó y forzó a pasar allí las horas de la siesta, que rigurosamente comenzaba ya a entrar.

Apeáronse don Quijote y Sancho y, dejando al jumento y a Rocinante a sus anchuras pacer de la mucha yerba que allí había, dieron saco a las alforjas, y, sin cerimonia alguna, en buena paz y compañía, amo y mozo comieron lo que en ellas hallaron.

No se había curado Sancho de echar sueltas a Rocinante, seguro de que le conocía por tan manso y tan poco rijoso[2], que todas las yeguas de la dehesa de Córdoba no le hicieran

[1] *yangüeses*] Dos veces se les llama *yangüeses* en la ed. pr., en el epígrafe del c. 10 (*V.* mi nota) y aquí. Pero en el texto de este c. se les llama siempre arrieros *gallegos*, y sus hacas son *galicianas.* Yangüeses serían naturales de Yanguas (hay dos lugares así llamados, en las actuales provincias de Soria y Segovia)[b]. A partir de la 2.ª ed. de 1605 los arrieros dejan de ser *gallegos* para ser siempre *yangüeses*, y así en el texto de la Segunda Parte de 1615, c. 3, p. 61. Esta denominación se ha impuesto, pues Cervantes mismo la aceptó, y lo más probable es que *yangüeses* en los epígrafes no sea error del impresor[a], sino que se deba a él (*V.* **455.3**).
[2] *rijoso*] «*Caballo rijoso:* el inquieto, particularmente cuando ven las yeguas, y siempre se lleva mal con los otros caballos», Cov. 910.b.47.

190

tomar mal[b] siniestro[3]. Ordenó, pues, la suerte, y el diablo, que no todas veces duerme, que andaban por aquel valle paciendo una manada de hacas galicianas[4] de unos arrieros gallegos, de los cuales es costumbre sestear con su recua en lugares y sitios de yerba y agua; y aquel donde acertó a hallarse don Quijote era muy a propósito de los gallegos.

Sucedió, pues, que a Rocinante le vino en deseo de refocilarse con las señoras facas, y saliendo, así como las olió, de su natural paso y costumbre, sin pedir licencia a su dueño, tomó un trotico algo picadillo y se fue a comunicar su necesidad con ellas. Mas ellas, que, a lo que pareció, debían de tener más gana de pacer que de él[5], recibiéronle con las herraduras y con los dientes, de tal manera, que a poco espacio se le rompieron las cinchas, y quedó sin silla, en pelota[6]. Pero lo que él debió más de sentir fue que, viendo los arrieros la fuerza que a sus yeguas se les hacía, acudieron con estacas, y tantos palos le dieron, que le derribaron malparado en el suelo.

Ya en esto, don Quijote y Sancho, que la paliza de Rocinante habían visto, llegaban ijadeando; y dijo don Quijote a Sancho:

—A lo que yo veo, amigo Sancho, éstos no son caballeros, sino gente soez y de baja ralea. Dígolo, porque bien me puedes ayudar a tomar la debida venganza del agravio que delante de nuestros ojos se le ha hecho a Rocinante.

—¿Qué diablos de venganza hemos de tomar —respondió Sancho—, si éstos son más de veinte, y nosotros no más de dos, y aun quizá nosotros sino uno y medio?

—Yo valgo por ciento —replicó don Quijote.

Y sin hacer más discursos, echó mano a su espada y arremetió a los gallegos, y lo mesmo hizo Sancho Panza, incitado y movido del ejemplo de su amo. Y, a las primeras, dio don Quijote una cuchillada a uno, que le abrió un sayo de cuero de que venía vestido, con gran parte de la espalda.

Los gallegos, que se vieron maltratar de aquellos dos hombres solos, siendo ellos tantos, acudieron a sus estacas, y, cogiendo a los dos en medio, comenzaron a menudear sobre ellos con grande ahínco y vehemencia. Verdad es

---

[3] *siniestro*[b]]   «el vicio y mala costumbre que tiene o el hombre o la bestia», Cov. 940.a.23.

[4] *hacas galicianas*]   o sea jacas gallegas[bc].

[5] *ál*]   'otra cosa'[b].

[6] *en pelota*]   'en cueros', se dice de personas, CS.

que al segundo toque dieron con Sancho en el suelo, y lo mesmo le avino a don Quijote, sin que le valiese su destreza y buen ánimo; y quiso su ventura que viniese a caer a los pies de Rocinante, que aún no se había levantado; donde se echa de ver la furia con que machacan estacas puestas en manos rústicas y enojadas.

Viendo, pues, los gallegos el mal recado que habían hecho, con la mayor presteza que pudieron cargaron su recua y siguieron su camino, dejando a los dos aventureros de mala traza y de peor talante.

El primero que se resintió fue Sancho Panza; y hallándose junto a su señor, con voz enferma y lastimada, dijo:

—¡Señor don Quijote! ¡Ah, señor don Quijote!

—¿Qué quieres, Sancho hermano? —respondió don Quijote con el mesmo tono afeminado y doliente que Sancho.

—Querría, si fuese posible —respondió Sancho Panza—, que vuestra merced me diese dos tragos de aquella bebida del feo Blas[7], si es que la tiene vuestra merced ahí a mano. Quizá será de provecho para los quebrantamientos de huesos como lo es para las feridas.

—Pues, a tenerla yo aquí, desgraciado yo, ¿qué nos faltaba? —respondió don Quijote—. Mas yo te juro, Sancho Panza, a fe de caballero andante, que antes que pasen dos días, si la fortuna no ordena otra cosa, la tengo de tener en mi poder, o mal me han de andar las manos[8]

—Pues ¿en cuántos le parece a vuestra merced que podremos mover los pies? —replicó Sancho Panza.

—De mí sé decir —dijo el molido caballero don Quijote— que no sabré poner término a esos días. Mas yo me tengo la culpa de todo; que no había de poner mano a la espada contra hombres que no fuesen armados caballeros como yo; y así, creo que, en pena de haber pasado[9] las leyes de la caballería, ha permitido el dios de las batallas que se me diese este castigo. Por lo cual, Sancho Panza, conviene que estés advertido en esto que ahora te diré, porque importa mucho a la salud de entrambos; y es que, cuando veas que semejante canalla nos hace algún agravio, no aguardes a que yo ponga mano al espada para ellos, por-

---

[7] *aquella bebida del feo Blas*]   el bálsamo de Fierabrás.
[8] *o mal me han de andar las manos*]   'o seré muy torpe'. Cf. I.43, p. 525.
[9] *pasado*]   infringido, quebrantado[b].

que no lo haré en ninguna manera, sino pon tú mano a tu espada y castígalos muy a tu sabor; que si en su ayuda y defensa acudieren caballeros, yo te sabré defender y ofendellos con todo mi poder, que ya habrás visto por mil señales y experiencias hasta adónde se estiende el valor de este mi fuerte brazo.

Tal quedó de arrogante el pobre señor con el vencimiento del valiente vizcaíno. Mas no le pareció tan bien a Sancho Panza el aviso de su amo, que dejase de responder, diciendo:

—Señor, yo soy hombre pacífico, manso, sosegado, y sé disimular cualquiera injuria, porque tengo mujer y hijos que sustentar y criar. Así, que séale a vuestra merced también aviso, pues no puede ser mandato, que en ninguna manera pondré mano a la espada, ni contra villano ni contra caballero; y que, desde aquí para delante de Dios[10], perdono cuantos agravios me han hecho y han de hacer, ora me los haya hecho, o haga, o haya de hacer, persona alta o baja, rico o pobre, hidalgo o pechero[11] sin eceptar estado ni condición alguna.

—Lo cual, oído por su amo, le respondió:

—Quisiera tener aliento para poder hablar un poco descansado, y que el dolor que tengo en esta costilla se aplacara tanto cuanto[12], para darte a entender, Panza, en el error en que estás. Ven acá, pecador: si el viento de la fortuna, hasta ahora tan contrario, en nuestro favor se vuelve, llevándonos las velas del deseo para que seguramente y sin contraste alguno tomemos puerto en alguna de las ínsulas que te tengo prometida, ¿qué sería de ti, si, ganándola yo, te hiciese señor della? Pues ¿lo vendrás a imposibilitar por no ser caballero, ni quererlo ser, ni tener valor ni intención de vengar tus injurias y defender tu señorío? Porque has de saber que en los reinos y provincias nuevamente conquistados nunca están tan quietos los ánimos de sus naturales, ni tan de parte del nuevo señor, que no se tengan temor de que han de hacer alguna novedad para alterar de nuevo las cosas, y volver, como dicen, a probar ventura; y así, es menester que el nuevo posesor tenga en-

[10] *desde aquí para delante de Dios*] 'desde ahora hasta mi muerte'.
[11] *pechero*] el que está obligado, como plebeyo, a pagar pecho (o pechar), o sea pagar tributos de que están exentos los hidalgos, Cov. 858.b.44.
[12] *tanto cuanto*] 'algo, lo suficiente'[b].

tendimiento para saberse gobernar y valor para ofender y defenderse en cualquiera acontecimiento.

—En este que ahora nos ha acontecido —respondió Sancho—, quisiera yo tener ese entendimiento y ese valor que vuestra merced dice; mas yo le juro, a fe de pobre hombre, que más estoy para bizmas[13] que para pláticas. Mire vuestra merced si se puede levantar, y ayudaremos a Rocinante, aunque no lo merece, porque él fue la causa principal de todo este molimiento. Jamás tal creí de Rocinante; que le tenía por persona casta y tan pacífica como yo. En fin, bien dicen que es menester mucho tiempo para venir a conocer las personas, y que no hay cosa segura en esta vida. ¿Quién dijera que tras de aquellas tan grandes cuchilladas como vuestra merced dio a aquel desdichado caballero andante, había de venir por la posta[14] y en seguimiento suyo esta tan grande tempestad de palos que ha descargado sobre nuestras espaldas?

—Aun las tuyas, Sancho —replicó don Quijote—, deben de estar hechas a semejantes nublados; pero las mías, criadas entre sinabafas[15] y holandas, claro está que sentirán más el dolor desta desgracia. Y si no fuese porque imagino..., ¿qué digo imagino?, sé muy cierto, que todas estas incomodidades son muy anejas al ejercicio de las armas, aquí me dejaría morir de puro enojo.

A esto replicó el escudero:

—Señor, ya que estas desgracias son de la cosecha de la caballería, dígame vuestra merced si suceden muy a menudo, o si tienen sus tiempos limitados en que acaecen; porque me parece a mí que a dos cosechas quedaremos inútiles para la tercera, si Dios, por su infinita misericordia, no nos socorre.

—Sábete, amigo Sancho —respondió don Quijote—, que la vida de los caballeros andantes está sujeta a mil peligros y desventuras, y ni más ni menos está en potencia propincua de ser los caballeros andantes reyes y emperadores, como lo ha mostrado la experiencia[c] en muchos y diversos caballeros, de cuyas historias yo tengo entera noticia. Y pudiérate contar agora, si el dolor me diera lugar, de algunos que sólo por el valor de su brazo han subido a los altos grados que he contado, y estos mesmos se vieron

[13] *bizmas*] emplastos.
[14] *por la posta*] con prisa, rápidamente.
[15] *sinabafas*] tela muy fina y delgada, como la holanda[a].

antes y después en diversas calamidades y miserias. Porque el valeroso Amadís de Gaula se vio en poder de su mortal enemigo Arcalaus, el encantador, de quien se tiene por averiguado que le dio, teniéndole preso, más de docientos azotes con las riendas de su caballo, atado a una coluna de un patio. Y aun hay un autor secreto, y de no poco crédito, que dice que, habiendo cogido al Caballero del Febo con una cierta trampa que se le hundió debajo de los pies[c], en un cierto castillo, y al caer, se halló en una honda sima debajo de tierra, atado de pies y manos, y allí le echaron unas destas que llamas melecinas[16], de agua de nieve y arena, de lo que llegó muy al cabo; y si no fuera socorrido en aquella gran cuita de un sabio grande amigo suyo, lo pasara muy mal el pobre caballero. Ansí, que bien puedo yo pasar entre tanta buena gente; que mayores afrentas son las que éstos pasaron que no las que ahora nosotros pasamos. Porque quiero hacerte sabidor, Sancho, que no afrentan las heridas que se dan con los instrumentos que acaso se hallan en las manos[a]; y esto está en la ley del duelo, escrito por palabras expresas: que si el zapatero da a otro con la horma que tiene en la mano, puesto que verdaderamente es de palo, no por eso se dirá que queda apaleado aquel a quien dio con ella. Digo esto porque no pienses que, puesto que quedamos desta pendencia molidos, quedamos afrentados, porque las armas que aquellos hombres traían, con que nos machacaron, no eran otras que sus estacas, y ninguno dellos, a lo que se me acuerda, tenía estoque, espada ni puñal.

—No me dieron a mí lugar —respondió Sancho— a que mirase en tanto; porque apenas puse mano a mi tizona[17], cuando me santiguaron[b] los hombros con sus pinos, de manera que me quitaron la vista de los ojos y la fuerza de los pies, dando conmigo adonde ahora yago, y adonde no me da pena alguna el pensar si fue afrenta o no lo de los estacazos, como me la da el dolor de los golpes, que me han de quedar tan impresos en la memoria como en las espaldas.

—Con todo eso, te hago saber, hermano Panza —replicó don Quijote—, que no hay memoria a quien el tiempo no acabe, ni dolor que muerte no le consuma.

[16] *melecinas*] 'lavativa' que se recibe por el sieso[eb], Cov. 797.b.40.
[17] *mi tizona*] 'mi espada'[bc], socarronería de Sancho, pues no lleva espada.

—Pues ¿qué mayor desdicha puede ser —replicó Panza— de aquella que aguarda al tiempo que la consuma y a la muerte que la acabe? Si esta nuestra desgracia fuera de aquellas que con un par de bizmas se curan, aun no tan malo; pero voy viendo que no han de bastar todos los emplastos de un hospital para ponerlas en buen término siquiera.

—Déjate deso y saca fuerzas de flaqueza, Sancho —respondió don Quijote—, que así haré yo, y veamos cómo está Rocinante; que, a lo que me parece, no le ha cabido al pobre la menor parte desta desgracia.

—No hay de qué maravillarse deso —respondió Sancho—, siendo él tan buen caballero andante; de lo que yo me maravillo es de que mi jumento haya quedado libre y sin costas donde nosotros salimos sin costillas.

—Siempre deja la ventura una puerta abierta en las desdichas, para dar remedio a ellas —dijo don Quijote—. Dígolo, porque esa bestezuela podrá suplir ahora la falta de Rocinante, llevándome a mí desde aquí a algún castillo donde sea curado de mis feridasᶜ. Y más, que no tendré a deshonra la tal caballería, porque me acuerdo haber leído que aquel buen viejo Silenoᶜ, ayo y pedagogo del alegre dios de la risa[18], cuando entró en la ciudad de las cien puertas iba, muy a su placer, caballero sobre un muy hermoso asnoª.

—Verdad será que él debía de ir caballero, como vuestra merced dice —respondió Sancho—; pero hay grande diferencia del ir caballero al ir atravesado como costal de basura.

A lo cual respondió don Quijote:

—Las feridas que se reciben en las batallas, antes dan honra que la quitan; así que, Panza amigo, no me repliques más, sino, como ya te he dicho, levántate lo mejor que pudieres, y ponme de la manera que más te agradare encima de tu jumento, y vamos de aquí antes que la noche venga y nos saltee en este despoblado.

—Pues yo he oído decir a vuestra merced —dijo Panza— que es muy de caballeros andantes el dormir en los

[18] *dios de la risa*] Baco. La ciudad de cinco puertas, según Homero, fue la Tebas de Egipto. Sileno está relacionado con la Tebas de Beocia, patria de Baco. La identificación de la Tebas de Egipto con la de Grecia ya aparece en Juan de Mena [*Laberinto*, 38gh]; cf. M. R. Lida de Malkiel, *Juan de Mena, poeta del prerrenacimiento español* (México, 1950), p. 277-8.

páramos y desiertos lo más del año, y que lo tienen a mucha ventura.

—Eso es —dijo don Quijote— cuando no pueden más o cuando están enamorados; y es tan verdad esto, que ha habido caballero que se ha estado sobre una peña, al sol, y a la sombra, y a las inclemencias del cielo, dos años, sin que lo supiese su señora. Y uno déstos fue Amadís cuando, llamándose Beltenebros, se alojó en la Peña Pobre[19], ni sé si ocho años o ocho meses, que no estoy muy bien en la cuenta; basta que él estuvo allí haciendo penitencia, por no sé qué sinsabor que le hizo la señora Oriana. Pero dejemos ya esto, Sancho, y acaba, antes que suceda otra desgracia al jumento, como a Rocinante.

—Aun ahí sería el diablo[20] —dijo Sancho.

Y despidiendo treinta ayes, y sesenta sospiros, y ciento y veinte pésetes[b] y reniegos de quien allí le había traído, se levantó, quedándose agobiado en la mitad del camino, como arco turquesco[21], sin poder acabar de enderezarse; y con todo este trabajo aparejó su asno, que también había andado algo destraído con la demasiada libertad de aquel día. Levantó luego a Rocinante, el cual, si tuviera lengua con que quejarse, a buen seguro que Sancho ni su amo no le fueran en zaga.

En resolución, Sancho acomodó a don Quijote sobre el asno y puso de reata a Rocinante, y llevando al asno de cabestro, se encaminó, poco más a menos, hacia donde le pareció que podía estar el camino real. Y la suerte, que sus cosas de bien en mejor iba guiando, aún no hubo andado una pequeña legua, cuando le deparó el camino, en el cual descubrió una venta que, a pesar suyo y gusto de don Quijote, había de ser castillo. Porfiaba Sancho que era venta, y su amo que no, sino castillo; y tanto duró la porfía, que tu-

[19] *Beltenebros... Peña Pobre*] Se refiere al episodio del libro II de *Amadís de Gaula* (*V.* c. 25, nota 21) donde dice el ermitaño que le da este nombre: «Yo vos quiero poner vn nombre que será conforme a vuestra persona y angustia en que soys puesto, que vos soys mancebo y muy hermoso y vuestra vida está en grande amargura y en tinieblas; quiero que hayáys nombre Beltenebrós», II, c. 48, p. 396. 'Bel-tenebrós' es, pues, voz aguda, pero Cervantes la conoció como llana, según su texto[b].
[20] *Aun ahí sería el diablo*] 'entonces sí que estaríamos mal'. Cf. Correas 604a, Cov. 468.a.37.
[21] *arco turquesco*] o *arco turqui*. Era de gran longitud y para disparar con él se apoyaba uno de sus extremos en el suelo y quedaba muy encorvado[b].

vieron lugar, sin acabarla, de llegar a ella, en la cual Sancho se entró, sin más averiguación, con toda su recua.

CAPÍTULO XVI

De lo que le sucedió al ingenioso hidalgo en la venta que él imaginaba ser castillo

El ventero, que vio a don Quijote atravesado en el asno, preguntó a Sancho qué mal traía. Sancho le respondió que no era nada, sino que había dado una caída de una peña abajo, y que venía algo brumadas las costillas. Tenía el ventero por mujer a una, no de la condición que suelen tener las de semejante trato, porque naturalmente era caritativa y se dolía de las calamidades de sus prójimos; y así, acudió luego a curar a don Quijote y hizo que una hija suya, doncella, muchacha y de muy buen parecer, la ayudase a curar a su huésped. Servía en la venta, asimesmo, una moza asturiana, ancha de cara, llana de cogote[1], de nariz roma[2], del un ojo tuerta y del otro no muy sana. Verdad es que la gallardía del cuerpo suplía las demás faltas: no tenía siete palmos de los pies a la cabeza, y las espaldas, que algún tanto le cargaban, la hacían mirar al suelo más de lo que ella quisiera. Esta gentil moza, pues, ayudó a la doncella, y las dos hicieron una muy mala cama a don Quijote, en un camaranchón[3] que, en otros tiempos, daba manifiestos indicios que había servido de pajar muchos años. En la cual[4] también alojaba un arriero, que tenía su cama hecha un poco más allá de la de nuestro don Quijote. Y aunque era de las enjalmas[5] y mantas de sus machos, hacía mucha ventaja a la de don Quijote, que sólo contenía cuatro mal lisas tablas, sobre dos no muy iguales bancos, y un colchón que en lo sutil parecía colcha, lleno de bodoques[6], que, a no mostrar que eran de lana por algunas

---

[1] *llana de cogote*] Se suponía vulgarmente que los asturianos no tenían cogote[bc].

[2] *roma*] 'chata'.

[3] *camaranchón*] «el desván de la casa, que sirve de sólo tener en él trastos viejos», Cov. 275.b.10.

[4] *En la cual*] Entiéndase «En la cual venta...».

[5] *enjalmas*] «cierto género de albardoncillo morisco, labrado de paños de diferentes colores», Cov. 526.b.36.

[6] *lleno de bodoques*] Entiéndase que la lana endurecida en bultos

roturas, al tiento, en la dureza, semejaban de guijarro, y
dos sábanas hechas de cuero de adarga, y una frazada[7],
cuyos hilos, si se quisieran contar, no se perdiera uno solo
de la cuenta.

En esta maldita cama se acostó don Quijote, y luego la
ventera y su hija le emplastaron de arriba abajo, alumbrán-
doles Maritornes[b], que así se llamaba la asturiana; y como
al bizmalle viese la ventera tan acardenalado a partes a
don Quijote, dijo que aquello más parecían golpes que caída.

—No fueron golpes —dijo Sancho—; sino que la peña
tenía muchos picos y tropezones. —Y que cada uno había
hecho su cardenal. Y también le dijo—: Haga vuestra merced, señora, de manera que queden algunas estopas, que
no faltará quien las haya menester; que también me duelen
a mí un poco los lomos.

—Desa manera —respondió la ventera— también de-
bistes vos de caer.

—No caí —dijo Sancho Panza—; sino que del sobresalto que tomé de ver caer a mi amo, de tal manera me duele
a mí el cuerpo, que me parece que me han dado mil palos.

—Bien podrá ser eso —dijo la doncella—; que a mí
me ha acontecido muchas veces soñar que caía de una torre
abajo, y que nunca acababa de llegar al suelo, y cuando
despertaba del sueño, hallarme tan molida y quebrantada
como si verdaderamente hubiera caído.

—Ahí está el toque, señora —respondió Sancho Panza—: que yo, sin soñar nada, sino estando más despierto
que ahora estoy, me hallo con pocos menos cardenales que
mi señor don Quijote.

—¿Cómo se llama este caballero? —preguntó la asturiana Maritornes.

—Don Quijote de la Mancha —respondió Sancho Panza—; y es caballero aventurero, y de los mejores y más
fuertes que de luengos tiempos acá se han visto en el mundo.

—¿Qué es caballero aventurero? —replicó la moza.

—¿Tan nueva sois en el mundo que no lo sabéis vos?
—respondió Sancho Panza—. Pues sabed, hermana mía,
que caballero aventurero es una cosa que en dos palabras[8]

---

era como *bodoques*, «pelotilla de barro que se tira con el arco», Cov.
224.b.26.

[7] *frazada*] «la manta tejida de iana, y peluda, que se echa sobre la
cama», Cov. 607.a.59.

[8] *en dos palabras*] 'en un momento'

se ve apaleado y emperador. Hoy está la más desdichada criatura del mundo y la más menesterosa, y mañana tendría dos o tres coronas de reinos que dar a su escudero.

—Pues ¿cómo vos, siéndolo deste tan buen señor —dijo la ventera—, no tenéis, a lo que parece, siquiera algún condado?

—Aún es temprano —respondió Sancho—, porque no ha sino un mes[9] que andamos buscando las aventuras[10], y hasta ahora no hemos topado con ninguna que lo sea. Y tal vez hay que se busca una cosa y se halla otra. Verdad es que, si mi señor don Quijote sana desta herida o caída y yo no quedo contrecho[11] della, no trocaría mis esperanzas con el mejor título de España.

Todas estas pláticas estaba escuchando, muy atento, don Quijote, y sentándose en el lecho como pudo, tomando de la mano a la ventera, le dijo:

—Creedme, fermosa señora, que os podéis llamar venturosa por haber alojado en este vuestro castillo a mi persona, que es tal, que si yo no la alabo es por lo que suele decirse que la alabanza propria envilece[12]; pero mi escudero os dirá quién soy. Sólo os digo que tendré eternamente escrito en mi memoria el servicio que me habedes fecho, para agradecéroslo mientras la vida me durare; y pluguiera a los altos cielos que el amor no me tuviera tan rendido y tan sujeto a sus leyes, y los ojos de aquella hermosa ingrata que digo entre mis dientes; que los desta fermosa doncella fueran señores de mi libertad.

Confusas estaban la ventera y su hija y la buena de Maritornes oyendo las razones del andante caballero, que así las entendían como si hablara en griego, aunque bien alcanzaron que todas se encaminaban a ofrecimiento y requiebros; y, como no usadas[13] a semejante lenguaje, mirábanle y admirábanse y parecíales otro hombre de los que se usaban; y, agradeciéndole con venteriles razones sus ofrecimientos, le dejaron, y la asturiana Maritornes

---

[9] *un mes*] Otra mentira más de Sancho. Hace solo tres días que salieron de su aldea.

[10] *aventuras*] aquí en el sentido de 'suceso venturoso'. Cf. I.20. p. 245.

[11] *contrecho*] maltrecho, tullido, estropeado.

[12] *la alabanza propria envilece*] Recuerda varios proverbios[b]. Lo repite ante el «Caballero del Verde Gabán», II.16, p. 151.

[13] *no usadas*] no acostumbradas.

curó a Sancho, que no menos lo había menester que su amo.

Había[14] el arriero concertado con ella que aquella noche se refocilarían juntos, y ella le había dado su palabra de que, en estando sosegados los huéspedes y durmiendo sus amos, le iría a buscar y satisfacerle el gusto en cuanto le mandase. Y cuéntase desta buena moza que jamás dio semejantes palabras que no las cumpliese, aunque las diese en un monte y sin testigo alguno, porque presumía muy de hidalga, y no tenía por afrenta estar en aquel ejercicio de servir en la venta, porque decía ella que desgracias y malos sucesos la habían traído a aquel estado.

El duro, estrecho, apocado y fementido[15] lecho de don Quijote estaba primero en mitad de aquel estrellado[16] establo, y luego, junto a él, hizo el suyo Sancho, que sólo contenía una estera de enea y una manta, que antes mostraba ser de anjeo tundido[17] que de lana. Sucedía a estos dos lechos el del arriero, fabricado, como se ha dicho, de las enjalmas y de todo el adorno de los dos mejores mulos que traía, aunque eran doce, lucios, gordos y famosos, porque era uno de los ricos arrieros de Arévalo[c], según lo dice el autor desta historia que deste arriero hace particular mención, porque le conocía muy bien, y aun quieren decir que era algo pariente suyo. Fuera de que Cide Mahamate[18] Benengeli fue historiador muy curioso y muy puntual en todas las cosas, y échase bien de ver, pues las que quedan referidas, con ser tan mínimas y tan rateras[19], no las quiso pasar en silencio; de donde podrán tomar ejemplo los historiadores graves, que nos cuentan las acciones tan corta y sucintamente, que apenas nos llegan a los labios, dejándose en el tintero, ya por descuido, por malicia o ignorancia, lo más sustancial de la obra. ¡Bien haya mil

[14] Aquí empieza un largo fragmento que censuró la Inquisición portuguesa en 1624[c].

[15] *fementido*] o 'falso', por la falta de solidez o firmeza.

[16] *estrellado*] porque por las grietas del techo entraba la luz de los astros[b].

[17] *de anjeo tundido*] «anjeo es una tela de estopa o lino basto, que se trae de Francia»; «*tundir*, el abajar el pelo del paño e igualarle con la tijera del oficial que llamamos tundidor. Díjose del verbo *tondeo*», Cov. 120.a.62; 983.a.3.

[18] Así en la ed. pr.[a] La alusión burlesca es a lo mucho que se daban los moriscos a la arriería[c].

[19] *tan rateras*] ruines, despreciables[b].

veces el autor de *Tablante de Ricamonte*[20], y aquel del otro libro donde se cuenta los hechos del conde Tomillas[21], y con qué puntualidad lo describen todo!

Digo, pues, que después de haber visitado el arriero a su recua y dádole el segundo pienso, se tendió en sus enjalmas y se dio a esperar a su puntualísima Maritornes. Ya estaba Sancho bizmado y acostado, y, aunque procuraba dormir, no lo consentía el dolor de sus costillas; y don Quijote, con el dolor de las suyas, tenía los ojos abiertos como liebre[22]. Toda la venta estaba en silencio, y en toda ella no había otra luz que la que daba una lámpara, que colgada en medio del portal ardía.

Esta maravillosa quietud, y los pensamientos que siempre nuestro caballero traía de los sucesos que a cada paso se cuentan en los libros autores de su desgracia, le trujo[b] a la imaginación una de las estrañas locuras que buenamente imaginarse pueden; y fue que él se imaginó haber llegado a un famoso castillo —que, como se ha dicho, castillos eran a su parecer todas las ventas donde alojaba—, y que la hija del ventero lo era del señor del castillo, la cual, vencida de su gentileza, se había enamorado dél y prometido que aquella noche, a furto de sus padres, vendría a yacer con él una buena pieza[23]; y, teniendo toda esta quimera, que él se había fabricado, por firme y valedera, se comenzó a acuitar y a pensar en el peligroso trance en que su honestidad se había de ver, y propuso en su corazón de no come-

---

[20]   Tablante de Ricamonte]   El libro de caballerías, de autor desconocido, *La Corónica de los nobles caualleros Tablante de Ricamonte y de Jofre hijo del conde Donason*, etc. (Toledo, 1513), trad. de una prosificación francesa del *roman* provenzal (y único de asunto artúrico en esta lengua) de fines del siglo XII, titulado *Jaufré*, que narra las hazañas de Jaufré y sus luchas contra el gigante Taulat de Rogimont[aef], *V.* Martín de Riquer, «Los problemas del *roman* provenzal de *Jaufré*», *Recueil de travaux offert à Clovis Brunel*, II, p. 435-461, Paris: Société de l'École des Chartes, 1955; y el artículo de Paul Remy, **160.**4. De la versión castellana se conocen más de veinte eds., de 1513 a 1879.

[21]   *conde Tomillas*]   Personaje de la obra *Historia de Enrique fi de Oliva*, etc. (Sevilla, 1498), derivada del cantar de gesta francés *Doon de la Roche*, de finales del siglo XII[abe].

[22]   *como liebre*]   Alusión a la creencia vulgar que las liebres duermen con los ojos abiertos[bc].

[23]   Alusión al episodio narrado en *AdG*, I, c. 1, Helisena, hija del rey Garínter, guiada por la doncella Darioleta, entra de noche secretamente en el aposento del rey Perión, caballero recién llegado al castillo de su padre. La misma situación se repite en libros de caballerías[f].

ter alevosía a su señora Dulcinea del Toboso, aunque la
mesma reina Ginebra con su dama[24] Quintañona se le
pusiesen delante.

Pensando, pues, en estos disparates, se llegó el tiempo
y la hora —que para él fue menguada[25]— de la venida de
la asturiana, la cual, en camisa y descalza, cogidos los cabellos en una albanega[26] de fustán, con tácitos y atenta-
dos pasos, entró en el aposento donde los tres alojaban,
en busca del arriero. Pero, apenas llegó a la puerta, cuando
don Quijote la sintió, y, sentándose en la cama, a pesar de
sus bizmas y con dolor de sus costillas, tendió los brazos
para recebir a su fermosa doncella. La asturiana, que, toda
recogida y callando, iba con las manos delante, buscando
a su querido, topó con los brazos de don Quijote, el cual la
asió fuertemente de una muñeca, y tirándola hacia sí, sin
que ella osase hablar palabra, la hizo sentar sobre la cama.
Tentóle luego la camisa y, aunque ella era de harpillera[27],
a él le pareció ser de finísimo y delgado cendal. Traía en
las muñecas unas cuentas de vidro; pero a él le dieron
vislumbres de preciosas perlas orientales. Los cabellos, que
en alguna manera tiraban a crines, él los marcó por hebras
de lucidísimo oro de Arabia[28], cuyo resplandor al del mesmo sol escurecía. Y el aliento, que, sin duda alguna, olía a
ensalada fiambre y trasnochada, a él le pareció que arrojaba de su boca un olor suave y aromático; y, finalmente,
él la pintó en su imaginación de la misma traza y modo que
lo había leído en sus libros de la otra princesa que vino a
ver el mal ferido caballero[f], vencida de sus amores, con todos los adornos que aquí van puestos. Y era tanta la cegue-
dad del pobre hidalgo, que el tacto, ni el aliento ni otras
cosas que traía en sí la buena doncella, no le desengañaban,

---

[24] Algunos editores han corregido *dueña*, pero en el siglo XVI se le
llamaba a Quintañona dueña o dama.

[25] *hora… menguada*] «hora menguada, hora infeliz», Cov. 698.a.10;
cf. I.28, p. 354. *V.* RM, t. 9, p. 199.

[26] *albanega*] «cierta red en forma redonda que las mujeres usan
traer en la cabeza, con que recogen el cabello»; «*fustán*, cierta tela de
algodón con que se acostumbra aforrar los vestidos», Cov. 66.b.11:
616.b.24.

[27] *harpillera… cendal*] «*harpillera*, la funda con que se envuelve
la pieza de paño o seda, por ser como desecho y pedazo de otro paño
basto»; «*cendal*, tela de seda muy delgada», Cov. 677.a.17; 403.a.7.

[28] *oro de Arabia*] cf., *La Celestina*, acto 1: «Comienzo por los cabellos: ¿ves tú las madejas del oro delgado que hilan en Arabia?...»[b].

las cuales pudieran hacer vomitar a otro que no fuera arriero; antes le parecía que tenía entre sus brazos a la diosa de la hermosura. Y, teniéndola bien asida, con voz amorosa y baja le comenzó a decir:

—Quisiera hallarme en términos[c], fermosa y alta señora, de poder pagar tamaña merced como la que con la vista de vuestra gran fermosura me habedes fecho; pero ha querido la fortuna, que no se cansa de perseguir a los buenos, ponerme en este lecho, donde yago tan molido y quebrantado, que, aunque de mi voluntad quisiera satisfacer a la vuestra, fuera imposible. Y más, que se añade a esta imposibilidad otra mayor, que es la prometida fe que tengo dada a la sin par Dulcinea del Toboso, única señora de mis más escondidos pensamientos; que si esto no hubiera de por medio, no fuera yo tan sandio caballero que dejara pasar en blanco la venturosa ocasión en que vuestra gran bondad me ha puesto.

Maritornes estaba congojadísima y trasudando, de verse tan asida de don Quijote, y, sin entender ni estar atenta a las razones que le decía, procuraba, sin hablar palabra, desasirse. El bueno del arriero, a quien tenían despierto sus malos deseos, desde el punto que entró su coima[29] por la puerta, la sintió, estuvo atentamente escuchando todo lo que don Quijote decía, y, celoso de que la asturiana le hubiese faltado la palabra por otro, se fue llegando más al lecho de don Quijote, y estúvose quedo hasta ver en qué paraban aquellas razones, que él no podía entender. Pero como vio que la moza forcejaba por desasirse y don Quijote trabajaba por tenella, pareciéndole mal la burla, enarboló el brazo en alto y descargó tan terrible puñada sobre las estrechas quijadas del enamorado caballero, que le bañó toda la boca en sangre; y, no contento con esto, se le subió encima de las costillas, y con los pies más que de trote, se las paseó todas de cabo a cabo.

El lecho, que era un poco endeble y de no firmes fundamentos, no pudiendo sufrir la añadidura del arriero, dio consigo en el suelo, a cuyo gran ruido despertó el ventero; y luego imaginó que debían de ser pendencias de Maritornes, porque, habiéndola llamado a voces, no respondía. Con esta sospecha se levantó y, encendiendo un candil,

---

[29] *su coima*] su amante ramera, en lenguaje rufianesco[b].

se fue hacia donde había sentido la pelaza[30]. La moza, viendo que su amo venía, y que era de condición terrible, toda medrosica y alborotada, se acogió a la cama de Sancho Panza, que aún dormía, y allí se acorrucó y se hizo un ovillo. El ventero entró diciendo:

—¿Adónde estás, puta[f]? A buen seguro que son tus cosas éstas.

En esto, despertó Sancho, y, sintiendo aquel bulto casi encima de sí, pensó que tenía la pesadilla[c], y comenzó a dar puñadas a una y otra parte, y, entre otras alcanzó con no sé cuántas a Maritornes, la cual, sentida del dolor, echando a rodar la honestidad, dio el retorno a Sancho con tantas, que, a su despecho, le quitó el sueño; el cual, viéndose tratar de aquella manera, y sin saber de quién, alzándose como pudo, se abrazó con Maritornes, y comenzaron entre los dos la más reñida y graciosa escaramuza del mundo.

Viendo, pues, el arriero, a la lumbre del candil del ventero, cuál andaba su dama, dejando a don Quijote, acudió a dalle el socorro necesario. Lo mismo hizo el ventero, pero con intención diferente, porque fue a castigar a la moza, creyendo, sin duda, que ella sola era la ocasión de toda aquella armonía. Y así como suele decirse: el gato al rato, el rato a la cuerda, la cuerda al palo[31], daba el arriero a Sancho, Sancho a la moza, la moza a él, el ventero a la moza, y todos menudeaban con tanta priesa, que no se daban punto de reposo; y fue lo bueno que al ventero se le apagó el candil, y, como quedaron ascuras[b], dábanse tan sin compasión todos a bulto, que a doquiera que ponían la mano no dejaban cosa sana.

Alojaba acaso aquella noche en la venta un cuadrillero de los que llaman de la Santa Hermandad vieja de Toledo[32], el cual, oyendo ansimesmo el estraño estruendo de la pelea, asió de su media vara y de la caja de lata[33] de sus títulos, y entró ascuras en el aposento, diciendo:

---

[30] *pelaza*] refriega, riña.

[31] *el gato... al palo*] Alude a un cuento folklórico infantil[ab].

[32] Así se distinguía entre la Hermandad Vieja de Toledo, establecida en el siglo XIII, y cuya jurisdicción alcanzaba a la Mancha, y la Nueva y general, establecida por los Reyes Católicos[b].

[33] Los mandatarios de la autoridad real llevaban de insignia, según la categoría, vara corta llamada *media vara*, o vara entera. La de los cuadrilleros de la Santa Hermandad había de ser corta y de color verde. Los *títulos* o documentos acreditativos se solían llevar en cajas o cilindros de lata[b].

—¡Ténganse a la justicia! ¡Ténganse a la Santa Hermandad!

Y el primero con quien topó fue con el apuñeado de don Quijote, que estaba en su derribado lecho, tendido boca arriba, sin sentido alguno, y, echándole a tiento mano a las barbas, no cesaba de decir:

—¡Favor a la justicia!

Pero viendo que el que tenía asido no se bullía ni meneaba, se dio a entender que estaba muerto, y que los que allí dentro estaban eran sus matadores, y con esta sospecha reforzó la voz, diciendo:

—¡Ciérrese la puerta de la venta! ¡Miren no se vaya nadie, que han muerto aquí a un hombre!

Esta voz sobresaltó a todos, y cada cual dejó la pendencia en el grado que le tomó la voz. Retiróse el ventero a su aposento, el arriero a sus enjalmas, la moza a su rancho[34]; solos los desventurados don Quijote y Sancho no se pudieron mover de donde estaban. Soltó en esto el cuadrillero la barba de don Quijote, y salió a buscar luz para buscar y prender los delincuentes; más no la halló, porque el ventero, de industria, había muerto la lámpara cuando se retiró a su estancia, y fuele forzoso acudir a la chimenea, donde, con mucho trabajo y tiempo, encendió el cuadrillero otro candil.

CAPÍTULO XVII

Donde se prosiguen los innumerables trabajos que el bravo don Quijote y su buen escudero Sancho Panza pasaron en la venta que, por su mal, pensó que era castillo

Había ya vuelto en este tiempo de su parasismo[1] don Quijote, y, con el mesmo tono de voz con que el día antes había llamado a su escudero, cuando estaba tendido en el val de las estacas[2], le comenzó a llamar, diciendo:

[34] *su rancho*] su alcoba rústica, cuarto[h].

[1] *parasismo*] paroxismo, o accidente peligroso, y también 'irritación' o acceso violento de una enfermedad[g].

[2] *val de las estacas*] Alude a la aventura de los arrieros gallegos o yangüeses y es cita del primer verso de un antiguo romance, «Por el val (valle) de las estacas / el buen Cid pasado había...» que se publicó por primera vez en la *Silva* de 1550 y fue recogido por Timoneda en la *Rosa española* (1573)[f]. Más adelante se hablará otra vez del «molimiento de las estacas», p. 208.

—Sancho amigo, ¿duermes? ¿Duermes, amigo Sancho?

—¿Qué tengo de dormir, pesia a mí[3] —respondió Sancho, lleno de pesadumbre y de despecho—, que no parece sino que todos los diablos han andado conmigo esta noche?

—Puédeslo creer ansí, sin duda —respondió don Quijote—; porque, o yo sé poco, o este castillo es encantado. Porque has de saber... Mas esto que ahora quiero decirte hasme de jurar que lo tendrás secreto hasta después de mi muerte.

—Sí juro —respondió Sancho.

—Dígolo —replicó don Quijote—, porque soy enemigo de que se quite la honra a nadie.

—Digo que sí juro —tornó a decir Sancho— que lo callaré hasta después de los días de vuestra merced, y plega a Dios que lo pueda descubrir mañana.

—¿Tan malas obras te hago, Sancho —respondió don Quijote—, que me querrías ver muerto con tanta brevedad?

—No es por eso —respondió Sancho—, sino porque soy enemigo de guardar mucho las cosas, y no querría que se me pudriesen de guardadas.

—Sea por lo que fuere —dijo don Quijote—; que más fío de tu amor y de tu cortesía; y así, has de saber que esta noche me ha sucedido una de las más estrañas aventuras que yo sabré encarecer; y, por contártela en breve, sabrás que poco ha que a mí vino la hija del señor deste castillo, que es la más apuesta y fermosa doncella que en gran parte de la tierra se puede hallar. ¿Qué te podría decir del adorno de su persona? ¿Qué de su gallardo entendimiento? ¿Qué de otras cosas ocultas, que, por guardar la fe que debo a mi señora Dulcinea del Toboso, dejaré pasar intactas y en silencio? Sólo te quiero decir que, envidioso el cielo de tanto bien como la ventura me había puesto en las manos, o quizá, y esto es lo más cierto, que, como tengo dicho, es encantado este castillo, al tiempo que yo estaba con ella en dulcísimos y amorosísimos coloquios, sin que yo la viese ni supiese por dónde venía, vino una mano pegada a algún brazo de algún descomunal gigante y asentóme una puñada en las quijadas, tal, que las tengo todas bañadas en sangre; y después me molió de tal suerte que estoy peor

---

[3] *pesia a mí*] 'pese a mí', o sea 'desdichado de mí'. Es exp. eufemística para no decir *pese a Dios*[b].

que ayer cuando los gallegos, que, por demasías de Rocinante, nos hicieron el agravio que sabes. Por donde conjeturo que el tesoro de la fermosura desta doncella le debe de guardar algún encantado moro, y no debe de ser para mí.

—Ni para mí tampoco —respondió Sancho—; porque más de cuatrocientos moros me han aporreado a mí, de manera que el molimiento de las estacas fue tortas y pan pintado[4]. Pero dígame, señor, ¿cómo llama a ésta buena y rara aventura, habiendo quedado della cual quedamos? Aun vuestra merced menos mal, pues tuvo en sus manos aquella incomparable fermosura que ha dicho; pero yo, ¿qué tuve sino los mayores porrazos que pienso recebir en toda mi vida? ¡Desdichado de mí y de la madre que me parió, que ni soy caballero andante, ni lo pienso ser jamás, y de todas las malandanzas me cabe la mayor parte!

—Luego ¿también estás tú aporreado? —respondió don Quijote.

—¿No le he dicho que sí, pesia a mi linaje? —dijo Sancho.

—No tengas pena, amigo —dijo don Quijote—, que yo haré agora el bálsamo precioso con que sanaremos en un abrir y cerrar de ojos.

Acabó en esto de encender el candil el cuadrillero, y entró a ver el que pensaba que era muerto; y así como le vio entrar Sancho, viéndole venir en camisa y con su paño de cabeza[5] y candil en la mano y con una muy mala cara, preguntó a su amo:

—Señor, ¿si será éste, a dicha, el moro encantado, que nos vuelve a castigar, si se dejó algo en el tintero?[6]

—No puede ser el moro —respondió don Quijote—, porque los encantados no se dejan ver de nadie.

—Si no se dejan ver, déjanse sentir —dijo Sancho—; si no, díganlo mis espaldas.

—También lo podrían decir las mías —respondió don Quijote—; pero no es bastante indicio ése para creer que este que se vee sea el encantado moro.

---

[4] *tortas y pan pintado*] Esta exp. era ya proverbial en el siglo xv[c]. Se entiende una comparación en que un trabajo o mal es mucho menos que otro y puede considerarse como bien. Cf. Correas, 735a. 'Pintar el pan': imprimir en él antes de cocerse figurillas y labores con molde[c]. CS.

[5] *paño de cabeza*] pañuelo o gorro de dormir[b].

[6] *dejó algo en el tintero*] Cov. explica que «olvidarse en el tintero alguna cosa es haberse descuidado de escribirla», 962.b.38, pero la idea expresada por Sancho es que *dejó u omitió* para luego cumplir[b].

Llegó el cuadrillero, y como los halló hablando en tan sosegada conversación, quedó suspenso. Bien es verdad que aún don Quijote se estaba boca arriba, sin poderse menear, de puro molido y emplastado. Llegóse a él el cuadrillero y díjole:

—Pues ¿cómo va, buen hombre?[7]

—Hablara yo más bien criado[b] —respondió don Quijote—, si fuera que vos[8]. ¿Úsase en esta tierra hablar desa suerte a los caballeros andantes, majadero?

El cuadrillero, que se vio tratar tan mal de un hombre de tan mal parecer, no lo pudo sufrir, y, alzando el candil con todo su aceite, dio a don Quijote con él en la cabeza, de suerte que lo dejó muy bien descalabrado; y como todo quedó ascuras, salióse luego; y Sancho Panza dijo:

—Sin duda, señor, que éste es el moro encantado, y debe de guardar el tesoro para otros, y para nosotros sólo guarda las puñadas y los candilazos.

—Así es —respondió don Quijote—, y no hay que hacer caso destas cosas de encantamentos, ni hay para qué tomar cólera ni enojo con ellas; que, como son invisibles y fantásticas, no hallaremos de quién vengarnos, aunque más[9] lo procuremos. Levántate, Sancho, si puedes, y llama al alcaide desta fortaleza, y procura que se me dé un poco de aceite, vino, sal y romero[b] para hacer el salutífero bálsamo; que en verdad que creo que lo he bien menester ahora, porque se me va mucha sangre de la herida que esta fantasma me ha dado.

Levantóse Sancho con harto dolor de sus huesos, y fue ascuras donde estaba el ventero; y encontrándose con el cuadrillero, que estaba escuchando en qué paraba su enemigo, le dijo:

—Señor, quien quiera que seáis, hacednos merced y beneficio de darnos un poco de romero, aceite, sal y vino, que es menester para curar uno de los mejores caballeros andantes que hay en la tierra, el cual yace en aquella cama, malferido por las manos del encantado moro que está en esta venta.

Cuando el cuadrillero tal oyó, túvole por hombre falto de seso; y porque ya comenzaba a amanecer, abrió la

---

[7] *buen hombre*] Equivale a decir 'pobre hombre'. Don Quijote entiende el sentido despectivo[b].

[8] *si fuera que vos*] 'si yo fuera el mismo que sois vos'[b].

[9] *aunque más*] por más que.

puerta de la venta, y, llamando al ventero, le dijo lo que aquel buen hombre quería. El ventero le proveyó de cuanto quiso, y Sancho se lo llevó a don Quijote, que estaba con las manos en la cabeza, quejándose del dolor del candilazo, que no le había hecho más mal que levantarle dos chichones algo crecidos, y lo que él pensaba que era sangre no era sino sudor que sudaba con la congoja de la pasada tormenta.

En resolución, él tomó sus simples, de los cuales hizo un compuesto, mezclándolos todos y cociéndolos un buen espacio, hasta que le pareció que estaban en su punto[b]. Pidió luego alguna redoma para echallo, y como no la hubo en la venta, se resolvió de ponello en una alcuza o aceitera de hoja de lata, de quien el ventero le hizo grata[10] donación. Y luego dijo[11] sobre la alcuza más de ochenta paternostres y otras tantas avemarías, salves y credos[b], y a cada palabra acompañaba una cruz, a modo de bendición; a todo lo cual se hallaron presentes Sancho, el ventero y cuadrillero, que ya el arriero sosegadamente andaba entendiendo en el beneficio de sus machos.

Hecho esto, quiso él mesmo hacer luego la esperiencia de la virtud de aquel precioso bálsamo que él se imaginaba, y así, se bebió, de lo que no pudo caber en la alcuza y quedaba en la olla donde se había cocido, casi media azumbre; y apenas lo acabó de beber, cuando comenzó a vomitar, de manera que no le quedó cosa en el estómago; y con las ansias[12] y agitación del vómito le dio un sudor copiosísimo, por lo cual mandó que le arropasen y le dejasen solo. Hiciéronlo ansí, y quedóse dormido más de tres horas, al cabo de las cuales despertó y se sintio aliviadísimo del cuerpo, y en tal manera mejor de su quebrantamiento, que se tuvo por sano; y verdaderamente creyó que había acertado con el bálsamo de Fierabrás, y que con aquel remedio podía acometer desde allí adelante, sin temor alguno, cualesquiera ruinas[13], batallas y pendencias, por peligrosas que fuesen.

Sancho Panza, que también tuvo a milagro la mejoría de su amo, le rogó que le diese a él lo que quedaba en la olla, que no era poca cantidad. Concedióselo don Quijote,

[10] *grata*] gratuita, exp. de escrituras de compra-venta[b].
[11] *Y luego dijo... bendición*] Este pasaje fue censurado por la Inquisición portuguesa en 1624[e].
[12] «*ansia:* la congoja y el apretamiento del corazón», Cov. 124.a.30.
[13] *ruinas*] estragos[be]. Algunos editores han enmendado *riñas*, etc.

y él, tomándola a dos manos, con buena fe y mejor talante, se la echó a pechos, y envasó bien poco menos que su amo. Es, pues, el caso que el estómago del pobre Sancho no debía de ser tan delicado como el de su amo, y así, primero que vomitase, le dieron tantas ansias y bascas, con tantos trasudores y desmayos, que él pensó bien y verdaderamente que era llegada su última hora; y viéndose tan afligido y congojado, maldecía el bálsamo y al ladrón que se lo había dado. Viéndole así don Quijote, le dijo:

—Yo creo, Sancho, que todo este mal te viene de no ser armado caballero, porque tengo para mí que este licor no debe aprovechar a los que no lo son.

—Si eso sabía vuestra merced —replicó Sancho—, ¡mal haya yo y toda mi parentela!, ¿para qué consintió que lo gustase?

En esto hizo su operación el brebaje, y comenzó el pobre escudero a desaguarse por entrambas canales, con tanta priesa, que la estera de enea, sobre quien se había vuelto a echar, ni la manta de anjeo[14] con que se cubría, fueron más de provecho. Sudaba y trasudaba con tales parasismos y accidentes, que no solamente él, sino todos pensaron que se le acababa la vida. Duróle esta borrasca y mala andanza casi dos horas, al cabo de las cuales no quedó como su amo, sino tan molido y quebrantado, que no se podía tener.

Pero don Quijote, que, como se ha dicho, se sintió aliviado y sano, quiso partirse luego a buscar aventuras, pareciéndole que todo el tiempo que allí se tardaba era quitársele al mundo y a los en él menesterosos de su favor y amparo, y más, con la seguridad y confianza que llevaba en su bálsamo. Y así, forzado deste deseo, él mismo ensilló a Rocinante y enalbardó al jumento de su escudero, a quien también ayudó a vestir y a subir en el asno. Púsose luego a caballo, y, llegándose a un rincón de la venta, asió de un lanzón[15] que allí estaba, para que le sirviese de lanza.

Estábanle mirando todos cuantos había en la venta, que pasaban de más[b] de veinte personas; mirábale también la hija del ventero, y él también no[16] quitaba los ojos della, y de cuando en cuando arrojaba un sospiro que parecía

---

[14] *manta de anjeo*]   *V.* nota 17 al c. 16.

[15] *lanzón*]   «Lanza corta y gruesa con hierro largo y ancho. Sirven de guardar la casa, las viñas y los melonares, etc.», Cov. 751.a.63.

[16] *también no*]   tampoco[b].

que le arrancaba de lo profundo de sus entrañas, y todos pensaban que debía de ser del dolor que sentía en las costillas; a lo menos, pensábanlo aquellos que la noche antes le habían visto bizmar.

Ya que[17] estuvieron los dos a caballo, puesto a la puerta de la venta, llamó al ventero, y con voz muy reposada y grave, le dijo:

—Muchas y muy grandes son las mercedes, señor alcaide, que en este vuestro castillo he recebido, y quedo obligadísimo a agradecéroslas todos los días de mi vida. Si os las puedo pagar en haceros vengado de algún soberbio que os haya fecho algún agravio, sabed que mi oficio no es otro sino valer a los que poco pueden y vengar a los que reciben tuertos[18], y castigar alevosías. Recorred vuestra memoria, y si halláis alguna cosa deste jaez que encomendarme, no hay sino decilla; que yo os prometo, por la orden de caballero que recebí, de faceros satisfecho y pagado a toda vuestra voluntad.

El ventero le respondió con el mesmo sosiego:

—Señor caballero, yo no tengo necesidad de que vuestra merced me vengue ningún agravio, porque yo sé tomar la venganza que me parece cuando se me hacen. Sólo he menester que vuestra merced me pague el gasto que esta noche ha hecho en la venta, así de la paja y cebada de sus dos bestias, como de la cena y camas.

—Luego, ¿venta es ésta? —replicó don Quijote.

—Y muy honrada —respondió el ventero.

—Engañado he vivido hasta aquí —respondió don Quijote—; que en verdad que pensé que era castillo, y no malo; pero, pues es ansí que no es castillo, sino venta, lo que se podrá hacer por agora es que perdonéis por la paga; que yo no puedo contravenir a la orden de los caballeros andantes, de los cuales sé cierto, sin que hasta ahora haya leído cosa en contrario, que jamás pagaron posada ni otra cosa en venta donde estuviesen, porque se les debe de fuero[19] y de derecho cualquier buen acogimiento que se les hiciere, en pago del insufrible trabajo que padecen buscando las aventuras de noche y de día, en invierno y en verano, a pie y a caballo, con sed y con hambre, con calor

---

[17] *Ya que*] así que, luego que[b].
[18] *tuertos*] I.2, nota 2.
[19] *de fuero*] 'por privilegio'.

y con frío, sujetos a todas las inclemencias del cielo y a todos los incómodos[20] de la tierra.

—Poco tengo yo que ver en eso —respondió el ventero—; págueseme lo que se me debe, y dejémonos de cuentos ni de caballerías; que yo no tengo cuenta con otra cosa que con cobrar mi hacienda.

—Vois sois un sandio y mal hostalero —respondió don Quijote.

Y poniendo piernas al Rocinante, y terciando[21] su lanzón, se salió de la venta, sin que nadie le detuviese, y él, sin mirar si le seguía su escudero, se alongó un buen trecho.

El ventero, que le vio ir y que no le pagaba, acudió a cobrar a Sancho Panza, el cual dijo que, pues su señor no había querido pagar, que tampoco él pagaría; porque, siendo él escudero de caballero andante, como era, la mesma regla y razón corría por él como por su amo en no pagar cosa alguna en los mesones y ventas. Amohinóse mucho desto el ventero, y amenazóle que si no le pagaba, que lo cobraría de modo que le pesase. A lo cual Sancho respondió que, por la ley de caballería que su amo había recebido, no pagaría un solo cornado[22], aunque le costase la vida; porque no había de perder por él la buena y antigua usanza de los caballeros andantes, ni se habían de quejar dél los escuderos de los tales que estaban por venir al mundo, reprochándole el quebrantamiento de tan justo fuero.

Quiso la mala suerte del desdichado Sancho que entre la gente que estaba en la venta se hallasen cuatro perailes de Segovia[23], tres agujeros del Potro de Córdoba y dos vecinos de la Heria de Sevilla, gente alegre, bien intencionada, maleante y juguetona, los cuales, casi como instigados y movidos de un mesmo espíritu, se llegaron a Sancho, y, apeándole del asno, uno dellos entró por la manta de la cama del huésped, y, echándole en ella, alzaron los ojos y vieron que el techo era algo más bajo de lo que habían

---

[20] *incómodos*] s., 'incomodidades'[b].
[21] *terciando su lanzón*] empuñándolo hacia el *tercio* (la parte posterior de su longitud, J. López Navío, *AC*, 9: 252-256 (1961-2).
[22] *cornado*] moneda de escaso valor[cb].
[23] *perailes de Segovia... Heria de Sevilla*] Como en el caso de los lugares citados en el c. 3, estas ocupaciones y parajes tenían fama de atraer a gente de vida apicarada[abc]. *perailes:* cardadores de paños. *agujeros:* fabricantes o vendedores de agujas. La *Heria de Sevilla:* el barrio de la Feria, llamado así porque en él se celebraba todos los jueves, desde los años de la reconquista.

menester para su obra, y determinaron salirse al corral, que tenía por límite el cielo. Y allí, puesto Sancho en mitad de la manta, comenzaron a levantarle en alto, y a holgarse con él, como con perro por carnestolendas[24].

Las voces que el mísero manteado daba fueron tantas, que llegaron a los oídos de su amo; el cual, determinándose a escuchar atentamente, creyó que alguna nueva aventura le venía, hasta que claramente conoció que el que gritaba era su escudero; y, volviendo las riendas, con un penado[25] galope llegó a la venta, y, hallándola cerrada, la rodeó por ver si hallaba por donde entrar; pero no hubo llegado a las paredes del corral, que no eran muy altas, cuando vio el mal juego que se le hacía a su escudero. Vióle bajar y subir por el aire, con tanta gracia y presteza, que, si la cólera le dejara, tengo para mí que se riera. Probó a subir desde el caballo a las bardas; pero estaba tan molido y quebrantado, que aun apearse no pudo; y así, desde encima del caballo, comenzó a decir tantos denuestos y baldones a los que a Sancho manteaban, que no es posible acertar a escribillos; mas no por esto cesaban ellos de su risa y de su obra, ni el volador Sancho dejaba sus quejas, mezcladas ya con amenazas, ya con ruegos; mas todo aprovechaba poco, ni aprovechó, hasta que de puro cansados le dejaron. Trujéronle allí su asno, y, subiéndole encima, le arroparon con su gabán. Y la compasiva de Maritornes, viéndole tan fatigado, le pareció ser bien socorrelle con un jarro de agua, y así, se le trujo del pozo, por ser más frío. Tomóle Sancho, y llevándole a la boca, se paró a las voces que su amo le daba, diciendo:

—¡Hijo Sancho, no bebas agua! ¡Hijo, no la bebas, que te matará! ¿Ves? Aquí tengo el santísimo bálsamo —y enseñábale la alcuza del brebaje—, que con dos gotas que dél bebas sanarás sin duda.

A estos voces volvió Sancho los ojos, como de través, y dijo con otras mayores:

---

[24] *como con perro por carnestolendas*]   Ya desde la antigüedad fue costumbre esta diversión[cb]. No faltan incidentes en los libros de caballerías a que pueda compararse el manteamiento de Sancho. Pellicer cita el caso de Florando de Inglaterra que se excusó de socorrer a su escudero, suponiendo que eran fantasmas los que le atormentaban. Clemencín cita el caso de Primaleón que acudió a socorrer a su fiel enano Risdeno. Por lo cual conviene apuntar, con Entwistle, que la figura de Sancho recuerda cómicamente los enanos de los relatos artúricos.

[25] *penado*]   penoso.

—Por dicha, ¿hásele olvidado a vuestra merced como yo no soy caballero, o quiere que acabe de vomitar las entrañas que me quedaron de anoche? Guárdese su licor con todos los diablos, y déjeme a mí.

Y el acabar de decir esto y el comenzar a beber, todo fue uno; mas, como al primer trago vio que era agua, no quiso pasar adelante, y rogó a Maritornes que se le trujese de vino, y así lo hizo ella de muy buena voluntad, y lo pagó de su mesmo dinero; porque, en efecto, se dice della que, aunque estaba en aquel trato, tenía unas sombras y lejos[26] de cristiana.

Así como bebió Sancho, dio de los carcaños a su asno, y, abriéndole la puerta de la venta de par en par, se salió della, muy contento de no haber pagado nada y de haber salido con su intención, aunque había sido a costa de sus acostumbrados fiadores, que eran sus espaldas. Verdad es que el ventero se quedó con sus alforjas en pago de lo que se le debía; mas Sancho no las echó menos, según salió turbado. Quiso el ventero atrancar bien la puerta así como le vio fuera; mas no lo consintieron los manteadores, que eran gente que, aunque don Quijote fuera verdaderamente de los caballeros andantes de la Tabla Redonda, no le estimaran en dos ardites[27].

CAPÍTULO XVIII

Donde se cuentan las razones que pasó Sancho Panza con su señor don Quijote, con otras aventuras dignas de ser contadas[e]

Llegó Sancho a su amo marchito y desmayado, tanto, que no podía harrear[1] a su jumento. Cuando así le vio don Quijote, le dijo:

—Ahora acabo de creer, Sancho bueno, que aquel castillo o venta, de que es encantado, sin duda; porque aquellos que tan atrozmente tomaron pasatiempo contigo, ¿qué

---

[26] *sombras y lejos*] exp. de la pintura, 'se parecía en algo a'. *lejos*: sustantivo plural: las figuras o paisajes que sirven de fondo al tema principal.

[27] *ardites*] El *ardite* fue moneda antigua castellana de cobre y de poco valor. Aparece en varias exps., CS.

[1] *harrear*] aguijar, espolear.

podían ser sino fantasmas y gente del otro mundo? Y confirmo esto, por haber visto que, cuando estaba por las bardas del corral mirando los actos de tu triste tragedia, no me fue posible subir por ellas, ni menos pude apearme de Rocinante, porque me debían de tener encantado; que te juro, por la fe de quien soy, que si pudiera subir o apearme, que yo te hiciera vengado, de manera que aquellos follones y malandrines se acordaran de la burla para siempre, aunque en ello supiera[2] contravenir a las leyes de la caballería, que, como ya muchas veces te he dicho, no consienten que caballero ponga mano contra quien no lo sea, si no fuere en defensa de su propria vida y persona, en caso de urgente y gran necesidad.

—También me vengara yo si pudiera, fuera o no fuera armado caballero, pero no pude; aunque tengo para mí que aquellos que se holgaron conmigo no eran fantasmas ni hombres encantados, como vuestra merced dice, sino hombres de carne y de hueso como nosotros; y todos, según los oí nombrar cuando me volteaban, tenían sus nombres: que el uno se llamaba Pedro Martínez, y el otro Tenorio Hernández, y el ventero oí que se llamaba Juan Palomeque el Zurdo[3]. Así que, señor, el no poder saltar las bardas del corral, ni apearse del caballo, en ál[4] estuvo que en encantamentos. Y lo que yo saco en limpio de todo esto es que estas aventuras que andamos buscando, al cabo al cabo nos han de traer a tantas desventuras, que no sepamos cuál es nuestro pie derecho. Y lo que sería mejor y más acertado, según mi poco entendimiento, fuera el volvernos a nuestro lugar, ahora que es tiempo de la siega y de entender en la hacienda, dejándonos de andar de Ceca en Meca y de zoca en colodra[5], como dicen.

—¡Qué poco sabes, Sancho —respondió don Quijote—, de achaque de caballería! Calla y ten paciencia; que día vendrá donde veas por vista de ojos cuán honrosa cosa es andar en este ejercicio. Si no, dime: ¿qué mayor contento

---

[2] *supiera*] tuviera que.
[3] Hasta ahora no se le había nombrado. De aquí que se conozca su venta como la de Juan Palomeque el Zurdo.
[4] *en ál*] 'en otra cosa'.
[5] *andar de Ceca en Meca y de zoca en colodra*] Son dos exps. proverbs. sinónimas, que significan 'vagar de una parte a otra, de aquí para allí'[b]. De la primera hay extensa nota en Correas, 57b. Cf. Cov. 397.b.28; 338.b.16.

puede haber en el mundo, o qué gusto puede igualarse al
de vencer una batalla y al de triunfar de su enemigo? Ninguno, sin duda alguna.

—Así debe de ser —respondió Sancho—, puesto que
yo no lo sé; sólo sé que, después que somos caballeros
andantes, o vuestra merced lo es (que yo no hay para qué
me cuente en tan honroso número), jamás hemos vencido
batalla alguna, si no fue la del vizcaíno, y aun de aquélla
salió vuestra merced con media oreja y media celada menos; que después acá[6], todo ha sido palos y más palos,
puñadas y más puñadas, llevando yo de ventaja el manteamiento, y haberme sucedido por personas encantadas, de
quien no puedo vengarme, para saber hasta dónde llega
el gusto del vencimiento del enemigo, como vuestra merced dice.

—Ésa es la pena que yo tengo y la que tú debes tener,
Sancho —respondió don Quijote—; pero de aquí adelante
yo procuraré haber a las manos[7] alguna espada hecha
por tal maestría, que al que la trujere consigo no le puedan
hacer ningún género de encantamentos; y aun podría ser
que me deparase la ventura aquella de Amadís, cuando se
llamaba *el Caballero de la Ardiente Espada*[8], que fue una
de las mejores espadas que tuvo caballero en el mundo,
porque, fuera que tenía la virtud dicha, cortaba como una
navaja, y no había armadura, por fuerte y encantada que
fuese, que se le parase delante.

—Yo soy tan venturoso —dijo Sancho—, que cuando
eso fuese y vuestra merced viniese a hallar espada semejante,
sólo vendría a servir y aprovechar a los armados caballeros,
como el bálsamo; y a los escuderos, que se los papen duelos[9].

—No temas eso, Sancho —dijo don Quijote—; que
mejor lo hará el cielo contigo[b].

En estos coloquios iban don Quijote y su escudero,

---

[6] *después acá*] desde entonces hasta ahora[b].
[7] *haber a las manos*] 'conseguir, conquistar'.
[8] *el Caballero de la Ardiente Espada*[c]] Don Quijote fantasea sobre
el nombre y la espada. Parece equivocar la *Verde* espada de Amadís
de Gaula y la *Ardiente* (pero pintada) de Amadís de Grecia, I.1, nota 15.
En *AdG*, II.56, se narra que (antes de probarla Amadís) la espada encantada era por una mitad de ella «tan ardiente y bermeja como un fuego».
El Caballero de la Verde Espada es sobrenombre de Amadís en el libro 3.°
y con ella mata al endriago, c. 73.
[9] *que se los papen duelos*[abcf]] 'que los maten las penas', que se fastidien'. *papar:* tragar, engullir. Cf. Correas 157a.

cuando vio don Quijote que por el camino que iban venía hacia ellos una grande y espesa polvareda; y, en viéndola, se volvió a Sancho y le dijo:

—Éste es el día, ¡oh Sancho!, en el cual se ha de ver el bien que me tiene guardado mi suerte; éste es el día, digo, en que se ha de mostrar, tanto como en otro alguno, el valor de mi brazo, y en el que tengo de hacer obras que queden escritas en el libro de la Fama por todos los venideros siglos. ¿Ves aquella polvareda que allí se levanta, Sancho? Pues toda es cuajada[10] de un copiosísimo ejército que de diversas e innumerables gentes por allí viene marchando.

—A esa cuenta, dos deben de ser —dijo Sancho—; porque desta parte contraria se levanta asimesmo otra semejante polvareda.

Volvió a mirarlo don Quijote, y vio que así era la verdad; y alegrándose sobre manera, pensó sin duda alguna que eran dos ejércitos, que venían a embestirse y a encontrarse en mitad de aquella espaciosa llanura. Porque tenía a todas horas y momentos llena la fantasía de aquellas batallas, encantamentos, sucesos, desatinos, amores, desafíos, que en los libros de caballerías se cuentan, y todo cuanto hablaba, pensaba o hacía era encaminado a cosas semejantes. Y la polvareda que había visto la levantaban dos grandes manadas de ovejas y carneros que, por aquel mesmo camino, de dos diferentes partes venían, las cuales, con el polvo, no se echaron de ver hasta que llegaron cerca. Y con tanto ahínco afirmaba don Quijote que eran ejércitos[b], que Sancho lo vino a creer y a decirle:

—Señor, pues, ¿qué hemos de hacer nosotros?

—¿Qué? —dijo don Quijote—. Favorecer y ayudar a los menesterosos y desvalidos. Y has de saber, Sancho, que este que viene por nuestra frente le conduce y guía el grande emperador Alifanfarón, señor de la grande isla Trapobana[11]; este otro que a mis espaldas marcha, es el de su enemigo, el rey de los garamantas, Pentapolín[12] del Arremangado Brazo, porque siempre entra en las batallas con el brazo derecho desnudo.

[10] *es cuajada*] italianismo por «está cuajada»[b].
[11] *Trapobana*] Taprobana es el nombre dado en lo antiguo a la isla de Ceilán, pero la forma que emplea don Quijote fue corriente[b].
[12] La ed. pr. dice Pentapolén, para luego llamarle Pentapolín. Los *garamantas* eran en la antigüedad un pueblo bárbaro y feroz de la África meridional.

—Pues ¿por qué se quieren tan mal estos dos señores? —preguntó Sancho.

—Quiérense mal —respondió don Quijote— porque este Alifanfarón es un foribundo pagano, y está enamorado de la hija de Pentapolín, que es una muy fermosa y además agraciada señora, y es cristiana, y su padre no se la quiere entregar al rey pagano si no deja primero la ley de su falso profeta Mahoma y se vuelve a la suyaᶜ.

—¡Para mis barbasᶜ —dijo Sancho—, si no hace muy bien Pentapolín, y que le tengo de ayudar en cuanto pudiere!

—En eso harás lo que debes, Sancho —dijo don Quijote—; porque para entrar en batallas semejantes no se requiere ser armado caballero.

—Bien se me alcanza eso —respondió Sancho—; pero ¿dónde pondremos a este asno que estemos ciertos de hallarle después de pasada la refriega? Porque el entrar en ella en semejante caballería no creo que está en uso hasta agora.

—Así es verdad —dijo don Quijote—. Lo que puedes hacer dél es dejarle a sus aventuras, ora se pierda o no, porque serán tantos los caballosᶜ que tendremos después que salgamos vencedores, que aun corre peligro Rocinante no le trueque por otro. Pero estáme atento y mira, que te quiero dar cuenta de los caballeros más principales que en estos ejércitos vienen. Y para que mejor lo veas y notes, retirémonos a aquel altillo que allí se hace, de donde se deben de descubrir los dos ejércitos.

Hiciéronlo así, y pusiéronse sobre una loma, desde la cual se vieran bien las dos manadas que a don Quijote se le hicieron ejército, si las nubes del polvo que levantaban no les turbara y cegara la vista; pero, con todo esto, viendo en su imaginación lo que no veía ni había, con voz levantada comenzó a decir:

—Aquel caballero que allí ves de las armas jaldes[13], que trae en el escudo un león coronado, rendido a los pies de una doncellaᶜ, es el valeroso Laurcalco, señor de la Puente de Plataᵇ; el otro de las armas de las flores de oro, que trae en el escudo tres coronas de plata en campo[14]

_____

[13] _jaldes_] de un amarillo encendido, doradas. Describe primero a tres caballeros del ejército pagano.

[14] _campo_] «El campo del escudo de armas: todo lo que se incluye dentro de la tarjeta, sobre que se asientan las armas o insignias», Cov. 280.b.22.

azul, es el temido Micocolembo, gran duque de Quirocia; el otro de los miembros giganteos, que está a su derecha mano, es el nunca medroso Brandabarbarán[15] de Boliche, señor de las tres Arabias[16], que viene armado de aquel cuero de serpiente, y tiene por escudo una puerta, que, según es fama, es una de las del templo que derribó Sansón, cuando con su muerte se vengó de sus enemigos. Pero vuelve los ojos a estotra parte, y verás delante y en la frente destotro ejército al siempre vencedor y jamás vencido Timonel de Carcajona, príncipe de la Nueva Vizcaya, que viene armado con las armas partidas a cuarteles[17], azules, verdes, blancas y amarillas, y trae en el escudo un gato de oro en campo leonado[18], con una letra que dice: *Miau*[c] , que es el principio del nombre de su dama, que, según se dice, es la sin par Miulina, hija del duque Alfeñiquén del Algarbe; el otro, que carga y oprime los lomos de aquella poderosa alfana[19], que trae las armas como nieve blancas y el escudo blanco y sin empresa alguna, es un caballero novel, de nación francés, llamado Pierres Papín, señor de las baronías de Utrique; el otro, que bate las ijadas con los herrados carcaños a aquella pintada y ligera cebra y trae las armas de los veros[20] azules, es el poderoso duque de Nerbia, Espartafilardo del Bosque, que trae por empresa en el escudo una esparraguera, con una letra en castellano que dice así: *Rastrea mi suerte*.

Y desta manera fue nombrando muchos caballeros del uno y del otro escuadrón, que él se imaginaba, y a todos les dio sus armas, colores, empresas y motes[21], de improviso,

---

[15] *Brandabarbarán*] La palabra italiana *brando* (espada) entró en la composición de los nombres propios de caballeros (*Brandimarte*, etc.) y sobre todo de gigantes (*Brandafuriel*, etc.) en las ficciones caballerescas[bc].

[16] *las tres Arabias*] Así se llamaba al conjunto de las Arabias Pétrea, Feliz y Desierta.

[17] *cuarteles*] Las divisiones o subdivisiones de un escudo. Ahora don Quijote describe a tres caballeros del ejército cristiano.

[18] *leonado*] esmalte heráldico de tono rubio, oscuro, como el pelo del león.

[19] *alfana*] yegua muy fuerte y alta[c]. Era generalmente cabalgadura de un gigante en las ficciones caballerescas (Bowle).

[20] *veros*] En heráldica, figuras como de copas o campanillas, unas color de plata que encajaban con otras de azur (o azul), con las bocas opuestas[cg].

[21] *motes*] lemas, del fr. *mot* 'palabra'.

llevado de la imaginación de su nunca vista locura, y, sin parar, prosiguió diciendo:

—A este escuadrón frontero[22] forman y hacen gentes de diversas naciones: aquí están los que bebían las dulces aguas del famoso Xanto[23]; los montuosos que pisan los masílicos campos; los que cubren el finísimo y menudo oro en la felice Arabia; los que gozan las famosas y frescas riberas del claro Termodonte; los que sangran por muchas y diversas vías al dorado Pactolo; los númidas, dudosos en sus promesas; los persas, arcos y flechas famosos; los partos, los medos, que pelean huyendo[b]; los árabes, de mudables casas; los citas, tan crueles como blancos; los etíopes, de horadados labios, y otras infinitas naciones, cuyos rostros conozco y veo, aunque de los nombres no me acuerdo. En estotro escuadrón[24] vienen los que beben

[22] Según la noticia de Rodríguez Marín, Menéndez y Pelayo vio en esta descripción una burla dirigida a Lope de Vega. En el libro 3.º de *La Arcadia* (1598) Lope enumera en estilo artificioso retratos de figuras ilustres[be].

[23] Ahora don Quijote enumera las gentes que lidian en uno u otro ejército de su fantasía. Las enumera según el río principal (o campo) de sus tierras, recurso imitado de Homero y Virgilio en algunos libros caballerescos[c] **(459)**. Para el ejército pagano enumera gentes asiáticas y africanas de diversos tiempos. El comentario de Clemencín de estos ríos y pueblos es el más completo. *Xanto:* río de Troya. En autores clásicos, el país de los másilos era sinónimo de Numidia[ab]. Varios editores han preferido «*los que pisan los montuosos masílicos campos*», o por razón de simetría o porque *montuosos*, es adj. de lugar, no de pueblo[b]. *cubren:* así en la ed. pr.; algunos editores siguen la enmienda de la 2nd ed., *criben*[bd]. *felice Arabia:* se refiere a una de sus tres partes, supra, nota 16. *Termodonte:* río de Capadocia, actual Turquía. *dorado Pactolo:* río de Lidia que según la mitología arrastraba pepitas de oro porque el rey Midas se lavó en él. *númidas:* los naturales de Numidia, región del norte de África, situada en la Argelia actual. *arcos y flechas:* metonimia por 'arqueros y flecheros'. *partos:* pueblo guerrero de la antigüedad, de origen escita. *medos:* de Media, antigua región del Asia, que ocupaba la parte noroeste de la Persia actual. *citas*[a]: o escitas, de Escitia, en la antigüedad conjunto de países del norte del Danubio.

[24] Del ejército cristiano enumera gentes de la península ibérica; pero nótese que al cerrar la serie declara que incluye a todos los países de Europa. *los que beben... del olivífero Betis:* se podría entender como perífrasis de «andaluces», ya que don Quijote reúne en su imaginación a gentes de diversos tiempos antiguos y modernos. *olivífero Betis:* el Guadalquivir, rico en olivos que se crían en sus riberas. Es frecuente esta manera perifrástica en la poesía del Siglo de Oro. *tartesios campos:* se puede entender que describe a los habitantes de las riberas (o de la ciudad *Tartesos* al lado) del Betis de la antigua España. Para autores latinos Tartesos designaba el río Betis y una ciudad ubicada en su desem-

las corrientes cristalinas del olivífero Betis; los que tersan y pulen sus rostros con el licor del siempre rico y dorado Tajo; los que gozan las provechosas aguas del divino Genil; los que pisan los tartesios campos, de pastos abundantes; los que se alegran en los elíseos jerezanos prados; los manchegos, ricos y coronados de rubias espigas; los de hierro vestidos, reliquias antiguas de la sangre goda; los que en Pisuerga se bañan, famoso por la mansedumbre de su corriente; los que su ganado apacientan en las estendidas dehesas del tortuoso Guadiana, celebrado por su escondido curso; los que tiemblan con el frío del silvoso Pirineo y con los blancos copos del levantado Apenino; finalmente, cuantos toda la Europa en sí contiene y encierra.

¡Válame Dios, y cuántas provincias dijo[c], cuántas naciones nombró, dándole a cada una, con maravillosa presteza, los atributos que le pertenecían, todo absorto y empapado en lo que había leído en sus libros mentirosos!

Estaba Sancho Panza colgado de sus palabras, sin hablar ninguna, y de cuando en cuando volvía la cabeza a ver si veía los caballeros y gigantes que su amo nombraba; y como no descubría a ninguno, le dijo:

—Señor, encomiendo al diablo hombre, ni gigante, ni caballero[25] de cuantos vuestra merced dice parece por todo esto; a lo menos, yo no los veo; quizá todo debe ser encantamento, como las fantasmas de anoche.

—¿Cómo dices eso? —respondió don Quijote—. ¿No oyes el relinchar de los caballos, el tocar de los clarines, el ruido de los atambores?

---

bocadura y la región occidental de la Bética llamaban Tartesia. *elíseos jerezanos:* alude a la creencia entre autores antiguos que los Campos Elíseos estaban en el extremo occidental de Hispania, en la región de Jerez de la Frontera. *los manchegos... rubias espigas:* por la abundancia de trigo. *los de hierro vestidos:* los habitantes de la costa septentrional (o Vizcaya) que, según creencia tradicional, por tener mucho hierro no sufrieron tanto en la invasión de los árabes. *Pisuerga:* nace cerca de las fuentes del Ebro, en Palencia, y desemboca en el Duero, a 12 km. de Valladolid. *tortuoso Guadiana:* nace sobre las Lagunas de Ruidera para luego seguir un curso subterráneo, como se explica en II.23, p. 216, hasta aparecer en los manantiales llamados Ojos de Guadiana. *silvoso:* cubierto de selvas[cb].

[25] *encomiendo al diablo... ni caballero*] manera enfática de afirmar que ninguno parecía. Es como si dijera «Maldito el hombre, gigante ni caballero que parece...»[b].

—No oigo otra cosa —respondió Sancho— sino muchos balidos de ovejas y carneros.

Y así era la verdad, porque ya llegaban cerca los dos rebaños.

—El miedo que tienes —dijo don Quijote— te hace, Sancho, que ni veas ni oyas a derechas; porque uno de los efectos del miedo es turbar los sentidos y hacer que las cosas no parezcan lo que son; y si es que tanto temes, retírate a una parte y déjame solo; que solo basto a dar la victoria a la parte a quien yo diere mi ayuda.

Y diciendo esto, puso las espuelas a Rocinante, y, puesta la lanza en el ristre, bajó de la costezuela como un rayo. Diole voces Sancho, diciéndole:

—¡Vuélvase vuestra merced, señor don Quijote, que voto a Dios que son carneros y ovejas las que va a embestir! ¡Vuélvase, desdichado del padre que me engendró! ¿Qué locura es ésta? Mire que no hay gigante ni caballero alguno, ni gatos, ni armas, ni escudos partidos ni enteros, ni veros azules ni endiablados. ¿Qué es lo que hace? ¡Pecador soy yo a Dios!

Ni por ésas volvió don Quijote; antes, en altas voces, iba diciendo:

—¡Ea, caballeros, los que seguís y militáis debajo de las banderas del valeroso emperador Pentapolín del Arremangado Brazo, seguidme todos; veréis cuán fácilmente le doy venganza de su enemigo Alifanfarón de la Trapobana!

Esto diciendo, se entró por medio del escuadrón de las ovejas, y comenzó de alanceallas con tanto coraje y denuedo como si de veras alanceara a sus mortales enemigos. Los pastores y ganaderos que con la manada venían dábanle voces que no hiciese aquello; pero, viendo que no aprovechaban, desciñéronse las hondas y comenzaron a saludalle los oídos con piedras como el puño. Don Quijote no se curaba de las piedras; antes, discurriendo a todas partes, decía:

—¿Adónde estás, soberbio Alifanfarón? Vente a mí; que un caballero solo soy, que desea de solo a solo, probar tus fuerzas y quitarte la vida, en pena de la que das al valeroso Pentapolín Garamanta.

Llegó en esto una peladilla de arroyo[26], y, dándole en

---

[26] *peladilla de arroyo*] guijarro. Luego se dice «*almendra*». «Peladillas: almendras confitadas», Cov. 859.b.40.

un lado, le sepultó dos costillas en el cuerpo. Viéndose tan maltrecho, creyó, sin duda, que estaba muerto o malferido y, acordándose de su licor, sacó su alcuza, y púsosela a la boca, y comenzó a echar licor en el estómago; mas, antes que acabase de envasar lo que a él le parecía que era bastante, llegó otra almendra y diole en la mano, y en el alcuza, tan de lleno que se la hizo pedazos, llevándole de camino tres o cuatro dientes y muelas de la boca, y machucándole malamente dos dedos de la mano.

Tal fue el golpe primero, y tal el segundo, que le fue forzoso al pobre caballero dar consigo del caballo abajo. Llegáronse a él los pastores, y creyeron que le habían muerto; y así, con mucha priesa, recogieron su ganado, y cargaron de las reses muertas, que pasaban de siete, y sin averiguar otra cosa, se fueron.

Estábase todo este tiempo Sancho sobre la cuesta, mirando las locuras que su amo hacía, y arrancábase las barbas, maldiciendo la hora y el punto en que la fortuna se le había dado a conocer. Viéndole, pues, caído en el suelo, y que ya los pastores se habían ido, bajó de la cuesta y llegóse a él, y hallóle de muy mal arte, aunque no había perdido el sentido, y díjole:

—¿No le decía yo, señor don Quijote, que se volviese, que los que iba a acometer no eran ejércitos, sino manadas de carneros?

—Como eso[b] puede desparecer y contrahacer aquel ladrón del sabio mi enemigo. Sábete, Sancho, que es muy fácil cosa a los tales hacernos parecer lo que quieren, y este maligno que me persigue, envidioso de la gloria que vio que yo había de alcanzar desta batalla, ha vuelto los escuadrones de enemigos en manadas de ovejas. Si no, haz una cosa, Sancho, por mi vida, porque te desengañes y veas ser verdad lo que te digo: sube en tu asno y síguelos bonitamente, y verás cómo, en alejándose de aquí algún poco, se vuelven en su ser primero, y, dejando de ser carneros, son hombres hechos y derechos, como yo te los pinté primero... Pero no vayas agora, que he menester tu favor y ayuda; llégate a mí y mira cuántas muelas y dientes me faltan, que me parece que no me ha quedado ninguno en la boca.

Llegóse Sancho tan cerca, que casi le metía los ojos en la boca, y fue a tiempo que ya había obrado el bálsamo en el estómago de don Quijote; y al tiempo que Sancho llegó a mirarle la boca, arrojó de sí, más recio que una escopeta, cuanto dentro tenía, y dio con todo ello en las barbas del compasivo escudero.

—¡Santa María! —dijo Sancho—. Y ¿qué es esto que me ha sucedido? Sin duda, este pecador está herido de muerte, pues vomita sangre por la boca.

Pero reparando un poco más en ello, echó de ver en la color, sabor y olor, que no era sangre, sino el bálsamo de la alcuza que él le había visto beber; y fue tanto el asco que tomó, que, revolviéndosele el estómago, vomitó las tripas sobre su mismo señor, y quedaron entrambos como de perlas. Acudió Sancho a su asno para sacar de las alforjas con qué limpiarse y con qué curar a su amo, y como no las halló, estuvo a punto de perder el juicio. Maldíjose de nuevo, y propuso en su corazón de dejar a su amo y volverse a su tierra, aunque perdiese el salario de lo servido y las esperanzas del gobierno de la prometida ínsula.

Levantóse en esto don Quijote, y, puesta la mano izquierda en la boca, porque no se le acabasen de salir los dientes, asió con la otra las riendas de Rocinante, que nunca se había movido de junto a su amo —tal era de leal y bien acondicionado—, y fuese adonde su escudero estaba, de pechos[27] sobre su asno, con la mano en la mejilla, en guisa de hombre pensativo además. Y viéndole don Quijote de aquella manera, con muestras de tanta tristeza, le dijo:

—Sábete, Sancho, que no es un hombre más que otro si no hace más que otro. Todas estas borrascas que nos suceden son señales de que presto ha de serenar el tiempo y han de sucedernos bien las cosas; porque no es posible que el mal ni el bien sean durables, y de aquí se sigue que, habiendo durado mucho el mal, el bien está ya cerca. Así, que no debes congojarte por las desgracias que a mí me suceden, pues a ti no te cabe parte dellas.

—¿Cómo no? —respondió Sancho—. Por ventura, el que ayer mantearon, ¿era otro que el hijo de mi padre? Y las alforjas que hoy me faltan, con todas mis alhajas[28], ¿son de otro que del mismo?

—¿Que te faltan las alforjas, Sancho? —dijo don Quijote.

—Sí que me faltan —respondió Sancho.

[27] *de pechos*] con el pecho apoyado sobre...
[28] *mis alhajas*] cosillas de estimación y valor[b].

—Dese modo, no tenemos qué comer hoy —replicó don Quijote.

—Eso fuera —respondió Sancho— cuando faltaran por estos prados las yerbas que vuestra merced dice que conoce, con que suelen suplir semejantes faltas los tan malaventurados andantes caballeros como vuestra merced es.

—Con todo eso —respondió don Quijote—, tomara yo ahora más aína[29] un cuartal de pan[30], o una hogaza[31] y dos cabezas de sardinas arenques[32], que cuantas yerbas describe Dioscórides, aunque fuera el ilustrado por el doctor Laguna[33]. Mas, con todo esto, sube en tu jumento, Sancho el bueno, y vente tras mí; que Dios, que es proveedor de todas las cosas, no nos ha de faltar, y más andando tan en su servicio como andamos, pues no falta a los mosquitos del aire, ni a los gusanillos de la tierra, ni a los renacuajos del agua; y es tan piadoso, que hace salir su sol sobre los buenos y los malos, y llueve sobre los injustos y justos[34].

—Más bueno era vuestra merced —dijo Sancho— para predicador que para caballero andante.

—De todo sabían y han de saber los caballeros andantes, Sancho —dijo don Quijote—; porque caballero andante hubo en los pasados siglos que así se paraba a hacer un sermón o plática en mitad de un campo real[35] como si fuera graduado por la Universidad de París; de donde se infiere que nunca la lanza embotó la pluma, ni la pluma la lanza[b].

—Ahora bien, sea así como vuestra merced dice —respondió Sancho—; vamos ahora de aquí, y procuremos donde alojar esta noche, y quiera Dios que sea en parte

---

[29] *más aína*]   'más a gusto', 'fácilmente'.

[30] *un cuartal de pan*]   la cuarta parte de la hogaza[b].

[31] *hogaza*]   «Es un pan de moyuelo y de harina mal cernida, propio pan de pastores y gañanes, que ellos se lo masan y lo cuecen a su fuego y entre la ceniza; y así se dijo hogaza, *quasi* fogaza, por cocerse al fuego y no en el horno», Cov. 693.a.40.

[32] *arenques*]   «cierta especie de sardina que suele secarse al humo», Cov. 142.b.61.

[33] El doctor Andrés Laguna (1499?-1560) fue renombrado como humanista y médico. Se alude a su trad. del griego: *Pedacio Dioscorides Anazarbeo, acerca de la materia medicinal y de los venenos mortíferos... illustrado con claras y substantiales Annotationes, y con las figuras de innumeras plantas exquisitas y raras*, etc. (Anvers, 1555). *V.* Marcel Bataillon, *Erasmo y España*, **176**, p. 679 y ss.

[34] Trad. de San Mateo, 5,45.

[35] *campo real*]   campamento.

donde no haya mantas, ni manteadores, ni fantasmas, ni
moros encantados; que si los hay, daré al diablo el hato y el
garabato[36].

—Pídeselo tú a Dios, hijo —dijo don Quijote—, y
guía tú por donde quisieres; que esta vez quiero dejar a
tu elección el alojarnos. Pero dame acá la mano, y atiénta-
me con el dedo, y mira bien cuántos dientes y muelas me
faltan deste lado derecho, de la quijada alta; que allí siento el dolor.

Metió Sancho los dedos, y estándole tentando, le dijo:

—¿Cuántas muelas solía vuestra merced tener en esta
parte?

—Cuatro —respondió don Quijote—, fuera de la cor-
dal, todas enteras y muy sanas.

—Mire vuestra merced bien lo que dice, señor —respondió Sancho.

—Digo cuatro, si no eran cinco —respondió don Quijote—; porque en toda mi vida me han sacado diente ni
muela de la boca, ni se me ha caído, ni comido de neguijón
ni de reuma alguna.

—Pues en esta parte de abajo —dijo Sancho— no tiene
vuestra merced más de dos muelas y media; y en la de
arriba, ni media, ni ninguna; que toda está rasa como la
palma de la mano.

—¡Sin ventura yo! —dijo don Quijote, oyendo las tristes nuevas que su escudero le daba—; que más quisiera
que me hubieran derribado un brazo, como no fuera el de
la espada. Porque te hago saber, Sancho, que la boca sin
muelas es como molino sin piedra, y en mucho más se ha
de estimar un diente que un diamante. Mas a todo esto
estamos sujetos los que profesamos la estrecha orden de la
caballería. Sube, amigo, y guía, que yo te seguiré al paso
que quisieres.

Hízolo así Sancho, y encaminóse hacia donde le pareció que podía hallar acogimiento, sin salir del camino real,
que por allí iba muy seguido[37].

Yéndose, pues, poco a poco, porque el dolor de las
quijadas de don Quijote no le dejaba sosegar ni atender a
darse priesa, quiso Sancho entretenelle y divertille dicién-

---

[36] *daré al diablo el hato y el garabato*[8]] exp. proverb.; equivale a
'echarlo todo a rodar', CS.

[37] *seguido*] recto, derecho.

le alguna cosa, y entre otras que le dijo, fue lo que se dirá
en el siguiente capítulo[38].

CAPÍTULO XIX

*De las discretas razones que Sancho pasaba con su amo y
de la aventura que le sucedió con un cuerpo muerto, con
otros acontecimientos famosos*

—Paréceme, señor mío, que todas estas desventuras que
estos días nos han sucedido, sin duda alguna han sido pena
del pecado cometido por vuestra merced contra la orden
de su caballería, no habiendo cumplido el juramento que
hizo[1] de no comer pan a manteles ni con la reina folgar,
con todo aquello que a esto se sigue y vuestra merced juró
de cumplir, hasta quitar aquel almete de Malandrino, o
como se llama el moro, que no me acuerdo bien.
—Tienes mucha razón, Sancho —dijo don Quijote—;
mas, para decirte verdad, ello se me había pasado de la memoria; y también puedes tener por cierto que por la
culpa de no habérmelo tú acordado en tiempo te sucedió
aquello de la manta; pero yo haré la enmienda; que modos
hay de composición[2] en la orden de la caballería para todo.
—Pues ¿juré yo algo, por dicha? —respondió Sancho.
—No importa que no hayas jurado —dijo don Quijote—: basta que yo entiendo que de participantes[3] no
estás muy seguro, y, por sí o por no, no será malo proveer-
nos de remedio.
—Pues si ello es así —dijo Sancho—, mire vuestra merced no se le torne a olvidar esto, como lo del juramento;
quizá les volverá la gana a las fantasmas de solazarse otra
vez conmigo, y aun con vuestra merced, si le ven tan pertinaz.

[38] Primera vez que se menciona la división en capítulos, en el cuerpo
del texto.
[1] No se ha narrado que don Quijote haya quebrantado el juramento
que hizo[c], I.10, p. 150.
[2] *modos… de composición*] Alude a las *bulas de composición* que se
adquirían para arreglar el caso de los que poseían bienes ajenos cuyo
dueño se ignoraba.
[3] *participantes*] los que trataban con ciertos excomulgados o que
tenían participación en algún delito[bc]. Nótese cómo se insinua, al principio de este c., el tema de la excomunión.

En estas y otras pláticas les tomó la noche en mitad del camino, sin tener ni descubrir donde aquella noche se recogiesen; y lo que no había de bueno en ello era que perecían de hambre; que con la falta de las alforjas les faltó toda la despensa y matalotaje. Y para acabar de confirmar esta desgracia, les sucedió una aventura que, sin artificio alguno, verdaderamente lo parecía. Y fue que la noche cerró con alguna escuridad; pero, con todo esto, caminaban, creyendo Sancho que, pues aquel camino era real, a una o dos leguas, de buena razón hallaría en él alguna venta.

Yendo, pues, desta manera, la noche escura, el escudero hambriento y el amo con gana de comer, vieron que por el mesmo camino que iban venían hacia ellos gran multitud de lumbres, que no parecían sino estrellas que se movían. Pasmóse Sancho en viéndolas, y don Quijote no las tuvo todas consigo; tiró el uno del cabestro a su asno, y el otro de las riendas a su rocino, y estuvieron quedos, mirando atentamente lo que podía ser aquello, y vieron que las lumbres se iban acercando a ellos, y mientras más se llegaban, mayores parecían; a cuya vista Sancho comenzó a temblar como un azogado[4], y los cabellos de la cabeza se le erizaron a don Quijote, el cual, animándose un poco, dijo:

—Ésta, sin duda, Sancho, debe de ser grandísima y peligrosísima aventura, donde será necesario que yo muestre todo mi valor y esfuerzo.

—¡Desdichado de mí! —respondió Sancho—; si acaso esta aventura fuese de fantasmas, como me lo va pareciendo, ¿adónde habrá costillas que la sufran?

—Por más fantasmas que sean —dijo don Quijote—, no consentiré yo que te toque[5] en el pelo de la ropa; que si la otra vez se burlaron contigo, fue porque no pude yo saltar las paredes del corral; pero ahora estamos en campo raso, donde podré yo como quisiere esgrimir mi espada.

—Y si le encantan y entomecen[6], como la otra vez lo hicieron —dijo Sancho—, ¿qué aprovechará estar en campo abierto o no?

    [4] *temblar como un azogado*] exp. proverb. Se refiere al efecto que producen los vapores mercuriales, particularmente en los mineros, siendo el síntoma más visible un temblor continuado, CS.
    [5] *te toque*] Así en la ed. pr., y en todas las antiguas; hay que sobrentender 'te toque ninguna de ellas...'ª.
    [6] *entomecen*] o entumecen, o sea: impedir el movimiento de algún miembro.

—Con todo eso —replicó don Quijote—, te ruego, Sancho, que tengas buen ánimo, que la experiencia te dará a entender el que yo tengo.

—Sí tendré, si a Dios place —respondió Sancho.

Y, apartándose los dos a un lado del camino, tornaron a mirar atentamente lo que aquello de aquellas lumbres que caminaban podía ser, y de allí a muy poco descubrieron muchos encamisados[7], cuya temerosa visión de todo punto remató el ánimo de Sancho Panza, el cual comenzó a dar diente con diente, como quien tiene frío de cuartana[8]; y creció más el batir y dentellear cuando distintamente vieron lo que era, porque descubrieron hasta veinte encamisados, todos a caballo, con sus hachas encendidas en las manos, detrás de los cuales venía una litera cubierta de luto, a la cual seguían otros seis de a caballo, enlutados hasta los pies de las mulas[b]; que bien vieron que no eran caballos en el sosiego con que caminaban. Iban los encamisados murmurando entre sí, con una voz muy baja y compasiva. Esta estraña visión, a tales horas y en tal despoblado, bien bastaba para poner miedo en el corazón de Sancho, y aun en el de su amo; y así fuera en cuanto a don Quijote, que ya Sancho había dado al través[9] con todo su esfuerzo. Lo contrario le avino a su amo, al cual en aquel punto se le representó en su imaginación al vivo que aquélla era una de las aventuras de sus libros.

Figurósele que la litera eran andas donde debía de ir algún mal ferido o muerto caballero[10], cuya venganza a él

---

[7] *encamisados*]   Era artificio, usado por militares, ponerse unas *camisas* encima del traje militar en un asalto de sorpresa, especialmente de noche, para distinguirse los asaltantes del enemigo. *Encamisada*, dice Cov., es «el santiago que se da en los enemigos de noche, cogiéndolos de rebato; y porque se conozcan los que van a dar el asalto y se distingan de los enemigos llevan encima de las armas unas camisas», 279.a.27. Luego se explica en el texto que no eran éstos militares sino sacerdotes, y que no llevaban camisas sino sobrepellices (vestidura blanca de lienzo fino) sobre lobas, o sotanas, negras.

[8] *cuartana*]   fiebre que acompañada de gran frío se produce cada cuatro días.

[9] *dar al través* una cosa: destruirla, perderla. s.v. Cov.

[10] El encuentro con un traslado de un cuerpo muerto es frecuente en libros caballerescos. Clemencín (nota 24) anotó la semejanza entre éste y un episodio del *Palmerín de Inglaterra* c. 76-77 (ed. Bonilla, NBAE, t. 11, p. 134 y ss). Caminando juntos Floriano del Desierto, su hermano Palmerín y Pompides, «vieron venir hacia sí unas andas cubiertas con un paño negro acompañadas de tres escuderos que hacían llanto por un

solo estaba reservada, y, sin hacer otro discurso, enristró
su lanzón, púsose bien en la silla, y con gentil brío y continente se puso en la mitad del camino por donde los encamisados forzosamente habían de pasar, y cuando los vio
cerca alzó la voz y dijo:

—Deteneos, caballeros, o quienquiera que seáis, y dadme cuenta de quién sois, de dónde venís, adónde vais, qué
es lo que en aquellas andas lleváis; que, según las muestras,
o vosotros habéis fecho, o vos han fecho, algún desaguisado,
y conviene y es menester que yo lo sepa, o bien para castigaros del mal que fecistes, o bien para vengaros del tuerto
que vos ficieron.

—Vamos de priesa —respondió uno de los encamisados—, y está la venta lejos, y no nos podemos detener a
dar tanta cuenta como pedís.

Y picando la mula, pasó delante. Sintióse desta respuesta grandemente don Quijote, y trabando del freno[11], dijo:

—Deteneos, y sed más bien criado, y dadme cuenta de
lo que os he preguntado; si no, conmigo sois todos en
batalla[c].

Era la mula asombradiza, y al tomarla del freno se espantó de manera que, alzándose en los pies, dio con su
dueño por las ancas en el suelo. Un mozo que iba a pie,
viendo caer al encamisado, comenzó a denostar a don Quijote, el cual, ya encolerizado, sin esperar más, enristrando
su lanzón, arremetió a uno de los enlutados, y, mal ferido,
dio con él en tierra; y revolviéndose por los demás, era cosa
de ver con la presteza que los acometía y desbarataba, que
no parecía sino que en aquel instante le habían nacido alas
a Rocinante, según andaba de ligero y orgulloso.

Todos los encamisados era gente medrosa y sin armas,
y así, con facilidad, en un momento dejaron la refriega y
comenzaron a correr por aquel campo, con las hachas encendidas, que no parecían sino a los de las máscaras que en
noche de regocijo y fiesta corren. Los enlutados asimesmo,

---

cuerpo muerto que dentro dellas iba...» El caballero muerto es Fortibrán
el Esforzado, víctima de una alevosía y Floriano se encarga de su venganza. Tan evidente es la parodia de Cervantes que imita el epígrafe
del c. 77: «De lo que aconteció a Floriano del Desierto en aquella aventura del cuerpo muerto de las andas».
[11] *trabando del freno*] deteniendo por el freno la mula del encamisado.

revueltos y envueltos en sus faldamentos y lobas[12], no se podían mover; así que, muy a su salvo, don Quijote los apaleó a todos y les hizo dejar el sitio, mal de su grado, porque todos pensaron que aquél no era hombre, sino diablo del infierno que les salía a quitar el cuerpo muerto que en la litera llevaban.

Todo lo miraba Sancho, admirado del ardimiento de su señor, y decía entre sí:

—Sin duda este mi amo es tan valiente y esforzado como él dice.

Estaba una hacha ardiendo en el suelo, junto al primero que derribó la mula, a cuya luz le pudo ver don Quijote; y, llegándose a él, le puso la punta del lanzón en el rostro, diciéndole que se rindiese; si no, que le mataría. A lo cual respondió el caído:

—Harto rendido estoy, pues no me puedo mover, que tengo una pierna quebrada; suplico a vuestra merced, si es caballero cristiano, que no me mate; que cometerá un gran sacrilegio, que soy licenciado y tengo las primeras órdenes.

—Pues ¿quién diablos os ha traído aquí —dijo don Quijote—, siendo hombre de Iglesia?

—¿Quién, señor? —replicó el caído—. Mi desventura.

—Pues otra mayor os amenaza —dijo don Quijote—, si no me satisfacéis a todo cuanto primero os pregunté.

—Con facilidad será vuestra merced satisfecho —respondió el licenciado—; y así sabrá vuestra merced que, aunque denantes dije que yo era licenciado, no soy sino bachiller[13], y llámome Alonso López; soy natural de Alcobendas; vengo de la ciudad de Baeza, con otros once sacerdotes, que son los que huyeron con las hachas; vamos a la ciudad de Segovia[14] acompañando un cuerpo muerto, que va en aquella litera, que es de un caballero que murió en Baeza[b], donde fue depositado, y ahora, como digo, lle-

---

[12] *faldamentos y lobas*]   faldas talares. *loba:* vestidura clerical que llegaba hasta los talones y que se usaba también como luto.
[13] *licenciado... bachiller*]   De los grados universitarios el de *bachiller* era el primero, *licenciado* el segundo y tercero el de *doctor*.
[14] Desde Navarrete (*Vida de Cervantes*, n. 79 y ss) se ha visto en esta aventura una reminiscencia del traslado sigiloso del cadáver de San Juan de la Cruz en mayo de 1593 (murió en diciembre de 1591) desde Úbeda (cerca de Baeza) a Segovia. De este traslado se contaron varios sucesos maravillosos en él ocurridos. RM, Apéndice 15 y **460.1**.

vábamos sus huesos a su sepultura, que está en Segovia, de donde es natural.

—¿Y quién le mató? —preguntó don Quijote.

—Dios, por medio de unas calenturas pestilentes que le dieron —respondió el bachiller.

—Desa suerte —dijo don Quijote—, quitado me ha nuestro Señor del trabajo que había de tomar en vengar su muerteᶜ, si otro alguno le hubiera muerto; pero, habiéndole muerto quien le mató, no hay sino callar y encoger los hombros, porque lo mesmo hiciera si a mí mismo me matara. Y quiero que sepa vuestra reverencia que yo soy un caballero de la Mancha, llamado don Quijote, y es mi oficio y ejercicio andar por el mundo enderezando tuertos y desfaciendo agravios.

—No sé cómo pueda ser eso de enderezar tuertos —dijo el bachiller—, pues a mí de derecho me habéis vuelto tuerto, dejándome una pierna quebrada, la cual no se verá derecha en todos los días de su vida; y el agravio que en mí habéis deshecho ha sido dejarme agraviado de manera que me quedaré agraviado para siempre; y harta desventura ha sido topar con vos, que vais buscando aventuras.

—No todas las cosas —respondió don Quijote— suceden de un mismo modo. El daño estuvo, señor bachiller Alonso López, en venir, como veníades, de noche, vestidos con aquellas sobrepellices, con las hachas encendidas, rezando, cubiertos de luto, que propiamente semejábades cosa mala y del otro mundo; y así, yo no pude dejar de cumplir con mi obligación acometiéndoos, y os acometiera aunque verdaderamente supiera que érades los mesmos satanases del infierno, que por tales os juzgué y tuve siempre.

—Ya que así lo ha querido mi suerte —dijo el bachiller—, suplico a vuestra merced, señor caballero andante (que tan mala andanza me ha dado), me ayude a salir de debajo desta mula, que me tiene tomada una pierna entre el estribo y la silla.

—¡Hablara yo para mañana!¹⁵ —dijo don Quijote—. Y ¿hasta cuándo aguardábades a decirme vuestro afán?

Dio luego voces a Sancho Panza que viniese; pero él no se curó de venir, porque andaba ocupado desvalijando

---

¹⁵ *¡Hablara yo para mañana!*] exp. proverb., irónica y admirativaᵇ. «Dícese al que ya tarde acabó de decir lo que debía o quería», Correas 586a.

una acémila de repuesto que traían aquellos buenos señores, bien bastecida de cosas de comer. Hizo Sancho costal de su gabán, y recogiendo todo lo que pudo y cupo en el talego, cargó su jumento, y luego acudió a las voces de su amo, y ayudó a sacar al señor bachiller de la opresión de la mula, y, poniéndole encima della, le dio la hacha; y don Quijote le dijo que siguiese la derrota de sus compañeros, a quien de su parte pidiese perdón del agravio, que no había sido en su mano[b] dejar de haberle hecho. Díjole también Sancho:

—Si acaso quisieren saber esos señores quién ha sido el valeroso que tales los puso, diráles vuestra merced que es el famoso don Quijote de la Mancha, que por otro nombre se llama *el Caballero de la Triste Figura.*

Con esto se fue el bachiller[16], y don Quijote preguntó a Sancho que qué le había movido a llamarle *el Caballero de la Triste Figura,* más entonces que nunca.

—Yo se lo diré —respondió Sancho—; porque le he estado mirando un rato a la luz de aquella hacha que lleva aquel malandante, y verdaderamente tiene vuestra merced la más mala figura, de poco acá, que jamás he visto; y débelo de haber causado, o ya el cansancio deste combate, o ya la falta de las muelas y dientes.

—No es eso —respondió don Quijote—; sino que el sabio a cuyo cargo debe de estar el escribir la historia de mis hazañas, le habrá parecido que será bien que yo tome algún nombre apelativo, como lo tomaban todos los caballeros pasados; cuál se llamaba *el de la Ardiente Espada;* cuál, *el del Unicornio;* aquél, *de las Doncellas;* aquéste, *el del Ave Fénix;* el otro, *el Caballero del Grifo;* estotro, *el de la Muerte*[17] *;* y por estos nombres e insignias eran conocidos por toda la redondez de la tierra. Y así, digo que el sabio ya dicho te habrá puesto en la lengua y en el pensamiento ahora que me llamases *el Caballero de la Triste Figura,* como pienso llamarme desde hoy en adelante; y para que mejor me cuadre tal nombre, determino de hacer pintar, cuando haya lugar, en mi escudo una muy triste figura.

---

[16] Entiéndase que más bien se aleja un poco, pues luego se dice de nuevo que se fue.

[17] Sobrenombres correspondientes a Amadís de Grecia, Belianís de Grecia, Florandino de Macedonia, Florarlán de Tracia, el histórico conde de Arenberg, en tiempos de Felipe II, y de nuevo Amadís de Grecia[c].

—No hay para qué gastar tiempo y dineros en hacer esa figura —dijo Sancho—; sino lo que se ha de hacer es que vuestra merced descubra la suya y dé rostro a los que le miraren; que, sin más ni más, y sin otra imagen ni escudo, le llamarán *el de la Triste Figura*[18]; y créame, que le digo verdad; porque le prometo a vuestra merced, señor, y esto sea dicho en burlas, que le hace tan mala cara la hambre y la falta de las muelas, que, como ya tengo dicho, se podrá muy bien escusar la triste pintura.

Rióse don Quijote del donaire de Sancho; pero con todo, propuso de llamarse de aquel nombre en pudiendo pintar su escudo, o rodela, como había imaginado.

—[19]Olvidábaseme de decir que advierta vuestra merced que queda descomulgado, por haber puesto las manos violentamente en cosa sagrada, *juxta illud: Si quis suadente diabolo*, etc.[20]

—No entiendo ese latín —respondió don Quijote—, mas yo sé bien que no puse las manos, sino este lanzón; cuanto más, que yo no pensé que ofendía a sacerdotes ni a cosas de la Iglesia, a quien respeto y adoro como católico y fiel cristiano que soy, sino a fantasmas y a vestiglos del otro mundo. Y cuando eso así fuese, en la memoria tengo

---

[18] Sobrenombre aplicado en el sentido de «figura desgarbada, poco airosa»[d]. '*El caballero de la Triste Figura*' se llamaba Deocliano en el *Libro tercero de... La hystoria del muy esforçado y animoso cauallero don Clarian de Landanis, (fijo del rey Lantedón de Suecia. En el qual se muestran los marauillosos fechos del cauallero de la triste figura, fijo del muy valentisimo cauallero Garcon* [sic] *de la loba*, Toledo, 1524), por la figura de una doncella en su escudo. El donaire en que insiste Sancho se entiende mejor recordando el detalle a que sin duda se refería Cervantes. La figura del escudo de Deocliano era «vna donzella de belleza estraña: su gesto mostraua ser muy triste, y en señal desto la vna mano tenia en el coraçon & con la otra limpiaua las christalinas lagrymas que de sus fermosos ojos corrian». *V.* RM, Apéndice 16.

[19] Según está el texto de la ed. pr. no se sabe quién dice lo que sigue. Se infiere que es el bachiller, pero no se ha dicho que volviera, y de aquí nace la dificultad de este pasaje (debida al error o descuido del cajista) que fue subsanada disparatadamente en la segunda ed., seguida por casi todas las demás, suprimiendo la primera frase y atribuyendo estas palabras a don Quijote[b]. Schevill[a] propuso intercalar aquí: «En esto volvió el bachiller y le dijo a don Quijote»:

[20] juxta... diabolo] «según aquello: Si alguien persuadido por el diablo», palabras del canon aprobado por el Concilio de Trento, el cual excomulga a los que ponen violentamente las manos en un clérigo o monje[b].

lo que le pasó al Cid Ruy Díaz[21], cuando quebró la silla
del embajador de aquel rey delante de Su Santidad del
Papa, por lo cual lo descomulgó, y anduvo aquel día el
buen Rodrigo de Vivar como muy honrado y valiente caballero.
 En oyendo esto el bachiller, se fue, como queda dicho,
sin replicarle palabra. Quisiera don Quijote mirar si el cuerpo que venía en la litera eran huesos o no; pero no lo consintió Sancho, diciéndole:
 —Señor, vuestra merced ha acabado esta peligrosa aventura lo más a su salvo de todas las que yo he visto; esta gente,
aunque vencida y desbaratada, podría ser que cayese en la
cuenta de que los venció sola una persona, y, corridos y
avergonzados desto, volviesen a rehacerse y a buscarnos,
y nos diesen en qué entender. El jumento está como conviene, la montaña cerca, la hambre carga, no hay que hacer sino retirarnos con gentil compás de pies, y, como
dicen, váyase el muerto a la sepultura y el vivo a la hogaza[22].

 Y antecogiendo su asno, rogó a su señor que le siguiese;
el cual, pareciéndole que Sancho tenía razón, sin volver-
le a replicar le siguió. Y a poco trecho que caminaban por
entre dos montañuelas, se hallaron en un espacioso y escondido valle, donde se apearon, y Sancho alivió el jumento,
y tendidos sobre la verde yerba, con la salsa de su hambre,
almorzaron[23], comieron, merendaron y cenaron a un mesmo punto, satisfaciendo sus estómagos con más de una
fiambrera que los señores clérigos del difunto —que pocas
veces se dejan mal pasar— en la acémila de su repuesto
traían.
 Mas sucedióles otra desgracia, que Sancho la tuvo por
la peor de todas, y fue que no tenían vino que beber, ni
aun agua que llegar a la boca; y, acosados de la sed, dijo
Sancho, viendo que el prado donde estaban estaba colmado de verde y menuda yerba, lo que se dirá en el siguiente
capítulo.

---

 [21] Alude al episodio legendario narrado en el romance que empieza
«A concilio dentro en Roma...» (Timoneda, *Rosa española*, 1573);
Juan de Escobar, *Historia y Romancero del Cid* (Lisboa, 1605), ed. Antonio Rodríguez-Moñino (Madrid: Castalia, 1973), p. 146.
 [22] El primer refrán que pronuncia Sancho. Era más corriente la versión «El muerto a la fosada, y el vivo a la hogaza»[bc].
 [23] *almorzaron*] desayunaron.

CAPÍTULO XX

De[1] la jamás vista ni oída aventura que con más poco peligro
fue acabada de famoso caballero en el mundo, como la que
acabó el valeroso don Quijote de la Mancha

—No es posible, señor mío, sino que estas yerbas dan[b]
testimonio de que por aquí cerca debe de estar alguna fuente
o arroyo que estas yerbas humedece, y así, será bien que
vamos un poco más adelante; que ya toparemos donde podamos mitigar esta terrible sed que nos fatiga, que, sin duda,
causa mayor pena que la hambre.

Parecióle bien el consejo a don Quijote, y tomando de
la rienda a Rocinante, y Sancho del cabestro a su asno,
después de haber puesto sobre él los relieves[2] que de la
cena quedaron, comenzaron a caminar por el prado arriba
a tiento[b], porque la escuridad de la noche no les dejaba
ver cosa alguna; mas no hubieron andado docientos pasos
cuando llegó a sus oídos un grande ruido de agua, como
que de algunos grandes y levantados riscos se despeñaba.
Alegróles el ruido en gran manera; y parándose a escuchar
hacia qué parte sonaba, oyeron a deshora otro estruendo que
les aguó[3] el contento del agua, especialmente a Sancho,
que naturalmente era medroso y de poco ánimo. Digo que
oyeron que daban unos golpes a compás, con un cierto
crujir de hierros y cadenas, que, acompañados del furioso
estruendo del agua, que[4] pusieran pavor a cualquier otro
corazón que no fuera el de don Quijote.

Era la noche, como se ha dicho, escura, y ellos acertaron
a entrar entre unos árboles altos, cuyas hojas, movidas del
blando viento, hacían un temeroso y manso ruido; de
manera que la soledad, el sitio, la escuridad, el ruido del
agua con el susurro de las hojas, todo causaba horror y
espanto, y más cuando vieron que ni los golpes cesaban,

---

[1] Simplificado, el sentido irónico del epígrafe es: 'De la jamás vista
ni oída aventura que cualquier famoso caballero en el mundo hubiera
acabado con menos peligro que...'[h].

[2] *relieves*] «las sobras que se levantan de la mesa: a *relevando*»,
[del ital.] Cov. 901.b.50.

[3] *aguó*] «aguarse los placeres: resfriarse con alguna desgracia»,
Cov. 52.a.29.

[4] *que* redundante[ab].

ni el viento dormía, ni la mañana llegaba; añadiéndose a todo esto el ignorar el lugar donde se hallaban. Pero don Quijote, acompañado de su intrépido corazón, saltó sobre Rocinante, y, embrazando su rodela, terció su lanzón y dijo:

—Sancho amigo, has de saber que yo nací, por querer del cielo, en esta nuestra edad de hierro, para resucitar en ella la de oro, o la dorada, como suele llamarse. Yo soy aquel para quien están guardados los peligros, las grandes hazañas, los valerosos hechos. Yo soy, digo otra vez, quien ha de resucitar los de la Tabla Redonda[5], los Doce de Francia y los Nueve de la Fama, y el que ha de poner en olvido los Platires, los Tablantes, Olivantes y Tirantes, los Febos y Belianises, con toda la caterva de los famosos caballeros andantes del pasado tiempo, haciendo en este en que me hallo tales grandezas, estrañezas y fechos de armas, que escurezcan las más claras que ellos ficieron. Bien notas, escudero fiel y legal[6], las tinieblas desta noche, su estraño silencio, el sordo y confuso esfruendo destos árboles, el temeroso ruido de aquella agua en cuya busca venimos, que parece que se despeña y derrumba desde los altos montes de la Luna[7], y aquel incesable golpear que nos hiere y lastima los oídos; las cuales cosas, todas juntas y cada una por sí, son bastantes a infundir miedo, temor y espanto en el pecho del mesmo Marte, cuanto más en aquel que no está acostumbrado a semejantes acontecimientos y aventuras. Pues todo esto que yo te pinto son incentivos y despertadores de mi ánimo, que ya hace que el corazón me reviente en el pecho, con el deseo que tiene de acometer esta aventura, por más dificultosa que se muestra. Así que, aprieta un poco las cinchas a Rocinante, y quédate a Dios, y espérame aquí hasta tres días[8] no más[c], en los

---

[5] Cf. esta proyección e identificación mítica con la del c. 5, p. 106 Ya se han anotado: *Tabla Redonda*, I.13, nota 7; *Doce de Francia y Nueve de la Fama*, I.5, nota 12; *Platir*, I.6, nota 11; *Tablante*, I.16, nota 20; *Olivante*, I.6, nota 9; *Tirante*, I.6, nota 26; *Caballero del Febo*, versos prelim., nota 22; *Belianís*, I.1, nota 9, I.6, nota 23.

[6] *fiel y legal*] fórmula de la lengua notarial, 'bueno, acabado, perfecto'[b].

[7] Alusión a la creencia, apoyada por Ptolomeo *(Geograph.*, IV), que el río Nilo nacía en 'el monte de la Luna', en la alta Etiopía (Bowle y Pellicer).

[8] *hasta tres días*] El esperar *tres días* en análoga situación es fórmula de cuentos populares[b].

cuales, si no volviere, puedes tú volverte a nuestra aldea,
y desde allí, por hacerme merced y buena obra[9], irás al
Toboso, donde dirás a la incomparable señora mía Dulcinea
que su cautivo caballero murió por acometer cosas que le
hiciesen digno de poder llamarse suyo[b].

Cuando Sancho oyó las palabras de su amo, comenzó
a llorar[c] con la mayor ternura del mundo[10], y a decille:

—Señor, yo no sé por qué quiere vuestra merced acometer esta tan temerosa aventura; ahora es de anoche, aquí
no nos vee nadie, bien podemos torcer el camino y desviar-
nos del peligro, aunque no bebamos en tres días; y pues
no hay quien nos vea, menos habrá quien nos note de cobardes; cuanto más que yo he oído predicar al cura de nuestro lugar, que vuestra merced bien conoce, que quien busca
el peligro perece en él[11]; así, que no es bien tentar a Dios
acometiendo tan desaforado hecho, donde no se puede
escapar sino por milagro, y basta los que ha hecho el cielo
con vuestra merced en librarle de ser manteado, como yo
lo fui, y en sacarle vencedor, libre y salvo de entre tantos
enemigos como acompañaban al difunto. Y cuando todo
esto no mueva ni ablande ese duro corazón, muévale el
pensar y creer que apenas se habrá vuestra merced apartado
de aquí, cuando yo, de miedo, dé mi ánima a quien quisiere
llevarla. Yo salí de mi tierra y dejé hijos y mujer por venir
a servir a vuestra merced, creyendo valer más y no menos;
pero como la cudicia[12] rompe el saco, a mí me ha rasgado
mis esperanzas, pues cuando más vivas las tenía de alcanzar
aquella negra y malhadada ínsula que tantas veces vuestra merced me ha prometido, veo que, en pago y trueco
della, me quiere ahora dejar en un lugar tan apartado del
trato humano. Por un solo Dios, señor mío, que non se
me faga tal desaguisado[13]; y ya que del todo no quiera vuestra merced desistir de acometer este fecho, dilátelo, a lo
menos, hasta la mañana; que, a lo que a mí me muestra
la ciencia que aprendí cuando era pastor, no debe de haber

---

[9] *por hacerme merced y buena obra*] fr. escribanil de que se hacía
uso en las escrituras de préstamo sin interés[b].

[10] El antecedente más notable de esta situación es *Amadís de Gaula*,
III.73; otros anotados por Bowle, Clemencín y RM.

[11] Eclesiástico, 3,27.

[12] *cudicia*] forma anticuada de codicia: ...*el saco:* refrán[b], CS.

[13] Sancho imita el lenguaje arcaico de su amo, Rosenblat, **123**, p. 31
y ss.

desde aquí al alba tres horas, porque la boca de la bocina está encima de la cabeza, y hace la media noche en la línea del brazo izquierdo[14].

—¿Cómo puedes tú, Sancho —dijo don Quijote—, ver dónde hace esa línea, ni dónde está esa boca o ese colodrillo[15] que dices, si hace la noche tan escura que no parece en todo el cielo estrella alguna?

—Así es —dijo Sancho—; pero tiene el miedo muchos ojos, y vee las cosas debajo de tierra, cuanto más encima en el cielo; puesto que, por buen discurso, bien se puede entender que hay poco de aquí al día.

—Falte lo que faltare —respondió don Quijote—; que no se ha de decir por mí, ahora ni en ningún tiempo, que lágrimas y ruegos me apartaron de hacer lo que debía a estilo de caballero; y así, te ruego, Sancho, que calles; que Dios, que me ha puesto en corazón de acometer ahora esta tan no vista y tan temerosa aventura, tendrá cuidado de mirar por mi salud y de consolar tu tristeza. Lo que has de hacer es apretar bien las cinchas a Rocinante, y quedarte aquí; que yo daré la vuelta presto, o vivo o muerto.

Viendo, pues, Sancho la última resolución de su amo, y cuán poco valían con él sus lágrimas, consejos y ruegos, determinó de aprovecharse de su industria, y hacerle esperar hasta el día, si pudiese; y así, cuando apretaba las cinchas al caballo, bonitamente y sin ser sentido, ató con el cabestro de su asno ambos pies a Rocinante, de manera que cuando don Quijote se quiso partir, no pudo, porque el caballo no se podía mover sino a saltos. Viendo Sancho Panza el buen suceso de su embuste, dijo:

—Ea, señor, que el cielo, conmovido de mis lágrimas y plegarias, ha ordenado que no se pueda mover Rocinante; y si vos queréis porfiar, y espolear, y dalle[16], será enojar a la Fortuna, y dar coces, como dicen, contra el aguijón.

Desesperábase con esto don Quijote, y, por más que ponía las piernas[17] al caballo, menos le podía mover; y,

---

[14] *la boca de la bocina... brazo izquierdo*] Alude a la posición que por su movimiento seis estrellas de la constelación *Ursa minor* u *Osa menor*, llamada por el vulgo o pastores *la bocina*, tendrían alrededor de la estrella polar en el mes de agosto a esta hora. *V.* nota del padre Mendizábal (también en *RFE*, 12: 182-184, 1925).

[15] *colodrillo*] 'la bocina'. *Colodrillo* es dim. de *colodra*, o *cuerna*, vaso rústico hecho con un cuerno de res vacuna[g].

[16] *y dalle*] y 'darle', en el sentido de insistir.

[17] *ponía las piernas*] picaba con las espuelas.

sin caer en la cuenta de la ligadura, tuvo por bien de sosegarse y esperar, o a que amaneciese, o a que Rocinante se menease, creyendo, sin duda, que aquello venía de otra parte que de la industria de Sancho; y así, le dijo:

—Pues así es, Sancho, que Rocinante no puede moverse, yo soy contento de esperar a que ría el alba, aunque yo llore lo que ella tardare en venir.

—No hay que llorar —respondió Sancho—, que yo entretendré a vuestra merced contando cuentos desde aquí al día, si ya no es que se quiere apear y echarse a dormir un poco sobre la verde yerba, a uso de caballeros andantes, para hallarse más descansado cuando llegue el día y punto de acometer esta tan desemejable aventura que le espera.

—¿A qué llamas apear o a qué dormir? —dijo don Quijote—. ¿Soy yo, por ventura, de aquellos caballeros que toman reposo en los peligros? Duerme tú, que naciste para dormir, o haz lo que quisieres, que yo haré lo que viere que más viene con mi pretensión.

—No se enoje vuestra merced, señor mío —respondió Sancho—, que no lo dije por tanto.

Y llegándose a él, puso la una mano en el arzón delantero y la otra en el otro, de modo que quedó abrazado con el muslo izquierdo de su amo, sin osarse apartar dél un dedo: tal era el miedo que tenía a los golpes, que todavía alternativamente sonaban. Díjole don Quijote que contase algún cuento para entretenerle, como se lo había prometido, a lo que Sancho dijo que sí hiciera, si le dejara el temor de lo que oía.

—Pero, con todo eso, yo me esforzaré a decir una historia[18], que, si la acierto a contar y no me van a la mano[19], es la mejor de las historias; y estéme vuestra merced atento, que ya comienzo. «Érase que se era, el bien que viniere para todos sea, y el mal, para quien lo fuere a buscar...»[20] Y advierta vuestra merced, señor mío, que el principio que los antiguos dieron a sus consejas[21] no fue así como quiera, que fue una setencia de Catón Zonzorino[22], roma-

---

[18] *historia*] Nótese el uso explícito de *historia* con sentido de cuento.

[19] *no me van a la mano*] *ir a la mano*: 'interrumpir, contener'.

[20] Fórmula común de principio de cuentos populares[c] (CS).

[21] *consejas*] «la maraña o cuento fingido que se endereza a sacar della algún buen consejo, de donde tómo el nombre de *conseja*. Lat. *apologus, fabula*», Cov. 350.a.13.

[22] *Catón Zonzorino*] La prevaricación de Sancho le llama, sin querer,

no, que dice: «Y el mal, para quien le fuere a buscar», que viene aquí como anillo al dedo, para que vuestra merced se esté quedo, y no vaya a buscar el mal a ninguna parte, sino que nos volvamos por otro camino, pues nadie nos fuerza a que sigamos éste, donde tantos miedos nos sobresaltan.

—Sigue tu cuento, Sancho —dijo don Quijote—, y del camino que hemos de seguir déjame a mí el cuidado.

—«Digo, pues —prosiguió Sancho—, que en un lugar de Estremadura había un pastor cabrerizo, quiero decir que guardaba cabras; el cual pastor o cabrerizo, como digo, de mi cuento, se llamaba Lope Ruiz; y este Lope Ruiz andaba enamorado de una pastora que se llamaba Torralba; la cual pastora llamada Torralba era hija de un ganadero rico, y este ganadero rico...»

—Si desa manera cuentas tu cuento, Sancho —dijo don Quijote—, repitiendo dos veces lo que vas diciendo, no acabarás en dos días; dilo seguidamente, y cuéntalo como hombre de entendimiento, y si no, no digas nada.

—De la misma manera que yo lo cuento —respondió Sancho— se cuentan en mi tierra todas las consejas, y yo no sé contarlo de otra, ni es bien que vuestra merced me pida que haga usos nuevos.

—Di como quisieres —respondió don Quijote—; que pues la suerte quiere que no pueda dejar de escucharte, prosigue.

—«Así que, señor mío de mi ánima —prosiguió Sancho—, que, como ya tengo dicho, este pastor andaba enamorado de Torralba, la pastora, que era una moza rolliza, zahareña[23] y tiraba algo a hombruna, porque tenía unos pocos de bigotes, que parece que ahora la veo[b]».

—Luego ¿conocístela tú? —dijo don Quijote.

—No la conocí yo —respondió Sancho—; pero quien me contó este cuento me dijo que era tan cierto y verda-

---

'bellaco', 'tonto', 'fingido', Amado Alonso, **410**, y alude a una tradición popular que había convertido, desde la Edad Media, a Catón el Censor (234-149 a.C.), o Censorino, en una autoridad de refranes y máximas. Cf. II.42, p. 357. Además, la obra tardía *Dicta Catonis* (o *Dichos de Catón)* se popularizó por haberse dado el nombre *el Catón* a libros de lectura para escuelas. Consta que entre las *Sententiae* atribuidas a Catón no aparece el dicho de Sancho[a].

[23] *zahareña*] 'esquiva', 'intratable'; se dice del pájaro esquivo y difícil de amansar, Cov. 390.a.23.

dero, que podía bien, cuando lo contase a otro, afirmar y jurar que lo había visto todo. «Así que, yendo días y viniendo días[b], el diablo, que no duerme y que todo lo añasca[24], hizo de manera que el amor que el pastor tenía a la pastora se volviese en omecillo[25] y mala voluntad; y la causa fue, según malas lenguas, una cierta cantidad de celillos que ella le dio, tales, que pasaban de la raya y llegaban a lo vedado; y fue tanto lo que el pastor la aborreció de allí adelante, que, por no verla, se quiso ausentar de aquella tierra e irse donde sus ojos no la viesen jamás. La Torralba, que se vio desdeñada del Lope, luego le quiso bien, más que nunca le había querido.»[26]

—Ésa es natural condición de mujeres —dijo don Quijote—: desdeñar a quien las quiere y amar a quien las aborrece. Pasa adelante, Sancho.

—«Sucedió —dijo Sancho— que el pastor puso por obra su determinación, y, antecogiendo sus cabras, se encaminó por los campos de Estremadura, para pasarse a los reinos de Portugal. La Torralba, que lo supo, se fue tras él, y seguíale a pie y descalza desde lejos, con un bordón en la mano y con unas alforjas al cuello, donde llevaba, según es fama, un pedazo de espejo y otro de un peine, y no sé qué botecillo de mudas[27] para la cara; mas, llevase lo que llevase, que yo no me quiero meter ahora en averiguallo, sólo diré que dicen que el pastor llegó con su ganado a pasar[28] el río Guadiana, y en aquella sazón iba crecido y casi fuera de madre, y por la parte que llegó no había barca ni barco, ni quien le pasase a él ni a su ganado de la otra parte, de lo que se congojó mucho, porque veía que la Torralba venía ya muy cerca, y le había de dar mucha pesadumbre con sus ruegos y lágrimas; mas, tanto anduvo mirando, que vio un pescador, que tenía junto a sí un barco, tan pequeño, que solamente podían caber en él una persona y una cabra; y, con todo esto, le habló, y concertó con él que le pasase a él y a trecientas cabras que llevaba. Entró

[24] *añascar:* urdir, enredar, embrollar.

[25] *omecillo*] rencor, odio[cb]. Cf. I.10, nota 8.

[26] Avalle-Arce mantiene que el cuento de Sancho es una versión arrusticada de la historia de Rosaura y Grisaldo en *La Galatea* (libro 4), ed. Clás. Cast., p. XVI y XVII.

[27] *mudas*] «cierta untura que las mujeres se ponen en la cara para quitar dellas las manchas», Cov. 817.b.56.

[28] *a pasar*] 'para pasar'[b].

el pescador en el barco, y pasó una cabra; volvió, y pasó otra; tornó a volver, y tornó a pasar otra.» Tenga vuestra merced cuenta en las cabras que el pescador va pasando, porque si se pierde una de la memoria, se acabará el cuento, y no será posible contar más palabra dél. «Sigo, pues, y digo que el desembarcadero de la otra parte estaba lleno de cieno y resbaloso, y tardaba el pescador mucho tiempo en ir y volver. Con todo esto, volvió por otra cabra, y otra, y otra...»

—Haz cuenta que las pasó todas —dijo don Quijote—; no andes yendo y viniendo desa manera, que no acabarás de pasarlas en un año.

—¿Cuántas han pasado hasta agora? —dijo Sancho.

—Yo ¿qué diablos sé? —respondió don Quijote.

—He ahí lo que yo dije: que tuviese buena cuenta. Pues por Dios que se ha acabado el cuento, que no hay pasar adelante.

—¿Cómo puede ser eso? —respondió don Quijote—. ¿Tan de esencia de la historia es saber las cabras que han pasado, por estenso, que si se yerra una del número no puedes seguir adelante con la historia?

—No, señor, en ninguna manera —respondió Sancho—; porque así como yo pregunté a vuestra merced que me dijese cuántas cabras habían pasado, y me respondió que no sabía, en aquel mesmo instante se me fue a mí de la memoria cuanto me quedaba por decir, y a fe que era de mucha virtud y contento.

—¿De modo —dijo don Quijote— que ya la historia es acabada?

—Tan acabada es como mi madre —dijo Sancho.

—Dígote de verdad —respondió don Quijote— que tú has contado una de las más nuevas consejas, cuento o historia[29], que nadie pudo pensar en el mundo, y que tal modo de contarla ni dejarla, jamás se podrá ver ni habrá visto en toda la vida, aunque no esperaba yo otra cosa de tu buen discurso; mas no me maravillo, pues quizá estos golpes, que no cesan, te deben de tener turbado el entendimiento.

---

[29] Elogio irónico. Este cuento 'de nunca acabar' pertenece a la tradición oral y folklórica universal (S. Thompson, *Motif-Index*, n. Z11. V. **448.1.**) y se encuentra en colecciones literarias: Pedro Alfonso, *Disciplina clericalis* (siglo XII), ed. González Palencia, ej. 12; *Libro de los exemplos*, ed. Keller, n. 156; BAE, t. 51, n. 85; *Cento novelle antiche*, 1571 (Bowle y Pellicer)[ab].

—Todo puede ser —respondió Sancho—; mas yo sé que en lo de mi cuento no hay más que decir; que allí se acaba do comienza el yerro de la cuenta del pasaje de las cabras.

—Acabe norabuena donde quisiere —dijo don Quijote—, y veamos si se puede mover Rocinante.

Tornóle a poner las piernas, y él tornó a dar saltos y a estarse quedo: tanto estaba de bien atado.

En esto, parece ser, o que el frío de la mañana, que ya venía, o que Sancho hubiese cenado algunas cosas lenitivas[30], o que fuese cosa natural —que es lo que más se debe creer—, a él le vino en voluntad y deseo de hacer lo que otro no pudiera hacer por él; mas era tanto el miedo que había entrado en su corazón, que no osaba apartarse un negro de uña[31] de su amo. Pues pensar de no hacer lo que tenía gana, tampoco era posible; y así, lo que hizo, por bien de paz, fue soltar la mano derecha, que tenía asida al arzón trasero, con la cual, bonitamente y sin rumor alguno, se soltó la lazada corrediza con que los calzones se sostenían, sin ayuda de otra alguna, y, en quitándosela, dieron luego abajo, y se le quedaron como grillos. Tras esto, alzó la camisa lo mejor que pudo, y echó al aire entrambas posaderas, que no eran muy pequeñas. Hecho esto —que él pensó que era lo más que tenía que hacer para salir de aquel terrible aprieto y angustia—, le sobrevino otra mayor, que fue que le pareció que no podía mudarse[32] sin hacer estrépito y ruido, y comenzó a apretar los dientes y a encoger los hombros, recogiendo en sí el aliento todo cuanto podía; pero, con todas esas diligencias, fue tan desdichado, que, al cabo al cabo, vino a hacer un poco de ruido, bien diferente de aquel que a él le ponía tanto miedo. Oyólo don Quijote, y dijo:

—¿Qué rumor es ése, Sancho?

—No sé, señor —respondió él. —Alguna cosa nueva debe de ser; que las aventuras y desventuras nunca comienzan por poco.

Tornó otra vez a probar ventura, y sucedióle tan bien, que, sin más ruido ni alboroto que el pasado, se halló libre de la carga que tanta pesadumbre le había dado. Mas como don Quijote tenía el sentido del olfato tan vivo como

---

[30] *lenitivas*] laxantes.
[31] *un negro de uña*] fr. fig. y fam., 'lo mínimo de un caso o cosa'[b].
[32] *mudarse*] defecar.

el de los oídos, y Sancho estaba tan junto y cosido con él, que casi por línea recta subían los vapores hacia arriba, no se pudo escusar de que algunos no llegasen a sus narices; y apenas hubieron llegado, cuando él fue al socorro, apretándolas entre los dos dedos, y, con tono algo gangoso, dijo:

—Paréceme, Sancho, que tienes mucho miedo.

—Sí tengo —respondió Sancho—; mas, ¿en qué lo echa de ver vuestra merced ahora más que nunca?

—En que ahora más que nunca hueles, y no a ámbar —respondió don Quijote.

—Bien podrá ser —dijo Sancho—, mas yo no tengo la culpa, sino vuestra merced, que me trae a deshoras y por estos no acostumbrados pasos.

Retírate tres o cuatro allá, amigo —dijo don Quijote, todo esto sin quitarse los dedos de las narices—, y desde aquí adelante ten más cuenta con tu persona y con lo que debes a la mía; que la mucha conversación que tengo contigo ha engendrado este menosprecio.

—Apostaré —replicó Sancho— que piensa vuestra merced que yo he hecho de mi persona alguna cosa que no deba.

—Peor es meneallo[33], amigo Sancho —respondió don Quijote.

En estos coloquios y otros semejantes pasaron la noche amo y mozo. Mas, viendo Sancho que a más andar[34] se venía la mañana, con mucho tiento desligó a Rocinante y se ató los calzones. Como Rocinante se vio libre, aunque él de suyo no era nada brioso, parece que se resintió, y comenzó a dar manotadas; porque corvetas —con perdón suyo— no las sabía hacer. Viendo, pues, don Quijote que ya Rocinante se movía, lo tuvo a buena señal, y creyó que lo era de que acometiese aquella temerosa aventura.

Acabó en esto de descubrirse el alba, y de parecer distintamente las cosas, y vio don Quijote que estaba entre unos árboles altos; que ellos eran castaños, que hacen la sombra muy escura. Sintió también que el golpear no cesaba, pero no vio quién lo podía causar; y así, sin más detenerse, hizo sentir las espuelas a Rocinante, y, tornando a despedirse de Sancho, le mandó que allí le aguardase tres días, a lo

---

[33] *peor es meneallo*]   La fr. alude a un refrán o a varios. Cf. I.47, p. 563, II.12, p. 127, II.37, p. 327.
[34] *a más andar*]   'a toda prisa'.

más largo, como ya otra vez se lo había dicho, y que, si al cabo dellos no hubiese vuelto, tuviese por cierto que Dios había sido servido de que en aquella peligrosa aventura se le acabasen sus días. Tornóle a referir el recado y embajada que había de llevar de su parte a su señora Dulcinea, y que, en lo que tocaba a la paga de sus servicios, no tuviese pena, porque él había dejado hecho su testamento antes que saliera de su lugar, donde se hallaría gratificado de todo lo tocante a su salario, rata por cantidad[35], del tiempo que hubiese servido; pero, que si Dios le sacaba de aquel peligro sano y salvo y sin cautela[36], se podía tener por muy más que cierta la prometida ínsula.

De nuevo tornó a llorar Sancho oyendo de nuevo las lastimeras razones de su buen señor, y determinó de no dejarle hasta el último tránsito y fin de aquel negocio.

Destas lágrimas y determinación tan honrada de Sancho Panza saca el autor desta historia que debía de ser bien nacido, y, por lo menos, cristiano viejo[37]; cuyo sentimiento enterneció algo a su amo, pero no tanto que mostrase flaqueza alguna; antes, disimulando lo mejor que pudo, comenzó a caminar hacia la parte por donde le pareció que el ruido del agua y del golpear venía.

Seguíale Sancho a pie, llevando, como tenía de costumbre, del cabestro a su jumento, perpetuo compañero de sus prósperas y adversas fortunas; y habiendo andado una buena pieza por entre aquellos castaños y árboles sombríos, dieron en un pradecillo que al pie de unas altas peñas se hacía, de las cuales se precipitaba un grandísimo golpe de agua. Al pie de las peñas estaban unas casas mal hechas, que más parecían ruinas de edificios que casas, de entre las cuales advirtieron que salía el ruido y estruendo de aquel golpear, que aún no cesaba.

Alborotóse Rocinante con el estruendo del agua y de los golpes, y sosegándole don Quijote, se fue llegando poco a poco a las casas, encomendándose de todo corazón a su señora, suplicándole que en aquella temerosa jornada y empresa le favoreciese, y de camino se encomendaba tam-

[35] *rata por cantidad*] a prorrata, a proporción; II.28, nota 9.

[36] *sin cautela*] fórmula legal; *cautela* equivalía unas veces a fianza para obtener la libertad y otras a inspección o prevención.

[37] *cristiano viejo*] «el hombre limpio que no tiene raza de moro, ni de judío. Cristiano nuevo, por el contrario», Cov. 371.b.28. Cf. I.28, nota 8.

bién[38] a Dios, que no le olvidase. No se le quitaba Sancho del lado, el cual alargaba cuanto podía el cuello y la vista, por entre las piernas de Rocinante, por ver si vería ya lo que tan suspenso y medroso le tenía.

Otros cien pasos serían los que anduvieron, cuando, al doblar de una punta, pareció descubierta y patente la misma causa, sin que pudiese ser otra, de aquel horrísono y para ellos espantable ruido, que tan suspensos y medrosos toda la noche los había tenido. Y eran —si no lo has, ¡oh lector!, por pesadumbre y enojo— seis mazos de batán[39], que con sus alternativos golpes aquel estruendo formaban.

Cuando don Quijote vio lo que era, enmudeció y pasmóse de arriba abajo. Miróle Sancho, y vio que tenía la cabeza inclinada sobre el pecho, con muestras de estar corrido. Miró también don Quijote a Sancho, y violé que tenía los carrillos hinchados, y la boca llena de risa, con evidentes señales de querer reventar con ella, y no pudo su melanconía[40] tanto con él, que a la vista de Sancho pudiese dejar de reírse; y como vio Sancho que su amo había comenzado, soltó la presa de manera que tuvo necesidad de apretarse las ijadas con los puños, por no reventar riendo. Cuatro veces sosegó, y otras tantas[c] volvió a su risa, con el mismo ímpetu que primero; de lo cual ya se daba al diablo don Quijote, y más cuando le oyó decir, como por modo de fisga[41]:

—«Has de saber, ¡oh Sancho amigo!, que yo nací, por querer del cielo, en esta nuestra edad de hierro, para resucitar en ella la dorada, o de oro, Yo soy aquel para quien están guardados los peligros, las hazañas grandes, los valerosos fechos...»

Y por aquí fue repitiendo todas o las más razones que don Quijote dijo la vez primera que oyeron los temerosos golpes.

Viendo, pues, don Quijote que Sancho hacía burla dél, se corrió y enojó en tanta manera, que alzó el lanzón y le asentó

---

[38] *encomendándose de todo corazón... también*]   Este trozo fue censurado por la Inquisición portuguesa en 1624[c].

[39] *batán*]   «cierta máquina ordinaria de unos mazos de madera muy gruesos, que mueve una rueda con el agua, y éstos hieren a veces [i.e., alternativamente] en un pilón donde batanan y golpean los paños, para que se limpien del aceite y se incorporen y tupan», Cov. 200.b.47.

[40] *melanconía*]   melancolía[g], como en I.35, p. 446.

[41] *por modo de fisga*]   'por modo de burla'. El inglés Jarvis tradujo «by way of irony» en 1742.

dos palos, tales, que si, como los recibió en las espaldas, los recibiera en la cabeza, quedara libre de pagarle el salario, si no fuera a sus herederos. Viendo Sancho que sacaba tan malas veras de sus burlas, con temor de que su amo no pasase'adelante en ellas, con mucha humildad le dijo:

—Sosiéguese vuestra merced; que por Dios que me burlo[42].

—Pues, porque os burláis, no me burlo yo —respondió don Quijote—. Venid acá, señor alegre: ¿Paréceos a vos que, si como éstos fueron mazos de batán, fueran otra peligrosa aventura, no había yo mostrado el ánimo que convenía para emprendella y acaballa? ¿Estoy yo obligado, a dicha, siendo, como soy, caballero, a conocer y destinguir los sones, y saber cuáles son de batán o no? Y más, que podría ser, como es verdad, que no los he visto en mi vida, como vos los habréis visto, como villano ruin que sois[e], criado y nacido entre ellos. Si no, haced vos que estos seis mazos se vuelvan en seis jayanes, y echádmelos a las barbas[43] uno a uno, o todos juntos, y cuando yo no diere con todos patas arriba[b], haced de mí la burla que quisiéredes.

—No haya más, señor mío —replicó Sancho—; que yo confieso que he andado algo risueño en demasía. Pero dígame vuestra merced, ahora que estamos en paz (así Dios le saque de todas las aventuras que le sucedieren tan sano y salvo como le ha sacado désta), ¿no ha sido cosa de reír, y lo es de contar, el gran miedo que hemos tenido? A lo menos el que yo tuve; que de vuestra merced ya yo sé que no le conoce, ni sabe qué es temor ni espanto.

—No niego yo —respondió don Quijote— que lo que nos ha sucedido no sea cosa digna de risa; pero no es digna de contarse; que no son todas las personas tan discretas que sepan poner en su punto las cosas.

—A lo menos —respondió Sancho—, supo vuestra merced poner en su punto el lanzón, apuntándome a la cabeza, y dándome en las espaldas, gracias a Dios y a la diligencia que puse en ladearme. Pero vaya, que todo saldrá en la

---

[42] *que me burlo… porque os burláis*] 'que bromeo', 'que no es de veras'. Pero don Quijote, colérico, deja de *tú* y trata de *vos* a Sancho[b].

[43] *echádmelos a las barbas*] La exp. completa es 'echar *el gato* a las barbas'[b] o 'hacer caer el peligro sobre otro'. «'Echar el gato a las barbas' es poner a uno en ocasión de verse en trabajo, cargándole y obligándole a la defensa de cosa dificultosa y peligrosa», Cov. 193.b.14. Cf. II.45, p. 381, II.72, p. 578.

colada[44]; que yo he oído decir: «Ése te quiere bien, que te hace llorar»; y más, que suelen los principales señores, tras una mala palabra que dicen a un criado, darle luego unas calzas; aunque no sé lo que le suelen dar tras haberle dado de palos, si ya no es que los caballeros andantes dan tras palos ínsulas, o reinos en tierra firme.

—Tal podría correr el dado[45] —dijo don Quijote—, que todo lo que dices viniese a ser verdad; y perdona lo pasado, pues eres discreto y sabes que los primeros movimientos no son en mano del hombre[46], y está advertido de aquí adelante en una cosa, para que te abstengas y reportes en el hablar demasiado conmigo; que en cuantos libros de caballerías he leído, que son infinitos, jamás he hallado que ningún escudero hablase tanto con su señor como tú con el tuyo. Y en verdad que lo tengo a gran falta, tuya y mía: tuya, en que me estimas en poco; mía, en que no me dejo estimar en más. Sí, que Gandalín, escudero de Amadís de Gaula, conde fue de la ínsula Firme[47]; y se lee dél que siempre hablaba a su señor con la gorra en la mano, inclinada la cabeza y doblado el cuerpo, *more turquesco*[48]. Pues, ¿qué diremos de Gasabal, escudero de don Galaor, que fue tan callado que, para declararnos la excelencia de su maravilloso silencio, sola una vez se nombra su nombre en toda aquella tan grande como verdadera historia?[49] De todo lo que he dicho has de inferir, Sancho, que es menester hacer diferencia de amo a mozo, de señor a criado y de caballero a escudero. Así que, desde hoy en adelante, nos

[44] *saldrá en la colada*] exp. proverb.[b], 'se quitarán las manchas', 'todo se averiguará, descubrirá'. El refrán (CS) aparece en I.22, p. 273 y II.36, p. 322.

[45] *el dado*] la suerte[b].

[46] *los primeros... del hombre*] fr. común entre moralistas[bc]; se encuentra en *La Celestina*, acto 7: [Párm.] «Que assí como el primer mouimiento no es en mano del hombre, assí el primer yerro»[a]. Cf. I.30, p. 379.

[47] *Amadís de Gaula*, II.44-45, IV.109. Amadís dio el señorío de la Insola Firme a su escudero antes de entregarse a la vida penitente, habiendo recibido la carta de Oriana. V. notas de Clemencín.

[48] *more turquesco*] 'a lo turco'. Pero entiéndase que la frase adverbial no se refiere a lo de la gorra, porque entre los turcos era descortesía quitársela en las visitas[c].

[49] En efecto, solo una vez se nombra a Gasabal, *AdG*, II.59, p. 503a, pero lo del silencio de los escuderos es invención de don Quijote[c]. De Gandalín se cuenta en *Amadís de Gaula*, IV.109, p. 1085a, que su íntima conversación le era consuelo indispensable a Amadís.

hemos de tratar con más respeto, sin darnos cordelejo⁵⁰, porque, de cualquiera manera que yo me enoje con vos, ha de ser mal para el cántaro⁵¹. Las mercedes y beneficios que yo os he prometido llegarán a su tiempo; y si no llegaren, el salario, a lo menos, no se ha de perder, como ya os he dicho

—Está bien cuanto vuestra merced dice —dijo Sancho—; pero querría yo saber, por si acaso no llegase el tiempo de las mercedes y fuese necesario acudir al de los salarios, cuánto ganaba un escudero de un caballero andante en aquellos tiempos, y si se concertaban por meses, o por días, como peones de albañir⁵².

—No creo yo —respondió don Quijote— que jamás los tales escuderos estuvieron a salario, sino a merced. Y si yo ahora te le he señalado a ti en el testamento cerrado que dejé en mi casa⁵³, fue por lo que podía suceder; que aún no sé cómo prueba en estos tan calamitosos tiempos nuestros la caballería, y no querría que por pocas cosas⁵⁴ penase mi ánima en el otro mundo. Porque quiero que sepas, Sancho, que en él⁵⁵ no hay estado más peligroso que el de los aventureros.

—Así es verdad —dijo Sancho—, pues sólo el ruido de los mazos de un batán pudo alborotar y desasosegar el corazón de un tan valeroso andante aventurero como es vuestra merced. Mas bien puede estar seguro que de aquí adelante no despliegue mis labios para hacer donaire de las cosas de vuestra merced, si no fuere para honrarle, como a mi amo y señor natural.

—Desa manera —replicó don Quijote— vivirás sobre la haz de la tierra⁵⁶; porque, después de a los padres, a los amos se ha de respetar como si lo fuesen.

⁵⁰ *sin darnos cordelejo*] 'sin chancear' 'sin darnos bromas'.
⁵¹ *mal para el cántaro*] «Hay algunos proverbios del cántaro: 'Si la piedra da en el cántaro, mal para el cántaro, y si el cántaro da en la piedra, también se quiebra en ella'; no es bueno tener contienda con los poderosos, que son piedras duras, y los pobres barro delgado y mal cocido», Cov. 289.b.25. Desde luego, Sancho es el más débil... 'el cántaro'. Sancho dice el refrán completo en II.43, p. 364.
⁵² *albañir*] por albañil⁶.
⁵³ *el testamento cerrado que dejé en mi casa*] supra, p. 247.
⁵⁴ *por pocas cosas*] por poca cosa⁶.
⁵⁵ *en él*] 'en este mundo'.
⁵⁶ *Vivirá sobre la haz de la tierra* es exp. registrada por Correas, 358a: se dice «del manso y pacífico, y del cobarde».

CAPÍTULO XXI

Que trata de la alta aventura y rica ganancia del yelmo de
Mambrino, con otras cosas sucedidas a nuestro invencible
caballero

En esto, comenzó a llover un poco, y quisiera Sancho que
se entraran en el molino de los batanes; mas habíales cobrado tal aborrecimiento don Quijote por la pesada burla,
que en ninguna manera quiso entrar dentro; y así, torciendo
el camino a la derecha mano, dieron en otro como el que
habían llevado el día de antes.

De allí a poco, descubrió don Quijote un hombre a
caballo, que traía en la cabeza una cosa que relumbraba
como si fuera de oro, y aun él apenas le hubo visto, cuando
se volvió a Sancho y le dijo:

—Paréceme, Sancho, que no hay refrán que no sea verdadero, porque todos son sentencias sacadas de la mesma
experiencia[1], madre de las ciencias todas, especialmente
aquel que dice: «Donde una puerta se cierra, otra se abre».
Dígolo, porque si anoche nos cerró la ventura la puerta
de la que buscábamos, engañándonos con los batanes,
ahora nos abre de par en par otra, para otra mejor y más
cierta aventura, que si yo no acertare a entrar por ella, mía
será la culpa, sin que la pueda dar a la poca noticia de batanes, ni a la escuridad de la noche. Digo esto, porque,
si no me engaño, hacia nosotros viene uno que trae en su
cabeza puesto el yelmo de Mambrino, sobre que yo hice
el juramento que sabes[2].

—Mire vuestra merced bien lo que dice, y mejor lo que
hace— dijo Sancho—; que no querría que fuesen otros batanes que nos acabasen de abatanar y aporrear el sentido.

—¡Válate el diablo por hombre![3] —replicó don Quijote—.
¿Qué va[b] de yelmo a batanes?

—No sé nada —respondió Sancho—; mas, a fe que
si yo pudiera hablar tanto como solía, que quizá diera tales
razones, que vuestra merced viera que se engañaba en
lo que dice.

[1] Cf. I.39[b], p. 474.
[2] I.10, p. 150.
[3] *¡Válate el diablo por hombre!*] Equivale a *¡Qué hombre! ¡Vaya*
con el hombre![g].

—¿Cómo me puedo engañar en lo que digo, traidor escrupuloso? —dijo don Quijote—. Dime, ¿no ves aquel caballero que hacia nosotros viene, sobre un caballo rucio rodado[4], que trae puesto en la cabeza un yelmo de oro?

—Lo que yo veo y columbro —respondió Sancho— no es sino un hombre sobre un asno, pardo como el mío, que trae sobre la cabeza una cosa que relumbra.

—Pues ése es el yelmo de Mambrino —dijo don Quijote—. Apártate a una parte y déjame con él a solas; verás cuán sin hablar palabra, por ahorrar del tiempo, concluyo esta aventura, y queda por mío el yelmo que tanto he deseado.

—Yo me tengo en cuidado el apartarme —replicó Sancho—; mas quiera Dios —tornó a decir— que orégano sea[5], y no batanes.

—Ya os he dicho, hermano, que no me mentéis, ni por pienso, más eso de los batanes —dijo don Quijote—; que voto...[6], y no digo más, que os batanee el alma.

Calló Sancho, con temor que su amo no cumpliese el voto que le había echado, redondo como una bola.

Es, pues, el caso que el yelmo, y el caballo y caballero que don Quijote veía, era esto: que en aquel contorno había dos lugares, el uno tan pequeño, que ni tenía botica ni barbero, y el otro, que estaba junto[7], sí; y así, el barbero del mayor servía al menor, en el cual tuvo necesidad un enfermo de sangrarse, y otro de hacerse la barba, para lo cual venía el barbero, y traía una bacía[g] de azófar[8]; y quiso la suerte que, al tiempo que venía, comenzó a llover, y porque no se le manchase el sombrero, que debía de ser nuevo, se puso la bacía sobre la cabeza; y, como estaba limpia, desde media legua relumbraba[b]. Venía sobre un asno pardo, como Sancho dijo, y ésta fue la ocasión que a don Quijote le pareció caballo rucio rodado, y caballero, y yelmo de oro; que todas las cosas que veía con mucha fa-

---

[4] *rucio rodado*] *rucio:* de color pardo claro. *rodado:* con manchas redondas más oscuras.

[5] *que orégano sea*] Alude al refrán. «A Dios plega (o Quiera Dios) que orégano sea y no se nos vuelva alcarabea». Es decir que se aprecia más el orégano, aunque ambas son plantas aromáticas.

[6] *que voto...*] El juramento completo sería «que voto *a Dios*». En seguida se dice que lo echó «redondo como una bola»[b].

[7] *estaba junto*] Así en la ed. pr.; algunos editores enmiendan «estaba junto *a él*».

[8] *azófar*] latón.

cilidad las acomodaba a sus desvariadas caballerías y malandantes pensamientos. Y cuando él vio que el pobre caballero llegaba cerca, sin ponerse con él en razones, a todo correr de Rocinante le enristró con el lanzón bajo, llevando intención de pasarle de parte a parte; mas cuando a él llegaba, sin detener la furia de su carrera, le dijo:

—¡Defiéndete, cautiva[c] criatura, o entriégame de tu voluntad lo que con tanta razón se me debe!

El barbero, que, tan sin pensarlo ni temerlo, vio venir aquella fantasma sobre sí, no tuvo otro remedio, para poder guardarse del golpe de la lanza, sino fue el dejarse caer del asno abajo; y no hubo tocado al suelo, cuando se levantó más ligero que un gamo, y comenzó a correr por aquel llano, que no le alcanzara el viento. Dejóse la bacía en el suelo, con la cual se contentó don Quijote, y dijo que el pagano había andado discreto, y que había imitado al castor[c], el cual, viéndose acosado de los cazadores, se taraza y arpa[9] con los dientes aquello por lo que él, por distinto natural, sabe que es perseguido[10]. Mandó a Sancho que alzase el yelmo, el cual, tomándola en las manos, dijo:

—Por Dios que la bacía es buena, y que vale un real de a ocho[11] como un maravedí[12].

Y dándosela a su amo, se la puso luego en la cabeza, rodeándola a una parte y a otra, buscándole el encaje[13]; y como no se le hallaba, dijo:

[9] *se taraza* (o ataraza) *y arpa*] 'se muerde y araña', 'se corta'. La ed. pr. dice *harta*, que Schevill lee como errata por *harpa*[a]. La tercera ed. de Cuesta corrigió *corta*, que han seguido muchos editores[b].

[10] Alusión a la creencia antigua, fabulosa e injustificada[cb], que el macho del castor, acosado por cazadores, libraba la vida por instinto, pues sabía que era perseguido por la sustancia medicinal —el castóreo— que contenían sus órganos genitales, y se los cortaba mordiéndose. Don Quijote recordaría la alusión en *Orlando furioso* 27.57[cb].

[11] *real de a ocho*] moneda antigua que contenía el peso y valor de ocho reales de plata, *Aut.*

[12] *como un maravedí*] 'tan seguro como vale un maravedí', la moneda de más bajo valor que entonces existía. La exp. es forma vulgar de encarecimiento[b].

[13] *el encaje*] o sea, la babera, que cubría la boca y las quijadas. Las bacías del tiempo de Cervantes debieron ser de hechura honda[c]. De aquí que ésta le parezca a don Quijote *yelmo* y que la pueda mantener en la cabeza. El *almete* era arma ligera y solo cubría el casco de la cabeza; por eso Sancho opta por llamar la bacía *almete*. *Celada:* en el sentido general de pieza de armadura que cubre la cabeza. 'La mitad' que falta es el encaje.

—Sin duda que el pagano a cuya medida se forjó primero esta famosa celada, debía de tener grandísima cabeza; y lo peor dello es que le falta la mitad.

Cuando Sancho oyó llamar a la bacía celada, no pudo tener la risa; mas vínosele a las mientes la cólera de su amo, y calló en la mitad della.

—¿De qué te ríes, Sancho? —dijo don Quijote.

—Ríome —respondió el— de considerar la gran cabeza que tenía el pagano dueño deste almete, que no semeja sino una bacía de barbero pintiparada.

—¿Sabes qué imagino, Sancho? Que esta famosa pieza deste encantado yelmo[14], por algún estraño acidente debió de venir a manos de quien no supo conocer ni estimar su valor, y, sin saber lo que hacía, viéndola de oro purísimo, debió de fundir la otra mitad para aprovecharse del precio, y de la otra mitad hizo ésta, que parece bacía de barbero, como tú dices; pero sea lo que fuere, que para mí que la conozco no hace al caso su trasmutación, que yo la aderezaré en el primer lugar donde haya herrero, y de suerte que no le haga ventaja, ni aun le llegue, la que hizo y forjó el dios de las herrerías para el dios de las batallas[15]; y en este entretanto, la traeré como pudiere, que más vale algo que no nada; cuanto más que bien será bastante para defenderme de alguna pedrada.

—Eso será —dijo Sancho— si no se tira con honda, como se tiraron en la pelea de los dos ejércitos, cuando le santiguaron a vuestra merced las muelas y le rompieron el alcuza donde venía aquel benditísimo brebaje que me hizo vomitar las asaduras[16].

—No me da mucha pena el haberle perdido; que ya sabes tú, Sancho —dijo don Quijote—, que yo tengo la receta en la memoria.

---

[14] 1.10, nota 19. Se supone 'encantado' porque tenía la virtud de hacer invulnerable al que lo llevase o ganase.

[15] El pronombre *la* repetido aquí dos veces se refiere a *pieza*, mencionada al principio del período. Pero la ambigüedad del caso es tal que a todas luces se ve que Cervantes quiso aludir con el pronombre *la* también a *bacía*, de modo que pudiera entenderse no que don Quijote dijera que Vulcano forjó un yelmo para Marte, sino que le hizo una bacía. La ambigüedad da en un desatino de lo más consciente. No existen, ni podrían existir, antecedentes para afirmar tal origen del yelmo de Marte. V. nota de Schevill y Marasso, **083**, p. 81-82.

[16] *asaduras*] 'entrañas'.

[17] *mi hora*] 'mi muerte'.

—También la tengo yo —respondió Sancho—; pero si yo le hiciere ni le probare más en mi vida, aquí sea mi hora[17]. Cuanto más, que no pienso ponerme en ocasión de haberle menester, porque pienso guardarme con todos mis cinco sentidos de ser ferido ni de ferir a nadie. De lo del ser otra vez manteado, no digo nada; que semejantes desgracias mal se pueden prevenir, y si vienen, no hay que hacer otra cosa sino encoger los hombros, detener el aliento, cerrar los ojos y dejarse ir por donde la suerte y la manta nos llevare.

—Mal cristiano eres, Sancho —dijo, oyendo esto, don Quijote—, porque nunca olvidas la injuria que una vez te han hecho; pues sábete que es de pechos nobles y generosos no hacer caso de niñerías. ¿Qué pie sacaste cojo, qué costilla quebrada, qué cabeza rota, para que no se te olvide aquella burla? Que, bien apurada la cosa, burla fue y pasatiempo; que, a no entenderlo yo ansí, ya yo hubiera vuelto allá, y hubiera hecho en tu venganza más daño que el que hicieron los griegos por la robada Elena. La cual, si fuera en este tiempo, o mi Dulcinea fuera en aquél[c], pudiera estar segura que no tuviera tanta fama de hermosa como tiene.

Y aquí dio un sospiro, y le puso en las nubes. Y dijo Sancho:

—Pase[18] por burlas, pues la venganza no puede pasar en veras; pero yo sé de qué calidad fueron las veras y las burlas, y sé también que no se me caerán de la memoria, como nunca se quitarán de las espaldas. Pero, dejando esto aparte, dígame vuestra merced qué haremos deste caballo rucio rodado, que parece asno pardo, que dejó aquí desamparado aquel Martino que vuestra merced derribó; que, según él puso los pies en polvorosa y cogió las de Villadiego[19], no lleva pergenio[20] de volver por él jamás. Y ¡para mis barbas, si no es bueno el rucio!

—Nunca yo acostumbro —dijo don Quijote— despojar a los que venzo, ni es uso de caballería quitarles los caballos[c] y dejarlos a pie, si ya no fuese que el vencedor

---

[18] *Pase*] Se omite en la ed. pr., y en la 2.ª y 3.ª de Cuesta. Se suplió primero en la de Bruselas, 1607ª.

[19] *puso los pies en polvorosa y cogió las de Villadiego*] Alusión a dos refranes, también empleados en los versos *de cabo roto* del «Donoso Poeta», *V.* nota 18, p. 64.

[20] *pergenio*] traza, apariencia[c].

hubiese perdido en la pendencia el suyo; que, en tal caso, lícito es tomar el del vencido, como ganado en guerra lícita. Así que, Sancho, deja ese caballo, o asno, o lo que tú quisieres que sea; que como su dueño nos vea alongados de aquí, volverá por él.

—Dios sabe si quisiera llevarle —replicó Sancho—, o, por lo menos, trocalle con este mío, que no me parece tan bueno. Verdaderamente que son estrechas las leyes de caballería, pues no se estienden a dejar trocar un asno por otro; y querría saber si podría trocar los aparejos siquiera.

—En eso no estoy muy cierto —respondió don Quijote—; y en caso de duda, hasta estar mejor informado, digo que los trueques, si es que tienes dellos necesidad estrema.

—Tan estrema es —respondió Sancho—, que si fueran para mi misma persona no los hubiera menester más.

Y luego, habilitado con aquella licencia, hizo *mutatio caparum*[21], y puso su jumento a las mil lindezas, dejándole mejorado en tercio y quinto[22].

Hecho esto, almorzaron de las sobras del real[23] que del acémila despojaron, bebieron del agua del arroyo de los batanes, sin volver la cara a mirallos; tal era el aborrecimiento que les tenían, por el miedo en que les habían puesto.

Cortada, pues, la cólera, y aun la malenconía[24], subieron a caballo, y sin tomar determinado camino, por ser muy de caballeros andantes[25] el no tomar ninguno cierto, se pusieron a caminar por donde la voluntad de Rocinante quiso, que se llevaba tras sí la de su amo, y aun la del asno, que siempre le seguía por dondequiera que guiaba, en buen amor y compañía. Con todo esto, volvieron al camino real, y siguieron por él a la ventura, sin otro disignio alguno.

---

[21] mutatio caparum] Alusión al cambio de capas forradas de piel por otras forradas de seda, para la estación del verano, que anualmente hacían los cardenales y prelados de la curia romana el día de la Resurrección[abc].

[22] *mejorado en tercio y quinto*] 'favorecido al máximo'. La fr. alude a las *mejoras* testamentarias en las leyes españolas de origen germánico[g]. Cf. II.31, p. 277.

[23] *real*] o 'campamento', 'botín', en sentido humorístico.

[24] *Cortada... malenconía*] *cortar la cólera:* tomar un refrigerio entre dos comidas. Es juego de palabras entre las dos acepciones de *cólera* (ira y bilis) y de *malenconía* (irritación y desconsuelo, hipocondría)[h].

[25] I.2, nota 5. Clemencín y RM citan otros ejemplos.

Yendo, pues, así caminando, dijo Sancho a su amo:

—Señor, ¿quiere vuestra merced darme licencia que departa un poco con él? Que después que me puso aquel áspero mandamiento del silencio, se me han podrido más de cuatro cosas en el estómago, y una sola que ahora tengo en el pico de la lengua no querría que se mal lograse.

—Dila —dijo don Quijote—, y sé breve en tus razonamientos; que ninguno hay gustoso si es largo.

—Digo, pues, señor —respondió Sancho—, que, de algunos días a esta parte, he considerado cuán poco se gana y granjea de andar buscando estas aventuras que vuestra merced busca por estos desiertos y encrucijadas de caminos, donde, ya que se venzan y acaben las más peligrosas, no hay quien las vea ni sepa, y así, se han de quedar en perpetuo silencio, y en perjuicio de la intención de vuestra merced y de lo que ellas merecen. Y así, me parece que sería mejor, salvo el mejor parecer de vuestra merced, que nos fuésemos a servir a algún emperador, o a otro príncipe grande, que tenga alguna guerra, en cuyo servicio vuestra merced muestre el valor de su persona, sus grandes fuerzas y mayor entendimiento; que, visto esto del señor a quien sirviéremos, por fuerza nos ha de remunerar, a cada cual según sus méritos, y allí no faltará quien ponga en escrito las hazañas de vuestra merced, para perpetua memoria. De las mías no digo nada, pues no han de salir de los límites escuderiles; aunque sé decir que, si se usa en la caballería escribir hazañas de escuderos, que no pienso que se han de quedar las mías entre renglones.

—No dices mal, Sancho —respondió don Quijote—; mas, antes que se llegue a ese término, es menester andar por el mundo, como en aprobación, buscando las aventuras, para que, acabando algunas, se cobre nombre y fama tal, que cuando se fuere a la corte de algún gran monarca ya sea el caballero conocido por sus obras; y que, apenas le hayan visto entrar los muchachos por la puerta de la ciudad, cuando todos le sigan y rodeen, dando voces, diciendo: «Éste es el caballero del Sol», o de la Sierpe, o de otra insignia alguna, debajo de la cual hubiere acabado grandes hazañas. «Éste es —dirán— el que venció en singular batalla al gigantazo Brocabruno de la Gran Fuerza; el que desencantó al Gran Mameluco de Persiaᶜ del largo encantamento en que había estado casi novecientos años.»ᶜ Así que, de mano en mano, irán pregonando tus hechos, y luego, al alboroto de los muchachos y de la demás gente, se parará a las fenestras[26] de su real palacio el rey de aquel reino, y así como vea al caballero, conociéndole por las armas, o por la empresa del escudo, forzosamente ha de decir: «¡Ea, sus! ¡Salgan mis caballeros, cuantos en mi corte están, a recebir a la flor de la caballería, que allí viene!» A cuyo mandamiento saldrán todos, y él llegará hasta la mitad de la escalera, y le abrazará estrechísimamente, y le dará paz[27], besándole en el rostro, y luego le llevará por la mano al aposento de la señora reina, adonde el caballero la hallará con la infanta, su hija, que ha de ser una de las más fermosas y acabadas doncellas que en gran parte de lo descubierto de la tierra a duras penas se pueda hallar. Sucederá tras esto, luego en continente[28], que ella ponga los ojos en el caballero, y él en los della[c], y cada uno parezca a otro cosa más divina que humana, y, sin saber cómo ni cómo no, han de quedar presos y enlazados en la intricable red amorosa, y con gran cuita en sus corazones, por no saber cómo se han de fablar para descubrir sus ansias y sentimientos. Desde allí le llevarán, sin duda, a algún cuarto del palacio, ricamente aderezado, donde, habiéndole quitado las armas, le traerán un rico manto de escarlata[29], con que se cubra; y si bien pareció armado, tan bien y mejor ha de parecer en farseto[30]. Venida la noche, cenará con el rey, reina e infanta, donde[31] nunca quitará los ojos della, mirándola a furto de los circustantes, y ella hará lo mesmo con la mesma sagacidad, porque, como tengo dicho, es muy discreta doncella. Levantarse han las tablas[32], y entrará a deshora por la puerta de la sala un feo y pequeño enano[c], con una fermosa dueña que, entre dos gigantes, detrás del enano viene, con cierta aventura, hecha por[33] un antiquísimo sabio, que el que la acabare será tenido por

---

[26] *fenestras*] arcaísmo por ventanas[c].

[27] *dará paz*] *dar paz* a uno: saludarle, besándole en el rostro, en señal de amistad[g].

[28] *en continente*] 'en seguida'.

[29] *manto de escarlata*] «Manto, ropa talar propia de gente principal; era obsequio ponérselo a los caballeros cuando se desarmaban»[c]. A don Quijote le reciben de igual modo los duques, cf. II.31, p. 276.

[30] *farseto*] jubón (acolchado o relleno de algodón) que se llevaba debajo de la armadura[ac].

[31] *donde*] Entiéndase 'en la cual cena'.

[32] *las tablas*] las mesas.

[33] *hecha por*] propuesta o forjada por[c].

el mejor caballero del mundo. Mandará luego el rey que
todos los que están presentes la prueben, y ninguno le dará
fin y cima sino el caballero huésped, en mucho pro de su
fama^c, de lo cual quedará contentísima la infanta, y se
tendrá por contenta y pagada además^{34}, por haber puesto
y colocado sus pensamientos en tan alta parte. Y lo bueno
es que este rey, o príncipe, o lo que es, tiene una muy reñida
guerra con otro tan poderoso como él, y el caballero huésped le pide (al cabo de algunos días que ha estado en su
corte) licencia para ir a servirle en aquella guerra dicha.
Darásela el rey de muy buen talante, y el caballero le besará cortésmente las manos por la merced que le face. Y
aquella noche se despedirá de su señora la infanta por las
rejas de un jardín, que cae en el aposento donde ella duerme,
por las cuales ya otras muchas veces la había fablado, siendo medianera y sabidora de todo una doncella^{35} de quien
la infanta mucho se fiaba^b. Sospirará él, desmayaráse ella,
traerá agua la doncella, acuitaráse mucho, porque viene la
mañana, y no querría que fuesen descubiertos, por la honra
de su señora. Finalmente, la infanta volverá en sí, y dará
sus blancas manos por la reja al caballero, el cual se las
besará mil y mil veces, y se las bañará en lágrimas^c. Quedará concertado entre los dos del modo que se han de hacer
saber sus buenos o malos sucesos, y rogaréle la princesa
que se detenga lo menos que pudiere; prometérselo ha él
con muchos juramentos; tórnale a besar las manos, y des-
pídese con tanto sentimiento, que estará poco por acabar
la vida. Vase desde allí a su aposento, échase sobre su lecho,
no puede dormir del dolor de la partida, madruga muy
de mañana, vase a despedir del rey y de la reina y de la infanta; dícenle, habiéndose despedido de los dos, que la
señora infanta está mal dispuesta^{36} y que no puede recebir
visita; piensa el caballero que es de pena de su partida;
traspásasele el corazón, y falta poco de no dar indicio mani-

---

^{34} *además*] 'sobradamente'.

^{35} Todo este relato es una recreación o repertorio de las situaciones
más frecuentes en libros de caballerías. Como indiqué en la nota 9
al c. 13, las doncellas servían de medianeras y confidentas, el caso aquí.
Cervantes, sin embargo, vaciló en este detalle, porque prefirió, o fue para
él más verosímil, imaginar en este papel a una dueña. En I.43, cuando
la hija del ventero y Maritornes le hablan por el agujero, imagina don Quijote que quienes le hablan son «la doncella fermosa hija de la señora
de aquel castillo», y su «discreta dueña», p. 527.

^{36} *mal dispuesta*] indispuesta.

fiesto de su pena. Está la doncella medianera delante, halo
de notar todo, váselo a decir a su señora, la cual la recibe
con lágrimas, y le dice que una de las mayores penas que
tiene es no saber quién sea su caballero[c], y si es de linaje
de reyes o no; asegúrala la doncella que no puede caber
tanta cortesía, gentileza y valentía como la de su caballero
sino en subjeto real y grave; consuélase con esto la cuitada;
procura consolarse, por no dar mal indicio de sí a sus padres,
y a cabo de dos días sale en público. Ya se es ido el caballero;
pelea en la guerra, vence al enemigo del rey, gana muchas
ciudades[c], triunfa de muchas batallas[37], vuelve a la corte,
ve a su señora por donde suele, conciértase que la pida
a su padre por mujer, en pago de sus servicios. No se la
quiere dar el rey, porque no sabe quién es; pero, con todo
esto, o robada, o de otra cualquier suerte que sea, la infanta
viene a ser su esposa, y su padre lo viene a tener a gran
ventura, porque se vino a averiguar que el tal caballero es
hijo de un valeroso rey de no sé qué reino, porque creo que
no debe de estar en el mapa. Muérese el padre, hereda la
infanta, queda rey el caballero[c] en dos palabras; aquí
entra luego el hacer mercedes a su escudero y a todos
aquellos que le ayudaron a subir a tan alto estado: casa a
su escudero con una doncella de la infanta, que será, sin
duda, la que fue tercera en sus amores, que es hija de un
duque muy principal[c].

—Eso pido, y barras derechas[38] —dijo Sancho—: a
eso me atengo, porque todo, al pie de la letra, ha de suceder
por vuestra merced llamándose *el Caballero de la Triste
Figura*.

—No lo dudes, Sancho —replicó don Quijote—; porque del mesmo[39] y por los mesmos pasos[40] que esto he
contado suben y han subido los caballeros andantes a ser
reyes y emperadores. Sólo falta agora mirar qué rey de los
cristianos o de los paganos tenga guerra y tenga hija hermosa; pero tiempo habrá para pensar esto, pues, como
te tengo dicho, primero se ha de cobrar fama por otras

---

[37] *batallas*] Puede entenderse en sentido de 'batallón' o 'escuadrón'[g].
[38] *barras derechas*] 'juego limpio, sin trampas'. Está tomado del
juego de barras[b].
[39] *mesmo*] Sobrentiéndase 'modo'.
[40] Clemencín observó que este relato de don Quijote dibuja un es-
quema del asunto de Tirante el Blanco en Constantinopla y de Lepolemo
(*Caballero de la Cruz*) en París.

partes que se acuda a la corte. También me falta otra cosa: que, puesto caso que se halle rey con guerra y con hija hermosa, y que yo haya cobrado fama increíble por todo el universo, no sé yo cómo se podía hallar que yo sea de linaje de reyes, o, por lo menos, primo segundo de emperador; porque no me querrá el rey dar a su hija por mujer, si no está primero muy enterado en esto, aunque más[41] lo merezcan mis famosos hechos; así que, por esta falta, temo perder lo que mi brazo tiene bien merecido. Bien es verdad que yo soy hijodalgo de solar conocido[b], de posesión y propriedad y de devengar quinientos sueldos[42], y podría ser que el sabio que escribiese mi historia deslindase de tal manera mi parentela y decendencia, que me hallase quinto o sesto nieto de rey. Porque te hago saber, Sancho, que hay dos maneras de linajes en el mundo: unos que traen y deriban su decendencia de príncipes y monarcas, a quien poco a poco el tiempo ha deshecho, y han acabado en punta, como pirámide puesta al revés; otros tuvieron principio de gente baja, y van subiendo de grado en grado, hasta llegar a ser grandes señores; de manera, que está la diferencia en que unos fueron, que ya no son, y otros son, que ya no fueron; y podría ser yo déstos, que, después de averiguado, hubiese sido mi principio grande y famoso, con lo cual se debía de contentar el rey mi suegro, que hubiere de ser; y cuando no, la infanta me ha de querer de manera que, a pesar de su padre, aunque claramente sepa que soy hijo de un azacán[43], me ha de admitir por señor y por esposo; y si no, aquí entra el roballa y llevalla donde más gusto me diere; que el tiempo o la muerte ha de acabar el enojo de sus padres.

—Ahí entra bien también —dijo Sancho— lo que algunos desalmados dicen: «No pidas de grado lo que puedes tomar por fuerza»[b]; aunque mejor cuadra decir: «Más vale

---

[41] *aunque más*] por más que[b].

[42] *hijodalgo… de devengar*[ab] *quinientos sueldos*] «…cuando un hidalgo recibía agravio de algún otro, podía vengar [o devengar]: conviene a saber, recibir de su adversario por condenación de juez competente, en satisfacción de su injuria, quinientos sueldos; mas el que no era noble e fidalgo, como el labrador, no se le aplicaban más de trescientos sueldos; y esta diferencia había entre el hidalgo notorio y el villano», Cov. 592.a.15-33. *sueldo:* moneda de valor variable, s.v., Corominas, *Breve*.

[43] *azacán*] «el que trae o administra el agua», Cov. 35.a.52.

salto de mata que ruego de hombres buenos»[44]. Dígolo porque si el señor rey, suegro de vuestra merced, no se quisiere domeñar[45] a entregalle a mi señora la infanta, no hay sino, como vuestra merced dice, roballa y trasponella. Pero está el daño que en tanto que se hagan las paces y se goce pacíficamente del reino, el pobre escudero se podrá estár a diente[46] en esto de las mercedes. Si ya no es que la doncella tercera, que ha de ser su mujer, se sale con la infanta, y él pasa con ella su mala ventura, hasta que el cielo ordene otra cosa; porque bien podrá, creo yo, desde luego dársela su señor por ligítima esposa.

—Eso no hay quien la[47] quite —dijo don Quijote.

—Pues como eso sea —respondió Sancho—, no hay sino encomendarnos a Dios, y dejar correr la suerte por donde mejor lo encaminare.

—Hágalo Dios —respondió don Quijote— como yo deseo y tú, Sancho, has menester, y ruin sea quien por ruin se tiene.

—Sea par Dios —dijo Sancho—; que yo cristiano viejo soy, y para ser conde esto me basta.

—Y aun te sobra —dijo don Quijote—, y cuando no lo fueras, no hacía nada al caso; porque, siendo yo el rey, bien te puedo dar nobleza, sin que la compres ni me sirvas con nada. Porque en haciéndote conde, cátate ahí caballero, y digan lo que dijeren; que a buena fe que te han de llamar señoría, mal que les pese.

—Y ¡montas[48] que no sabría yo autorizar[49] el litado! dijo Sancho.

—Dictado[50] has de decir, que no litado —dijo su amo.

—Sea ansí —respondió Sancho Panza—. Digo que le sabría bien acomodar, porque por vida mía que un tiempo

[44] Correas, 538b. «Cuando el peligro supera nuestras fuerzas, es prudencia el retirarse», CS.

[45] *domeñar*] someter.

[46] *estar a diente*[b]] 'estar sin comer'. Cov. explica la exp. «estar a diente como haca de buldero», 245.a.12.

[47] *la*] Se refiere a *esposa*[a]. La tercera ed. corrige *lo*, que siguen muchos editores.

[48] ¡*montas*![b]] interjección aseverativa, ¡a fe que...! o ¡vaya que...! etcétera, aquí usada irónicamente.

[49] *autorizar*] 'dar autoridad o importancia', o 'engrandecer', 'calificar'.

[50] Dictado] título de dignidad o señorío. «El estado del cual toma nombre el señor dél; *et dicitur*, como decir conde de Benavente, Benavente es el *ditado*», Cov. 478.a.63.

fui muñidor[51] de una cofradía, y que me asentaba tan bien la ropa de muñidor, que decían todos que tenía presencia para poder ser prioste[52] de la mesma cofradía. Pues ¿qué será cuando me ponga un ropón ducal[53] a cuestas, o me vista de oro y de perlas, a uso de conde estranjero? Para mí tengo que me han de venir a ver de cien leguas.

—Bien parecerás —dijo don Quijote—, pero será menester que te rapes las barbas a menudo; que, según las tienes de espesas, aborrascadas y mal puestas, si no te las rapas a navaja cada dos días, por lo menos, a tiro de escopeta se echará de ver lo que eres.

—¿Qué hay más —dijo Sancho—, sino tomar un barbero, y tenelle asalariado en casa? Y aun, si fuere menester, le haré que ande tras mí, como caballerizo de grande.

—Pues ¿cómo sabes tú —preguntó don Quijote— que los grandes llevan detrás de sí a sus caballerizos?

—Yo se lo diré —respondió Sancho—. Los años pasados estuve un mes en la corte, y allí vi que, paseándose un señor muy pequeño[54], que decían que era muy grande, un hombre le seguía a caballo a todas las vueltas que daba, que no parecía sino que era su rabo. Pregunté que cómo aquel hombre no se juntaba con el otro, sino que siempre andaba tras dél. Respondiéronme que era su caballerizo, y que era uso de grandes llevar tras sí a los tales. Desde entonces lo sé tan bien, que nunca se me ha olvidado.

—Digo que tienes razón —dijo don Quijote—, y que así puedes tú llevar a tu barbero; que los usos no vinieron todos juntos, ni se inventaron a una, y puedes ser tú el primero conde que lleve tras sí su barbero; y aun es de más confianza el hacer la barba que ensillar un caballo.

—Quédese eso del barbero a mi cargo —dijo Sancho—, y al de vuestra merced se quede el procurar venir a ser rey y el hacerme conde.

—Así será —respondió don Quijote.

---

[51] *muñidor*]   criado u oficial encargado de convocar o *muñir* a los hermanos a la celebración de reuniones.

[52] *prioste*]   mayordomo o hermano mayor de la cofradía. En otra ocasión dice Sancho que fue prioste, II.43, p. 363.

[53] *ropón ducal*]   manto forrado de armiños, propio de la dignidad y jerarquía de duque[c].

[54] Desde Pellicer se ha pensado que Cervantes alude aquí a don Pedro Tellez Girón, Duque de Osuna (1574-1624), de quien se dijo que «de pequeño no tenía cosa que la estatura»[b].

Y alzando los ojos, vio lo que se dirá en el siguiente capítulo.

CAPÍTULO XXII

De la libertad que dio don Quijote a muchos desdichados que, mal de su grado, los llevaban donde no quisieran ir

Cuenta Cide Hamete Benengeli, autor arábigo y manchego[c], en esta gravísima, altisonante, mínima[1], dulce e imaginada historia, que, después que entre el famoso don Quijote de la Mancha y Sancho Panza, su escudero, pasaron aquellas razones que en el fin del capítulo veinte y uno quedan referidas, que don Quijote alzó los ojos y vio que por el camino que llevaba venían hasta doce hombres a pie, ensartados como cuentas en una gran cadena de hierro, por los cuellos, y todos con esposas a las manos. Venían ansimismo con ellos dos hombres de a caballo y dos de a pie; los de a caballo, con escopetas de rueda[2], y los de a pie, con dardos y espadas; y que así como Sancho Panza los vido, dijo:

—Ésta es cadena de galeotes[3], gente forzada del rey, que va a las galeras.

—¿Cómo gente forzada? —preguntó don Quijote—. ¿Es posible que el rey haga fuerza[4] a ninguna gente?

—No digo eso —respondió Sancho—, sino que es gente que por sus delitos va condenada a servir al rey en las galeras, de por fuerza.

—En resolución —replicó don Quijote—, como quiera que ello sea, esta gente, aunque los llevan, van de por fuerza, y no de su voluntad.

—Así es —dijo Sancho.

—Pues desa manera —dijo su amo—, aquí encaja la ejecución de mi oficio; desfacer fuerzas y socorrer y acudir a los miserables.

[1] *mínima*] Puede entenderse 'minuciosa'.

[2] *escopetas de rueda*] escopeta con pedernal que choca con una rueda y produce la chispa[b].

[3] *galeotes*] de *galea (galera,* s.v. Corominas *DCE)* en antiguo castellano, de donde se dijo *galeote:* el que rema forzado en las galeras[b].

[4] *hacer fuerza:* hacer agravio o violencia. Hay un juego de palabras con las dos acepciones de *gente forzada* y *fuerza* ('forzada' su 'fuerza')[b].

—Advierta vuestra merced —dijo Sancho—, que la justicia, que es el mesmo rey, no hace fuerza ni agravio a semejante gente, sino que los castiga en pena de sus delitos.

Llegó, en esto, la cadena de los galeotes, y don Quijote, con muy corteses razones, pidió a los que iban en su guarda fuesen servidos de informalle y decille la causa o causas por que llevan aquella gente de aquella manera.

Una de las guardas[5] de a caballo respondió que eran galeotes, gente de su Majestad, que iba a galeras, y que no había más que decir, ni él tenía más que saber.

—Con todo eso —replicó don Quijote—, querría saber de cada uno dellos en particular la causa de su desgracia.

Añadió a éstas otras tales y tan comedidas razones para moverlos a que le dijesen lo que deseaba, que la otra guarda de a caballo le dijo:

—Aunque llevamos aquí el registro y la fe[6] de las sentencias de cada uno destos malaventurados, no es tiempo éste de detenerles a sacarlas ni a leellas; vuestra merced llegue y se lo pregunte a ellos mesmos, que ellos lo dirán si quisieren, que sí querrán, porque es gente que recibe gusto de hacer y decir bellaquerías.

Con esta licencia, que don Quijote se tomara aunque no se la dieran, se llegó a la cadena, y al primero le preguntó que por qué pecados iba de tan mala guisa. Él le respondió que por enamorado iba de aquella manera.

—¿Por eso no más? —replicó don Quijote—. Pues si por enamorados echan a galeras, días ha que pudiera yo estar bogando en ellas.

—No son los amores como los que vuestra merced piensa —dijo el galeote—; que los míos fueron que quise tanto a una canasta de colar[7], atestada de ropa blanca, que la abracé conmigo tan fuertemente, que a no quitármela la justicia por fuerza, aún hasta agora no la hubiera dejado de mi voluntad. Fue en fragante[8], no hubo lugar de tormento[9]; concluyóse la causa, acomodáronme las es-

---

[5] *guardas*] guardadores, guardianes. Era femenino *guarda* (como también *centinela*), e.g., Cervantes: *La guarda cuidadosa.*

[6] *la fe*] testimonio o certificado.

[7] *canasta de colar*] canasta en que se llevaba la ropa para blanquear, metiéndola en lejía caliente[b].

[8] *en fragante*] en flagrante; en el acto mismo de cometer el delito. Su uso por el galeote juega con *fragante*, «oloroso».

[9] *no hubo lugar de tormento*] Se daba tormento cuando no había prueba plena, y en este caso la había entera[bc].

paldas con ciento[10], y por añadidura tres precisos[11] de gurapas, y acabóse la obra.

—¿Qué son gurapas? —preguntó don Quijote.

—Gurapas son galeras —respondió el galeote.

El cual era un mozo de hasta edad de veinte y cuatro años, y dijo que era natural de Piedrahíta. Lo mesmo preguntó don Quijote al segundo, el cual no respondió palabra, según iba de triste y malencónico; mas respondió por él el primero, y dijo:

—Éste, señor, va por canario[12], digo, por músico y cantor.

—Pues ¿cómo? —repitió don Quijote—. ¿Por músicos y cantores van también a galeras?

—Sí, señor —respondió el galeote—; que no hay peor cosa que cantar en el ansia[b].

—Antes he yo oído decir —dijo don Quijote— que quien canta, sus males espanta.

—Acá es al revés —dijo el galeote—; que quien canta una vez, llora toda la vida.

—No lo entiendo —dijo don Quijote.

Mas una de las guardas le dijo:

—Señor caballero, cantar en el ansia se dice entre esta gente non santa[b] confesar en el tormento. A este pecador le dieron tormento y confesó su delito, que era ser cuatrero, que es ser ladrón de bestias, y por haber confesado le condenaron por seis años a galeras, amén de docientos azotes, que ya lleva en las espaldas; y va siempre pensativo y triste, porque los demás ladrones que allá quedan y aquí van le maltratan y aniquilan, y escarnecen, y tienen en poco, porque confesó y no tuvo ánimo de decir nones. Porque dicen ellos que tantas letras tiene un no como un sí[b], y que harta ventura tiene un delincuente, que está en su lengua su vida o su muerte, y no en la de los testigos y probanzas; y para mí tengo que no van muy fuera de camino.

—Y yo lo entiendo así —respondió don Quijote.

El cual, pasando al tercero, preguntó lo que a los otros; el cual, de presto y con mucho desenfado, respondió y dijo:

---

[10] *ciento*]   'cien azotes'.

[11] *tres precisos*]   tres años cabales.

[12] *canario*]   en lenguaje de germanía el que confiesa su delito.

—Yo voy por cinco años a las sonoras[13] gurapas por faltarme diez ducados.

—Yo daré veinte de muy buena gana —dijo don Quijote— por libraros desa pesadumbre.

—Eso me parece —respondió el galeote— como quien tiene dineros en mitad del golfo[14] y se está muriendo de hambre, sin tener adonde comprar lo que ha menester. Dígolo, porque si a su tiempo tuviera yo esos veinte ducados que vuestra merced ahora me ofrece, hubiera untado con ellos la péndola[15] del escribano y avivado el ingenio del procurador, de manera que hoy me viera en mitad de la plaza de Zocodover, de Toledo, y no en este camino, atraillado como galgo[16]; pero Dios es grande: paciencia, y basta.

Pasó don Quijote al cuarto, que era un hombre de venerable rostro, con una barba blanca que le pasaba del pecho; el cual, oyéndose preguntar la causa por que allí venía, comenzó a llorar y no respondió palabra; mas el quinto condenado le sirvió de lengua[17], y dijo:

—Este hombre honrado va por cuatro años a galeras, habiendo paseado las acostumbradas[18], vestido, en pompa y a caballo[b].

—Eso es —dijo Sancho Panza—, a lo que a mí me parece, haber salido a la vergüenza.

—Así es —replicó el galeote—; y la culpa por que le dieron esta pena es por haber sido corredor de oreja[19], y aun de todo el cuerpo. En efecto quiero decir que este caballero va por alcahuete, y por tener asimesmo sus puntas y collar de[20] hechicero.

—A no haberle añadido esas puntas y collar —dijo don Quijote—, por solamente el alcahuete limpio no merecía él ir a bogar en las galeras, sino a mandallas y a ser general

---

[13] sonoras] 2.ª y 3.ª eds. de Cuesta: señoras.

[14] en mitad del golfo] 'en alta mar'.

[15] hubiera untado... la péndola[c]] hubiera sobornado (o comprado) la pluma.

[16] atraillado como galgo] «Traílla: la cuerda con que va asido el perro, el hurón, el pájaro; atraillar: echarles la traílla», Cov. 972.a.65.

[17] lengua] 'intérprete'.

[18] las acostumbradas] Sobrentiéndase calles, por donde sacaban, montados en un asno, a los delincuentes condenados. Cf. II.26, p. 242.

[19] corredor de oreja] Alude al intermediano en los préstamos monetarios. s.v. Cov.

[20] tener... puntas y collar de] tener asomos de[b].

dellas^c. Porque no es así como quiera el oficio de alcahuete; que es oficio de discretos y necesarísimo en la república bien ordenada, y que no le debía ejercer sino gente muy bien nacida; y aun había de haber veedor y examinador de los tales, como le hay de los demás oficios, con número deputado y conocido, como corredores de lonja[21], y desta manera se escusarían muchos males que se causan por andar este oficio y ejercicio entre gente idiota y de poco entendimiento, como son mujercillas de poco más a menos, pajecillos y truhanes de pocos años y de poca experiencia, que a la más necesaria ocasión, y cuando es menester dar una traza que importe, se les yelan las migas entre la boca y la mano[22], y no saben cuál es su mano derecha. Quisiera pasar adelante y dar las razones por que convenía hacer elección de los que en la república habían de tener tan necesario oficio; pero no es el lugar acomodado para ello: algún día lo diré a quien lo pueda proveer y remediar. Sólo digo ahora que la pena que me ha causado ver estas blancas canas y este rostro venerable en tanta fatiga, por alcahuete, me la ha quitado el adjunto de ser hechicero. Aunque bien sé que no hay hechizos en el mundo que puedan mover y forzar la voluntad, como algunos simples piensan; que es libre nuestro albedrío, y no hay yerba ni encanto que le fuerce. Lo que suelen hacer algunas mujercillas simples y algunos embusteros bellacos es algunas misturas y venenos, con que vuelven locos a los hombres, dando a entender que tienen fuerza para hacer querer bien, siendo, como digo, cosa imposible forzar la voluntad.

—Así es —dijo el buen viejo—; y, en verdad, señor, que en lo de hechicero que no tuve culpa; en lo de alcahuete, no lo pude negar. Pero nunca pensé que hacía mal en ello: que toda mi intención era que todo el mundo se holgase y viviese en paz y quietud, sin pendencias ni penas; pero no me aprovechó nada este buen deseo para dejar de ir adonde no espero volver, según me cargan los años y un mal de orina[23] que llevo, que no me deja reposar un rato.

---

[21] *corredores de lonja*]   o de mercaderías^c.

[22] *se les yelan... la mano*]   Se aplica la exp. a los negligentes y descuidados^b. Clemencín anota ejemplos de doncellas medianeras en libros caballerescos que, al contrario de estas mujercillas, eran hábiles.

[23] *un mal de orina*]   Motteux (1700) tradujo al inglés «afflicted with the Strangury».

Y aquí tornó a su llanto, como de primero; y túvole Sancho tanta compasión, que sacó un real de a cuatro del seno y se le dio de limosna.

Pasó adelante don Quijote, y preguntó a otro su delito, el cual respondió con no menos, sino con mucha más gallardía que el pasado:

—Yo voy aquí porque me burlé demasiadamente con dos primas hermanas mías, y con otras dos hermanas que no lo eran mías; finalmente, tanto me burlé con todas, que resultó de la burla crecer la parentela tan intrincadamente, que no hay diablo que la declare. Probóseme todo, faltó favor, no tuve dineros, víame a pique de perder los tragaderos[24], sentenciáronme a galeras por seis años, consentí: castigo es de mi culpa; mozo soy; dure la vida, que con ella todo se alcanza. Si vuestra merced, señor caballero, lleva alguna cosa con que socorrer a estos pobretes, Dios se lo pagará en el cielo, y nosotros tendremos en la tierra cuidado de rogar a Dios en nuestras oraciones por la vida y salud de vuestra merced, que sea tan larga y tan buena como su buena presencia merece.

Éste iba en hábito de estudiante, y dijo una de las guardas que era muy grande hablador y muy gentil latino.

Tras todos éstos, venía un hombre de muy buen parecer, de edad de treinta años, sino que al mirar metía el un ojo en el otro un poco. Venía diferentemente atado que los demás, porque traía una cadena al pie, tan grande, que se la liaba por todo el cuerpo, y dos argollas a la garganta, la una en la cadena, y la otra de las que llaman guardaamigo o pie de amigo[b], de la cual decendían dos hierros que llegaban a la cintura, en los cuales se asían dos esposas, donde llevaba las manos, cerradas con un grueso candado, de manera que ni con las manos podía llegar a la boca, ni podía bajar la cabeza a llegar a las manos. Preguntó don Quijote que cómo iba aquel hombre con tantas prisiones[25] más que los otros. Respondióle la guarda porque tenía aquel solo más delitos que todos los otros juntos, y que era tan atrevido y tan grande bellaco, que, aunque le llevaban de aquella manera, no iban seguros dél, sino que temían que se les había de huir.

[24] *víame a pique de perder los tragaderos*] veíame a punto de ser ahorcado.

[25] *prisiones*] grillos y cadenas.

—¿Qué delitos puede tener —dijo don Quijote—, si no han merecido más pena que echalle a las galeras?

—Va por diez años —replicó la guarda—, que es como muerte cevil[26]. No se quiera saber más sino que este buen hombre es el famoso Ginés de Pasamonte, que por otro nombre llaman Ginesillo de Parapilla.

—Señor comisario —dijo entonces el galeote—, váyase poco a poco, y no andemos ahora a deslindar nombres y sobrenombres. Ginés me llamo y no Ginesillo, y Pasamonte es mi alcurnia y no Parapilla, como voacé dice; y cada uno se dé una vuelta a la redonda[27], y no hará poco.

—Hable con menos tono —replicó el comisario—, señor ladrón de más de la marca, si no quiere que le haga callar, mal que le pese.

—Bien parece —respondió el galeote— que va el hombre como Dios es servido; pero algún día sabrá alguno si me llamo Ginesillo de Parapilla o no.

—Pues ¿no te llaman ansí, embustero? —dijo la guarda.

—Sí llaman —respondió Ginés—; mas yo haré que no me lo llamen, o me las pelaría[28] donde yo digo entre mis dientes. Señor caballero, si tiene algo que darnos, dénoslo ya, y vaya con Dios; que ya enfada con tanto querer saber vidas ajenas; y si la mía quiere saber, sepa que yo soy Ginés de Pasamonte, cuya vida está escrita por estos pulgares.

—Dice verdad —dijo el comisario—; que él mesmo ha escrito su historia, que no hay más, y deja empeñado el libro en la cárcel, en docientos reales.

—Y le pienso quitar —dijo Ginés— si quedara en docientos ducados[29].

—¿Tan bueno es? —dijo don Quijote.

—Es tan bueno —respondió Ginés—, que mal año para *Lazarillo de Tormes* y para todos cuantos de aquel género[30] se han escrito o escribieren. Lo que le sé decir a voacé es

---

[26] *muerte cevil*] o civil: la privación de todos los derechos, como si el condenado no existiera[a].

[27] *cada uno... a la redonda*] equivale a 'examinarse a sí mismo antes de reprender a otro'[b].

[28] *me las pelaría*] Me pelaría las barbas. «*Quedar pelándose las barbas* es tomado de los que perdida una ocasión quedan con despecho y rabia», Cov. 193.b.24.

[29] *le pienso quitar... si quedara en docientos ducados*] y le pienso rescatar (o sacar de empeño) aunque tuviese que pagar doscientos ducados. *ducado:* 'moneda de oro', en oposición a los *reales* (moneda de plata) que dijo el comisario.

que trata verdades, y que son verdades tan lindas y tan dono-
sas, que no pueden[a] haber mentiras que se le igualen.

—¿Y cómo se intitula el libro? —preguntó don Quijote.

—*La vida de Ginés de Pasamonte*[31] —respondió él
mismo.

—¿Y está acabado? —preguntó don Quijote.

—¿Cómo puede estar acabado —respondió él—, si aún
no está acabada mi vida? Lo que está escrito es desde mi
nacimiento hasta el punto que esta última vez me han
echado en galeras.

—Luego ¿otra vez habéis estado en ellas? —dijo don
Quijote.

—Para servir a Dios y al rey, otra vez he estado cuatro
años, y ya sé a qué sabe el bizcocho y el corbacho[32] —respondió Ginés—; y no me pesa mucho de ir a ellas, porque
allí tendré lugar de acabar mi libro, que me quedan muchas
cosas que decir, y en las galeras de España hay más sosiego
de aquel que sería menester, aunque no es menester mucho
más para lo que yo tengo de escribir, porque me lo sé de
coro.

—Hábil pareces —dijo don Quijote.

—Y desdichado —respondió Ginés—; porque siempre
las desdichas persiguen al buen ingenio.

—Persiguen a los bellacos —dijo el comisario.

[30] *género*] Es evidente que se refiere Cervantes a la llamada «novela
picaresca», y que, aunque solo menciona la *Vida de Lazarillo de Tormes*
(Burgos, Alcalá, Amberes, 1554), obra iniciadora del género, alude a
la más conocida: *Vida de Guzmán de Alfarache* (1.ª Parte 1599, 2.ª 1604)
de Mateo Alemán (1547-1617?). De la 1.ª Parte de esta obra hubo doce
eds. en los años 1599-1600. Escrita en forma autobiográfica, es obra
extensa que narra los acontecimientos que llevan a su protagonista al
castigo de remar en galeras. Sobre Cervantes y Alemán, Castro, **183**;
y **391**.

[31] Es posible que haya en esta figura una reminiscencia del personaje
histórico Jerónimo de Pasamonte (nacido hacia 1555) cuya vida de soldado y prisionero de turcos tuvo paralelos con la de Cervantes. Este
soldado aragonés consiguió el rescate en 1592 y escribió una autobiografía en forma de memorias (publicada por Foulché-Delbosc, *RHisp*, 55:
315-446, 1922) que llegan hasta diciembre de 1603. A. Achleitner (**463**)
supone que Cervantes lo conoció y que su galeote está inspirado en la
vida de este soldado; sin embargo, los puntos de contacto entre dicha
autobiografía y el personaje cervantino son tenues[c].

[32] *el bizcocho y el corbacho*] *bizcocho*: galleta o pan para abastecer
las embarcaciones, llamado así porque se cuece dos veces a fin de que
se conserve más tiempo. *corbacho*: la látiga con que se castigaba a los
forzados o condenados.

—Ya le he dicho, señor comisario —respondió Pasamonte—, que se vaya poco a poco; que aquellos señores no le dieron esa vara para que maltratase a los pobretes que aquí vamos, sino para que nos guiase y llevase adonde su Majestad manda. Si no, ¡por vida de... basta!, que podría ser que saliesen algún día en la colada[33] las manchas que se hicieron en la venta°; y todo el mundo calle, y viva bien, y hable mejor, y caminemos; que ya es mucho regodeo éste.

Alzó la vara en alto el comisario para dar a Pasamonte, en respuesta de sus amenazas; mas don Quijote se puso en medio, y le rogó que no le maltratase, pues no era mucho que quien llevaba tan atadas las manos tuviese algún tanto suelta la lengua. Y volviéndose a todos los de la cadena, dijo:

—De todo cuanto me habéis dicho, hermanos carísimos, he sacado en limpio que, aunque os han castigado por vuestras culpas, las penas que vais a padecer no os dan mucho gusto, y que vais a ellas muy de mala gana y muy contra vuestra voluntad; y que podría ser que el poco ánimo que aquél tuvo en el tormento, la falta de dineros déste, el poco favor del otro y, finalmente, el torcido juicio del juez, hubiese sido causa de vuestra perdición, y de no haber salido con la justicia que de vuestra parte teníades. Todo lo cual se me representa a mí ahora en la memoria, de manera que me está diciendo, persuadiendo y aun forzando, que muestre con vosotros el efeto para que el Cielo me arrojó al mundo, y me hizo profesar en él la orden de caballería que profeso, y el voto que en ella hice de favorecer a los menesterosos y opresos de los mayores. Pero, porque sé que una de las partes de la prudencia es que lo que se puede hacer por bien no se haga por mal, quiero rogar a estos señores guardianes y comisario sean servidos de desataros y dejaros ir en paz; que no faltarán otros que sirvan al rey en mejores ocasiones; porque me parece duro caso hacer esclavos a los que Dios y naturaleza hizo libres. Cuanto más, señores guardas —añadió don Quijote—, que estos pobres no han cometido nada contra vosotros. Allá se lo haya cada uno con su pecado; Dios hay en el cielo, que no se descuida de castigar al malo, ni de premiar al bueno, y no es bien que los hombres honrados sean verdugos de los otros hombres, no yéndoles nada en ello. Pido esto con esta manse-

---

[33] I.20, nota 44.

dumbre y sosiego, porque tenga, si lo cumplís, algo que agradeceros; y cuando de grado no lo hagáis, esta lanza y esta espada, con el valor de mi brazo, harán que lo hagáis por fuerza.

—¡Donosa majadería! —respondió el comisario—. ¡Bueno está el donaire con que ha salido a cabo de rato![34] ¡Los forzados del rey quiere que le dejemos, como si tuviéramos autoridad para soltarlos, o él la tuviera para mandárnoslo! Váyase vuestra merced, señor, norabuena su camino adelante, y enderécese ese bacín[35] que trae en la cabeza, y no ande buscando tres pies al gato[36].

—¡Vos sois el gato, y el rato, y el bellaco! —respondió don Quijote.

Y, diciendo y haciendo, arremetió con él tan presto, que, sin que tuviese lugar de ponerse en defensa, dio con él en el suelo, malherido de una lanzada; y avínole bien, que éste era el de la escopeta[bc]. Las demás guardas quedaron atónitas y suspensas del no esperado acontecimiento; pero, volviendo sobre sí, pusieron mano a sus espadas los de a caballo, y los de a pie a sus dardos, y arremetieron a don Quijote, que con mucho sosiego los aguardaba; y sin duda lo pasara mal, si los galeotes, viendo la ocasión que se les ofrecía de alcanzar libertad, no la procuraran[37], procurando romper la cadena donde venían ensartados. Fue la revuelta de manera, que las guardas, ya por acudir a los galeotes, que se desataban, ya por acometer a don Quijote, que los acometía, no hicieron cosa que fuese de provecho.

Ayudó Sancho, por su parte, a la soltura de Ginés de Pasamonte, que fue el primero que saltó en la campaña libre y desembarazado, y arremetiendo al comisario caído, le quitó la espada y la escopeta, con la cual, apuntando al uno y señalando al otro, sin disparalla jamás, no quedó guarda en todo el campo, porque se fueron huyendo, así de la escopeta de Pasamonte como de las muchas pedradas que los ya sueltos galeotes les tiraban.

Entristecióse mucho Sancho deste suceso, porque se le representó que los que iban huyendo habían de dar noticia

---

[34] *a cabo de rato*] a deshora, cuando menos esperado.

[35] *bacín*] «vaso de contumelia, porque vaciamos en él los excrementos», Cov. 178.a.36.

[36] *buscar tres* (o cinco) *pies al gato:* exp. proverb., 'buscar ocasión de pesadumbre y enojo'[b].

[37] La ed. pr.: *procuran.*

del caso a la Santa Hermandad, la cual, a campana heri-da[bc], saldría a buscar los delincuentes, y así se lo dijo a su amo, y le rogó que luego de allí se partiesen, y se emboscasen en la sierra, que estaba cerca.

—Bien está eso —dijo don Quijote—; pero yo sé lo que ahora conviene que se haga.

Y llamando a todos los galeotes, que andaban alborotados y habían despojado al comisario hasta dejarle en cueros, se le pusieron todos a la redonda para ver lo que les mandaba, y así les dijo:

—De gente bien nacida es agradecer los beneficios que reciben, y uno de los pecados que más a Dios ofende es la ingratitud. Dígolo porque ya habéis visto, señores, con manifiesta experiencia, el que de mí habéis recebido; en pago del cual querría, y es mi voluntad, que, cargados de esa cadena que quité de vuestros cuellos, luego os pongáis en camino y vais[38] a la ciudad del Toboso, y allí os presentéis ante la señora Dulcinea del Toboso, y le digáis que su caballero, el de la Triste Figura, se le envía a encomendar, y le contéis, punto por punto, todos los que ha tenido esta famosa aventura hasta poneros en la deseada libertad; y, hecho esto, os podréis ir donde quisiéredes, a la buena ventura.

Respondió por todos Ginés de Pasamonte, y dijo:

—Lo que vuestra merced nos manda, señor y libertador nuestro, es imposible de toda imposibilidad cumplirlo, porque no podemos ir juntos por los caminos, sino solos y divididos, y cada uno por su parte, procurando meterse en las entrañas de la tierra, por no ser hallado de la Santa Hermandad, que, sin duda alguna, ha de salir en nuestra busca. Lo que vuestra merced puede hacer, y es justo que haga, es mudar ese servicio y montazgo[39] de la señora Dulcinea del Toboso en alguna cantidad de avemarías y credos, que nosotros diremos por la intención de vuestra merced, y ésta es cosa que se podrá cumplir de noche y de día, huyendo o reposando, en paz o en guerra; pero pensar que hemos de volver ahora a las ollas de Egipto[40], digo, a tomar nuestra cadena, y a ponernos en camino del Toboso, es pensar

---

[38] *vais*] vayáis[b].

[39] *servicio y montazgo*] Alusión al tributo o contribuciones que se pagaban en España por permitir transitarse los ganados[b].

[40] *las ollas de Egipto*] fr. proverb., de origen bíblico (Éxodo 16,3), 'la buena vida y la abundancia', usada aquí con ironía[b].

que es ahora de noche, que aún no son las diez del día, y es pedir a nosotros eso como pedir peras al olmo.

—Pues ¡voto a tal!c —dijo don Quijote, ya puesto en cólera—, don[41] hijo de puta, don Ginesillo de Paropillo, o como os llamáis, que habéis de ir vos solo, rabo entre piernas, con toda la cadena a cuestas.

Pasamonte, que no era nada bien sufrido, estando ya enterado que don Quijote no era muy cuerdo, pues tal disparate había cometido como el de querer darles libertad, viéndose tratar de aquella manera, hizo del ojo a los compañeros, y apartándose aparte, comenzaron a llover tantas piedras sobre don Quijote, que no se daba manos a cubrirse con la rodela; y el pobre de Rocinante no hacía más caso de la espuela que si fuera hecho de bronce. Sancho se puso tras su asno, y con él se defendía de la nube y pedrisco que sobre entrambos llovía. No se pudo escudar tan bien don Quijote, que no le acertasen no sé cuántos guijarros en el cuerpo, con tanta fuerza, que dieron con él en el suelo; y apenas hubo caído, cuando fue sobre él el estudiante y le quitó la bacía de la cabeza, y diole con ella tres o cuatro golpes en las espaldas y otros tantos en la tierra, con que la hizo pedazos. Quitáronle una ropilla[42] que traía sobre las armas, y las medias calzas le querían quitar, si las grebas[43] no lo estorbaran. A Sancho le quitaron el gabán, y, dejándole en pelota[44], repartiendo entre sí los demás despojos de la batalla, se fueron cada uno por su parte, con más cuidado de escaparse de la Hermandad, que temían, que de cargarse de la cadena e ir a presentarse ante la señora Dulcinea del Toboso.

Solos quedaron jumento y Rocinante, Sancho y don Quijote; el jumento, cabizbajo y pensativo, sacudiendo de cuando en cuando las orejas, pensando que aún no había cesado la borrasca de las piedras, que le perseguían los oídos; Rocinante, tendido junto a su amo, que también vino al suelo de otra pedrada; Sancho, en pelota y temeroso de la Santa Hermandad; don Quijote, mohinísimo de verse

---

[41] Clemencín anota numerosos ejemplos del uso de *don* irónico en libros caballerescos. RM señala ejemplos del uso corriente.

[42] *ropilla*]   vestidura corta con mangas cortas también y sueltas[c].

[43] *grebas*]   «armadura de las piernas desde la rodilla hasta la garganta del pie», Cov. 658.b.12.

[44] *en pelota*]   'en pellote', es decir no 'en cueros' sino 'a cuerpo'[b], desnudo de ropa exterior, sin gabán.

tan malparado por los mismos a quien tanto bien había hecho.

CAPÍTULO XXIII

De lo que le aconteció al famoso don Quijote en Sierra Morena, que fue una de las más raras aventuras que en esta verdadera historia se cuentan[e]

Viéndose tan malparado don Quijote, dijo a su escudero:

—Siempre, Sancho, lo he oído decir, que el hacer bien a villanos es echar agua en la mar. Si yo hubiera creído lo que me dijiste, yo hubiera escusado esta pesadumbre; pero ya está hecho; paciencia, y escarmentar para desde aquí adelante.

—Así escarmentará vuestra merced —respondió Sancho —como yo soy turco; pero, pues dice que si me hubiera creído se hubiera escusado este daño, créame ahora y escusará otro mayor; porque le hago saber que con la Santa Hermandad no hay[1] usar de caballerías; que no se le da a ella por cuantos caballeros andantes hay dos maravedís; y sepa que ya me parece que sus saetas[2] me zumban por los oídos.

—Naturalmente eres cobarde, Sancho —dijo don Quijote—; pero porque no digas que soy contumaz y que jamás hago lo que me aconsejas, por esta vez quiero tomar tu consejo y apartarme de la furia que tanto temes; mas ha de ser con una condición: que jamás, en vida ni en muerte, has de decir a nadie que yo me retiré y aparté deste peligro de miedo, sino por complacer a tus ruegos; que si otra cosa dijeres, mentirás en ello, y desde ahora para entonces, y desde entonces para ahora[b], te desmiento, y digo que mientes y mentirás todas las veces que lo pensares o lo dijeres. Y no me repliques más: que en sólo pensar que me aparto y retiro de algún peligro, especialmente déste, que parece que lleva algún es no es[3] de sombra de miedo, estoy ya para quedarme, y para aguardar aquí solo, no solamente a la

---

[1] *no hay*]   no vale, no cabe.
[2] *saetas*]   Los condenados a muerte por la Santa Hermandad eran sacados al campo, atados a una estaca y asaetados hasta morir[cb].
[3] *algún es no es*]   fr. proverb., significa 'un poco', 'un sí es, no es'. CS.

Santa Hermandad que dices y temes, sino a los hermanos de los doce tribus de Israel, y a los siete Macabeos, y a Cástor y a Pólux[4], y aun a todos los hermanos y hermandades que hay en el mundo.

—Señor —respondió Sancho—, que el retirar no es huir, ni el esperar es cordura, cuando el peligro sobrepuja a la esperanza, y de sabios es guardarse hoy para mañana, y no aventurarse todo en un día. Y sepa que, aunque zafio y villano, todavía se me alcanza algo desto que llaman buen gobierno: así que no se arrepienta de haber tomado mi consejo, sino suba en Rocinante, si puede, o si no, yo le ayudaré, y sígame; que el caletre me dice que hemos menester ahora más los pies que las manos.

Subió don Quijote, sin replicarle más palabra, y, guiando Sancho sobre su asno, se entraron por una parte de Sierra Morena, que allí junto estaba, llevando Sancho intención de atravesarla toda e ir a salir al Viso[b], o a Almodóvar del Campo, y esconderse algunos días por aquellas asperezas, por no ser hallados si la Hermandad los buscase. Animóle a esto haber visto que de la refriega de los galeotes se había escapado libre la despensa que sobre su asno venía, cosa que la juzgó a milagro, según fue lo que llevaron y buscaron los galeotes.

[5]Así como don Quijote entró por aquellas montañas, se le alegró el corazón, pareciéndole aquellos lugares aco-

---

[4] *los hermanos... y Pólux*]   Aquí por asociación con *Hermandad* don Quijote cita a casos conocidos proverbialmente de hermanos. Los hermanos de las *doce tribus* (voz masculina en tiempo de Cervantes) *de Israel* se enumeran en *Génesis* 49; del martirio de los siete Macabeos en el libro II *(Apocrypha)* de este nombre, c. 7. *Cástor y Pólux:* hermanos gemelos, hijos de Leda, pero de distintos padres, en la mitología clásica.

[5] Aquí en la ed. 2.ª de Juan de la Cuesta de 1605 se insertó el párrafo siguiente. que explica la pérdida del rucio.

Aquella noche llegaron a la mitad de las entrañas de Sierra Morena, adonde le pareció a Sancho pasar aquella noche, y aun otros algunos días, a lo menos, todos aquellos que durase el matalotaje que llevaba. Y así hicieron noche entre dos peñas y entre muchos alcornoques. Pero la suerte fatal, que, según opinión de los que no tienen lumbre de la verdadera fe, todo lo guía, guisa y compone a su modo, ordenó que Ginés de Pasamonte, el famoso embustero y ladrón que de la cadena, por virtud y locura de don Quijote, se había escapado, llevado del miedo de la Santa Hermandad, de quien con justa razón temía, acordó de esconderse en aquellas montañas y llevóle su suerte y su miedo a la misma parte donde había llevado a don Quijote y a Sancho Panza, a hora y tiempo que los pudo conocer, y a punto que los dejó dormir.

modados para las aventuras que buscaba. Reducíansele[6]
a la memoria los maravillosos acaecimientos que en seme-

Y como siempre los malos son desagradecidos, y la necesidad sea
ocasión de acudir a lo que[ab] se debe, y el remedio presente venza
a lo por venir, Ginés, que no era ni agradecido ni bien intincionado,
acordó de hurtar el asno a Sancho Panza, no curándose de Rocinante, por ser prenda tan mala para empeñada como para vendida.
Dormía Sancho Panza; hurtóle su jumento y antes que amaneciese
se halló bien lejos de poder ser hallado. Salió el aurora alegrando
la tierra y entristeciendo a Sancho Panza, porque halló menos su
rucio; el cual, viéndose sin él, comenzó a hacer el más triste y
doloroso llanto del mundo[b], y fue de manera que don Quijote
despertó a las voces[1], y oyó que en ellas decía: —¡Oh, hijo de
mis entrañas, nacido en mi mesma casa, brinco[2] de mis hijos,
regalo de mi mujer, envidia de mis vecinos, alivio de mis cargas,
y, finalmente, sustentador de la mitad de mi persona, porque con
veinte y seis maravedís que ganaba cada día mediaba yo mi despensa![3] —. Don Quijote, que vio el llanto y supo la causa, consoló
a Sancho con las mejores razones que pudo, y le rogó que tuviese
paciencia, prometiéndole de darle una cédula de cambio[4] para
que le diesen tres en su casa, de cinco que había dejado en ella.
Consolóse Sancho con esto, y limpió sus lágrimas, templó sus
sollozos, y agradeció a don Quijote la merced que le hacía; el cual,
como entró por aquellas montañas...

---

[1] Es la única ocasión en toda la fábula en que don Quijote
despierta después que Sancho[c]./[2] brinco] «...llaman las damas
brinco ciertos joyelitos pequeños que cuelgan de las tocas, porque
como van en el aire, parece que están saltando», Cov. 236.a.53./
[3] despensa] aquí 'expensa, gasto'[c]./[4] En el texto de la ed. pr. se
menciona por primera vez en el c. 25, p. 311.

No puede dudarse de que este pasaje sea de la pluma de Cervantes,
pero es casi seguro que su inserción aquí, en el texto de la 2.ª ed., no se
debe a él, como tampoco las enmiendas sobre el rucio que se hicieron
en la 3.ª ed. de 1608ª. Según explico en seguida, el robo del rucio debió
ser después, y no antes, del encuentro de don Quijote con Cardenio.
Creo que Cervantes ideó el robo como parte íntegra del episodio de
Sierra Morena, pues lo hace indispensable la situación que Cervantes
imagina; en efecto, don Quijote tiene que llevar a cabo la imitación del
caballero desdeñado-enloquecido *solitariamente;* es decir, sin caballo y
sin escudero (y éste sin el rucio), y por consiguiente, Sancho en su viaje
al Toboso tendría que caminar en Rocinante. De alguna manera, pues,
el rucio tenía que desaparecer, ya porque hubiese sido inverosímil que
Sancho se llevase las dos cabalgaduras, o que una de ellas fuese abando-
nada o se perdiese en la Sierra. Obsérvese que el dramatismo de la penitencia en el c. 25 depende de la soledad del caballero y de su separación
del escudero y el caballo. Por lo que dice Sancho (en I.25, p. 316), «del
llanto que anoche hice por el rucio», el robo tiene que ocurrir la noche
anterior al día en que don Quijote empieza su penitencia; es decir, el
segundo de los días que pasan en la Sierra. Pero en la ed. pr. se procede
desde la aventura de los galeotes a la escena en que se despide Sancho

jantes soledades y asperezas habían sucedido a caballeros
andantes. Iba pensando en estas cosas, tan embebecido
y trasportado en ellas, que de ninguna otra se acordaba.
Ni Sancho llevaba otro cuidado —después que le pareció

(c. 23 a 25) como si ocurriera toda la acción en un solo día. Es decir,
que no se menciona que anochezca ni que amanezca, ni parece hacer
falta el mencionarlo. Se omite la mención de la noche, pues, porque se
omite la mención del robo, y esta noche es la que no figura en lo narrado
en el c. 25. Visto así, es lógico suponer que en el ms. entregado a los
impresores en 1604 faltaban en su lugar en los c. 25 y 30 las hojas con la
explicación del hurto, como faltaba asímismo toda mención de la noche
que sigue al día del encuentro con Cardenio. (Geoffrey Stagg ha con-
jeturado que esta noche fue originalmente la que pasaron don Quijote
y Sancho con los cabreros (c. 11-12) y que el robo ocurrió en esa ocasión
(al final del c. 12), cuando don Quijote duerme en la choza de Pedro y
Sancho entre Rocinante y el jumento. Stagg propone que en una redacción primitiva el episodio de Grisóstomo y Marcela formaba parte de
lo narrado en el c. 25, y que al trasladar esta materia al lugar que ahora
ocupa, viéndose obligado a suprimir el robo del rucio, Cervantes se
olvidó de solucionar las anomalías que surgieron, **455.1**, p. 360.) Ya
impresa la *ed. pr.*, hubo de resaltar la omisión que luego el impresor quiso
suplir para la segunda ed., insertando el pasaje en este lugar (y no reparando en que en adelante se menciona varias veces que Sancho va con
su jumento) y otro en el c. 30, p. 380. En la Segunda Parte de 1615 no
tuvo Cervantes en cuenta el agregado de la 2.ª y 3.ª eds. y comentó el
olvido y las contradicciones. En II.3, p. 66, dice Sansón, de la crítica
de algunos lectores: «algunos han puesto falta y dolo en la memoria
del autor, pues se le olvida de contar quién fue el ladrón que hurtó el
rucio a Sancho, que allí no se declara y sólo se infiere de lo escrito que
se le hurtaron, y de allí a poco le vemos a caballo sobre el mesmo jumento,
sin haber parecido». En el c. 4, p. 67. Sancho explica que «la noche misma que huyendo de la Santa Hermandad nos entramos en Sierra Morena,
después de la aventura sin ventura de los galeotes, y de la del difunto
que llevaban a Segovia, mi señor y yo nos metimos entre una espesura,
adonde mi señor arrimado a su lanza, y yo sobre mi rucio, molidos y
cansados de las pasadas refriegas, nos pusimos a dormir como si fuera
sobre cuatro colchones de pluma...». Esta explicación concuerda perfectamente con el texto de la *ed. pr.*, y no hay porqué inferir que aquí Cervantes, pensando en la adición, la autorizara tal como se encuentra
en el texto de la 2.ª ed. Por fin, en II.27, p. 250, escribe el propio Cervantes, hablando del hurto, «que por no haberse puesto el cómo ni el
cuándo en la primera parte, por culpa de los impresores, ha dado en qué
entender a muchos, que atribuían a poca memoria del autor la falta de
imprenta». En total, pues, que la omisión del hurto (y no su corrección)
fue la circunstancia que produjo el efecto permanente, tanto para Cervantes como para sus primeros lectores. Algunos editores modernos,
entre ellos RM, corrigen la mención del rucio en el texto de la *ed. pr.*,
dando lugar a nuevas complicaciones.

    [6] *Reducíansele*] Veníansele de nuevo a la memoria: recordaba.

que caminaba por parte segura —sino de satisfacer su
estómago con los relieves que del despojo clerical habían
quedado[c]; y así, iba tras su amo sentado a la mujeriega
sobre su jumento[7], sacando de un costal[a] y embaulando en
su panza; y no se le diera por hallar otra ventura, entretanto que iba de aquella manera, un ardite.

En esto, alzó los ojos y vio que su amo estaba parado,
procurando con la punta del lanzón alzar no sé qué bulto
que estaba caído en el suelo, por lo cual se dio priesa a llegar a ayudarle, si fuese menester; y cuando llegó fue a
tiempo que alzaba con la punta del lanzón un cojín[8] y una
maleta asida a él, medio podridos, o podridos del todo, y
deshechos; mas, pesaba tanto, que fue necesario que Sancho se apease a tomarlos[9], y mandóle su amo que viese lo
que en la maleta venía.

Hízolo con mucha presteza Sancho, y, aunque la maleta
venía cerrada con una cadena y su candado, por lo roto y
podrido della vio lo que en ella había, que eran cuatro camisas de delgada holanda y otras cosas de lienzo no menos
curiosas[10] que limpias, y en un pañizuelo halló un buen
montoncillo de escudos de oro[11]; y así como los vio, dijo:

—¡Bendito sea todo el cielo, que nos ha deparado una
aventura que sea de provecho!

Y buscando más, halló un librillo de memoria[12], ricamente guarnecido. Éste le pidió don Quijote, y mandóle
que guardase el dinero y lo tomase para él. Besóle las manos
Sancho por la merced, y, desvalijando a la valija de su lencería[13], la puso en el costal de la despensa. Todo lo cual,
visto por don Quijote, dijo:

—Paréceme, Sancho, y no es posible que sea otra cosa,
que algún caminante descaminado debió de pasar por esta

---

[7] *sentado a la mujeriega sobre su jumento*]   Así también en la 2.ª ed.
La 3.ª ed. de Cuesta introdujo la enmienda: «cargado con todo aquello
que había de llevar el rucio»[a].

[8] *cojín*]   especie de manga, en forma de bolsa de tela gruesa, usada
como maleta, J-B. Avalle-Arce, *NRFH*, 1: 86-87 (1947).

[9] *se apease a tomarlos*]   Así en la 2.ª y 3.ª eds. de Cuesta. La ed. de
Bruselas, 1607, enmienda: «Sancho *los alzase* y»[a].

[10] *curiosas*]   primorosas, delicadas.

[11] *escudos de oro*]   El *escudo* era moneda de muy diverso valor;
se llamaba así por tener grabado el escudo real.

[12] *librillo de memoria*]   cuaderno para apuntes[b].

[13] *lencería*]   conjunto de lienzos.

sierra, y, salteándole malandrines, le debieron de matar,
y le trujeron a enterrar en esta tan escondida parte.

—No puede ser eso —respondió Sancho—, porque si
fueran ladrones, no se dejaran aquí este dinero.

—Verdad dices —dijo don Quijote—, y así, no adivino
ni doy en lo que esto pueda ser; más espérate: veremos si
en este librillo de memoria hay alguna cosa escrita por
donde podamos rastrear y venir en conocimiento de lo que
deseamos.

Abrióle, y lo primero que halló en él escrito, como en
borrador, aunque de muy buena letra, fue un soneto, que le-
yéndole alto, porque Sancho también lo oyese, vio que
decía desta manera:

> O le falta al Amor conocimiento,
> o le sobra crueldad, o no es mi pena
> igual a la ocasión que me condena
> al género más duro de tormento.
>
> Pero si Amor es dios, es argumento
> que nada ignora, y es razón muy buena
> que un dios no sea cruel. Pues ¿quién ordena
> el terrible dolor que adoro y siento?
>
> Si digo que sois vos, Fili, no acierto;
> que tanto mal en tanto bien no cabe,
> ni me viene del cielo esta rüina.
>
> Presto habré de morir, que es lo más cierto;
> que al mal de quien la causa no se sabe
> milagro es acertar la medicina[14].

—Por esa trova[15] —dijo Sancho— no se puede saber
nada, si ya no es que por ese hilo que está ahí se saque el
ovillo de todo.

—¿Qué hilo está aquí? —dijo don Quijote.

—Paréceme —dijo Sancho— que vuestra merced nombró ahí *hilo*.

—No dije sino *Fili* —respondió don Quijote—, y éste,
sin duda, es el nombre de la dama de quien se queja el autor
deste soneto; y a fe que debe de ser razonable poeta, o yo
sé poco del arte.

---

[14] Este soneto lo había insertado Cervantes en *La casa de los celos*,
CyE, ed. S-B, I, p. 206, con esta variante, vs. 9, «Si digo que es Angélica,
no acierto»ª.

[15] *trova*] «Trovar... significa hacer coplas y poetizar; trova, la tal
compostura poética», Cov. 979.a.37.

—Luego ¿también —dijo Sancho— se le entiende a vuestra merced de trovas?

—Y más de lo que tú piensas —respondió don Quijote—; y veráslo cuando lleves una carta, escrita en verso de arriba abajo, a mi señora Dulcinea del Toboso. Porque quiero que sepas, Sancho, que todos o los más caballeros andantes de la edad pasada eran grandes trovadores y grandes músicos^c; que estas dos habilidades o gracias, por mejor decir, son anexas a los enamorados andantes. Verdad es que las coplas de los pasados caballeros tienen más de espíritu que de primor.

—Lea más vuestra merced —dijo Sancho—; que ya hallará algo que nos satisfaga.

Volvió la hoja don Quijote y dijo:

—Esto es prosa, y parece carta.

—¿Carta misiva[16], señor? —preguntó Sancho.

—En el principio no parece sino de amores —respondió don Quijote.

—Pues lea vuestra merced alto —dijo Sancho; que gusto mucho destas cosas de amores.

—Que me place —dijo don Quijote.

Y leyéndola alto, como Sancho se lo había rogado, vio que decía desta manera:

Tu falsa promesa y mi cierta desventura me llevan a parte donde antes volverán a tus oídos las nuevas de mi muerte que las razones de mis quejas. Desechásteme, ¡oh ingrata!, por quien tiene más, no por quien vale más que yo; mas si la virtud fuera riqueza que se estimara, no envidiara yo dichas ajenas ni llorara desdichas propias. Lo que levantó tu hermosura han derribado tus obras; por ella entendí que eras ángel, y por ellas conozco que eres mujer. Quédate en paz, causadora de mi guerra, y haga el cielo que los engaños de tu esposo no estén siempre encubiertos, porque tú no quedes arrepentida de lo que heciste y yo no tome venganza de lo que no deseo.

Acabando de leer la carta, dijo don Quijote:

—Menos por ésta que por los versos se puede sacar más de que[17] quien la escribió es algún desdeñado amante.

---

[16] *Carta misiva*] o epístola, carta familiar o personal, para distinguirla de las oficiales^{cb}.

[17] *más de que*] nada además de que...^g.

Y hojeando casi todo el librillo, halló otros versos y cartas, que algunos pudo leer y otros no; pero lo que todos contenían eran quejas, lamentos, desconfianzas, sabores y sinsabores, favores y desdenes, solenizados[18] los unos y llorados los otros.

En tanto que don Quijote pasaba el libro[b], pasaba Sancho la maleta, sin dejar rincón en toda ella, ni en el cojín, que no buscase, escudriñase e inquiriese, ni costura que no deshiciese, ni vedija[19] de lana que no escarmenase[20], porque no se quedase nada por diligencia ni mal recado; tal golosina habían despertado en él los hallados escudos, que pasaban de ciento. Y aunque no halló más de lo hallado, dio por bien empleados los vuelos de la manta, el vomitar del brebaje, las bendiciones de las estacas, las puñadas del arriero, la falta de las alforjas, el robo del gabán y toda la hambre, sed y cansancio que había pasado en servicio de su buen señor, pareciéndole que estaba más que rebién pagado con la merced recebida de la entrega del hallazgo.

Con gran deseo quedó el Caballero de la Triste Figura de saber quién fuese el dueño de la maleta, conjeturando, por el soneto y carta, por el dinero en oro y por las tan buenas camisas, que debía de ser de algún principal enamorado, a quien desdenes y malos tratamientos de su dama debían de haber conducido a algún desesperado término. Pero como por aquel lugar inhabitable y escabroso no parecía persona alguna de quien poder informarse, no se curó de más que de pasar adelante, sin llevar otro camino que aquel que Rocinante quería, que era por donde él podía caminar, siempre con imaginación que no podía faltar por aquellas malezas alguna estraña aventura.

Yendo, pues, con este pensamiento, vio que por cima de una montañuela que delante de los ojos se le ofrecía, iba saltando un hombre, de risco en risco y de mata en mata, con estraña ligereza. Figurósele que iba desnudo, la barba negra y espesa, los cabellos muchos y rabultados[21], los pies descalzos y las piernas sin cosa alguna; los muslos cubrían unos calzones, al parecer, de terciopelo leonado, mas tan hechos pedazos, que por muchas partes se le des-

---

[18] *solenizados*] por solemnizados: celebrados, festejados.
[19] *vedija*] mechón.
[20] *escarmenase*] escarmenar, o carmenar: 'desenredar'[g].
[21] *rabultados*] rebultados, en desorden.

cubrían las carnes. Traía la cabeza descubierta; y aunque pasó con la ligereza que se ha dicho, todas estas menudencias miró y notó el Caballero de la Triste Figura; y aunque lo procuró, no pudo seguille, porque no era dado a la debilidad de Rocinante andar por aquellas asperezas, y más siendo él de suyo pisacorto y flemático. Luego imaginó don Quijote que aquél era el dueño del cojín y de la maleta, y propuso en sí de buscalle, aunque supiese[22] andar un año por aquellas montañas, hasta hallarle; y así, mandó a Sancho que se apease del asno y[23] atajase por la una parte de la montaña; que él iría por la otra, y podría ser que topasen, con esta diligencia, con aquel hombre que con tanta priesa se les había quitado de delante.

—No podré hacer eso —respondió Sancho—; porque, en apartándome de vuestra merced, luego es conmigo el miedo, que me asalta con mil géneros de sobresaltos y visiones. Y sírvale esto que digo de aviso, para que de aquí adelante no me aparte un dedo de su presencia.

—Así será —dijo el de la Triste Figura—; y yo estoy muy contento de que te quieras valer de mi ánimo, el cual no te ha de faltar, aunque te falte el ánima del cuerpo. Y vente ahora tras mí poco a poco, o como pudieres, y haz de los ojos lanternas; rodearemos esta serrezuela: quizá toparemos con aquel hombre que vimos, el cual, sin duda alguna, no es otro que el dueño de nuestro hallazgo.

A lo que Sancho respondió:

—Harto mejor sería no buscalle; porque si le hallamos y acaso fuese el dueño del dinero, claro está que lo tengo de restituir; y así, fuera mejor, sin hacer esta inútil diligencia, poseerlo yo con buena fe, hasta que, por otra vía menos curiosa y diligente, pareciera su verdadero señor; y quizá fuera a tiempo que lo hubiera gastado, y entonces el rey me hacía franco[24].

—Engáñaste en eso, Sancho —respondió don Quijote—; que ya que hemos caído en sospecha de quién es el dueño, cuasi delante, estamos obligados a buscarle y volvérselos; y cuando no le buscásemos, la vehemente sos-

---

[22] *supiese*] tuviese que.

[23] *se apease del asno y*] Así en la 2.ª y 3.ª eds. de Cuesta. La ed. de Bruselas, 1607, enmendó omitiendo estas palabras.

[24] *el rey me hacía franco*] exp. proverb. con que se da a entender que el insolvente no puede pagar o queda libre del pago. Cf.: «Al que no tiene, el rey le hace franco», Correas 42b.

pecha que tenemos de que él lo sea nos pone ya en tanta culpa como si lo fuese. Así que, Sancho amigo, no te dé pena el buscalle, por la que a mí se me quitará si le hallo.

Y así, picó a Rocinante, y siguióle Sancho con su acostumbrado jumento[25]; y, habiendo rodeado parte de la montaña, hallaron en un arroyo, caída, muerta y medio comida de perros y picada de grajos, una mula ensillada y enfrenada; todo lo cual confirmó en ellos más la sospecha de que aquel que huía era el dueño de la mula y del cojín.

Estándola mirando, oyeron un silbo como de pastor que guardaba ganado, y a deshora, a su siniestra mano, parecieron una buena cantidad de cabras, y tras ellas, por cima de la montaña, pareció el cabrero que las guardaba, que era un hombre anciano. Diole voces don Quijote, y rogóle que bajase donde estaban. Él respondió a gritos qué quién les había traído por aquel lugar, pocas o ningunas veces pisado sino de pies de cabras o de lobos y otras fieras que por allí andaban. Respondióle Sancho que bajase, que de todo le darían buena cuenta. Bajó el cabrero, y en llegando adonde don Quijote estaba, dijo:

—Apostaré que está mirando la mula de alquiler que está muerta en esa hondonada. Pues a buena fe que ha ya seis meses que está en ese lugar. Díganme: ¿han topado por ahí a su dueño?

—No hemos topado a nadie —respondió don Quijote—, sino a un cojín y a una maletilla que no lejos deste lugar hallamos.

—También la hallé yo —respondió el cabrero—; mas nunca la quise alzar ni llegar a ella, temeroso de algún desmán y de que no me la pidiesen por de hurto; que es el diablo sotil, y debajo de los pies se levanta allombre[26] cosa donde tropiece y caya, sin saber cómo ni cómo no.

—Eso mesmo es lo que yo digo —respondió Sancho—; que también la hallé yo, y no quise llegar a ella con un tiro

[25] con su acostumbrado jumento] Así también en la 2.ª ed. de Cuesta. La 3.ª ed. corrigió: «y siguiólo Sancho a pie, cargado gracias a Ginesillo de Pasamonte»[a].

[26] que es el diablo... allombre[ab]] El sentido es: «que el diablo es astuto, y donde menos se piensa (debajo de los pies) se le levanta a uno...». RM corrige 'se le levanta'. allombre[ab]: forma rústica y arcaica: 'al hombre' 'a uno'.

de piedra: allí la dejé, y allí se queda como se estaba; que no quiero perro con cencerro[27].

—Decidme, buen hombre —dijo don Quijote—, ¿sabéis vos quién sea el dueño destas prendas?

—Lo que sabré yo decir —dijo el cabrero— es que habrá al pie de seis meses, poco más a menos, que llegó a una majada de pastores, que estará como tres leguas deste lugar, un mancebo de gentil talle y apostura, caballero sobre esa mesma mula que ahí está muerta, y con el mesmo cojín y maleta que decís que hallastes y no tocastes. Preguntónos que cuál parte desta sierra era la más áspera y escondida; dijímosle que era esta donde ahora estamos, y es ansí la verdad; porque si entráis media legua más adentro, quizá no acertaréis a salir; y estoy maravillado de cómo habéis podido llegar aquí, porque no hay camino ni senda que a este lugar encamine. Digo, pues, que, en oyendo nuestra respuesta el mancebo, volvió las riendas y encaminó hacia el lugar donde le señalamos, dejándonos a todos contentos de su buen talle, y admirados de su demanda y de la priesa con que le víamos caminar y volverse hacia la sierra; y desde entonces nunca más le vimos, hasta que desde allí a algunos días salió al camino a uno de nuestros pastores, y, sin decille nada, se llegó a él y le dio muchas puñadas y coces, y luego se fue a la borrica del hato, y le quitó cuanto pan y queso en ella traía; y con estraña ligereza, hecho esto, se volvió a emboscar en la sierra. Como esto supimos algunos cabreros, le anduvimos a buscar casi dos días por lo más cerrado desta sierra, al cabo de los cuales le hallamos metido en el hueco de un grueso y valiente alcornoque. Salió a nosotros con mucha mansedumbre, ya roto el vestido, y el rostro disfigurado y tostado del sol, de tal suerte, que apenas le conocíamos; sino que los vestidos, aunque rotos, con la noticia que dellos teníamos, nos dieron a entender que era el que buscábamos. Saludónos cortésmente, y en pocas y muy buenas razones nos dijo que no nos maravillásemos de verle andar de aquella suerte, porque así le convenía para cumplir cierta penitencia que por sus muchos pecados le había sido impuesta. Rogámosle que nos dijese quién era; mas nunca lo pudimos acabar

---

[27] *no quiero perro con cencerro*] ...porque avisa donde está a los ladrones. Así explica Cov. este refrán: «el perro para guardar y sentir los ladrones, no ha de ser el sentido, y bástale el ruido que da a su amo cuando ladra», 403.a.1.

con él[28]. Pedímosle también que, cuando hubiese menester el sustento, sin el cual no podía pasar, nos dijese dónde le hallaríamos, porque con mucho amor y cuidado se lo llevaríamos[c]; y que si esto tampoco fuese de su gusto, que, a lo menos, saliese a pedirlo, y no a quitarlo, a los pastores. Agradeció nuestro ofrecimiento, pidió perdón de los asaltos pasados, y ofreció de pedillo de allí adelante por amor de Dios, sin dar molestia alguna a nadie. En cuanto lo que tocaba a la estancia de su habitación, dijo que no tenía otra que aquella que le ofrecía la ocasión donde le tomaba la noche; y acabó su plática con un tan tierno llanto, que bien fuéramos de piedra los que escuchado le habíamos, si en él no le acompañáramos, considerándole como le habíamos visto la vez primera, y cuál le veíamos entonces. Porque, como tengo dicho, era un muy gentil y agraciado mancebo, y en sus corteses y concertadas razones mostraba ser bien nacido y muy cortesana persona; que, puesto que éramos rústicos los que le escuchábamos, su gentileza era tanta, que bastaba a darse a conocer a la mesma rusticidad. Y estando en lo mejor de su plática, paró y enmudecióse; clavó los ojos en el suelo por un buen espacio, en el cual todos estuvimos quedos y suspensos, esperando en qué había de parar aquel embelesamiento, con no poca lástima de verlo; porque, por lo que hacía de abrir los ojos, estar fijo mirando al suelo sin mover pestaña gran rato, y otras veces cerrarlos, apretando los labios y enarcando las cejas, fácilmente conocimos que algún accidente de locura le había sobrevenido. Mas él nos dio a entender presto ser verdad lo que pensábamos; porque se levantó con gran furia del suelo, donde se había echado, y arremetió con el primero que halló junto a sí, con tal denuedo y rabia, que si no se le quitáramos, le matara a puñadas y a bocados; y todo esto hacía, diciendo: ¡Ah, fementido Fernando! ¡Aquí, aquí me pagarás la sinrazón que me heciste: estas manos te sacarán el corazón, donde albergan y tienen manida[29] todas las maldades juntas, principalmente la fraude y el engaño! Y a éstas añadía otras razones, que todas se encaminaban a decir mal de aquel Fernando, y a tacharle de traidor y fementido. Quitámossele, pues, con no poca pesadumbre, y él, sin decir más palabra, se apartó de noso-

---

[28] *acabar con él*] recabar, conseguir u obtener de él[b].
[29] *manida*] vivienda, morada.

tros y se emboscó corriendo por entre estos jarales[30] y malezas, de modo que nos imposibilitó el seguille. Por esto conjeturamos que la locura le venía a tiempos, y que alguno que se llamaba Fernando le debía de haber hecho alguna mala obra, tan pesada cuanto lo mostraba el término a que le había conducido. Todo lo cual se ha confirmado después acá con las veces, que han sido muchas, que él ha salido al camino, unas a pedir a los pastores le den de lo que llevan para comer, y otras a quitárselo por fuerza; porque cuando está con el accidente de la locura, aunque los pastores se lo ofrezcan de buen grado, no lo admite, sino que lo toma a puñadas; y cuando está en su seso, lo pide por amor de Dios, cortés y comedidamente, y rinde por ello muchas gracias, y no con falta de lágrimas. Y en verdad os digo, señores —prosiguió el cabrero—, que ayer determinamos yo y cuatro zagales, los dos criados y los dos amigos míos, de buscarle hasta tanto que le hallemos, y, después de hallado, ya por fuerza, ya por grado, le hemos de llevar a la villa de Almodóvar, que está de aquí ocho leguas, y allí le curaremos, si es que su mal tiene cura, o sabremos quién es cuando esté en su seso, y si tiene parientes a quien dar noticia de su desgracia. Esto es, señores, lo que sabré deciros de lo que me habéis preguntado; y entended que el dueño de las prendas que hallastes es el mesmo que vistes pasar con tanta ligereza como desnudez —que ya le había dicho don Quijote cómo había visto pasar aquel hombre saltando por la sierra.

El cual quedó admirado de lo que al cabrero había oído, y quedó con más deseo de saber quién era el desdichado loco, y propuso en sí lo mesmo que ya tenía pensado: de buscalle por toda la montaña, sin dejar rincón ni cueva en ella que no mirase, hasta hallarle. Pero hízolo mejor la suerte de lo que él pensaba ni esperaba, porque en aquel mesmo instante pareció por entre una quebrada de una sierra, que salía donde ellos estaban, el mancebo que buscaba, el cual venía hablando entre sí cosas que no podían ser entendidas de cerca, cuanto más de lejos. Su traje era cual se ha pintado, sólo que llegando cerca, vio don Quijote que un coleto[31] hecho pedazos que sobre sí traía era

---

[30] *jarales*] sitios poblados del arbusto llamado *jara*.
[31] *coleto*] cierta vestidura de piel o de ante, con mangas o sin ellas; se llamaba de ámbar porque estaba adobada con ámbar.

de ámbar[b]; por donde acabó de entender que persona que tales hábitos traía no debía de ser de ínfima calidad.

En llegando el mancebo a ellos les saludó con una voz desentonada y bronca, pero con mucha cortesía. Don Quijote le volvió las saludes[b] con no menos comedimiento, y, apeándose de Rocinante, con gentil continente y donaire, le fue a abrazar, y le tuvo un buen espacio estrechamente entre sus brazos, como si de luengos tiempos le hubiera conocido. El otro, a quien podemos llamar *el Roto de la mala Figura* —como a don Quijote *el de la Triste*—, después de haberse dejado abrazar, le apartó un poco de sí, y, puestas sus manos en los hombros de don Quijote, le estuvo mirando, como que quería ver si le conocía; no menos admirado quizá de ver la figura, talle y armas de don Quijote, que don Quijote lo estaba de verle a él. En resolución, el primero que habló después del abrazamiento fue el Roto[32], y dijo lo que se dirá adelante.

CAPÍTULO XXIV

Donde se prosigue la aventura de la Sierra Morena

Dice la historia[b] que era grandísima la atención con que don Quijote escuchaba al astroso[1] caballero de la Sierra, el cual, prosiguiendo su plática, dijo:

—Por cierto, señor, quienquiera que seáis, que yo no os conozco, yo os agradezco las muestras y la cortesía que conmigo habéis usado, y quisiera yo hallarme en términos, que con más que la voluntad pudiera servir[2] la que habéis mostrado tenerme en el buen acogimiento que me habéis hecho; mas no quiere mi suerte darme otra cosa con que

---

[32] Menéndez Pidal, **087,** vio en la figura de Cardenio una reminiscencia del romance de Juan del Encina que empieza «Por vnos puertos arriba/ de montaña muy escura/ caminava el cavallero...», *Cancionero de Juan del Encina*, Salamanca, 1496 (facsímile, Madrid, 1928), f. 87; Durán, n. 1.420. Es evidente que Cervantes ha querido elaborar la figura de Cardenio como caso paralelo a la parodia que del caballero demente hace don Quijote en el c. 25. Tanto Cardenio como don Quijote se relacionan al tópico del caballero que, por amores malhadados, se entrega a la soledad y a la demencia en estado semi salvaje. (*V.* nota 21, c. 25).

[1] *astroso*] desastrado, malhadado.

[2] *servir*] pagar, corresponder.

corresponda a las buenas obras que me hacen, que buenos deseos de satisfacerlas.

—Los que yo tengo —respondió don Quijote— son de serviros; tanto, que tenía determinado de no salir destas sierras hasta hallaros y saber de vos si el dolor[a] que en la estrañeza de vuestra vida mostráis tener se podía hallar algún género de remedio[3]; y si fuera menester buscarle, buscarle con la diligencia posible. Y cuando vuestra desventura fuera de aquellas que tienen cerradas las puertas a todo género de consuelo, pensaba ayudaros a llorarla y plañirla como mejor pudiera; que todavía[4] es consuelo en las desgracias hallar quien se duela dellas. Y si es que mi buen intento merece ser agradecido con algún género de cortesía, yo os suplico, señor, por la mucha que veo que en vos se encierra, y juntamente os conjuro por la cosa que en esta vida más habéis amado o amáis, que me digáis quién sois y la causa que os ha traído a vivir y a morir entre estas soledades como bruto animal, pues moráis entre ellos tan ajeno de vos mismo cual lo muestra vuestro traje y persona. Y juro —añadió don Quijote— por la orden de caballería[c] que recebí, aunque indigno y pecador, y por la profesión de caballero andante, que si en esto, señor, me complacéis, de serviros con las veras a que me obliga el ser quien soy, ora remediando vuestra desgracia, si tiene remedio, ora ayudándoos a llorarla, como os lo he prometido.

El Caballero del Bosque, que de tal manera oyó hablar al de la Triste Figura, no hacía sino mirarle, y remirarle, y tornarle a mirar de arriba abajo; y después que le hubo bien mirado, le dijo:

—Si tienen algo que darme a comer, por amor de Dios que me lo den; que, después de haber comido, yo haré todo lo que se me manda, en agradecimiento de tan buenos deseos como aquí se me han mostrado.

Luego sacaron, Sancho de su costal y el cabrero de su zurrón, con que satisfizo el Roto su hambre, comiendo lo que le dieron como persona atontada, tan apriesa, que no daba espacio de un bocado al otro, pues antes los engullía que tragaba; y en tanto que comía, ni él ni los que le miraban hablaban palabra. Como acabó de comer, les hizo de se-

---

[3] *remedio*] Se insinúa una vez más la nota con que terminó el soneto escrito por Cardenio y leído por don Quijote *(supra*, p. 282): «medicina».

[4] *todavía*] siempre[b].

ñas[b] que le siguiesen, como lo hicieron, y él los llevó a un verde pradecillo que a la vuelta de una peña poco desviada de allí estaba. En llegando a él, se tendió en el suelo, encima de la yerba, y los demás hicieron lo mismo, y todo esto sin que ninguno hablase, hasta que el Roto, después de haberse acomodado en su asiento, dijo:

—Si gustáis, señores, que os diga en breves razones la inmensidad de mis desventuras, habéisme de prometer de que con ninguna pregunta, ni otra cosa, no interromperéis el hilo de mi triste historia; porque en el punto que lo hagáis, en ése se quedará lo que fuere contando.

Estas razones del Roto trujeron a la memoria a don Quijote el cuento que le había contado su escudero, cuando no acertó el número de las cabras que habían pasado el río, y se quedó la historia pendiente. Pero, volviendo al Roto, prosiguió diciendo:

—Esta prevención que hago es porque querría pasar brevemente por el cuento de mis desgracias; que el traerlas a la memoria no me sirve de otra cosa que añadir otras de nuevo, y, mientras menos me preguntáredes, más presto acabaré yo de decillas, puesto que no dejaré por contar cosa alguna que sea de importancia para no[a] satisfacer del todo a vuestro deseo.

Don Quijote se lo prometió, en nombre de los demás, y él, con este seguro, comenzó desta manera:

—Mi nombre es Cardenio; mi patria, una ciudad de las mejores desta Andalucía; mi linaje, noble; mis padres, ricos; mi desventura, tanta, que la deben de haber llorado mis padres y sentido mi linaje, sin poderla aliviar con su riqueza; que para remediar desdichas del cielo poco suelen valer los bienes de fortuna. Vivía en esta mesma tierra un cielo, donde puso el amor toda la gloria que yo acertara a desearme: tal es la hermosura de Luscinda, doncella tan noble y tan rica como yo, pero de más ventura y de menos firmeza de la que a mis honrados pensamientos se debía. A esta Luscinda amé, quise y adoré desde mis tiernos y primeros años, y ella me quiso a mí, con aquella sencillez y buen ánimo que su poca edad permitía. Sabían nuestros padres nuestros intentos, y no les pesaba dello, porque bien veían que, cuando pasaran adelante, no podían tener otro fin que el de casarnos, cosa que casi la concertaba la igualdad de nuestro linaje y riquezas. Creció la edad, y con ella el amor de entrambos, que al padre de Luscinda le pareció que por buenos respetos estaba obligado a negarme la entrada de su casa, casi imitando en esto a los padres de aquella Tisbe[5] tan decantada de los poetas. Y fue esta negación añadir[b] llama a llama y deseo a deseo; porque, aunque pusieron silencio a las lenguas, no le pudieron poner a las plumas, las cuales, con más libertad que las lenguas, suelen dar a entender a quien quieren lo que en el alma está encerrado; que muchas veces la presencia de la cosa amada turba y enmudece la intención más determinada y la lengua más atrevida. ¡Ay cielos, y cuántos billetes le escribí! ¡Cuán regaladas y honestas respuestas tuve! ¡Cuántas canciones compuse y cuántos enamorados versos, donde el alma declaraba y trasladaba sus sentimientos, pintaba sus encendidos deseos, entretenía sus memorias y recreaba su voluntad! En efeto, viéndome apurado, y que mi alma se consumía con el deseo de verla, determiné poner por obra y acabar en un punto lo que me pareció que más convenía para salir con mi deseado y merecido premio, y fue el pedírsela a su padre por legítima esposa, como lo hice; a lo que él me respondió que me agradecía la voluntad que mostraba de honralle, y de querer honrarme con prendas suyas; pero que, siendo mi padre vivo, a él tocaba de justo derecho hacer aquella demanda; porque si no fuese con mucha voluntad y gusto suyo, no era Luscinda mujer para tomarse ni darse a hurto. Yo le agradecí su buen intento, pareciéndome que llevaba razón en lo que decía, y que mi padre vendría en ello como yo se lo dijese; y con este intento, luego en aquel mismo instante fui a decirle a mi padre lo que deseaba. Y al tiempo que entré en un aposento donde estaba, le hallé con una carta abierta en la mano, la cual, antes que yo le dijese palabra, me la dio y me dijo: "Por esa carta verás, Cardenio, la voluntad que el duque Ricardo tiene de hacerte merced". Este duque Ricardo, como ya vosotros, señores, debéis de saber, es un grande de España, que tiene su estado en lo mejor desta Andalucía[b]. Tomé y leí la carta, la cual venía tan encarecida, que a mí mesmo me pareció mal si mi padre dejaba de cumplir lo que en ella se le pedía, que era que me enviase luego donde él estaba; que quería que fuese compañero, no criado, de

---

[5] *Tisbe*] Alusión a la fábula mitológica de Píramo y Tisbe (cf. II.18, nota 21), Ovidio, *Meta.* IV, vs. 55 y ss. Consúltese Schevill, **374**, p. 194-195, 265-268.

su hijo el mayor, y que él tomaba a cargo el ponerme en estado que correspondiese a la estimación en que me tenía. Leí la carta y enmudecí leyéndola, y más cuando oí que mi padre me decía: "De aquí a dos días te partirás, Cardenio, a hacer la voluntad del duque, y da gracias a Dios que te va abriendo camino por donde alcances lo que yo sé que mereces". Añadió a éstas otras razones de padre consejero. Llegóse el término de mi partida, hablé una noche a Luscinda, díjele todo lo que pasaba, y lo mesmo hice a su padre, suplicándole se entretuviese algunos días y dilatase el darle estado hasta que yo viese lo que Ricardo me quería; él me lo prometió, y ella me lo confirmó con mil juramentos y mil desmayos. Vine, en fin, donde el duque Ricardo estaba. Fui dél tan bien recebido y tratado, que desde luego⁶ comenzó la envidia a hacer su oficio, teniéndomela los criados antiguos, pareciéndoles que las muestras que el duque daba de hacerme merced habían de ser en perjuicio suyo. Pero el que más se holgó con mi ida fue un hijo segundo del duque, llamado Fernando, mozo gallardo, gentil hombre, liberal y enamorado, el cual, en poco tiempo, quiso que fuese tan su amigo, que daba que decir a todos; y aunque el mayor me quería bien y me hacía merced, no llegó al estremo con que don Fernando me quería y trataba. Es, pues, el caso que, como entre los amigos no hay cosa secreta que no se comunique, y la privanza que yo tenía con don Fernando dejaba de serlo, por ser amistad, todos sus pensamientos me declaraba, especialmente uno enamorado⁷, que le traía con un poco de desasosiego. Quería bien a una labradora, vasalla de su padre, y ella los tenía muy ricos, y era tan hermosa, recatada, discreta y honesta, que nadie que la conocía se determinaba en cuál destas cosas tuviese más excelencia ni más se aventajase. Estas tan buenas partes de la hermosa labradora redujeron a tal término los deseos de don Fernando, que se determinó, para poder alcanzarlo y conquistar la entereza de la labradora, darle palabra de ser su esposo; porque de otra manera era procurar lo imposible. Yo, obligado de su amistad, con las mejores razones que supe, y con los más vivos ejemplos que pude, procuré estorbarle y apartarle de tal propósito; pero viendo que no aprove-

---

⁶ *desde luego*]   pronto.
⁷ *enamorado*]   amorosoᵇ.

chaba, determiné de decirle el caso al duque Ricardo, su padre; mas don Fernando, como astuto y discreto, se receló y temió desto, por parecerle que estaba yo obligado, en vez de[8] buen criado, no tener encubierta cosa que tan en perjuicio de la honra de mi señor el duque venía; y así, por divertirme[9] y engañarme, me dijo que no hallaba otro mejor remedio para poder apartar de la memoria la hermosura que tan sujeto le tenía, que el ausentarse por algunos meses, y que quería que el ausencia fuese que los dos nos viniésemos en casa de mi padre, con ocasión que darían[10] al duque que venía a ver y a feriar[11] unos muy buenos caballos que en mi ciudad había, que es madre de los mejores del mundo. Apenas le oí yo decir esto, cuando, movido de mi afición, aunque su determinación no fuera tan buena, la aprobara yo por una de las más acertadas que se podían imaginar, por ver cuán buena ocasión y coyuntura se me ofrecía de volver a ver a mi Luscinda. Con este pensamiento y deseo, aprobé su parecer y esforcé su propósito, diciéndole que lo pusiese por obra con la brevedad posible, porque, en efeto, la ausencia hacía su oficio, a pesar de los más firmes pensamientos. Ya, cuando él me vino a decir esto, según después se supo, había gozado a la labradora con título de esposo, y esperaba ocasión de descubrirse a su salvo, temeroso de lo que el duque su padre haría cuando supiese su disparate. Sucedió, pues, que, como el amor en los mozos, por la mayor parte, no lo es, sino apetito, el cual, como tiene por último fin el deleite, en llegando a alcanzarle se acaba, y ha de volver atrás aquello que parecía amor, porque no puede pasar adelante del término que le puso naturaleza, el cual término no le puso a lo que es verdadero amor...; quiero decir que, así como don Fernando gozó a la labradora, se le aplacaron sus deseos y se resfriaron sus ahíncos; y si primero fingía quererse ausentar, por remediarlos, ahora de veras procuraba irse, por no ponerlos en ejecución. Diole el duque licencia, y mandóme que le acompañase. Venimos a mi ciudad, recibióle mi padre como quien era, vi yo luego a Luscinda, tornaron a vivir, aunque no habían estado muertos ni amortiguados, mis deseos, de los cuales di cuenta, por mi mal, a don Fernando, por

---

[8] *en vez de*] 'en calidad de'[b], 'haciendo las veces de'[g], o 'en ley de'[f].
[9] *divertir, divertirse:* apartar, desviarse[b].
[10] *darían*] dirían[b].
[11] *feriar*] comprar o vender.

parecerme que, en la ley de la mucha amistad que mostraba,
no le debía encubrir nada. Alabéle la hermosura, donaire
y discreción de Luscinda, de tal manera que mis alabanzas
movieron en él los deseos de querer ver doncella de tantas
buenas partes adornada. Cumplíselos yo, por mi corta suerte, enseñándosela una noche, a la luz de una vela, por una
ventana por donde los dos solíamos hablarnos. Vióla en
sayo[12], tal, que todas las bellezas hasta entonces por él
vistas las puso en olvido. Enmudeció, perdió el sentido,
quedó absorto y, finalmente, tan enamorado, cual lo veréis
en el discurso del cuento de mi desventura. Y para encen-
derle más el deseo, que a mí me celaba, y al cielo, a solas,
descubría, quiso la fortuna que hallase un día un billete
suyo, pidiéndome que la pidiese a su padre por esposa, tan
discreto, tan honesto y tan enamorado, que, en leyéndolo,
me dijo que en sola Luscinda se encerraban todas las gracias de hermosura y de entendimiento que en las demás
mujeres del mundo estaban repartidas. Bien es verdad que
quiero confesar ahora que, puesto que yo veía con cuán
justas causas don Fernando a Luscinda alababa, me pesaba
de oír aquellas alabanzas de su boca, y comencé a temer y
a recelarme dél, porque no se pasaba momento donde no
quisiese que tratásemos de Luscinda, y él movía la plática,
aunque la trujese por los cabellos[13]; cosa que despertaba
en mí un no sé qué de celos, no porque yo temiese revés
alguno de la bondad y de la fe de Luscinda; pero, con todo
eso, me hacía temer mi suerte lo mesmo que ella me asegu-
raba. Procuraba siempre don Fernando leer los papeles
que yo a Luscinda enviaba, y los que ella me respondía, a
título[14] que de la discreción de los dos gustaba mucho.
Acaeció, pues, que habiéndome pedido Luscinda un libro
de caballerías en que leer, de quien era ella muy aficionada,
que era el de *Amadís de Gaula*...

No hubo bien oído don Quijote nombrar libro de caballerías, cuando dijo:

[12] *en sayo*] RM: «Viola *en sayo*, y tal estaba así, es decir, y estaba
tan hermosa en cuerpo... que...» *Sayo*, dice Cov., «vestidura que recoge
y abriga el cuerpo, y sobre ella se pone la capa para salir fuera de casa...
saya (o *sayo)* el vestido de la mujer de los pechos abajo, y lo de arriba
sayuelo», 920.b.53.
[13] *traer* una cosa *por los cabellos:* alegarla o recordarla fuera de
sazón, o disparatadamente (RM); cf. II.43, p. 361; II.67, p. 551.
[14] *a título*] con pretexto, motivo, *Aut.*

—Con que me dijera vuestra merced, al principio de su historia, que su merced de la señora Luscinda era aficionada a libros de caballerías, no fuera menester otra exageración para darme a entender la alteza de su entendimiento; porque no le tuviera tan bueno como vos, señor, le habéis pintado, si careciera del gusto de tan sabrosa leyenda; así que, para conmigo, no es menester gastar más palabras en declararme su hermosura, valor y entendimiento; que, con sólo haber entendido su afición, la confirmo por la más hermosa y más discreta mujer del mundo. Y quisiera yo, señor, que vuestra merced le hubiera enviado junto con *Amadís de Gaula* al bueno de *Don Rugel de Grecia*[15], que yo sé que gustara la señora Luscinda mucho de Daraida y Geraya, y de las discreciones del pastor Darinel, y de aquelos admirables versos de sus bucólicas, cantadas y representadas por él con todo donaire, discreción y desenvoltura. Pero tiempo podrá venir en que se enmiende esa falta, y no dura más en hacerse la enmienda de cuanto quiera vuestra merced ser servido de venirse conmigo a mi aldea; que allí le podré dar más de trecientos libros, que son el regalo de mi alma y el entretenimiento de mi vida; aunque tengo para mí que ya no tengo ninguno, merced a la malicia de malos y envidiosos encantadores. Y perdóneme vuestra merced el haber contravenido a lo que prometimos de no interrumpir su plática, pues, en oyendo cosas de caballerías y de caballeros andantes, así es en mi mano dejar de hablar en ellos como lo es en la de los rayos del sol dejar de calentar, ni humedecer en los de la luna[16]. Así que, perdón, y proseguir, que es lo que ahora hace más al caso.

En tanto que don Quijote estaba diciendo lo que queda dicho, se le había caído a Cardenio la cabeza sobre el pecho, dando muestras de estar profundamente pensativo. Y, puesto que dos veces le dijo don Quijote que prosiguiese su historia, ni alzaba la cabeza ni respondía palabra; pero al cabo de un buen espacio la levantó y dijo:

---

[15] Alude a la *Crónica del muy excelente príncipe don Florisel de Niquea* (tercera y cuarta parte), *en la qual trata de las grandes hazañas de los excelentísimos príncipes don Rogel de Grecia y el segundo Agesilao,* etcétera, 1535?, 1546, etc., obra de Feliciano de Silva, y onceno libro de la serie de los *Amadises*ª, en que son personajes Daraida y Geraya, y el pastor Darinel*bc*. De este pastor ya se habló, I.6.

[16] Alude a la creencia astrológica de que la luna era planeta húmedo y causa de todo lo acuátilᶜ.

—No se me puede quitar del pensamiento, ni habrá quien me lo quite en el mundo, ni quien me dé a entender otra cosa, y sería un majadero el que lo contrario entendiese o creyese, sino que aquel bellaconazo del maestro Elisabat estaba amancebado con la reina Madásima[17].

—Eso no, ¡voto a tal! —respondió con mucha cólera don Quijote, y arrojóle, como tenía de costumbre[18]—; y ésa es una muy gran malicia, o bellaquería, por mejor decir: la reina Madásima fue muy principal señora, y no se ha de presumir que tan alta princesa se había de amancebar con un sacapotras[19]; y quien lo contrario entendiere, miente como muy gran bellaco. Y yo se lo daré a entender, a pie o a caballo, armado o desarmado, de noche o de día, o como más gusto le diere.

Estábale mirando Cardenio muy atentamente, al cual ya había venido el accidente de su locura y no estaba para proseguir su historia; ni tampoco don Quijote se la oyera, según le había disgustado lo que de Madásima le había oído. ¡Estraño caso; que así volvió por ella[20] como si verdaderamente fuera su verdadera y natural señora: tal le tenían sus descomulgados libros! Digo, pues, que, como ya Cardenio estaba loco, y se oyó tratar de mentís y de bellaco, con otros denuestos semejantes, parecióle mal la burla, y alzó un guijarro que halló junto a sí, y dio con él en los pechos tal golpe a don Quijote, que le hizo caer de espaldas. Sancho Panza, que de tal modo vio parar a su señor, arremetió al loco con el puño cerrado, y el Roto le recibió de tal suerte, que con una puñada dio con él a sus pies, y

---

[17] *maestro Elisabat... la reina Madásima*] Se supone que Cardenio alude a *Amadís de Gaula*, pero ninguna de las tres Madásimas que figuran en él fue reina ni tuvo relación con el maestro Elisabad. Clemencín en su nota explica que con quien tuvo favor Elisabad fue con la infanta Grasinda, sobrina del rey Tafinor de Bohemia y señora de una ciudad marítima llamada Sadiana. Por mandado de Grasinda curó Elisabad a *Amadís* después del combate con el endriago (*AdG*, III.72-75). Clemencín supone que tanto Cardenio como don Quijote equivocaron a Grasinda con Madásima. En *AdG*, Elisabad (cirujano, «hombre de letras y de misa») es personaje de gran dignidad, y así afirma don Quijote en el c. 25. El tono difamador del despecho de Cardenio despierta en don Quijote un arrebato colérico y despectivo que envuelve la alusión a Elisabad.

[18] *como tenía de costumbre*] es decir, completo, 'redondo', no con el eufemismo «a tal» con que Cervantes evade expresarlo[b].

[19] *sacapotras*] nombre despectivo para 'cirujano'; *potra:* hernia o tumor venéreo.

[20] I.11, nota 31.

luego se subió sobre él y le brumó las costillas muy a su sabor. El cabrero, que le quiso defender, corrió el mesmo peligro. Y después que los tuvo a todos rendidos y molidos, los dejó, y se fue, con gentil sosiego, a emboscarse en la montaña.

Levantóse Sancho, y, con la rabia que tenía de verse aporreado tan sin merecerlo, acudió a tomar la venganza del cabrero, diciéndole que él tenía la culpa de no haberles avisado que a aquel hombre le tomaba a tiempos la locura; que si esto supieran, hubieran estado sobre aviso para poderse guardar. Respondió el cabrero que ya lo había dicho, y que si él no lo había oído, que no era suya la culpa. Replicó Sancho Panza, y tornó a replicar el cabrero, y fue el fin de las réplicas asirse de las barbas y darse tales puñadas, que si don Quijote no los pusiera en paz, se hicieran pedazos. Decía Sancho, asido con el cabrero:

—Déjeme vuestra merced, señor Caballero de la Triste Figura; que en éste, que es villano como yo y no está armado caballero, bien puedo a mi salvo satisfacerme del agravio que me ha hecho, peleando con él mano a mano, como hombre honrado.

—Así es —dijo don Quijote—; pero yo sé que él no tiene ninguna culpa de lo sucedido.

Con esto los apaciguó, y don Quijote volvió a preguntar al cabrero si sería posible hallar a Cardenio, porque quedaba con grandísimo deseo de saber el fin de su historia. Díjole el cabrero lo que primero le había dicho, que era no saber de cierto su manida[21]; pero que si anduviese mucho por aquellos contornos, no dejaría de hallarle, o cuerdo o loco.

CAPÍTULO XXV

Que trata de las estrañas cosas que en Sierra Morena sucedieron al valiente caballero de la Mancha, y de la imitación que hizo a[b] la penitencia de Beltenebros[c]

Despidióse del cabrero don Quijote, y, subiendo otra vez sobre Rocinante, mandó a Sancho que le siguiese,

---

[21] *manida*] Nótese que es la misma palabra que el cabrero atribuyó a Cardenio en el c. 23, p. 288. *Manida* aquí recoge el sentido rústico de «lugar do cada animal tiene su acogida», Cov. 785.a.65. Hay, pues, una doble alusión (rústica, moral) al estado semisalvaje de Cardenio.

el cual lo hizo, con su jumento[1], de muy mala gana. Íbanse poco a poco entrando en lo más áspero de la montaña, y Sancho iba muerto por razonar con su amo, y deseaba que él comenzase la plática, por no contravenir a lo que le tenía mandado; mas, no pudiendo sufrir tanto silencio, le dijo:

—Señor don Quijote, vuestra merced me eche su bendición y me dé licencia; que desde aquí me quiero volver a mi casa, y a mi mujer, y a mis hijos, con los cuales, por lo menos, hablaré y departiré todo lo que quisiere; porque querer vuestra merced que vaya con él por estas soledades de día y de noche, y que no le hable cuando me diere gusto, es enterrarme en vida. Si ya quisiera la suerte que los animales hablaran, como hablaban en tiempo de Guisopete[2], fuera menos mal, porque departiera yo con mi jumento[3] lo que me viniera en gana; y con esto pasaré mi mala ventura; que es recia cosa, y que no se puede llevar en paciencia, andar buscando aventuras toda la vida, y no hallar sino coces y manteamientos, ladrillazos[c] y puñadas, y, con todo esto, nos hemos de coser la boca, sin osar decir lo que el hombre tiene en su corazón, como si fuera mudo.

—Ya te entiendo, Sancho —respondió don Quijote—: tú mueres porque te alce el entredicho que te tengo puesto en la lengua. Dale por alzado y di lo que quisieres, con condición que no ha de durar este alzamiento más de en cuanto[4] anduviéremos por estas sierras.

—Sea ansí —dijo Sancho—; hable yo ahora, que después Dios sabe lo que será; y comenzando a gozar de ese salvoconduto, digo que ¿qué le iba a vuestra merced en volver tanto por aquella reina Magimasa, o como se llama? O ¿qué hacía al caso que aquel abad[5] fuese su amigo o no? Que si vuestra merced pasara con ello, pues no era su juez,

---

[1] *con su jumento*]   Así también en la 2.ª y 3.ª eds. de Cuesta; la de Bruselas, 1607, omite la frase[b].

[2] *Guisopete*]   por Esopo, el fabulista. *Isopet* o *Isopete* era forma en antiguo castellano, y también el nombre dado a los fabularios (Arcipreste de Hita, *LBA*, 96d). Sancho lo transforma en *Guisopete* por asimilación con la forma vulgar 'guisopo' por 'hisopo'[a].

[3] *departiera yo con mi jumento*]   Así también en la 2.ª y 3.ª eds. de Cuesta; la de Bruselas, 1607, enmendó: «yo con Rocinante (ya que mi corta ventura no permitió pueda ser con mi jumento)»[a].

[4] *más de en cuanto*]   mientras.

[5] *Magimasa... abad*]   Sancho corrompe los nombres de Madásima y Elisabat.

bien creo yo que el loco pasara adelante con su historia, y se hubieran ahorrado el golpe del guijarro, y las coces, y aun más de seis torniscones[6].

—A fe, Sancho —respondió don Quijote—, que si tú supieras, como yo lo sé, cuán honrada y cuán principal señora era la reina Madásima, yo sé que dijeras que tuve mucha paciencia, pues no quebré la boca por donde tales blasfemias salieron. Porque es muy gran blasfemia decir ni pensar que una reina esté amancebada con un cirujano. La verdad del cuento es que aquel maestro Elisabat, que el loco dijo, fue un hombre muy prudente y de muy sanos consejos, y sirvió de ayo y de médico a la reina; pero pensar que ella era su amiga es disparate digno de muy gran castigo. Y porque veas que Cardenio no supo lo que dijo, has de advertir que cuando lo dijo ya estaba sin juicio.

—Eso digo yo —dijo Sancho—: que no había para qué hacer cuenta de las palabras de un loco, porque si la buena suerte no ayudara a vuestra merced, y encaminara el guijarro a la cabeza como le encaminó al pecho, buenos quedáramos por haber vuelto por aquella mi señora, que Dios cohonda[7]. Pues ¡montas[8] que no se librara Cardenio por loco!

—Contra cuerdos y contra locos, está obligado cualquier caballero andante a volver por la honra de las mujeres, cualesquiera que sean, cuanto más por las reinas de tan alta guisa y pro como fue la reina Madásima, a quien yo tengo particular afición, por sus buenas partes; porque, fuera de haber sido fermosa, además fue muy prudente y muy sufrida en sus calamidades, que las tuvo muchas; y los consejos y compañía del maestro Elisabat le fue y le fueron[9] de mucho provecho y alivio para poder llevar sus trabajos con prudencia y paciencia. Y de aquí tomó ocasión el vulgo[10] ignorante y mal intencionado de decir y pensar que ella era su manceba; y mienten, digo, otra vez,

---

[6] *torniscones*] «Torniscón: golpe que se da en la cara con el revés de la mano», *Aut.* «pellizco retorcido», 2.ª acepción, *Acd.*

[7] *que Dios cohonda*] especie de maldición[c]. El verbo (anticuado y rústico) *cohonder* o *cofonder*, tiene el significado de 'descomponer', 'echar a perder', o confundir, hundir, abatir. Su sentido aquí sería 'que Dios confunda, maldiga', CS.

[8] ¡*montas*…!] I.21, nota 48.

[9] *Consejos y compañía… le fue y le fueron*] quiasmo de tipo bastante frecuente en la prosa de Cervantes. Cf. I.26, nota 10.

[10] *tomó ocasión el vulgo*] Por lo visto, Cardenio se refería no al con-

y mentirán otras docientas, todos los que tal pensaren y dijeren.

—Ni yo lo digo ni lo pienso —respondió Sancho—; allá se lo hayan; con su pan se lo coman; si fueron amancebados, o no, a Dios habrán dado la cuenta; de mis viñas vengo, no sé nada[11]; no soy amigo de saber vidas ajenas; que el que compra y miente, en su bolsa lo siente. Cuanto más, que desnudo nací, desnudo me hallo: ni pierdo ni gano; mas que lo fuesen, ¿qué me va a mí? Y muchos piensan que hay tocinos y no hay estacas[12]. Mas ¿quién puede poner puertas al campo? Cuanto más, que de Dios dijeron[13].

—¡Válame Dios —dijo don Quijote—, y qué de necedades vas, Sancho, ensartando! ¿Qué va de lo que tratamos a los refranes que enhilas? Por tu vida, Sancho, que calles, y de aquí adelante, entremétete en espolear a tu asno[14], y deja de hacello en lo que no te importa. Y entiende con todos tus cinco sentidos que todo cuanto yo he hecho, hago e hiciere, va muy puesto en razón y muy conforme a las reglas de caballería, que las sé mejor que cuantos caballeros las profesaron en el mundo.

—Señor —respondió Sancho—, y ¿es buena regla de caballería que andemos perdidos por estas montañas, sin senda ni camino, buscando a un loco[15], el cual, después de hallado, quizá le vendrá en voluntad de acabar lo que dejó comenzado, no de su cuento, sino de la cabeza de vuestra merced y de mis costillas, acabándonoslas de romper de todo punto.

—Calla, te digo otra vez, Sancho —dijo don Quijote—; porque te hago saber que no sólo me trae por estas partes

tenido de *Amadís de Gaula,* sino a una tradición oral-popular que divulgaría la hablilla de una reina Madásima amancebada.

[11] *de mis viñas… nada*] «Proverbio: 'No sé nada, de mis viñas vengo', para escusarse de no se haber hallado en algún mal hecho», Cov. 1010.a.48. Sobre estos refranes que aplica Sancho contra la maldicencia *V.* CS.

[12] *Y muchos piensan… estacas*] 'Muchos piensan que hay tocinos y no hay siquiera las estacas de dónde éstos cuelgan'. *V.* Cov. 965.a.48; Correas 335b.

[13] *que de Dios dijeron*] La fr. proverb. completa es 'Digan, que de Dios dijeron'. «Si de Dios, con ser Dios, dijeron mal sus enemigos, ¿de quién no dirán mal los suyos», RM.

[14] *entremétete en espolear a tu asno*] La última alusión al rucio antes de mencionar su pérdida; así también en las eds. 2.ª y 3.ª de Cuesta[a].

[15] *a un loco*] La ed. pr. dice «buscando aun lo que el qual…». Los editores modernos corrigen según la ed. de Valencia, 1605[aeh].

el deseo de hallar al loco, cuanto el que tengo de hacer
en ellas una hazaña, con que he de ganar perpetuo nombre
y fama en todo lo descubierto de la tierra; y será tal, que
he de echar con ella el sello[16] a todo aquello que puede
hacer perfecto y famoso a un andante caballero.

—Y ¿es de muy gran peligro esa hazaña? —preguntó
Sancho Panza.

—No —respondió el de la Triste Figura—; puesto que
de tal manera podía correr el dado, que echásemos azar
en lugar de encuentro[17]; pero todo ha de estar en tu diligencia.

—¿En mi diligencia? —dijo Sancho.

—Sí —dijo don Quijote—; porque si vuelves presto de
adonde pienso enviarte, presto se acabará mi pena y presto
comenzará mi gloria. Y porque no es bien que te tenga más
suspenso, esperando en lo que han de parar mis razones,
quiero, Sancho, que sepas que el famoso Amadís de Gaula
fue uno de los más perfectos caballeros andantes. No he
dicho bien *fue uno:* fue el solo, el primero, el único, el señor
de todos cuantos hubo en su tiempo en el mundo. Mal año
y mal mes para don Belianís y para todos aquellos que dijeren que se le igualó en algo, porque se engañan, juro cierto.
Digo asimismo que, cuando algún pintor quiere salir famoso en su arte, procura imitar los originales de los más
únicos pintores que sabe; y esta mesma regla corre por todos los más oficios o ejercicios de cuenta que sirven para
adorno de las repúblicas, y así lo ha de hacer y hace el que
quiere alcanzar nombre de prudente y sufrido, imitando a
Ulises, en cuya persona y trabajos nos pinta Homero un
retrato vivo de prudencia y de sufrimiento, como también
nos mostró Virgilio, en persona de Eneas, el valor de un
hijo piadoso y la sagacidad de un valiente y entendido
capitán, no pintándolo ni descubriéndolo[18] como ellos fueron, sino como habían de ser, para quedar ejemplo a los
venideros hombres de sus virtudes[19]. Desta mesma suerte,
Amadís fue el norte, el lucero, el sol de los valientes y enamorados caballeros, a quien debemos de imitar todos aque-

[16] *echar... el sello*]   fr. fig. 'perfeccionar, concluir'c.
[17] *puesto que... de encuentro*]   'aunque de tal manera podía correr la
suerte que se perdiese en lugar de ganar'h. En el juego de los dados *el
encuentro* es el lance favorable y *el azar* el adverso c.
[18] *descubriéndolo*]   Riquer, entre otros, enmienda *describiendo* e.
[19] Cf. I.47, p. 566, II.3, p. 61.

llos que debajo de la bandera de amor y de la caballería militamos. Siendo, pues, esto ansí, como lo es, hallo yo, Sancho amigo, que el caballero andante que más le imitare estará más cerca de alcanzar la perfeción de la caballería. Y una de las cosas en que más este caballero mostró su prudencia, valor, valentía, sufrimiento, firmeza y amor fue cuando se retiró, desdeñado de la señora Oriana, a hacer penitencia en la Peña Pobre[cb], mudado su nombre en el de Beltenebros[20], nombre, por cierto, significativo y proprio para la vida que él de su voluntad había escogido[21]. Ansí, que me es a mí más fácil imitarle en esto que no en hender gigantes, descabezar serpientes, matar endriagos[c], desbaratar ejércitos, fracasar armadas y deshacer encantamentos. Y pues estos lugares son tan acomodados para semejantes efectos, no hay para qué se deje pasar la ocasión, que ahora con tanta comodidad me ofrece sus guedejas[22].

—En efecto —dijo Sancho—, ¿qué es lo que vuestra merced quiere hacer en este tan remoto lugar?

[20] *Beltenebros*] I.15, nota 19.

[21] El caballero enloquecido por desdenes de amor que se retira a la soledad de los bosques y yermos es un tópico frecuente en los relatos de las leyendas artúricas, y manifiesta cierta semejanza con situaciones narradas de santos y anacoretas de la temprana Edad Media. Ya en el *roman* de Chrétien de Troyes *Yvain, le Chevalier au Lion* (ca. 1175) aparecen los elementos novelescos que llegarán hasta esta parodia de Cervantes. El caballero Yvain, habiendo desagradado a su esposa Laudine, pierde el juicio y en una furia demencial se rasga las carnes y las ropas y vive por largo tiempo en el bosque como un salvaje, hasta que la bondad de un ermitaño lo restituye al trato humano. El tópico aparece en los relatos de Lancelot y Tristan por donde hubo de llegar al autor primitivo del *Amadís*. En el libro 2.º de *Amadís de Gaula*, habiendo recibido la carta de Oriana, Amadís se aparta de su escudero Gandalín, y se entrega en una montaña a la desesperación y la soledad. Aquí encuentra a un ermitaño a quien pide que le confiese y aconseje sobre su vida penitente; éste le lleva a su ermita en la isla llamada la Peña Pobre, donde, cambiado su nombre en Beltenebrós y transformada su personalidad, y más bien perdido al mundo, pues el ermitaño ignora su verdadera identidad, se entrega a ayunos, oraciones y disciplinas, y por otra parte, a lloros y duelos y a la composición de versos sentimentales, como los que compone don Quijote en el c. 26. Según se explica en el texto, los modelos directos de Cervantes son el *Orlando furioso* y *Amadís de Gaula*. El episodio en la refundición de Montalvo sigue en lo esencial los relatos artúricos, mientras que en el poema de Ariosto la erotomanía o furia demencial de Orlando [cantos 23, 24] es el tratamiento romántico e irónico del guerrero de la epopeya medieval cristiana. El tópico se repitió en el caso de los caballeros Lisuarte de Grecia, el Caballero del Febo y Rosicler, etc.[c].

[22] *la ocasión... guedejas*] *V.* nota 14 a Versos Prelim.

—¿Ya no te he dicho —respondió don Quijote— que quiero imitar a Amadís, haciendo aquí del desesperado, del sandio y del furioso, por imitar juntamente al valiente don Roldánᶜ, cuando halló en una fuente las señales de que Angélica la Bella había cometido vileza con Medoro²³, de cuya pesadumbreᶜ se volvió loco, y arrancó los árboles, enturbió las aguas de las claras fuentes, mató pastores, destruyó ganados, abrasó chozas, derribó casas, arrastró yeguas y hizo otras cien mil insolencias²⁴, dignas de eterno nombre y escritura? Y, puesto que yo no pienso imitar a Roldán, o Orlando, o Rotolando (que todos estos tres nombres tenía), parte por parte en todas las locuras que hizo, dijo y pensó, haré el bosquejo, como mejor pudiere, en las que me pareciere ser más esenciales. Y podrá ser que viniese a contentarme con sola la imitación de Amadís, que sin hacer locuras de daño, sino de lloros y sentimientos, alcanzó tanta fama como el que más.

—Paréceme a mí —dijo Sancho— que los caballeros que lo tal ficieron fueron provocados y tuvieron causa para hacer esas necedades y penitencias; pero vuestra merced, ¿qué causa tiene para volverse loco? ¿Qué dama le ha desdeñado, o qué señales ha hallado que le den a entender que la señora Dulcinea del Toboso ha hecho alguna niñería con moro o cristiano?

—Ahí está el punto —respondió don Quijote—, y ésa es la fineza de mi negocio; que volverse loco un caballero andante con causa, ni grado ni gracias²⁵: el toque está desatinar sin ocasión y dar a entender a mi dama que, si en seco hago esto, ¿qué hiciera en mojado? Cuanto más, que harta ocasión tengo en la larga ausencia que he hecho de la siempre señora mía Dulcinea del Toboso; que, como ya oíste decir a aquel pastor de marras²⁶, Ambrosio, quien

---

²³ *Roldan... Angélica... Medoro*] En el *Orlando furioso*, canto 19, encontró Angélica a Medoro herido en el campo; lo llevó a la cabaña de un pastor y lo curó, acabando por enamorarse de él. En el canto 23, Orlando, fatigado del calor, entra en una gruta por allí cerca, donde nace una fuente, y ve un letrero en arábigo escrito por Medoro que declara que allí había tenido en sus brazos a Angélica. «Spesso ne le mie braccia nuda giacque», estrofas 108-109. Las notas de Clemencín resumen lo esencial.

²⁴ *insolencias*] acciones insólitas, inauditas.

²⁵ *ni grado ni gracias*] «no tener que agradecer», Cov. 653.b.61.

²⁶ *de marras*] 'de tiempo atrás, de antes'. «*Marras*: vocablo de aldea,

está ausente, todos los males tiene y teme. Así que, Sancho amigo, no gastes tiempo en aconsejarme que deje tan rara, tan felice y tan no vista imitación. Loco soy, loco he de ser hasta tanto que tú vuelvas con la respuesta de una carta que contigo pienso enviar a mi señora Dulcinea; y si fuere tal cual a mi fe se le debe, acabarse ha mi sandez y mi penitencia; y si fuere al contrario, seré loco de veras, y, siéndolo, no sentiré nada. Ansí que, de cualquiera manera que responda, saldré del conflito y trabajo en que me dejares, gozando el bien que me trujeres, por cuerdo, o no sintiendo el mal que me aportares, por loco. Pero dime, Sancho, ¿traes bien guardado el yelmo de Mambrino, que ya vi que le alzaste del suelo cuando aquel desagradecido le quiso hacer pedazos? Pero no pudo; donde se puede echar de ver la fineza de su temple.

A lo cual respondió Sancho:

—Vive Dios, señor Caballero de la Triste Figura, que no puedo sufrir ni llevar en paciencia algunas cosas que vuestra merced dice, y que por ellas vengo a imaginar que todo cuanto me dice de caballerías, y de alcanzar reinos e imperios, de dar ínsulas y de hacer otras mercedes y grandezas, como es uso de caballeros andantes, que todo debe de ser cosa de viento y mentira, y todo pastraña, o patraña, o como lo llamáremos. Porque quien oyere decir a vuestra merced que una bacía de barbero es el yelmo de Mambrino, y que no salga deste error en más de cuatro días, ¿qué ha de pensar sino que quien tal dice y afirma debe de tener güero[27] el juicio? La bacía yo la llevo en el costal, toda abollada, y llévola para aderezarla en mi casa y hacerme la barba en ella, si Dios me diere tanta gracia, que algún día me vea con mi mujer y hijos.

—Mira, Sancho, por el mismo que denantes juraste, te juro —dijo don Quijote— que tienes el más corto entendimiento que tiene ni tuvo escudero en el mundo. ¿Que es posible que en cuanto ha que andas conmigo no has echado de ver que todas las cosas de los caballeros andantes parecen quimeras, necedades y desatinos, y que son todas hechas al revés? Y no porque sea ello ansí, sino porque andan entre nosotros siempre una caterva de encantadores

---

significa el tiempo de atrás, y particularmente del año que precedió», Cov. 791.b.32.

[27] *güero*] por 'huero': vacío[b].

que todas nuestras cosas mudan y truecan, y les vuelven
según su gusto, y según tienen la gana de favorecernos o
destruirnos; y así, eso que a ti te parece bacía de barbero,
me parece a mí el yelmo de Mambrino, y a otro le parecerá
otra cosa. Y fue rara providencia del sabio que es de mi parte
hacer que parezca bacía a todos lo que real y verdaderamente
es yelmo de Mambrino, a causa que[b], siendo él de tanta
estima, todo el mundo me perseguirá por quitármele; pero
como ven que no es más que un bacín de barbero, no se
curan de procuralle, como se mostró bien en el que quiso
rompelle y le dejó en el suelo sin llevarle; que a fe que si le
conociera, que nunca él le dejara. Guárdale, amigo, que
por ahora no le he menester; que antes me tengo de quitar
todas estas armas, y quedar desnudo como cuando nací,
si es que me da en voluntad de seguir en mi penitencia más
a Roldán que a Amadís.

    [28]Llegaron, en estas pláticas, al pie de una alta montaña,
que, casi como peñón tajado, estaba sola entre otras muchas
que la rodeaban. Corría por su falda un manso arroyuelo,
y hacíase por toda su redondez un prado tan verde y vicioso[29], que daba contento a los ojos que le miraban. Había
por allí muchos árboles silvestres y algunas plantas y flores, que hacían el lugar apacible. Este sitio escogió el
Caballero de la Triste Figura para hacer su penitencia;
y así, en viéndole, comenzó a decir en voz alta, como si
estuviera sin juicio:

    —Éste es el lugar, ¡oh cielos!, que diputo y escojo[30]
para llorar la desventura en que vosotros mesmos me habéis
puesto. Éste es el sitio donde el humor de mis ojos acrecen-
tará las aguas deste pequeño arroyo, y mis continos y profundos sospiros moverán a la contina las hojas destos mon-
taraces árboles, en testimonio y señal de la pena que mi
asendereado[31] corazón padece. ¡Oh vosotros, quienquiera
que seáis, rústicos dioses[c] que en este inhabitable lugar tenéis vuestra morada, oíd las quejas deste desdichado amante, a quien una luenga ausencia y unos imaginados celos
han traído a lamentarse entre estas asperezas, y a quejarse

---

[28] Aquí insertó Hartzenbusch en su ed. de 1863 (011) el agregado
que explica el robo del rucio en el c. 23, 2.ª ed. de Cuesta.

[29] *vicioso*] 'abundante, lozano'[b].

[30] *diputo y escojo*] exp. pleonástica.

[31] *asendereado*] 'afligido, trabajado'[g], De *asendereado* dice Cov.: «el
que anda corrido y acosado por sendas», 933.a.42.

de la dura condición de aquella ingrata y bella, término y fin de toda humana hermosura! ¡Oh vosotras, napeas y dríadas[32], que tenéis por costumbre de habitar en las espesuras de los montes, así los ligeros y lascivos sátiros, de quien sois, aunque en vano, amadas, no perturben jamás vuestro dulce sosiego, que me ayudéis a lamentar mi desventura, o, a lo menos, no os canséis de oílla! ¡Oh Dulcinea del Toboso, día de mi noche, gloria de mi pena, norte de mis caminos, estrella de mi ventura, así el cielo te la dé buena en cuanto acertares a pedirle, que consideres el lugar y el estado a que tu ausencia me ha conducido, y que con buen término correspondas al que a mi fe se le debe! ¡Oh solitarios árboles, que desde hoy en adelante habéis de hacer compañía a mi soledad, dad indicio, con el blando movimiento de vuestras ramas, que no os desagrade mi presencia! ¡Oh tú, escudero mío, agradable compañero en más prósperos y adversos sucesos, toma bien en la memoria lo que aquí me verás hacer, para que lo cuentes y recites a la causa total de todo ello!

Y diciendo esto, se apeó de Rocinante, y en un momento le quitó el freno y la silla; y, dándole una palmada en las ancas, le dijo:

—Libertad te da el que sin ella queda[c], ¡oh caballo tan estremado por tus obras cuan desdichado por tu suerte! Vete por do quisieres, que en la frente llevas escrito que no te igualó en ligereza el Hipogrifo de Astolfo[33], ni el nombrado Frontino[34], que tan caro le costó a Bradamante.

Viendo esto Sancho, dijo:

—Bien haya quien nos quitó ahora del trabajo de desenalbardar al rucio[35]; que a fe que no faltaran palmadicas que dalle, ni cosas que decille en su alabanza; pero si él aquí estuviera, no consintiera yo que nadie le desalbardara, pues no había para qué; que a él no le tocaban las generales[36] de enamorado ni de desesperado,

---

[32] *napeas y dríadas*]   ninfas de los valles y ninfas de los bosques, en la mitología clásica.

[33] *Hipogrifo de Astolfo*]   *OF*, 4.18. Caballo alado (engendro de grifo y yegua) que monta Astolfo. Sobre estas invocaciones de don Quijote consúltense las citas de Bowle.

[34] *Frontino*]   *OF*, 23.27 y etc. Perteneció entre otros a la doncella guerrera Bradamante[c].

[35] Primera vez que se alude al robo del rucio en la ed. pr.

[36] *las generales*]   'generales de la ley', en procedimientos judiciales se refiere a tachas señaladas por la ley a testigos, CS.

pues no lo estaba su amo, que era yo, cuando Dios quería^{cb}. Y en verdad, señor Caballero de la Triste Figura, que si es que mi partida y su locura de vuestra merced va de veras, que será bien tornar a ensillar a Rocinante, para que supla la falta del rucio, porque será ahorrar tiempo a mi ida y vuelta; que si la hago a pie, no sé cuándo llegaré, ni cuándo volveré, porque, en resolución, soy mal caminante.

—Digo, Sancho —respondió don Quijote—, que sea como tú quisieres, que no me parece mal tu designio; y digo que de aquí a tres días te partirás, porque quiero que en este tiempo veas lo que por ella hago y digo, para que se lo digas.

—Pues ¿qué más tengo de ver —dijo Sancho— que lo que he visto?

—¡Bien estás en el cuento! —respondió don Quijote—. Ahora me falta rasgar las vestiduras, esparcir las armas, y darme de calabazadas por estas peñas, con otras cosas deste jaez, que te han de admirar.

—Por amor de Dios —dijo Sancho—, que mire vuestra merced cómo se da esas calabazadas; que a tal peña podrá llegar, y en tal punto, que con la primera se acabase la máquina desta penitencia; y sería yo de parecer que, ya que a vuestra merced le parece que son aquí necesarias calabazadas y que no se puede hacer esta obra sin ellas, se contentase, pues todo esto es fingido y cosa contrahecha y de burla, se contentase, digo, con dárselas en el agua, o en alguna cosa blanda, como algodón; y déjeme a mí el cargo, que yo diré a mi señora que vuestra merced se las daba en una punta de peña, más dura que la de un diamante.

—Yo agradezco tu buena intención, amigo Sancho —respondió don Quijote—; mas quiérote hacer sabidor de que todas estas cosas que hago no son de burlas, sino muy de veras; porque de otra manera, sería contravenir a las órdenes de caballería, que nos mandan que no digamos mentira alguna, pena de relasos³⁷, y el hacer una cosa por otra lo mesmo es que mentir. Ansí, que mis calabazadas han de ser verdaderas, firmes y valederas³⁸, sin que lleven nada del sofístico ni del fantástico. Y será necesario que me

³⁷ *pena de relasos*] 'pena de relapsos, o reincidentes'.
³⁸ *verdaderas, firmes y valederas*] fórmula de la lengua escribanil^b.

dejes algunas hilas[39] para curarme, pues que la ventura quiso que nos faltase el bálsamo que perdimos.

—Más fue perder el asno —respondió Sancho—, pues se perdieron en él las hilas y todo[a]. Y ruégole a vuestra merced que no se acuerde más de aquel maldito brebaje; que en sólo oírle mentar se me revuelve el alma, no que[b] el estómago. Y más le ruego: que haga cuenta que son ya pasados los tres días que me ha dado de término para ver las locuras que hace, que ya las doy por vistas y por pasadas en cosa juzgada[40], y diré maravillas a mi señora; y escriba la carta y despácheme luego, porque tengo gran deseo de volver a sacar a vuestra merced deste purgatorio donde le dejo.

—¿Purgatorio le llamas, Sancho? —dijo don Quijote—. Mejor hicieras de llamarle infierno, y aun peor, si hay otra cosa que lo sea.

—*Quien ha infierno* —respondió Sancho—, *nula es retencio*[41], según he oído decir.

—No entiendo que quiere decir *retencio* —dijo don Quijote.

—*Retencio* es —respondió Sancho— que quien está en el infierno nunca sale dél, ni puede. Lo cual será al revés en vuestra merced, o a mí me andarán mal los pies, si es que llevo espuelas para avivar a Rocinante; y póngame yo una por una en el Toboso, y delante de mi señora Dulcinea; que yo le diré tales cosas de las necedades y locuras, que todo es uno, que vuestra merced ha hecho y queda haciendo, que la venga a poner más blanda que un guante, aunque la halle más dura que un alcornoque; con cuya respuesta dulce y melificada volveré por los aires, como brujo, y sacaré a vuestra merced deste purgatorio, que parece infierno y no lo es, pues hay esperanza de salir dél, la cual, como tengo dicho, no la tienen de salir los que están en el infierno, ni creo que vuestra merced dirá otra cosa.

—Así es la verdad —dijo el de la Triste Figura—; pero ¿qué haremos para escribir la carta?

---

[39] *hilas*] vendas. «Los hilitos destramados de la tela o lienzo, para poner en las heridas para enjugarlas», Cov. 690.b.14.

[40] «*Pasar en cosa juzgada*: no valer el remedio de la apelación», Cov. 725.b.21. La fr. se aplica al fallo o sentencia que no admite más examen, y de allí a cualquier cosa que se supone, y de que es ocioso tratar, CS; cf. I.30, p.378.

[41] Quien ha infierno... nula es retencio] Sancho estropea la frase latina del Oficio de difuntos: *Quia in inferno nulla est redemptio*[b c s].

—Y la libranza pollinesca también[42] —añadió Sancho.

—Todo irá inserto —dijo don Quijote—; y sería bueno, ya que no hay papel que la escribiésemos, como hacían los antiguos, en hojas de árboles, o en unas tablitas de cera; aunque tan dificultoso será hallarse eso ahora como el papel. Mas ya me ha venido a la memoria dónde será bien, y aun más que bien, escribilla; que es en el librillo de memoria que fue de Cardenio, y tú tendrás cuidado de hacerla trasladar en papel, de buena letra, en el primer lugar que hallares, donde haya maestro de escuela de muchachos, o si no, cualquiera sacristán te la trasladará; y no se la des a trasladar a ningún escribano, que hacen letra procesada[43], que no la entenderá Satanás.

—Pues ¿qué se ha de hacer de la firma? —dijo Sancho.

—Nunca las cartas de Amadís se firman[c] —respondió don Quijote.

—Está bien —respondió Sancho—; pero la libranza forzosamente se ha de firmar, y ésa, si se traslada, dirán que la firma es falsa, y quedaréme sin pollinos.

—La libranza irá en el mesmo librillo firmada; que en viéndola mi sobrina, no pondrá dificultad en cumplilla. Y en lo que toca a la carta de amores, pondrás por firma: «Vuestro hasta la muerte, el Caballero de la Triste Figura». Y hará poco al caso que vaya de mano ajena, porque, a lo que yo me sé acordar, Dulcinea no sabe escribir ni leer, y en toda su vida ha visto letra mía ni carta mía, porque mis amores y los suyos han sido siempre platónicos, sin estenderse a más que a un honesto mirar. Y aun esto tan de cuando en cuando, que osaré jurar con verdad que en doce años que ha que la quiero más que a la lumbre destos ojos que han de comer la tierra, no la he visto cuatro veces; y aun podrá ser que destas cuatro veces no hubiese ella echado de ver la una que la miraba; tal es el recato y encerramiento con que su padre, Lorenzo Corchuelo, y su madre, Aldonza Nogales, la han criado.

—¡Ta, ta! —dijo Sancho—. ¿Que la hija de Lorenzo Corchuelo es la señora Dulcinea del Toboso, llamada por otro nombre Aldonza Lorenzo?

---

[42] Se mencionó en el agregado que explica el robo del rucio, I.23, nota 5.

[43] *letra procesada*] letra en que se escribía enlazando unas letras y palabras con otras, formando líneas enteras en una escritura informe, sin levantar la pluma del papel, de modo que era muy difícil de leer[cbg].

—Ésa es —dijo don Quijote—, y es la que merece ser señora de todo el Universo.

—Bien la conozco —dijo Sancho—, y sé decir que tira tan bien una barra como el más forzudo zagal de todo el pueblo. ¡Vive el Dador[44], que es moza de chapa[45], hecha y derecha y de pelo en pecho, y que puede sacar la barba del lodo[46] a cualquier caballero andante, o por andar, que la tuviere por señora! ¡Oh hideputa[b], qué rejo que tiene, y qué voz! Sé decir que se puso un día encima del campanario del aldea a llamar unos zagales suyos que andaban en un barbecho de su padre, y aunque estaban de allí más de media legua, así la oyeron como si estuvieran al pie de la torre. Y lo mejor que tiene es que no es nada melindrosa, porque tiene mucho de cortesana[b]: con todos se burla y de todo hace mueca y donaire. Ahora digo, señor Caballero de la Triste Figura, que no solamente puede y debe vuestra merced hacer locuras por ella, sino que, con justo título, puede desesperarse y ahorcarse; que nadie habrá que lo sepa que no diga que hizo demasiado de bien[47], puesto que le lleve el diablo. Y querría ya verme en camino, sólo por vella; que ha muchos días que no la veo, y debe de estar ya trocada; porque gasta mucho la faz de las mujeres andar siempre al campo, al sol y al aire. Y confieso a vuestra merced una verdad, señor don Quijote: que hasta aquí he estado en una grande ignorancia; que pensaba bien y fielmente que la señora Dulcinea debía de ser alguna princesa de quien vuestra merced estaba enamorado, o alguna persona tal, que mereciese los ricos presentes que vuestra merced le ha enviado, así el del vizcaíno como el de los galeotes, y otros muchos que deben ser, según deben de ser muchas las vitorias que vuestra merced ha ganado y ganó en el tiempo que yo aún no era su escudero. Pero, bien considerado, ¿qué se le ha de dar a la señora Aldonza Lorenzo, digo, a la señora Dulcinea del Toboso, de que se le vayan a hincar de rodillas delante della los vencidos que vuestra merced le envía y ha de enviar? Porque podría ser

---

[44] *el Dador*] «el que da; este vocablo se atribuye siempre a Dios», Cov. 443.a.65.

[45] *moza de chapa*[ac]] 'moza valerosa, garrida', *de pelo en pecho;* la ed. pr., *de pelo en pelo.* Sigo la enmienda de la 3.ª ed. de Cuesta; cf. II.21, p. 202.

[46] *sacar la barba del lodo*[b]] 'sacar de apuros'.

[47] *demasiado de bien...*] 'demasiado bien, aunque...'.

que al tiempo que ellos llegasen estuviese ella rastrillando lino, o trillando[48] en las eras, y ellos se corriesen[49] de verla, y ella se riese y enfadase del presente.

—Ya te tengo dicho antes de agora muchas veces, Sancho —dijo don Quijote—, que eres muy grande hablador y que, aunque de ingenio boto[50], muchas veces despuntas de agudo[51]; mas, para que veas cuán necio eres tú y cuán discreto soy yo, quiero que me oyas un breve cuento. Has de saber que una viuda hermosa, moza, libre y rica, y sobre todo, desenfadada, se enamoró de un mozo motilón[52], rollizo y de buen tomo; alcanzólo a saber su mayor[53], y un día dijo a la buena viuda, por vía de fraternal reprehensión: —«Maravillado estoy, señora, y no sin mucha causa, de que una mujer tan principal, tan hermosa y tan rica como vuestra merced, se haya enamorado de un hombre tan soez, tan bajo y tan idiota como fulano, habiendo en esta casa tantos maestros, tantos presentados[54] y tantos teólogos, en quien vuestra merced pudiera escoger como entre peras, y decir: Éste quiero, aquéste no quiero—». Mas ella le respondió, con mucho donaire y desenvoltura: —«Vuestra merced, señor mío, está muy engañado, y piensa muy a lo antiguo si piensa que yo he escogido mal en fulano, por idiota que le parece; pues para lo que yo le quiero, tanta filosofía sabe, y más, que Aristóteles—». Así que, Sancho, por lo que yo quiero a Dulcinea del Toboso, tanto vale como la más alta princesa de la tierra. Sí, que no todos los poetas que alaban damas, debajo de un nombre que ellos a su albedrío les ponen, es verdad que las tienen. ¿Piensas tú que las Amariles, las Filis, las Silvias, las Dianas, las Galateas, las Alidas[55] y otras tales de que los libros, los romances, las tiendas de los barberos, los teatros de las comedias, están llenos, fueron verdaderamente damas de

---

[48] *rastrillando... trillando*] *rastrillar el lino:* limpiarlo de la arista y estopa. *trillar:* quebrantar la mies tendida en la era y desatar el grano de la paja, s.v. Cov.

[49] *se corriesen*] «*correrse* vale afrentarse, porque le corre la sangre al rostro», Cov. 363.a.5.

[50] *boto*] 'torpe, grosero'.

[51] «*Despuntar de agudo:* [se dice] del que por mucha sutileza viene a dar en algún absurdo», Cov. 463.b.3.

[52] *motilón*ᶜ] 'lego'.

[53] *mayor*] jefe, superior.

[54] *presentados*] teólogos que aún no han recibido el grado de maestro.

[55] *Alidas*] Así en la ed. pr.; algunos editores enmiendan *Fílidas*ᵇ.

carne y hueso, y de aquellos que las celebran y celebraron? No, por cierto, sino que las más se las fingen, por dar subjeto a sus versos, y porque los tengan por enamorados y por hombres que tienen valor para serlo. Y así, bástame a mí pensar y creer que la buena de Aldonza Lorenzo es hermosa y honesta; y en lo del linaje importa poco, que no han de ir a hacer la información dél para darle algún hábito[56], y yo me hago cuenta que es la más alta princesa del mundo. Porque has de saber, Sancho, si no lo sabes, que dos cosas solas incitan a amar más que otras; que son la mucha hermosura y la buena fama, y estas dos cosas se hallan consumadamente en Dulcinea, porque en ser hermosa ninguna le iguala, y en la buena fama, pocas le llegan. Y para concluir con todo, yo imagino que todo lo que digo es así, sin que sobre ni falte nada, y píntola en mi imaginación como la deseo, así en la belleza como en la principalidad, y ni la llega Elena, ni la alcanza Lucrecia, ni otra alguna de las famosas mujeres de las edades pretéritas, griega, bárbara o latina. Y diga cada uno lo que quisiere; que si por esto fuere reprehendido de los ignorantes, no seré castigado de los rigurosos.

—Digo que en todo tiene vuestra merced razón —respondió Sancho— y que yo soy un asno. Mas no sé yo para qué nombro asno en mi boca, pues no se ha de mentar la soga en casa del ahorcado. Pero venga la carta, y a Dios, que me mudo[57].

Sacó el libro de memoria don Quijote, y, apartándose a una parte, con mucho sosiego comenzó a escribir la carta, y en acabándola, llamó a Sancho y le dijo que se la quería leer, porque la tomase de memoria, si acaso se le perdiese por el camino, porque de su desdicha todo se podía temer. A lo cual respondió Sancho:

—Escríbala vuestra merced dos o tres veces ahí en el libro, y démele, que yo le llevaré bien guardado; porque pensar que yo la he de tomar en la memoria es disparate; que la tengo tan mala, que muchas veces se me olvida cómo me llamo. Pero, con todo eso, dígamela vuestra merced, que me holgaré mucho de oílla, que debe de ir como de molde.

—Escucha, que así dice —dijo don Quijote:

---

[56] *hábito*] Se refiere a las informaciones sobre linaje y limpieza de sangre que se exigían para obtener un *hábito* de las órdenes militares (Santiago, Alcántara, Calatrava y Montesa).

[57] *a Dios, que me mudo*] fórmula de despedida.

CARTA DE DON QUIJOTE A DULCINEA DEL TOBOSO

Soberana y alta señora[58] :
*El ferido de punta de ausencia y el llagado de las telas
del corazón, dulcísima Dulcinea del Toboso, te envía la salud
que él no tiene*[b]. *Si tu fermosura me desprecia, si tu valor
no es en mi pro, si tus desdenes son en mi afincamiento, maguer
que yo sea asaz de sufrido, mal podré sostenerme en esta
cuita, que, además de ser fuerte, es muy duradera. Mi buen
escudero Sancho te dará entera relación, ¡oh bella ingrata,
amada enemiga mía!, del modo que por tu causa quedo:
si gustares de acorrerme, tuyo soy; y si no, haz lo que te
viniere en gusto; que con acabar mi vida habré satisfecho a
tu crueldad y a mi deseo.*
Tuyo hasta la muerte[b],
El Caballero de la Triste Figura[e].

—Por vida de mi padre —dijo Sancho en oyendo la
carta—, que es la más alta cosa que jamás he oído. ¡Pesia
a mí, y cómo que le dice vuestra merced ahí todo cuanto
quiere, y qué bien que encaja en la firma *El Caballero de
la Triste Figura!* Digo de verdad que es vuestra merced
el mesmo diablo, y que no hay cosa que no sepa.

—Todo es menester —respondió don Quijote— para
el oficio que trayo.

—Ea, pues —dijo Sancho—, ponga vuestra merced en
esotra vuelta la cédula de los tres pollinos, y fírmela con
mucha claridad, porque la conozcan en viéndola.

—Que me place —dijo don Quijote.

Y habiéndola escrito, se la leyó, que decía ansí:

Mandará vuestra merced, por esta primera de pollinos[59],
*señora sobrina, dar a Sancho Panza, mi escudero, tres de los
cinco que dejé en casa y están a cargo de vuestra merced.
Los cuales tres pollinos se los mando librar y pagar por otros
tantos aquí recebidos de contado, que consta*[60], *y con su carta*

---

[58] En *Amadís de Gaula*, II, es Oriana la que se dirige a Amadís en
forma de cartas vehementes. Las dos que le envía son los modelos más
evidentes que parodia Cervantes[c].
[59] *primera de pollinos*] primera cédula no 'de cambio', sino 'de
pollinos'. Como el mismo don Quijote reconoce *(«y para tres asnos»,*
etcétera), la cédula es una divertida imitación de las escrituras comerciales.
[60] *que consta*] Así en la pr. ed. y la 2.ª; la 3.ª de Cuesta dice «que
con ésta»[a].

de pago serán bien dados. Fecha en las entrañas de Sierra Morena a veinte y dos de agosto deste presente año[b].

—Buena está —dijo Sancho—: fírmela vuestra merced.

—No es menester firmarla —dijo don Quijote—, sino solamente poner mi rúbrica, que es lo mesmo que firma, y para tres asnos, y aun para trecientos, fuera bastante.

—Yo me confío de vuestra merced —respondió Sancho—. Déjeme, iré a ensillar a Rocinante, y aparéjese vuestra merced a echarme su bendición; que luego pienso partirme, sin ver las sandeces que vuestra merced ha de hacer, que yo diré que le vi hacer tantas, que no quiera más.

—Por lo menos, quiero, Sancho, y porque es menester ansí, quiero, digo, que me veas en cueros, y hacer una o dos docenas de locuras, que las haré en menos de media hora, porque habiéndolas tú visto por tus ojos, puedas jurar a tu salvo[61] en las demás que quisieres añadir; y asegúrote que no dirás tú tantas cuantas yo pienso hacer.

—Por amor de Dios, señor mío, que no vea yo en cueros a vuestra merced, que me dará mucha lástima y no podré dejar de llorar; y tengo tal la cabeza, del llanto que anoche hice por el rucio, que no estoy para meterme en nuevos lloros; y si es que vuestra merced gusta de que yo vea algunas locuras, hágalas vestido, breves y las que le vinieren más a cuento. Cuanto más, que para mí no era menester nada deso, y, como ya tengo dicho, fuera ahorrar el camino de mi vuelta, que ha de ser con las nuevas que vuestra merced desea y merece. Y si no, aparéjese la señora Dulcinea; que si no responde como es razón, voto hago solene a quien puedo[62] que le tengo de sacar la buena respuesta del estómago a coces y a bofetones. Porque, ¿dónde se ha de sufrir que un caballero andante, tan famoso como vuestra merced, se vuelva loco, sin qué ni para qué, por una...? No me lo haga decir la señora, porque por Dios que despotrique[63] y lo eche todo a doce, aunque nunca se venda[64].

---

[61] *a tu salvo*] es decir, a salvo de tu conciencia[b].

[62] *a quien puedo*] eufemismo por 'a Dios'.

[63] *despotrique*[b]] 'me declare a mis anchas'[b].

[64] *lo eche todo a doce, aunque nunca se venda*[c]] Sancho emplea una antigua fr. proverb. que significa 'echarlo todo a rodar, romper por todo'.

¡Bonico soy yo para eso! ¡Mal me conoce! ¡Pues a fe que si me conociese, que me ayunase![65]

—Así, Sancho —dijo don Quijote—, que, a lo que parece, que no estás tú más cuerdo que yo.

—No estoy tan loco —respondió Sancho—; mas estoy más colérico. Pero, dejando esto aparte, ¿qué es lo que ha de comer vuestra merced en tanto que yo vuelvo? ¿Ha de salir al camino, como Cardenio, a quitárselo a los pastores?

—No te dé pena ese cuidado —respondió don Quijote—, porque, aunque tuviera, no comiera otra cosa que las yerbas y frutos que este prado y estos árboles me dieren; que la fineza de mi negocio está en no comer y en hacer otras asperezas equivalentes. A Dios, pues[66].

—Pero, ¿sabe vuestra merced qué temo? Que no tengo de acertar a volver a este lugar donde agora le dejo, según está de escondido.

—Toma bien las señas, que yo procuraré no apartarme destos contornos —dijo don Quijote—, y aun tendré cuidado de subirme por estos más altos riscos, por ver si te descubro cuando vuelvas. Cuanto más, que lo más acertado será, para que no me yerres y te pierdas, que cortes algunas retamas de las muchas que por aquí hay, y las vayas poniendo de trecho a trecho, hasta salir a lo raso, las cuales te servirán de mojones y señales para que me halles cuando vuelvas, a imitación del hilo del laberinto de Perseo[67].

—Así lo haré —respondió Sancho Panza.

Y cortando algunos, pidió la bendición a su señor, y, no sin muchas lágrimas de entrambos, se despidió dél. Y subiendo sobre Rocinante, a quien don Quijote encomendó mucho, y que mirase por él como por su propria persona, se puso en camino del llano, esparciendo de trecho a trecho los ramos de la retama, como su amo se lo había aconsejado. Y así se fue, aunque todavía le importunaba don Quijote que le viese siquiera hacer dos locuras. Mas no hubo andado cien pasos, cuando volvió y dijo:

---

[65] *que me ayunase*[c]] 'que me tendría respeto o temor', CS.

[66] La ed. pr. dice «*otras asperezas equivalentes / a Dios. Pues pero sabe vuestra merced,* etc.». Se ha corregido de diversas maneras desde la 2.ª ed. de Cuesta[ab].

[67] *Perseo*] Así en las tres eds. de Cuesta; las posteriores corrigen *Teseo;* cf. «*la soga de Teseo*», I.48, p. 574.

—Digo, señor, que vuestra merced ha dicho muy bien: que para que pueda jurar sin cargo de conciencia que le he visto hacer locuras, será bien que vea siquiera una, aunque bien grande la he visto en la quedada de vuestra merced.

—¿No te lo decía yo? —dijo don Quijote—. Espérate, Sancho, que en un credo las haré.

Y desnudándose con toda priesa los calzones, quedó en carnes y en pañales, y luego, sin más ni más, dio dos zapatetas en el aire y dos tumbas la cabeza abajo y los pies en alto, descubriendo cosas que, por no verlas otra vez, volvió Sancho la rienda a Rocinante, y se dio por contento y satisfecho de que podía jurar que su amo quedaba loco. Y así, le dejaremos ir su camino, hasta la vuelta, que fue breve.

CAPÍTULO XXVI

Donde se prosiguen las finezas que de enamorado hizo don Quijote en Sierra Morena

Y volviendo a contar lo que hizo el de la Triste Figura después que se vio solo, dice la historia que, así como don Quijote acabó de dar las tumbas o vueltas de medio abajo desnudo y de medio arriba vestido, y que vio que Sancho se había ido, sin querer aguardar a ver más sandeces, se subió sobre una punta de una alta peña, y allí tornó a pensar lo que otras muchas veces había pensado, sin haberse jamás resuelto en ello; y era que cuál sería mejor y le estaría más a cuento: imitar a Roldán en las locuras desaforadas que hizo, o Amadís en las malencónicas; y hablando entre sí mesmo, decía:

—Si Roldán fue tan buen caballero y tan valiente como todos dicen, ¿qué maravilla, pues, al fin era encantado, y no le podía matar nadie si no era metiéndole un alfiler de a blanca[1] por la punta del pie, y él traía siempre los zapatos con siete suelas de hierro?[c] Aunque no le valieron tretas contra Bernardo del Carpio, que se las entendió, y le ahogó entre los brazos, en Roncesvalles. Pero, dejando en él lo de la valentía a una parte, vengamos a lo de perder el juicio, que es cierto que le perdió, por las señales que halló

_____

[1] *un alfiler de a blanca*] alfiler grueso, cuyo precio era una blanca (medio maravedí).

en la Fortuna[2] y por las nuevas que le dio el pastor[c] de que
Angélica había dormido más de dos siestas con Medoro,
un morillo de cabellos enrizados y paje de Agramante;
y si él entendió que esto era verdad y que su dama le había
cometido desaguisado, no hizo mucho en volverse loco;
pero yo, ¿cómo puedo imitalle en las locuras, si no le imi-
to en la ocasión dellas? Porque mi Dulcinea del Toboso
osaré yo jurar que no ha visto en todos los días de su vida
moro alguno, ansí como él es, en su mismo traje[c], y que
se está hoy como la madre que la parió[3]; y haríale agravio
manifiesto si, imaginando otra cosa della, me volviese loco
de aquel género de locura de Roldán el furioso. Por otra
parte, veo que Amadís de Gaula, sin perder el juicio y sin
hacer locuras, alcanzó tanta fama de enamorado como el
que más; porque lo que hizo, según su historia, no fue más
de que, por verse desdeñado de su señora Oriana, que le
había mandado que no pareciese ante su presencia hasta
que fuese su voluntad, de que[4] se retiró a la Peña Pobre en
compañía de un ermitaño, y allí se hartó de llorar y de encomendarse a Dios, hasta que el cielo le acorrió, en medio de
su mayor cuita y necesidad. Y si esto es verdad, como lo
es, ¿para qué quiero yo tomar trabajo agora de desnudarme
del todo, ni dar pesadumbre a estos árboles, que no me han
hecho mal alguno? Ni tengo para qué enturbiar el agua
clara destos arroyos, los cuales me han de dar de beber cuando tenga gana. Viva la memoria de Amadís, y sea imitado
de don Quijote de la Mancha en todo lo que pudiere; del
cual se dirá lo que dél del otro se dijo: que si no acabó grandes
cosas, murió por acometellas; y si no soy desechado ni desdeñado de Dulcinea del Toboso, bástame, como ya he dicho,
estar ausente della. Ea, pues, manos a la obra: venid a mi
memoria cosas de Amadís, y enseñadme por dónde tengo
de comenzar a imitaros. Mas ya sé que lo más que él hizo
fue rezar y encomendarse a Dios; pero, ¿qué haré de rosario, que no le tengo?

En esto le vino al pensamiento cómo le haría, y fue que
rasgó una gran tira de las faldas de la camisa, que andaban
colgando, y diole once ñudos, el uno más gordo que los

---

[2] *Fortuna*[d]] así en las tres eds. de Cuesta. Algunos editores corrigen
floresta, otros *fuente*: Hartzenbusch propuso *fontana*[f]. V. I.25, nota 23.
De Dardinelo, no de Agramante, era paje Medoro, *OF*, 18.165 y ss.
[3] I.9, nota 14.
[4] *de que*] 'por lo cual'. Repite el *de que* antes expresado.

demás, y esto le sirvió de rosario el tiempo que allí estuvo, donde rezó un millón de avemarías[5]. Y lo que le fatigaba mucho era no hallar por allí otro ermitaño que le confesase[c] y con quien consolarse. Y así, se entretenía paseándose por el pradecillo, escribiendo y grabando por las cortezas de los árboles y por la menuda arena muchos versos, todos acomodados a su tristeza, y algunos en alabanza de Dulcinea. Mas los que se pudieron hallar enteros y que se pudiesen leer después que a él allí le hallaron, no fueron más que estos que aquí se siguen:

> Árboles, yerbas y plantas
> que en aqueste sitio estáis,
> tan altos, verdes y tantas,
> si de mi mal no os holgáis,
> escuchad mis quejas santas.
>   Mi dolor no os alborote,
> aunque más terrible sea;
> pues, por pagaros escote[6],
> aquí lloró don Quijote
> ausencias de Dulcinea
>   del Toboso.
>
>   Es aquí el lugar adonde
> el amador más leal
> de su señora se esconde,
> y ha venido a tanto mal
> sin saber cómo o por dónde.
>   Tráele amor al estricote[7],
> que es de muy mala ralea;
> y así, hasta henchir un pipote[8],
> aquí lloró don Quijote
> ausencias de Dulcinea
>   del Toboso.

[5] *fue rezar y encomendarse a Dios... avemarías*] Este pasaje se cambió a partir de la 2.ª ed. de Cuesta: «...fue rezar y así lo haré yo. Y sirviéronle de rosario unas agallas grandes de un alcornoque, que ensartó, de que hizo un diez. Y lo que le fatigaba...». No existe la menor prueba de que el cambio se deba a Cervantes; cf. Castro, **060**, p. 262.

[6] «*Pagar el escote:* pagar lo que se ha comido», es decir, «la cantidad que por rata cabe a cada uno de los que han comido de compañía», Cov. 539.b.64 y 540.a.16.

[7] *al estricote*] 'a mal traer', 'sin sosiego'; cf. versos prelim., p. 63.

[8] *pipote*] (dim. de pipa) barril pequeño[f].

Buscando las aventuras
por entre las duras peñas,
maldiciendo entrañas duras,
que entre riscos y entre breñas
halla el triste desventuras,
hirióle amor con su azote,
no con su blanda correa;
y en tocándole el cogote,
aquí lloró don Quijote
ausencias de Dulcinea
del Toboso.

No causó poca risa en los que hallaron los versos referidos el añadidura *del Toboso* al nombre de Dulcinea, porque imaginaron que debió de imaginar don Quijote que si en nombrando a Dulcinea no decía también *del Toboso*, no se podría entender la copla; y así fue la verdad, como él después confesó. Otros muchos escribió; pero, como se ha dicho, no se pudieron sacar en limpio, ni enteros, más destas tres coplas. En esto, y en suspirar, y en llamar a los faunos y silvanos de aquellos bosques, a las ninfas de los ríos, a la dolorosa y húmida[9] Eco, que le respondiese, consolasen y escuchasen[10], se entretenía, y en buscar algunas yerbas con que sustentarse[f] en tanto que Sancho volvía; que, si como tardó tres días, tardara tres semanas, el Caballero de la Triste Figura quedara tan desfigurado[e], que no le conociera la madre que lo parió.

Y será bien dejalle envuelto entre sus suspiros y versos, por contar lo que le avino a Sancho Panza en su mandadería[11]; y fue que, en saliendo al camino real, se puso en busca del del Toboso, y otro día llegó a la venta donde le había sucedido la desgracia de la manta; y no la hubo bien visto, cuando le pareció que otra vez andaba en los aires, y no quiso entrar dentro, aunque llegó a hora que lo pudiera y debiera hacer, por ser la del comer y llevar en deseo de gustar algo caliente; que había grandes[12] días que todo era fiambre.

---

[9] *húmida*] húmeda. Alude a las lágrimas de la ninfa Eco, desdeñada por Narciso, Ovidio, *Meta.*, III, vss. 356-401.
[10] *respondiese* Eco, *consolasen* las ninfas y *escuchasen* los faunos y silvanos[b].
[11] *mandadería*] voz anticuada: 'mandado, embajada'.
[12] *grandes*[bc]] 'muchos'.

Esta necesidad le forzó a que llegase junto a la venta, todavía dudoso si entraría o no; y estando en esto, salieron de la venta dos personas que luego le conocieron. Y dijo el uno al otro:

—Dígame, señor licenciado, aquel del caballo, ¿no es Sancho Panza el que dijo el ama de nuestro aventurero que había salido con su señor por escudero?

—Sí es —dijo el licenciado—; y aquél es el caballo de nuestro don Quijote.

Y conociéronle tan bien, como aquellos que[a] eran el cura y el barbero de su mismo lugar, y los que hicieron el escrutinio y acto general[13] de los libros. Los cuales, así como acabaron de conocer a Sancho Panza y a Rocinante, deseosos de saber algo de don Quijote, se fueron a él, y el cura le llamó por su nombre, diciéndole:

—Amigo Sancho Panza, ¿adónde queda vuestro amo?

Conociólos luego Sancho Panza, y determinó de encubrir el lugar y la suerte donde y como su amo quedaba; y así, les respondió que su amo quedaba ocupado en cierta parte y en cierta cosa que le era de mucha importancia, la cual él no podía descubrir, por los ojos que en la cara tenía.

—No, no —dijo el barbero—, Sancho Panza; si vos no nos decís dónde queda, imaginaremos, como ya imaginamos, que vos le habéis muerto y robado, pues venís encima de su caballo. En verdad que nos habéis de dar el dueño del rocín, o sobre eso, morena[14].

—No hay para qué conmigo amenazas, que yo no soy hombre que robo ni mato a nadie: a cada uno mate su ventura, o Dios, que le hizo. Mi amo queda haciendo penitencia en la mitad desta montaña, muy a su sabor.

Y luego, de corrida y sin parar, les contó de la suerte que quedaba, las aventuras que le habían sucedido, y cómo llevaba la carta a la señora Dulcinea del Toboso, que era la hija de Lorenzo Corchuelo, de quien estaba enamorado hasta los hígados.

Quedaron admirados los dos de lo que Sancho Panza les contaba; y aunque ya sabían la locura de don Quijote y

---

[13] *acto general*]   auto de fe general.
[14] Correas registra el refrán: «*O sobre eso, morena. O sobre ello, morena. Amenaza en burla. Entiéndese:* 'haré y aconteceré, si no se hace lo que digo'. *Tomóse de amonestación del amigo a su morena*», 165b.

el género della, siempre que la oían se admiraban de nuevo.
Pidiéronle a Sancho Panza que les enseñase la carta que
llevaba a la señora Dulcinea del Toboso. El dijo que iba
escrita en un libro de memoria, y que era orden de su
señor que la hiciese trasladar en papel en el primer lugar
que llegase; a lo cual dijo el cura que se la mostrase; que él
la trasladaría de muy buena letra. Metió la mano en el seno
Sancho Panza, buscando el librillo, pero no le halló, ni le
podía hallar si le buscara hasta agora, porque se había
quedado don Quijote con él, y no se le había dado, ni a él
se le acordó de pedírsele.

Cuando Sancho vio que no hallaba el libro, fuésele pa-
rando mortal el rostro; y tornándose a tentar todo el cuerpo
muy apriesa, tornó a echar de ver que no le hallaba, y,
sin más ni más, se echó entrambos puños a las barbas, y
se arrancó la mitad de ellas, y luego, apriesa y sin cesar,
se dio media docena de puñadas en el rostro y en las narices, que se las bañó todas en sangre. Visto lo cual por el
cura y el barbero, le dijeron que qué le había sucedido,
que tan mal se paraba.

—¿Qué me ha de suceder —respondió Sancho—, sino
el haber perdido de una mano a otra, en un estante[15], tres
pollinos, que cada uno era como un castillo?

—¿Cómo es eso? —replicó el barbero.

—He perdido el libro de memoria —respondió Sancho—, donde venía carta para Dulcinea, y una cédula firmada de su[16] señor, por la cual mandaba que su sobrina me
diese tres pollinos, de cuatro o cinco que estaban en casa.

Y con esto, les contó la pérdida del rucio. Consolóle
el cura, y díjole que, en hallando a su señor, él le haría
revalidar la manda y que tornase a hacer la libranza en papel, como era uso y costumbre, porque las que se hacían
en libros de memoria jamás se acetaban ni cumplían.

Con esto se consoló Sancho, y dijo que, como aquello
fuese ansí, que no le daba mucha pena la pérdida de la carta
de Dulcinea, porque él la sabía casi de memoria, de la cual
se podría trasladar donde y cuando quisiesen.

—Decildo, Sancho, pues —dijo el barbero—; que después la trasladaremos.

---

[15] *de una mano a otra, en un estante*] exp. pleonástica: 'en un instante'. *estante* es pronunciación rústica, como lo son más adelante *llego*
por 'lego'[b] (llagado) y *escurriendo* por discurriendo.

[16] *su*] de la sobrina, que se menciona en seguida.

Paróse Sancho Panza a rascar la cabeza, para traer a la memoria la carta, y ya se ponía sobre un pie, y ya sobre otro; unas veces miraba al suelo, otras al cielo, y al cabo de haberse roído la mitad de la yema de un dedo, teniendo suspensos a los que esperaban que ya la dijese, dijo al cabo de grandísimo rato:

—Por Dios, señor licenciado, que los diablos lleven la cosa[b] que de la carta se me acuerda; aunque en el principio decía: «Alta y sobajada señora».

—No diría —dijo el barbero— *sobajada*[17], sino sobre-humana o soberana señora.

—Así es —dijo Sancho—. Luego, si mal no me acuerdo, proseguía..., si mal no me acuerdo: «el llego y falto de sueño, y el ferido besa a vuestra merced las manos, ingrata y muy desconocida hermosa», y no sé qué decía de salud y de enfermedad que le enviaba, y por aquí iba escurriendo, hasta que acababa en «Vuestro hasta la muerte, el Caballero de la Triste Figura».

No poco gustaron los dos de ver la buena memoria de Sancho Panza, y alabáronsela mucho, y le pidieron que dijese la carta otras dos veces, para que ellos, ansimesmo, la tomasen de memoria para trasladalla a su tiempo. Tornóla a decir Sancho otras tres veces, y otras tantas volvió a decir otros tres mil disparates. Tras esto, contó asimesmo las cosas de su amo; pero no habló palabra acerca del manteamiento que le había sucedido en aquella venta en la cual rehusaba entrar. Dijo también como su señor, en trayendo que le trujese buen despacho de la señora Dulcinea del Toboso, se había de poner en camino a procurar cómo ser emperador, o, por lo menos, monarca; que así lo tenían concertado entre los dos, y era cosa muy fácil venir a serlo, según era el valor de su persona y la fuerza de su brazo; y que en siéndolo, le había de casar a él, porque ya sería viudo, que no podía ser menos, y le había de dar por mujer a una doncella de la emperatriz, heredera de un rico y grande estado de tierra firme, sin ínsulos ni ínsulas, que ya no las quería.

Decía esto Sancho con tanto reposo, limpiándose de cuando en cuando las narices, y con tan poco juicio, que los dos se admiraron de nuevo, considerando cuán vehemente había sido la locura de don Quijote, pues había llevado

[17] sobajada] 'manoseada', 'sobada'[f].

tras sí el juicio de aquel pobre hombre. No quisieron cansarse en sacarle del error en que estaba, pareciéndoles que, pues no le dañaba nada la conciencia, mejor era dejarle en él, y a ellos les sería de más gusto oír sus necedades. Y así, le dijeron que rogase a Dios por la salud de su señor; que cosa contingente y muy agible era venir, con el discurso del tiempo, a ser emperador, como él decía, o, por lo menos, arzobispo, o otra dignidad equivalente. A lo cual respondió Sancho.

—Señores, si la fortuna rodease las cosas de manera que a mi amo le viniese en voluntad de no ser emperador, sino de ser arzobispo, querría yo saber agora: ¿Qué suelen dar los arzobispos andantes a sus escuderos?

—Suélenles dar —respondió el cura—, algún beneficio, simple o curado[18], o alguna sacristanía, que les vale mucho de renta rentada[19], amén del pie de altar[20], que se suele estimar en otro tanto.

—Para eso será menester —replicó Sancho— que el escudero no sea casado, y que sepa ayudar a misa, por lo menos; y si esto es así, ¡desdichado de yo[b], que soy casado y no sé la primera letra del abecé! ¿Qué será de mí si a mi amo le da antojo de ser arzobispo, y no emperador, como es uso y costumbre de los caballeros andantes?

—No tengáis pena, Sancho amigo —dijo el barbero—; que aquí[21] rogaremos a vuestro amo, y se lo aconsejaremos, y aun se lo pondremos en caso de conciencia, que sea emperador y no arzobispo, porque le será más fácil, a causa de que él es más valiente que estudiante.

—Así me ha parecido a mí —respondió Sancho—; aunque sé decir que para todo tiene habilidad. Lo que yo pienso hacer de mi parte es rogarle a Nuestro Señor que le eche a aquellas partes donde él más se sirva y adonde a mí más mercedes me haga.

—Vos lo decís como discreto —dijo el cura—, y lo haréis como buen cristiano. Mas lo que ahora se ha de hacer es dar orden como sacar a vuestro amo de aquella inútil penitencia que decís que queda haciendo; y para pensar

---

[18] *simple o curado*] es decir, sin obligación aneja de cura de almas o con ella.
[19] *renta rentada*] de renta fija o conocida, a diferencia de lo eventual[c].
[20] *pie de altar*] estipendios que se daban a eclesiásticos por las funciones que ejercían, además de las rentas fijas o beneficios.
[21] *aquí*] nosotros.

el modo que hemos de tener, y para comer, que ya es hora, será bien nos entremos en esta venta.

Sancho dijo que entrasen ellos, que él esperaría allí fuera, y que después les diría la causa por que no entraba ni le convenía entrar en ella; mas que les rogaba que le sacasen allí algo de comer que fuese cosa caliente, y, ansimismo, cebada para Rocinante. Ellos se entraron y le dejaron, y de allí a poco el barbero le sacó de comer. Después, habiendo bien pensado entre los dos el modo que tendrían para conseguir lo que deseaban, vino el cura en un pensamiento muy acomodado al gusto de don Quijote, y para lo que ellos querían; y fue que dijo al barbero que lo que había pensado era que él se vestiría en hábito de doncella andante, y que él procurase ponerse lo mejor que pudiese como escudero, y que así irían adonde don Quijote estaba, fingiendo ser ella una doncella afligida y menesterosa, y le pediría un don, el cual él no podría dejársele de otorgar, como valeroso caballero andante. Y que el don que le pensaba pedir era que se viniese con ella donde ella le llevase, a desfacelle un agravio que un mal caballero le tenía fecho; y que le suplicaba, ansimesmo, que no la mandase quitar su antifaz, ni la demandase cosa de su facienda[22], fasta que la hubiese fecho derecho de aquel mal caballero; y que creyese, sin duda, que don Quijote vendría en todo cuanto le pidiese por este término, y que desta manera le sacarían de allí, y le llevarían a su lugar, donde procurarían ver si tenía algún remedio su estraña locura.

CAPÍTULO XXVII

De cómo salieron con su intención el cura y el barbero, con otras cosas dignas de que se cuenten en esta grande historia

No le pareció mal al barbero la invención del cura, sino tan bien, que luego la pusieron por obra. Pidiéronle a la ventera una saya y unas tocas[1], dejándole en prendas una sotana nueva del cura. El barbero hizo una gran barba

---

[22] El cura usa varias palabras con la *f* antigua, imitando el lenguaje arcaico de los libros de caballerías. Son arcaísmos también *demandase* por preguntase, *cosa* por nada, *facienda* por asunto, y *fecho* (facer) *derecho* por 'hacer justicia'.

[1] *tocas*] velos o adornos con que se cubrían la cabeza las mujeres[c].

de una cola rucia o roja de buey, donde el ventero tenía colgado el peine[2]. Preguntóles la ventera que para qué le pedían aquellas cosas. El cura le contó en breves razones la locura de don Quijote, y cómo convenía aquel disfraz para sacarle de la montaña, donde a la sazón estaba. Cayeron luego el ventero y la ventera en que el loco era su huésped, el del bálsamo, y el amo del manteado escudero, y contaron al cura todo lo que con él les había pasado, sin callar lo que tanto callaba Sancho. En resolución, la ventera vistió al cura de modo que no había más que ver[b]: púsole una saya de paño, llena de fajas de terciopelo negro de un palmo en ancho, todas acuchilladas[3], y unos corpiños de terciopelo verde, guarnecidos con unos ribetes de raso blanco, que se debieron de hacer, ellos y la saya, en tiempo del rey Bamba[4]. No consintió el cura que le tocasen[5], sino púsose en la cabeza un birretillo de lienzo colchado que llevaba para dormir de noche, y ciñóse por la frente una liga de tafetán negro, y con otra liga hizo un antifaz, con que se cubrió muy bien las barbas y el rostro; encasquetóse su sombrero, que era tan grande que se le podía servir de quitasol, y cubriéndose su herreruelo[6], subió en su mula a mujeriegas, y el barbero en la suya, con su barba que le llegaba a la cintura, entre roja y blanca, como aquella que, como se ha dicho, era hecha de la cola de un buey barroso[7].

Despidiéronse de todos, y de la buena de Maritornes, que prometió de rezar un rosario, aunque pecadora, porque Dios les diese buen suceso en tan arduo y tan cristiano negocio como era el que habían emprendido.

Mas, apenas hubo salido de la venta, cuando le vino al cura un pensamiento: que hacía mal en haberse puesto de aquella manera, por ser cosa indecente que un sacerdote

---

[2] *una cola rucia... el peine*]   Era costumbre de gente humilde tener el peine colgado o trabados sus dientes entre las cerdas de una cola de buey, para limpiarlo[b].

[3] *acuchilladas*]   así se decía de la tela de mangas, coletos, etc., abierta a trechos y puestas en las aberturas piezas fusiformes de otro tejido y color[b].

[4] *en tiempo del rey Bamba*[ac]]   'época antigua, remota'; el rey godo Wamba convertido en personaje proverbial, CS.

[5] *tocasen*]   'le cubriesen la cabeza con *toca*'.

[6] *cubriéndose su herreruelo*]   cubriéndose con el herreruelo o «ferreruelo, género de capa, con sólo cuello, sin capilla, y algo largo», Cov. 590.a.39.

[7] *barroso*]   de pelaje rojizo.

se pusiese así, aunque le fuese mucho en ello; y diciéndoselo al barbero, le rogó que trocasen trajes, pues era más justo que él fuese la doncella menesterosa, y que él haría el escudero, y que así se profanaba menos su dignidad; y que si no lo quería hacer, determinaba de no pasar adelante, aunque a don Quijote se le llevase el diablo.

En esto llegó Sancho, y de ver a los dos en aquel traje no pudo tener la risa. En efeto, el barbero vino en todo aquello que el cura quiso, y, trocando la invención, el cura le fue informando el modo que había de tener, y las palabras que había de decir a don Quijote para moverle y forzarle a que con él se viniese, y dejase la querencia del lugar que había escogido para su vana penitencia. El barbero respondió que, sin que se le diese lición[8], él lo pondría bien en su punto. No quiso vestirse por entonces, hasta que estuviesen junto de donde don Quijote estaba, y así, dobló sus vestidos, y el cura acomodó su barba, y siguieron su camino, guiándolos Sancho Panza; el cual les fue contando lo que les aconteció con el loco que hallaron en la sierra, encubriendo, empero, el hallazgo de la maleta y de cuanto en ella venía; que maguer que tonto, era un poco codicioso el mancebo.

Otro día llegaron al lugar donde Sancho había dejado puestas las señales de las ramas para acertar el lugar donde había dejado a su señor; y, en reconociéndole, les dijo como aquélla era la entrada, y que bien se podían vestir, si era que aquello hacía al caso para la libertad de su señor; porque ellos le habían dicho antes que el ir de aquella suerte y vestirse de aquel modo era toda la importancia para sacar a su amo de aquella mala vida que había escogido, y que le encargaban mucho que no dijese a su amo quién ellos eran, ni que los conocía; y que si le preguntase, como se lo había de preguntar, si dio la carta a Dulcinea, dijese que sí, y que, por no saber leer, le había respondido de palabra, diciéndole que le mandaba, so pena de la su desgracia[9], que luego al momento se viniese a ver con ella, que era cosa que le importaba mucho; porque con esto y con lo que ellos pensaban decirle tenían por cosa cierta reducirle a mejor vida, y hacer con él que luego se pusiese en camino para ir a ser emperador o monarca; que en lo de ser arzobispo no había de qué temer.

---

[8] *lición*] lección.
[9] *so pena de la su desgracia*] 'so pena de perder su gracia'[b].

Todo lo escuchó Sancho, y lo tomó muy bien en la memoria, y les agradeció mucho la intención que tenían de aconsejar a su señor fuese emperador y no arzobispo, porque él tenía para sí que, para hacer mercedes a sus escuderos, más podían los emperadores que los arzobispos andantes. También les dijo que sería bien que él fuese delante a buscarle y darle la respuesta de su señora; que ya sería ella bastante a sacarle de aquel lugar, sin que ellos se pusiesen en tanto trabajo. Parecióles bien lo que Sancho Panza decía, y así, determinaron de aguardarle, hasta que volviese con las nuevas del hallazgo de su amo.

Entróse Sancho por aquellas quebradas de la sierra, dejando a los dos en una, por donde corría un pequeño y manso arroyo, a quien hacían sombra agradable y fresca otras peñas y algunos árboles que por allí estaban. El calor, y el día que allí llegaron, era de los del mes de agosto, que por aquellas partes suele ser el ardor muy grande; la hora, las tres de la tarde: todo lo cual hacía al sitio más agradable, y que convidase a que en él esperasen la vuelta de Sancho, como lo hicieron.

Estando, pues, los dos allí sosegados y a la sombra, llegó a sus oídos una voz que, sin acompañarla son de algún otro instrumento, dulce y regaladamente sonaba, de que no poco se admiraron, por parecerles que aquél no era lugar donde pudiese haber quien tan bien cantase. Porque aunque suele decirse que por las selvas y campos se hallan pastores de voces estremadas, más son encarecimientos de poetas que verdades; y más cuando advirtieron que lo que oían cantar eran versos, no de rústicos ganaderos, sino de discretos cortesanos. Y confirmó esta verdad haber sido los versos que oyeron éstos:

> ¿Quién menoscaba mis bienes?
>   Desdenes.
> Y ¿quién aumenta mis duelos?
>   Los celos.
> Y ¿quién prueba mi paciencia?
>   Ausencia.
> De ese modo, en mi dolencia
> ningún remedio se alcanza,
> pues me matan la esperanza
> desdenes, celos y ausencia[10].

[10] Sobre esta clase de composición poética, llamada *ovillejo*, RM, Apéndice 17.

¿Quién me causa este dolor?
        Amor.
Y ¿quién mi gloria repugna?
        Fortuna.
Y ¿quién consiente en mi duelo?
        El cielo.
De ese modo, yo recelo
morir deste mal estraño,
pues se aumentan[b] en mi daño,
amor, fortuna y el cielo.

        ¿Quién mejorará mi suerte?
                La muerte.
Y el bien de amor, ¿quién le alcanza?
                Mudanza.
Y sus males, ¿quién los cura?
                Locura.
        De ese modo, no es cordura
querer curar la pasión
cuando los remedios son
muerte, mudanza y locura[a].

La hora, el tiempo, la soledad, la voz y la destreza del que cantaba, causó admiración y contento en los dos oyentes, los cuales se estuvieron quedos, esperando si otra alguna cosa oían; pero viendo que duraba algún tanto el silencio, determinaron de salir a buscar el músico que con tan buena voz cantaba. Y queriéndolo poner en efeto, hizo la mesma voz que no se moviesen, la cual llegó de nuevo a sus oídos, cantando este soneto:

SONETO

Santa amistad, que con ligeras alas,
tu apariencia quedándose en el suelo,
entre benditas almas, en el cielo,
subiste alegre a las impíreas salas,
    desde allá, cuando quieres, nos señalas
la justa paz cubierta con un velo,
por quien a veces se trasluce el celo
de buenas obras que, a la fin, son malas.
    Deja el cielo, ¡oh amistad!, o no permitas
que el engaño se vista tu librea,
con que destruye a la intención sincera;
    que si tus apariencias no le quitas,
presto ha de verse el mundo en la pelea
de la discorde confusión primera.

El canto se acabó con un profundo suspiro, y los dos, con atención, volvieron a esperar si más se cantaba; pero viendo que la música se había vuelto en sollozos y en lastimeros ayes, acordaron de saber quién era el triste, tan estremado en la voz como doloroso en los gemidos; y no anduvieron mucho, cuando, al volver[11] de una punta de una peña, vieron a un hombre del mismo talle y figura que Sancho Panza les había pintado cuando les contó el cuento de Cardenio; el cual hombre, cuando los vio, sin sobresaltarse, estuvo quedo, con la cabeza inclinada sobre el pecho a guisa de hombre pensativo, sin alzar los ojos a mirarlos más de la vez primera, cuando de improviso llegaron.

El cura, que era hombre bien hablado, como el que ya tenía noticia de su desgracia, pues por las señas le había conocido, se llegó a él, y con breves aunque muy discretas razones le rogó y persuadió que aquella tan miserable vida dejase, porque allí no la perdiese, que era la desdicha mayor de las desdichas. Estaba Cardenio entonces en su entero juicio, libre de aquel furioso accidente que tan a menudo le sacaba de sí mismo; y así, viendo a los dos en traje tan no usado de los que por aquellas soledades andaban, no dejó de admirarse algún tanto, y más cuando oyó que le habían hablado en su negocio, como en cosa sabida —porque las razones que el cura le dijo así lo dieron a entender—; y así, respondió desta manera:

—Bien veo yo, señores, quienquiera que seáis, que el cielo, que tiene cuidado de socorrer a los buenos, y aun a los malos muchas veces, sin yo merecerlo, me envía, en estos tan remotos y apartados lugares del trato común de las gentes, algunas personas que, poniéndome delante de los ojos con vivas y varias razones cuán sin ella ando en hacer la vida que hago, han procurado sacarme désta a mejor parte; pero como no saben que sé yo que en saliendo deste daño he de caer en otro mayor, quizá me deben de tener por hombre de flacos discursos, y aun, lo que peor sería, por de ningún juicio. Y no sería maravilla que así fuese, porque a mí se me trasluce que la fuerza de la imaginación de mis desgracias es tan intensa y puede tanto en mi perdición, que, sin que yo pueda ser parte a estorbarlo, vengo a quedar como piedra, falto de todo buen sentido y conocimiento;

---

[11] *al volver*] al recodo, a la vuelta.

y vengo a caer en la cuenta desta verdad, cuando algunos
me dicen y muestran señales de las cosas que he hecho
en tanto que aquel terrible accidente me señorea, y no sé
más que dolerme en vano y maldecir sin provecho mi ventura, y dar por disculpa de mis locuras el decir la causa
dellas a cuantos oírla quieren; porque viendo los cuerdos
cuál es la causa, no se maravillarán de los efetos, y si no
me dieren remedio, a lo menos no me darán culpa, convir-
tiéndoseles el enojo de mi desenvoltura en lástima de mis
desgracias. Y si es que vosotros, señores, venís con la
mesma intención que otros han venido, antes que paséis
adelante en vuestras discretas persuasiones, os ruego que
escuchéis el cuento, que no le tiene[12], de mis desventuras,
porque quizá, después de entendido, ahorraréis del trabajo
que tomaréis en consolar un mal que de todo consuelo
es incapaz.

Los dos, que no deseaban otra cosa que saber de su mesma boca la causa de su daño, le rogaron se la contase,
ofreciéndole de no hacer otra cosa de la que él quisiese, en
su remedio o consuelo; y con esto, el triste caballero comenzó su lastimera historia, casi por las mesmas palabras y
pasos que la había contado a don Quijote y al cabrero
pocos días atrás cuando, por ocasión del maestro Elisabat
y puntualidad de don Quijote en guardar el decoro a la
caballería, se quedó el cuento imperfeto, como la historia
lo deja contado. Pero ahora quiso la buena suerte que se
detuvo el accidente de la locura y le dio lugar de contarlo
hasta el fin; y así, llegando al paso del billete que había
hallado don Fernando entre el libro de *Amadís de Gaula*,
dijo Cardenio que le tenía bien en la memoria, y que decía
desta manera:

LUSCINDA A CARDENIO

*Cada día descubro en vos valores que me obligan y fuerzan
a que en más os estime; y así, si quisiéredes sacarme desta
deuda sin ejecutarme en la honra*[13], *lo podréis muy bien*

---

[12] *el cuento, que no le tiene*]   tipo de zeugma frecuente en esta relación de Cardenio. *Cuento* tiene dos sentidos, 'relación' y 'sin cuento,
sin fin'.

[13] *sin ejecutarme en la honra*]   exp. jurídica[b]. Dice Cov. «*Esecutar*...
está usado en los tribunales, cuando se pone por obra la sentencia dada,
y decimos executarse la sentencia cuando se cumple sin embargo de la

hacer. Padre tengo[b], *que os conoce y que me quiere bien, el cual, sin forzar mi voluntad, cumplirá la que será justo que vos tengáis, si es que me estimáis, como decís y como yo creo.*

—Por este billete me moví a pedir a Luscinda por esposa, como ya os he contado, y éste fue por quien quedó Luscinda en la opinión de don Fernando por una de las más discretas y avisadas mujeres de su tiempo; y este billete fue el que le puso en deseo de destruirme, antes que el mío se efetuase. Díjele yo a don Fernando en lo que reparaba el padre de Luscinda, que era en que mi padre se la pidiese, lo cual yo no le osaba decir, temeroso que no vendría en ello, no porque no tuviese bien conocida la calidad, bondad, virtud y hermosura de Luscinda, y que tenía partes bastantes para enoblecer cualquier otro linaje de España, sino porque yo entendía dél que deseaba que no me casase tan presto, hasta ver lo que el duque Ricardo hacía conmigo. En resolución, le dije que no me aventuraba a decírselo a mi padre, así por aquel inconveniente como por otros muchos que me acobardaban, sin saber cuáles eran, sino que me parecía que lo que yo desease jamás había de tener efeto. A todo esto me respondió don Fernando que él se encargaba de hablar a mi padre y hacer con él que hablase al de Luscinda. ¡Oh Mario ambicioso, oh Catilina cruel, oh Sila[14] facinoroso, oh Galalón embustero, oh Vellido traidor, oh Julián vengativo, oh Judas codicioso! Traidor, cruel, vengativo y embustero, ¿qué deservicios te había hecho este triste, que con tanta llaneza te descubrió los secretos y contentos de su corazón? ¿Qué ofensa te hice? ¿Qué palabras te dije, o qué consejos te di, que no fuesen todos encaminados a acrecentar tu honra y tu provecho? Mas ¿de qué me quejo, ¡desventurado de mí!, pues es cosa cierta que cuando traen las desgracias la corriente de las estrellas, como vienen de alto a bajo, despeñándose con furor y con violencia, no hay fuerza en la tierra que las detenga, ni industria humana que prevenirlas pueda? ¿Quién pudiera imaginar que don Fernando, caballero ilustre, discreto, obligado de mis servicios, poderoso para alcanzar

---

apelación. Executar en los bienes, sacarlos del poder de su dueño y venderlos», 545.b.54.
[14] *Sila*] La ed. pr.: *Quila*[a]. Sobre estos traidores, Clemencín.

lo que el deseo amoroso le pidiese dondequiera que le
ocupase, se había de enconar[15], como suele decirse, en tomar-
me a mí una sola oveja[16], que aún no poseía? Pero quédense estas consideraciones aparte, como inútiles y sin
provecho, y añudemos el roto hilo de mi desdichada historia. Digo, pues, que pareciéndole a don Fernando que mi
presencia le era inconveniente para poner en ejecución su
falso y mal pensamiento, determinó de enviarme a su hermano mayor, con ocasión de pedirle unos dineros para
pagar seis caballos, que de industria, y sólo para este efeto
de que me ausentase (para poder mejor salir con su dañado
intento), el mesmo día que se ofreció hablar[a] a mi padre
los compró, y quiso que yo viniese por el dinero. ¿Pude yo
prevenir esta traición? ¿Pude, por ventura, caer en imaginar-
la? No, por cierto; antes con grandísimo gusto me ofrecí
a partir luego, contento de la buena compra hecha. Aquella
noche hablé a Luscinda, y le dije lo que con don Fernando
quedaba concertado, y que tuviese firme esperanza de que
tendrían efeto nuestros buenos y justos deseos. Ella me dijo,
tan segura[17] como yo de la traición de don Fernando,
que procurase volver presto, porque creía que no tardaría
más la conclusión de nuestras voluntades que tardase mi
padre de hablar al suyo. No sé qué se fue, que, en acabando
de decirme esto, se le llenaron los ojos de lágrimas y un nudo
se le atravesó en la garganta, que no le dejaba hablar palabra de otras muchas que me pareció que procuraba decirme. Quedé admirado deste nuevo accidente, hasta allí
jamás en ella visto, porque siempre nos hablábamos, las
veces que la buena fortuna y mi diligencia lo concedía,
con todo regocijo y contento, sin mezclar en nuestras pláticas lágrimas, suspiros, celos, sospechas o temores. Todo
era engrandecer yo mi ventura, por habérmela dado el
cielo por señora: exageraba[18] su belleza, admirábame de
su valor y entendimiento. Volvíame ella el recambio[19],

---

[15] *enconar*[bh]]   «*Enconarse en poco:* Dícese por: encargarse la conciencia tomando algo ajeno 'No me quiero enconar en tan poco'»,
Correas 621a.

[16] Alusión a la parábola con que el profeta Natán reconvino a David
por el agravio hecho a Urías en su mujer Betsabé, Samuel II.12; cf. II.21,
p. 201.

[17] *segura*]   'ajena, descuidada'.

[18] *exageraba*]   'encarecía'.

[19] *Volvíame ella el recambio*[ab]]   En el lenguaje mercantil *cambio*
era el interés de una cantidad prestada y *recambio* el interés de esa can-

alabando en mí lo que, como enamorada, le parecía digno de alabanza. Con esto, nos contábamos cien mil niñerías y acaecimientos de nuestros vecinos y conocidos, y a lo que más se estendía mi desenvoltura era a tomarle, casi por fuerza, una de sus bellas y blancas manos, y llegarla a mi boca, según daba lugar la estrecheza de una baja reja que nos dividía. Pero la noche que precedió al triste día de mi partida, ella lloró, gimió y suspiró, y se fue, y me dejó lleno de confusión y sobresalto, espantado de haber visto tan nuevas y tan tristes muestras de dolor y sentimiento en Luscinda; pero, por no destruir mis esperanzas, todo lo atribuí a la fuerza del amor que me tenía y al dolor que suele causar la ausencia en los que bien se quieren. En fin, yo me partí triste y pensativo, llena el alma de imaginaciones y sospechas, sin saber lo que sospechaba ni imaginaba; claros indicios que me mostraban el triste suceso y desventura que me estaba guardada. Llegué al lugar donde era enviado; di las cartas al hermano de don Fernando; fui bien recebido, pero no bien despachado, porque me mandó aguardar, bien a mi disgusto, ocho días, y en parte donde el duque, su padre, no me viese, porque su hermano le escribía que le enviase cierto dinero sin su sabiduría[20]; y todo fue invención del falso don Fernando, pues no le faltaban a su hermano dineros para despacharme luego. Orden y mandato fue éste que me puso en condición[21] de no obedecerle, por parecerme imposible sustentar tantos días la vida en el ausencia de Luscinda, y más habiéndola dejado con la tristeza que os he contado; pero, con todo esto, obedecí, como buen criado, aunque veía que había de ser a costa de mi salud. Pero a los cuatro días que allí llegué, llegó un hombre en mi busca con una carta, que me dio, que en el sobrescrito conocí ser de Luscinda, porque la letra dél era suya. Abríla, temeroso y con sobresalto, creyendo que cosa grande debía de ser la que la había movido a escribirme estando ausente, pues presente pocas veces lo hacía. Preguntéle al hombre, antes de leerla, quién se la había dado y el tiempo que había tardado en el camino; díjome que acaso pasando por una calle de la ciudad a la hora de medio día,

---

tidad acrecentada por el cambio aún no pagado. La exp. equivale a 'correspondía con el doble'.

[20] *sin su sabiduría*]   sin su conocimiento[bc].

[21] *condición*]   'riesgo, peligro'[b].

una señora muy hermosa le llamó desde una ventana, los ojos llenos de lágrimas, y que con mucha priesa le dijo: —"Hermano: si sois cristiano, como parecéis, por amor de Dios os ruego que encaminéis luego luego esta carta al lugar y a la persona que dice el sobrescrito, que todo es bien conocido, y en ello haréis un gran servicio a nuestro Señor; y para que no os falte comodidad de poderlo hacer, tomad lo que va en este pañuelo". "Y diciendo esto, me arrojó por la ventana un pañuelo, donde venían atados cien reales y esta sortija de oro que aquí traigo, con esa carta que os he dado. Y luego, sin aguardar respuesta mía, se quitó de la ventana; aunque primero vio como yo tomé la carta y el pañuelo, y, por señas, le dije que haría lo que me mandaba. Y así, viéndome tan bien pagado del trabajo que podía tomar en traérosla, y conociendo por el sobrescrito que érades vos a quien se enviaba, porque yo, señor, os conozco muy bien, y obligado asimesmo de las lágrimas de aquella hermosa señora, determiné de no fiarme de otra persona, sino venir yo mesmo a dárosla, y en diez y seis horas[22] que ha que se me dio, he hecho el camino, que sabéis que es de diez y ocho leguas."

En tanto que el agradecido y nuevo correo esto me decía, estaba yo colgado de sus palabras, temblándome las piernas, de manera que apenas podía sostenerme. En efeto, abrí la carta y vi que contenía estas razones:

La palabra que don Fernando os dio de hablar a vuestro padre para que hablase al mío, la ha cumplido más en su gusto que en vuestro provecho. Sabed, señor, que él me ha pedido por esposa, y mi padre, llevado de la ventaja que él piensa que don Fernando os hace, ha venido en lo que quiere, con tantas veras, que de aquí a dos días se ha de hacer el desposorio, tan secreto y tan a solas, que sólo han de ser testigos los cielos y alguna gente de casa. Cuál yo quedo, imaginaldo; si os cumple venir, veldo; y si os quiero bien o no, el suceso deste negocio os lo dará a entender. A Dios plega que ésta llegue a vuestras manos antes que la mía se vea en condición de juntarse con la de quien tan mal sabe guardar la fe que promete.

Éstas, en suma, fueron las razones que la carta contenía y las que me hicieron poner luego en camino, sin esperar

---

[22] *horas*] La ed. pr.: *años.*

otra respuesta ni otros dineros; que bien claro conocí
entonces que no la compra de los caballos, sino la de su
gusto, había movido a don Fernando a enviarme a su hermano. El enojo que contra don Fernando concebí, junto
con el temor de perder la prenda que con tantos años de
servicios y deseos tenía granjeada, me pusieron alas, pues,
casi como en vuelo, otro día me puse en mi lugar al punto
y hora que convenía para ir a hablar a Luscinda. Entré
secreto, y dejé una mula en que venía en casa del buen hombre que me había llevado la carta, y quiso la suerte que entonces la tuviese tan buena, que hallé a Luscinda puesta
a la reja, testigo de nuestros amores. Conocióme Luscinda
luego, y conocíla yo; mas no como debía ella conocerme y
yo conocerla. Pero, ¿quién hay en el mundo que se pueda
alabar que ha penetrado y sabido el confuso pensamiento
y condición mudable de una mujer? Ninguno, por cierto.
Digo, pues, que, así como Luscinda me vio, me dijo: —"Cardenio, de boda estoy vestida; ya me están aguardando en
la sala don Fernando el traidor y mi padre el codicioso,
con otros testigos, que antes lo serán de mi muerte que de
mi desposorio. No te turbes, amigo, sino procura hallarte
presente a este sacrificio, el cual si no pudiere ser estorbado
de mis razones, una daga llevo escondida que podrá estorbar más determinadas fuerzas, dando fin a mi vida y principio a que conozcas la voluntad que te he tenido y tengo".
Yo le respondí turbado y apriesa, temeroso no me faltase
lugar para responderla: —"Hagan, señora, tus obras verdaderas tus palabras; que si tú llevas daga para acreditarte,
aquí llevo yo espada para defenderte con ella o para matar-
me, si la suerte nos fuere contraria". No creo que pudo oír
todas estas razones, porque sentí que la llamaban apriesa,
porque el desposado aguardaba. Cerróse con esto la noche
de mi tristeza, púsoseme el sol de mi alegría; quedé sin luz
en los ojos y sin discurso en el entendimiento. No acertaba
a entrar en su casa, ni podía moverme a parte alguna; pero
considerando cuánto importaba mi presencia para lo que
suceder pudiese en aquel caso, me animé lo más que pude
y entré en su casa; y como ya sabía muy bien todas sus entradas y salidas, y más con el alboroto que de secreto en
ella andaba, nadie me echó de ver; así que, sin ser visto,
tuve lugar de ponerme en el hueco que hacía una ventana
de la mesma sala, que con las puntas y remates de dos tapices se cubría, por entre las cuales podía yo ver, sin ser

visto, todo cuanto en la sala se hacía. ¿Quién pudiera decir ahora los sobresaltos que me dio el corazón mientras allí estuve, los pensamientos que me ocurrieron, las consideraciones que hice, que fueron tantas y tales, que ni se pueden decir ni aun es bien que se digan? Basta que sepáis que el desposado entró en la sala sin otro adorno que los mesmos vestidos ordinarios que solía. Traía por padrino a un primo hermano de Luscinda, y en toda la sala no había persona de fuera, sino los criados de casa. De allí a un poco, salió de una recámara Luscinda, acompañada de su madre y de dos doncellas suyas, tan bien aderezada y compuesta como su calidad y hermosura merecían, y como quien era la perfeción de la gala y bizarría cortesana. No me dio lugar mi suspensión y arrobamiento para que mirase y notase en particular lo que traía vestido; sólo pude advertir a las colores, que eran encarnado y blanco, y en las vislumbres[23] que las piedras y joyas del tocado y de todo el vestido hacían, a todo lo cual se aventajaba la belleza singular de sus hermosos y rubios cabellos, tales, que, en competencia de las preciosas piedras y de las luces de cuatro hachas que en la sala estaban, la suya con más resplandor a los ojos ofrecían. ¡Oh memoria, enemiga mortal de mi descanso![b] ¿De qué sirve representarme ahora la incomparable belleza de aquella adorada enemiga mía? ¿No será mejor, cruel memoria, que me acuerdes y representes lo que entonces hizo, para que, movido de tan manifiesto agravio, procure, ya que no la venganza, a lo menos perder la vida? No os canséis, señores, de oír estas digresiones que hago; que no es mi pena de aquellas que puedan ni deban contarse sucintamente y de paso, pues cada circunstancia suya me parece a mí que es digna de un largo discurso.

A esto le respondió el cura que no sólo no se cansaban en oírle, sino que les daba mucho gusto las menudencias que contaba, por ser tales, que merecían no pasarse en silencio, y la mesma atención que lo principal del cuento.

—Digo, pues —prosiguió Cardenio—, que, estando todos en la sala, entró el cura de la perroquia y, tomando a los dos por la mano para hacer lo que en tal acto se requiere, al decir: "¿Queréis, señora Luscinda, al señor don Fernando, que está presente, por vuestro legítimo esposo,

---

[23] *vislumbres*] reflejos.

como lo manda la Santa Madre Iglesia?", yo saqué toda
la cabeza y cuello de entre los tapices, y con atentísimos
oídos y alma turbada me puse a escuchar lo que Luscinda
respondía, esperando de su respuesta la sentencia de mi
muerte o la confirmación de mi vida. ¡Oh, quién se atreviera
a salir entonces, diciendo a voces!: "¡Ah Luscinda, Luscinda! ¡Mira lo que haces; considera lo que me debes; mira que
eres mía, y que no puedes ser de otro! Advierte que el decir
tú *sí* y el acabárseme la vida ha de ser todo a un punto. ¡Ah
traidor don Fernando, robador de mi gloria, muerte de
mi vida! ¿Qué quieres? ¿Qué pretendes? Considera que no
puedes cristianamente llegar al fin de tus deseos, porque
Luscinda es mi esposa, y yo soy su marido." ¡Ah, loco de
mí! ¡Ahora que estoy ausente y lejos del peligro, digo que
había de hacer lo que no hice! ¡Ahora que dejé robar mi
cara prenda, maldigo al robador, de quien pudiera vengarme
si tuviera corazón para ello, como le tengo para quejarme!
En fin, pues fui entonces cobarde y necio, no es mucho
que muera ahora corrido, arrepentido y loco. Estaba esperando el cura la respuesta de Luscinda, que se detuvo un
buen espacio en darla, y cuando yo pensé que sacaba la
daga para acreditarse, o desataba la lengua para decir
alguna verdad o desengaño que en mi provecho redundase,
oigo que dijo con voz desmayada y flaca: «Sí quiero»,
y lo mesmo dijo don Fernando; y, dándole el anillo, quedaron en disoluble nudo[24] ligados. Llegó el desposado a
abrazar a su esposa, y ella, poniéndose la mano sobre el
corazón, cayó desmayada en los brazos de su madre. Resta
ahora decir cuál quedé yo viendo, en el *sí* que había oído,
burladas mis esperanzas, falsas las palabras y promesas de
Luscinda, imposibilitado de cobrar en algún tiempo[25] el
bien que en aquel instante había perdido. Quedé falto de
consejo, desamparado, a mi parecer, de todo el cielo,
hecho enemigo de la tierra que me sustentaba, negándome
el aire aliento para mis suspiros y el agua humor para mis
ojos; sólo el fuego se acrecentó, de manera que todo ardía

[24] *disoluble nudo*] Así en la ed. pr. y 2.ª. La mayoría de los editores
enmiendan *indisoluble*, según la 3.ª ed. de Cuesta. Cervantes hubo de
escribir *disoluble* porque Luscinda ya ha escogido a Cardenio como
marido y el matrimonio con don Fernando es contra su voluntad[eh].
Cf. *La Galatea*, ed. Avalle-Arce, II, p. 65. *V.* F. Sánchez y Escribano,
RdL, 5: 253-255 (1954), 9: 153 (1956).
[25] *en algún tiempo*] 'en ningún tiempo, jamás'[b].

de rabia y de celos. Alborotáronse todos con el desmayo de
Luscinda, y, desabrochándole su madre el pecho para que
le diese el aire, se descubrió en él un papel cerrado, que don
Fernando tomó luego y se le puso a leer a la luz de una de
las hachas; y, en acabando de leerle, se sentó en una silla
y se puso la mano en la mejilla, con muestras de hombre
muy pensativo, sin acudir a los remedios que a su esposa
se hacían para que del desmayo volviese. Yo, viendo alborotada toda la gente de casa, me aventuré a salir, ora fuese
visto o no, con determinación que si me viesen, de hacer
un desatino tal, que todo el mundo viniera a entender la
justa indignación de mi pecho en el castigo del falso don
Fernando, y aun en el mudable de la desmayada traidora;
pero mi suerte, que para mayores males, si es posible que
los haya, me debe tener guardado, ordenó que en aquel
punto me sobrase el entendimiento que después acá[26] me
ha faltado; y así, sin querer tomar venganza de mis mayores
enemigos, que, por estar tan sin pensamiento mío, fuera
fácil tomarla, quise tomarla de mi mano y ejecutar en mí
la pena que ellos merecían, y aun quizá con más rigor del
que con ellos se usara, si entonces les diera muerte, pues la
que se recibe repentina, presto acaba la pena; mas la que
se dilata con tormentos siempre mata, sin acabar la vida.
En fin, yo salí de aquella casa y vine a la de aquel donde
había dejado la mula; hice que me la ensillase, sin despedirme dél subí en ella, y salí de la ciudad, sin osar, como
otro Lot[27], volver el rostro a miralla; y cuando me vi en el
campo solo, y que la escuridad de la noche me encubría
y su silencio convidaba a quejarme, sin respeto o miedo de
ser escuchado ni conocido, solté la voz y desaté la lengua
en tantas maldiciones de Luscinda y de don Fernando,
como si con ellas satisficiera el agravio que me habían hecho. Dile títulos de cruel, de ingrata, de falsa y desagradecida; pero, sobre todos, de codiciosa, pues la riqueza de
mi enemigo la había cerrado los ojos de la voluntad, para
quitármela a mí y entregarla a aquel con quien más liberal y franca la fortuna se había mostrado; y en mitad
de la fuga[28] destas maldiciones y vituperios, la desculpaba,
diciendo que no era mucho que una doncella recogida en

---

[26] *después acá*] 'de entonces acá'ᵇ. Repite la exp. luego.
[27] Alusión a Génesis 19.
[28] *fuga*] la mayor fuerza o intensión de una acción, *Acd.*

casa de sus padres, hecha y acostumbrada siempre a obede-
cerlos, hubiese querido condecender con su gusto, pues le
daban por esposo a un caballero tan principal, tan rico y
tan gentil hombre, que, a no querer recebirle, se podía
pensar, o que no tenía juicio, o que en otra parte tenía la
voluntad, cosa que redundaba tan en perjuicio de su buena
opinión y fama. Luego volvía diciendo que, puesto que ella
dijera que yo era su esposo, vieran ellos que no había hecho
en escogerme tan mala elección, que no la disculparan, pues
antes de ofrecérseles don Fernando no pudieran ellos mesmos acertar a desear, si con razón midiesen su deseo, otro
mejor que yo para esposo de su hija; y que bien pudiera ella,
antes de ponerse en el trance forzoso y último de dar la
mano, decir que ya yo le había dado la mía; que yo viniera
y concediera con todo cuanto ella acertara a fingir en este
caso. En fin, me resolví en que poco amor, poco juicio,
mucha ambición y deseos de grandezas hicieron que se
olvidase de las palabras con que me había engañado, entretenido y sustentado en mis firmes esperanzas y honestos
deseos. Con estas voces y con esta inquietud caminé lo
que quedaba de aquella noche, y di al amanecer en una
entrada destas sierras, por las cuales caminé otros tres
días, sin senda ni camino alguno, hasta que vine a parar
a unos prados, que no sé a qué mano destas montañas
caen, y allí pregunté a unos ganaderos que hacia dónde era
lo más áspero destas sierras. Dijéronme que hacia esta
parte. Luego me encaminé a ella, con intención de acabar
aquí la vida, y en entrando por estas asperezas, del cansancio y de la hambre se cayó mi mula muerta, o, lo que yo
más creo, por desechar de sí tan inútil carga como en mí
llevaba. Yo quedé a pie, rendido de la naturaleza, traspa-
sado de hambre, sin tener, ni pensar buscar, quien me socorriese[a]. De aquella manera estuve no sé qué tiempo, tendido
en el suelo, al cabo del cual me levanté sin hambre, y hallé
junto a mí a unos cabreros, que, sin duda, debieron ser
los que mi necesidad remediaron, porque ellos me dijeron
de la manera que me habían hallado, y cómo estaba diciendo
tantos disparates y desatinos, que daba indicios claros de
haber perdido el juicio; y yo he sentido en mí después
acá que no todas veces le tengo cabal, sino tan desmedrado
y flaco, que hago mil locuras, rasgándome los vestidos, dando
voces por estas soledades, maldiciendo mi ventura y repitiendo en vano el nombre amado de mi enemiga, sin tener

otro discurso ni intento entonces que procurar acabar la
vida voceando; y cuando en mí vuelvo, me hallo tan cansado y molido, que apenas puedo moverme. Mi más común
habitación es en el hueco de un alcornoque, capaz de cubrir
este miserable cuerpo. Los vaqueros y cabreros que andan
por estas montañas, movidos de caridad, me sustentan,
poniéndome el manjar por los caminos y por las peñas
por donde entienden que acaso podré pasar y hallarlo; y
así, aunque entonces me falte el juicio, la necesidad natural
me da a conocer el mantenimiento, y despierta en mí el
deseo de apetecerlo y la voluntad de tomarlo. Otras veces
me dicen ellos, cuando me encuentran con juicio, que yo
salgo a los caminos y que se lo quito por fuerza, aunque me
lo den de grado, a los pastores que vienen con ello del lugar a las majadas. Desta manera paso mi miserable y estrema
vida[29], hasta que el cielo sea servido de conducirle a su último fin, o de ponerle en mi memoria, para que no me acuerde
de la hermosura y de la traición de Luscinda y del agravio de
don Fernando; que si esto él hace sin quitarme la vida,
yo volveré a mejor discurso mis pensamientos; donde no,
no hay sino rogarle que absolutamente tenga misericordia
de mi alma; que yo no siento en mí valor ni fuerzas para
sacar el cuerpo desta estrecheza en que por mi gusto he
querido ponerle. Ésta es, ¡oh señores!, la amarga historia
de mi desgracia: decidme si es tal, que pueda celebrarse
con menos sentimientos que los que en mí habéis visto, y
no os canséis en persuadirme ni aconsejarme lo que la razón os dijere que puede ser bueno para mi remedio, porque
ha de aprovechar conmigo lo que aprovecha la medicina
recetada del famoso médico al enfermo que recebir no la
quiere. Yo no quiero salud sin Luscinda; y pues ella gustó
de ser ajena, siendo, o debiendo ser, mía, guste yo de ser de
la desventura, pudiendo haber sido de la buena dicha.
Ella quiso, con su mudanza, hacer estable mi perdición;
yo querré, con procurar perderme, hacer contenta su voluntad, y será ejemplo a los por venir de que a mí solo faltó
lo que a todos los desdichados sobra, a los cuales suele ser
consuelo la imposibilidad de tenerle, y en mí es causa de
mayores sentimientos y males, porque aun pienso que no
se han de acabar con la muerte.

    Aquí dio fin Cardenio a su larga plática y tan desdichada

----

[29] *estrema vida*] 'última parte de mi vida'ᴳ.

como amorosa historia; y al tiempo que el cura se prevenía
para decirle algunas razones de consuelo, le suspendió una
voz que llegó a sus oídos, que en lastimados acentos oyeron
que decía lo que se dirá en la cuarta parte desta narración, que en este punto dio fin a la tercera el sabio y atentado[30] historiador Cide Hamete Benengeli.

[30] *atentado*] 'prudente'.

CUARTA PARTE DEL INGENIOSO HIDALGO DON QUIJOTE DE LA MANCHA

CAPÍTULO XXVIII

Que trata de la nueva y agradable aventura que al cura y barbero sucedió en la mesma sierra

ELICÍSIMOS y venturosos fueron los tiempos donde se echó al mundo el audacísimo caballero don Quijote de la Mancha, pues por haber tenido tan honrosa determinación como fue el querer resucitar y volver al mundo la ya perdida y casi muerta orden de la andante caballería, gozamos ahora, en esta nuestra edad, necesitada de alegres entretenimientos, no sólo de la dulzura de su verdadera historia, sino de los cuentos y episodios della, que, en parte, no son menos agradables y artificiosos y verdaderos que la misma historia; la cual, prosiguiendo su rastrillado, torcido y aspado hilo, cuenta que, así como el cura comenzó a prevenirse para consolar a Cardenio, lo impidió una voz que llegó a sus oídos, que, con tristes acentos, decía desta manera:

—¡Ay Dios! ¡Si será posible que he ya hallado lugar que pueda servir de escondida sepultura a la carga pesada deste cuerpo, que tan contra mi voluntad sostengo! Sí será, si la soledad que prometen estas sierras no me miente. ¡Ay, desdichada, y cuán más agradable compañía harán estos riscos y malezas a mi intención, pues me darán lugar para que con quejas comunique mi desgracia al cielo, que no la de ningún hombre humano[b], pues no hay ninguno en la tierra de quien se pueda esperar consejo en las dudas, alivio en las quejas, ni remedio en los males!

Todas estas razones oyeron y percibieron el cura y los que con él estaban, y por parecerles, como ello era, que allí junto las decían, se levantaron a buscar el dueño, y no hubieron andado veinte pasos, cuando detrás de un peñasco vieron sentado al pie de un fresno a un mozo vestido como labrador, al cual por tener inclinado el rostro, a causa

de que se lavaba los pies en el arroyo que por allí corría,
no se le pudieron ver por entonces; y ellos llegaron con tanto
silencio, que dél no fueron sentidos, ni él estaba a otra cosa
atento que a lavarse los pies, que eran tales, que no parecían
sino dos pedazos de blanco cristal que entre las otras piedras
del arroyo se habían nacido. Suspendióles la blancura y
belleza de los pies, pareciéndoles que no estaban hechos a
pisar terrones, ni a andar tras el arado y los bueyes, como
mostraba el hábito de su dueño, y así, viendo que no habían
sido sentidos, el cura, que iba delante, hizo señas a los otros
dos que se agazapasen o escondiesen detrás de unos pedazos
de peña que allí había, y así lo hicieron todos, mirando con
atención lo que el mozo hacía; el cual traía puesto un capotillo pardo de dos haldas[1], muy ceñido al cuerpo con una
toalla blanca. Traía, ansimesmo, unos calzones y polainas[2]
de paño pardo, y en la cabeza una montera parda. Tenía
las polainas levantadas hasta la mitad de la pierna, que,
sin duda alguna, de blanco alabastro parecía. Acabóse
de lavar los hermosos pies, y luego, con un paño de tocar,
que sacó debajo de la montera, se los limpió; y al querer
quitárusele, alzó el rostro, y tuvieron lugar los que mirándole
estaban de ver una hermosura incomparable, tal, que Cardenio dijo al cura, con voz baja:

—Ésta, ya que no es Luscinda, no es persona humana,
sino divina.

El mozo se quitó la montera y, sacudiendo la cabeza a
una y a otra parte, se comenzaron a descoger y desparcir[3]
unos cabellos, que pudieran los del sol tenerles envidia.
Con esto conocieron que el que parecía labrador era mujer[h],
y delicada, y aun la más hermosa que hasta entonces los
ojos de los dos habían visto, y aun los de Cardenio, si no
hubieran mirado y conocido a Luscinda; que después
afirmó que sola la belleza de Luscinda podía contender con
aquélla. Los luengos y rubios cabellos no sólo le cubrieron
las espaldas, mas toda en torno la escondieron debajo de
ellos, que si no eran los pies, ninguna otra cosa de su cuerpo
se parecía: tales y tantos eran. En esto, les sirvió de peine

---

[1] *capotillo... de dos haldas*] capote pequeño, abierto por los costados
hasta abajo, cerrado por delante y por detrás, y una abertura en el medio
para meter por él la cabeza, *Aut.*

[2] *polainas*] «medias calzas (o sobrecalzas) de labradores, sin soletas,
que caen encima del zapato sobre el empeine», Cov. 875.b.10.

[3] *descoger y desparcir*] 'desplegar y esparcir'.

unas manos, que si los pies en el agua habían parecido
pedazos de cristal, las manos en los cabellos semejaban pedazos de apretada nieve; todo lo cual, en más admiración y en más deseo de saber quién era ponía a los tres que
la miraban.

Por esto determinaron de mostrarse; y al movimiento
que hicieron de ponerse en pie, la hermosa moza alzó la
cabeza y apartándose los cabellos de delante de los ojos con
entrambas manos, miró los que el ruido hacían; y apenas
los hubo visto, cuando se levantó en pie[b] y, sin aguardar a
calzarse, ni a recoger los cabellos, asió con mucha presteza
un bulto, como de ropa, que junto a sí tenía, y quiso ponerse
en huida, llena de turbación y sobresalto; mas no hubo
dado seis pasos cuando, no pudiendo sufrir los delicados
pies la aspereza de las piedras, dio consigo en el suelo. Lo
cual, visto por los tres, salieron a ella, y el cura fue el primero que le dijo:

—Deteneos, señora, quienquiera que seáis; que los que
aquí veis sólo tienen intención de serviros: no hay para
qué os pongáis en tan impertinente huida, porque ni vuestros pies lo podrán sufrir ni nosotros consentir.

A todo esto, ella no respondía palabra, atónita y confusa. Llegaron, pues, a ella, y asiéndola por la mano el
cura, prosiguió diciendo:

—Lo que vuestro traje, señora, nos niega, vuestros cabellos nos descubren: señales claras que no deben de ser
de poco momento las causas que han disfrazado vuestra
belleza en hábito tan indigno, y traídola a tanta soledad
como es ésta, en la cual ha sido ventura el hallaros, si no
para dar remedio a vuestros males, a lo menos para darles
consejo, pues ningún mal puede fatigar tanto, ni llegar tan
al estremo de serlo, mientras no acaba la vida, que rehúya
de no escuchar, siquiera, el consejo que con buena intención
se le da al que lo padece. Así que, señora mía, o señor mío,
o lo que vos quisierdes ser, perded el sobresalto que nuestra
vista os ha causado y contadnos vuestra buena o mala suerte;
que en nosotros juntos, o en cada uno, hallaréis quien os
ayude a sentir[4] vuestras desgracias.

En tanto que el cura decía estas razones, estaba la disfrazada moza como embelesada, mirándolos a todos, sin
mover labio ni decir palabra alguna, bien así como rústico

---

⁴ *sentir*]   llorar.

aldeano que de improviso se le muestran cosas raras y
dél jamás vistas. Mas volviendo el cura a decirle otras razones al mesmo efeto encaminadas, dando ella un profundo
suspiro, rompió el silencio y dijo:

—Pues que la soledad destas sierras no ha sido parte
para encubrirme, ni la soltura de mis descompuestos cabellos no ha permitido que sea mentirosa mi lengua, en
balde sería fingir yo de nuevo ahora lo que, si se me creyese, sería más por cortesía que por otra razón alguna. Presupuesto esto, digo, señores, que os agradezco el ofrecimiento
que me habéis hecho, el cual me ha puesto en obligación
de satisfaceros en todo lo que me habéis pedido, puesto
que temo que la relación que os hiciere de mis desdichas
os ha de causar, al par de la compasión, la pesadumbre,
porque no habéis de hallar remedio para remediarlas ni
consuelo para entretenerlas. Pero, con todo esto, porque
no ande vacilando mi honra en vuestras intenciones[5], habiéndome ya conocido por mujer y viéndome moza, sola
y en este traje, cosas, todas juntas, y cada una por sí, que
pueden echar por tierra cualquier honesto crédito, os habré
de decir lo que quisiera callar, si pudiera.

Todo esto dijo sin parar la que tan hermosa mujer parecía, con tan suelta lengua, con voz tan suave, que no menos
les admiró su discreción que su hermosura. Y tornándole
a hacer nuevos ofrecimientos y nuevos ruegos para que lo
prometido cumpliese, ella, sin hacerse más de rogar, calzándose con toda honestidad y recogiendo sus cabellos,
se acomodó en el asiento de una piedra, y, puestos los tres
alrededor della, haciéndose fuerza por detener algunas lágrimas que a los ojos se le venían, con voz reposada y clara
comenzó la historia de su vida desta manera:

—En esta Andalucía hay un lugar de quien toma título un duque[6], que le hace uno de los que llaman grandes
en España. Este tiene dos hijos: el mayor, heredero de su
estado y, al parecer, de sus buenas costumbres, y el menor,

[5] *intenciones*] pensamientos[b]. Cf. I. 33, p. 412.
[6] *un duque*] RM supone que Cervantes aludía al duque de Osuna
y que el episodio de Cardenio tuvo base real. Según sus conjeturas Cardenio oculta el nombre de un Cárdenas de Córdoba y don Fernando es
don Pedro Girón, hijo segundo del duque de Osuna y nacido en 1557,
y Dorotea es doña María de Torres, que fue seducida por don Pedro
(murió soltero en Nápoles en 1583)[bf]. Sobre estas conjeturas, D. Alonso,
RFE, 40: 74 y ss (1956).

no sé yo de qué sea heredero, sino de las traiciones de Vellido y de los embustes de Galalón[7]. Deste señor son vasallos mis padres, humildes en linaje, pero tan ricos, que si los bienes de su naturaleza igualaran a los de su fortuna, ni ellos tuvieran más que desear ni yo temiera verme en la desdicha en que me veo; porque quizá nace mi poca ventura de la que no tuvieron ellos en no haber nacido ilustres. Bien es verdad que no son tan bajos que puedan afrentarse de su estado, ni tal altos que a mí me quiten la imaginación que tengo de que de su humildad viene mi desgracia. Ellos, en fin, son labradores, gente llana, sin mezcla de alguna raza mal sonante, y, como suele decirse, cristianos viejos rancio-sos[8]; pero tan ricos, que su riqueza y magnífico trato les va poco a poco adquiriendo nombre de hidalgos, y aun de caballeros, puesto que de la mayor riqueza y nobleza que ellos se preciaban era de tenerme a mi por hija; y así por no tener otra ni otro que los heredase como por ser padres, y aficionados[9], yo era una de las más regaladas hijas que padres jamás regalaron. Era el espejo en que se miraban, el báculo de su vejez, y el sujeto a quien encaminaban, midiéndolos con el cielo, todos sus deseos; de los cuales, por ser ellos tan buenos, los míos no salían un punto. Y del mismo modo que yo era señora de sus ánimos, ansí lo era de su hacienda: por mí se recebían y despedían los cria-dos; la razón y cuenta de lo que se sembraba y cogía pasaba por mi mano; los molinos de aceite, los lagares del vino, el número del ganado mayor y menor, el de las colmenas. Finalmente, de todo aquello que un tan rico labrador como mi padre puede tener y tiene, tenía yo la cuenta, y era la mayordoma y señora, con tanta solicitud mía y con tanto gusto suyo, que buenamente no acertaré a encarecerlo. Los ratos que del día me quedaban, después de haber dado lo que convenía a los mayorales, a capataces[10] y a otros

---

[7] Dos nombres de traidores que también citó Cardenio, c. 27, p. 333.

[8] *ranciosos*] rancios. Esta opinión halagaba la limpieza de sangre (sin mezcla de judía o mora) de labradores y campesinos como clase frente a la nobleza. De la clase de los hidalgos en particular podía su-ponerse que incluía a muchos descendientes de «cristianos nuevos», o sea judíos conversos. Se destaca por sus rasgos idealizados esta creencia en el teatro de Lope de Vega, *V.* Joseph H. Silverman, «Los 'hidalgos cansados' de Lope de Vega», *Homenaje a W. L. Fichter*, (Madrid: Cas-talia, 1972), p. 693-711.

[9] *aficionados*] afectuosos.

[10] *mayorales, capataces*] «*mayoral*, el que asiste al gobierno del

jornaleros, los entretenía en ejercicios que son a las doncellas tan lícitos como necesarios, como son los que ofrece
la aguja y la almohadilla, y la rueca muchas veces; y si
alguna, por recrear el ánimo, estos ejercicios dejaba, me
acogía al entretenimiento de leer algún libro devoto, o a
tocar una arpa, porque la experiencia me mostraba que la
música compone los ánimos descompuestos y alivia los
trabajos que nacen del espíritu[a]. Ésta, pues, era la vida
que yo tenía en casa de mis padres, la cual, si tan particularmente he contado, no ha sido por ostentación ni por dar
a entender que soy rica, sino porque se advierta cuán sin
culpa me he venido de aquel buen estado que he dicho al
infelice en que ahora me hallo. Es, pues, el caso que, pasando mi vida en tantas ocupaciones y en un encerramiento
tal, que al de un monesterio pudiera compararse, sin ser
vista, a mi parecer, de otra persona alguna que de los criados de casa, porque los días que iba a misa era tan de mañana, y tan acompañada de mi madre y de otras criadas,
y yo tan cubierta y recatada que apenas vían mis ojos más
tierra de aquella donde ponía los pies[a], y, con todo esto, los
del amor, o los de la ociosidad, por mejor decir, a quien
los de lince[11] no pueden igualarse, me vieron, puestos en
la solicitud de don Fernando, que éste es el nombre del
hijo menor del duque que os he contado.

No hubo bien nombrado a don Fernando la que el
cuento contaba, cuando a Cardenio se le mudó la color del
rostro, y comenzó a trasudar, con tan grande alteración, que
el cura y el barbero, que miraron[12] en ello, temieron
que le venía aquel accidente de locura que habían oído
decir que de cuando en cuando le venía. Mas Cardenio
no hizo otra cosa que trasudar y estarse quedo, mirando de
hito en hito a la labradora, imaginando quién ella era; la
cual, sin advertir en los movimientos de Cardenio, prosiguió su historia, diciendo:

—Y no me hubieron bien visto, cuando, según él dijo
después, quedó tan preso de mis amores cuanto lo dieron
bien a entender sus demostraciones. Mas por acabar presto

---

ganado con mando, gobernando los demás pastores», Cov. 780.b.30.
«*capataz:* el que es cabeza de alguna comunidad de oficio mecánico,
que aduna y junta la demás gente», Cov. 296.a.41.

[11] *lince*] alusión a la creencia de que los linces tienen vista agu-
dísima[c].

[12] *mirar:* reparar[b].

con el cuento, que no le tiene[13], de mis desdichas, quiero pasar en silencio las diligencias que don Fernando hizo para declararme su voluntad. Sobornó toda la gente de mi casa, dio y ofreció dádivas y mercedes a mis parientes. Los días eran todos de fiesta y de regocijo en mi calle; las noches no dejaban dormir a nadie las músicas. Los billetes que, sin saber cómo, a mis manos venían, eran infinitos, llenos de enamoradas razones y ofrecimientos, con menos letras que promesas y juramentos. Todo lo cual no sólo no me ablandaba, pero me endurecía de manera[b] como si fuera mi mortal enemigo, y que todas las obras que para reducirme a su voluntad hacía, las hiciera para el efeto contrario; no porque a mí me pareciese mal la gentileza de don Fernando, ni que tuviese a demasía sus solicitudes; porque me daba un no sé qué[b] de contento verme tan querida y estimada de un tan principal caballero, y no me pesaba ver en sus papeles mis alabanzas; que en esto, por feas que seamos las mujeres, me parece a mí que siempre nos da gusto el oír que nos llaman hermosas. Pero a todo esto se opone mi honestidad, y los consejos continuos que mis padres me daban, que ya muy al descubierto sabían la voluntad de don Fernando, porque ya a él no se le daba nada de que todo el mundo la supiese. Decíanme mis padres que en sola mi virtud y bondad dejaban y depositaban su honra y fama, y que considerase la desigualdad que había entre mí y don Fernando, y que por aquí echaría de ver que sus pensamientos, aunque él dijese otra cosa, más se encaminaban a su gusto que a mi provecho; y que si yo quisiese poner en alguna manera algún inconveniente para que él se dejase de su injusta pretensión, que ellos me casarían luego con quien yo más gustase; así de los más principales de nuestro lugar como de todos los circunvecinos, pues todo se podía esperar de su mucha hacienda y de mi buena fama. Con estos ciertos prometimientos, y con la verdad que ellos me decían, fortificaba yo mi entereza, y jamás quise responder a don Fernando palabra que le pudiese mostrar, aunque de muy lejos, esperanza de alcanzar su deseo. Todos estos recatos míos, que él debía de tener por desdenes, debieron de ser causa de avivar más su lascivo apetito, que este nombre quiero dar a la voluntad que me

---

[13] *que no le tiene*]   zeugma también empleada por Cardenio, c. 27, p. 332.

mostraba; la cual, si ella fuera como debía, no la supiérades vosotros ahora, porque hubiera faltado la ocasión de decírosla. Finalmente, don Fernando supo que mis padres andaban por darme estado, por quitalle a él la esperanza de poseerme, o, a lo menos, porque yo tuviese más guardas para guardarme, y esta nueva o sospecha fue causa para que hiciese lo que ahora oiréis. Y fue que una noche[14], estando yo en mi aposento con sola la compañía de una doncella que me servía, teniendo bien cerradas las puertas, por temor que, por descuido, mi honestidad no se viese en peligro, sin saber ni imaginar cómo, en medio destos recatos y prevenciones, y en la soledad deste silencio y encierro, me le hallé delante; cuya vista me turbó de manera, que me quitó la de mis ojos y me enmudeció la lengua; y así, no fui poderosa de dar voces, ni aun él creo que me las dejara dar, porque luego se llegó a mí, y tomándome entre sus brazos (porque yo, como digo, no tuve fuerzas para defenderme, según estaba turbada), comenzó a decirme tales razones, que no sé cómo es posible que tenga tanta habilidad la mentira, que las sepa componer de modo que parezcan tan verdaderas. Hacía el traidor que sus lágrimas acreditasen sus palabras y los suspiros su intención. Yo, pobrecilla, sola entre los míos, mal ejercitada en casos semejantes, comencé, no sé en qué modo, a tener por verdaderas tantas falsedades, pero no de suerte que me moviesen a compasión menos que buena sus lágrimas y suspiros. Y así, pasándoseme aquel sobresalto primero, torné algún tanto a cobrar mis perdidos espíritus[b], y con más ánimo del que pensé que pudiera tener, le dije: —"Si como estoy, señor, en tus brazos estuviera entre los de un león fiero, y el librarme dellos se me asegurara con que hiciera, o dijera, cosa que fuera en perjuicio de mi honestidad, así fuera posible hacella o decilla como es posible dejar de haber sido lo que fue. Así que, si tú tienes ceñido mi cuerpo con tus brazos, yo tengo atada mi alma con mis buenos deseos, que son tan diferentes de los tuyos como lo verás, si con hacerme fuerza quisieres pasar adelante en ellos. Tu vasalla soy, pero no tu esclava; ni tiene ni debe tener imperio la nobleza de tu sangre para deshonrar y tener en poco la humildad de la mía; y en tanto me estimo yo, villana y la-

[14] Y fue que una noche] Desde aquí, hasta la palabra indicada en la nota 20, fue censurado por la Inquisición portuguesa en 1624[e].

bradora, como tú, señor y caballero. Conmigo no han de ser de ningún efecto tus fuerzas, ni han de tener valor tus riquezas, ni tus palabras han de poder engañarme, ni tus suspiros y lágrimas enternecerme. Si alguna de todas estas cosas que he dicho viera yo en el que mis padres me dieran por esposo, a su voluntad se ajustara la mía, y mi voluntad de la suya no saliera; de modo que, como quedara con honra, aunque quedara sin gusto, de grado te[ab] entregara lo que tú, señor, ahora con tanta fuerza procuras. Todo esto he dicho, porque no es pensar que de mí alcance cosa alguna el que no fuere mi legítimo[b] esposo". —"Si no reparas más que en eso, bellísima Dorotea" (que éste es el nombre desta desdichada), dijo el desleal caballero, "ves aquí te doy la mano[15] de serlo tuyo, y sean testigos desta verdad los cielos, a quien ninguna cosa se asconde, y esta imagen de Nuestra Señora que aquí tienes."

Cuando Cardenio le oyó decir que se llamaba Dorotea, tornó de nuevo a sus sobresaltos y acabó de confirmar por verdadera su primera opinión; pero no quiso interrumpir el cuento, por ver en qué venía a parar lo que él ya casi sabía; sólo dijo:

—¿Que Dorotea es tu nombre, señora? Otra he oído yo decir del mesmo, que quizá corre parejas con tus desdichas. Pasa adelante, que tiempo vendrá en que te diga cosas que te espanten[16] en el mesmo grado que te lastimen.

Reparó Dorotea en las razones de Cardenio y en su estraño y desastrado traje, y rogóle que si alguna cosa de su hacienda[17] sabía, se la dijese luego; porque si algo le había dejado bueno la fortuna, era el ánimo que tenía para sufrir cualquier desastre que le sobreviniese, segura de que, a su parecer, ninguno podía llegar que el que tenía acrecentase un punto.

—No le perdiera yo, señora —respondió Cardenio—, en decirte lo que pienso, si fuera verdad lo que imagino; y hasta ahora no se pierde coyuntura, ni a ti te importa nada el saberlo.

—Sea lo que fuere —respondió Dorotea—, lo que en mi cuento pasa fue que tomando don Fernando una imagen que en aquel aposento estaba[b], la puso por testigo de nues-

---

[15] *te doy la mano*] 'dar la mano, o las manos' equivale a 'prometerse por esposo'[b].

[16] *espantar:* causar admiración; *lastimar:* mover a lástima[b].

[17] *hacienda*] en su sentido antiguo de 'negocio', 'asuntos'[c].

tro desposorio. Con palabras eficacísimas y juramentos estraordinarios, me dio la palabra de ser mi marido, puesto que, antes que acabase de decirlas, le dije que mirase bien lo que hacía y que considerase el enojo que su padre había de recebir de verle casado con una villana, vasalla suya; que no le cegase mi hermosura, tal cual era, pues no era bastante para hallar en ella disculpa de su yerro, y que si algún bien me quería hacer, por el amor que me tenía, fuese dejar correr mi suerte a lo igual de lo que mi calidad pedía, porque nunca los tan desiguales casamientos se gozan ni duran mucho en aquel gusto con que se comienzan. Todas estas razones que aquí he dicho le dije, y otras muchas de que no me acuerdo; pero no fueron parte para que él dejase de seguir su intento, bien ansí como el que no piensa pagar, que, al concertar de la barata[18], no repara en inconvenientes[b]. Yo, a esta sazón, hice un breve discurso conmigo, y me dije a mí mesma: —"Sí, que no seré yo la primera que por vía de matrimonio haya subido de humilde a grande estado, ni será don Fernando el primero a quien hermosura, o ciega afición, que es lo más cierto, haya hecho tomar compañía desigual a su grandeza. Pues si no hago ni mundo ni uso nuevo[b], bien es acudir a esta honra que la suerte me ofrece, puesto que en éste no dure más la voluntad que me muestra de cuanto dure el cumplimiento de su deseo; que, en fin, para con Dios seré su esposa. Y si quiero con desdenes despedille, en término le veo que, no usando el que debe, usará el de la fuerza, y vendré a quedar deshonrada y sin disculpa de la culpa que me podía dar el que no supiere[a] cuán sin ella he venido a este punto. Porque ¿qué razones serán bastantes para persuadir a mis padres, y a otros, que este caballero entró en mi aposento sin consentimiento mío?" Todas estas demandas y respuestas revolví yo en un instante en la imaginación, y, sobre todo, me comenzaron a hacer fuerza y a inclinarme a lo que fue, sin yo pensarlo, mi perdición[a], los juramentos de don Fernando, los testigos que ponía, las lágrimas que derramaba y, finalmente, su dispusición[b] y gentileza, que, acompañada con tantas muestras de verdadero amor, pudieran rendir a otro tan libre y recatado corazón como el mío. Llamé a mi criada, para que en la tierra acompañase a los testigos del cielo; tornó don Fernando a reiterar y confirmar

---

[18] *barata*] mohatra: venta fingida y fraudulenta, s.v. Cov.

354 MIGUEL DE CERVANTES SAAVEDRA

sus juramentos; añadió a los primeros nuevos santos por
testigos; echóse mil futuras maldiciones, si no cumpliese
lo que me prometía; volvió a humedecer sus ojos y a
acrecentar sus suspiros; apretóme más entre sus brazos,
de los cuales jamás me había dejado, y con esto, y con
volverse a salir del aposento mi doncella, yo dejé de serlo[19]
y él acabó de ser traidor y fementido. El día que sucedió
a la noche de mi desgracia, se venía aun no tan apriesa
como yo pienso que don Fernando deseaba; porque, después de cumplido aquello que el apetito pide, el mayor gusto
que puede venir es apartarse de donde le alcanzaron. Digo
esto, porque don Fernando dio priesa por partirse de mí,
y por industria de mi doncella, que era la misma que allí
le había traído, antes que amaneciese se vio en la calle. Y
al despedirse de mí, aunque no con tanto ahínco y vehemencia como cuando vino, me dijo que estuviese segura de su
fe, y de ser firmes y verdaderos sus juramentos; y, para más
confirmación de su palabra, sacó un rico anillo del dedo y
lo puso en el mío. En efecto, él se fue, y yo quedé ni sé si
triste o alegre; esto sé bien decir: que quedé confusa y pen-
sativa y casi fuera de mí con el nuevo acaecimiento, y no
tuve ánimo, o no se me acordó, de reñir a mi doncella por la
traición cometida de encerrar a don Fernando en mi mismo
aposento, porque aún no me determinaba si era bien o mal
el que me había sucedido. Díjele, al partir, a don Fernando
que por el mesmo camino de aquélla podía verme otras
noches, pues ya era suya, hasta que, cuando él quisiese,
aquel hecho se publicase. Pero no vino otra alguna, si no
fue la siguiente, ni yo pude verle en la calle ni en la iglesia
en más de un mes; que en vano me cansé en solicitallo,
puesto que supe que estaba en la villa y que los más días
iba a caza, ejercicio de que él era muy aficionado[20]. Estos
días y estas horas bien sé yo que para mí fueron aciagos y
menguadas[21], y bien sé que comencé a dudar en ellos, y aun
a descreer de la fe de don Fernando; y sé también que mi

[19] *yo dejé de serlo*]   zeugma y juego con dos acepciones de *doncella*,
'criada', y 'mujer virgen'.

[20] *aficionado*]   Aquí acaba la censura de la Inquisición portuguesa
que se señaló en la nota 14[e].

[21] *aciagos* los días y *menguadas* las horas[b]. *hora menguada:* «hora
infeliz, la cual calidad ponen los astrólogos en los grados de las mismas
horas», Cov. 698.a.10, o sea que consideraban los últimos minutos de
cada hora propicios a la desdicha.

doncella oyó entonces las palabras que en reprehensión de su atrevimiento antes no había oído; y sé que me fue forzoso tener cuenta con mis lágrimas, y con la compostura de mi rostro, por no dar ocasión a que mis padres me preguntasen que de qué andaba descontenta y me obligasen a buscar mentiras que decilles. Pero todo esto se acabó en un punto, llegándose uno donde se atropellaron respectos y se acabaron los honrados discursos, y adonde se perdió la paciencia y salieron a plaza mis secretos pensamientos. Y esto fue porque de allí a pocos días se dijo en el lugar cómo en una ciudad allí cerca se había casado don Fernando con una doncella hermosísima en todo estremo, y de muy principales padres, aunque no tan rica, que por la dote pudiera aspirar a tan noble casamiento. Díjose que se llamaba Luscinda, con otras cosas que en sus desposorios sucedieron, dignas de admiración.

Oyó Cardenio el nombre de Luscinda, y no hizo otra cosa que encoger los hombros, morderse los labios, enarcar las cejas, y dejar de allí a poco caer por sus ojos dos fuentes de lágrimas. Mas no por esto dejó Dorotea de seguir su cuento, diciendo:

—Llegó esta triste nueva a mis oídos, y, en lugar de helárseme el corazón en oílla, fue tanta la cólera y rabia que se encendió en él, que faltó poco para no salirme por las calles dando voces, publicando la alevosía y traición que se me había hecho. Mas templóse esta furia por entonces con pensar de poner aquella mesma noche por obra lo que puse; que fue ponerme en este hábito, que me dio uno de los que llaman zagales en casa de los labradores, que era criado de mi padre, al cual descubrí toda mi desventura, y le rogué me acompañase hasta la ciudad donde entendí que mi enemigo estaba. Él, después que hubo reprehendido mi atrevimiento y afeado mi determinación, viéndome resuelta en mi parecer, se ofreció a tenerme compañía, como él dijo, hasta el cabo del mundo. Luego al momento encerré en una almohada[22] de lienzo un vestido de mujer, y algunas joyas y dineros, por lo que podía suceder. Y en el silencio de aquella noche, sin dar cuenta a mi traidora doncella, salí de mi casa, acompañada de mi criado y de muchas imaginaciones, y me puse en camino de la ciudad a pie, llevada en vuelo del deseo de llegar, ya que no a estorbar

---

[22] *almohada*] funda de almohada.

lo que tenía por hecho, a lo menos, a decir a don Fernando me dijese con qué alma lo había hecho. Llegué en dos días y medio donde quería, y en entrando por la ciudad pregunté por la casa de los padres de Luscinda, y al primero a quien hice la pregunta me respondió más de lo que yo quisiera oír. Díjome la casa y todo lo que había sucedido en el desposorio de su hija, cosa tan pública en la ciudad, que se hace en corrillos[23] para contarla por toda ella. Díjome que la noche que don Fernando se desposó con Luscinda, después de haber ella dado el sí de ser su esposa, le había tomado un recio desmayo, y que llegando su esposo a desabrocharle el pecho para que le diese el aire, le halló un papel escrito de la misma letra de Luscinda, en que decía y declaraba que ella no podía ser esposa de don Fernando, porque lo era de Cardenio, que, a lo que el hombre me dijo, era un caballero muy principal, de la mesma ciudad; y que si había dado el sí a don Fernando, fue por no salir de la obediencia de sus padres. En resolución, tales razones dijo que contenía el papel, que daba a entender que ella había tenido intención de matarse en acabándose de desposar, y daba allí las razones por que se había quitado la vida; todo lo cual dicen que confirmó una daga que le hallaron no sé en qué parte de sus vestidos[24]. Todo lo cual visto por don Fernando, pareciéndole que Luscinda le había burlado y escarnecido y tenido en poco, arremetió a ella antes que de su desmayo volviese, y con la misma daga que le hallaron la quiso dar de puñaladas, y lo hiciera, si sus padres y los que se hallaron presentes no se lo estorbaran. Dijeron más: que luego se ausentó don Fernando, y que Luscinda no había vuelto de su parasismo hasta otro día, que contó a sus padres cómo ella era verdadera esposa de aquel Cardenio que he dicho. Supe más: que el Cardenio, según decían, se halló presente a los desposorios, y que en viéndola desposada, lo cual él jamás pensó, se salió de la ciudad desesperado, dejándole primero escrita una carta, donde daba a entender el agravio que Luscinda le había

[23] *se hace en corrillos*] así en las eds. primitivas. Puede entenderse que «la ciudad» equivale a 'los habitantes'ᴱ, sin embargo algunos eds. enmiendan «se hacían corrillos»ᵇᵍ, «se hacen corrillos»ᵃ.
[24] Esta relación parece ser reminiscencia de otro desposorio en el libro de caballerías que se publicó en 1602, o sea en los años en que Cervantes escribía estos capítulos: *Historia famosa del Príncipe don Policisne de Boecia*, etc., Valladolid; *V.* RM y AM, **039.5:** 492-495.

hecho, y de cómo él se iba adonde gentes no le viesen. Esto todo era público y notorio en toda la ciudad, y todos hablaban dello, y más hablaron cuando supieron que Luscinda había faltado de casa de sus padres y de la ciudad, pues no la hallaron en toda ella, de que perdían el juicio sus padres, y no sabían qué medio se tomar para hallarla. Esto que supe, puso en bando[25] mis esperanzas, y tuve por mejor no haber hallado a don Fernando, que no[26] hallarle casado, pareciéndome que aún no estaba del todo cerrada la puerta a mi remedio, dándome yo a entender que podría ser que el cielo hubiese puesto aquel impedimento en el segundo matrimonio, por atraerle a conocer lo que al primero debía, y a caer en la cuenta de que era cristiano, y que estaba más obligado a su alma que a los respetos humanos. Todas estas cosas revolvía en mi fantasía, y me consolaba sin tener consuelo, fingiendo unas esperanzas largas y desmayadas, para entretener la vida que ya aborrezco. Estando, pues, en la ciudad, sin saber qué hacerme, pues a don Fernando no hallaba, llegó a mis oídos un público pregón, donde se prometía grande hallazgo[27] a quien me hallase, dando las señas de la edad y del mesmo traje que traía; y oí decir que se decía que me había sacado de casa de mis padres el mozo que conmigo vino, cosa que me llegó al alma, por ver cuán de caída andaba mi crédito, pues no bastaba perderle con mi venida, sino añadir el con quién, siendo subjeto tan bajo y tan indigno de mis buenos pensamientos. Al punto que oí el pregón, me salí de la ciudad con mi criado, que ya comenzaba a dar muestras de titubear en la fe que de fidelidad me tenía prometida, y aquella noche nos entramos por lo espeso desta montaña, con el miedo de no ser hallados. Pero como suele decirse que un mal llama a otro, y que el fin de una desgracia suele ser principio de otra mayor, así me sucedió a mí, porque mi buen criado, hasta entonces fiel y seguro, así como me vio en esta soledad, incitado de su mesma bellaquería antes que de mi hermosura, quiso aprovecharse de la ocasión que, a su parecer, estos yermos le ofrecían, y, con poca vergüenza y menos temor de Dios ni respeto mío, me requirió de amores; y

---

[25] *puso en bando*] 'puso en duda y reanimó'[b].
[26] *no* redundante en frase afirmativa[bg].
[27] *hallazgo*] premio dado al que ha hallado la cosa perdida y la restituye a su dueño, s.v. Cov.

viendo que yo con feas y justas palabras respondía a las desvergüenzas de sus propósitos, dejó aparte los ruegos, de quien primero pensó aprovecharse, y comenzó a usar de la fuerza. Pero el justo cielo, que pocas o ningunas veces deja de mirar y favorecer a las justas intenciones, favoreció las mías, de manera que con mis pocas fuerzas, y con poco trabajo, di con él por un derrumbadero, donde le dejé, ni sé si muerto o si vivo[b]; y luego, con más ligereza que mi sobresalto y cansancio pedían, me entré por estas montañas, sin llevar otro pensamiento ni otro disignio que esconderme en ellas y huir de mi padre y de aquellos que de su parte me andaban buscando. Con este deseo ha no sé cuántos meses que entré en ellas, donde hallé un ganadero que me llevó por su criado a un lugar que está en las entrañas desta sierra, al cual he servido de zagal todo este tiempo, procurando estar siempre en el campo por encubrir estos cabellos que ahora, tan sin pensarlo, me han descubierto. Pero toda mi industria y toda mi solicitud fue y ha sido de ningún provecho, pues mi amo vino en conocimiento de que yo no era varón, y nació en él el mesmo mal pensamiento que en mi criado; y como no siempre la fortuna con los trabajos da los remedios, no hallé derrumbadero ni barranco de[b] donde despeñar y despenar[28] al amo, como le hallé para el criado, y así, tuve por menor inconveniente dejalle y asconderme de nuevo entre estas asperezas que probar con él mis fuerzas o mis disculpas[29]. Digo, pues, que me torné a emboscar, y a buscar donde sin impedimento alguno pudiese con suspiros y lágrimas rogar al cielo se duela de mi desventura y me dé industria y favor para salir della, o para dejar la vida entre estas soledades, sin que quede memoria desta triste, que tan sin culpa suya habrá dado materia para que de ella se hable y murmure en la suya y en las ajenas tierras.

[28] *despenar*[c]] «sacar a alguno de pena, con darle buenas nuevas, y ciertas de lo que le ténia puesto en cuidado», Cov. 462.a.22.
[29] *disculpas*] argumentos, razones[b].

CAPÍTULO XXIX

Que trata de la discreción[1] de la hermosa Dorotea, con otras
cosas de mucho gusto y pasatiempo

—Esta es, señores, la verdadera historia de mi tragedia:
mirad y juzgad ahora si los suspiros que escuchastes, las
palabras que oístes[2] y las lágrimas que de mis ojos salían,
tenían ocasión bastante para mostrarse en mayor abundancia; y, considerada la calidad de mi desgracia, veréis que
será en vano el consuelo, pues es imposible el remedio della.
Sólo os ruego (lo que con facilidad podréis y debéis hacer)
que me aconsejéis dónde podré pasar la vida sin que me acabe
el temor y sobresalto que tengo de ser hallada de los que me
buscan; que aunque sé que el mucho amor que mis padres
me tienen me asegura que seré dellos bien recebida, es tanta
la vergüenza que me ocupa[3] sólo el pensar que, no como
ellos pensaban, tengo de parecer a su presencia, que tengo
por mejor desterrarme para siempre de ser vista que no verles
el rostro, con pensamiento que ellos miran el mío ajeno de
la honestidad que de mí se debían de tener prometida.

Calló en diciendo esto, y el rostro se le cubrió de un color
que mostró bien claro el sentimiento y vergüenza del alma.
En las suyas sintieron los que escuchado la habían tanta
lástima como admiración de su desgracia; y aunque luego
quisiera el cura consolarla y aconsejarla, tomó primero la
mano[4] Cardenio, diciendo:

—En fin, señora, ¿qué tú eres la hermosa Dorotea,
la hija única del rico Clenardo?

Admirada quedó Dorotea cuando oyó el nombre de su
padre, y de ver cuán de poco era el que le nombraba, porque
ya se ha dicho de la mala manera que Cardenio estaba vestido, y así, le dijo:

—Y ¿quién sois vos, hermano, que así sabéis el nombre de

---

[1] En la ed. pr.: *discordia*, errata corregida en la Tabla. La mayoría
de los eds. siguen la enmienda de la ed. de 1780 de la Real Academia
y cambian los epígrafes de los c. 29 y 30, suponiendo un trastrueque del
impresor.

[2] *escuchastes... oístes*]   por escuchasteis y oísteis.

[3] *que me ocupa*]   que me estorba, que siento.

[4] «*Tomar la mano* se dice el que se adelanta a los demás para hacer
algún razonamiento», Cov. 966.a.36.

mi padre? Porque yo, hasta ahora, si mal no me acuerdo, en todo el discurso del cuento de mi desdicha no le he nombrado.

—Soy —respondió Cardenio— aquel sin ventura que, según vos, señora, habéis dicho, Luscinda dijo que era su esposa[5]. Soy el desdichado Cardenio, a quien el mal término de aquel que a vos os ha puesto en el que estáis, me ha traído a que me veáis cual me veis, roto, desnudo, falto de todo humano consuelo y, lo que es peor de todo, falto de juicio, pues no le tengo sino cuando al cielo se le antoja dármele por algún breve espacio. Yo, Dorotea[6], soy el que me hallé presente a las sinrazones de don Fernando, y el que aguardó oír el sí que de ser su esposa pronunció Luscinda. Yo soy el que no tuvo ánimo para ver en qué paraba su desmayo, ni lo que resultaba del papel que le fue hallado en el pecho, porque no tuvo el alma sufrimiento para ver tantas desventuras juntas; y así, dejé la casa y la paciencia[b], y una carta que dejé a un huésped mío, a quien rogué que en manos de Luscinda la pusiese, y víneme a estas soledades, con intención de acabar en ellas la vida, que desde aquel punto aborrecí, como mortal enemiga mía. Mas no ha querido la suerte quitármela, contentándose con quitarme el juicio, quizá por guardarme para la buena ventura que he tenido en hallaros; pues siendo verdad, como creo que lo es, lo que aquí habéis contado, aún podría ser que a entrambos nos tuviese el cielo guardado mejor suceso en nuestros desastres que nosotros pensamos. Porque, presupuesto que Luscinda no puede casarse con don Fernando, por ser mía, ni don Fernando con ella, por ser vuestro, y haberlo ella tan manifiestamente declarado, bien podemos esperar que el cielo nos restituya lo que es nuestro, pues está todavía en ser[7], y no se ha enajenado ni deshecho. Y pues este consuelo tenemos, nacido no de muy remota esperanza, ni fundado en desvariadas imaginaciones, suplícoos, señora, que toméis otra resolución en vuestros honrados pensamientos, pues yo la pienso tomar en los míos, acomodándoos a esperar mejor fortuna; que yo os juro por la fe de caballero y de cristiano de no desampararos hasta veros en

---

[5] *esposa*]   así en las eds. primitivas. Algunos editores corrigen *esposo*[ab].

[6] *Dorotea*]   Las primeras tres eds. de Cuesta: Teodora[a].

[7] *en ser*]   *ser* o *estar en su ser:* estar intacto, íntegro[b].

poder de don Fernando, y que cuando con razones no le pudiere atraer a que conozca lo que os debe, de usar entonces la libertad que me concede el ser caballero, y poder con justo título desafialle, en razón de la sinrazón que os hace, sin acordarme de mis agravios, cuya venganza dejaré al cielo, por acudir en la tierra a los vuestros.

Con lo que Cardenio dijo se acabó de admirar Dorotea, y, por no saber qué gracias volver a tan grandes ofrecimientos, quiso tomarle los pies para besárselos; mas no lo consintió Cardenio, y el licenciado respondió por entrambos, y aprobó el buen discurso de Cardenio, y, sobre todo, les rogó, aconsejó y persuadió que se fuesen con él a su aldea, donde se podrían reparar[8] de las cosas que les faltaban, y que allí se daría orden como buscar a don Fernando, o como llevar a Dorotea a sus padres, o hacer lo que más les pareciese conveniente. Cardenio y Dorotea se lo agradecieron, y acetaron la merced que se les ofrecía. El barbero, que a todo había estado suspenso y callado, hizo también su buena plática y se ofreció con no menos voluntad que el cura a todo aquello que fuese bueno para servirles.

Contó asimesmo con brevedad la causa que allí los había traído, con la estrañeza de la locura de don Quijote, y cómo aguardaban a su escudero, que había ido a buscalle. Vínosele a la memoria a Cardenio, como por sueños, la pendencia que con don Quijote había tenido, y contóla a los demás; mas no supo decir por qué causa fue su quistión.

En esto, oyeron voces y conocieron que el que las daba era Sancho Panza, que, por no haberlos hallado en el lugar donde los dejó, los llamaba a voces. Saliéronle al encuentro y, preguntándole por don Quijote, les dijo como le había hallado desnudo en camisa, flaco, amarillo y muerto de hambre, y suspirando por su señora Dulcinea; y que puesto que le había dicho que ella le mandaba que saliese de aquel lugar y se fuese al del Toboso, donde le quedaba esperando, había respondido que estaba determinado de no parecer ante su fermosura fasta que hobiese fecho fazañas que le ficiesen digno de su gracia. Y que si aquello pasaba adelante, corría peligro de no venir a ser emperador, como estaba obligado, ni aun arzobispo, que era lo menos que podía ser. Por eso, que mirasen lo que se había de hacer para sacarle de allí.

---

[8] *reparar*] proveerse, abastecerse.

El licenciado le respondió que no tuviese pena; que ellos le sacarían de allí, mal que le pesase. Contó luego a Cardenio y a Dorotea lo que tenían pensado para remedio de don Quijote, a lo menos para llevarle a su casa. A lo cual dijo Dorotea que ella haría la doncella menesterosa mejor que el barbero, y más, que tenía allí vestidos con que hacerlo al natural, y que la dejasen el cargo de saber representar todo aquello que fuese menester para llevar adelante su intento, porque ella había leído muchos libros de caballerías y sabía bien el estilo que tenían las doncellas cuitadas cuando pedían sus dones a los andantes caballeros.

—Pues no es menester más —dijo el cura— sino que luego se ponga por obra; que, sin duda, la buena suerte se muestra en favor mío[9], pues, tan sin pensarlo, a vosotros, señores, se os ha comenzado a abrir puerta para vuestro remedio, y a nosotros se nos ha facilitado la que habíamos menester.

Sacó luego Dorotea de su almohada una saya entera de cierta telilla rica y una mantellina de otra vistosa tela verde, y de una cajita un collar y otras joyas, con que en un instante se adornó de manera que una rica y gran señora parecía. Todo aquello, y más, dijo que había sacado de su casa para lo que se ofreciese, y que hasta entonces no se le había ofrecido ocasión de habello menester. A todos contentó en estremo su mucha gracia, donaire y hermosura, y confirmaron a don Fernando por de poco conocimiento, pues tanta belleza desechaba.

Pero el que más se admiró fue Sancho Panza, por parecerle —como era así verdad— que en todos los días de su vida había visto tan hermosa criatura; y así, preguntó al cura con grande ahínco le dijese quién era aquella tan fermosa señora, y qué era lo que buscaba por aquellos andurriales.

—Esta hermosa señora —respondió el cura—, Sancho hermano, es, como quien no dice nada, es la heredera por línea recta de varón del gran reino de Micomicón[b], la cual viene en busca de vuestro amo a pedirle un don, el cual es que le desfaga un tuerto o agravio que un mal gigante le tiene fecho; y a la fama que de buen caballero vuestro amo tiene por todo lo descubierto, de Guinea ha venido a buscarle esta princesa.

[9] *mío*] La ed. de Bruselas, 1607, corrigió *nuestro*, que siguen algunos eds.[b].

—Dichosa buscada y dichoso hallazgo —dijo a esta sazón Sancho Panza—, y más si mi amo es tan venturoso que desfaga ese agravio y enderece ese tuerto, matando a ese hideputa dese gigante que vuestra merced dice; que sí matará si él le encuentra, si ya no fuese fantasma; que contra las fantasmas no tiene mi señor poder alguno. Pero una cosa quiero suplicar a vuestra merced, entre otras, señor licenciado, y es que porque a mi amo no le tome gana de ser arzobispo, que es lo que yo temo, que vuestra merced le aconseje que se case luego con esta princesa, y así quedará imposibilitado de recebir órdenes arzobispales, y vendrá con facilidad a su imperio, y yo al fin de mis deseos; que yo he mirado bien en ello y hallo por mi cuenta que no me está bien que mi amo sea arzobispo, porque yo soy inútil para la Iglesia, pues soy casado, y andarme ahora a traer dispensaciones para poder tener renta por la Iglesia, teniendo, como tengo, mujer y hijos, sería nunca acabar. Así que, señor, todo el toque está en que mi amo se case luego con esta señora, que hasta ahora no sé su gracia, y así, no la llamo por su nombre.

—Llámase —respondió el cura— la princesa Micomicona, porque llamándose su reino Micomicón, claro está que ella se ha de llamar así.

—No hay duda en eso —respondió Sancho—; que yo he visto a muchos tomar el apellido y alcurnia[10] del lugar donde nacieron, llamándose Pedro de Alcalá, Juan de Úbeda y Diego de Valladolid, y esto mesmo se debe de usar allá en Guinea: tomar las reinas los nombres de sus reinos.

—Así debe de ser —dijo el cura—; y en lo del casarse vuestro amo, yo haré en ello todos mis poderíos[b].

Con lo que quedó tan contento Sancho cuanto el cura admirado de su simplicidad, y de ver cuán encajados tenía en la fantasía los mesmos disparates que su amo, pues sin alguna duda se daba a entender que había de venir a ser emperador.

Ya, en esto, se había puesto Dorotea sobre la mula del cura y el barbero se había acomodado al rostro la barba de la cola de buey, y dijeron a Sancho que los guiase adonde don Quijote estaba; al cual advirtieron que no dijese que conocía al licenciado ni al barbero, porque en no conocerlos

---

[10] *alcurnia*] Significa 'ascendencia', 'linaje', pero Sancho la usa como si fuese apellido o denominación[cg].

consistía todo el toque de venir a ser emperador su amo; puesto que ni el cura ni Cardenio quisieron ir con ellos, porque no se le acordase a don Quijote la pendencia que con Cardenio había tenido, y el cura porque no era menester por entonces su presencia. Y así, los dejaron ir delante, y ellos los fueron siguiendo a pie, poco a poco. No dejó de avisar el cura lo que había de hacer Dorotea; a lo que ella dijo que descuidasen, que todo se haría sin faltar punto, como lo pedían y pintaban los libros de caballerías.

Tres cuartos de legua habrían andado, cuando descubrieron a don Quijote entre unas intricadas peñas, ya vestido, aunque no armado, y así como Dorotea le vio y fue informada de Sancho que aquél era don Quijote, dio del azote a su palafrén[11], siguiéndole el bien barbado barbero. Y en llegando junto a él, el escudero se arrojó de la mula y fue a tomar en los brazos a Dorotea, la cual, apeándose con grande desenvoltura, se fue a hincar de rodillas ante las de don Quijote; y aunque él pugnaba por levantarla, ella, sin levantarse, le fabló en esta guisa[c]:

—De aquí no me levantaré, ¡oh valeroso y esforzado caballero!, fasta que la vuestra bondad y cortesía me otorgue un don[b], el cual redundará en honra y prez[c] de vuestra persona y en pro de la más desconsolada y agraviada doncella que el sol ha visto[12]. Y si es que el valor de vuestro fuerte brazo corresponde a la voz de vuestra inmortal fama, obligado estáis a favorecer a la sin ventura que de tan lueñes[13] tierras viene, al olor[b] de vuestro famoso nombre, buscándoos para remedio de sus desdichas.

—No os responderé palabra, fermosa señora —respondió don Quijote—, ni oiré más cosa de vuestra facienda, fasta que os levantéis de tierra.

---

[11] *dio del azote a su palafrén*] fr. de los libros de caballería parodiada por Cervantes, aplicándola a la mula del cura; citan ejs. RM y Clemencín.

[12] La figura de Dorotea da un nuevo aspecto a la parodia de Cervantes. Heroína de un relato sentimental, el de la mujer agraviada por el hombre a quien se dio por esposa, ahora se presta a la ficción urdida por el cura y el barbero, representando el papel de la doncella menesterosa de los libros caballerescos. Esta dualidad eleva la parodia de Cervantes al plano de un conceptismo narrativo o lo que en inglés se entiende por 'Wit', alemán 'Witz'.

[13] *lueñes*] antiguo adv. convertido en adj.: lejanas[b].

—No me levantaré, señor —respondió la afligida doncella—, si primero[c] por la vuestra cortesía no me es otorgado
el don que pido.

—Yo vos le otorgo y concedo —respondió don Quijote—, como no se haya de cumplir en daño o mengua de
mi rey, de mi patria y de aquella que de mi corazón y libertad tiene la llave.

—No será en daño ni en mengua de los que decís, mi
buen señor —replicó la dolorosa doncella.

Y estando en esto, se llegó Sancho Panza al oído de su
señor y muy pasito le dijo:

—Bien puede vuestra merced, señor, concederle el don
que pide, que no es cosa de nada: sólo es matar a un gigantazo, y esta que lo pide es la alta princesa Micomicona, reina
del gran reino Micomicón de Etiopía.

—Sea quien fuere ...respondió don Quijote—, que yo
haré lo que soy obligado y lo que me dicta mi conciencia,
conforme a lo que profesado tengo[c].

Y volviéndose a la doncella, dijo:

—La vuestra gran fermosura se levante, que yo le otorgo
el don[c] que pedirme quisiere.

—Pues el que pido es —dijo la doncella— que la vuestra
magnánima persona se venga luego conmigo donde yo le
llevare y me prometa que no se ha de entremeter en otra
aventura ni demanda alguna hasta darme venganza de un
traidor que, contra todo derecho divino y humano, me
tiene usurpado mi reino.

—Digo que así lo otorgo —respondió don Quijote—,
y así podéis, señora, desde hoy más[b], desechar la malenconía
que os fatiga y hacer que cobre nuevos bríos y fuerzas
vuestra desmayada esperanza; que, con el ayuda de Dios y
la de mi brazo, vos os veréis presto restituida en vuestro
reino y sentada en la silla de vuestro antiguo y grande estado, a pesar y a despecho de los follones que contradecirlo
quisieren. Y manos a labor[b]; que en la tardanza dicen que
suele estar el peligro.

La menesterosa doncella pugnó con mucha porfía por
besarle las manos; mas don Quijote, que en todo era comedido y cortés caballero, jamás lo consintió[c]; antes la
hizo levantar y la abrazó con mucha cortesía y comedimiento; y mandó a Sancho que requiriese las cinchas a Rocinante y le armase luego al punto. Sancho descolgó las
armas, que, como trofeo, de un árbol estaban pendientes,

y, requiriendo las cinchas, en un punto armó a su señor;
el cual, viéndose armado, dijo:

—Vamos de aquí, en el nombre de Dios[cb], a favorecer
esta gran señora.

Estábase el barbero aún de rodillas, teniendo gran cuenta de disimular la risa y de que no se le cayese la barba[14],
con cuya caída quizá quedaran todos sin conseguir su
buena intención; y viendo que ya el don estaba concedido y
con la diligencia que don Quijote se alistaba para ir a cum-
plirle, se levantó y tomó de la otra mano a su señora, y entre los dos la subieron en la mula. Luego subió don Quijote
sobre Rocinante, y el barbero se acomodó en su cabalgadura,
quedándose Sancho a pie, donde[15] de nuevo se le renovó la
pérdida del rucio, con la falta que entonces le hacía; mas
todo lo llevaba con gusto, por parecerle que ya su señor
estaba puesto en camino y muy a pique[b] de ser emperador;
porque sin duda alguna pensaba que se había de casar
con aquella princesa, y ser, por lo menos, rey de Micomicón.
Sólo le daba pesadumbre· el pensar que aquel reino era en
tierra de negros y que la gente que por sus vasallos le diesen
habían de ser todos negros; a lo cual hizo luego en su imp-
ginación un buen remedio, y díjose a sí mismo:

—¿Qué se me da a mí que mis vasallos sean negros?
¿Habrá más que cargar con ellos y traerlos a España, donde
los podré vender, y adonde me los pagarán de contado,
de cuyo dinero podré comprar algún título o algún oficio
con que vivir descansado todos los días de mi vida? ¡No,
sino dormíos[16], y no tengáis ingenio ni habilidad para disponer de las cosas y para vender treinta o diez mil vasallos
en dácame esas pajas![17] Par Dios que los he de volar[18],
chico con grande, o como pudiere, y que, por negros que
sean, los he de volver blancos o amarillos. ¡Llegaos, que me
mamo el dedo![19]

---

[14] *la barba*] La sostiene con una mano; la otra mano se la ofrece en
seguida a Dorotea.
[15] Entiéndase 'de donde', 'por lo cual'[b].
[16] ¡*No, sino dormíos...*] neg. irónica, como luego ¡*Llegaos...!*
[17] *en dácame esas pajas!*] 'en un momento'[b].
[18] *he de volar:* los he de vender a toda prisa, 'en un vuelo'[b]. *chico
con grande:* 'unos con otros, buenos o malos' (Cov. s.v. *chico*). *los he
de volver blancos o amarillos:* 'los he de convertir en dinero de plata u
oro'.
[19] ¡*Llegaos... dedo!*] 'Acercaos, que soy bobo', aplicado iróinca-
mente.

Con esto andaba tan solícito y tan contento, que se le olvidaba la pesadumbre de caminar a pie.

Todo esto miraban de entre unas breñas Cardenio y el cura, y no sabían qué hacerse para juntarse con ellos; pero el cura, que era gran tracista, imaginó luego lo que harían para conseguir lo que deseaban, y fue que con unas tijeras que traía en un estuche quitó con mucha presteza la barba a Cardenio, y vistióle un capotillo pardo que él traía, y diole un herreruelo negro, y él se quedó en calzas y en jubón[20]; y quedó tan otro de lo que antes parecía Cardenio, que él mesmo no se conociera, aunque a un espejo se mirara. Hecho esto, puesto ya que[21] los otros habían pasado adelante en tanto que ellos se disfrazaron, con facilidad salieron al camino real antes que ellos, porque las malezas y malos pasos de aquellos lugares no concedían que anduviesen tanto los de a caballo como los de a pie. En efeto, ellos se pusieron en el llano, a la salida de la sierra, y así como salió della don Quijote y sus camaradas, el cura se le puso a mirar muy de espacio, dando señales de que le iba reconociendo, y al cabo de haberle una buena pieza estado mirando, se fue a él abiertos los brazos y diciendo a voces:

—Para bien sea hallado el espejo de la caballería, el mi buen compatriote don Quijote de la Mancha, la flor y la nata[b] de la gentileza, el amparo y remedio de los menesterosos, la quinta esencia de los caballeros andantes.

Y diciendo esto, tenía abrazado por la rodilla de la pierna izquierda a don Quijote; el cual, espantado de lo que veía y oía decir y hacer a aquel hombre, se le puso a mirar con atención, y, al fin, le conoció, y quedó como espantado de verle, y hizo grande fuerza por apearse; mas el cura no lo consintió por lo cual don Quijote decía:

—Déjeme vuestra merced, señor licenciado, que no es razón que yo esté a caballo, y una tan reverenda persona como vuestra merced esté a pie.

—Eso no consentiré yo en ningún modo —dijo el cura—: estése la vuestra grandeza a caballo, pues estando a caballo acaba las mayores fazañas y aventuras que en nuestra edad

---

[20] *en calzas y en jubón*[b]] «En calzas y en jubón: sin cobertura y medio desnudo, porque sobre las calzas y el jubón se pone otra ropa», Cov. 719.a.45, o sea 'sin abrigo', sin ropa exterior.

[21] *puesto ya que*] puesto que ya...[b].

se han visto; que a mí, aunque indigno sacerdote, bastaráme
subir en las ancas de una destas mulas destos señores que
con vuestra merced caminan, si no lo han por enojo. Y
aun haré cuenta que voy caballero sobre el caballo Pegaso[c],
o sobre la cebra o alfana[b] en que cabalgaba aquel famoso
moro Muzaraque[22], que aún hasta ahora yace encantado
en la gran cuesta Zulema[b], que dista poco de la gran Com-
pluto.

—Aún no caía yo en tanto, mi señor licenciado —respondió don Quijote—; y yo sé que mi señora la princesa
será servida, por mi amor, de mandar a su escudero dé a
vuestra merced la silla de su mula, que él podrá acomodarse
en las ancas, si es que ella las sufre.

—Sí sufre, a lo que yo creo —respondió la princesa—;
y también sé que no será menester mandárselo al señor mi
escudero; que él es tan cortés y tan cortesano, que no con-
sentirá que una persona eclesiástica vaya a pie, pudiendo
ir a caballo.

—Así es —respondió el barbero.

Y apeándose en un punto, convidó al cura con la silla,
y él la tomó sin hacerse mucho de rogar. Y fue el mal que
al subir a las ancas el barbero, la mula, que, en efeto, era
de alquiler, que para decir que era mala esto basta, alzó
un poco los cuartos traseros y dio dos coces en el aire, que,
a darlas en el pecho de maese Nicolás, o en la cabeza, él
diera al diablo la venida por don Quijote. Con todo eso, le
sobresaltaron de manera que cayó en el suelo, con tan poco
cuidado de las barbas, que se le cayeron en el suelo; y como
se vio sin ellas, no tuvo otro remedio sino acudir a cubrirse
el rostro con ambas manos y a quejarse que le habían derribado las muelas. Don Quijote, como vio todo aquel mazo
de barbas, sin quijadas y sin sangre, lejos del rostro del
escudero caído, dijo:

—¡Vive Dios, que es gran milagro éste! ¡Las barbas le
ha derribado y arrancado del rostro, como si las quitaran
a posta![23]

El cura, que vio el peligro que corría su invención de
ser descubierta, acudió luego a las barbas y fuese con ellas

_____

[22] *Muzaraque*[a]]   No se ha identificado el personaje o la leyenda a
que pudiese aludir Cervantes, y lo más probable es que sea invención
suya.
[23] *a posta*]   'adrede', «hacer una cosa *a posta*, es con acuerdo particular», Cov. 878.b.50.

adonde yacía maese Nicolás, dando aún voces todavía, y
de un golpe, llegándole la cabeza a su pecho, se las puso,
murmurando sobre él unas palabras, que dijo que era cierto
ensalmo[24] apropiado para pegar barbas, como lo verían;
y cuando se las tuvo puestas, se apartó, y quedó el escudero
tan bien barbado y tan sano como de antes, de que se admiró don Quijote sobremanera, y rogó al cura que cuando
tuviese lugar le enseñase aquel ensalmo; que él entendía
que su virtud a más que pegar barbas se debía de estender,
pues estaba claro que de donde las barbas se quitasen había
de quedar la carne llagada y maltrecha, y que, pues todo lo
sanaba, a más que barbas aprovechaba.

—Así es —dijo el cura, y prometió de enseñársele en la
primera ocasión.

Concertáronse que por entonces subiese el cura, y a
trechos se fuesen los tres mudando, hasta que llegasen
a la venta que estaría hasta dos leguas de allí. Puestos
los tres a caballo, es a saber, don Quijote, la princesa y el
cura, y los tres a pie, Cardenio, el barbero y Sancho Panza,
don Quijote dijo a la doncella:

—Vuestra grandeza, señora mía, guíe por donde más
gusto le diere.

Y antes que ella respondiese, dijo el licenciado:

—¿Hacia qué reino quiere guiar la vuestra señoría?
¿Es, por ventura, hacia el de Micomicón?[25] Que sí debe de
ser, o yo sé poco de reinos.

Ella, que estaba bien en todo, entendió que había de
responder que sí, y así, dijo:

—Sí, señor: hacia ese reino es mi camino.

—Si así es —dijo el cura—, por la mitad de mi pueblo

---

[24] *ensalmo*[b]] «Cierto modo de curar con oraciones; unas veces solas,
otras aplicando juntamente algunos remedios. Ensalmadores: los que
curan con ensalmos. Toca el examinar los tales a los señores obispos
y a los señores inquisidores apostólicos... Dijéronse *ensalmos* porque
de ordinario usan de versos del Psalterio, y dellos con las letras inicia-
tivas de letra por verso o por parte hacen unas sortijas, para diversas
enfermedades. Todo esto ha de pasar por la censura de los dichos señores
y lo demás es todo superstición», Cov. 521.b.61.
[25] *Micomicón*] La confección cómica de este nombre apunta —tras
la alusión a 'mico', 'mono de cola larga' («Mico es una especie de mona,
pero con cola y de facciones y talle más jarifo», Cov. 803.b.51)— a la
idea del mono como símbolo de la sensualidad, el defecto de que se ha
culpado Dorotea en su relato, *V.* H. W. Janson, *Apes and ape lore in the
Middle Ages and the Renaissance*, London: Warburg Institute, 1952.

hemos de pasar y de allí tomará vuestra merced la derrota
de Cartagena, donde se podrá embarcar con la buena ventura; y si hay viento próspero, mar tranquilo y sin borrasca,
en poco menos de nueve años se podrá estar a vista de la
gran laguna Meona, digo, Meótides[26], que está poco más
de cien jornadas más acá del reino de vuestra grandeza.

—Vuestra merced está engañado, señor mío —dijo ella—;
porque no ha dos años que yo partí dél, y en verdad que
nunca tuve buen tiempo, y, con todo eso, he llegado a ver
lo que tanto deseaba, que es al señor don Quijote de la Mancha, cuyas nuevas llegaron a mis oídos así como puse los
pies en España, y ellas me movieron a buscarle, para encomendarme en su cortesía y fiar mi justicia del valor de su
invencible brazo.

—No más: cesen mis alabanzas —dijo a esta sazón don
Quijote— porque soy enemigo de todo género de adulación;
y aunque ésta no lo sea, todavía ofenden mis castas orejas
semejantes pláticas. Lo que yo sé decir, señora mía, que
ora tenga valor o no, el que tuviere o no tuviere se ha de
emplear en vuestro servicio hasta perder la vida; y así, dejando esto para su tiempo, ruego al señor licenciado me
diga qué es la causa que le ha traído por estas partes tan solo,
y tan sin criados, y tan a la ligera, que me pone espanto.

—A eso yo responderé con brevedad —respondió el
cura—; porque sabrá vuestra merced, señor don Quijote,
que yo y maese Nicolás, nuestro amigo y nuestro barbero,
íbamos a Sevilla a cobrar cierto dinero que un pariente mío
que ha muchos años que pasó a Indias me había enviado, y
no tan pocos que no pasan de sesenta mil pesos ensayados[27],
que es otro que tal; y pasando ayer por estos lugares, nos
salieron al encuentro cuatro salteadores y nos quitaron hasta
las barbas; y de modo nos las quitaron, que le convino al
barbero ponérselas postizas; y aun a este mancebo que aquí
va —señalando a Cardenio— le pusieron como de nuevo.
Y es lo bueno que es pública fama por todos estos contornos
que los que nos saltearon son de unos galeotes que dicen que
libertó, casi en este mesmo sitio, un hombre tan valiente
que, a pesar del comisario y de las guardas, los soltó a todos;

---

[26] *Meótides*] la laguna Meotis o Meótida, citada por autores clásicos, llamada también Mar de Azof, golfo del Mar Negro[c].
[27] *ensayados*[ab]] pesos en los que se ha comprobado el porcentaje
de oro o plata; valían casi el doble de los corrientes, es decir, 'otro que tal'.

y, sin duda alguna, él debía de estar fuera de juicio, o debe de ser tan grande bellaco como ellos, o algún hombre sin alma y sin conciencia, pues quiso soltar al lobo entre las ovejas, a la raposa entre las gallinas, a la mosca entre la miel: quiso defraudar la justicia, ir contra su rey y señor natural, pues fue contra sus justos mandamientos. Quiso, digo, quitar a las galeras sus pies, poner en alboroto a la Santa Hermandad, que había muchos años que reposaba; quiso, finalmente, hacer un hecho por donde se pierda su alma y no se gane su cuerpo.

Habíales contado Sancho al cura y al barbero la aventura de los galeotes, que acabó su amo con tanta gloria suya, y por esto cargaba la mano el cura refiriéndola, por ver lo que hacía o decía don Quijote; al cual se le mudaba la color a cada palabra, y no osaba decir que él había sido el libertador de aquella buena gente.

—Éstos, pues —dijo el cura—, fueron los que nos robaron. Que Dios por su misericordia, se lo perdone al que no los dejó llevar al debido suplicio.

CAPÍTULO XXX

Que trata del gracioso artificio y orden que se tuvo en sacar a nuestro enamorado caballero de la asperísima penitencia en que se había puesto

No hubo bien acabado el cura, cuando Sancho dijo:

—Pues mía fe, señor licenciado, el que hizo esa fazaña fue mi amo, y no porque yo no le dije antes y le avisé que mirase lo que hacía, y que era pecado darles libertad, porque todos iban allí por grandísimos bellacos.

—Majadero —dijo a esta sazón don Quijote—, a los caballeros andantes no les toca ni atañe averiguar si los afligidos, encadenados y opresos que encuentran por los caminos van de aquella manera, o están en aquella angustia, por sus culpas, o por sus gracias; sólo le[a] toca ayudarles como a menesterosos, poniendo los ojos en sus penas, y no en sus bellaquerías. Yo topé un rosario y sarta de gente mohína y desdichada, y hice con ellos lo que mi religión[1] me pide, y lo demás allá se avenga; y a quien mal le ha pare-

---

[1] *religión*] orden de caballería.

cido, salvo la santa dignidad del señor licenciado y su honrada persona, digo que sabe poco de achaque de caballería, y que miente como un hideputa y mal nacido; y esto le haré conocer con mi espada, donde más largamente se contiene[2].

Y esto dijo afirmándose en los estribos y calándose el morrión; porque la bacía de barbero, que a su cuenta era el yelmo de Mambrino, llevaba colgado del arzón delantero, hasta adobarla[3] del mal tratamiento que la hicieron los galeotes.

Dorotea, que era discreta y de gran donaire, como quien ya sabía el menguado humor de don Quijote y que todos hacían burla dél, sino Sancho Panza, no quiso ser para menos, y viéndole tan enojado, le dijo:

—Señor caballero, miémbresele a la vuestra merced el don que me tiene prometido, y que, conforme a él, no puede entremeterse en otra aventura, por urgente que sea; sosiegue vuestra merced el pecho; que si el señor licenciado supiera que por ese invicto brazo habían sido librados los galeotes, él se diera tres puntos[4] en la boca, y aun se mordiera tres veces la lengua, antes que haber dicho palabra que en despecho de vuestra merced redundara.

—Eso juro yo bien —dijo el cura—, y aun me hubiera quitado un bigote.

—Yo callaré, señora mía —dijo don Quijote—, y reprimiré la justa cólera que ya en mi pecho se había levantado, y iré quieto y pacífico hasta tanto que os cumpla el don prometido; pero, en pago deste buen deseo, os suplico me digáis, si no se os hace de mal, cuál es la vuestra cuita y cuántas, quiénes y cuáles son las personas de quien os tengo de dar debida, satisfecha y entera venganza.

—Eso haré yo de gana[b] —respondió Dorotea—, si es que no os enfadan oír lástimas y desgracias.

—No enfadará, señora mía —respondió don Quijote.

A lo que respondió Dorotea:

—Pues así es, esténme vuestras mercedes atentos.

No hubo ella dicho esto, cuando Cardenio y el barbero se le pusieron al lado, deseosos de ver cómo fingía su his-

---

[2] Recurre a una formulilla de juramento[b] (cf. I.10, p. 150) para afirmar, desatinadamente, el valor de su espada. Luego dirá, p. 377, que Ginés de Pasamonte se llevó la suya.

[3] *adobarla*] aderezarla[b].

[4] *puntos*] puntadas[b]. La exp. vale 'coserse la boca', callar.

toria la discreta Dorotea, y lo mismo hizo Sancho, que tan engañado[5] iba con ella como su amo. Y ella, después de haberse puesto bien en la silla y prevenídose con toser y hacer otros ademanes, con mucho donaire comenzó a decir desta manera:

—Primeramente, quiero que vuestras mercedes sepan, señores míos, que a mí me llaman...

Y detúvose aquí un poco, porque se le olvidó el nombre que el cura le había puesto; pero él acudió al remedio, porque entendió en lo que reparaba, y dijo:

—No es maravilla, señora mía, que la vuestra grandeza se turbe y empache[6] contando sus desventuras; que ellas suelen ser tales, que muchas veces quitan la memoria a los que maltratan, de tal manera, que aun de sus mesmos nombres no se les acuerda, como han hecho con vuestra gran señoría, que se ha olvidado que se llama la princesa Micomicona, legítima heredera del gran reino Micomicón; y con este apuntamiento puede la vuestra grandeza reducir[7] ahora fácilmente a su lastimada memoria todo aquello que contar quisiere.

—Así es la verdad —respondió la doncella—, y desde aquí adelante creo que no será menester apuntarme nada; que yo saldré a buen puerto con mi verdadera historia. La cual es que el rey mi padre, que se llamaba Tinacrio el Sabidor[8], fue muy docto en esto que llaman el arte mágica, y alcanzó[9] por su ciencia que mi madre, que se llamaba la reina Jaramilla, había de morir primero que él, y que de allí a poco tiempo él también había de pasar desta vida y yo había de quedar huérfana de padre y madre. Pero decía él que no le fatigaba tanto esto cuanto le ponía en confusión saber por cosa muy cierta que un descomunal gigante, señor de una grande ínsula, que casi alinda con nuestro reino, llamado Pandafilando de la Fosca Vista (porque es cosa averiguada que, aunque tiene los ojos en su lugar y dere-

---

[5] *engañado*] La ed. pr.: *ensañado*, evidente errata o lección del cajista de *s* por *g*.

[6] *se turbe y empache*] constr. pleonástica. «*Empacharse:* vale algunas veces turbarse y ocuparse con fastidio. Empachado: el corto y atajado, que no acierta a hacer la cosa», Cov. 507.a.64.

[7] *reducir*] 'volver a traer'[h].

[8] *Tinacrio*[b] *el Sabidor*] encantador y mágico que figura en algunos libros de caballerías[ce].

[9] *alcanzar:* 'entender', 'comprender', *Aut.*

chos, siempre mira al revés, como si fuese bizco, y esto lo
hace él de maligno y por poner miedo y espanto a los que
mira), digo que supo que este gigante, en sabiendo mi orfan-
dad, había de pasar con gran poderío sobre mi reino, y me
lo había de quitar todo, sin dejarme una pequeña aldea
donde me recogiese; pero que podía escusar toda esta ruina
y desgracia si yo me quisiese casar con él; mas, a lo que él
entendía, jamás pensaba que me vendría a mí en voluntad
de hacer tan desigual casamiento; y dijo en esto la pura
verdad, porque jamás me ha pasado por el pensamiento
casarme con aquel gigante, pero ni[10] con otro alguno,
por grande y desaforado que fuese. Dijo también mi padre
que después que él fuese muerto y viese yo que Pandafilando
comenzaba a pasar sobre mi reino, que no aguardase a ponerme en defensa, porque sería destruirme, sino que libremente le dejase desembarazado el reino, si quería escusar
la muerte y total destruición de mis buenos y leales vasallos, porque no había de ser posible defenderme de la endiablada fuerza del gigante[c]; sino que luego, con algunos de
los míos, me pusiese en camino de las Españas, donde hallaría el remedio de mis males hallando a un caballero andante, cuya fama en este tiempo se estendería por todo este
reino, el cual se había de llamar, si mal no me acuerdo,
don Azote, o don Gigote[11].

—Don Quijote diría, señora —dijo a esta sazón Sancho
Panza—, o, por otro nombre, el Caballero de la Triste
Figura.

—Así es la verdad —dijo Dorotea—. Dijo más: que
había de ser alto de cuerpo, seco de rostro, y que en el lado
derecho, debajo del hombro izquierdo, o por allí junto,
había de tener un lunar pardo con ciertos cabellos a manera
de cerdas[c].

En oyendo esto don Quijote, dijo a su escudero:

—Ten aquí, Sancho, hijo, ayúdame a desnudar; que
quiero ver si soy el caballero que aquel sabio rey dejó
profetizado[c].

---

[10] *pero ni*] 'pero ni tampoco'[b]. La 3.ᵃ ed. de Cuesta y la de Bruselas,
1607, suprimieron *pero*[a].
[11] *Gigote*] «Es la carne asada y picada menudo… Es nombre francés
gigot, que vale pierna, conviene a saber la que es muslo en el hombre,
y así pienso que la palabra *quixotes*, que son el armadura que cae sobre
el muslo, está corrompida de *gigotes*…» Cov. 639.a.50.

—Pues ¿para qué quiere vuestra merced desnudarse? —dijo Dorotea.

—Para ver si tengo ese lunar que vuestro padre dijo —respondió don Quijote.

—No hay para qué desnudarse —dijo Sancho—, que yo sé que tiene vuestra merced un lunar desas señas en la mitad del espinazo, que es señal de ser hombre fuerte.

—Eso basta —dijo Dorotea—; porque con los amigos no se ha de mirar en pocas cosas, y que esté en el hombro o que esté en el espinazo, importa poco: basta que haya lunar, y esté donde estuviere, pues todo es una mesma carne; y, sin duda, acertó mi buen padre en todo, y yo he acertado en encomendarme al señor don Quijote, que él es por quien mi padre dijo, pues las señales del rostro vienen con las de la buena fama que este caballero tiene no sólo en España, pero en toda la Mancha, pues apenas me hube desembarcado en Osuna[c], cuando oí decir tantas hazañas suyas, que luego me dio el alma[b] que era el mesmo que venía a buscar.

—Pues ¿cómo se desembarcó vuestra merced en Osuna, señora mía —preguntó don Quijote—, si no es puerto de mar?

Mas antes que Dorotea respondiese, tomó el cura la mano[12] y dijo:

—Debe de querer decir la señora princesa que después que desembarcó en Málaga, la primera parte donde oyó nuevas de vuestra merced fue en Osuna.

—Eso quise decir —dijo Dorotea.

—Y esto lleva camino[13] —dijo el cura—, y prosiga vuestra majestad adelante.

—No hay que proseguir —respondió Dorotea—, sino que, finalmente, mi suerte ha sido tan buena en hallar al señor don Quijote, que ya me cuento y tengo por reina y señora de todo mi reino, pues él, por su cortesía y magnificencia, me ha prometido el don de irse conmigo dondequiera que yo le llevare, que no será a otra parte que a ponerle delante de Pandafilando de la Fosca Vista, para que le mate y me restituya lo que tan contra razón me tiene

---

[12] *tomó... la mano*] 'tomó la palabra', cf. I.29, p. 359.

[13] *lleva camino*] 'va bien guiado'. «No *llevar* una cosa *camino:* ser sospechosa de mentira, por no tener ni aun apariencia de verdad», Cov. 277.b.36.

usurpado; que todo esto ha de suceder a pedir de boca, pues así lo dejó profetizado Tinacrio el Sabidor, mi buen padre; el cual también dejó dicho y escrito en letras caldeas o griegas[c], que yo no las sé leer, que si este caballero de la profecía, después de haber degollado al gigante, quisiese casarse conmigo, que yo me otorgase luego sin réplica alguna por su legítima esposa, y le diese la posesión de mi reino, junto con la de mi persona[c].

—¿Qué te parece, Sancho amigo? —dijo a este punto don Quijote—. ¿No oyes lo que pasa? ¿No te lo dije yo? Mira si tenemos ya reino que mandar y reina con quien casar.

—¡Eso juro yo —dijo Sancho— para el puto que no se casare en abriendo el gaznatico al señor Pandahilado! Pues ¡monta que es mala la reina! ¡Así se me vuelvan las pulgas de la cama!

Y diciendo esto, dio dos zapatetas en el aire, con muestras de grandísimo contento, y luego fue a tomar las riendas de la mula de Dorotea, y haciéndola detener, se hincó de rodillas ante ella, suplicándole le diese las manos para besárselas, en señal que la recibía por su reina y señora. ¿Quién no había de reír de los circunstantes, viendo la locura del amo y la simplicidad del criado? En efecto, Dorotea se las dio, y le prometió de hacerle gran señor en su reino, cuando el cielo le hiciese tanto bien, que se lo dejase cobrar y gozar. Agradecióselo Sancho con tales palabras que renovó la risa en todos.

—Ésta, señores —prosiguió Dorotea—, es mi historia; sólo resta por deciros que de cuanta gente de acompañamiento saqué de mi reino no me ha quedado sino sólo este buen barbado escudero, porque todos se anegaron en una gran borrasca que tuvimos a vista del puerto, y él y yo salimos en dos tablas a tierra, como por milagro; y así, es todo milagro y misterio el discurso de mi vida, como lo habréis notado. Y si en alguna cosa he andado demasiada[b], o no tan acertada como debiera, echad la culpa a lo que el señor licenciado dijo al principio de mi cuento: que los trabajos continuos y extraordinarios quitan la memoria al que los padece.

—Ésa no me quitarán a mí, ¡oh alta y valerosa señora! —dijo don Quijote—, cuantos yo pasare en serviros, por grandes y no vistos que sean; y así, de nuevo confirmo el don que os he prometido y juro de ir con vos al cabo del mundo, hasta verme con el fiero enemigo vuestro, a quien pienso, con el ayuda de Dios y de mi brazo, tajar la cabeza[c] soberbia con los filos desta... no quiero decir buena espada, merced a Ginés de Pasamonte, que me llevó la mía.

Esto dijo entre dientes, y prosiguió diciendo:

—Y después de habérsela tajado y puéstoos en pacífica posesión de vuestro estado, quedará a vuestra voluntad hacer de vuestra persona lo que más en talante os viniere; porque mientras que yo tuviere ocupada la memoria y cautiva la voluntad, perdido el entendimiento, a aquella..., y no digo más, no es posible que yo arrostre, ni por pienso, el casarme, aunque fuese con el ave fénix[14].

Pareció1e tan mal a Sancho lo que últimamente su amo dijo acerca de no querer casarse, que, con grande enojo, alzando la voz dijo:

—Voto a mí, y juro a mí, que no tiene vuestra merced, señor don Quijote, cabal juicio. Pues ¿cómo es posible que pone vuestra merced en duda el casarse con tan alta princesa como aquésta? ¿Piensa que le ha de ofrecer la fortuna tras cada cantillo semejante ventura como la que ahora se le ofrece? ¿Es, por dicha, más hermosa mi señora Dulcinea? No, por cierto, ni aun con la mitad, y aun estoy por decir que no llega a su zapato de la que está delante. Así, noramala alcanzaré yo el condado que espero, si vuestra merced se anda a pedir cotufas en el golfo[15]. Cásese, cásese luego, encomiéndole yo a Satanás, y tome ese reino que se le viene a las manos de vobis vobis[16], y en siendo rey, hágame marqués o adelantado, y luego, siquiera se lo lleve el diablo todo.

Don Quijote, que tales blasfemias oyó decir contra su señora Dulcinea, no lo pudo sufrir; y, alzando el lanzón, sin hablalle palabra a Sancho, y sin decirle esta boca es mía, le dio tales dos palos, que dio con él en tierra; y si no fuera porque Dorotea le dio voces que no le diera más, sin duda le quitara allí la vida.

—¿Pensáis[17] —le dijo a cabo de rato—, villano ruin,

---

[14] *ave fénix*]   Ave fabulosa, única en su especie, que según autores clásicos renacía de sus cenizas, Cov. 588.b.45.

[15] *pedir cotufas en el golfo*]   Vale 'pedir golosinas en alta mar', 'pedir lo imposible'.

[16] *de vobis vobis*]   corrupción de la exp. (o error del cajista por[ac]) *de bóbilis bóbilis:* 'de balde', 'sin trabajo', cf. II.71, p. 570.

[17] *Pensáis*]   Como en otra ocasión (I.20, p. 249) por enojo trata a Sancho de vos[h], pero luego *estás, has puesto.*

que ha de haber lugar siempre para ponerme la mano en la horcajadura[18] y que todo ha de ser errar vos y perdonaros yo? Pues no lo penséis, bellaco descomulgado, que sin duda lo estás, pues has puesto lengua en la sin par Dulcinea. Y ¿no sabéis vos, gañán, faquín, belitre, que si no fuese por el valor que ella infunde en mi brazo, que no le tendría yo para matar una pulga? Decid, socarrón de lengua viperina, y ¿quién pensáis que ha ganado este reino y cortado la cabeza a este gigante, y héchoos a vos marqués, que todo esto doy ya por hecho y por cosa pasada en cosa juzgada[19], si no es el valor de Dulcinea, tomando a mi brazo por instrumento de sus hazañas? Ella pelea en mí, y vence en mí, y yo vivo y respiro en ella, y tengo vida y ser. ¡Oh hideputa[a] bellaco, y cómo sois desagradecido: que os veis levantado del polvo de la tierra a ser señor de título, y correspondéis a tan buena obra con decir mal de quien os la hizo!

No estaba tan maltrecho Sancho, que no oyese todo cuanto su amo le decía; y levantándose con un poco de presteza, se fue a poner detrás del palafrén de Dorotea, y desde allí dijo a su amo:

—Dígame, señor: si vuestra merced tiene determinado de no casarse con esta gran princesa, claro está que no será el reino suyo; y no siéndolo, ¿qué mercedes me puede hacer? Esto es de lo que yo me quejo; cásese vuestra merced una por una[20] con esta reina, ahora que la tenemos aquí como llovida del cielo, y después puede volverse[21] con mi señora Dulcinea; que reyes debe de haber habido en el mundo que hayan sido amancebados. En lo de la hermosura no me entremeto; que, en verdad, si va a decirla, que entrambas me parecen bien, puesto que yo nunca he visto a la señora Dulcinea.

—¿Cómo que no la has visto, traidor blasfemo? —dijo don Quijote—. Pues ¿no acabas de traerme ahora un recado de su parte?

—Digo que no la he visto tan despacio —dijo Sancho— que pueda haber notado particularmente su hermosura y

---

[18] *ponerme la mano en la horcajadura*] «Poner la mano en la horcajadura es acción propia de quien coje a otra persona para arrojarla lejos... e indica desprecio y vilipendio de quien lo sufre»[c].

[19] *cosa pasada en cosa juzgada*] cf. I.25, nota 40.

[20] *una por una*] 'en todo caso'[b], 'por ahora'[e].

[21] *volverse*] o revolverse: 'amancebarse'[b].

sus buenas partes punto por punto; pero así, a bulto, me parece bien.

—Ahora te disculpo —dijo don Quijote—, y perdóname el enojo que te he dado; que los primeros movimientos no son en manos de los hombres[22].

—Ya yo lo veo —respondió Sancho—; y así, en mí la gana de hablar siempre es primero movimiento, y no puedo dejar de decir, por una vez siquiera, lo que me viene a la lengua.

—Con todo eso —dijo don Quijote—, mira, Sancho, lo que hablas; porque tantas veces va el cantarillo a la fuente...[23], y no te digo más.

—Ahora bien —respondió Sancho—, Dios está en el cielo, que ve las trampas, y será juez de quién hace más mal: yo en no hablar bien, o vuestra merced en no oballo[24].

—No haya más —dijo Dorotea—: corred, Sancho, y besad la mano a vuestro señor, y pedilde perdón y de aquí adelante andad más atento en vuestras alabanzas y vituperios, y no digáis mal de aquesa señora Tobosa, a quien yo no conozco si no es para servilla, y tened confianza en Dios, que no os ha de faltar un estado donde viváis como un príncipe.

Fue Sancho cabizbajo y pidió la mano a su señor, y él se la dio con reposado continente; y después que se la hubo besado, le echó la bendición, y dijo a Sancho que se adelantasen un poco, que tenía que preguntalle y que departir con él cosas de mucha importancia. Hízolo así Sancho y apartáronse los dos algo adelante, y díjole don Quijote:

—Después que veniste, no he tenido lugar ni espacio para preguntarte muchas cosas de particularidad acerca de la embajada que llevaste y de la respuesta que trujiste; y ahora, pues la fortuna nos ha concedido tiempo y lugar, no me niegues tú la ventura que puedes darme con tan buenas nuevas.

—Pregunte vuestra merced lo que quisiere —respondió Sancho—: que a todo daré tan buena salida como tuve la

---

[22] *los primeros movimientos... los hombres*] Con las mismas palabras se excusó en I.20, p. 250.

[23] El refrán completo: «Tantas veces va el cántaro a la fuente, que deja el asa o la frente; o que quiebra el asa o la frente», Correas 493b.

[24] *en no oballo*] La ed. pr. dice «en oballo». Se entiende: «o vuestra merced en obrar mal»ª. Este *no* se ha suplido a partir de la ed. de Bruselas, 1607.

entrada. Pero suplico a vuestra merced, señor mío, que no sea de aquí adelante tan vengativo.

—¿Por qué lo dices, Sancho? —dijo don Quijote.

—Dígolo —respondió— porque estos palos de agora más fueron por la pendencia que entre los dos trabó el diablo la otra noche[25] que por lo que dije contra mi señora Dulcinea, a quien amo y reverencio como a una reliquia, aunque en ella no lo haya, sólo por ser cosa de vuestra merced.

—No tornes a esas pláticas, Sancho, por tu vida —dijo don Quijote—, que me dan pesadumbre; ya te perdoné entonces, y bien sabes tú que suele decirse: a pecado nuevo, penitencia nueva[26].

En tanto que los dos iban en estas pláticas, dijo el cura a Dorotea que había andado muy discreta, así en el cuento como en la brevedad dél y en la similitud que tuvo con los de los libros de caballerías. Ella dijo que muchos ratos se había entretenido en leellos; pero que no sabía ella dónde eran las provincias ni puertos de mar, y que así había dicho a tiento que se había desembarcado en Osuna.

—Yo lo entendí así —dijo el cura—, y por eso acudí luego a decir lo que dije, con que se acomodó todo. Pero ¿no es cosa estraña ver con cuánta facilidad cree este des-

---

[25] Se refiere a la noche de la aventura de los batanes, I.20.

[26] En la 2.ª ed. de Cuesta aquí se insertó el siguiente pasaje que explica el hallazgo del rucio.

Mientras esto pasaba, vieron venir por el camino donde ellos iban a un hombre caballero sobre un jumento, y cuando llegó cerca les parecía que era gitano. Pero Sancho Panza, que doquiera que vía asnos se le iban los ojos y el alma, apenas hubo visto al hombre, cuando conoció que era Ginés de Pasamonte, y por el hilo del gitano sacó el ovillo de su asno, como era la verdad, pues era el rucio sobre que Pasamonte venía; el cual, por no ser conocido y por vender el asno, se había puesto en traje de gitano, cuya lengua, y otras muchas, sabía hablar, como si fueran naturales suyas. Vióle Sancho y conocióle; y apenas le hubo visto y conocido, cuando a grandes voces le dijo: —¡Ah, ladrón Ginesillo! Deja mi prenda, suelta mi vida, no te empaches con mi descanso, deja mi asno, deja mi regalo! ¡Huye, puto; auséntate, ladrón, y desampara lo que no es tuyo!— No fueran menester tantas palabras ni baldones, porque a la primera saltó Ginés y, tomando un trote que parecía carrera, en un punto se ausentó y alejó de todos. Sancho llegó a su rucio y, abrazándole, le dijo: —¿Cómo has estado, bien mío, rucio de mis ojos, compañero mío?— Y con esto, le besaba y acariciaba, como si fuera persona. El asno callaba y se dejaba besar y acariciar de Sancho, sin responderle palabra alguna. Llegaron todos y diéronle el parabién del hallazgo del rucio, especialmente don Quijote, el cual le dijo que no por eso anulaba la póliza de los tres pollinos. Sancho se lo agradeció.

venturado hidalgo todas estas invenciones y mentiras, sólo porque llevan el estilo y modo de las necedades de sus libros?

—Sí es —dijo Cardenio—, y tan rara y nunca vista, que yo no sé si queriendo inventarla y fabricarla mentirosamente, hubiera tan agudo ingenio que pudiera dar en ella.

—Pues otra cosa hay en ello —dijo el cura—: que fuera de las simplicidades que este buen hidalgo dice tocantes a su locura, si le tratan de otras cosas, discurre con bonísimas razones y muestra tener un entendimiento claro y apacible en todo; de manera que, como no le toquen en sus caballerías, no habrá nadie que le juzgue sino por de muy buen entendimiento.

En tanto que ellos iban en esta conversación, prosiguió don Quijote con la suya y dijo a Sancho:

—Echemos, Panza amigo, pelillos a la mar en esto de nuestras pendencias, y dime ahora, sin tener cuenta con enojo ni rencor alguno: ¿Dónde, cómo y cuándo hallaste a Dulcinea? ¿Qué hacía? ¿Qué le dijiste? ¿Qué te respondió? ¿Qué rostro hizo[e] cuando leía mi carta? ¿Quién te la trasladó? Y todo aquello que vieres que en este caso es digno de saberse, de preguntarse y satisfacerse, sin que añadas o mientas por darme gusto, ni menos te acortes por no quitármele.

—Señor —respondió Sancho—, si va a decir la verdad, la carta no me la trasladó nadie, porque yo no llevé carta alguna.

—Así es como tú dices —dijo don Quijote—; porque el librillo de memoria donde yo la escribí le hallé en mi poder a cabo de dos días de tu partida, lo cual me causó grandísima pena, por no saber lo que habías tú de hacer cuando te vieses sin carta y creí siempre que te volvieras desde el lugar donde la echaras menos.

—Así fuera —respondió Sancho—, si no la hubiera yo tomado en la memoria cuando vuestra merced me la leyó, de manera que se la dije a un sacristán, que me la trasladó del entendimiento tan punto por punto, que dijo que en todos los días de su vida, aunque había leído muchas cartas de descomunión[27], no había visto ni leído tan linda carta como aquélla.

[27] *cartas de descomunión*] «la que da el juez eclesiástico con censuras», Cov. 312.b.14. Se leían públicamente[b].

—Y ¿tiénesla todavía en la memoria, Sancho? —dijo don Quijote.

—No, señor —respondió Sancho—, porque después que la di[28], como vi que no había de ser de más provecho, di en olvidalla; y si algo se me acuerda, es aquello del *sobajada*, digo, del *soberana señora*, y lo último: *Vuestro hasta la muerte, el Caballero de la Triste Figura*. Y en medio destas dos cosas le puse más de trecientas almas, y vidas, y ojos míos.

CAPÍTULO XXXI

De los sabrosos razonamientos que pasaron entre don Quijote y Sancho Panza su escudero, con otros sucesos

—Toda eso no me descontenta; prosigue adelante —dijo don Quijote—. Llegaste, ¿y qué hacía aquella reina de la hermosura? A buen seguro que la hallaste ensartando perlas, o bordando alguna empresa[1] con oro de cañutillo[2] para este su cautivo caballero.

—No la hallé —respondió Sancho— sino ahechando dos hanegas de trigo en un corral de su casa.

—Pues haz cuenta —dijo don Quijote— que los granos de aquel trigo eran granos de perlas, tocados de sus manos. Y si miraste, amigo, el trigo ¿era candeal o trechel?[3]

—No era sino rubión —respondió Sancho.

—Pues yo te aseguro —dijo don Quijote— que, ahechado por sus manos, hizo pan candeal, sin duda alguna. Pero pasa adelante: cuando le diste mi carta, ¿besóla? ¿Púsosela sobre la cabeza?[4] ¿Hizo alguna ceremonia digna de tal carta, o qué hizo?

—Cuando yo se la iba a dar —respondió Sancho—, ella

[28] *la dí*] la dije[b].

[1] *empresa*] adorno, divisa simbólica o insignia que llevaban los caballeros, alusiva a algún intento o empeño, las más veces amoroso[c].

[2] *oro de cañutillo*] 'oro hilado'. Cov.: «cierta manera de encarrujar el oro de martillo en cañutos que usan los bordadores, y es obra costosa y muy lucida», 292.b.42.

[3] *candeal o trechel*] *candeal*: trigo notable por la blancura de su harina. *trechel*: trigo que se siembra en primavera y fructifica en verano. *rubión*: caracterizado por el color encendido de sus granos.

[4] *¿Púsosela sobre la cabeza?*] Cf. I.6, p. 114, nota 16.

estaba en la fuga del meneo de una buena parte de trigo
que tenía en la criba, y díjome: «Poned, amigo, esa carta
sobre aquel costal; que no la puedo leer hasta que acabe
de acribar todo lo que aquí está.»

—¡Discreta señora! —dijo don Quijote—. Eso debió
de ser por leerla despacio y recrearse con ella. Adelante,
Sancho. Y en tanto que estaba en su menester, ¿qué coloquios pasó contigo? ¿Qué te preguntó de mí? Y tú, ¿qué
le respondiste? Acaba, cuéntamelo todo; no se te quede en
el tintero una mínima[5].

—Ella no me preguntó nada —dijo Sancho—; mas yo
le dije de la manera que vuestra merced, por su servicio,
quedaba haciendo penitencia, desnudo de la cintura arriba,
metido entre estas sierras como si fuera salvaje, durmiendo
en el suelo, sin comer pan a manteles ni sin peinarse la
barba, llorando y maldiciendo su fortuna.

—En decir que maldecía mi fortuna dijiste mal —dijo
don Quijote—; porque antes la bendigo y bendeciré todos
los días de mi vida, por haberme hecho digno de merecer
amar tan alta señora como Dulcinea del Toboso.

—Tan alta es —respondió Sancho—, que a buena fe
que me lleva a mí más de un coto[6].

—Pues ¿cómo, Sancho? —dijo don Quijote—. ¿Haste
medido tú con ella?

—Medíme en esta manera —le respondió Sancho—:
que llegándole a ayudar a poner un costal de trigo sobre
un jumento, llegamos tan juntos, que eché de ver que me
llevaba más de un gran palmo.

—Pues ¡es verdad —replicó don Quijote—, que no
acompaña esa grandeza y la adorna con mil millones de
gracias del alma! Pero no me negarás, Sancho, una cosa:
cuando llegaste junto a ella, ¿no sentiste un olor sabeo[7],
una fragancia aromática, y un no sé qué de bueno, que yo
no acierto a dalle nombre? Digo, ¿un tuho o tufo como si
estuvieras en la tienda de algún curioso guantero?

—Lo qué sé decir —dijo Sancho— es que sentí un olor-

---

[5] *una mínima*] nota musical mitad de la semibreve[c]; cf. «semi-
nimas», II.40, p. 339; la parte o cosa más pequeña[b].

[6] *un coto*] «medida de los cuatro dedos de la mano, cerrado el
puño y levantando sobre él el dedo pulgar», Cov. 367.b.29, que equivale
a medio palmo, pero luego dice que le llevaba más de un gran palmo.

[7] *sabeo*] de Sabá, región de Arabia Feliz, celebrada por su incienso
y otras sustancias olorosas[c].

cillo algo hombruno; y debía de ser que ella, con el mucho ejercicio, estaba sudada y algo correosa[8].

—No sería eso —respondió don Quijote—; sino que tú debías de estar romadizado, o te debiste de oler a ti mismo; porque yo sé bien a lo que huele aquella rosa entre espinas, aquel lirio del campo, aquel ámbar desleído.

—Todo puede ser —respondió Sancho—; que muchas veces sale de mí aquel olor que entonces me pareció que salía de su merced de la señora Dulcinea; pero no hay de qué maravillarse, que un diablo parece a otro[b].

—Y bien —prosiguió don Quijote—, he aquí que acabó de limpiar su trigo y de enviallo al molino. ¿Qué hizo cuando leyó la carta?

—La carta —dijo Sancho— no la leyó, porque dijo que no sabía leer ni escribir; antes la rasgó y la hizo menudas piezas, diciendo que no la quería dar a leer a nadie, porque no se supiesen en el lugar sus secretos, y que bastaba lo que yo le había dicho de palabra acerca del amor que vuestra merced le tenía y de la penitencia extraordinaria que por su causa quedaba haciendo. Y, finalmente, me dijo que dijese a vuestra merced que le besaba las manos, y que allí quedaba con más deseo de verle que de escribirle; y que, así, le suplicaba y mandaba que, vista la presente, saliese de aquellos matorrales y se dejase de hacer disparates, y se pusiese luego luego en camino del Toboso, si otra cosa de más importancia no le sucediese, porque tenía gran deseo de ver a vuestra merced. Rióse mucho cuando le dije como se llamaba vuestra merced *el Caballero de la Triste Figura*. Pregúntele si había ido allá el vizcaíno de marras; díjome que sí, y que era un hombre muy de bien. También le pregunté por los galeotes; mas díjome que no había visto hasta entonces alguno.

—Toda va bien hasta agora —dijo don Quijote—. Pero dime: ¿qué joya fue la que te dio al despedirte, por las nuevas que de mí le llevaste? Porque es usada y antigua costumbre entre los caballeros y damas andantes dar a los escuderos, doncellas o enanos que les llevan nuevas[c], de sus damas a ellos, a ellas de sus andantes, alguna rica joya en albricias, en agradecimiento de su recado[c].

—Bien puede eso ser así, y yo la tengo por buena usanza; pero eso debió de ser en los tiempos pasados: que ahora

---

[8] *correosa*] 'grasienta'[h].

sólo se debe de acostumbrar a dar un pedazo de pan y queso, que esto fue lo que me dio mi señora Dulcinea, por las bardas de un corral, cuando della me despedí; y aun, por más señas, era el queso ovejuno.

—Es liberal en estremo —dijo don Quijote—; y si no te dio joya de oro, sin duda debió de ser porque no la tendría allí a la mano para dártela; pero buenas son mangas después de Pascua[9]: yo la veré, y se satisfará todo. ¿Sabes de qué soy maravillado, Sancho? De que me parece que fuiste y veniste por los aires, pues poco más de tres días has tardado en ir y venir desde aquí al Toboso, habiendo de aquí allá más de treinta leguas; por lo cual me doy a entender que aquel sabio nigromante que tiene cuenta con mis cosas y es mi amigo (porque por fuerza le hay, y le ha de haber, so pena que yo no sería buen caballero andante), digo que este tal te debió de ayudar a caminar, sin que tú lo sintieses; que hay sabio déstos que coge a un caballero andante durmiendo en su cama[c], y sin saber cómo o en qué manera, amanece otro día más de mil leguas de donde anocheció. Y si no fuese por esto, no se podrían socorrer en sus peligros los caballeros andantes unos a otros, como se socorren a cada paso. Que acaece estar uno peleando en las sierras de Armenia con algún endriago[10], o con algún fiero vestiglo[11], o con otro caballero, donde lleva lo peor de la batalla y está ya a punto de muerte, y cuando no os me cato[12], asoma por acullá, encima de una nube, o sobre un carro de fuego, otro caballero amigo suyo, que poco antes se hallaba en Ingalaterra, que le favorece y libra de la muerte, y a la noche se halla en su posada, cenando muy a su sabor; y suele haber de la una a la otra parte dos o tres mil leguas. Y todo esto se hace por industria y sabiduría destos sabios encantadores[c] que tienen cuidado destos valerosos caballeros. Así que, amigo Sancho, no se me hace

---

[9] *buenas son mangas después de Pascua*] «Se dice cuando lo que deseamos se viene a cumplir algo después de lo que nosotros queríamos», Cov. 785.a.25. Correas, 364b. Observó RM que estuvo en uso regalar *pares de mangas*, de donde *mangas* vino a significar 'don' o 'propina', y particularmente el que se daba para sobornar.

[10] *algún endriago*] La ed. pr.: «*algun Lendirago*». Errata evidente; RM sostuvo que debía sustituirse por la forma rústica *Lendriago*[g]: Schevill, que tal forma no es lógica en boca de don Quijote.

[11] *vestiglo*] monstruo horrendo y formidable, *Aut.*

[12] *cuando no os me cato*] 'cuando más descuidado estoy'. Se ha creído errata por 'cuando menos me cato' o 'cuando no me cato'[ab].

dificultoso creer que en tan breve tiempo hayas ido y venido desde este lugar al del Toboso, pues, como tengo dicho, algún sabio amigo te debió de llevar en volandillas, sin que tú lo sintieses.

—Así sería —dijo Sancho—; porque a buena fe que andaba Rocinante como si fuera asno de gitano con azogue en los oídos[13].

—Y ¡cómo si llevaba azogue! —dijo don Quijote—. Y aun una legión de demonios, que es gente que camina y hace caminar, sin cansarse, todo aquello que se les antoja. Pero, dejando esto aparte, ¿qué te parece a ti que debo yo de hacer ahora cerca de lo que mi señora me manda que la vaya a ver? Que, aunque yo veo que estoy obligado a cumplir su mandamiento, véome también imposibilitado del don que he prometido a la princesa que con nosotros viene, y fuérzame la ley de caballería a cumplir mi palabra antes que mi gusto. Por una parte, me acosa y fatiga el deseo de ver a mi señora; por otra, me incita y llama la prometida fe y la gloria que he de alcanzar en esta empresa. Pero lo que pienso hacer será caminar apriesa y llegar presto donde está este gigante, y en llegando, le cortaré la cabeza, y pondré a la princesa pacíficamente en su estado, y al punto daré la vuelta a ver a la luz que mis sentidos alumbra, a la cual daré tales disculpas, que ella venga a tener por buena mi tardanza, pues verá que todo redunda en aumento de su gloria y fama, pues cuanta yo he alcanzado, alcanzo y alcanzaré por las armas en esta vida, toda me viene del favor que ella me da y de ser yo suyo.

—¡Ay —dijo Sancho—, y cómo está vuestra merced lastimado de esos cascos! Pues dígame, señor; ¿piensa vuestra merced caminar este camino en balde, y dejar pasar y perder un tan rico y tan principal casamiento como éste, donde le dan en dote un reino, que a buena verdad que he oído decir que tiene más de veinte mil leguas de contorno, y que es abundantísimo de todas las cosas que son necesarias para el sustento de la vida humana, y que es mayor que Portugal y que Castilla juntos? Calle, por amor de Dios, y tenga vergüenza de lo que ha dicho, y tome mi consejo, y perdóneme, y cásese luego en el primer lugar que haya cura; y si no, ahí está nuestro licenciado, que lo hará

[13] Se menciona el mismo ardid gitanesco en *La ilustre fregona*: *NE*, ed. S-B, II, p. 320.

de perlas. Y advierta que ya tengo edad para dar consejos, y que este que le doy le viene de molde, y que más vale pájaro en mano que buitre volando[14], porque quien bien tiene y mal escoge, por bien que se enoja no se venga[15].

—Mira, Sancho —respondió don Quijote—: si el consejo que me das de que me case es porque sea luego rey en matando al gigante, y tenga cómodo para hacerte mercedes y darte lo prometido, hágote saber que sin casarme podré cumplir tu deseo muy fácilmente; porque yo sacaré de adahala, antes de entrar en la batalla, que, saliendo vencedor della, ya que no me case, me han de dar una parte del reino, para que la pueda dar a quien yo quisiere, y en dándomela, ¿a quién quieres tú que la dé sino a ti?

—Eso está claro —respondió Sancho—; pero mire vuestra merced que la escoja hacia la marina, porque, si no me contentare la vivienda, pueda embarcar mis negros vasallos y hacer dellos lo que ya he dicho. Y vuestra merced no se cure de ir por agora a ver a mi señora Dulcinea, sino váyase a matar al gigante, y concluyamos este negocio; que por Dios que se me asienta que ha de ser de mucha honra y de mucho provecho[16].

—Dígote, Sancho —dijo don Quijote—, que estás en lo cierto, y que habré de tomar tu consejo en cuanto el ir antes con la princesa que a ver a Dulcinea. Y avísote que no digas nada a nadie, ni a los que con nosotros vienen, de lo que aquí hemos departido y tratado; que pues Dulcinea es tan recatada, que no quiere que se sepan sus pensamientos, no será bien que yo, ni otro por mí, los descubra.

—Pues si eso es así —dijo Sancho—, ¿cómo hace vuestra merced que todos los que vence por su brazo se vayan a presentar ante mi señora Dulcinea, siendo esto firma de su nombre que la quiere bien y que es su enamorado? Y siendo forzoso que los que fueren se han de ir a hincar de finojos ante su presencia, y decir que van de parte de vuestra merced a dalle la obediencia, ¿cómo se pueden encubrir los pensamientos de entrambos?

---

[14] Refrán, Correas 541a. Cov. 242.b.23. Cf. II.12, p. 120, II.71, p. 575.

[15] Sancho dice este refrán trastrocando la segunda parte: «Quien bien tiene y mal escoge, por mal que le venga no se enoje», Correas 402a.

[16] Alusión socarrona al refrán: «Honra y provecho no caben en un saco»ᶜ, Correas 170b.

388 MIGUEL DE CERVANTES SAAVEDRA

—¡Oh, qué necio y qué simple que eres! —dijo don Quijote—. ¿Tú no vés, Sancho, que eso todo redunda en su mayor ensalzamiento? Porque has de saber que en este nuestro estilo de caballería es gran honra tener una dama muchos caballeros andantes que la sirvan, sin que se estiendan más sus pensamientos que a servilla por sólo ser ella quien es, sin esperar otro premio de sus muchos y buenos deseos sino que ella se contente de acetarlos por sus caballeros.

—Con esa manera de amor —dijo Sancho— he oído yo predicar que se ha de amar a Nuestro Señor, por sí solo, sin que nos mueva esperanza de gloria o temor de pena. Aunque yo le querría amar y servir por lo que pudiese.

—¡Válate el diablo por villano —dijo don Quijote—, y qué de discreciones dices a las veces! No parece sino que has estudiado.

—Pues a fe mía que no sé leer —respondió Sancho.

En esto les dio voces maese Nicolás que esperasen un poco; que querían detenerse a beber en una fontecilla que allí estaba. Detúvose don Quijote, con no poco gusto de Sancho, que ya estaba cansado de mentir tanto y temía no le cogiese su amo a palabras[17]; porque, puesto que él sabía que Dulcinea era una labradora del Toboso, no la había visto en toda su vida[18].

Habíase en este tiempo vestido Cardenio los vestidos que Dorotea traía cuando la hallaron, que aunque no eran muy buenos, hacían mucha ventaja a los que dejaba. Apeáronse junto a la fuente, y con lo que el cura se acomodó en la venta satisficieron, aunque poco, la mucha hambre que todos traían.

Estando en esto, acertó a pasar por allí un muchacho que iba de camino, el cual, poniéndose a mirar con mucha atención a los que en la fuente estaban, de allí a poco arremetió a don Quijote y, abrazándole por las piernas, comenzó a llorar muy de propósito, diciendo:

—¡Ay, señor mío! ¿No me conoce vuestra merced? Pues míreme bien; que yo soy aquel mozo Andrés que quitó vuestra merced de la encina donde estaba atado.

---

[17] *temia no... palabras*] *no* redundante. «*Coger a uno a palabras:* hacerle caer en la red, para obligarle o engañarle*», Cov. 333.a.65.

[18] Evidente contradicción con lo que dijo en I.25, p. 312 y I.26, p. 322.

Reconocióle don Quijote, y asiéndole por la mano se volvió a los que allí estaban, y dijo:

—Porque vean vuestras mercedes cuán de importancia es haber caballeros andantes en el mundo, que desfagan los tuertos y agravios que en él se hacen por los insolentes y malos hombres que en él viven, sepan vuestras mercedes que los días pasados, pasando yo por un bosque, oí unos gritos y unas voces muy lastimosas, como de persona afligida y menesterosa; acudí luego, llevado de mi obligación, hacia la parte donde me pareció que las lamentables voces sonaban, y hallé atado a una encina a este muchacho que ahora está delante, de lo que me huelgo en el alma, porque será testigo que no me dejará mentir en nada. Digo que estaba atado a la encina, desnudo del medio cuerpo arriba, y estábale abriendo a azotes con las riendas[19] de una yegua un villano, que después supe que era amo suyo; y así como yo le vi le pregunté la causa de tan atroz vapulamiento; respondió el zafio que le azotaba porque era su criado, y que ciertos descuidos que tenía nacían más de ladrón que de simple; a lo cual este niño dijo: «Señor, no me azota sino porque le pido mi salario.» El amo replicó no sé qué arengas y disculpas, las cuales, aunque de mí fueron oídas, no fueron admitidas. En resolución, yo le hice desatar, y tomé juramento al villano de que le llevaría consigo y le pagaría un real sobre otro, y aun sahumados. ¿No es verdad todo esto, hijo Andrés? ¿No notaste con cuánto imperio se lo mandé, y con cuánta humildad prometió de hacer todo cuanto yo le impuse, y notifiqué y quise? Responde; no te turbes ni dudes en nada; di lo que pasó a estos señores, porque se vea y considere ser del provecho que digo haber caballeros andantes por los caminos.

—Todo lo que vuestra merced ha dicho es mucha verdad —respondió el muchacho—; pero el fin del negocio sucedió muy al revés de lo que vuestra merced se imagina.

—¿Cómo al revés? —replicó don Quijote—. Luego ¿no te pagó el villano?

—No sólo no me pagó —respondió el muchacho—, pero así como vuestra merced traspuso del bosque y quedamos solos, me volvió a atar a la mesma encina, y me dio de nuevo tantos azotes, que quedé hecho un San Bartolomé desollado; y a cada azote que me daba, me decía un donaire

---

[19] Cf. I.4, p. 95.

y chufeta acerca de hacer burla de vuestra merced, que, a no sentir yo tanto dolor, me riera de lo que decía. En efecto: él me paró tal, que hasta ahora he estado curándome en un hospital del mal que el mal villano entonces me hizo. De todo lo cual tiene vuestra merced la culpa; porque si se fuera su camino adelante y no viniera donde no le llamaban, ni se entremetiera en negocios ajenos, mi amo se contentara con darme una o dos docenas de azotes, y luego me soltara y pagara cuanto me debía. Mas como vuestra merced le deshonró tan sin propósito, y le dijo tantas villanías, encendiósele la cólera, y como no la pudo vengar en vuestra merced, cuando se vio solo descargó sobre mí el nublado, de modo que me parece que no seré más hombre en toda mi vida.

—El daño estuvo —dijo don Quijote— en irme yo de allí, que no me había de ir hasta dejarte pagado; porque bien debía yo de saber, por luengas experiencias, que no hay villano que guarde palabra que tiene, si él vee que no le está bien guardalla. Pero ya te acuerdas, Andrés, que yo juré que si no te pagaba, que había de ir a buscarle, y que le había de hallar, aunque se escondiese en el vientre de la ballena[20].

—Así es la verdad —dijo Andrés—; pero no aprovechó nada.

—Ahora verás si aprovecha —dijo don Quijote.

Y diciendo esto, se levantó muy apriesa y mandó a Sancho que enfrenase a Rocinante, que estaba paciendo en tanto que ellos comían.

Preguntóle Dorotea qué era lo que hacer quería. Él le respondió que quería ir a buscar al villano y castigalle de tan mal término, y hacer pagado a Andrés hasta el último maravedí, a despecho y pesar de cuantos villanos hubiese en el mundo. A lo que ella respondió que advirtiese que no podía, conforme al don prometido, entremeterse en ninguna empresa hasta acabar la suya; y que pues esto sabía él mejor que otro alguno, que sosegase el pecho hasta la vuelta de su reino.

—Así es verdad —respondió don Quijote—, y es forzoso que Andrés tenga paciencia hasta la vuelta, como vos, señora, decís; que yo le torno a jurar y a prometer de nuevo de no parar hasta hacerle vengado y pagado.

[20] Alusión al profeta Jonás 2,1.

—No me creo desos juramentos —dijo Andrés—; más quisiera tener agora con que llegar a Sevilla que todas las venganzas del mundo: déme, si tiene ahí, algo que coma y lleve, y quédese con Dios su merced y todos los caballeros andantes, que tan bien andantes sean ellos para castigo como lo han sido para conmigo.

Sacó de su repuesto Sancho un pedazo de pan y otro de queso, y dándoselo al mozo, le dijo:

—Tomá, hermano Andrés; que a todos nos alcanza parte de vuestra desgracia.

—Pues ¿qué parte os alcanza a vos? —preguntó Andrés.

—Esta parte de queso y pan que os doy —respondió Sancho—, que Dios sabe si me ha de hacer falta o no; porque os hago saber, amigo, que los escuderos de los caballeros andantes estamos sujetos a mucha hambre y a mala ventura, y aun a otras cosas que se sienten mejor que se dicen.

Andrés asió de su pan y queso y, viendo que nadie le daba otra cosa, abajó su cabeza y tomó el camino en las manos[21], como suele decirse. Bien es verdad que, al partirse, dijo a don Quijote:

—Por amor de Dios, señor caballero andante, que si otra vez me encontrare, aunque vea que me hacen pedazos, no me socorra ni ayude, sino déjeme con mi desgracia; que no será tanta, que no sea mayor la que me vendrá de su ayuda de vuestra merced, a quien Dios maldiga, y a todos cuantos caballeros andantes han nacido en el mundo.

Íbase a levantar don Quijote para castigalle; mas él se puso a correr de modo que ninguno se atrevió a seguille. Quedó corridísimo don Quijote del cuento de Andrés, y fue menester que los demás tuviesen mucha cuenta con no reírse, por no acaballe de correr del todo.

---

[21] *tomó el camino en las manos*] 'se fue'. Cf. *Coloquio de los perros, NE*, ed. S-B, III, p. 161.

CAPÍTULO XXXII

Que trata de lo que sucedió en la venta a toda la cuadrilla
de don Quijote

Acabóse la buena comida, ensillaron luego y, sin que les sucediese cosa digna de contar, llegaron otro día a la venta, espanto y asombro de Sancho Panza; y aunque él quisiera no entrar en ella, no lo pudo huir. La ventera, ventero, su hija y Maritornes, que vieron venir a don Quijote y a Sancho, les salieron a recebir con muestras de mucha alegría, y él las recibió con grave continente y aplauso[1], y díjoles que le aderezasen otro mejor lecho que la vez pasada; a lo cual le respondió la huéspeda que como la pagase mejor que la otra vez, que ella se la[2] daría de príncipes. Don Quijote dijo que sí haría, y así, le aderezaron uno razonable en el mismo caramanchón[3] de marras, y él se acostó luego, porque venía muy quebrantado y falto de juicio.

No se hubo bien encerrado, cuando la huéspeda arremetió al barbero, y asiéndole de la barba, dijo:

—Para mi santiguada, que no se ha aún de aprovechar más de mi rabo[b] para su barba, y que me ha de volver mi cola; que anda lo de mi marido por esos suelos, que es vergüenza; digo, el peine, que solía yo colgar de mi buena cola.

No se la quería dar el barbero, aunque ella más tiraba, hasta que el licenciado le dijo que se la diese; que ya no era menester más usar de aquella industria, sino que se descubriese y mostrase en su misma forma, y dijese a don Quijote que cuando le despojaron los ladrones galeotes se habían[4] venido a aquella venta huyendo; y que si preguntase por el escudero de la princesa, le dirían que ella le había enviado adelante a dar aviso a los de su reino como ella iba y llevaba consigo el libertador de todos. Con esto dio de buena gana la cola a la ventera el barbero, y asimismo le volvieron todos los adherentes que había prestado para la libertad de don Quijote. Espantáronse todos los de la venta

---

[1] *aplauso*] tono solemne, pausado[c].
[2] *la... la*] Así en la ed. pr. Algunos editores modernos corrigen *le* en el segundo caso. Puede entenderse que *la* se refiere a *cama* en vez de lecho[a].
[3] *caramanchón*] metátesis de *camaranchón*, cf. I.16, p. 198.
[4] *habían*] Así en la ed. pr. Algunos editores: *había*[a].

de la hermosura de Dorotea, y aun del buen talle del zagal Cardenio. Hizo el cura que les aderezasen de comer de lo que en la venta hubiese, y el huésped, con esperanza de mejor paga, con diligencia les aderezó una razonable comida; y a todo esto dormía don Quijote, y fueron de parecer de no despertalle, porque más provecho le haría por entonces el dormir que el comer.

Trataron sobre comida, estando delante el ventero, su mujer, su hija, Maritornes, todos los pasajeros, de la estraña locura de don Quijote y del modo que le habían hallado. La huéspeda les contó lo que con él y con el arriero les había acontecido, y mirando si acaso estaba allí Sancho, como no le viese, contó todo lo de su manteamiento, de que no poco gusto recibieron. Y como el cura dijese que los libros de caballerías que don Quijote había leído le habían vuelto el juicio, dijo el ventero:

—No sé yo cómo puede ser eso; que en verdad que, a lo que yo entiendo, no hay mejor letrado[5] en el mundo, y que tengo ahí dos o tres dellos, con otros papeles, que verdaderamente me han dado la vida, no sólo a mí, sino a otros muchos. Porque cuando es tiempo de la siega, se recogen aquí, las fiestas, muchos segadores, y siempre hay algunos que saben leer, el cual[6] coge uno destos libros en las manos, y rodeámonos dél más de treinta, y estámosle escuchando con tanto gusto, que nos quita mil canas; a lo menos, de mí sé decir que cuando oyo decir aquellos furibundos y terribles golpes que los caballeros pegan, que me toma gana de hacer otro tanto, y que querría estar oyéndolos noches y días.

—Y yo ni más ni menos —dijo la ventera—, porque nunca tengo buen rato en mi casa sino aquel que vos estáis escuchando leer; que estáis tan embobado, que no os acordáis de reñir por entonces.

—Así es la verdad —dijo Maritornes—; y a buena fe que yo también gusto mucho de oír aquellas cosas, que son muy lindas, y más cuando cuentan que se está la otra señora debajo de unos naranjos abrazada con su caballero, y que les está una dueña[7] haciéndoles la guarda, muerta de envidia

---

[5] *letrado*] 'lectura'[bg].

[6] *el cual*] Entiéndase 'uno de los cuales'.

[7] *dueña*] Maritornes expresa más bien su propia interpretación de los lances amorosos de los caballeros. Son *doncellas*, no dueñas, las medianeras y confidentas de las damas en los libros caballerescos. *V.* I.13, nota 9, I.21, nota 35.

y con mucho sobresalto. Digo que todo esto es cosa de mieles.

—Y a vos ¿qué os parece, señora doncella? —dijo el cura, hablando con la hija del ventero.

—No sé, señor, en mi ánima —respondió ella—; también yo lo escucho, y en verdad que aunque no lo entiendo, que recibo gusto en oíllo; pero no gusto yo de los golpes de que mi padre gusta, sino de las lamentaciones que los caballeros hacen cuando están ausentes de sus señoras; que en verdad que algunas veces me hacen llorar, de compasión que les tengo.

—Luego ¿bien las remediárades vos, señora doncella —dijo Dorotea—, si por vos lloraran?

—No sé lo que me hiciera —respondió la moza—; sólo sé que hay algunas señoras de aquéllas tan crueles, que las llaman sus caballeros tigres y leones y otras mil inmundicias. Y, ¡Jesús!, yo no sé qué gente es aquélla tan desalmada y tan sin conciencia, que por no mirar a un hombre honrado, le dejan que se muera, o que se vuelva loco. Yo no sé para qué es tanto melindre: si lo hacen de honradas, cásense con ellos, que ellos no desean otra cosa.

—Calla niña —dijo la ventera—, que parece que sabes mucho destas cosas, y no está bien a las doncellas saber ni hablar tanto.

—Como me lo pregunta este señor —respondió ella—, no pude dejar de respondelle.

—Ahora bien —dijo el cura—, traedme, señor huésped, aquesos libros; que los quiero ver.

—Que me place —respondió él.

Y entrando en su aposento, sacó dél una maletilla vieja, cerrada con una cadenilla, y, abriéndola, halló en ella tres libros grandes y unos papeles de muy buena letra, escritos de mano. El primer libro que abrió vio que era *Don Cirongilio de Tracia*[8] *;* y el otro, de *Felixmarte de Hircania*[9] *;* y el otro, la *Historia del Gran Capitán Gonzalo Hernández de Córdoba, con la vida de Diego García de Paredes*[10]. Así

---

[8] *Los quatro libros del valeroso cauallero don Cirongilio de Tracia... hijo del noble rey Eleofrón de Macedonia, según la escrivio el celebre hystoriador suyo Nouarco en la lectura Griega y promusis en la Latina, trasladada en nuestra lengua Española por Bernardo de Vargas...* Sevilla, 1545[af].

[9] Sobre *Felixmarte de Hircania,* c. 6, nota 10 y notas de Cortejón.

[10] El Gran Capitán murió en 1515. La primera ed. de esta obra se

como el cura leyó los dos títulos primeros, volvió el rostro al barbero y dijo:

—Falta nos hacen aquí ahora el ama de mi amigo y su sobrina.

—No hacen —respondió el barbero—; que también sé yo llevallos al corral o a la chimenea, que en verdad que hay muy buen fuego en ella.

—Luego ¿quiere vuestra merced quemar más libros? —dijo el ventero.

—No más —dijo el cura— que estos dos: el de *Don Cirongilio* y el de *Felixmarte*.

—Pues, ¿por ventura —dijo el ventero— mis libros son herejes o flemáticos, que los quiere quemar?

—*Cismáticos* queréis decir, amigo —dijo el barbero—; que no *flemáticos*.

—Así es —replicó el ventero—. Mas si alguno quiere quemar, sea ese del Gran Capitán y dese Diego García; que antes dejaré quemar un hijo que dejar quemar ninguno desotros.

—Hermano mío —dijo el cura—, estos dos libros son mentirosos y están llenos de disparates y devaneos; y este del Gran Capitán es historia verdadera, y tiene los hechos de Gonzalo Hernández de Córdoba, el cual, por sus muchas y grandes hazañas, mereció ser llamado de todo el mundo *Gran Capitán*, renombre famoso y claro, y dél sólo merecido; y este Diego García de Paredes[f] fue un principal caballero, natural de la ciudad de Trujillo, en Estremadura, valentísimo soldado y de tantas fuerzas naturales, que detenía con un dedo una rueda de molino en la mitad de su furia[b]; y, puesto con un montante[11] en la entrada de una puente, detuvo a todo un innumerable ejército, que no pasase por ella; y hizo otras tales cosas, que si como[a] él las cuenta y las escribe[b] él asimismo, con la modestia de caballero y de coro-

---

hizo en 1559. Cervantes hubo de conocer alguna de las relaciones posteriores con el título *Cronica del Gran Capitan Gonçalo Hernandez de Cordoba y Aguilar. Con la vida del cauallero D. García de Paredes*. 1580, 1582, 1584 (el texto de ésta en NBAE, t. 10)[afh].

[11] *montante*] espadón de grandes gavilanes (los dos hierros que forman la cruz), que es preciso esgrimir con ambas manos[c], *Aut*. En el texto de la NBAE se narra este episodio en la p. 213. Diego García de Paredes fue uno de los subordinados del Gran Capitán y hombre de gran fuerza física y valor extraordinarios. Su figura se hizo legendaria y pasó a la literatura[bfh].

nista propio, las escribiera otro libre y desapasionado, pusieran en su olvido las de los Hétores, Aquiles y Roldanes.
—¡Tomaos con mi padre! —dijo el dicho ventero[12]—.
¡Mirad de qué se espanta: de detener una rueda de molino!
Por Dios, ahora había vuestra merced de leer lo que hizo[13]
Felixmarte de Hircania, que de un revés solo partió cinco
gigantes[c] por la cintura, como si fueran hechos de habas,
como los frailecicos[14] que hacen los niños. Y otra vez arremetió con un grandísimo y poderosísimo ejército, donde
llevó[15] más de un millón y seiscientos mil soldados, todos
armados desde el pie hasta la cabeza, y los desbarató a
todos, como si fueran manadas de ovejas. Pues ¿qué me
dirán del bueno de don Cirongilio de Tracia, que fue tan
valiente y animoso como se verá en el libro, donde cuenta
que navegando por un río, le salió de la mitad del agua una
serpiente de fuego, y él, así como la vio, se arrojó sobre ella,
y se puso a horcajadas encima de sus escamosas espaldas, y
la apretó con ambas manos la garganta con tanta fuerza,
que, viendo la serpiente que la iba ahogando, no tuvo otro
remedio sino dejarse ir a lo hondo del río, llevándose tras
sí al caballero, que nunca la quiso soltar? Y cuando llegaron
allá bajo[c], se halló en unos palacios y en unos jardines tan
lindos, que era maravilla[f]; y luego la sierpe se volvió en un
viejo anciano[c], que le dijo tantas de cosas, que no hay más
que oír. Calle, señor, que si oyese esto, se volvería loco de
placer. ¡Dos higas[16] para el Gran Capitán y para ese Diego
García que dice!
    Oyendo esto Dorotea, dijo callando a Cardenio:
    —Poco le falta a nuestro huésped para hacer la segunda
parte[17] de don Quijote.
    —Así me parece a mí —respondió Cardenio—, porque
según da indicio, él tiene por cierto que todo lo que estos

---

[12] La ed. pr.: *dijo el dicho el ventero*[a]: se ha corregido de distintas
maneras.
[13] *hizo*] La ed. pr. dice *lo que leyo*[a]. Corrijo según las razones de
Schevill.
[14] *frailecillos*[b]] juguete que hacen los niños cortando la parte superior de una haba, *Aut.*
[15] *llevó*] hizo frente a.
[16] *higas*] «manera de menosprecio que hacemos cerrando el puño
y mostrando el dedo pulgar por entre el dedo índice y el medio», Cov.
689.a.30.
[17] *hacer la segunda parte*] representar el segundo papel (en la comedia de don Quijote).

libros cuentan pasó ni más ni menos que lo escriben, y no le harán creer otra cosa frailes descalzos.

—Mirad, hermano —tornó a decir el cura—, que no hubo en el mundo Felixmarte de Hircania, ni don Cirongilio de Tracia, ni otros caballeros semejantes que los libros de caballerías cuentan, porque todo es compostura y ficción de ingenios ociosos, que los compusieron para el efeto que vos decís de entretener el tiempo, como lo entretienen leyéndolos vuestros segadores. Porque realmente os juro que nunca tales caballeros fueron en el mundo, ni tales hazañas ni disparates acontecieron en él.

—¡A otro perro con ese hueso! —respondió el ventero—. ¡Como si yo no supiese cuántas son cinco y adónde me aprieta el zapato![18] No piense vuestra merced darme papilla, porque por Dios que no soy nada blanco[19]. ¡Bueno es que quiera darme vuestra merced a entender que todo aquello que estos buenos libros dicen sea disparates y mentiras, estando impreso con licencia de los señores del Consejo Real, como si ellos fueran gente que habían de dejar imprimir tanta mentira junta y tantas batallas y tantos encantamentos que quitan el juicio!

—Ya os he dicho, amigo —replicó el cura—, que esto se hace para entretener nuestros ociosos pensamientos; y así como se consiente en las repúblicas bien concertadas que haya juegos de ajedrez, de pelota y de trucos[b], para entretener a algunos que ni tienen, ni deben, ni pueden trabajar, así se consiente imprimir y que haya tales libros creyendo, como es verdad, que no ha de haber alguno tan ignorante que tenga por historia verdadera ninguna destos libros. Y si me fuera lícito agora, y el auditorio lo requiriera, yo dijera cosas acerca de lo que han de tener los libros de caballerías para ser buenos, que quizá fueran de provecho y aun de gusto para algunos; pero yo espero que vendrá tiempo en que lo pueda comunicar con quien pueda remediallo, y en este entretanto creed, señor ventero, lo que os he dicho, y tomad vuestros libros, y allá os avenid con sus verdades o mentiras, y buen provecho os hagan, y quiera

[18] ¡Como si... el zapato!] Son dos expresiones proverbiales. «¿No sabéis cuántas son cinco? dícese del hombre muy simple, que no sabe cuántos dedos tiene en la mano», Cov. 420.b.63. «No sabéis dónde me aprieta el zapato, esto responde el hombre que, aunque sea necio, sabe más en su casa que el cuerdo en la ajena», Cov. 393.b.32.

[19] blanco] en lenguaje de germanía: 'bobo', 'necio'[ac].

Dios que no cojeéis del pie que cojea vuestro huésped don Quijote.

—Eso no —respondió el ventero—; que no seré yo tan loco que me haga caballero andante; que bien veo que ahora no se usa lo que se usaba en aquel tiempo, cuando se dice que andaban por el mundo estos famosos caballeros.

A la mitad desta plática se halló Sancho presente, y quedó muy confuso y pensativo de lo que había oído decir que ahora no se usaban caballeros andantes, y que todos los libros de caballerías eran necedades y mentiras, y propuso en su corazón de esperar en lo que paraba aquel viaje de su amo, y que si no salía con la felicidad que él pensaba, determinaba de dejalle y volverse con su mujer y sus hijos a su acostumbrado trabajo.

Llevábase la maleta y los libros el ventero; mas el cura le dijo:

—Esperar, que quiero ver qué papeles son esos que de tan buena letra están escritos.

Sacólos el huésped, y dándoselos a leer, vio hasta obra de ocho pliegos escritos de mano, y al principio tenían un título grande que decía: *Novela del Curioso impertinente*. Leyó el cura para sí tres o cuatro renglones, y dijo:

—Cierto que no me parece mal el título desta novela, y que me viene voluntad de leella toda.

A lo que respondió el ventero:

—Pues bien puede leella su reverencia, porque le hago saber que algunos huéspedes que aquí la han leído les ha contentado mucho, y me la han pedido con muchas veras; mas yo no se la he querido dar, pensando volvérsela a quien aquí dejó esta maleta olvidada con estos libros y esos papeles; que bien puede ser que vuelva su dueño por aquí algún tiempo, y aunque sé que me han de hacer falta los libros, a fe que se los he de volver; que, aunque ventero, todavía soy cristiano.

—Vos tenéis mucha razón, amigo —dijo el cura—; mas, con todo eso, si la novela me contenta, me la habéis de dejar trasladar[20].

—De muy buena gana —respondió el ventero.

Mientras los dos esto decían, había tomado Cardenio la novela y comenzado a leer en ella; y pareciéndole lo

[20] *trasladar*] copiar.

mismo que al cura, le rogó que la leyese de modo que todos la oyesen.

—Sí leyera —dijo el cura—, si no fuera mejor gastar este tiempo en dormir que en leer.

—Harto reposo será para mí —dijo Dorotea— entretener el tiempo oyendo algún cuento, pues aún no tengo el espíritu tan sosegado que me conceda dormir cuando fuera razón.

—Pues desa manera —dijo el cura—, quiero leerla, por curiosidad siquiera; quizá tendrá alguna de gusto.

Acudió maese Nicolás a rogarle lo mesmo, y Sancho también; lo cual visto del cura, y entendiendo que a todos daría gusto y él le recibiría, dijo:

—Pues así es, esténme todos atentos; que la novela comienza desta manera:

CAPÍTULO XXXIII

Donde se cuenta la novela del Curioso impertinente[1]

En Florencia, ciudad rica y famosa de Italia, en la provincia que llaman Toscana, vivían Anselmo y Lotario, dos caballeros ricos y principales, y tan amigos que, por excelencia y antonomasia, de todos los que los conocían los dos amigos eran llamados. Eran solteros, mozos de una misma edad y de unas mismas costumbres; todo lo cual era bastante causa a que los dos con recíproca amistad se correspondiesen. Bien es verdad que el Anselmo era algo más inclinado a los pasatiempos amorosos que el Lotario, al cual llevaban tras sí los de la caza; pero cuando se ofrecía, dejaba Anselmo de acudir a sus gustos, por seguir los de Lotario, y Lotario dejaba los suyos, por acudir a los de Anselmo; y desta manera, andaban tan a una sus voluntades, que no había concertado reloj que así lo anduviese.

Andaba Anselmo perdido de amores de una doncella principal y hermosa de la misma ciudad, hija de tan buenos padres y tan buena ella por sí, que se determinó, con el pa-

---

[1] Archidiscutida es la intercalación aquí de esta novela. Cervantes mismo se refirió a ella, V. II.3, p. 63, II.44, p. 366 y 470 de la Bibliografía. Dos temas que desarrolla Cervantes en su novela corresponden a dos de sus fuentes literarias, 'el cuento de los dos amigos' (V. Avalle-Arce, 470.9) y 'la prueba del vaso' (V. nota 15 infra).

recer de su amigo Lotario, sin el cual ninguna cosa hacía, de pedilla por esposa a sus padres, y así lo puso en ejecución; y el que llevó la embajada fue Lotario, y el que concluyó el negocio tan a gusto de su amigo, que en breve tiempo se vio puesto en la posesión que deseaba, y Camila tan contenta de haber alcanzado a Anselmo por esposo, que no cesaba de dar gracias al cielo, y a Lotario, por cuyo medio tanto bien le había venido. Los primeros días, como todos los de boda suelen ser alegres, continuó[2] Lotario como solía la casa de su amigo Anselmo, procurando honralle, festejalle y regocijalle con todo aquello que a él le fue posible; pero acabadas las bodas y sosegada ya la frecuencia de las visitas y parabienes, comenzó Lotario a descuidarse con cuidado de las idas en casa de Anselmo, por parecerle a él —como es razón que parezca a todos los que fueren discretos —que no se han de visitar ni continuar las casas de los amigos casados de la misma manera que cuando eran solteros; porque aunque la buena y verdadera amistad no puede ni debe de ser sospechosa en nada, con todo esto, es tan delicada la honra del casado, que parece que se puede ofender aun de los mesmos hermanos, cuanto más de los amigos.

Notó Anselmo la remisión[3] de Lotario, y formó dél quejas grandes, diciéndole que si él supiera que el casarse había de ser parte para no comunicalle[4] como solía, que jamás lo hubiera hecho, y que si, por la buena correspondencia que los dos tenían mientras él fue soltero, habían alcanzado tan dulce nombre como el de ser llamados *los dos amigos*, que no permitiese, por querer hacer del circunspecto, sin otra ocasión alguna, que tan famoso y tan agradable nombre se perdiese; y que así, le suplicaba, si era lícito que tal término de hablar se usase entre ellos, que volviese a ser señor de su casa, y a entrar y salir en ella como de antes, asegurándole que su esposa Camila no tenía otro gusto ni otra voluntad que la que él quería que tuviese, y que por haber sabido ella con cuántas veras los dos se amaban, estaba confusa de ver en él tanta esquiveza.

A todas estas y otras muchas razones que Anselmo dijo

---

[2] *continuar:* frecuentar.
[3] *remisión*] flojedad y poca solicitud, *Aut.*
[4] *comunicalle*] «Comunicar alguno es tratarle y conversarle», Cov. 345.b.29.

a Lotario para persuadille volviese como solía a su casa, respondió Lotario con tanta prudencia, discreción y aviso, que Anselmo quedó satisfecho de la buena intención de su amigo, y quedaron de concierto que dos días en la semana y las fiestas fuese Lotario a comer con él; y aunque esto quedó así concertado entre los dos, propuso Lotario de no hacer más de aquello que viese que más convenía a la honra de su amigo, cuyo crédito estimaba en más que el suyo propio. Decía él, y decía bien, que el casado a quien el cielo había concedido mujer hermosa, tanto cuidado había de tener qué amigos llevaba a su casa como en mirar con qué amigas su mujer conversaba; porque lo que no se hace ni concierta en las plazas, ni en los templos, ni en las fiestas públicas, ni estaciones[5] —cosas que no todas veces las han de negar los maridos a sus mujeres—, se concierta y facilita en casa de la amiga o la parienta de quien más satisfación se tiene[a].

También decía Lotario que tenían necesidad los casados de tener cada uno algún amigo que le advirtiese de los descuidos que en su proceder hiciese, porque suele acontecer que con el mucho amor que el marido a la mujer tiene, o no le advierte o no le dice, por no enojalla, que haga o deje de hacer algunas cosas, que el hacellas o no, le sería de honra o de vituperio; de lo cual, siendo del amigo advertido, fácilmente pondría remedio en todo. Pero ¿dónde se hallará amigo tan discreto y tan leal y verdadero como aquí Lotario le pide? No lo sé yo, por cierto; sólo Lotario era éste, que con toda solicitud y advertimiento miraba por la honra de su amigo, y procuraba dezmar, frisar y acortar los días del concierto del ir a su casa, porque no pareciese mal al vulgo ocioso y a los ojos vagabundos y maliciosos la entrada de un mozo rico, gentilhombre y bien nacido, y de las buenas partes que él pensaba que tenía, en la casa de una mujer tan hermosa como Camila; que, puesto que su bondad y valor podía poner freno a toda maldiciente lengua, todavía no quería poner en duda su crédito ni el de su amigo, y por esto los más de los días del concierto los ocupaba y entretenía en otras cosas, que él daba a entender ser inexcusables; así que en quejas del uno y disculpas del otro se pasaban muchos ratos y partes del día.

Sucedió, pues, que uno que los dos se andaban paseando

---

[5] *estaciones*]   visitas de devoción a iglesias[b].

por un prado fuera de la ciudad, Anselmo dijo a Lotario las semejantes razones:

—Pensabas, amigo Lotario, que a las mercedes que Dios me ha hecho en hacerme hijo de tales padres como fueron los míos y al darme, no con mano escasa, los bienes, así los que llaman de naturaleza como los de fortuna, no puedo yo corresponder con agradecimiento que llegue al bien recebido, y sobre[6] al que me hizo en darme a ti por amigo y a Camila por mujer propria, dos prendas que las estimo, si no en el grado que debo, en el que puedo. Pues con todas estas partes, que suelen ser el todo con que los hombres suelen y pueden vivir contentos, vivo yo el más despechado y el más desabrido hombre de todo el universo mundo; porque no sé qué días a esta parte me fatiga y aprieta un deseo tan estraño y tan fuera del uso común de otros, que yo me maravillo de mí mismo, y me culpo y me riño a solas, y procuro callarlo y encubrirlo de mis proprios pensamientos; y así me ha sido posible salir con este secreto como si de industria procurara decillo a todo el mundo. Y pues que, en efeto, él ha de salir a plaza, quiero que sea en la del archivo de tu secreto, confiado que, con él y con la diligencia que pondrás, como mi amigo verdadero, en remediarme, yo me veré presto libre de la angustia que me causa, y llegará mi alegría por tu solicitud al grado que ha llegado mi descontento por mi locura.

Suspenso tenían a Lotario las razones de Anselmo, y no sabía en qué había de parar tan larga prevención o preámbulo; y aunque iba revolviendo en su imaginación qué deseo podría ser aquel que a su amigo tanto fatigaba, dio siempre muy lejos del blanco de la verdad; y, por salir presto de la agonía que le causaba aquella suspensión, le dijo que hacía notorio agravio a su mucha amistad en andar buscando rodeos para decirle sus más encubiertos pensamientos, pues tenía cierto que se podía prometer dél, o ya consejos para entretenellos[a], o ya remedio para cumplillos.

—Así es la verdad —respondió Anselmo—, y con esa confianza te hago saber, amigo Lotario, que el deseo que me fatiga es pensar si Camila, mi esposa, es tan buena y tan perfeta como yo pienso, y no puedo enterarme en esta verdad, si no es probándola de manera que la prueba

---

[6] *sobre*] el verbo *sobrar*: 'supere, excede'[b].

manifieste los quilates[7] de su bondad, como el fuego muestra los del oro. Porque yo tengo para mí, ¡oh amigo!, que no es una mujer más buena de cuanto es o no es solicitada, y que aquella sola es fuerte que no se dobla a las promesas, a las dádivas, a las lágrimas[c] y a las continuas importunidades de los solícitos amantes. Porque ¿qué hay que agradecer —decía él— que una mujer sea buena, si nadie le dice que sea mala? ¿Qué mucho que esté recogida y temerosa la que no le dan ocasión para que se suelte, y la que sabe que tiene marido que, en cogiéndola en la primera desenvoltura, la ha de quitar la vida? Ansí que la que es buena por temor, o por falta de lugar, yo no la quiero tener en aquella estima en que tendré a la solicitada y perseguida, que salió con la corona del vencimiento. De modo que por estas razones, y por otras muchas que te pudiera decir para acreditar y fortalecer la opinión que tengo, deseo que Camila, mi esposa, pase por estas dificultades, y se acrisole y quilate en el fuego de verse requerida y solicitada, y de quien tenga valor para poner en ella sus deseos; y si ella sale, como creo que saldrá, con la palma desta batalla, tendré yo por sin igual mi ventura; podré yo decir que está colmo[8] el vacío de mis deseos; diré que me cupo en suerte la mujer fuerte, de quien el Sabio[9] dice que ¿quién la hallará? Y cuando esto suceda al revés de lo que pienso, con el gusto de ver que acerté en mi opinión, llevaré sin pena la que de razón podrá causarme mi tan costosa experiencia. Y prosupuesto que ninguna cosa de cuentas me dijeres en contra de mi deseo ha de ser de algún provecho para dejar de ponerle por la obra, quiero, ¡oh amigo Lotario!, que te dispongas a ser el instrumento que labre aquesta obra de mi gusto; que yo te daré lugar para que lo hagas, sin faltarte todo aquello que yo viere ser necesario para solicitar a una mujer honesta, honrada, recogida y desinteresada. Y muéveme, entre otras cosas, a fiar de ti esta tan ardua empresa, el ver que si de ti es vencida Camila, no ha de llegar el vencimiento a todo trance y rigor, sino a sólo a tener por hecho lo que se ha de hacer, por buen respeto,

---

[7] «*quilate:* grado de perfección y pureza del oro, perlas o piedras preciosas... metafóricamente vale el grado de perfección en cualquier cosa no material», *Aut.*

[8] *colmo*] participio y adj.: colmado.

[9] *el Sabio*] Salomón, Proverbios 31,10, «*Mulierem fortem, quis inveniet?*».

y así, no quedaré yo ofendido más de con el deseo, y mi injuria quedará escondida en la virtud de tu silencio, que bien sé que en lo que me tocare ha de ser eterno como el de la muerte. Así que, si quieres que yo tenga vida que pueda decir que lo es, desde luego has de entrar en esta amorosa batalla, no tibia ni perezosamente, sino con el ahínco y diligencia que mi deseo pide, y con la confianza que nuestra amistad me asegura.

Éstas fueron las razones que Anselmo dijo a Lotario, a todas las cuales estuvo tan atento, que si no fueron las que quedan escritas que le dijo, no desplegó sus labios hasta que hubo acabado; y viendo que no decía más, después que le estuvo mirando un buen espacio, como si mirara otra cosa que jamás hubiera visto, que le causara admiración y espanto, le dijo:

—No me puedo persuadir, ¡oh amigo Anselmo!, a que no sean burlas las cosas que me has dicho; que a pensar que de veras las decías, no consintiera que tan adelante pasaras, porque con no escucharte previniera tu larga arenga. Sin duda imagino, o que no me conoces, o que yo no te conozco. Pero no; que bien sé que eres Anselmo, y tú sabes que yo soy Lotario; el daño está en que yo pienso que no eres el Anselmo que solías, y tú debes de haber pensado que tampoco yo soy el Lotario que debía ser, porque las cosas que me has dicho, ni son de aquel Anselmo mi amigo, ni las que me pides se han de pedir a aquel Lotario que tú conoces; porque los buenos amigos han de probar a sus amigos y valerse dellos, como dijo un poeta, *usque ad aras*[10]; que quiso decir que no se habían de valer de su amistad en cosas que fuesen contra Dios. Pues si esto sintió un gentil de la amistad, ¿cuánto mejor es que lo sienta el cristiano, que sabe que por ninguna humana ha de perder la amistad divina? Y cuando el amigo tirase tanto la barra[11], que pusiese aparte los respetos del cielo por acudir a los de su amigo, no ha de ser por cosas ligeras y de poco momento, sino por aquellas en que vaya la honra y la vida de su amigo. Pues

---

[10] usque ad aras]   Adagio latino que llegó a ser fr. proverb. (Correas 76a); indicaba, como aclara Cervantes, que la fuerza de la amistad solo debía ceder ante Dios. La explica también en *El viejo celoso, Entremeses*, ed. Castalia, p. 210. Plutarco, a quien recordaría Cervantes, no atribuyó la frase a un poeta, sino a Pericles, el orador ateniense[bb]. *V.* A. Ramírez-Araujo, *HR*, 22: 224-227 (1954).

[11] *tirase tanto la barra*[b]] 'llegase tan lejos'.

dime tú ahora, Anselmo: ¿cuál destas dos cosas tienes en peligro para que yo me aventure a complacerte y a hacer una cosa tan detestable como me pides? Ninguna, por cierto; antes me pides, según yo entiendo, que procure y solicite quitarte la honra y la vida, y quitármela a mí juntamente. Porque si yo he de procurar quitarte la honra, claro está que te quito la vida, pues el hombre sin honra peor es que un muerto; y siendo yo el instrumento, como tú quieres que lo sea, de tanto mal tuyo, ¿no vengo a quedar deshonrado, y, por el mesmo consiguiente, sin vida? Escucha, amigo Anselmo, y ten paciencia de no responderme hasta que acabe de decirte lo que se me ofreciere acerca de lo que te ha pedido tu deseo; que tiempo quedará para que tú me repliques y yo te escuche.

—Que me place —dijo Anselmo—; di lo que quisieres.

Y Lotario prosiguió diciendo:

—Paréceme, ¡oh Anselmo!, que tienes tú ahora el ingenio como el que siempre tienen los moros, a los cuales no se les puede dar a entender el error de su secta con las acotaciones de la Santa Escritura, ni con razones que consistan en especulación del entendimiento, ni que vayan fundadas en artículos de fe, sino que les han de traer ejemplos palpables, fáciles, inteligibles, demonstrativos, indubitables, con demostraciones matemáticas que no se pueden negar, como cuando dicen. «Si de dos partes iguales quitamos partes iguales, las que quedan también son iguales»; y cuando esto no entiendan de palabra, como, en efecto, no lo entienden, háseles de mostrar con las manos, y ponérselo delante de los ojos, y, aun con todo esto, no basta nadie con ellos a persuadirles las verdades de mi sacra religión. Y este mesmo término y modo me convendrá usar contigo, porque el deseo que en ti ha nacido va tan descaminado y tan fuera de todo aquello que tenga sombra de razonable, que me parece que ha de ser tiempo gastado[12] el que ocupare en darte a entender tu simplicidad, que por ahora no le quiero dar otro nombre, y aun estoy por dejarte en tu desatino, en pena de tu mal deseo; mas no me deja usar deste rigor la amistad que te tengo, la cual no consiente que te deje puesto en tan manifiesto peligro de perderte. Y porque claro lo veas, dime, Anselmo: ¿tú no me has dicho que

---

[12] *gastado*]   con el significado etimológico de 'malgastado, echado a perder'.

tengo de solicitar a una retirada, persuadir a una honesta,
ofrecer a una desinteresada, servir a una prudente? Sí, que
me lo has dicho. Pues si tú sabes que tienes mujer retirada,
honesta, desinteresada y prudente, ¿qué buscas? Y si piensas que de todos mis asaltos ha de salir vencedora, como saldrá sin duda, ¿qué mejores títulos piensas darle después
que los que ahora tiene, o qué será más después de lo que es
ahora? O es que tú no la tienes por la que dices, o tú no
sabes lo que pides. Si no la tienes por lo que dices, ¿para
qué quieres probarla, sino, como a mala, hacer della lo que
más te viniere en gusto? Mas si es tan buena como crees,
impertinente cosa será hacer experiencia de la mesma verdad, pues, después de hecha, se ha de quedar con la estimación que primero tenía. Así que es razón concluyente que el
intentar las cosas de las cuales antes nos puede suceder daño
que provecho es de juicios sin discurso y temerarios, y más
cuando quieren intentar aquellas a que no son forzados
ni compelidos, y que de muy lejos traen descubierto que el
intentarlas es manifiesta locura. Las cosas dificultosas se
intentan por Dios, o por el mundo, o por entrambos a dos:
las que se acometen por Dios son las que acometieron los
santos, acometiendo a vivir vida de ángeles en cuerpos humanos; las que se acometen por respeto del mundo son las de
aquellos que pasan tanta infinidad de agua, tanta diversidad
de climas, tanta estrañeza de gentes, por adquirir estos que
llaman bienes de fortuna. Y las que se intentan por Dios y
por el mundo juntamente son aquellas de los valerosos
soldados, que apenas veen en el contrario muro abierto
tanto espacio cuanto es el que pudo hacer una redonda
bala de artillería, cuando, puesto aparte todo temor, sin
hacer discurso ni advertir al manifiesto peligro que les amenaza, llevados en vuelo de las alas del deseo de volver por su
fe, por su nación y por su rey, se arrojan intrépidamente
por la mitad de mil contrapuestas muertes[a] que los esperan.
Estas cosas son las que suelen intentarse, y es honra, gloria
y provecho intentarlas, aunque tan llenas de inconvenientes y peligros. Pero la que tú dices que quieres intentar y
poner por obra ni te ha de alcanzar gloria de Dios, bienes de
la fortuna, ni fama con los hombres; porque, puesto que
salgas con ella como deseas, no has de quedar ni más ufano,
ni más rico, ni más honrado que estás ahora; y si no sales, te
has de ver en la mayor miseria que imaginarse pueda,
porque no te ha de aprovechar pensar entonces que no sabe

nadie la desgracia que te ha sucedido; porque bastará para afligirte y deshacerte que la sepas tú mesmo. Y para confirmación desta verdad, te quiero decir una estancia que hizo el famoso poeta Luis Tansilo, en el fin de su primera parte de *Las lágrimas de San Pedro*[13], que dice así:

> Crece el dolor y crece la vergüenza
> en Pedro, cuando el día se ha mostrado,
> y aunque allí no ve a nadie, se avergüenza
> de sí mesmo, por ver que había pecado:
> que a un magnánimo pecho a haber vergüenza
> no sólo ha de moverle el ser mirado;
> que de sí se avergüenza cuando yerra,
> si bien otro no vee que cielo y tierra[14].

Así que no escusarás con el secreto tu dolor; antes tendrás que llorar contino, si no lágrimas de los ojos, lágrimas de sangre del corazón, como las lloraba aquel simple doctor que nuestro poeta nos cuenta que hizo la prueba del vaso[a], que, con mejor discurso, se escusó de hacerla el prudente Reinaldos[15]; que puesto que aquello sea ficción poética, tiene en sí encerrados secretos morales dignos de ser advertidos y entendidos e imitados. Cuanto más que con lo que

---

[13] *Le lacrime di San Pietro*, poema religioso de Luigi Tansillo (1510-1568), poeta napolitano, que tradujeron al castellano diversos poetas. La trad. de esta octava es evidentemente de Cervantes[cb].

[14] *si bien... tierra*] 'aunque no le vea otro sino el cielo y la tierra'[ªg].

[15] *el prudente Reinaldos*] Cervantes alude a dos cuentos parecidos de Ariosto, *OF*, 42 y 43. *V*. Schevill, **470.12**. En uno Reinaldos es hospedado en un palacio a orillas del Po por su dueño, un caballero no nombrado, que le convida a cenar. Al fin de la cena le hace presentar, lleno de vino, un vaso de oro guarnecido de piedras que tiene la propiedad de indicar a los maridos si sus mujeres les han sido infieles, porque en tal caso al que bebe se le derramaba el vino por el pecho. Cuando Reinaldos se abstiene prudentemente de beber, el caballero llora copiosamente, pues le privó del único consuelo que tiene su desgracia, el haber puesto a prueba de esta manera la fidelidad de su mujer. Hasta entonces a todos los huéspedes que en diez años habían pasado por su casa se les había derramado el vaso y todos habían llorado. El otro cuento es el que al día siguiente le cuenta a Reinaldos el barquero, durante una travesía por el río Po, de un doctor llamado Anselmo, persona distinta del llorón de la copa encantada, pero víctima también de la misma desgracia. Cervantes parece atribuir al doctor las lágrimas que Ariosto contó del caballero de la copa encantada. '*La copa encantada*' es una leyenda de los relatos artúricos; '*la prueba del vaso*', o de la mujer, era leyenda popular antiquísima[cbh]; cf. Bonilla San Martín, ed. *Don Tristán de Leonís* (Madrid, 1912), p. 137-138.

ahora pienso decirte acabarás de venir en conocimiento del
grande error que quieres cometer. Dime, Anselmo, si el
cielo, o la suerte buena, te hubiera hecho señor y legítimo
posesor de un finísimo diamante, de cuya bondad y quilates estuviesen satisfechos cuantos lapidarios le viesen, y que
todos a una voz y de común parecer dijesen que llegaba en
quilates, bondad y fineza a cuanto se podía estender la naturaleza de tal piedra, y tú mesmo lo creyeses así, sin saber
otra cosa en contrario, ¿sería justo que te viniese en deseo
de tomar aquel diamante, y ponerle entre un ayunque[16]
y un martillo, y allí, a pura fuerza de golpes y brazos, probar si es tan duro y tan fino como dicen? Y más, si lo pusieses
por obra; que, puesto caso que la piedra hiciese resistencia
a tan necia prueba, no por eso se le añadiría más valor ni
más fama; y si se rompiese[b], cosa que podría ser, ¿no se
perdía todo? Sí, por cierto, dejando a su dueño en estimación de que todos le tengan por simple. Pues haz cuenta,
Anselmo amigo, que Camila es finísimo diamante, así en
tu estimación como en la ajena, y que no es razón ponerla
en contingencia de que se quiebre, pues aunque se quede
con su entereza, no puede subir a más valor del que ahora
tiene; y si faltase y no resistiese, considera desde ahora cuál
quedarías sin ella, y con cuánta razón te podrías quejar
de ti mesmo, por haber sido causa de su perdición y la
tuya. Mira que no hay joya en el mundo que tanto valga
como la mujer casta y honrada, y que todo el honor de las
mujeres consiste en la opinión buena que dellas se tiene;
y pues la de tu esposa es tal que llega al extremo de bondad
que sabes, ¿para qué quieres poner esta verdad en duda?
Mira, amigo, que la mujer es animal imperfecto[17], y que no
se le han de poner embarazos donde tropiece y caiga, sino
quitárselos y despejalle el camino de cualquier inconveniente, para que sin pesadumbre corra ligera a alcanzar
la perfección que le falta, que consiste en el ser virtuosa.
Cuentan los naturales[18] que el arminio es un animalejo
que tiene una piel blanquísima, y que cuando quieren cazarle,
los cazadores usan deste artificio: que, sabiendo las partes
por donde suele pasar y acudir, las atajan con lodo, y des-

---

[16] *ayunque*] yunque[b].
[17] *animal imperfecto*] Es frase tomada del *Corbaccio* de Boccaccio[b].
Desde Aristóteles existía esta convicción, así como la contraria, de
que el hombre es el animal perfecto[b].
[18] *los naturales*] filósofos naturales; naturalistas.

pués, ojeándole, le encaminan hacia aquel lugar, y así como
el arminio llega al lodo, se está quedo y se deja prender y
cautivar, a trueco de no pasar por el cieno y perder y ensu-
ciar su blancura, que la estima en más que la libertad y la
vida. La honesta y casta mujer es arminio, y es más que nieve
blanca y limpia la virtud de la honestidad; y el que quisiere que no la pierda, antes la guarde y conserve, ha de
usar de otro estilo diferente que con el arminio se tiene,
porque no le han de poner delante el cieno de los regalos
y servicios de los importunos amantes, porque quizá, y aun
sin quizá, no tiene tanta virtud y fuerza natural que pueda
por sí mesma atropellar y pasar por aquellos embarazos;
y es necesario quitárselos y ponerle delante la limpieza
de la virtud y la belleza que encierra en sí la buena fama.
Es asimesmo la buena mujer como espejo de cristal luciente y claro; pero está sujeto a empañarse y escurecerse con
cualquiera aliento que le toque. Hase de usar con la honesta
mujer el estilo que con las reliquias: adorarlas y no tocarlas.
Hase de guardar y estimar la mujer buena como se guarda
y estima un hermoso jardín que está lleno de flores y rosas,
cuyo dueño no consiente que nadie le pasee ni manosee;
basta que desde lejos y por entre las verjas de hierro gocen
de su fragrancia y hermosura. Finalmente, quiero decirte
unos versos que se me han venido a la memoria, que los oí
en una comedia moderna, que me parece que hacen al propósito de lo que vamos tratando. Aconsejaba un prudente
viejo a otro, padre de una doncella, que la recogiese, guardase y encerrase, y entre otras razones, le dijo éstas:

> Es de vidrio la mujer[b];
> pero no se ha de probar
> si se puede o no quebrar,
> porque todo podría ser.
>   Y es más fácil el quebrarse,
> y no es cordura ponerse
> a peligro de romperse
> lo que no puede soldarse.
>   Y en esta opinión estén
> todos, y en razón la fundo;
> que si hay Dánaes en el mundo,
> hay pluvias[19] de oro también.

---

[19] *pluvias*[b]]   alusión a la fábula mitológica de Júpiter transformado
en lluvia de oro para penetrar en el encierro de Dánea. Se ignora a qué
comedia pertenecen las tres redondillas.

Cuanto hasta aquí te he dicho, ¡oh Anselmo!, ha sido por lo que a ti te toca; y ahora es bien que se oiga algo de lo que a mí me conviene; y si fuere largo, perdóname; que todo lo requiere el laberinto donde te has entrado y de donde quieres que yo te saque. Tú me tienes por amigo, y quieres quitarme la honra, cosa que es contra toda amistad; y aun no sólo pretendes esto, sino que procuras que yo te la quite a ti. Que me la quieres quitar a mí está claro, pues cuando Camila vea que yo la solicito, como me pides, cierto está que me ha de tener por hombre sin honra y mal mirado, pues intento y hago una cosa tan fuera de aquello que el ser quien soy y tu amistad me obliga. De que quieres que te la quite a ti no hay duda, porque viendo Camila que yo la solicito, ha de pensar que yo he visto en ella alguna liviandad que me dio atrevimiento a descubrirle mi mal deseo, y teniéndose por deshonrada, te toca a ti, como a cosa suya, su mesma deshonra. Y de aquí nace lo que comúnmente se platica[20]: que el marido de la mujer adúltera, puesto que él no lo sepa ni haya dado ocasión para que su mujer no sea la que debe, ni haya sido en su mano, ni en su descuido y poco recato estorbar su desgracia, con todo, le llaman y le nombran con nombre de vituperio y bajo, y en cierta manera le miran los que la maldad de su mujer saben con ojos de menosprecio, en cambio de[21] mirarle con los de lástima, viendo que no por su culpa, sino por el gusto de su mala compañera, está en aquella desventura. Pero quiérote decir la causa por que con justa razón es deshonrado el marido de la mujer mala, aunque él no sepa que lo es, ni tenga culpa, ni haya sido parte, ni dado ocasión, para que ella lo sea. Y no te canses de oírme; que todo ha de redundar en tu provecho. Cuando Dios crió a nuestro primero padre en el Paraíso terrenal, dice la divina Escritura que infundió Dios sueño en Adán, y que, estando durmiendo, le sacó una costilla del lado siniestro, de la cual formó a nuestra madre Eva; y así como Adán despertó y la miró, dijo: «Ésta es carne de mi carne y hueso de mis huesos.» Y Dios dijo: «Por ésta dejará el hombre a su padre y madre, y serán dos en una carne misma.» Y

---

[20] *se platica*]   aquí en su antigua acepción de 'practicar'. «Pláctico, el diestro en decir o hacer alguna cosa por la experiencia que tiene, como soldado pláctico», Cov. 873.b.60.

[21] *en cambio de*]   en vez de.

entonces fue instituido el divino sacramento del matrimonio, con tales lazos, que sola la muerte puede desatarlos. Y tiene tanta fuerza y virtud este milagroso sacramento, que hace que dos diferentes personas sean una mesma carne; y aun hace más en los buenos casados, que, aunque tienen dos almas, no tienen más de una voluntad. Y de aquí viene que, como la carne de la esposa sea una mesma con la del esposo, las manchas que en ella caen, o los defectos que se procura, redundan en la carne del marido, aunque él no haya dado, como queda dicho, ocasión para aquel daño. Porque así como el dolor del pie o de cualquier miembro del cuerpo humano le siente todo el cuerpo, por ser todo de una carne mesma, y la cabeza siente el daño del tobillo, sin que ella se le haya causado, así el marido es participante de la deshonra de la mujer, por ser una mesma cosa con ella. Y como las honras y deshonras del mundo sean todas y nazcan de carne y sangre, y las de la mujer mala sean deste género, es forzoso que al marido le quepa parte dellas, y sea tenido por deshonrado sin que él lo sepa. Mira, pues ¡oh Anselmo!, al peligro que te pones en querer turbar el sosiego en que tu buena esposa vive; mira por cuán vana e impertinente curiosidad quieres revolver los humores[b] que ahora están sosegados en el pecho de tu casta esposa; advierte que lo que aventuras a ganar es poco, y que lo que perderás será tanto, que lo dejaré en su punto, porque me faltan palabras para encarecerlo. Pero si todo cuanto he dicho no basta a moverte de tu mal propósito, bien puedes buscar otro instrumento de tu deshonra y desventura; que yo no pienso serlo, aunque por ello pierda tu amistad, que es la mayor pérdida que imaginar puedo.

Calló en diciendo esto el virtuoso y prudente Lotario, y Anselmo quedó tan confuso y pensativo, que por un buen espacio no le pudo responder palabra; pero, en fin, le dijo:

—Con la atención que has visto he escuchado, Lotario amigo, cuanto has querido decirme, y en tus razones, ejemplos y comparaciones he visto la mucha discreción que tienes y el estremo de la verdadera amistad que alcanzas; y ansimesmo veo y confieso que si no sigo tu parecer y me voy tras el mío, voy huyendo del bien y corriendo tras el mal. Prosupuesto esto, has de considerar que yo padezco ahora la enfermedad que suelen tener algunas mujeres, que se les antoja comer tierra, yeso, carbón y otras cosas peores, aun asquerosas para mirarse, cuanto más para comerse[22]; así que es menester usar de algún artificio para que yo sane, y esto se podía hacer con facilidad, sólo con que comiences, aunque tibia y fingidamente, a solicitar a Camila, la cual no ha de ser tan tierna, que a los primeros encuentros dé con su honestidad por tierra; y con solo este principio quedaré contento, y tú habrás cumplido con lo que debes a nuestra amistad, no solamente dándome la vida, sino persuadiéndome de no verme sin honra. Y estás obligado a hacer esto por una razón sola; y es que, estando yo, como estoy, determinado de poner en plática[23] esta prueba, no has tú de consentir que yo dé cuenta de mi desatino a otra persona, con que pondría en aventura[24] el honor que tú procuras que no pierda; y cuando el tuyo no esté en el punto que debe en la intención[25] de Camila en tanto que la solicitares, importa poco o nada, pues con brevedad, viendo en ella la entereza que esperamos, le podrás decir la pura verdad de nuestro artificio, con que volverá tu crédito al ser primero. Y pues tan poco aventuras y tanto contento me puedes dar aventurándote, no lo dejes de hacer, aunque más inconvenientes se te pongan delante, pues, como ya he dicho, con sólo que comiences daré por concluida la causa.

Viendo Lotario la resoluta voluntad de Anselmo, y no sabiendo qué más ejemplos traerle ni qué más razones mostrarle para que no la siguiese, y viendo que le amenazaba que daría a otro cuenta de su mal deseo, por evitar mayor mal, determinó de contentarle y hacer lo que le pedía, con propósito e intención de guiar aquel negocio de modo que, sin alterar los pensamientos de Camila, quedase Anselmo satisfecho; y así, le respondió que no comunicase su pensamiento con otro alguno, que él tomaba a su cargo aquella empresa, la cual comenzaría cuando a él le diese más gusto. Abrazóle Anselmo tierna y amorosamente, y agradecióle su ofrecimiento, como si alguna grande merced le hubiera hecho; y quedaron de acuerdo entre los dos que desde otro día siguiente se comenzase la obra; que él le daría lugar y tiempo como a sus solas pudiese hablar a Camila, y asimesmo le daría dineros y joyas que darla y

---

[22] Parece ser alusión a cierto tipo de histerismo, o a los antojos del embarazo[ab].

[23] *en plática*] en práctica.

[24] *en aventura*] en riesgo[cb].

[25] *intención*] entendimiento, conocimiento u opinión[c].

que ofrecerla. Aconsejóle que le diese músicas, que escribiese versos en su alabanza, y que, cuando él no quisiese tomar trabajo de hacerlos, él mesmo los haría. A todo se ofreció Lotario, bien con diferente intención que Anselmo pensaba.

Y con este acuerdo se volvieron a casa de Anselmo, donde hallaron a Camila con ansia y cuidado, esperando a su esposo, porque aquel día tardaba en venir más de lo acostumbrado.

Fuese Lotario a su casa, y Anselmo quedó en la suya, tan contento como Lotario fue pensativo, no sabiendo qué traza dar para salir bien de aquel impertinente negocio. Pero aquella noche pensó el modo que tendría para engañar a Anselmo sin ofender a Camila, y otro día vino a comer con su amigo, y fue bien recebido de Camila, la cual le recebía y regalaba con mucha voluntad, por entender la buena que su esposo le tenía.

Acabaron de comer, levantaron los manteles y Anselmo dijo a Lotario que se quedase allí con Camila en tanto que él iba a un negocio forzoso; que dentro de hora y media volvería. Rogóle Camila que no se fuese, y Lotario se ofreció a hacerle compañía; mas nada aprovechó con Anselmo; antes importunó a Lotario que se quedase y le aguardase, porque tenía que tratar con él una cosa de mucha importancia. Dijo también a Camila que no dejase solo a Lotario en tanto que él volviese. En efeto, él supo tan bien fingir la necesidad o necedad de su ausencia, que nadie pudiera entender que era fingida. Fuese Anselmo, y quedaron solos a la mesa Camila y Lotario, porque la demás gente de casa toda se había ido a comer. Viose Lotario puesto en la estacada[26] que su amigo deseaba y con el enemigo delante, que pudiera vencer con sola su hermosura a un escuadrón de caballeros armados: mirad si era razón que le temiera Lotario.

Pero lo que hizo fue poner el codo sobre el brazo de la silla, y la mano abierta en la mejilla, y pidiendo perdón a Camila del mal comedimiento, dijo que quería reposar un poco en tanto que Anselmo volvía. Camila le respondió que mejor reposaría en el estrado[27] que en la silla, y así,

---

[26] *puesto en la estacada*] 'quedar abandonado en un riesgo'. *Estacada:* lugar cerrado por estacas, donde se tenían los desafíos.

[27] *estrado*[h]] «El lugar [habitación] donde las señoras se asientan sobre cojines y reciben las visitas», Cov. 568.b.21.

le rogó se entrase a dormir en él. No quiso Lotario, y allí se quedó dormido hasta que volvió Anselmo, el cual, como halló a Camila en su aposento y a Lotario durmiendo, creyó que, como se había tardado tanto, ya habrían tenido los dos lugar para hablar, y aun para dormir, y no vio la hora en que Lotario despertase, para volverse con él fuera y preguntarle de su ventura.

Todo le sucedió como él quiso: Lotario despertó, y luego salieron los dos de casa, y así, le preguntó lo que deseaba, y le respondió Lotario que no le había parecido ser bien que la primera vez se descubriese del todo, y así no había hecho otra cosa que alabar a Camila de hermosa, diciéndole que en toda la ciudad no se trataba de otra cosa que de su hermosura y discreción, y que éste le había parecido buen principio para entrar ganando la voluntad, y disponiéndola a que otra vez le escuchase con gusto, usando en esto del artificio que el demonio usa cuando quiere engañar a alguno que está puesto en atalaya de mirar por sí; que se transforma en ángel de luz, siéndolo él de tinieblas, y, poniéndole delante apariencias buenas, al cabo descubre quién es y sale con su intención, si a los principios no es descubierto su engaño. Todo esto le contentó mucho a Anselmo, y dijo que cada día daría el mesmo lugar, aunque no saliese de casa, porque en ella se ocuparía en cosas que Camila no pudiese venir en conocimiento de su artificio.

Sucedió, pues, que se pasaron muchos días que sin decir Lotario palabra a Camila, respondía a Anselmo que la hablaba y jamás podía sacar della una pequeña muestra de venir[28] en ninguna cosa que mala fuese, ni aun dar una señal de sombra de esperanza; antes decía que le amenazaba que si de aquel mal pensamiento no se quitaba, que lo había de decir a su esposo.

—Bien está —dijo Anselmo—. Hasta aquí ha resistido Camila a las palabras; es menester ver cómo resiste a las obras: yo os daré mañana dos mil escudos de oro para que se los ofrezcáis, y aun se los deis, y otros tantos para que compréis joyas con que cebarla; que las mujeres suelen ser aficionadas, y más si son hermosas, por más castas que sean, a esto de traerse bien y andar galanas; y si ella resiste a esta tentación, yo quedaré satisfecho y no os daré más pesadumbre.

---

[28] *venir*]   aquí es convenir, consentir[b].

Lotario respondió que ya que había comenzado, que él llevaría hasta el fin aquella empresa, puesto que entendía salir della cansado y vencido. Otro día recibió los cuatro mil escudos, y con ellos cuatro mil confusiones, porque no sabía qué decirse para mentir de nuevo; pero, en efeto, determinó de decirle que Camila estaba tan entera a las dádivas y promesas como a las palabras, y que no había para qué cansarse más, porque todo el tiempo se gastaba en balde.

Pero la suerte, que las cosas guiaba de otra manera, ordenó que, habiendo dejado Anselmo solos a Lotario y a Camila, como otras veces solía, él se encerró en un aposento y por los agujeros de la cerradura estuvo mirando y escuchando lo que los dos trataban, y vio que en más de media hora Lotario no habló palabra a Camila, ni se la hablara si allí estuviera un siglo, y cayó en la cuenta de que cuanto su amigo le había dicho de las respuestas de Camila todo era ficción y mentira. Y para ver si esto era ansí, salió del aposento, y llamando a Lotario aparte, le preguntó qué nuevas había y de qué temple estaba Camila. Lotario le respondió que no pensaba más darle puntada[29] en aquel negocio, porque respondía tan áspera y desabridamente, que no tendría ánimo para volver a decirle cosa alguna.

—¡Ah —dijo Anselmo—, Lotario, Lotario, y cuán mal correspondes a lo que me debes y a lo mucho que de ti confío! Ahora te he estado mirando por el lugar que concede la entrada desta llave, y he visto que no has dicho palabra a Camila; por donde me doy a entender que aun las primeras le tienes por decir; y si esto es así, como sin duda lo es, ¿para qué me engañas, o por qué quieres quitarme con tu industria los medios que yo podría hallar para conseguir mi deseo?

No dijo más Anselmo; pero bastó lo que había dicho para dejar corrido y confuso a Lotario; el cual, casi como tomando por punto de honra el haber sido hallado en mentira, juró a Anselmo que desde aquel momento tomaba tan a su cargo el contentalle y no mentille, cual lo vería si con curiosidad lo espiaba; cuanto más que no sería menester usar de ninguna diligencia, porque la que él pensaba poner en satisfacelle le quitaría de toda sospecha.

[29] «Dar una puntada en un negocio, hablar en él», Cov. 888.b.22.

Creyóle Anselmo, y para dalle comodidad más segura y menos sobresaltada, determinó de hacer ausencia de su casa por ocho días, yéndose a la de un amigo suyo, que estaba en una aldea, no lejos de la ciudad; con el cual amigo concertó que le enviase a llamar con muchas veras, para tener ocasión con Camila de su partida.

¡Desdichado y mal advertido de ti, Anselmo! ¿Qué es lo que haces? ¿Qué es lo que trazas? ¿Qué es lo que ordenas? Mira que haces contra ti mismo, trazando tu deshonra y ordenando tu perdición. Buena es tu esposa Camila; quieta y sosegadamente la posees; nadie sobresalta tu gusto; sus pensamientos no salen de las paredes de su casa; tú eres su cielo en la tierra, el blanco de sus deseos, el cumplimiento de sus gustos y la medida por donde mide su voluntad, ajustándola en todo con la tuya y con la del cielo. Pues si la mina de su honor, hermosura, honestidad y recogimiento te da sin ningún trabajo toda la riqueza que tiene y tú puedes desear, ¿para qué quieres ahondar la tierra, y buscar nuevas vetas de nuevo y nunca visto tesoro, poniéndote a peligro que toda venga abajo, pues, en fin, se sustenta sobre los débiles arrimos de su flaca naturaleza? Mira que el que busca lo imposible, es justo que lo posible se le niegue, como lo dijo mejor un poeta[30], diciendo:

> Busco en la muerte la vida,
> salud en la enfermedad,
> en la prisión libertad,
> en lo cerrado salida
> y en el traidor lealtad.
> Pero mi suerte, de quien
> jamás espero algún bien,
> con el cielo ha estatuido
> que, pues lo imposible pido,
> lo posible aun no me den.

Fuese otro día Anselmo a la aldea, dejando dicho a Camila que el tiempo que él estuviese ausente vendría Lotario a mirar por su casa y a comer con ella; que tuviese cuidado de tratalle como a su mesma persona. Afligióse Camila, como mujer discreta y honrada, de la orden que su marido le dejaba, y díjole que advirtiese que no estaba bien que nadie, él ausente, ocupase la silla de su mesa; y

[30] Se ignora de quién sean estos versos[b].

que si lo hacía por no tener confianza que ella sabría gobernar su casa, que probase por aquella vez, y vería por experiencia como para mayores cuidados era bastante. Anselmo le replicó que aquél era su gusto, y que no tenía más que hacer que bajar la cabeza y obedecelle. Camila dijo que ansí lo haría, aunque contra su voluntad.

Partióse Anselmo, y otro día vino a su casa Lotario, donde fue rescebido de Camila con amoroso y honesto acogimiento; la cual jamás se puso en parte donde Lotario la viese a solas, porque siempre andaba rodeada de sus criados y criadas, especialmente de una doncella suya llamada Leonela, a quien ella mucho quería, por haberse criado desde niñas las dos juntas en casa de los padres de Camila, y cuando se casó con Anselmo la trujo consigo. En los tres días primeros nunca Lotario le dijo nada, aunque pudiera, cuando se levantaban los manteles y la gente se iba a comer con mucha priesa, porque así se lo tenía mandado Camila. Y aun tenía orden Leonela que comiese primero que Camila, y que de su lado jamás se quitase; mas ella, que en otras cosas de su gusto tenía puesto el pensamiento y había menester aquellas horas y aquel lugar para ocuparle en sus contentos, no cumplía todas veces el mandamiento de su señora; antes los dejaba solos, como si aquello le hubieran mandado. Mas la honesta presencia de Camila, la gravedad de su rostro, la compostura de su persona era tanta, que ponía freno a la lengua de Lotario.

Pero el provecho que las muchas virtudes de Camila hicieron poniendo silencio en la lengua de Lotario, redundó más en daño de los dos, porque si la lengua callaba, el pensamiento discurría y tenía lugar de contemplar parte por parte, todos los estremos de bondad y de hermosura que Camila tenía, bastantes a enamorar una estatua de mármol, no que un corazón de carne.

Mirábala Lotario en el lugar y espacio que había de hablarla, y consideraba cuán digna era de ser amada; y esta consideración comenzó poco a poco a dar asaltos a los respectos que a Anselmo tenía, y mil veces quiso ausentarse de la ciudad y irse donde jamás Anselmo le viese a él, ni él viese a Camila; mas ya le hacía impedimento y detenía el gusto que hallaba en mirarla. Hacíase fuerza y peleaba consigo mismo por desechar y no sentir el contento que le llevaba a mirar a Camila. Culpábase a solas de su desatino; llamábase mal amigo, y aun mal cristiano; hacía discursos y comparaciones entre él y Anselmo, y todos paraban en decir que más había sido la locura y confianza de Anselmo que su poca fidelidad, y que si así tuviera disculpa para con Dios como para con los hombres de lo que pensaba hacer, que no temiera pena por su culpa.

En efecto, la hermosura y la bondad de Camila, juntamente con la ocasión que el ignorante marido le había puesto en las manos, dieron con la lealtad de Lotario en tierra; y, sin mirar a otra cosa que aquella a que su gusto le inclinaba, al cabo de tres días de la ausencia de Anselmo, en los cuales estuvo en continua batalla por resistir a sus deseos, comenzó a requebrar a Camila, con tanta turbación y con tan amorosas razones, que Camila quedó suspensa, y no hizo otra cosa que levantarse de donde estaba y entrarse en su aposento, sin respondelle palabra alguna. Mas no por esta sequedad se desmayó en Lotario la esperanza, que siempre nace juntamente con el amor; antes tuvo en más a Camila. La cual, habiendo visto en Lotario lo que jamás pensara, no sabía qué hacerse. Y, pareciéndole no ser cosa segura ni bien hecha darle ocasión ni lugar a que otra vez la hablase, determinó de enviar aquella mesma noche, como lo hizo, a un criado suyo con un billete a Anselmo, donde le escribió estas razones:

CAPÍTULO XXXIV

Donde se prosigue la novela del Curioso impertinente

Así como suele decirse que parece mal el ejército sin su general y el castillo sin su castellano, digo yo que parece muy peor[b] *la mujer casada y moza sin su marido, cuando justísimas ocasiones no lo impiden. Yo me hallo tan mal sin vos, y tan imposibilitada de no poder sufrir esta ausencia, que si presto no venís, me habré de ir a entretener*[1] *en casa de mis padres, aunque deje sin guarda la vuestra; porque la que me dejastes, si es que quedó con tal título, creo que mira más por su gusto que por lo que a vos os toca; y pues sois discreto, no tengo más que deciros, ni aun es bien que más os diga.*

Esta carta recibió Anselmo, y entendió por ella que

---

[1] *entretener*] aquí 'estar provisionalmente en un lugar opuesto, en espera de trasladarse a otro'[b].

Lotario había ya comenzado la empresa, y que Camila debía de haber respondido como él deseaba; y, alegre sobremanera de tales nuevas, respondió a Camila, de palabra, que no hiciese mudamiento de su casa en modo ninguno, porque él volvería con mucha brevedad. Admirada quedó Camila de la respuesta de Anselmo, que la puso en más confusión que primero, porque ni se atrevía a estar en su casa, ni menos irse a la de sus padres; porque en la quedada corría peligro su honestidad; y en la ida, iba contra el mandamiento de su esposo.

En fin, se resolvió en lo que le estuvo peor, que fue en el quedarse, con determinación de no huir la presencia de Lotario por no dar que decir a sus criados, y ya le pesaba de haber escrito lo que escribió a su esposo, temerosa de que no pensase que Lotario había visto en ella alguna desenvoltura que le hubiese movido a no guardalle el decoro que debía. Pero, fiada en su bondad, se fió en Dios y en su buen pensamiento, con que pensaba resistir callando a todo aquello que Lotario decirle quisiese, sin dar más cuenta a su marido, por no ponerle en alguna pendencia y trabajo. Y aun andaba buscando manera como disculpar a Lotario con Anselmo, cuando le preguntase la ocasión que le había movido a escribirle aquel papel. Con estos pensamientos, más honrados que acertados ni provechosos, estuvo otro día escuchando a Lotario, el cual cargó la mano de manera que comenzó a titubear la firmeza de Camila, y su honestidad tuvo harto que hacer en acudir a los ojos, para que no diesen muestra de alguna amorosa compasión que las lágrimas y las razones de Lotario en su pecho habían despertado. Todo esto notaba Lotario, y todo le encendía.

Finalmente, a él le pareció que era menester, en el espacio y lugar que daba la ausencia de Anselmo, apretar el cerco a aquella fortaleza, y así, acometió a su presunción con las alabanzas de su hermosura, porque no hay cosa que más presto rinda y allane las encastilladas torres de la vanidad de las hermosas que la mesma vanidad, puesta en las lenguas de la adulación. En efecto, él, con toda diligencia, minó la roca de su entereza, con tales pertrechos, que aunque Camila fuera toda de bronce, viniera al suelo. Lloró, rogó, ofreció, aduló, porfió y fingió Lotario con tantos sentimientos, con muestras de tantas veras, que dio al través con el recato de Camila y vino a triunfar de lo que menos se pensaba y más deseaba.

Rindióse Camila; Camila se rindió; pero ¿qué mucho, si la amistad de Lotario no quedó en pie? Ejemplo claro que nos muestra que sólo se vence la pasión amorosa con huilla[b], y que nadie se ha de poner a brazos con tan poderoso enemigo, porque es menester fuerzas divinas para vencer las suyas humanas. Sólo supo Leonela[2] la flaqueza de su señora, porque no se la pudieron encubrir los dos malos amigos y nuevos amantes. No quiso Lotario decir a Camila la pretensión de Anselmo, ni que él le había dado lugar para llegar a aquel punto, porque no tuviese en menos su amor, y pensase que así, acaso y sin pensar, y no de propósito, la había solicitado.

Volvió de allí a pocos días Anselmo a su casa, y no echó de ver lo que faltaba en ella, que era lo que en menos tenía y más estimaba. Fuese luego a ver a Lotario, y hallóle en su casa; abrazáronse los dos, y el uno preguntó por las nuevas de su vida o de su muerte.

—Las nuevas que te podré dar, ¡oh amigo Anselmo! —dijo Lotario—, son de que tienes una mujer que dignamente puede ser ejemplo y corona de todas las mujeres buenas. Las palabras que le he dicho se las ha llevado el aire; los ofrecimientos se han tenido en poco; las dádivas no se han admitido; de algunas lágrimas fingidas mías se ha hecho burla notable. En resolución, así como Camila es cifra de toda belleza, es archivo donde asiste la honestidad y vive el comedimiento y el recato, y todas las virtudes que pueden hacer loable y bien afortunada a una honrada mujer. Vuelve a tomar tus dineros, amigo, que aquí los tengo, sin haber tenido necesidad de tocar a ellos, que la entereza de Camila no se rinde a cosas tan bajas como son dádivas ni promesas. Conténtate, Anselmo, y no quieras hacer más pruebas de las hechas, y pues a pie enjuto has pasado el mar de las dificultades y sospechas que de las mujeres suelen y pueden tenerse, no quieras entrar de nuevo en el profundo piélago de nuevos inconvenientes, ni quieras hacer experiencia con otro piloto de la bondad y fortaleza del navío que el cielo te dio en suerte para que en él pasases la mar deste mundo; sino haz cuenta que estás ya en seguro puerto, y aférrate con las áncoras de la buena consideración, y déjate estar hasta que te vengan a pedir la deuda que no hay hidalguía humana que de pagarla se escuse.

---

[2] Desde este momento es Leonela confidenta y cómplice de Camila.

Contentísimo quedó Anselmo de las razones de Lotario, y así se las creyó como si fueran dichas por algún oráculo. Pero, con todo eso, le rogó que no dejase la empresa, aunque no fuese más de por curiosidad y entretenimiento; aunque no se aprovechase de allí adelante de tan ahincadas diligencias como hasta entonces; y que sólo quería que le escribiese algunos versos en su alabanza, debajo del nombre de Clori, porque él le daría a entender a Camila que andaba enamorado de una dama, a quien le había puesto aquel nombre por poder celebrarla con el decoro que a su honestidad se le debía. Y que, cuando Lotario no quisiera tomar trabajo de escribir los versos, que él los haría.

—No será menester eso —dijo Lotario—, pues no me son tan enemigas las musas que algunos ratos del año no me visiten. Dile tú a Camila lo que has dicho del fingimiento de mis amores; que los versos yo los haré; si no tan buenos como el subjeto merece, serán, por lo menos, los mejores que yo pudiere.

Quedaron deste acuerdo el impertinente y el traidor amigo; y, vuelto Anselmo a su casa, preguntó a Camila lo que ella ya se maravillaba que no se lo hubiese preguntado: que fue que le dijese la ocasión por que le había escrito el papel que le envió. Camila le respondió que le había parecido que Lotario la miraba un poco más desenvueltamente que cuando él estaba en casa; pero que ya estaba desengañada y creía que había sido imaginación suya, porque ya Lotario huía de vella y de estar con ella a solas. Díjole Anselmo que bien podía estar segura de aquella sospecha, porque él sabía que Lotario andaba enamorado de una doncella principal de la ciudad, a quien él celebraba debajo del nombre de Clori, y que, aunque no lo estuviera, no había que temer de la verdad de Lotario y de la mucha amistad de entrambos. Y, a no estar avisada Camila de Lotario de que eran fingidos aquellos amores de Clori, y que él se lo había dicho a Anselmo por poder ocuparse algunos ratos en las mismas alabanzas de Camila, ella, sin duda, cayera en la desesperada red de los celos; mas, por estar ya advertida, pasó aquel sobresalto sin pesadumbre.

Otro día, estando los tres sobre mesa, rogó Anselmo a Lotario dijese alguna cosa de las que había compuesto a su amada Clori; que, pues Camila no la conocía, seguramente podía decir lo que quisiese.

—Aunque la conociera —respondió Lotario—, no encubriera yo nada; porque cuando algún amante loa a su dama de hermosa y la nota de cruel, ningún oprobrio hace a su buen crédito; pero, sea lo que fuere, lo que sé decir, que ayer hice un soneto a la ingratitud desta Clori, que dice ansí:

SONETO[3]

En el silencio de la noche, cuando
ocupa el dulce sueño a los mortales[b],
la pobre cuenta de mis ricos males
estoy al cielo y a mi Clori dando.
    Y al tiempo cuando el sol se va mostrando
por las rosadas puertas orientales,
con suspiros y acentos desiguales
voy la antigua querella renovando.
    Y cuando el sol, de su estrellado asiento
derechos rayos a la tierra envía,
el llanto crece y doblo los gemidos.
    Vuelve la noche, y vuelvo al triste cuento,
y siempre hallo, en mi mortal porfía,
al cielo, sordo; a Clori, sin oídos.

Bien le pareció el soneto a Camila; pero mejor a Anselmo, pues le alabó, y dijo que era demasiadamente cruel la dama que a tan claras verdades no correspondía. A lo que dijo Camila:

—Luego ¿todo aquello que los poetas enamorados dicen es verdad?

—En cuanto poetas, no la dicen —respondió Lotario—; mas en cuanto enamorados, siempre quedan tan cortos como verdaderos.

—No hay duda deso —replicó Anselmo, todo por apoyar y acreditar los pensamientos de Lotario con Camila, tan descuidada del artificio de Anselmo como ya enamorada de Lotario.

Y así, con el gusto que de sus cosas tenía, y más, teniendo por entendido que sus deseos y escritos a ella se encaminaban, y que ella era la verdadera Clori, le rogó que si otro soneto o otros versos sabía, los dijese.

---

[3] Cervantes volvió a publicar este soneto, con leves variantes, en la jorn. 3.ª de su comedia *La casa de los celos*. Dos sonetos de Petrarca se ha señalado como fuentes, *V. CyE*, ed. S-B, I, p. 369; J. Fucilla, *Estudios sobre el petrarquismo en España*, RFE, anejo 72, 1960, p. 177.

—Sí sé —respondió Lotario—; pero no creo que es tan bueno como el primero, o, por mejor decir, menos malo. Y podréislo bien juzgar, pues es éste:

SONETO

Yo sé que muero, y si no soy creído,
es más cierto el morir, como es más cierto
verme a tus pies, ¡oh bella ingrata!, muerto,
antes que de adorarte arrepentido.
    Podré yo verme en la región de olvido,
de vida y gloria y de favor desierto,
y allí verse podrá en mi pecho abierto
cómo tu hermoso rostro está esculpido.
    Que esta reliquia guardo para el duro
trance que me amenaza mi porfía,
que en tu mismo rigor se fortalece.
    ¡Ay de aquel que navega, el cielo escuro,
por mar no usado y peligrosa vía,
adonde norte o puerto no se ofrece!

También alabó este segundo soneto Anselmo como había hecho el primero, y desta manera iba añadiendo eslabón a eslabón a la cadena con que se enlazaba y trababa su deshonra, pues cuando más Lotario le deshonraba, entonces le decía que estaba más honrado; y con esto, todos los escalones que Camila bajaba hacia el centro de su menosprecio, los subía, en la opinión de su marido, hacia la cumbre de la virtud y de su buena fama.

Sucedió en esto que, hallándose una vez, entre otras, sola Camila con su doncella, le dijo:

—Corrida estoy, amiga Leonela, de ver en cuán poco he sabido estimarme, pues siquiera no hice que con el tiempo comprara Lotario la entera posesión que le di tan presto de mi voluntad. Temo que ha de estimar mi presteza o ligereza, sin que eche de ver la fuerza que él me hizo para no poder resistirle.

—No te dé pena eso, señora mía —respondió Leonela—; que no está la monta[4] ni es causa para menguar la estimación darse lo que se da presto, si, en efecto, lo que se da es

MIGUEL DE CERVANTES SAAVEDRA

bueno, y ello por sí digno de estimarse. Y aun suele decirse
que el que luego da, da dos veces[5].

—También se suele decir —dijo Camila—, que lo que
cuesta poco se estima en menos.

—No corre por ti esa razón —respondió Leonela—, porque el amor, según he oído decir, unas veces vuela y otras
anda; con éste corre, y con aquél va despacio; a unos enti-
bia, y a otros abrasa; a unos hiere, y a otros mata; en un
mesmo punto comienza la carrera de sus deseos, y en aquel
mesmo punto la acaba y concluye; por la mañana suele
poner el cerco a una fortaleza, y a la noche la tiene rendida,
porque no hay fuerza que le resista. Y siendo así, ¿de qué
te espantas, o de qué temes, si lo mismo debe de haber acontecido a Lotario, habiendo tomado el amor por instrumento
de rendirnos[6] la ausencia de mi señor? Y era forzoso que
en ella se concluyese lo que el amor tenía determinado,
sin dar tiempo al tiempo para que Anselmo le tuviese de
volver, y con su presencia quedase imperfecta la obra. Porque el amor no tiene otro mejor ministro para ejecutar lo
que desea que es la ocasión: de la ocasión se sirve en todos
sus hechos, principalmente en los principios. Todo esto sé
yo muy bien, más de experiencia que de oídas, y algún día
te lo diré, señora; que yo también soy de carne y de sangre
moza. Cuanto más, señora Camila, que no te entregaste
ni diste tan luego, que primero no hubieses visto en los
ojos, en los suspiros, en las razones y en las promesas y
dádivas de Lotario toda su alma, viendo en ella y en sus
virtudes cuán digno era Lotario de ser amado. Pues si esto
es ansí, no te asalten la imaginación esos escrupulosos y
melindrosos pensamientos; sino asegúrate que Lotario te
estima como tú le estimas a él, y vive con contento y satisfación de que ya que caíste en el lazo amoroso, es el que te
aprieta de valor y de estima. Y que no sólo tiene las cuatro
eses que dicen que han de tener los buenos enamorados[7],

---

[5] *el que luego da, da dos veces*] el adagio latino: '*Qui cito dat, bis
dat*', muy usado en la Edad Media[b]. Aparece citado ya en el *Libro de
los doze sabios*, ca. 1237, ed. J. K. Walsh, c. 30, *BRAE*, anejo 29 (1975),
p. 102-3 nota.
   [6] *rendirnos*] Así en las eds. primitivas[a]. Algunos editores modernos
corrigen *rendiros*[b].
   [7] *las cuatro eses... enamorados*] Era proverbial que el enamorado
había de ser *sabio, solo, solícito* y *secreto.* Luis Barahona de Soto: «*Sabio*
en servir y nunca descuidado/ *Solo* en amar y a otra alma no sujeto/

sino todo un abecé entero: si no, escúchame, y verás como te le digo de coro. Él es, según yo veo y a mí me parece, Agradecido, Bueno, Caballero, Dadivoso, Enamorado, Firme, Gallardo, Honrado, Ilustre, Leal, Mozo, Noble, Onesto, Principal, Quantioso, Rico y las eses que dicen, y luego, Tácito, Verdadero. La X no le cuadra, porque es letra áspera; la Y ya está dicha; la Z, zelador de tu honra.

Rióse Camila del abecé de su doncella, y túvola por más plática[8] en las cosas de amor que ella decía; y así lo confesó ella, descubriendo a Camila como trataba amores con un mancebo bien nacido, de la mesma ciudad; de lo cual se turbó Camila, temiendo que era aquél camino por donde su honra podía correr riesgo. Apuróla si pasaban sus pláticas a más que serlo. Ella, con poca vergüenza y mucha desenvoltura, le respondió que sí pasaban. Porque es cosa ya cierta que los descuidos de las señoras quitan la vergüenza a las criadas, las cuales, cuando ven a las amas echar traspiés, no se les da nada a ellas de cojear, ni de que lo sepan.

No pudo hacer otra cosa Camila sino rogar a Leonela no dijese nada de su hecho al que decía ser su amante, y que tratase sus cosas con secreto, porque no viniesen a noticia de Anselmo ni de Lotario. Leonela respondió que así lo haría; mas cumpliólo de manera, que hizo cierto el temor de Camila de que por ella había de perder su crédito. Porque la deshonesta y atrevida Leonela, después que vio que el proceder de su ama no era el que solía, atrevióse a entrar y poner dentro de casa a su amante, confiada que, aunque su señora le viese, no había de osar descubrille; que este daño acarrean, entre otros, los pecados de las señoras: que se hacen esclavas de sus mesmas criadas[b], y se obligan a encubrirles sus deshonestidades y vilezas, como aconteció con Camila; que, aunque vio una y muchas veces que su Leonela estaba con su galán en un aposento de su casa, no sólo no la osaba reñir, más dábale lugar a que lo encerrase, y quitábale todos los estorbos, para que no fuese visto de su marido.

Solícito en buscar sus desengaños/ *Secreto* en sus favores y en sus daños»[bc], *Las lágrimas de Angélica*, canto 4. Eran también los *abecés de amor* lugar común de la poesía[b], siendo el más conocido uno de Lope de Vega, *Peribáñez*, acto 1.

    [8] *plática*]   aquí otra vez en su acepción antigua de 'práctica', *V.* I.33, nota 20, y unas líneas después en la de 'conversación'.

Pero no los pudo quitar, que Lotario no le viese una vez
salir, al romper del alba; el cual, sin conocer quién era,
pensó primero que debía de ser alguna fantasma; mas
cuando le vio caminar, embozarse y encubrirse con cuidado
y recato, cayó de su simple pensamiento, y dio en otro,
que fuera la perdición de todos, si Camila no lo remediara.
Pensó Lotario que aquel hombre que había visto salir tan
a deshora de casa de Anselmo no había entrado en ella por
Leonela, ni aun se acordó si Leonela era en el mundo:
sólo creyó que Camila, de la misma manera que había sido
fácil y ligera con él, lo era para otro; que estas añadiduras
trae consigo la maldad de la mujer mala: que pierde el
crédito de su honra con el mesmo a quien se entregó rogada
y persuadida, y cree que con mayor facilidad se entrega a
otros, y da infalible crédito a cualquiera sospecha que desto
le venga. Y no parece sino que le faltó a Lotario en este punto
todo su buen entendimiento, y se le fueron de la memoria
todos sus advertidos discursos; pues, sin hacer alguno que
bueno fuese, ni aun razonable, sin más ni más, antes que
Anselmo se levantase, impaciente y ciego de la celosa rabia
que las entrañas le roía, muriendo por vengarse de Camila, que en ninguna cosa le había ofendido, se fue a Anselmo
y le dijo:
—Sábete, Anselmo, que ha muchos días que he andado
peleando conmigo mesmo, haciéndome fuerza a no decirte
lo que ya no es posible ni justo que más te encubra. Sábete
que la fortaleza de Camila está ya rendida y sujeta a todo
aquello que yo quisiere hacer della; y si he tardado en des-
cubrirte esta verdad, ha sido por ver si era algún liviano
antojo suyo, o si lo hacía por probarme y ver si eran con
propósito firme tratados los amores que, con tu licencia,
con ella he comenzado. Creí ansimismo que ella, si fuera
la que debía y la que entrambos pensábamos, ya te hubiera
dado cuenta de mi solicitud; pero habiendo visto que se
tarda, conozco que son verdaderas las promesas que me
ha dado de que cuando otra vez hagas ausencia de tu casa,
me hablará en la recámara, donde esta el repuesto[9] de tus
alhajas — y era la verdad que allí le solía hablar Camila—;
y no quiero que precipitosamente corras a hacer alguna
venganza, pues no está aún cometido el pecado sino con
pensamiento, y podría ser que desde éste hasta el tiempo

---

[9] *repuesto*] escondite.

de ponerle por obra se mudase el de Camila, y naciese
en su lugar el arrepentimiento. Y así, ya que, en todo o en
parte, has seguido siempre mis consejos, sigue y guarda
uno que ahora te diré, para que sin engaño y con medroso
advertimento te satisfagas de aquello que más vieres que
te convenga. Finge que te ausentas por dos o tres días, como
otras veces sueles, y haz de manera que te quedes escondido
en tu recámara, pues los tapices que allí hay y otras cosas
con que te puedas encubrir te ofrecen mucha comodidad,
y entonces verás por tus mismos ojos, y yo por los míos,
lo que Camila quiere; y si fuere la maldad que se puede
temer antes que esperar, con silencio, sagacidad y discreción podrás ser el verdugo de tu agravio.

Absorto, suspenso y admirado quedó Anselmo con las
razones de Lotario, porque le cogieron en tiempo donde
menos las esperaba oír, porque ya tenía a Camila por vencedora de los fingidos asaltos de Lotario, y comenzaba a
gozar la gloria del vencimiento. Callando estuvo por un
buen espacio, mirando al suelo sin mover pestaña, y al
cabo, dijo:

—Tú lo has hecho, Lotario, como yo esperaba de tu
amistad; en todo he de seguir tu consejo; haz lo que quisieres y guarda aquel secreto que ves que conviene en caso
tan no pensado.

Prometióselo Lotario, y, en apartándose dél, se arre-
pintió totalmente de cuanto le había dicho, viendo cuán
neciamente había andado, pues pudiera él vengarse de Camila, y no por camino tan cruel y tan deshonrado. Maldecía
su entendimiento, afeaba su ligera determinación y no sabía qué medio tomarse para deshacer lo hecho, o para dalle
alguna razonable salida. Al fin, acordó de dar cuenta de
todo a Camila; y como no faltaba lugar para poderlo hacer,
aquel mismo día la halló sola, y ella, así como vio que le
podía hablar, le dijo:

—Sabed, amigo Lotario, que tengo una pena en el corazón, que me le aprieta de suerte que parece que quiere
reventar en el pecho, y ha de ser maravilla si no lo hace;
pues ha llegado la desvergüenza de Leonela a tanto, que
cada noche encierra a un galán suyo en esta casa, y se está
con él hasta el día, tan a costa de mi crédito, cuanto le
quedará campo abierto de juzgarlo al que le viere salir a
horas tan inusitadas de mi casa. Y lo que me fatiga es que
no la puedo castigar ni reñir: que el ser ella secretario de

nuestros tratos me ha puesto un freno en la boca para callar los suyos, y temo que de aquí ha de nacer algún mal suceso.

Al principio que Camila esto decía creyó Lotario que era artificio para desmentille que el hombre que había visto salir era de Leonela, y no suyo; pero viéndola llorar, y afligirse, y pedirle remedio, vino a creer la verdad, y, en creyéndola, acabó de estar confuso y arrepentido del todo. Pero, con todo esto, respondió a Camila que no tuviese pena; que él ordenaría remedio para atajar la insolencia de Leonela. Díjole asimismo lo que, instigado de la furiosa rabia de los celos, había dicho a Anselmo, y cómo estaba concertado de esconderse en la recámara, para ver desde allí a la clara la poca lealtad que ella le guardaba. Pidióle perdón desta locura, y consejo para poder remedialla y salir bien de tan revuelto laberinto como su mal discurso le había puesto.

Espantada quedó Camila de oír lo que Lotario le decía, y con mucho enojo y muchas y discretas razones le riñó y afeó su mal pensamiento, y la simple y mala determinación que había tenido; pero, como naturalmente tiene la mujer ingenio presto para el bien y para el mal, más que el varón, puesto que le va faltando cuando de propósito se pone a hacer discursos, luego al instante halló Camila el modo de remediar tan al parecer inremediable negocio, y dijo a Lotario que procurase que otro día se escondiese Anselmo donde decía, porque ella pensaba sacar de su escondimiento comodidad para que desde allí en adelante los dos se gozasen sin sobresalto alguno; y, sin declararle del todo su pensamiento, le advirtió que tuviese cuidado que en estando Anselmo escondido, él viniese cuando Leonela le llamase, y que a cuanto ella le dijese le respondiese como respondiera aunque no supiera que Anselmo le escuchaba. Porfió Lotario que le acabase de declarar su intención, porque con más seguridad y aviso guardase todo lo que viese ser necesario.

—Digo —dijo Camila— que no hay más que guardar, si no fuere responderme como yo os preguntare —no queriendo Camila darle antes cuenta de lo que pensaba hacer, temerosa que no quisiese seguir el parecer que a ella tan bueno le parecía, y siguiese o buscase otros que no podrían ser tan buenos.

Con esto, se fue Lotario; y Anselmo, otro día, con la

escusa de ir a aquella aldea de su amigo, se partió y volvió a esconderse; que lo pudo hacer con comodidad, porque de industria se la dieron Camila y Leonela.

Escondido, pues, Anselmo, con aquel sobresalto que se puede imaginar que tendría el que esperaba ver por sus ojos hacer notomía[10] de las entrañas de su honra, íbase a pique[11] de perder el sumo bien que él pensaba que tenía en su querida Camila. Seguras ya y ciertas Camila y Leonela que Anselmo estaba escondido, entraron en la recámara; y, apenas hubo puesto los pies en ella Camila, cuando, dando un grande suspiro, dijo:

—¡Ay, Leonela amiga! ¿No sería mejor que antes que llegase a poner en ejecución lo que no quiero que sepas, porque no procures estorbarlo, que tomases la daga de Anselmo, que te he pedido, y pasases con ella este infame pecho mío? Pero no hagas tal; que no será razón que yo lleve la pena de la ajena culpa. Primero quiero saber qué es lo que vieron en mí los atrevidos y deshonestos ojos de Lotario que fuese causa de darle atrevimiento a descubrirme un tal mal deseo como es el que me ha descubierto, en desprecio de su amigo y en deshonra mía. Ponte, Leonela, a esa ventana, y llámale; que, sin duda alguna, se debe de estar en la calle, esperando poner en efeto su mala intención. Pero primero se pondrá la cruel cuanto honrada mía.

—¡Ay, señora mía! —respondió la sagaz y advertida Leonela—. Y ¿qué es lo que quieres hacer con esta daga? ¿Quieres por ventura quitarte la vida o quitársela a Lotario? Que cualquiera destas cosas que quieras ha de redundar en pérdida de tu crédito y fama. Mejor es que disimules tu agravio, y no des lugar a que este mal hombre entre ahora en esta casa y nos halle solas. Mira, señora, que somos flacas mujeres, y él es hombre, y determinado; y como viene con aquel mal propósito, ciego y apasionado, quizá antes que tú pongas en ejecución el tuyo, hará él lo que te estaría más mal que quitarte la vida. ¡Mal haya mi señor Anselmo, que tanto mal ha querido dar[12] a este desuellacaras en su casa! Y ya, señora, que[13] le mates, como yo pienso que quieres hacer, ¿qué hemos de hacer dél después de muerto?

---

[10] *hacer notomía*] hacer disección (anatomía), examen minucioso[b].
[11] *íbase a pique*] Algunos editores corrigen *víase a pique*[b].
[12] *tanto mal... dar*] La ed. de Bruselas, 1607, corrigió *tanta mano*, corrección seguida por muchos editores[b].
[13] *Y ya... que*] Y una vez que.

—¿Qué, amiga? —respondió Camila—. Dejarémosle para que Anselmo le entierre, pues será justo que tenga por descanso el trabajo que tomare en poner debajo de la tierra su misma infamia. Llámale, acaba; que todo el tiempo que tardo en tomar la debida venganza de mi agravio parece que ofendo a la lealtad que a mi esposo debo.

Todo esto escuchaba Anselmo, y a cada palabra que Camila decía se le mudaban los pensamientos; mas cuando entendió que estaba resuelta en matar a Lotario, quiso salir y descubrirse, porque tal cosa no se hiciese; pero detúvole el deseo de ver en qué paraba tanta gallardía y honesta resolución, con propósito de salir a tiempo que la estorbase.

Tomóle en esto a Camila un fuerte desmayo y, arrojándose encima de una cama que allí estaba, comenzó Leonela a llorar muy amargamente y a decir:

—¡Ay, desdichada de mí si fuese tan sin ventura, que se me muriese aquí entre mis brazos la flor de la honestidad del mundo, la corona de las buenas mujeres, el ejemplo de la castidad...!

Con otras cosas a éstas semejantes, que ninguno la escuchara que no la tuviera por la más lastimada y leal doncella del mundo, y a su señora por otra nueva y perseguida Penélope[14]. Poco tardó en volver de su desmayo Camila, y, al volver en sí, dijo:

—¿Por qué no vas, Leonela, a llamar al más leal amigo de amigo que vio el sol, o cubrió la noche? Acaba, corre, aguija, camina, no se esfogue[15] con la tardanza el fuego de la cólera que tengo, y se pase en amenazas y maldiciones la justa venganza que espero.

—Ya voy a llamarle, señora mía —dijo Leonela—; mas hasme de dar primero esa daga, porque no hagas cosa, en tanto que falto, que dejes con ella que llorar toda la vida a todos los que bien te quieren.

—Ve segura, Leonela amiga, que no haré —respondió Camila—; porque ya que sea atrevida y simple a tu parecer en volver por mi honra, no lo he de ser tanto como aquella Lucrecia[16] de quien dicen que se mató sin haber cometido

---

[14] *Penélope*] Alusión irónica al personaje de la mitología clásica, la mujer de Ulises, y símbolo de la fidelidad conyugal[b]. Más adelante se compara a Camila a dos figuras de esposa leal de la cultura clásica.

[15] *esfogue*] desfogue, o 'dé salida al fuego'.

[16] *Lucrecia*] Matrona romana, esposa de Tarquino Colatino que según la leyenda fue violada por Sexto, hijo de Tarquino el soberbio.

error alguno, y sin haber muerto primero a quien tuvo la causa de su desgracia. Yo moriré, si muero; pero ha de ser vengada y satisfecha del que me ha dado ocasión de venir a este lugar a llorar sus atrevimientos, nacidos tan sin culpa mía.

Mucho se hizo de rogar Leonela antes que saliese a llamar a Lotario; pero, en fin, salió, y entre tanto que volvía, quedó Camila diciendo, como que hablaba consigo misma:

—¡Válame Dios! ¿No fuera más acertado haber despedido a Lotario, como otras muchas veces lo he hecho, que no ponerle en condición, como ya le he puesto, que me tenga por deshonesta y mala, siquiera este tiempo que he de tardar en desengañarle? Mejor fuera, sin duda; pero no quedara yo vengada, ni la honra de mi marido satisfecha, si tan a manos lavadas[17] y tan a paso llano se volviera a salir de donde sus malos pensamientos le entraron. Pague el traidor con la vida lo que intentó con tan lascivo deseo: sepa el mundo, si acaso llegare a saberlo, de que Camila no sólo guardó la lealtad a su esposo, sino que le dio venganza del que se atrevió a ofendelle. Mas, con todo, creo que fuera mejor dar cuenta desto a Anselmo; pero ya se la apunté a dar en la carta que le escribí al aldea, y creo que el no acudir él al remedio del daño que allí le señalé, debió de ser que, de puro bueno y confiado, no quiso ni pudo creer que en el pecho de su tan firme amigo pudiese caber género de pensamiento que contra su honra fuese; ni aun yo lo creí después, por muchos días, ni lo creyera jamás, si su insolencia no llegara a tanto, que las manifiestas dádivas y las largas promesas y las continuas lágrimas no me lo manifestaran. Mas ¿para qué hago yo ahora estos discursos? ¿Tiene, por ventura, una resulución gallarda necesidad de consejo alguno? No, por cierto. ¡Afuera, pues, traidores; aquí, venganzas! ¡Entre el falso, venga, llegue, muera y acabe, y suceda lo que sucediere! Limpia entré en poder del que el cielo me dio por mío; limpia he de salir dél, y, cuando mucho, saldré bañada en mi casta sangre, y en la impura del más falso amigo que vio la amistad en el mundo.

---

y se suicidó clavándose un puñal, después de haberlo revelado a su marido.

[17] *a manos lavadas*[b]] 'sin esfuerzo', 'sin consecuencias'[h], cf. Cov. 754.a.25.

Y diciendo esto, se paseaba por la sala con la daga desenvainada, dando tan desconcertados y desaforados pasos y haciendo tales ademanes, que no parecía sino que le faltaba el juicio, y que no era mujer delicada, sino un rufián desesperado[18].

Todo lo miraba Anselmo, cubierto detrás de unos tapices donde se había escondido, y de todo se admiraba, y ya le parecía que lo que había visto y oído era bastante satisfación para mayores sospechas, y ya quisiera que la prueba de venir Lotario faltara, temeroso de algún mal repentino suceso. Y estando ya para manifestarse y salir, para abrazar y desengañar a su esposa, se detuvo porque vio que Leonela volvía con Lotario de la mano; y así como Camila le vio, haciendo con la daga en el suelo una gran raya delante della, le dijo:

—Lotario, advierte lo que te digo: si a dicha te atrevieres a pasar desta raya que ves, ni aun llegar a ella, en el punto que viere que lo intentas, en ese mismo me pasaré el pecho con esta daga que en las manos tengo. Y antes que a esto me respondas palabra, quiero que otras algunas me escuches; que después responderás lo que más te agradare. Lo primero, quiero, Lotario, que me digas si conoces a Anselmo mi marido, y en qué opinión le tienes; y lo segundo, quiero saber también si me conoces a mí. Respóndeme a esto, y no te turbes, ni pienses mucho lo que has de responder, pues no son dificultades las que te pregunto.

No era tan ignorante Lotario, que desde el primer punto que Camila le dijo que hiciese esconder a Anselmo, no hubiese dado en la cuenta de lo que ella pensaba hacer; y así, correspondió con su intención tan discretamente y tan a tiempo, que hicieran los dos pasar aquella mentira por más que cierta verdad; y así, respondió a Camila desta manera:

—No pensé yo, hermosa Camila, que me llamabas para preguntarme cosas tan fuera de la intención con que yo aquí vengo. Si lo haces por dilatarme la prometida merced, desde más lejos pudieras entretenerla, porque tanto más fatiga el bien deseado cuanto la esperanza está más cerca de poseello; pero porque no digas que no respondo a tus preguntas, digo que conozco a tu esposo Anselmo, y

---

[18] *rufián desesperado*] *rufián:* alcahuete, ladrón. *desesperado:* alude al sentido explicado en la nota 18, c. 12.

nos conocemos los dos desde nuestros más tiernos años; y no quiero decir lo que tú tan bien sabes de nuestra amistad, por no me hacer testigo del agravio que el amor hace que le haga, poderosa disculpa de mayores yerros. A ti te conozco y tengo en la misma posesión[19] que él te tiene; que, a no ser así, por menos prendas que las tuyas no había yo de ir contra lo que debo a ser quien soy y contra las santas leyes de la verdadera amistad, ahora por tan poderoso enemigo como el amor por mí rompidas y violadas.

—Si eso confiesas —respondió Camila—, enemigo mortal de todo aquello que justamente merece ser amado, ¿con qué rostro osas parecer ante quien sabes que es el espejo donde se mira aquel en quien tú te debieras mirar, para que vieras con cuán poca ocasión le agravias? Pero ya cayo, ¡ay, desdichada de mí!, en la cuenta de quién te ha hecho tener tan poca con lo que a ti mismo debes, que debe de haber sido alguna desenvoltura mía, que no quiero llamarla deshonestidad, pues no habrá procedido de deliberada determinación, sino de algún descuido de los que las mujeres que piensan que no tienen de quién recatarse suelen hacer inadvertidamente. Si no, dime: ¿cuándo, ¡oh traidor!, respondí a tus ruegos con alguna palabra o señal que pudiese despertar en ti alguna sombra de esperanza de cumplir tus infames deseos? ¿Cuándo tus amorosas palabras no fueron deshechas y reprehendidas de las mías con rigor y con aspereza? ¿Cuándo tus muchas promesas y mayores dádivas fueron de mí creídas ni admitidas? Pero, por parecerme que alguno no puede perseverar en el intento amoroso luengo tiempo, si no es sustentado de alguna esperanza, quiero atribuirme a mí la culpa de tu impertinencia, pues, sin duda, algún descuido mío ha sustentado tanto tiempo tu cuidado; y así, quiero castigarme y darme la pena que tu culpa merece. Y porque vieses que siendo conmigo tan inhumana, no era posible dejar de serlo contigo, quise traerte a ser testigo del sacrificio que pienso hacer a la ofendida honra de mi tan honrado marido, agraviado de ti con el mayor cuidado que te ha sido posible, y de mí también con el poco recato que he tenido del huir la ocasión, si alguna te di, para favorecer y canonizar[20] tus malas intenciones. Torno a decir que la

---

[19] *posesión]* reputación.
[20] *canonizar:* fig., 'aprobar, aplaudir'b, cf. II.32, p. 284.

sospecha que tengo que algún descuido mío engendró en ti tan desvariados pensamientos es la que más me fatiga, y la que yo más deseo castigar con mis propias manos, porque, castigándome otro verdugo, quizá sería más pública mi culpa; pero antes que esto haga, quiero matar muriendo, y llevar conmigo quien me acabe de satisfacer el deseo de la venganza que espero y tengo, viendo allá, dondequiera que fuere, la pena que da la justicia desinteresada y que no se dobla al que en términos tan desesperados me ha puesto.

Y diciendo estas razones, con una increíble fuerza y ligereza arremetió a Lotario con la daga desenvainada, con tales muestras de querer enclavársela en el pecho, que casi él estuvo en duda si aquellas demostraciones eran falsas o verdaderas, porque le fue forzoso valerse de su industria y de su fuerza para estorbar que Camila no le diese. La cual tan vivamente fingía aquel estraño embuste y fealdad, que, por dalle color de verdad, la quiso matizar con su misma sangre; porque, viendo que no podía haber a Lotario, o fingiendo que no podía, dijo:

—Pues la suerte no quiere satisfacer del todo mi tan justo deseo, a lo menos, no será tan poderosa que, en parte, me quite que no le satisfaga.

Y haciendo fuerza para soltar la mano de la daga, que Lotario la tenía asida, la sacó, y guiando su punta por parte que pudiese herir no profundamente, se la entró y escondió por más arriba de la islilla[21] del lado izquierdo, junto al hombro, y luego se dejó caer en el suelo, como desmayada.

Estaban Leonela y Lotario suspensos y atónitos de tal suceso, y todavía dudaban de la verdad de aquel hecho, viendo a Camila tendida en tierra y bañada en su sangre. Acudió Lotario con mucha presteza, despavorido y sin aliento, a sacar la daga, y en ver la pequeña herida, salió del temor que hasta entonces tenía, y de nuevo se admiró de la sagacidad, prudencia y mucha discreción de la hermosa Camila; y, por acudir con lo que a él le tocaba, comenzó a hacer una larga y triste lamentación sobre el cuerpo de Camila, como si estuviera difunta, echándose muchas maldiciones, no sólo a él, sino al que había sido causa de habelle puesto en aquel término. Y como sabía que le escuchaba su amigo Anselmo, decía cosas que el que le oyera

---

[21] *islilla*] axila, o clavícula; el sobaco[b].

le tuviera mucha más lástima que a Camila, aunque por muerta la juzgara.

Leonela la tomó en brazos y la puso en el lecho, suplicando a Lotario fuese a buscar quien secretamente a Camila curase; pedíale asimismo consejo y parecer de lo que dirían a Anselmo de aquella herida de su señora, si acaso viniese antes que estuviese sana. El respondió que dijesen lo que quisiesen; que él no estaba para dar consejo que de provecho fuese; sólo le dijo que procurase tomarle[22] la sangre, porque él se iba adonde gentes no le viesen. Y con muestras de mucho dolor y sentimiento, se salió de casa; y cuando se vio solo y en parte donde nadie le veía, no cesaba de hacerse cruces, maravillándose de la industria de Camila y de los ademanes tan proprios de Leonela. Consideraba cuán enterado había de quedar Anselmo de que tenía por mujer a una segunda Porcia[23], y deseaba verse con él para celebrar los dos la mentira y la verdad más disimulada que jamás pudiera imaginarse.

Leonela tomó, como se ha dicho, la sangre a su señora, que no era más de aquello que bastó para acreditar su embuste, y lavando con un poco de vino la herida, se la ató lo mejor que supo, diciendo tales razones en tanto que la curaba, que aunque no hubieran precedido otras, bastaran a hacer creer a Anselmo que tenía en Camila un simulacro de la honestidad.

Juntáronse a las palabras de Leonela otras de Camila, llamándose cobarde y de poco ánimo, pues le había faltado al tiempo que fuera más necesario tenerle, para quitarse la vida, que tan aborrecida tenía. Pedía consejo a su doncella si daría, o no, todo aquel suceso a su querido esposo; la cual le dijo que no se lo dijese, porque le pondría en obligación de vengarse de Lotario, lo cual no podría ser sin mucho ruego[24] suyo, y que la buena mujer estaba obligada a no dar ocasión a su marido a que riñese, sino a quitalle todas aquellas que le fuese posible.

Respondió Camila que le parecía muy bien su parecer,

---

[22] *tomarle...*] contenerle la efusión de la sangre.
[23] *Porcia*] Según la leyenda o tradición (Valerio Máximo, IV.6.5), la esposa de Marco Bruto, a quien confió él el secreto de la conjuración contra Julio César. Muerto Marco Bruto poco después, no quiso sobrevivirlo y se suicidó tragándose unas ascuas[c].
[24] *ruego*] Así en la ed. pr. Schevill y Riquer aceptan la enmienda *riesgo*[a].

y que ella le seguiría; pero que en todo caso convenía buscar qué decir a Anselmo de la causa de aquella herida, que él no podría dejar de ver; a lo que Leonela respondía que ella, ni aun burlando, no sabía mentir.

—Pues yo, hermana —replicó Camila—, ¿qué tengo de saber, que no me atreveré a forjar ni sustentar una mentira, si me fuese en ello la vida? Y si es que no hemos de saber dar salida a esto, mejor será decirle la verdad desnuda, que no que nos alcance en mentirosa cuenta.

—No tengas pena, señora; de aquí a mañana —respondió Leonela— yo pensaré qué le digamos, y quizá que por ser la herida donde es, la podrás encubrir sin que él la vea, y el cielo será servido de favorecer a nuestros tan justos y tan honrados pensamientos. Sosiégate, señora mía, y procura sosegar tu alteración, porque mi señor no te halle sobresaltada, y lo demás déjalo a mi cargo, y al de Dios, que siempre acude a los buenos deseos.

Atentísimo había estado Anselmo a escuchar y a ver representar la tragedia de la muerte de su honra; la cual con tan estraños y eficaces afectos la representaron los personajes della, que pareció que se habían transformado en la misma verdad de lo que fingían. Deseaba mucho la noche, y el tener lugar para salir de su casa, y ir a verse con su buen amigo Lotario, congratulándose con él de la margarita preciosa[25] que había hallado en el desengaño de la bondad de su esposa. Tuvieron cuidado las dos de darle lugar y comodidad a que saliese, y él, sin perdella, salió, y luego fue a buscar a Lotario; el cual hallado, no se puede buenamente contar los abrazos que le dio, las cosas que de su contento le dijo, las alabanzas que dio a Camila. Todo lo cual escuchó Lotario sin poder dar muestras de alguna alegría, porque se le representaba a la memoria cuán engañado estaba su amigo, y cuán injustamente él le agraviaba. Y aunque Anselmo veía que Lotario no se alegraba, creía ser la causa por haber dejado a Camila herida y haber él sido la causa; y así, entre otras razones, le dijo que no tuviese pena del suceso de Camila, porque, sin duda, la herida era ligera, pues quedaban de concierto de encubrírsela a él; y que, según esto, no había de qué temer, sino que de allí adelante se gozase y alegrase con él, pues por

---

[25] *margarita preciosa*]   perla de mucho precio. Cf. la parábola del Evangelio, San Mateo 13,45.

su industria y medio él se veía levantado a la más alta felicidad que acertara desearse, y quería que no fuesen otros sus entretenimientos que en hacer versos en alabanza de Camila, que la hiciesen eterna en la memoria de los siglos venideros. Lotario alabó su buena determinación y dijo que él, por su parte, ayudaría a levantar tan ilustre edificio.

Con esto quedó Anselmo el hombre más sabrosamente engañado que pudo haber en el mundo: él mismo llevó[26] por la mano a su casa, creyendo que llevaba el instrumento de su gloria, toda la perdición de su fama. Recebíale Camila con rostro, al parecer, torcido, aunque con alma risueña. Duró este engaño algunos días, hasta que al cabo de pocos meses volvió Fortuna su rueda, y salió a plaza la maldad con tanto artificio hasta allí cubierta, y a Anselmo le costó la vida su impertinente curiosidad.»

CAPÍTULO XXXV

Donde se da fin a la novela del Curioso impertinente[1]

Poco más quedaba por leer de la novela, cuando del caramanchón donde reposaba don Quijote salió Sancho Panza todo alborotado, diciendo a voces:

—Acudid, señores, presto y socorred a mi señor, que anda envuelto en la más reñida y trabada batalla que mis ojos han visto. ¡Vive Dios, que ha dado una cuchillada al gigante enemigo de la señora princesa Micomicona, que le ha tajado la cabeza cercen a cercen[2], como si fuera un nabo!

—¿Qué dices, hermano? —dijo el cura, dejando de leer lo que de la novela quedaba—. ¿Estáis en vos, Sancho? ¿Cómo diablos puede ser eso que decís, estando el gigante dos mil leguas de aquí?

---

[26] *llevó*] La ed. pr.: *lleva*[a]. La tercera corrige *llevaba*, enmienda seguida por muchos editores[bh].

[1] No se menciona la batalla con los cueros de vino que tiene lugar en este c., pero —habiendo ya ocurrido— se anuncia en el epígrafe del c. siguiente. Para la crítica actual la anomalía puede justificarse artísticamente, Avalle-Arce, **470.8**, p. 146 y ss.

[2] *cercen a cercen*] 'de raíz', 'en redondo'. Era palabra llana[b]. s.v. Cov.

En esto, oyeron un gran ruido en el aposento, y que don Quijote decía a voces:

—¡Tente, ladrón, malandrín, follón; que aquí te tengo, y no te ha de valer tu cimitarra!³

Y parecía que daba grandes cuchilladas por las paredes. Y dijo Sancho:

—No tienen que pararse a escuchar, sino entren a despartir la pelea, o a ayudar a mi amo; aunque ya no será menester, porque, sin duda alguna, el gigante está ya muerto, y dando cuenta a Dios de su pasada y mala vida; que yo vi correr la sangre por el suelo, y la cabeza cortada y caída a un lado, que es tamaña como un gran cuero de vino.

—Que me maten[b] —dijo a esta sazón el ventero— si don Quijote, o don diablo[b], no ha dado alguna cuchillada en alguno de los cueros de vino tinto que a su cabecera estaban llenos, y el vino derramado debe de ser lo que le parece sangre a este buen hombre.

Y con esto, entró en el aposento, y todos tras él, y hallaron a don Quijote en el más estraño traje del mundo. Estaba en camisa, la cual no era tan cumplida, que por delante le acabase de cubrir los muslos, y por detrás tenía seis dedos menos; las piernas eran muy largas y flacas, llenas de vello y no nada limpias; tenía en la cabeza un bonetillo⁴ colorado, grasiento, que era del ventero; en el brazo izquierdo tenía revuelta la manta de la cama, con quien tenía ojeriza Sancho, y él se sabía bien el porqué; y en la derecha, desenvainada la espada, con la cual daba cuchilladas a todas partes, diciendo palabras como si verdaderamente estuviera peleando con algún gigante. Y es lo bueno que no tenía los ojos abiertos, porque estaba durmiendo y soñando que estaba en batalla con el gigante; que fue tan intensa la imaginación de la aventura que iba a fenecer, que le hizo soñar que ya había llegado al reino de Micomicón, y que ya estaba en la pelea con su enemigo. Y había dado tantas cuchilladas en los cueros, creyendo que las daba en el gigante, que todo el aposento estaba lleno de vino. Lo cual visto por el ventero, tomó tanto enojo, que

---

³ *cimitarra*] especie de sable corto, arma propia de musulmanes y en particular los turcos. En los relatos caballerescos los gigantes se suponían ser turcos o paganos[c].

⁴ *bonetillo*] gorro que usaban los viejos y los enfermos para dormir, Cov. 228.b.33.

arremetió con don Quijote, y a puño cerrado le comenzó
a dar tantos golpes, que si Cardenio y el cura no se le quitaran, él acabara la guerra del gigante; y, con todo aquello,
no despertaba el pobre caballero, hasta que el barbero trujo
un gran caldero de agua fría del pozo y se le echó por todo
el cuerpo de golpe, con lo cual despertó don Quijote; mas
no con tanto acuerdo, que echase de ver de la manera que
estaba.

Dorotea, que vio cuán corta y sotilmente estaba vestido,
no quiso entrar a ver la batalla de su ayudador y de su
contrario.

Andaba Sancho buscando la cabeza del gigante por todo
el suelo, y como no la hallaba, dijo:

—Ya yo sé que todo lo desta casa es encantamento;
que la otra vez, en este mesmo lugar donde ahora me hallo,
me dieron muchos mojicones y porrazos, sin saber quién me
los daba, y nunca pude ver a nadie; y ahora no parece
por aquí esta cabeza que vi cortar por mis mismísimos ojos,
y la sangre corría del cuerpo como de una fuente.

—¿Qué sangre ni qué fuente dices, enemigo de Dios y
de sus santos? —dijo el ventero—. ¿No vees, ladrón[5], que
la sangre y la fuente no es otra cosa que estos cueros que
aquí están horadados y el vino tinto que nada en este aposento, que nadando vea yo el alma en los infiernos de quien
los horadó?[6]

—No sé nada —respondió Sancho—: sólo sé que vendré
a ser tan desdichado, que, por no hallar esta cabeza, se me
ha de deshacer mi condado como la sal en el agua.

Y estaba peor Sancho despierto que su amo durmiendo:
tal le tenían las promesas que su amo le había hecho. El
ventero se desesperaba de ver la flema[7] del escudero y el
maleficio del señor, y juraba que no había de ser como la
vez pasada, que se le fueron sin pagar, y que ahora no le
habían de valer los previlegios de su caballería para dejar

[5] *ladrón*] Se usaba como insulto genérico, como en otros casos en
el texto de Cervantes.

[6] *horadó*] El tema popular de los cueros de vino que un estudiante
perturbado por lecturas acuchilla ya aparece en un relato medieval;
cf. Menéndez Pidal, **156.1**, p. 15/224. En *El asno de oro* de Apuleyo
(trad. al español por Diego López de Cortégana, Sevilla, 1513) el protagonista, al volver borracho a su posada, lucha y acuchilla tres bultos
que resultan ser odres (II, 32 y III, 1-9)[h].

[7] *flema*] lentitud, cf. Cov. s.v.

de pagar lo uno y lo otro, aun hasta lo que pudiesen costar las botanas que se habían de echar a los rotos cueros.

Tenía el cura de las manos a don Quijote, el cual, creyendo que ya había acabado la aventura, y que se hallaba delante de la princesa Micomicona, se hincó de rodillas delante del cura, diciendo:

—Bien puede la vuestra grandeza, alta y famosa señora, vivir, de hoy más, segura que[8] le pueda hacer mal esta mal nacida criatura; y yo también, de hoy más, soy quito[9] de la palabra que os di, pues, con el ayuda del alto Dios y con el favor de aquella por quien yo vivo y respiro, tan bien la he cumplido.

—¿No lo dije yo? —dijo oyendo esto Sancho—. Sí que no estaba yo borracho: ¡mirad si tiene puesto ya en sal mi amo al gigante! ¡Ciertos son los toros: mi condado está de molde![10]

¿Quién no había de reír con los disparates de los dos, amo y mozo? Todos reían sino el ventero, que se daba a Satanás; pero, en fin, tanto hicieron el barbero, Cardenio y el cura, que, con no poco trabajo, dieron con don Quijote en la cama, el cual se quedó dormido, con muestras de grandísimo cansancio. Dejáronle dormir, y saliéronse al portal de la venta a consolar a Sancho Panza de no haber hallado la cabeza del gigante; aunque más tuvieron que hacer en aplacar al ventero, que estaba desesperado por la repentina muerte de sus cueros. Y la ventera decía en voz y en grito:

—En mal punto[b] y en hora menguada entró en mi casa este caballero andante, que nunca mis ojos le hubieran visto, que tan caro me cuesta. La vez pasada se fue con el costo de una noche, de cena, cama, paja y cebada, para él y para su escudero, y un rocín y un jumento, diciendo que era caballero aventurero, que mala ventura le dé Dios, a él y a cuantos aventureros hay en el mundo, y que por esto no estaba obligado a pagar nada, que así estaba escrito en los aran-

---

[8] *segura que*]   descuidada de que[b]. Cf. I.27, p. 334.
[9] *soy quito*]   quedo libre.
[10] Sancho amontona varias expresiones proverbiales. *poner en sal a uno:* 'matarle', como los cerdos que se salan después de la matanza. *ciertos son los toros:* «Encerrar los toros, traerlos al corral en la plaza, y entonces dicen los incrédulos, *Ciertos son los toros*», Cov. 513.b.54. Cf. Correas 300a. *está de molde:* 'es cosa segura, y como hecha a medida para mi'[cb].

celes[11] de la caballería andantesca. Y ahora, por su respeto, vino estotro señor y me llevó mi cola, y hámela vuelto con más de dos cuartillos[12] de daño, toda pelada, que no puede servir para lo que la quiere mi marido[b]. Y por fin y remate de todo, romperme mis cueros y derramarme mi vino, que derramada le vea yo su sangre. ¡Pues no se piense; que por los huesos de mi padre y por el siglo[13] de mi madre, si no me lo han de pagar un cuarto sobre otro, o no me llamaría yo como me llamo, ni sería hija de quien soy!

Estas y otras razones tales decía la ventera con grande enojo, y ayudábala su buena criada Maritornes. La hija callaba, y de cuando en cuando se sonreía. El cura lo sosegó todo, prometiendo de satisfacerles su pérdida lo mejor que pudiese, así de los cueros como del vino, y principalmente del menoscabo de la cola, de quien tanta cuenta hacían. Dorotea consoló a Sancho Panza diciéndole que cada y cuando[14] que pareciese haber sido verdad que su amo hubiese descabezado al gigante, le prometía, en viéndose pacífica en su reino, de darle el mejor condado que en él hubiese. Consolóse con esto Sancho, y aseguró a la princesa que tuviese por cierto que él había visto la cabeza del gigante, y que, por más señas, tenía una barba que le llegaba a la cintura; y que si no parecía, era porque todo cuanto en aquella casa pasaba era por vía de encantamento, como él lo había probado otra vez que había posado en ella. Dorotea dijo que así lo creía, y que no tuviese pena; que todo se haría bien y sucedería a pedir de boca.

Sosegados todos, el cura quiso acabar de leer la novela, porque vio que faltaba poco. Cardenio, Dorotea y todos los demás le rogaron la acabase. Él, que a todos quiso dar gusto, y por el que él tenía de leerla, prosiguió el cuento, que así decía:

" Sucedió, pues, que, por la satisfación que Anselmo tenía de la bondad de Camila, vivía una vida contenta y descuidada, y Camila, de industria, hacía mal rostro a Lotario, porque Anselmo entendiese al revés de la voluntad que le tenía; y para más confirmación de su hecho, pidió licencia Lotario para no venir a su casa, pues claramente se mos-

---

[11] *aranceles*] 'decretos', s.v. Cov.
[12] *cuartillo*] 'cuarta parte del real'.
[13] *el siglo*] 'vida eterna'.
[14] *cada y cuando*[b]] giro popular, equivale a 'siempre que', 'siendo así que'.

traba la pesadumbre que con su vista Camila recebía; mas el engañado Anselmo le dijo que en ninguna manera tal hiciese; y desta manera, por mil maneras era Anselmo el fabricador de su deshonra[15], creyendo que lo era de su gusto.

En esto, el que tenía Leonela de verse cualificada y notada con sus amores[16], llegó a tanto, que, sin mirar a otra cosa, se iba tras él a suelta rienda, fiada en que su señora la encubría, y aun la advertía del modo que con poco recelo pudiese ponerle en ejecución. En fin, una noche sintió Anselmo pasos en el aposento de Leonela, y queriendo entrar a ver quién los daba, sintió que le detenían la puerta, cosa que le puso más voluntad de abrirla; y tanta fuerza hizo, que la abrió, y entró dentro a tiempo que vio que un hombre saltaba por la ventana a la calle; y acudiendo con presteza a alcanzarle o conocerle, no pudo conseguir lo uno ni lo otro, porque Leonela se abrazó con él, diciéndole:

—Sosiégate, señor mío, y no te alborotes, ni sigas al que de aquí saltó; es cosa mía, y tanto, que es mi esposo.

No lo quiso creer Anselmo; antes, ciego de enojo, sacó la daga y quiso herir a Leonela, diciéndole que le dijese la verdad; si no, que la mataría. Ella, con el miedo, sin saber lo que se decía, le dijo:

—No me mates, señor, que yo te diré cosas de más importancia de las que puedes imaginar.

—Dilas luego —dijo Anselmo—; si no, muerta eres.

—Por ahora será imposible —dijo Leonela—, según estoy de turbada; déjame hasta mañana, que entonces sabrás de mí lo que te ha de admirar; y está seguro que el que saltó por esta ventana es un mancebo desta ciudad, que me ha dado la mano de ser mi esposo.

Sosegóse con esto Anselmo y quiso aguardar el término que se le pedía, porque no pensaba oír cosa que contra Camila fuese, por estar de su bondad tan satisfecho y seguro; y así, se salió del aposento y dejó encerrada en él a Leonela, diciéndole que de allí no saldría hasta que le dijese lo que tenía que decirle.

---

[15] *el fabricador de su deshonra*]   Nótese que aparece aquí primero la frase que luego Anselmo pondrá en la carta que deja sin terminar.

[16] *cualificada... amores*]   La ed. pr. dice: *qualificada, no de con sus amores*, defecto para el cual se han propuesto varias» enmiendas: Schevill: «cualificada, no de [deshonesta] con sus amores». RM: «cualificada en sus amores». Sigo la enmienda de Riquer, que conjetura que «*notada*» en el original de Cervantes está viciada en «*no de*» del texto[e].

DON QUIJOTE DE LA MANCHA

Fue luego a ver a Camila y a decirle, como le dijo, todo aquello que con su doncella le había pasado, y la palabra que le había dado de decirle grandes cosas y de importancia. Si se turbó Camila o no, no hay para qué decirlo, porque fue tanto el temor que cobró, creyendo verdaderamente, y era de creer, que Leonela había de decir a Anselmo todo lo que sabía de su poca fe, que no tuvo ánimo para esperar si su sospecha salía falsa o no, y aquella mesma noche, cuando le pareció que Anselmo dormía, juntó las mejores joyas que tenía y algunos dineros, y, sin ser de nadie sentida, salió de casa y se fue a la de Lotario, a quien contó lo que pasaba, y le pidió que la pusiese en cobro[17] o que se ausentasen los dos donde de Anselmo pudiesen estar seguros. La confusión en que Camila puso a Lotario fue tal, que no le sabía responder palabra, ni menos sabía resolverse en lo que haría.

En fin, acordó de llevar a Camila a un monesterio, en quien era priora una su hermana. Consintió Camila en ello, y con la presteza que el caso pedía la llevó Lotario y la dejó en el monesterio, y él ansimesmo se ausentó luego de la ciudad, sin dar parte a nadie de su ausencia.

Cuando amaneció, sin echar de ver Anselmo que Camila faltaba de su lado, con el deseo que tenía de saber lo que Leonela quería decirle, se levantó y fue adonde la había dejado encerrada. Abrió y entró en el aposento, pero no halló en él a Leonela; sólo halló puestas unas sábanas añudadas a la ventana, indicio y señal que por allí se había descolgado e ido. Volvió luego muy triste a decírselo a Camila y, no hallándola en la cama ni en toda la casa, quedó asombrado. Preguntó a los criados de casa por ella; pero nadie le supo dar razón de lo que pedía.

Acertó acaso, andando a buscar a Camila, que vio sus cofres abiertos y que dellos faltaban las más de sus joyas, y con esto acabó de caer en la cuenta de su desgracia, y en que no era Leonela la causa de su desventura. Y ansí como estaba, sin acabarse de vestir, triste y pensativo, fue a dar cuenta de su desdicha a su amigo Lotario. Mas cuando no le halló, y sus criados le dijeron que aquella noche había faltado de casa, y había llevado consigo todos los dineros que tenía, pensó perder el juicio. Y para acabar de concluir

---

[17] *en cobro*] «*poner una cosa en cobro*: alzarla donde no la hallen», Cov. 328.b.13.

con todo, volviéndose a su casa, no halló en ella ninguno de cuantos criados ni criadas tenía, sino la casa desierta y sola.

No sabía qué pensar, qué decir, ni qué hacer, y poco a poco se le iba volviendo[18] el juicio. Contemplábase y mirábase en un instante sin mujer, sin amigo y sin criados, desamparado, a su parecer, del cielo que le cubría, y sobre todo sin honra, porque en la falta de Camila vio su perdición.

Resolvióse, en fin, a cabo de una gran pieza[19], de irse a la aldea de su amigo, donde había estado cuando dio lugar a que se maquinase toda aquella desventura. Cerró las puertas de su casa, subió a caballo, y con desmayado aliento se puso en camino; y apenas hubo andado la mitad, cuando, acosado de sus pensamientos, le fue forzoso apearse y arrendar su caballo a un árbol, a cuyo tronco se dejó caer, dando tiernos y dolorosos suspiros, y allí se estuvo hasta casi que anochecía; y a aquella hora vio que venía un hombre a caballo de la ciudad y, después de haberle saludado, le preguntó qué nuevas había en Florencia. El ciudadano respondió:

—Las más estrañas que muchos días ha se han oído en ella; porque se dice públicamente que Lotario, aquel grande amigo de Anselmo el rico, que vivía a San Juan, se llevó esta noche a Camila, mujer de Anselmo, el cual tampoco parece. Todo esto ha dicho una criada de Camila, que anoche la halló el gobernador descolgándose con una sábana por las ventanas de la casa de Anselmo. En efeto, no sé puntualmente cómo pasó el negocio; sólo sé que toda la ciudad está admirada deste suceso, porque no se podía esperar tal hecho de la mucha y familiar amistad de los dos, que dicen que era tanta, que los llamaban *los dos amigos*.

—¿Sábese, por ventura —dijo Anselmo—, el camino que llevan Lotario y Camila?

—Ni por pienso —dijo el ciudadano—, puesto que el gobernador ha usado de mucha diligencia en buscarlos.

—A Dios vais, señor —dijo Anselmo.

—Con Él quedéis —respondió el ciudadano, y fuese.

Con tan desdichadas nuevas, casi casi llegó a términos

---

[18] *volviendo*] 'trastornando'.
[19] *gran pieza*] de tiempo; rato.

Anselmo, no sólo de perder el juicio, sino de acabar la vida. Levantóse como pudo, y llegó a casa de su amigo, que aún no sabía su desgracia; mas como le vio llegar amarillo, consumido y seco, entendió que de algún grave mal venía fatigado. Pidió luego Anselmo que le acostasen, y que le diesen aderezo de escribir[20]. Hízose así, y dejáronle acostado y solo, porque él así lo quiso, y aun que le cerrasen la puerta. Viéndose, pues, solo, comenzó a cargar tanto la imaginación de su desventura, que claramente conoció que se le iba acabando la vida; y así, ordenó de dejar noticia de la causa de su estraña muerte; y comenzando a escribir, antes que acabase de poner todo lo que quería, le faltó el aliento y dejó la vida en las manos del dolor que le causó su curiosidad impertinente.

Viendo el señor de casa que era ya tarde y que Anselmo no llamaba, acordó de entrar a saber si pasaba adelante su indisposición, y hallóle tendido boca abajo, la mitad del cuerpo en la cama y la otra mitad sobre el bufete, sobre el cual estaba, con el papel escrito y abierto, y él tenía aún la pluma en la mano. Llegóse el huésped a él, habiéndole llamado primero; y, trabándole por la mano, viendo que no le respondía, y hallándole frío, vio que estaba muerto. Admiróse y congojóse en gran manera, y llamó a la gente de casa para que viesen la desgracia a Anselmo sucedida, y, finalmente, leyó el papel, que conoció que de su mesma mano estaba escrito, el cual contenía estas razones:

Un necio e impertinente deseo me quitó la vida. Si las nuevas de mi muerte llegaren a los oídos de Camila, sepa que yo la perdono[21], *porque no estaba ella obligada a hacer milagros, ni yo tenía necesidad de querer que ella los hiciese; y pues yo fui el fabricador de mi deshonra, no hay para qué...*

Hasta aquí escribió Anselmo, por donde se echó de ver que en aquel punto, sin poder acabar la razón, se le acabó la vida. Otro día dio aviso su amigo a los parientes de Anselmo de su muerte, los cuales ya sabían su desgracia,

---

[20] *aderezo de escribir*]   piezas o materiales para escribir.
[21] *sepa que yo la perdono*]   Este desenlace es análogo al de la novela ejemplar *El celoso extremeño* que publicó Cervantes en 1613, en que Carrizales, el viejo marido celoso y burlado, perdona a su mujer, la niña Leonora, culpable de adulterio. Carrizales emplea casi las mismas palabras... «yo mismo... el fabricador del veneno que me va quitando la vida».

y el monesterio donde Camila estaba[22], casi en el término de
acompañar a su esposo en aquel forzoso viaje, no por las
nuevas del muerto esposo, mas por las que supo del ausente
amigo. Dícese que aunque se vio viuda, no quiso salir del
monesterio, ni, menos, hacer profesión de monja, hasta
que, no de allí a muchos días, le vinieron nuevas que Lotario había muerto en una batalla que en aquel tiempo
dio monsiur de Lautrec[23] al Gran Capitán Gonzalo Fernández de Córdoba en el reino de Nápoles, donde había
ido a parar el tarde arrepentido amigo; lo cual sabido por
Camila, hizo profesión, y acabó en breves días la vida, a
las rigurosas manos de tristezas y melancolías. Éste fue el
fin que tuvieron todos, nacido de un tan desatinado principio."

—Bien —dijo el cura— me parece esta novela; pero no
me puedo persuadir que esto sea verdad; y si es fingido,
fingió mal el autor, porque no se puede imaginar que haya
marido tan necio, que quiera hacer tan costosa experiencia
como Anselmo. Si este caso se pusiera entre un galán y
una dama, pudiérase llevar; pero entre marido y mujer,
algo tiene del imposible; y en lo que toca al modo de con-
tarle, no me descontenta[24].

CAPÍTULO XXXVI

Que trata de la brava y descomunal batalla que don Quijote
tuvo con unos cueros de vino tinto, con otros raros sucesos
que en la venta le sucedieron[1]

Estando en esto, el ventero, que estaba a la puerta de
la venta, dijo:
—Esta que viene es una hermosa tropa de huéspedes:
si ellos paran aquí, gaudeamus[2] tenemos.

[22] El sentido no está muy claro aquí. Entiéndase que *dio aviso* al
convento en que estaba Camila, y que la muerte de Lotario siguió muy
pronto a la de Anselmo.

[23] Se refiere probablemente a la batalla de Ceriñola (1503) en que
participó siendo joven Lautrec[b].

[24] Este juicio, en verdad inmejorable, tiene que ser el punto de partida
para todo análisis de esta novela. Es notable que Cervantes lo expresó
por boca del cura, a quien en otras ocasiones le ha dado motivo para
expresar opiniones literarias acertadas y exquisitas, cf. I. 47,48.

[1] *V.* I.35, nota 1.

[2] *gaudeamus*] 'fiesta, regocijo'[b].

—¿Qué gente es? —dijo Cardenio.

—Cuatro hombres —respondió el ventero— vienen a caballo, a la jineta[3], con lanzas y adargas, y todos con antifaces[4] negros; y junto con ellos viene una mujer vestida de blanco, en un sillón[5], ansimesmo cubierto el rostro, y otros dos mozos de a pie.

—¿Vienen muy cerca? —preguntó el cura.

—Tan cerca —respondió el ventero—, que ya llegan.

Oyendo esto Dorotea, se cubrió el rostro, y Cardenio se entró en el aposento de don Quijote; y casi no habían tenido lugar para esto, cuando entraron en la venta todos los que el ventero había dicho; y apeándose los cuatro de a caballo, que de muy gentil talle y disposición eran, fueron a apear a la mujer que en el sillón venía; y, tomándola uno dellos en sus brazos, la sentó en una silla que estaba a la entrada del aposento donde Cardenio se había escondido. En todo este tiempo, ni ella ni ellos se habían quitado los antifaces, ni hablado palabra alguna; sólo que al sentarse la mujer en la silla dio un profundo suspiro, y dejó caer los brazos, como persona enferma y desmayada. Los mozos de a pie llevaron los caballos a la caballeriza.

Viendo esto el cura, deseoso de saber qué gente era aquella que con tal traje y tal silencio estaba, se fue donde estaban los mozos, y a uno dellos le preguntó lo que ya deseaba; el cual le respondió:

—Pardiez[b], señor, yo no sabré deciros qué gente sea ésta; sólo sé que muestra ser muy principal, especialmente aquel que llegó a tomar en sus brazos a aquella señora que habéis visto; y esto dígolo porque todos los demás le tienen respeto, y no se hace otra cosa más de la que él ordena y manda.

—Y la señora, ¿quién es? —preguntó el cura.

—Tampoco sabré decir eso —respondió el mozo—, porque en todo el camino no la he visto el rostro; suspirar sí la he oído muchas veces, y dar unos gemidos, que parece que con cada uno dellos quiere dar el alma. Y no es de maravillar que no sepamos más de lo que habemos dicho, porque mi compañero y yo no ha más de dos días que los acompañamos; porque, habiéndolos encontrado en el ca-

---

[3] *a la jineta*[a]] como convenía para caminantes[c], *V.* I.2, nota 18.
[4] *antifaces*] para proteger el rostro del sol y del polvo.
[5] *sillón*] silla de montar para mujeres.

mino, nos rogaron y persuadieron que viniésemos con ellos hasta el Andalucía, ofreciéndose a pagárnoslo muy bien.

—Y ¿habéis oído nombrar a alguno dellos? —preguntó el cura.

—No, por cierto —respondió el mozo—, porque todos caminan con tanto silencio, que es maravilla; porque no se oye entre ellos otra cosa que los suspiros y sollozos de la pobre señora, que nos mueven a lástima; y sin duda tenemos creído que ella va forzada dondequiera que va; y, según se puede colegir por su hábito, ella es monja, o va a serlo, que es lo más cierto, y quizá porque no le debe de nacer de voluntad el monjío, va triste, como parece.

—Todo podría ser —dijo el cura.

Y dejándolos, se volvió adonde estaba Dorotea; la cual, como había oído suspirar a la embozada, movida de natural compasión, se llegó a ella y le dijo:

—¿Qué mal sentís, señora mía? Mirad si es alguno de quien las mujeres suelen tener uso y experiencia de curarle; que de mi parte os ofrezco una buena voluntad de serviros.

A todo esto callaba la lastimada señora; y aunque Dorotea tornó con mayores ofrecimientos, todavía se estaba en su silencio, hasta que llegó el caballero embozado que dijo el mozo que los demás obedecían, y dijo a Dorotea.

—No os canséis, señora, en ofrecer nada a esa mujer, porque tiene por costumbre de no agradecer cosa que por ella se hace, ni procuréis que os responda, si no queréis oír alguna mentira de su boca.

—Jamás la dije —dijo a esta sazón la que hasta allí había estado callando—; antes por ser tan verdadera[6] y tan sin trazas mentirosas me veo ahora en tanta desventura; y desto con vos mesmo quiero que seáis el testigo, pues mi pura verdad os hace a vos ser falso y mentiroso.

Oyó estas razones Cardenio bien clara y distintamente, como quien estaba tan junto de quien las decía, que sola la puerta del aposento de don Quijote estaba en medio; y así como las oyó, dando una gran voz dijo:

—¡Válgame Dios! ¿Qué es esto que oigo? ¿Qué voz es esta que ha llegado a mis oídos?

Volvió la cabeza a estos gritos aquella señora, toda sobresaltada, y no viendo quién las daba[7], se levantó en

---

[6] *verdadera*] veraz, sincera.
[7] *las daba*] Se sobrentiende *voces*.

pie y fuese a entrar en el aposento; lo cual, visto por el
caballero, la detuvo, sin dejarla mover un paso. A ella,
con la turbación y desasosiego, se le cayó el tafetán con
que traía cubierto el rostro, y descubrió una hermosura
incomparable y un rostro milagroso, aunque descolorido
y asombrado, porque con los ojos andaba rodeando todos
los lugares donde alcanzaba con la vista, con tanto ahínco,
que parecía persona fuera de juicio; cuyas señales, sin saber por qué las hacía, pusieron gran lástima en Dorotea
y en cuantos la miraban. Teníala el caballero fuertemente
asida por las espaldas, y por estar tan ocupado en tenerla,
no pudo acudir a alzarse el embozo, que se le caía, como,
en efeto, se le cayó del todo; y alzando los ojos Dorotea,
que abrazada con la señora estaba, vio que el que abrazada
ansimesmo la tenía era su esposo don Fernando; y apenas
le hubo conocido, cuando, arrojando de lo íntimo de sus
entrañas un luengo y tristísimo ¡ay!, se dejó caer de espaldas desmayada; y a no hallarse allí junto el barbero, que
la recogió en los brazos, ella diera consigo en el suelo.

Acudió luego el cura a quitarle el embozo, para echarle
agua en el rostro, y así como la descubrió, la conoció don
Fernando, que era el que estaba abrazado con la otra, y
quedó como muerto en verla; pero no porque dejase,
con todo esto, de tener a Luscinda, que era la que procuraba
soltarse de sus brazos; la cual había conocido en el suspiro
a Cardenio, y él la había conocido a ella. Oyó asimesmo
Cardenio el ¡ay! que dio Dorotea cuando se cayó desmayada,
y, creyendo que era su Luscinda, salió del aposento despavorido, y lo primero que vio fue a don Fernando, que
tenía abrazada a Luscinda. También don Fernando conoció luego a Cardenio, y todos tres, Luscinda, Cardenio y
Dorotea, quedaron mudos y suspensos, casi sin saber lo
que les había acontecido.

Callaban todos y mirábanse todos: Dorotea a don Fernando, don Fernando a Cardenio, Cardenio a Luscinda y
Luscinda a Cardenio. Mas quien primero rompió el silencio
fue Luscinda, hablando a don Fernando desta manera:

—Dejadme, señor don Fernando, por lo que debéis a
ser quien sois[h], ya que por otro respeto no lo hagáis, dejadme llegar al muro de quien yo soy yedra, al arrimo de
quien no me han podido apartar vuestras importunaciones,
vuestras amenazas, vuestras promesas ni vuestras dádivas.
Notad cómo el cielo, por desusados y a nosotros encubier-

tos caminos, me ha puesto a mi verdadero esposo delante.
Y bien sabéis por mil costosas experiencias que sola la
muerte fuera bastante para borrarle de mi memoria. Sean,
pues, parte tan claros desengaños para que volváis, ya que
no podáis hacer otra cosa, el amor en rabia, la voluntad
en despecho, y acabadme con él la vida; que como yo la
rinda delante de mi buen esposo, la daré por bien empleada;
quizá con mi muerte quedará satisfecho de la fe que le
mantuve hasta el último trance de la vida.

Había en este entretanto vuelto Dorotea en sí, y había
estado escuchando todas las razones que Luscinda dijo,
por las cuales vino en conocimiento de quién ella era;
que viendo que don Fernando aún no la dejaba de los brazos, ni respondía a sus razones, esforzándose lo más que
pudo, se levantó y se fue a hincar de rodillas a sus pies,
y derramando mucha cantidad de hermosas[b] y lastimeras
lágrimas, así le comenzó a decir:

—Si ya no es, señor mío, que los rayos deste sol que en
tus brazos eclipsado tienes te quitan y ofuscan los de tus
ojos, ya habrás echado de ver que la que a tus pies está
arrodillada es la sin ventura, hasta que tú quieras, y la
desdichada Dorotea. Yo soy aquella labradora humilde
a quien tú, por tu bondad o por tu gusto, quisiste levantar a la alteza de poder llamarse tuya. Soy la que, encerrada
en los límites de la honestidad, vivió vida contenta hasta
que, a las voces de tus importunidades, y, al parecer, justos y amorosos sentimientos, abrió las puertas de su recato
y te entregó las llaves de su libertad, dádiva de ti tan mal
agradecida, cual lo muestra bien claro haber sido forzoso
hallarme en el lugar donde me hallas, y verte yo a ti de la
manera que te veo. Pero, con todo esto, no querría que
cayese en tu imaginación pensar que he venido aquí con
pasos de mi deshonra, habiéndome traído sólo los del
dolor y sentimiento de verme de ti olvidada. Tú quisiste
que yo fuese tuya, y quisístelo de manera que, aunque
ahora quieras que no lo sea, no será posible que tú dejes
de ser mío. Mira, señor mío, que puede ser recompensa
a la hermosura y nobleza por quien me dejas la incomparable voluntad que te tengo. Tú no puedes ser de la hermosa
Luscinda, porque eres mío, ni ella puede ser tuya, porque
es de Cardenio; y más fácil te será, si en ello miras, reducir
tu voluntad a querer a quien te adora, que no encaminar
la que te aborrece a que bien te quiera. Tú solicitaste mi

descuido; tú rogaste a mi entereza; tú no ignoraste mi calidad; tú sabes bien de la manera que me entregué a toda tu voluntad: no te queda lugar ni acogida de llamarte a engaño. Y si esto es así, como lo es, y tú eres tan cristiano como caballero, ¿por qué por tantos rodeos dilatas de hacerme venturosa en los fines, como me heciste[b] en los principios? Y si no me quieres por la que soy, que soy tu verdadera y legítima esposa, quiéreme, a lo menos, y admíteme por tu esclava; que como yo esté en tu poder, me tendré por dichosa y bien afortunada. No permitas, con dejarme y desampararme, que se hagan y junten corrillos[8] en mi deshonra; no des tan mala vejez a mis padres, pues no lo merecen los leales servicios que, como buenos vasallos, a los tuyos siempre han hecho. Y si te parece que has de aniquilar tu sangre por mezclarla con la mía, considera que pocas o ninguna nobleza hay en el mundo que no haya corrido por este camino, y que la que se toma de las mujeres no es la que hace al caso en las ilustres decendencias[9]; cuanto más, que la verdadera nobleza consiste en la virtud[10], y si ésta a ti te falta, negándome lo que tan justamente me debes, yo quedaré con más ventajas de noble que las que tú tienes. En fin, señor, lo que últimamente te digo es que, quieras o no quieras, yo soy tu esposa; testigos son tus palabras, que no han ni deben ser mentirosas, si ya es que te precias de aquello por que me desprecias; testigo será la firma que hiciste[11], y testigo el cielo, a quien tú llamaste por testigo de lo que me prometías. Y cuando todo esto falte, tu misma conciencia no ha de faltar de dar voces callando en mitad de tus alegrías, volviendo por esta verdad que te he dicho, y turbando tus mejores gustos y contentos.

Estas y otras razones dijo la lastimada Dorotea, con tanto sentimiento y lágrimas, que los mismos que acompañaban a don Fernando, y cuantos presentes estaban, la acompañaron en ellas. Escuchóla don Fernando sin replicalle palabra, hasta que ella dio fin a las suyas, y principio a tan-

---

[8] *corrillos*] cf. I.12, p. 165, I.28, p. 356, «*corrillo:* la junta que se hace de pocos, pero para cosas perjudiciales; en estos se hallan los murmuradores, los maldicientes», Cov. 363.a.57.
[9] Porque la nobleza del linaje la transmiten los varones, no las mujeres, según se estableció en las *Partidas* de Alfonso el Sabio[b]. Cf. *PyS*, ed. Castalia, p. 175, 180[a].
[10] Recuerda la máxima de Juvenal, *Sátira* 8, y Séneca, *Epístola* 44[b].
[11] *la firma que hiciste*] No se había mencionado antes[c].

tos sollozos y suspiros, que bien había de ser corazón de bronce el que con muestras de tanto dolor no se enterneciera. Mirándola estaba Luscinda, no menos lastimada de su sentimiento que admirada de su mucha discreción y hermosura; y aunque quisiera llegarse a ella y decirle algunas palabras de consuelo, no la dejaban los brazos de don Fernando, que apretada la tenían. El cual, lleno de confusión y espanto, al cabo de un buen espacio que atentamente estuvo mirando a Dorotea, abrió los brazos y, dejando libre a Luscinda, dijo:

—Venciste, hermosa Dorotea, venciste; porque no es posible tener ánimo para negar tantas verdades juntas.

Con el desmayo que Luscinda había tenido así como la dejó don Fernando, iba a caer en el suelo; más hallándose Cardenio allí junto, que a las espaldas[12] de don Fernando se había puesto porque no le conociese, pospuesto todo temor y aventurando a todo riesgo, acudió a sostener a Luscinda, y, cogiéndola entre sus brazos, le dijo:

—Si el piadoso cielo gusta y quiere que ya tengas algún descanso, leal, firme y hermosa señora mía, en ninguna parte creo yo que le tendrás más seguro que en estos brazos que ahora te reciben, y otro tiempo te recibieron, cuando la fortuna quiso que pudiese llamarte mía.

A estas razones, puso Luscinda en Cardenio los ojos, y, habiendo comenzado a conocerle, primero por la voz, y asegurándose que él era con la vista, casi fuera de sentido y sin tener cuenta a ningún honesto respeto, le echó los brazos al cuello y, juntando su rostro con el de Cardenio, le dijo:

—Vos sí, señor mío, sois el verdadero dueño desta vuestra captiva, aunque más lo impida la contraria suerte, y aunque más amenazas le hagan a esta vida que en la vuestra se sustenta.

Estraño espectáculo fue éste para don Fernando y para todos los circunstantes, admirándose de tan no visto suceso. Parecióle a Dorotea que don Fernando había perdido la color del rostro y que hacía ademán de querer vengarse de Cardenio, porque le vio encaminar la mano a ponella en la espada; y así como lo pensó, con no vista presteza se abrazó con él por las rodillas, besándoselas y teniéndole

---

[12] Ya se dijo que lo había conocido, p. 449. Es una de varias inconsecuencias o 'descuidos'c.

apretado, que no le dejaba mover, y, sin cesar un punto de sus lágrimas, le decía:

—¿Qué es lo que piensas hacer, único refugio mío, en este tan impensado trance? Tú tienes a tus pies a tu esposa, y la que quieres que lo sea está en los brazos de su marido. Mira si te estará bien, o te será posible deshacer lo que el cielo ha hecho, o si te convendrá querer levantar a igualar[13] a ti mismo a la que, pospuesto todo inconveniente, confirmada en su verdad y firmeza, delante de tus ojos tiene los suyos, bañados de licor amoroso el rostro y pecho de su verdadero esposo. Por quien Dios es te ruego, y por quien tú eres te suplico, que este tan notorio desengaño no sólo no acreciente tu ira, sino que la mengüe en tal manera, que con quietud y sosiego permitas que estos dos amantes le tengan sin impedimiento tuyo todo el tiempo que el cielo quisiere concedérsele, y en esto mostrarás la generosidad de tu ilustre y noble pecho, y verá el mundo que tiene contigo más fuerza la razón que el apetito.

En tanto que esto decía Dorotea, aunque Cardenio tenía abrazada a Luscinda, no quitaba los ojos de don Fernando, con determinación de que, si le viese hacer algún movimiento en su perjuicio, procurar defenderse y ofender como mejor pudiese a todos aquellos que en su daño se mostrasen, aunque le costase la vida. Pero a esta sazón acudieron los amigos de don Fernando, y el cura y el barbero, que a todo habían estado presentes, sin que faltase el bueno de Sancho Panza, y todos rodeaban a don Fernando suplicándole tuviese por bien de mirar las lágrimas de Dorotea, y que, siendo verdad, como sin duda ellos creían que lo era, lo que en sus razones había dicho, que no permitiese quedase defraudada de sus tan justas esperanzas. Que considerase que, no acaso, como parecía, sino con particular providencia del cielo, se habían todos juntado en lugar donde menos ninguno pensaba; y que advirtiese —dijo el cura— que sola la muerte podía apartar a Luscinda de Cardenio; y aunque los dividiesen filos de alguna espada, ellos tendrían por felicísima su muerte; y que en los lazos inremediables[14] era suma cordura, forzándose y venciéndose a sí mismo, mostrar un generoso pecho, permitiendo que por sola su

---

[13] *a igualar*]   Entiéndase 'levantar *hasta* igualar'.
[14] *lazos inremediables*]   Así en la ed. pr. La de Bruselas, 1607, corrige *casos irremediables*, y así muchos editores[a].

MIGUEL DE CERVANTES SAAVEDRA

voluntad los dos gozasen el bien que el cielo ya les había concedido; que pusiese los ojos ansimesmo en la beldad de Dorotea, y vería que pocas o ninguna se le podían igualar, cuanto más hacerle ventaja, y que juntase a su hermosura su humildad y el estremo del amor que le tenía, y, sobre todo, advirtiese que si se preciaba de caballero y de cristiano, que no podía hacer otra cosa que cumplille la palabra dada; y que, cumpliéndosela, cumpliría con Dios y satisfaría a las gentes discretas, las cuales saben y conocen que es prerrogativa de la hermosura, aunque esté en sujeto humilde, como se acompañe con la honestidad, poder levantarse e igualarse a cualquiera alteza, sin nota de menoscabo del que la levanta e iguala a sí mismo; y cuando se cumplen las fuertes leyes del gusto, como en ello no intervenga pecado, no debe de ser culpado el que las sigue.

En efeto, a estas razones añadieron todos otras, tales y tantas, que el valeroso pecho de don Fernando —en fin, como alimentado con ilustre sangre— se ablandó y se dejó vencer de la verdad, que él no pudiera negar aunque quisiera; y la señal que dio de haberse rendido y entregado al buen parecer que se le había propuesto fue abajarse y abrazar a Dorotea, diciéndole:

—Levantaos, señora mía; que no es justo que esté arrodillada a mis pies la que yo tengo en mi alma; y si hasta aquí no he dado muestras de lo que digo, quizá ha sido por orden del cielo, para que viendo yo en vos la fe con que me amáis, os sepa estimar en lo que merecéis. Lo que os ruego es que no me reprehendáis mi ·mal término[15] y mi mucho descuido; pues la misma ocasión y fuerza que me movió para acetaros por mía, esa misma me impelió para procurar no ser vuestro. Y que esto sea verdad, volved y mirad los ojos de la ya contenta Luscinda, y en ellos hallaréis disculpa de todos mis yerros; y pues ella halló y alcanzó lo que deseaba, y yo he hallado en vos lo que me cumple, viva ella segura y contenta luengos y felices años con su Cardenio; que yo rogaré al cielo que me los deje vivir con mi Dorotea.

Y diciendo esto, la tornó a abrazar y a juntar su rostro con el suyo, con tan tierno sentimiento, que le fue necesario tener gran cuenta con que las lágrimas no acabasen de dar indubitables señas de su amor y arrepentimiento.

---

[15] *término*] conducta, modo de portarse.

No lo hicieron así las de Luscinda y Cardenio, y aun las de casi todos los que allí presentes estaban; porque comenzaron a derramar tantas, los unos de contento proprio, y los otros del ajeno, que no parecía sino que algún grave y mal caso a todos había sucedido. Hasta Sancho Panza lloraba, aunque después dijo que no lloraba él sino por ver que Dorotea no era, como él pensaba, la reina Micomicona, de quien él tantas mercedes esperaba. Duró algún espacio, junto con el llanto, la admiración en todos, y luego Cardenio y Luscinda se fueron a poner de rodillas ante don Fernando, dándole gracias de la merced que les había hecho, con tan corteses razones, que don Fernando no sabía qué responderles; y así, los levantó y abrazó con muestras de mucho amor y de mucha cortesía.

Preguntó luego a Dorotea le dijese cómo había venido a aquel lugar, tan lejos del suyo. Ella, con breves y discretas razones, contó todo lo que antes había contado a Cardenio; de lo cual gustó tanto don Fernando y los que con él venían, que quisieran que durara el cuento más tiempo: tanta era la gracia con que Dorotea contaba sus desventuras. Y así como hubo acabado, dijo don Fernando lo que en la ciudad le había acontecido después que halló el papel, en el seno de Luscinda, donde declaraba ser esposa de Cardenio, y no poderlo ser suya. Dijo que la quiso matar, y lo hiciera si de sus padres no fuera impedido; y que así, se salió de su casa despechado y corrido, con determinación de vengarse con más comodidad; y que otro día supo como Luscinda había faltado de casa de sus padres, sin que nadie supiese decir dónde se había ido, y que, en resolución, al cabo de algunos meses vino a saber como estaba en un monesterio[c], con voluntad de quedarse en él toda la vida, si no la pudiese pasar con Cardenio; y que así como lo supo, escogiendo para su compañía aquellos tres caballeros, vino al lugar donde estaba, a la cual no había querido hablar, temeroso que en sabiendo que él estaba allí, había de haber más guarda en el monesterio; y así, aguardando un día a que la portería estuviese abierta, dejó a los dos a la guarda de la puerta, y él, con otro, habían entrado en el monesterio buscando a Luscinda, la cual hallaron en el claustro hablando con una monja; y, arrebatándola, sin darle lugar a otra cosa, se habían venido con ella a un lugar donde se acomodaron de aquello que hubieron menester para traella. Todo lo cual habían podido hacer bien a su salvo, por estar el monesterio en el campo, buen trecho fuera del pueblo. Dijo que así como Luscinda se vio en su poder, perdió todos los sentidos; y que después de vuelta en sí, no había hecho otra cosa sino llorar y suspirar, sin hablar palabra alguna; y que así, acompañados de silencio y de lágrimas, habían llegado a aquella venta, que para él era haber llegado al cielo, donde se rematan y tienen fin todas las desventuras de la tierra[16].

CAPÍTULO XXXVII

Que trata[1] donde se prosigue la historia de la famosa infanta Micomicona, con otras graciosas aventuras

Todo esto escuchaba Sancho, no con poco dolor de su ánima, viendo que se le desparecían e iban en humo las esperanzas de su ditado, y que la linda princesa Micomicona se le había vuelto en Dorotea, y el gigante en don Fernando, y su amo se estaba durmiendo a sueño suelto[b], bien descuidado de todo lo sucedido. No se podía asegurar Dorotea si era soñado el bien que poseía; Cardenio estaba en el mismo pensamiento, y el de Luscinda corría por la misma cuenta. Don Fernando daba gracias al cielo por la merced recebida y haberle sacado de aquel intricado laberinto, donde se hallaba tan a pique de perder el crédito y el alma; y, finalmente, cuantos en la venta estaban, estaban contentos y gozosos del buen suceso que habían tenido tan trabados y desesperados negocios.

[16] La venta es el escenario en que Cervantes va a reunir (c. 36-46) a cuatro parejas de enamorados. Las coincidencias fortuitas y dramáticas que hacen posible el desenlace feliz de sus casos recuerdan cierta técnica teatral de la comedia. Tanto las coincidencias como la abundancia de lágrimas que derraman sus personajes subrayan el parentesco que tienen estas narraciones de Cervantes con la novela llamada sentimental de la época. Es, pues, el caso que la venta de Juan Palomeque el Zurdo se relaciona con la larga tradición en la literatura amorosa del 'palacio de Venus', donde se reúnen diversas y desencontradas parejas de enamorados (cf. el palacio de la sabia Felicia en la *Diana* de Montemayor), V. Avalle-Arce, **470.8**, p. 50, 127. Nótese que *La novela del curioso impertinente* (relato de un matrimonio infausto) ha introducido estas escenas y que las cierra la profecía burlesca de las posibles nupcias de don Quijote y Dulcinea en el c. 46.
[1] *Que trata...*] Así en la ed. pr. La ed. de Bruselas, 1607, suprime estas dos palabras, enmienda que siguen muchos editores[a].

Todo lo ponía en su punto el cura, como discreto, y a cada uno daba el parabién del bien alcanzado; pero quien más jubilaba y se contentaba era la ventera, por la promesa que Cardenio y el cura le habían hecho de pagalle todos los daños e intereses[2] que por cuenta de don Quijote le hubiesen venido. Sólo Sancho, como ya se ha dicho, era el afligido, el desventurado y el triste; y así, con malencónico semblante, entró a su amo, el cual acababa de despertar, a quien dijo:

—Bien puede vuestra merced, señor Triste Figura[3], dormir todo lo que quisiere, sin cuidado de matar a ningún gigante, ni de volver a la princesa su reino; que ya todo está hecho y concluido.

—Eso creo yo bien —respondió don Quijote—, porque he tenido con el gigante la más descomunal y desaforada batalla que pienso tener en todos los días de mi vida, y de un revés, ¡zas!, le derribé la cabeza en el suelo, y fue tanta la sangre que le salió, que los arroyos corrían por la tierra como si fueran de agua.

—Como si fueran de vino tinto, pudiera vuestra merced decir mejor —respondió Sancho—; porque quiero que sepa vuestra merced, si es que no lo sabe, que el gigante muerto es un cuero horadado; y la sangre, seis arrobas de vino tinto que encerraba en su vientre; y la cabeza cortada es la puta que me parió[4], y llévelo todo Satanás.

—Y ¿qué es lo que dices, loco? —replicó don Quijote—. ¿Estás en tu seso?

—Levántese vuestra merced —dijo Sancho—, y verá el buen recado[5] que ha hecho, y lo que tenemos que pagar, y verá a la reina convertida en una dama particular, llamada Dorotea, con otros sucesos que, si cae en ellos, le han de admirar.

—No me maravillaría de nada deso —replicó don Quijote—; porque si bien te acuerdas, la otra vez que aquí estuvimos te dije yo que todo cuanto aquí sucedía eran cosas de encantamento, y no sería mucho que ahora fuese lo mesmo.

—Todo lo creyera yo —respondió Sancho—, si también mi manteamiento fuera cosa dese jaez; mas no lo

[2] *pagar los daños e intereses* era fórmula escribanil[b].
[3] *señor Triste Figura*] otro tipo de prevaricación de Sancho, cf. II.1, p. 47.
[4] *la puta que me parió*] Se entiende que *me* es eufemismo por *te*[bs].
[5] *recado*] 'recaudo', ganancia, dicho irónicamente, cf. I.15, p. 192.

fue, sino real y verdaderamente; y vi yo que el ventero que aquí está hoy día tenía del un cabo de la manta, y me empujaba hacia el cielo con mucho donaire y brío, y con tanta risa como fuerza; y donde interviene conocerse las personas, tengo para mí, aunque simple y pecador, que no hay encantamento alguno, sino mucho molimiento y mucha mala ventura.

—Ahora bien, Dios lo remediará —dijo don Quijote—. Dame de vestir[b] y déjame salir allá fuera; que quiero ver los sucesos y transformaciones que dices.

Diole de vestir Sancho, y en el entretanto que se vestía, contó el cura a don Fernando y a los demás las locuras de don Quijote, y del artificio que habían usado para sacarle de la Peña Pobre, donde él se imaginaba estar, por desdenes de su señora. Contóles asimismo casi todas las aventuras que Sancho había contado, de que no poco se admiraron y rieron, por parecerles lo que a todos parecía: ser el más estraño género de locura que podía caber en pensamiento desparatado. Dijo más el cura: que pues ya el buen suceso de la señora Dorotea impidía pasar con su disignio adelante, que era menester inventar y hallar otro para poderle llevar a su tierra. Ofrecióse Cardenio de proseguir lo comenzado, y que Luscinda haría y representaría la persona de Dorotea.

—No —dijo don Fernando—, no ha de ser así: que yo quiero que Dorotea prosiga su invención; que como no sea muy lejos de aquí el lugar deste buen caballero, yo holgaré de que se procure su remedio.

—No está más de dos jornadas de aquí.

—Pues aunque estuviera más, gustara yo de caminallas a trueco de hacer tan buena obra.

Salió, en esto, don Quijote, armado de todos sus pertrechos, con el yelmo, aunque abollado, de Mambrino en la cabeza, embrazado de su rodela y arrimado a su tronco o lanzón. Suspendió a don Fernando y a los demás la estraña presencia de don Quijote, viendo su rostro de media legua de andadura, seco y amarillo, la desigualdad de sus armas y su mesurado continente, y estuvieron callando, hasta ver lo que él decía; el cual, con mucha gravedad y reposo, puestos los ojos en la hermosa Dorotea, dijo:

—Estoy informado, hermosa señora, deste mi escudero que la vuestra grandeza se ha aniquilado, y vuestro ser se ha deshecho, porque de reina y gran señora que solíades

ser os habéis vuelto en una particular doncella. Si esto ha
sido por orden del rey nigromante de vuestro padre, temeroso que yo no os diese la necesaria y debida ayuda, digo que
no supo ni sabe de la misa la media[6], y que fue poco versado
en las historias caballerescas; porque si él las hubiera leído
y pasado tan atentamente y con tanto espacio como yo
las pasé y leí, hallara a cada paso como otros caballeros
de menor fama que la mía habían acabado cosas más dificultosas, no siéndolo mucho matar a un gigantillo, por
arrogante que sea; porque no ha muchas horas que yo me
vi con él, y... quiero callar, porque no me digan que miento;
pero el tiempo, descubridor de todas las cosas, lo dirá
cuando menos lo pensemos.

—Vístesos vos con dos cueros; que no con un gigante
—dijo a esta sazón el ventero.

Al cual mandó don Fernando que callase y no interrum-
piese la plática de don Quijote en ninguna manera; y don
Quijote prosiguió diciendo:

—Digo, en fin, alta y desheredada señora, que si por
la causa que he dicho vuestro padre ha hecho este metamorfóseos[7] en vuestra persona, que no le deis crédito alguno; porque no hay ningún peligro en la tierra por quien
no se abra camino mi espada, con la cual, poniendo la
cabeza de vuestro enemigo en tierra, os pondré a vos la
corona de la vuestra en la cabeza, en breves días.

No dijo más don Quijote, y esperó a que la princesa le
respondiese, la cual, como ya sabía la determinación de
don Fernando de que se prosiguiese adelante en el engaño
hasta llevar a su tierra a don Quijote, con mucho donaire
y gravedad le respondió:

—Quienquiera que os dijo, valeroso caballero de la
Triste Figura, que yo me había mudado y trocado de mi
ser, no os dijo lo cierto, porque la misma que ayer fui me
soy hoy. Verdad es que alguna mudanza han hecho en mí
ciertos acaecimientos de buena ventura, que me la han
dado la mejor que yo pudiera desearme; pero no por eso
he dejado de ser la que antes y de tener los mesmos pensamientos de valerme del valor de vuestro valeroso e invene-

---

[6] *ni sabe de la misa la media*]   La única ocasión en que Cervantes
emplea esta exp. en el *Quijote*, CS.

[7] *metamorfóseos*]   del genitivo griego de metamorfosis: 'transformación'[8].

rable[8] brazo que siempre he tenido. Así que, señor mío, vuestra bondad vuelva la honra al padre que me engendró, y téngale por hombre advertido y prudente, pues con su ciencia halló camino tan fácil y tan verdadero para remediar mi desgracia, que yo creo que si por vos, señor, no fuera, jamás acertara a tener la ventura que tengo; y en esto digo tanta verdad como son buenos testigos della los más destos señores que están presentes. Lo que resta es que mañana nos pongamos en camino, porque ya hoy se podrá hacer poca jornada, y en lo demás del buen suceso que espero, lo dejaré a Dios y al valor de vuestro pecho.

Esto dijo la discreta Dorotea, y en oyéndolo don Quijote, se volvió a Sancho, y con muestras de mucho enojo, le dijo:

—Ahora te digo, Sanchuelo, que eres el mayor bellacuelo[b] que hay en España. Dime, ladrón vagamundo, ¿no me acabaste de decir ahora que esta princesa se había vuelto en una doncella que se llamaba Dorotea y que la cabeza que entiendo que corté a un gigante era la puta que te parió, con otros disparates que me pusieron en la mayor confusión que jamás he estado en todos los días de mi vida? ¡Voto... —y miró al cielo y apretó los dientes— que estoy por hacer un estrago en ti, que ponga sal en la mollera a todos cuantos mentirosos escuderos hubiere de caballeros andantes, de aquí adelante, en el mundo!

—Vuestra merced se sosiegue, señor mío —respondió Sancho—; que bien podría ser que yo me hubiese engañado en lo que toca a la mutación de la señora princesa Micomicona; pero en lo que toca a la cabeza del gigante, o, a lo menos, a la horadación de los cueros, y a lo de ser vino tinto la sangre, no me engaño, vive Dios, porque los cueros allí están heridos, a la cabecera del lecho de vuestra merced, y el vino tinto tiene hecho un lago el aposento; y si no, al freír de los huevos lo verá, quiero decir que lo verá cuando aquí su merced del señor ventero le pida el menoscabo de todo. De lo demás, de que la señora reina se esté como se estaba, me regocijo en el alma, porque me va mi parte, como a cada hijo de vecino.

—Ahora yo te digo, Sancho —dijo don Quijote—, que eres un mentecato, y perdóname, y basta.

---

[8] *invenerable*] Puede leerse en son de donaire por 'invulnerable', 'invencible'[a][b].

—Basta —dijo don Fernando—, y no se hable más en esto; y pues la señora princesa dice que se camine mañana, porque ya hoy es tarde, hágase así, y esta noche la podremos pasar en buena conversación, hasta el venidero día, donde todos acompañaremos al señor don Quijote, porque queremos ser testigos de las valerosas e inauditas hazañas que ha de hacer en el discurso[9] desta grande empresa que a su cargo lleva.

—Yo soy el que tengo de serviros y acompañaros —respondió don Quijote—, y agradezco mucho la merced que se me hace y la buena opinión que de mí se tiene, la cual procuraré que salga verdadera, o me costará la vida, y aun más, si más costarme puede.

Muchas palabras de comedimiento y muchos ofrecimientos pasaron entre don Quijote y don Fernando; pero a todo puso silencio un pasajero que en aquella sazón entró en la venta, el cual en su traje mostraba ser cristiano recién venido de tierra de moros[f], porque venía vestido con una casaca de paño azul, corta de faldas, con medias mangas y sin cuello; los calzones eran asimismo de lienzo azul, con bonete de la misma color[10]; traía unos borceguíes datilados[11] y un alfanje morisco, puesto en un tahelí[12] que le atravesaba el pecho. Entró luego tras él, encima de un jumento, una mujer a la morisca vestida[f], cubierto el rostro con una toca en la cabeza; traía un bonetillo de brocado, y vestida una almalafa[13], que desde los hombros a los pies la cubría.

Era el hombre de robusto y agraciado talle, de edad de poco más de cuarenta años[14], algo moreno de rostro, largo de bigotes y la barba muy bien puesta; en resolución, él mostraba en su apostura que si estuviera bien vestido, le juzgaran por persona de calidad y bien nacida.

---

[9] *discurso*] transcurso.

[10] Lleva casaca, calzones y bonete azules, color del cautiverio[b].

[11] *borceguíes datilados*] «*Borceguí*: bota morisca [que llegaba hasta la rodilla] con soletilla de cuero, que sobre él se ponen chinelas o zapatos... Deste calzado usan los jinetes, y particularmente los moros», Cov. 231.a.33. *datilado:* de color de dátil.

[12] *tahelí*] o *tahalí*: «un cincho o cinto ancho que cuelga desde el hombro derecho hasta lo bajo del brazo izquierdo», Cov. 951.a.3.

[13] *almalafa*] manto grande, propio de gente noble[c]; o el manto que usaban las mujeres moras fuera de casa en verano.

[14] *de edad de poco más de cuarenta años*] Coincide con la edad que tenía Cervantes en 1589-90. *V.* I.39, nota 10. La edad de Zoraida sería diecinueve años.

Pidió, en entrando, un aposento, y como le dijeron que en la venta no le había, mostró recebir pesadumbre; y llegándose a la que en el traje parecía mora, la apeó en sus brazos. Luscinda, Dorotea, la ventera, su hija y Maritornes, llevadas del nuevo y para ellas nunca visto traje, rodearon a la mora, y Dorotea, que siempre fue agraciada, comedida y discreta, pareciéndole que así ella como el que la traía se congojaban por la falta del aposento, le dijo:

—No os dé mucha pena, señora mía, la incomodidad de regalo que aquí falta, pues es proprio de ventas no hallarse en ellas; pero, con todo esto, si gustáredes de pasar con nosotras —señalando a Luscinda—, quizá en el discurso de este camino habréis hallado otros no tan buenos acogimientos.

No respondió nada a esto la embozada, ni hizo otra cosa que levantarse de donde sentado se había, y puestas entrambas manos cruzadas sobre el pecho, inclinada la cabeza, dobló el cuerpo en señal de que lo agradecía. Por su silencio imaginaron que, sin duda alguna, debía de ser mora, y que no sabía hablar cristiano[15]. Llegó, en esto, el cautivo, que entendiendo en otra cosa hasta entonces había estado, y viendo que todas tenían cercada a la que con él venía, y que ella a cuanto le decían callaba, dijo:

—Señoras mías, esta doncella apenas entiende mi lengua, ni sabe hablar otra ninguna sino conforme a su tierra, y por esto no debe de haber respondido, ni responde, a lo que se le ha preguntado.

—No se le pregunta otra cosa ninguna —respondió Luscinda— sino ofrecelle por esta noche nuestra compañía y parte del lugar donde nos acomodáremos, donde se le hará el regalo que la comodidad ofreciere, con la voluntad que obliga a servir a todos los estranjeros que dello tuvieren necesidad, especialmente siendo mujer a quien se sirve.

—Por ella y por mí —respondió el captivo— os beso, señora mía, las manos, y estimo mucho y en lo que es razón la merced ofrecida, que en tal ocasión, y de tales personas como vuestro parecer muestra, bien se echa de ver que ha de ser muy grande.

—Decidme, señor —dijo Dorotea—: ¿esta señora es cristiana o mora? Porque el traje y el silencio nos hace pensar que es lo que no querríamos que fuese.

---

[15] *cristiano*]   castellano.

—Mora es en el traje y en el cuerpo; pero en el alma es muy grande cristiana, porque tiene grandísimos deseos de serlo.

—Luego ¿no es baptizada? —replicó Luscinda.

—No ha habido lugar para ello —respondió el captivo— después que salió de Argel, su patria y tierra, y hasta agora no se ha visto en peligro de muerte tan cercana, que obligase a baptizalla sin que supiese primero todas las ceremonias que nuestra Madre la Santa Iglesia manda; pero Dios será servido que presto se bautice con la decencia que la calidad de su persona merece, que es más de lo que muestra su hábito y el mío.

Estas razones puso[16] gana en todos los que escuchándole estaban de saber quién fuese la mora y el captivo; pero nadie se lo quiso preguntar por entonces, por ver que aquella sazón era más para procurarles descanso que para preguntarles sus vidas. Dorotea la tomó por la mano y la llevó a sentar junto a sí, y le rogó que se quitase el embozo. Ella miró al cautivo, como si le preguntara le dijese lo que decían y lo que ella haría. Él, en lengua arábiga, le dijo que le pedían se quitase el embozo, y que lo hiciese; y así, se lo quitó, y descubrió un rostro tan hermoso, que Dorotea la tuvo por más hermosa que a Luscinda, y Luscinda por más hermosa que a Dorotea, y todos los circunstantes conocieron que si alguno se podría igualar al de las dos, era el de la mora, y aun hubo algunos que le aventajaron en alguna cosa. Y como la hermosura tenga prerrogativa y gracia de reconciliar los ánimos y atraer las voluntades, luego se rindieron todos al deseo de servir y acariciar a la hermosa mora.

Preguntó don Fernando al captivo ¿cómo se llamaba la mora, el cual respondió que lela Zoraida[17]; y así como

---

[16] La falta de concordancia se ha enmendado de varias maneras, o añadiendo *Con* al principio del párrafo[a], o con el plural del verbo, *pusieron*[b].

[17] *lela Zoraida*] *lela:* título que equivalía a 'dômîna', o 'señora'; de *Lâllâ* en el árabe coloquial del norte de África. *Zoraida* es el nombre *Turayyâ*, 'Pléyades'. La figura de Zoraida está elaborada sobre la misma leyenda que dramatizó Cervantes en su comedia *Los baños de Argel*, en que la bella mora se llama Zahara. Es una leyenda de los años de su cautiverio. En el Argel de 1575 a 1580 hubo de surgir entre los cautivos españoles la leyenda (para ellos hecho verdadero) de la hija de un moro principal que se había enamorado de un cautivo español y ansiaba hacerse cristiana, sintiendo una devoción especial por la Virgen María,

esto oyó ella, entendió lo que le habían preguntado al cristiano, y dijo con mucha priesa, llena de congoja y donaire:
—¡No, no Zoraida: María, María! —dando a entender que se llamaba María y no Zoraida.

Estas palabras y el grande afecto con que la mora las dijo hicieron derramar más de una lágrima a algunos de los que la escucharon, especialmente a las mujeres, que de su naturaleza son tiernas y compasivas. Abrazóla Luscinda con mucho amor, diciéndole:
—Sí, sí, María, María.

A lo cual respondió la mora:
—¡Sí, sí, María; Zoraida *macange!* —que quiere decir *no*[18].

Ya en esto llegaba la noche, y por orden de los que venían con don Fernando había el ventero puesto diligencia y cuidado en aderezarles de cenar lo mejor que a él le fue posible. Llegada, pues, la hora, sentáronse todos a una larga mesa como de tinelo, porque no la había redonda ni cuadrada en la venta, y dieron la cabecera y principal asiento, puesto que él lo rehusaba, a don Quijote, el cual quiso que estuviese a su lado la señora Micomicona, pues él era su aguardador. Luego se sentaron Luscinda y Zoraida, y frontero dellas don Fernando y Cardenio, y luego el cautivo y los demás caballeros, y al lado de las señoras, el cura y el barbero. Y así, cenaron con mucho contento, y acrecentóseles más viendo que, dejando de comer don Quijote, movido de otro semejante espíritu que el que le movió a hablar tanto como habló cuando cenó con los cabreros, comenzó a decir:

y anhelando irse con el español a tierra cristiana. Esta leyenda se asoció a la hija de un rico renegado argelino Ḥāÿÿi Murād (Agi Morato), llamada Zahra (o Záhara). La madre de la Zahra histórica fue hija de una cristiana mallorquina, capturada en 1529 en Argel. Era Zahra, pues, nieta de cristianos. En 1574 Zahra casó con 'Abd al-Malik (nacido en 1541 y al que en la comedia se le llama Muley Maluco), que fue sultán de Marruecos en 1576 y murió en 1578, en la acción de Alcazarquivir contra los portugueses. En la comedia de Cervantes la boda entre Zahara y Muley Maluco no se consuma porque Zahara huye a España con el cautivo, don Lope. La Zahra histórica casó en segundas nupcias con Ḥasan Bāšā (que fue el dueño de Cervantes en Argel, I.40, nota 5) y desde 1580 vivió en Constantinopla. V. Oliver Asín, **472.1.** Probablemente el hecho de que el histórico Ḥāÿÿi Murād era renegado (hecho sabido por Cervantes) posibilitó que se le atribuyera la leyenda a su hija, pero en el relato del capitán no aparece como renegado.

[18] *macange... no*] o sea 'esto no es'.

—Verdaderamente, si bien se considera, señores míos, grandes e inauditas cosas ven los que profesan la orden de la andante caballería. Si no, ¿cuál de los vivientes habrá en el mundo que ahora por la puerta deste castillo entrara[b], y de la suerte que estamos nos viere, que juzgue y crea que nosotros somos quien somos? ¿Quién podrá decir que esta señora que está a mi lado es la gran reina que todos sabemos, y que soy yo aquel Caballero de la Triste Figura que anda por ahí en boca de la fama? Ahora no hay que dudar, sino que esta arte y ejercicio excede a todas aquellas y aquellos que los hombres inventaron, y tanto más se ha de tener en estima cuanto a más peligros está sujeto. Quítenseme delante los que dijeren que las letras hacen ventaja a las armas[19]; que les diré, y sean quien se fueren, que no saben lo que dicen. Porque la razón que los tales suelen decir y a lo que ellos más se atienen, es que los trabajos del espíritu exceden a los del cuerpo, y que las armas sólo con el cuerpo se ejercitan como si fuese su ejercicio oficio de ganapanes[20], para el cual no es menester más de buenas fuerzas, o como si en esto llamamos armas los que las profesamos no se encerrasen los actos de la fortaleza, los cuales piden para ejecutallos mucho entendimiento, o como si no trabajase el ánimo del guerrero que tiene a su cargo un ejército, o la defensa de una ciudad sitiada, así con el espíritu como con el cuerpo. Si no, véase si se alcanza con las fuerzas corporales a saber y conjeturar el intento del enemigo, los disignios, las estratagemas, las dificultades, el prevenir los daños que se temen; que todas estas cosas son acciones del entendimiento, en quien no tiene parte alguna el cuerpo. Siendo pues ansí, que las armas requieren

---

[19] *las letras... las armas*] El segundo discurso de don Quijote retoma un viejo tema con la actitud polémica que le prestó el humanismo renacentista. Aunque empieza aquí tratando el tema en su aspecto más general —casi podría decirse en su aspecto existencial— su discurso solo versa sobre el letrado y el guerrero. Es decir que no lo enfoca desde una concepción elevada y aristocrática: el capitán y el poeta, lo cual explica que en él aparezcan algunos detalles vulgares. El retrato de la vida militar que hace don Quijote en el c. siguiente corresponde a la vida del soldado raso. Sobre antecedentes del tema en la antigüedad y Edad Media **471**.

[20] *ganapanes*[f]] «los que ganan su vida y el pan que comen (que vale sustento) a llevar a cuestas y sobre sus hombros las cargas... El ganapán... no cura de honra, y así de ninguna cosa se afrenta, no se le da nada de andar mal vestido y roto...», Cov. 627.a.55.

espíritu[21], como las letras, veamos ahora cuál de los dos
espíritus, el del letrado o el del guerrero, trabaja más; y
esto se vendrá a conocer por el fin y paradero a que cada
uno se encamina; porque aquella intención se ha de estimar
en más que tiene por objeto más noble fin. Es el fin y paradero de las letras..., y no hablo ahora de las divinas, que
tienen por blanco llevar y encaminar las almas al cielo;
que a un fin tan sin fin como éste ninguno otro se le puede
igualar: hablo de las letras humanas, que es su fin poner en
su punto la justicia distributiva y dar a cada uno lo que es
suyo, entender y hacer que las buenas leyes se guarden.
Fin, por cierto, generoso y alto y digno de grande alabanza;
pero no de tanta como merece aquel a que las armas atienden, las cuales tienen por objeto y fin la paz, que es el mayor
bien que los hombres pueden desear en esta vida. Y así,
las primeras buenas nuevas que tuvo el mundo y tuvieron
los hombres fueron las que dieron los ángeles la noche que
fue nuestro día, cuando cantaron en los aires: "Gloria
sea en las alturas, y paz en la tierra a los hombres de buena
voluntad"[22]; y a la salutación que el mejor maestro de la
tierra y del cielo enseñó a sus allegados y favoridos fue decirles que cuando entrasen en alguna casa, dijesen: "Paz
sea en esta casa"[23]; y otras muchas veces les dijo: "Mi paz
os doy; mi paz os dejo; paz sea con vosotros"[24], bien como
joya y prenda dada y dejada de tal mano; joya, que sin
ella, en la tierra ni en el cielo puede haber bien alguno.
Esta paz es el verdadero fin de la guerra; que lo mesmo es
decir armas que guerra. Prosupuesta, pues, esta verdad,
que el fin de la guerra es la paz, y que en esto hace ventaja
al fin de las letras, vengamos ahora a los trabajos del cuerpo
del letrado y a los del profesor de las armas, y véase cuáles
son mayores.

De tal manera y por tan buenos términos iba prosiguiendo
en su plática don Quijote, que obligó a que, por entonces,
ninguno de los que escuchándole estaban le tuviese por
loco; antes, como todos los más eran caballeros, a quien
son anejas las armas, le escuchaban de muy buena gana;
y él prosiguió diciendo:

---

[21] *espíritu*] aquí: entendimiento, ingenio[c].
[22] San Lucas 2,14.
[23] San Lucas 10,5; San Mateo 10.12.
[24] San Juan 14,27; 20,19.

—Digo, pues, que los trabajos del estudiante son éstos: principalmente pobreza, no porque todos sean pobres, sino por poner este caso en todo el estremo que pueda ser; y en haber dicho que padece pobreza me parece que no había que decir más de su mala ventura; porque quien es pobre no tiene cosa buena. Esta pobreza la padece por sus partes, ya en hambre, ya en frío, ya en desnudez, ya en todo junto; pero, con todo eso, no es tanta, que no coma, aunque sea un poco más tarde de lo que se usa; aunque sea de las sobras de los ricos, que es la mayor miseria del estudiante este que entre ellos llaman *andar a la sopa*[25]; y no les falta algún ajeno brasero o chimenea, que, si no callenta[26], a lo menos entibie su frío, y, en fin, la noche duermen debajo de cubierta. No quiero llegar a otras menudencias, conviene a saber, de la falta de camisas y no sobra de zapatos, la raridad[27] y poco pelo del vestido, ni aquel ahitarse[28] con tanto gusto, cuando la buena suerte les depara algún banquete. Por este camino que he pintado, áspero y dificultoso, tropezando aquí, cayendo allí, levantándose acullá, tornando a caer acá, llegan al grado que desean; el cual alcanzado, a muchos hemos visto que, habiendo pasado por estas sirtes[29] y por estas Scilas y Caribdis[30] como llevados en vuelo de la favorable fortuna, digo que los hemos visto mandar y gobernar el mundo desde una silla, trocada su hambre en hartura[c], su frío en refrigerio[31], su desnudez en galas y su dormir en una estera en reposar en holandas y damascos, premio justamente merecido[c] de su virtud. Pero contrapuestos y comparados sus trabajos con los del mílite guerrero, se quedan muy atrás en todo, como ahora diré.

---

[25] andar a la sopa]   Acudir a los conventos para recoger la sopa que dan a los pobres[c].

[26] *callentar:* ant., calentar.

[27] *raridad*]   de *raro* en su acepción de *ralo* o *escaso.*

[28] *ahitarse*]   empacharse, hartarse.

[29] *sirtes*]   bajos de arena en el mar; cambian de lugar y no siempre tienen igual profundidad.

[30] *Scilas y Caribdis*]   exp. fig., 'peligro'. Los dos peñascos a uno y otro lado en el estrecho de Mesina, entre Italia y Sicilia, llamados así por los dos monstruos de la mitología (personificación de los remolinos, peligrosos para la navegación, que se forman entre dichos peñascos). *Odisea,* 12 y 23.

[31] *refrigerio*]   alivio, consuelo, beneficio[a], cf. II.32, p. 294, II.59, p. 482.

CAPÍTULO XXXVIII

Que trata del curioso discurso^c que hizo don Quijote de las armas y las letras^a

Prosiguiendo don Quijote, dijo:
—Pues comenzamos en el estudiante por la pobreza y sus partes, veamos si es más rico el soldado. Y veremos que no hay ninguno más pobre en la misma pobreza, porque está atenido a la miseria de su paga, que viene o tarde o nunca^b, o a lo que garbeare[1] por sus manos, con notable peligro de su vida y de su conciencia. Y a veces suele ser su desnudez tanta, que un coleto acuchillado[2] le sirve de gala y de camisa, y en la mitad del invierno se suele reparar de las inclemencias del cielo, estando en la campaña rasa, con sólo el aliento de su boca, que, como sale de lugar vacío, tengo por averiguado que debe de salir frío, contra toda naturaleza. Pues esperad que espere que llegue la noche para restaurarse de todas estas incomodidades en la cama que le aguarda, la cual, si no es por su culpa, jamás pecará de estrecha; que bien puede medir en la tierra los pies que quisiere, y revolverse en ella a su sabor, sin temor que se le encojan las sábanas. Lléguese, pues, a todo esto, el día y la hora de recebir el grado de su ejercicio[3]: lléguese un día de batalla; que allí le pondrán la borla en la cabeza, hecha de hilas, para curarle algún balazo, que quizá le habrá pasado las sienes, o le dejará estropeado de brazo o pierna. Y cuando esto no suceda, sino que el cielo piadoso le guarde y conserve sano y vivo, podrá ser que se quede en la mesma pobreza que antes estaba, y que sea menester que suceda uno y otro rencuentro[4], una y otra batalla, y que de todas salga vencedor, para medrar en algo; pero estos milagros vense raras veces. Pero, decidme, señores, si habéis mirado en ello: ¿cuán menos son los premiados por la guerra que los

---

[1] *garbear:* en germanía equivale a merodear, robar, andar al pillaje^{bc}.
[2] *coleto acuchillado*] El *coleto* era prenda interior ordinaria^c. Se juega con el doble sentido de 'roto a cuchilladas' y el de una prenda de mangas acuchilladas, o sea, con aberturas vistosas, I.27, nota 3.
[3] *el grado de su ejercicio*] 'grado militar' con sentido irónico, como luego *borla*, adorno que indica haber recibido un grado académico superior.
[4] *rencuentro*] encuentro, combate.

que han perecido en ella? Sin duda, habéis de responder,
que no tienen comparación, ni se pueden reducir a cuenta
los muertos, y que se podrán contar los premiados vivos
con tres letras de guarismo[5]. Todo esto es al revés en los
letrados; porque de faldas, que no quiero decir de mangas[6],
todos tienen en qué entretenerse[7]; así que, aunque es mayor
el trabajo del soldado, es mucho menor el premio. Pero
a esto se puede responder que es más fácil premiar a dos mil
letrados que a treinta mil soldados, porque a aquéllos se
premian con darles oficios que por fuerza se han de dar a
los de su profesión, y a éstos no se pueden premiar sino con
la mesma hacienda del señor a quien sirven; y esta imposibilidad fortifica más la razón que tengo. Pero dejemos esto
aparte, que es laberinto de muy dificultosa salida, sino volvamos a la preeminencia de las armas contra las letras,
materia que hasta ahora está por averiguar, según son las
razones que cada una de su parte alega; y entre las que he
dicho, dicen las letras que sin ellas no se podrían sustentar
las armas, porque la guerra también tiene sus leyes y está
sujeta a ellas, y que las leyes caen debajo de lo que son letras y letrados. A esto responden las armas que las leyes no
se podrán sustentar sin ellas, porque con las armas se de-
fienden las repúblicas, se conservan los reinos, se guardan
las ciudades, se aseguran los caminos, se despejan los mares
de cosarios[8], y, finalmente, si por ellas no fuese, las repúblicas, los reinos, las monarquías, las ciudades, los caminos
de mar y tierra estarían sujetos al rigor y a la confusión que
trae consigo la guerra el tiempo que dura y tiene licencia
de usar de sus previlegios y de sus fuerzas. Y es razón averiguada que aquello que más cuesta se estima y debe de
estimar en más. Alcanzar alguno a ser eminente en letras
le cuesta tiempo, vigilias, hambre, desnudez, váguidos de
cabeza, indigestiones de estómago, y otras cosas a éstas
adherentes, que, en parte, ya las tengo referidas; mas llegar
uno por sus términos a ser buen soldado le cuesta todo lo

[5] *con tres letras de guarismo*] con tres cifras aritméticas, sin llegar
a 1.000.
[6] *de faldas... de mangas*] *mangas* se llamaba a los regalos hechos
para sobornar, I.31, nota 9; *faldas* se refería a los honorarios legítimos.
La frase significa: por buen o por mal camino, lícita o ilícitamente[b].
[7] *entretenerse*] aquí 'sustentarse, mantenerse'.
[8] *cosarios*] «*cosario:* el que anda a robar por la mar, pirata...»
Cov. 365.a.20.

que a el estudiante, en tanto mayor grado, que no tiene
comparación, porque a cada paso está a pique de perder
la vida. Y ¿qué temor de necesidad y pobreza puede llegar
ni fatigar al estudiante, que llegue al que tiene un soldado,
que, hallándose cercado en alguna fuerza[9], y estando de
posta, o guarda en algún revellín o caballero[10], siente que
los enemigos están minando hacia la parte donde él está,
y no puede apartarse de allí por ningún caso, ni huir el
peligro que de tan cerca le amenaza? Sólo lo que puede hacer es dar noticia a su capitán de lo que pasa, para que lo
remedie con alguna contramina, y él estarse quedo, temiendo y esperando cuándo improvisamente ha de subir a las
nubes sin alas, y bajar al profundo sin su voluntad. Y si
éste parece pequeño peligro, veamos si le iguala o hace
ventajas el de embestirse dos galeras por las proas en mitad
del mar espacioso, las cuales enclavijadas y trabadas, no
le queda al soldado más espacio del que concede dos pies
de tabla del espolón; y, con todo esto, viendo que tiene
delante de sí tantos ministros de la muerte que le amenazan
cuantos cañones de artillería se asestan de la parte contraria, que no distan de su cuerpo una lanza, y viendo que al
primer descuido de los pies iría a visitar los profundos
senos de Neptuno, y, con todo esto, con intrépido corazón,
llevado de la honra que le incita, se pone a ser blanco de
tanta arcabucería, y procura pasar por tan estrecho paso
al bajel contrario. Y lo que más es de admirar: que apenas
uno ha caído donde no se podrá levantar hasta la[b] fin del
mundo, cuando otro ocupa su mesmo lugar; y si éste también
cae en el mar, que como a enemigo le aguarda, otro y otro
le sucede, sin dar tiempo al tiempo de sus muertes: valentía
y atrevimiento el mayor que se puede hallar en todos los
trances de la guerra. Bien hayan aquellos benditos siglos[11]
que carecieron de la espantable furia de aquestos endemo-
niados instrumentos de la artillería, a cuyo inventor tengo

___

[9] *fuerza*] fortaleza, plaza fortificada.
[10] *revellín o caballero*] del ital. *rivellino* y *cavaliere*. *Revellín* era un
terraplén fuera de la muralla, que protegía el puente levadizo y la cor-
tina; *caballero* era obra defensiva, interior y elevada sobre las demás
de modo que estaba a caballo sobre ellas[abf].
[11] *aquellos benditos siglos*] 'la edad dorada'. Ahora, al repetir el
tema de su primer discurso, don Quijote reflexiona sobre las circunstancias de su carrera en la época moderna, o sea, en 'la edad de hierro',
cf. I.20, p. 238.

para mí que en el infierno se le está dando el premio[c] de su diabólica invención, con la cual dio causa que un infame y cobarde brazo quite la vida a un valeroso caballero[12], y que, sin saber cómo o por dónde, en la mitad del coraje y brío que enciende y anima a los valientes pechos, llega una desmandada bala, disparada de quien quizá huyó y se espantó del resplandor que hizo el fuego al disparar de la maldita máquina, y corta y acaba en un instante los pensamientos y vida de quien la merecía gozar luengos siglos[b]. Y así, considerando esto, estoy por decir que en el alma me pesa de haber tomado este ejercicio de caballero andante en edad tan detestable como es esta en que ahora vivimos; porque aunque a mí ningún peligro me pone miedo, todavía me pone recelo pensar si la pólvora y el estaño me han de quitar la ocasión de hacerme famoso y conocido por el valor de mi brazo y filos de mi espada, por todo lo descubierto de la tierra. Pero haga el cielo lo que fuere servido; que tanto seré más estimado, si salgo con lo que pretendo, cuanto a mayores peligros me he puesto que se pusieron los caballeros andantes[c] de los pasados siglos.

Todo este largo preámbulo dijo don Quijote en tanto que los demás cenaban, olvidándose de llevar bocado a la boca, puesto que algunas veces le había dicho Sancho Panza que cenase; que después habría lugar para decir todo lo que quisiese. En los que escuchado le habían sobrevino nueva lástima de ver que hombre que, al parecer, tenía buen entendimiento y buen discurso en todas las cosas que trataba, le hubiese perdido tan rematadamente en tratándole de su negra y pizmienta[13] caballería. El cura le dijo que tenía mucha razón en todo cuanto había dicho en favor de las armas, y que él, aunque letrado y graduado, estaba de su mesmo parecer.

Acabaron de cenar, levantaron los manteles, y en tanto

[12] Se refiere a los arcabuces. Dice Cov. «arcabuz, arma forjada en el infierno, inventada por el demonio», 139.a.23; luego cita los versos de Ariosto, *OF*, 9, 11, que también parece recordar don Quijote. Traducidos, en parte dicen: «Aquella máquina infernal... ¡Oh invención horrible y criminal! ¿Cómo pudiste hallar cabida en el corazón del hombre? Tú has destruído la gloria militar; tú has arrebatado su honor a la carrera de las armas; por ti se ven reducidos a tal extremo el valor y la virtud, que con frecuencia aparece el malvado preferido y antepuesto al bueno; por ti no son ya una ventaja en las batallas la audacia y la gallardía», *OF*, 11, 26.
[13] *negra y pizmienta*] 'infausta, infeliz, y más negra que la pez'[b].

que la ventera, su hija y Maritornes aderezaban el camaranchón de don Quijote de la Mancha, donde habían determinado que aquella noche las mujeres solas en él se recogiesen, don Fernando rogó al cautivo les contase el discurso de su vida, porque no podría ser sino que fuese peregrino y gustoso, según las muestras que había comenzado a dar, viniendo en compañía de Zoraida. A lo cual respondió el cautivo que de muy buena gana haría lo que se le mandaba, y que sólo temía que el cuento no había de ser tal, que les diese el gusto que él deseaba; pero que, con todo eso, por no faltar en obedecelle, le contaría. El cura y todos los demás se lo agradecieron, y de nuevo se lo rogaron; y él, viéndose rogar de tantos, dijo que no eran menester ruegos adonde el mandar tenía tanta fuerza.

—Y así, estén vuestras mercedes atentos, y oirán un discurso verdadero a quien podría ser que no llegasen los mentirosos que con curioso y pensado artificio suelen componerse.

Con esto que dijo hizo que todos se acomodasen y le prestasen un grande silencio; y él, viendo que ya callaban y esperaban lo que decir quisiese, con voz agradable y reposada comenzó a decir desta manera:

CAPÍTULO XXXIX

Donde el cautivo cuenta su vida y sucesos[1]

En un lugar de las montañas de León[2] tuvo principio mi linaje, con quien fue más agradecida y liberal la naturaleza que la fortuna, aunque en la estrecheza de aquellos pueblos todavía alcanzaba mi padre fama de rico, y verda-

---

[1] A diferencia de la *Novela del curioso impertinente*, esta narración está enlazada dramáticamente con los sucesos en la venta. Fácilmente se percibe que en el relato del capitán combinó Cervantes diversos elementos narrativos: 1) Un cuento de una larga separación de hijos y padre y la feliz reunión de hermanos aquí en la venta. 2) Un relato en forma de memorias de soldado de hechos en la historia militar y naval de España entre los años 1567 y 1574 con una descripción de la vida de cautivos cristianos en Argel, que responde a la experiencia personal de Cervantes. 3) Un relato de la maravillosa manera en que el capitán consiguió la libertad y Zoraida realizó su ideal de acogerse a la religión cristiana, que se inscribe en la moda de la llamada novela de temas moriscos. Puede interpretarse la narración completa como la idealización de Cer-

deramente lo fuera si así se diera maña a conservar su hacienda como se la daba en gastalla. Y la condición que tenía de ser liberal y gastador le procedió de haber sido soldado los años de su joventud; que es escuela la soldadesca donde el mezquino se hace franco, y el franco, pródigo; y si algunos soldados se hallan miserables, son como monstruos que se ven raras veces[b]. Pasaba mi padre los términos de la liberalidad y rayaba en los de ser pródigo, cosa que no le es de ningún provecho al hombre casado y que tiene hijos que le han de suceder en el nombre y en el ser. Los que mi padre tenía eran tres, todos varones y todos de edad de poder elegir estado. Viendo, pues, mi padre que, según él decía, no podía irse a la mano contra su condición, quiso privarse del instrumento y causa que le hacía gastador y dadivoso, que fue privarse de la hacienda, sin la cual el mismo Alejandro pareciera estrecho.

Y así, llamándonos un día a todos tres[3] a solas en un aposento, nos dijo unas razones semejantes a las que ahora diré: —"Hijos, para deciros que os quiero bien basta saber y decir que sois mis hijos; y para entender que os quiero mal basta saber que no me voy a la mano en lo que toca a conservar vuestra hacienda. Pues para que entendáis desde aquí adelante que os quiero como padre, y que no os quiero destruir como padrastro, quiero hacer una cosa con voso-

---

vantes de su rescate y liberación en Argel en 1580, y es evidente que la tenía ya redactada por el año 1590. Su fecha de composición, pues, antecede a la de lo demás del *Quijote* de 1605 y de las primeras novelas ejemplares. Según se dice abajo, hace veinte y dos años que se separó Ruy Pérez de su padre y hermanos en el año 1567. No se menciona o describe ningún hecho histórico después de 1574 y se deduce que su cautiverio ha sido desde el año 1571 al presente, es decir, 1589 o 1590; y es en este año en que ha conocido a Zoraida y juntos han venido a España. Obsérvese, pues, que según lo que traza la idealización de Cervantes, en los años de su cautiverio el capitán dejó de ser joven y se hizo el hombre de edad a quien escogió la doncella Zoraida para realizar sus aspiraciones.

[2] I.1, nota 2.

[3] «Entre las narraciones populares y folklóricas de toda Europa se halla el cuento del padre e hijos (suelen ser tres) a quienes aquél despide para que vean el gran mundo y escojan una carrera que emprender. A cada uno le da el padre buenos consejos o su bendición y en algunos cuentos le entrega un anillo o algún talismán para guardarle contra el mal. Es posible que Cervantes, influído por el refrán de *Iglesia o mar o Casa real*, escogiese esta fórmula del padre con *tres* hijos, hallando en el refrán ya indicadas las tres carreras de los tres hijos»[a].

tros que ha muchos días que la tengo pensada y con madura consideración dispuesta. Vosotros estáis ya en edad de tomar estado, o, a lo menos, de elegir ejercicio, tal, que cuando mayores, os honre y aproveche. Y lo que he pensado es hacer de mi hacienda cuatro partes: las tres os daré a vosotros, a cada uno lo que le tocare, sin exceder en cosa alguna, y con la otra me quedaré yo para vivir y sustentarme los días que el cielo fuere servido de darme de vida. Pero querría que después que cada uno tuviese en su poder la parte que le toca de su hacienda, siguiese uno de los caminos que le diré. Hay un refrán en nuestra España, a mi parecer muy verdadero, como todos lo son, por ser sentencias breves sacadas de la luenga y discreta experiencia[4]; y el que yo digo dice: Iglesia, o mar, o casa real[5], como si más claramente dijera: «Quien quisiere valer y ser rico, siga, o la Iglesia, o navegue, ejercitando el arte de la mercancía, o entre a servir a los reyes en sus casas»; porque dicen: «Más vale migaja de rey que merced de señor.»[6] Digo esto porque querría, y es mi voluntad, que uno de vosotros siguiese las letras, el otro la mercancía, y el otro sirviese al rey en la guerra, pues es dificultoso entrar a servirle en su casa; que ya que la guerra no dé muchas riquezas, suele dar mucho valor y mucha fama. Dentro de ocho días os daré toda vuestra parte en dineros, sin defraudaros en un ardite, como lo veréis por la obra. Decidme ahora si queréis seguir mi parecer y consejo en lo que os he propuesto." Y mandándome a mí, por ser el mayor, que respondiese, después de haberle dicho que no se deshiciese de la hacienda, sino que gastase todo lo que fuese su voluntad, que nosotros éramos mozos para saber ganarla, vine a concluir en que cumpliría su gusto, y que el mío era seguir el ejercicio de las armas, sirviendo en él a Dios y a mi rey. El segundo hermano hizo los mesmos ofrecimientos, y escogió el irse a las Indias, llevando empleada la hacienda que le cupiese. El menor, y, a lo que yo creo, el más discreto, dijo que quería seguir

---

[4] Cf. I.21, p. 252.

[5] Cervantes da la versión antigua de este refrán. En *La Dorotea* de Lope de Vega aparece en forma más completa y moderna: «Tres cosas hacen al hombre medrar: ciencia y mar y casa real», ed. E. Morby, p. 123, cf. Correas 512a. *Iglesia*, pues, equivale a «estudios o ciencias».

[6] La única ocasión en que Cervantes usó este refrán, que no se encuentra en las colecciones antiguas.

la Iglesia, o irse a acabar sus comenzados estudios a Salamanca[7].

Así como acabamos de concordarnos y escoger nuestros ejercicios, mi padre nos abrazó a todos, y con la brevedad que dijo puso por obra cuanto nos había prometido; y dando a cada uno su parte, que, a lo que se me acuerda, fueron cada[8] tres mil ducados en dineros (porque un nuestro tío compró toda la hacienda y la pagó de contado, porque no saliese del tronco de la casa), en un mesmo día nos despedimos todos tres de nuestro buen padre, y en aquel mesmo, pareciéndome a mí ser inhumanidad que mi padre quedase viejo y con tan poca hacienda, hice con él que de mis tres mil tomase los dos mil ducados, porque a mí me bastaba el resto para acomodarme de lo que había menester un soldado. Mis dos hermanos, movidos de mi ejemplo, cada uno le dio mil ducados; de modo que a mi padre le quedaron cuatro mil en dineros, y más tres mil, que, a lo que parece, valía la hacienda que le cupo, que no quiso vender, sino quedarse con ella en raíces[9]. Digo, en fin, que nos despedimos dél y de aquel nuestro tío que he dicho, no sin mucho sentimiento y lágrimas de todos, encargándonos que les hiciésemos saber, todas las veces que hubiese comodidad para ello, de nuestros sucesos, prósperos o adversos. Prometímosselo, y abrazándonos y echándonos su bendición, el uno tomó el viaje de Salamanca, el otro de Sevilla, y yo el de Alicante, adonde tuve nuevas que había una nave ginovesa que cargaba allí lana para Génova.

Éste hará veinte y dos años que salí de casa de mi padre[10], y en todos ellos, puesto que he escrito algunas cartas, no he sabido dél ni de mis hermanos nueva alguna. Y

[7] Se dirige a Salamanca a estudiar leyes en su Universidad. Este hermano se llama Juan Pérez de Viedma y es el oidor que llega a la venta en el c. 42.

[8] *cada*] a cada uno... tres mil ducados, o sea 33.000 reales aproximadamente.

[9] *en raíces*] en bienes raíces, cf. I.12, nota 11.

[10] *Este hará veinte y dos años que salí de casa de mi padre*] El día 21 de mayo de 1590 Cervantes dictó y firmó un Memorial o petición al rey para uno de los puestos vacantes en las Indias que empieza: «Miguel de Cervantes Saavedra dice que ha seruido a V. M. muchos años en las jornadas de mar y tierra que se han ofrescido en *veinte y dos años a esta parte,* particularmente en la Batalla Naual, donde le dieron muchas heridas, de las quales perdió una mano de un arcabuçaco —y el año siguiente fue a Nauarino y después a la de Túnez y a la goleta...» V. As-

lo que en este discurso de tiempo he pasado lo diré brevemente. Embarquéme en Alicante, llegué con próspero viaje
a Génova, fui desde allí a Milán, donde me acomodé de
armas[c] y de algunas galas de soldado, de donde quise ir a
asentar mi plaza al Piamonte; y estando ya de camino
para Alejandría de la Palla[11], tuve nuevas que el gran
duque de Alba pasaba a Flandes[12]. Mudé propósito, fuime
con él, servíle en las jornadas que hizo, halléme en la muerte de los condes de Eguemón y de Hornos[13], alcancé a ser
alférez de un famoso capitán de Guadalajara, llamado
Diego de Urbina[14], y a cabo de algún tiempo que llegué
a Flandes, se tuvo nuevas de la liga que la Santidad del
Papa Pío Quinto, de felice recordación, había hecho con
Venecia y con España, contra el enemigo común, que es el
Turco; el cual en aquel mismo tiempo había ganado con
su armada la famosa isla de Chipre[15], que estaba debajo
del dominio del Veneciano: y pérdida lamentable y desdichada.

Súpose cierto que venía por general desta liga el sere-
nísimo don Juan de Austria[16], hermano natural de nuestro
buen rey don Felipe. Divulgóse el grandísimo aparato de
guerra que se hacía; todo lo cual me incitó y conmovió
el ánimo y el deseo de verme en la jornada que se esperaba;
y aunque tenía barruntos, y casi promesas ciertas, de que
en la primera ocasión que se ofreciese sería promovido a

---

trana Marín, **039.4**:455. En mayo de 1590 tenía Cervantes cuarenta y
dos años. Lo más probable es que redactó su relato del cautivo en este
año.

[11] *Alejandría de la Palla*] Alessandria della Paglia, plaza fuerte en
el Milanesado[ac].

[12] El duque de Alba, don Fernando Álvarez de Toledo, llegó a Bruselas el 22 de agosto de 1567, al frente de diez mil hombres[a].

[13] Los condes Lamoral de Egmont y Felipe de Montmorency-Nivelle,
conde de Hoorne, rebeldes al imperio español, fueron degollados en
Bruselas el 5 de junio de 1568[a].

[14] *Diego de Urbina*] A las órdenes de este capitán luchó Cervantes
en Lepanto; su compañía pertenecía al tercio de don Miguel de Mon-
cada, que había servido en la guerra de las Alpujarras, y terminada la
campaña contra los moriscos por don Juan de Austria, se unió a sus
fuerzas en la Liga contra los turcos, llegando a Italia en julio de 1571.

[15] Ganaron los turcos la isla de Chipre poco antes de mediar el
año 1570.

[16] *don Juan de Austria*] (1545-1578) hijo del emperador y de una
señora alemana de Ratisbona. Cervantes lo menciona repetidas veces
en sus obras[a].

capitán, lo quise dejar todo y venirme, como me vine, a Italia. Y quiso mi buena suerte que el señor don Juan de Austria acababa de llegar a Génova[17]; que pasaba a Nápoles a juntarse con la armada de Venecia, como después lo hizo en Mecina[18]. Digo, en fin, que yo me hallé en aquella felicísima jornada[19], ya hecho capitán de infantería[20], a cuyo honroso cargo me subió mi buena suerte, más que mis merecimientos. Y aquel día, que fue para la cristiandad tan dichoso, porque en él se desengañó el mundo y todas las naciones del error en que estaban, creyendo que los turcos eran invencibles por la mar, en aquel día, digo, donde quedó el orgullo y soberbia otomana quebrantada, entre tantos venturosos como allí hubo (porque más ventura tuvieron los cristianos que allí murieron que los que vivos y vencedores quedaron), yo solo fui el desdichado; pues, en cambio de que pudiera esperar, si fuera en los romanos siglos, alguna naval corona[21], me vi aquella noche que siguió a tan famoso día con cadenas a los pies y esposas a las manos[a]. Y fue desta suerte: que habiendo el Uchalí, rey de Argel[22], atrevido y venturoso cosario[c], embestido y rendido la capitana[23] de Malta, que solos tres caballeros quedaron vivos en ella, y éstos mal heridos, acudió la capitana de Juan Andrea[24] a socorrella, en la cual yo iba con mi compañía; y haciendo lo que debía en ocasión semejante, salté en la galera contraria, la cual, desviándose de la que la había embestido, estorbó que mis soldados me siguiesen, y así, me hallé solo entre mis enemigos, a quien

[17] Llegó a Génova el 26 de julio de 1571, procedente de Barcelona.
[18] Llegó a Mesina de Sicilia el 23 de agosto de 1571[f].
[19] *aquella felicísima jornada*] La batalla naval de Lepanto, 7 de octubre de 1571.
[20] Cervantes sirvió en Lepanto de soldado raso.
[21] *alguna naval corona*] Los romanos concedían la corona naval, de oro, al primero que saltaba en la nave enemiga, Cov. 361.b.38.
[22] *el Uchalí, rey de Argel*] 'Alī Bāšā (1508-1587), llamado con el sobrenombre 'Ulūŷ 'Alī, que significa 'el renegado Alī'. De nacimiento calabrés, fue virrey de Argel en 1570 y jefe de la flota otomana hasta su muerte. En la batalla de Lepanto mandó el ala izquierda de la escuadra otomana. De él hay noticias en la *Topografía e historia general de Argel* (1612) de Fray Diego de Haedo, ed. Soc. Bibliófilos Esps., 1927, I. p. 346 y ss.
[23] *capitana*] la galera del capitán.
[24] *Juan Andrea*[c]] Giovanni Andrea Doria (m. 1606), sobrino del famoso genovés. A su mando estaba el ala derecha de la armada cristiana.

no pude resistir, por ser tantos; en fin, me rindieron lleno
de heridas. Y como ya habréis, señores, oído decir que el
Uchalí se salvó con toda su escuadra, vine yo a quedar
cautivo en su poder, y solo fui el triste entre tantos alegres
y el cautivo entre tantos libres; porque fueron quince mil
cristianos los que aquel día alcanzaron la deseada libertad,
que todos venían al remo en la turquesca armada.

Lleváronme a Costantinopla, donde el Gran Turco Se-
lim[25] hizo general de la mar a mi amo, porque había hecho
su deber en la batalla, habiendo llevado por muestra de su
valor el estandarte de la religión de Malta[26]. Halléme el
segundo año, que fue el de setenta y dos, en Navarino[27],
bogando en la capitana de los tres fanales[28]. Vi y noté
la ocasión que allí se perdió de no coger en el puerto toda
el armada turquesca, porque todos los leventes[29] y gení-
zaros[30] que en ella venían tuvieron por cierto que les habían
de embestir dentro del mesmo puerto, y tenían a punto su
ropa y pasamaques[31], que son sus zapatos, para huirse
luego por tierra, sin esperar ser combatidos; tanto era
el miedo que habían cobrado a nuestra armada. Pero el
cielo lo ordenó de otra manera, no por culpa ni descuido del
general que a los nuestros regía, sino por los pecados de
la cristiandad, y porque quiere y permite Dios que tengamos
siempre verdugos que nos castiguen[32]. En efeto, el Uchalí
se recogió a Modón, que es una isla[c] que está junto a Navarino, y echando la gente en tierra, fortificó la boca del
puerto, y estúvose quedo hasta que el señor don Juan se
volvió. En este viaje se tomó la galera que se llamaba La
Presa, de quien era capitán un hijo de aquel famoso cosario

[25] el Gran Turco Selim] Salīm II, hijo de Sulaymān (Solomán el magnífico).
[26] de la religión de Malta] En la batalla de Lepanto 'Ulūy 'Alī se apoderó de la nave de la orden o religión de San Juan de Jerusalén o de Malta[c].
[27] Navarino[a]] puerto y plaza fuerte en el golfo de Mesenia, al sur del Peloponeso. Cervantes tomó parte en esta operación como en la de Túnez y la Goleta en 1574.
[28] los tres fanales] o faroles, insignia de la nave del jefe de la armada[c].
[29] leventes] o levantes, infantería de marina[ac].
[30] genízaros] infantería de tierra y guardia personal del sultán.
[31] pasamaques] babuchas o especie de sandalias[b].
[32] La explicación tradicional ha sido que los cristianos no lograron sorprender del todo a la flota turca.

Barbarroja[33]. Tomóla la capitana de Nápoles, llamada *La Loba*, regida por aquel rayo de la guerra, por el padre de los soldados, por aquel venturoso y jamás vencido capitán don Álvaro de Bazán, marqués de Santa Cruz[34]. Y no quiero dejar de decir lo que sucedió en la presa de *La Presa*. Era tan cruel el hijo de Barbarroja, y trataba tan mal a sus cautivos, que así como los que venían al remo vieron que la galera *Loba* les iba entrando y que los alcanzaba, soltaron todos a un tiempo los remos, y asieron de su capitán, que estaba sobre el estanterol gritando que bogasen apriesa, y pasándole de banco en banco, de popa a proa, le dieron bocados, que[35] a poco más que pasó del árbol ya había pasado su ánima al infierno: tal era, como he dicho, la crueldad con que los trataba y el odio que ellos le tenían. Volvimos a Constantinopla, y el año siguiente, que fue el de setenta y tres, se supo en ella cómo el señor don Juan había ganado a Túnez[36], y quitado aquel reino a los turcos, y puesto en posesión dél a Muley Hamet, cortando las esperanzas que de volver a reinar en él tenía Muley Hamida, el moro más cruel y más valiente que tuvo el mundo. Sintió mucho esta pérdida el Gran Turco, y, usando de la sagacidad que todos los de su casa tienen, hizo paz con venecianos, que mucho más que él la deseaban, y el año siguiente de setenta y cuatro acometió a la Goleta[37] y al fuerte[l] que junto a Túnez había dejado medio levantado el señor don Juan. En todos estos trances andaba yo al remo, sin

[33] *un hijo... Barbarroja*] Muḥammad Bey, capitán de *La Presa*, no fue hijo, sino nieto de Barbarroja[cf]. Cf. el suceso que se narra enseguida y Haedo, *Topografía*, I, p. 343; *PyS*,ed. Castalia, p. 344.
[34] *don Álvaro de Bazán, marqués de Santa Cruz*] (1526-1588), el más célebre general de mar de su tiempo[c]. Cf. estos elogios con el soneto que le dedicó Cervantes, *Poesías sueltas*, ed. S-B, p. 70.
[35] *que*] Se sobrentiende *tales que*[b].
[36] Don Juan de Austria ocupó Túnez el 11 de octubre de 1573 y dio su gobierno a Muley Muḥammad *(«Muley Hamet»)* hermano de Ḥamīda o Aḥmad-Sultān *(«Muley Hamida»)*, que había destronado a su padre Muley Hasan como rey de Túnez en 1542[c]. Hamīda había sido depuesto por los turcos en 1569 y en 1573 intentó unirse a las tropas de don Juan que iban contra Túnez.
[37] *la Goleta*] fortaleza que cubría el puerto de Túnez, situada en la angostura de la ensenada. Desde 1535 la había ocupado una guarnición española. Carlos V la tomó por sorpresa, arrojando de Túnez a Barbarroja y reponiendo en su reino al soberano de la dinastía bereber de los ḥafsíes, Muley Ḥasan. La Goleta fue tomada por los turcos el 23 de agosto de 1574.

esperanza de libertad alguna; a lo menos, no esperaba tenerla por rescate, porque tenía determinado de no escribir las nuevas de mi desgracia a mi padre.

Perdióse, en fin, la Goleta; perdióse el fuerte, sobre las cuales plazas hubo de soldados turcos, pagados, setenta y cinco mil, y de moros y alárabes de toda la África, más de cuatrocientos mil, acompañado este gran número de gente con tantas municiones y pertrechos de guerra, y con tantos gastadores[38], que con las manos y a puñados de tierra pudieran cubrir la Goleta y el fuerte. Perdióse primero la Goleta, tenida hasta entonces por inexpugnable, y no se perdió por culpa de sus defensores, los cuales hicieron en su defensa todo aquello que debían y podían, sino porque la experiencia mostró la facilidad con que se podían levantar trincheas en aquella desierta arena, porque a dos palmos se hallaba agua, y los turcos no la hallaron a dos varas; y así, con muchos sacos de arena levantaron las trincheas tan altas, que sobrepujaban las murallas de la fuerza; y tirándoles a caballero[39], ninguno podía parar, ni asistir a la defensa. Fue común opinión que no se habían de encerrar los nuestros en la Goleta, sino esperar en campaña al desembarcadero[40], y los que esto dicen hablan de lejos y con poca experiencia de casos semejantes; porque si en la Goleta y en el fuerte apenas había siete mil soldados, ¿cómo podía tan poco número, aunque más esforzados fuesen, salir a la campaña y quedar en las fuerzas, contra tanto como era el de los enemigos? Y ¿cómo es posible dejar de perderse fuerza que no es socorrida, y más cuando la cercan enemigos muchos y porfiados, y en su mesma tierra? Pero a muchos les pareció, y así me pareció a mí, que fue particular gracia y merced que el cielo hizo a España en permitir que se asolase aquella oficina[41] y capa de maldades, y aquella gomia[42] o esponja y polilla de la infinidad de dineros que allí sin provecho se gastaban, sin servir de otra cosa que de conservar la memoria de haberla

---

[38] *gastadores*] zapadores.
[39] *tirar a caballero:* tirar de sitio elevado a otro más bajo.
[40] *desembarcadero*] el desembarco.
[41] *oficina*] en sentido de lugar donde se fragua y dispone algo inmaterial.
[42] *gomia*] «Este nombre damos al que come mucho y desordenadamente», Cov. 647.b.5. Cf. *PyS*, ed. Castalia, p. 344, donde se aplica a Argel.

ganado la felicísima del invictísimo Carlos Quinto[43], como si fuera menester para hacerla eterna, como lo es y será, que aquellas piedras la sustentaran. Perdióse también el fuerte; pero fuéronle ganando los turcos palmo a palmo, porque los soldados que lo defendían pelearon tan valerosa y fuertemente, que pasaron de veinte y cinco mil enemigos los que mataron, en veinte y dos asaltos generales que les dieron. Ninguno cautivaron sano de trecientos que quedaron vivos, señal cierta y clara de su esfuerzo y valor, y de lo bien que se habían defendido y guardado sus plazas. Rindióse a partido[44] un pequeño fuerte o torre que estaba en mitad del estaño[45], a cargo de don Juan Zanoguera, caballero valenciano y famoso soldado[46]. Cautivaron a don Pedro Puertocarrero, general de la Goleta, el cual hizo cuanto fue posible por defender su fuerza; y sintió tanto el haberla perdido, que de pesar murió en el camino de Constantinopla, donde le llevaban cautivo. Cautivaron ansimesmo al general del fuerte, que se llamaba Gabrio Cervellón, caballero milanés, grande ingeniero y valentísimo soldado. Murieron en estas dos fuerzas muchas personas de cuenta, de las cuales fue una Pagán de Oria, caballero del hábito de San Juan, de condición generoso, como lo mostró la summa liberalidad que usó con su hermano, el famoso Juan de Andrea de Oria; y lo que más hizo lastimosa su muerte fue haber muerto a manos de unos alárabes de quien se fió, viendo ya perdido el fuerte, que se ofrecieron de llevarle en hábito de moro a Tabarca, que es un portezuelo o casa que en aquellas riberas tienen los ginoveses que se ejercitan en la pesquería del coral[b]; los cuales alárabes le cortaron la cabeza y se la trujeron al general de la armada[47] turquesca, el cual cumplió con ellos nuestro refrán castellano:

[43] En la campaña de 1535, *V.* nota 37 supra.

[44] *rendirse a partido:* 'capitular aceptando todas las condiciones'.

[45] *en mitad del estaño*] es decir en la isla en el estanque, donde se supone estuvo uno de los puertos del antiguo Cartago.

[46] Ahora el capitán menciona algunos personajes[a c f]. Son rigorosamente históricos don Juan Zanoguera, don Pedro Puertocarrero, Gabrio Cervellón, nombrado por don Juan de Austria gobernador y capitán de Túnez, y Pagán de Oria, quien al ingresar en la Orden de Malta renunció a sus bienes en favor de su hermano Juan Andrea. De Pedro Aguilar, a quien atribuye los sonetos que luego se recitan, no se tiene noticias. Cervantes pudo haberle inventado de su fantasía para atribuirle estas poesías.

[47] *armada*] ejército de tierra.

«Que aunque la traición aplace, el traidor se aborrece»; y así, se dice que mandó el general ahorcar a los que le trujeron el presente, porque no se le habían traído vivo. Entre los cristianos que en el fuerte se perdieron, fue uno llamado don Pedro de Aguilar, natural no sé de qué lugar del Andalucía, el cual había sido alférez en el fuerte, soldado de mucha cuenta y de raro entendimiento; especialmente tenía particular gracia en lo que llaman poesía. Dígolo porque su suerte le trujo a mi galera y a mi banco, y a ser esclavo de mi mesmo patrón; y antes que nos partiésemos de aquel puerto hizo este caballero dos sonetos a manera de epitafios, el uno a la Goleta, y el otro al fuerte. Y en verdad que los tengo de decir, porque los sé de memoria y creo que antes causarán gusto que pesadumbre.

En el punto que el cautivo nombró a don Pedro de Aguilar, don Fernando miró a sus camaradas, y todos tres se sonrieron; y cuando llegó a decir de los sonetos, dijo el uno:

—Antes que vuestra merced pase adelante, le suplico me diga qué se hizo ese don Pedro de Aguilar que ha dicho.

—Lo que sé es —respondió el cautivo— que al cabo de dos años que estuvo en Constantinopla se huyó en traje de arnaute[48] con un griego espía, y no sé si vino en libertad, puesto que creo que sí, porque de allí a un año vi yo al griego en Constantinopla, y no le pude preguntar el suceso de aquel viaje.

—Pues no fue[49] —respondió el caballero—, porque ese don Pedro es mi hermano, y está ahora en nuestro lugar, bueno y rico, casado y con tres hijos.

—Gracias sean dadas a Dios —dijo el cautivo— por tantas mercedes como le hizo; porque no hay en la tierra, conforme mi parecer, contento que se iguale a alcanzar la libertad perdida.

—Y más —replicó el caballero—, que yo sé los sonetos que mi hermano hizo.

—Dígalos, pues, vuestra merced —dijo el cautivo—, que los sabrá decir mejor que yo.

—Que me place —respondió el caballero—; y el de la Goleta decía así:

---

[48] *arnaute*] albanés[b].

[49] *Pues no fue*] Así en la ed. pr. Puede suponerse elíptica la palabra *cautivado*[h]. La mayoría de los eds. siguen la enmienda de Fitzmaurice Kelly: *lo* por *no*.

CAPÍTULO XL

Donde se prosigue la historia del cautivo

SONETO

Almas dichosas que del mortal velo[1]
libres y esentas, por el bien que obrastes,
desde la baja tierra os levantastes,
a lo más alto y lo mejor del cielo,
   y, ardiendo en ira y en honroso celo,
de los cuerpos la fuerza ejercitastes,
que en propia y sangre ajena colorastes
el mar vecino y arenoso suelo;
   primero que el valor faltó la vida
en los cansados brazos, que, muriendo,
con ser vencidos, llevan la vitoria.
   Y esta vuestra mortal, triste caída
entre el muro y el hierro, os va adquiriendo
fama que el mundo os da, y el cielo gloria.

—Desa mesma manera le sé yo —dijo el cautivo.
—Pues el del fuerte, si mal no me acuerdo —dijo el caballero—, dice así:

SONETO

De entre esta tierra estéril, derribada,
destos terrones[b] por el suelo echados,
las almas santas de tres mil soldados
subieron vivas a mejor morada,
   siendo primero, en vano, ejercitada
la fuerza de sus brazos esforzados,
hasta que, al fin, de pocos y cansados,
dieron la vida al filo de la espada.
   Y éste es el suelo que continuo ha sido
de mil memorias lamentables lleno
en los pasados siglos y presentes.
   Mas no más justas de su duro seno
habrán al claro cielo almas subido,
ni aun él sostuvo cuerpos tan valientes.

---

[1] *mortal velo*] 'el cuerpo'. Se han atribuido estos sonetos a varias personas, pero no hay motivo para suponer que no sean de Cervantes[a].

No parecieron mal los sonetos, y el cautivo se alegró con las nuevas que de su camarada le dieron, y, prosiguiendo su cuento, dijo:

—Rendidos, pues, la Goleta y el fuerte, los turcos dieron orden en desmantelar la Goleta, porque el fuerte quedó tal que no hubo qué poner por tierra, y para hacerlo con más brevedad y menos trabajo, la minaron por tres partes; pero con ninguna se pudo volar lo que parecía menos fuerte, que eran las murallas viejas, y todo aquello que había quedado en pie de la fortificación nueva que había hecho el Fratín[2], con mucha facilidad vino a tierra. En resolución, la armada volvió a Constantinopla triunfante y vencedora, y de allí a pocos meses murió mi amo el Uchalí[3], al cual llamaban *Uchalí Fartax*, que quiere decir, en lengua turquesca, *el renegado tiñoso*[b], porque lo era[c], y es costumbre entre los turcos ponerse nombres de alguna falta que tengan, o de alguna virtud que en ellos haya; y esto es porque no hay entre ellos sino cuatro apellidos de linajes, que decienden[a] de la casa Otomana, y los demás, como tengo dicho, toman nombre y apellido ya de las tachas del cuerpo y ya de las virtudes del ánimo. Y este Tiñoso bogó el remo, siendo esclavo del Gran Señor, catorce años, y a más de los treinta y cuatro de su edad renegó, de despecho de que un turco, estando al remo, le dio un bofetón, y por poderse vengar dejó su fe; y fue tanto su valor, que, sin subir por los torpes medios y caminos que los más privados del Gran Turco suben, vino a ser rey de Argel, y después, a ser general de la mar, que es el tercero cargo que hay en aquel señorío. Era calabrés de nación, y moralmente fue hombre de bien, y trataba con mucha humanidad a sus cautivos, que llegó a tener tres mil, los cuales, después de su muerte, se repartieron, como él lo dejó en su testamento, entre el Gran Señor, que también es hijo heredero de cuantos mueren y entra a la parte con los más hijos que deja el difunto, y entre sus renegados; y yo cupe a un renegado veneciano que, siendo grumete de una nave, le cautivó el Uchalí, y le quiso tanto, que fue uno de los más regalados garzones[4] suyos,

---

[2] *el Fratín*] 'el frailecillo', nombre que se dio al ingeniero italiano Giacome Paleazzo; dirigió los reparos de fortificaciones bajo Carlos V y Felipe II[c].

[3] El 'Ulūŷ 'Alī histórico no murió a los pocos meses de la conquista de la Goleta en 1574 sino en 1587, hecho que sin duda sabía Cervantes.

[4] *V.* Haedo, I, p. 176-177; cf., II.63, p. 528.

y él vino a ser el más cruel renegado que jamás se ha visto. Llamábase Azán Agá[5], y llegó a ser muy rico, y a ser rey de Argel; con el cual yo vine de Constantinopla, algo contento, por estar tan cerca de España, no porque pensase escribir a nadie el desdichado suceso mío, sino por ver si me era más favorable la suerte en Argel que en Constantinopla, donde ya había probado mil maneras de huirme, y ninguna tuvo sazón ni ventura; y pensaba en Argel buscar otros medios de alcanzar lo que tanto deseaba, porque jamás me desamparó la esperanza de tener libertad; y cuando en lo que fabricaba, pensaba y ponía por obra no correspondía el suceso a la intención, luego, sin abandonarme, fingía y buscaba otra esperanza que me sustentase, aunque fuese débil y flaca. Con esto entretenía la vida, encerrado en una prisión o casa que los turcos llaman baño[6]. donde encierran los cautivos cristianos, así los que son del rey como de algunos particulares, y los que llaman del almacén, que es como decir cautivos del concejo, que sirven a la ciudad en las obras públicas que hace y en otros oficios, y estos tales cautivos tienen muy dificultosa su libertad; que, como son del común y no tienen amo particular, no hay con quien tratar su rescate, aunque le tengan. En estos baños, como tengo dicho, suelen llevar a sus cautivos algunos particulares del pueblo, principalmente cuando son de rescate, porque allí los tienen holgados y seguros hasta que venga su rescate. También los cautivos del rey que son de rescate no salen al trabajo con la demás chusma[7], si no es cuando se tarda su rescate; que entonces, por hacerles que escriban por él con más ahínco, les hacen trabajar y ir por leña con los demás, que es un no pequeño trabajo.

Yo, pues, era uno de los de rescate; que como se supo que era capitán, puesto que dije mi poca posibilidad y falta de hacienda, no aprovechó nada para que no me pusiesen

[5] Azán Agá] Es Ḥasan Bāšā, renegado veneciano y rey de Argel entre 1577 y 1580. Por 1580 casó con la hija de Ḥaŷŷī Murād, Zahra, cuando enviudó ella de ʿAbd al-Malik. Fue el dueño que perdonó la vida a Cervantes tres veces durante su cautiverio.
[6] baño] (No del ár., —Cejador, Acd—, sino del lat. balnĕum, > vulg., baneum, Corominas, DCE, s.v.) «baños del rey... las casas, o corrales para mejor decir, do tiene sus esclavos y captivos cristianos encerrados», Haedo, I, p. 194. Eran una especie de corral grande o patio con aposentillos o chozas alrededor[b].
[7] chusma] «la gente de servicio de la galera», Cov. 439.a.1.

en el número de los caballeros y gente de rescate. Pusiéronme una cadena, más por señal de rescate que por guardarme con ella, y así pasaba la vida en aquel baño, con otros muchos caballeros y gente principal, señalados y tenidos por de rescate. Y aunque la hambre y desnudez pudiera fatigarnos a veces, y aun casi siempre, ninguna cosa nos fatigaba tanto como oír y ver a cada paso las jamás vistas ni oídas crueldades que mi amo usaba con los cristianos. Cada día ahorcaba el suyo[8], empalaba a éste, desorejaba aquél; y esto, por tan poca ocasión, y tan sin ella, que los turcos conocían que lo hacía no más de por hacerlo, y por ser natural condición suya ser homicida de todo el género humano. Sólo libró bien con él un soldado español llamado tal de Saavedra[9], el cual, con haber hecho cosas que quedarán en la memoria de aquellas gentes por muchos años, y todas por alcanzar libertad, jamás le dio palo, ni se lo mandó dar, ni le dijo mala palabra; y por la menor cosa de muchas que hizo temíamos todos que había de ser empalado, y así lo temió él más de una vez; y si no fuera porque el tiempo no da lugar, yo dijera ahora algo de lo que este soldado hizo, que fuera parte para entreteneros y admiraros harto mejor que con el cuento de mi historia[b].

Digo, pues, que encima del patio de nuestra prisión caían las ventanas de la casa de un moro rico y principal, las cuales, como de ordinario son las de los moros, más eran agujeros que ventanas, y aun éstas se cubrían con celosías muy espesas y apretadas. Acaeció, pues, que un día, estando en un terrado de nuestra prisión con otros tres compañeros, haciendo pruebas de saltar con las cadenas, por entretener el tiempo, estando solos, porque todos los demás cristianos habían salido a trabajar, alcé acaso los ojos y vi que por aquellas cerradas ventanillas que he dicho parecía una caña, y al remate della puesto un lienzo

---

[8] *el suyo*] es decir, el de cada día[b].

[9] El propio Cervantes. Cf. este retrato de Cervantes cautivo y Haedo, III, p. 163-5. Obsérvese que en este pasaje con su retrato personal se pasa del relato histórico a los hechos imaginados con que Cervantes ha recreado la figura legendaria de la hija de Agi Morato. Cervantes concibió a Zoraida en lo que sigue como la doncella mora que fue la Zahra histórica por el año 1574. Esta joven idealizada se ha enamorado del capitán que en el año presente de 1589, el año de su liberación, tiene más de cuarenta años. A esta situación novelesca se han subordinado la historia de las personas reales y la cronología de los hechos históricos que acomodó Cervantes a su relato.

atado, y la caña se estaba blandeando y moviéndose, casi como si hiciera señas que llegásemos a tomarla. Miramos en ello, y uno de los que conmigo estaban fue a ponerse debajo de la caña, por ver si la soltaban, o lo que hacían; pero así como llegó, alzaron la caña y la movieron a los dos lados, como si dijeran no con la cabeza. Volvióse el cristiano, y tornáronla a bajar y hacer los mesmos movimentos que primero. Fue otro de mis compañeros, y sucedióle lo mesmo que al primero. Finalmente, fue el tercero y avínole lo que al primero y al segundo. Viendo yo esto no quise dejar de probar la suerte, y así como llegué a ponerme debajo de la caña, la dejaron caer, y dio a mis pies dentro del baño. Acudí luego a desatar el lienzo, en el cual vi un nudo, y dentro dél venían diez cianiís, que son unas monedas de oro bajo que usan los moros, que cada una vale diez reales de los nuestros. Si me holgué con el hallazgo, no hay para qué decirlo, pues fue tanto el contento como la admiración de pensar de dónde podía venirnos aquel bien, especialmente a mí, pues las muestras de no haber querido soltar la caña sino a mí claro decían que a mí se hacía la merced. Tomé mi buen dinero, quebré la caña, volvíme al terradillo, miré la ventana, y vi que por ella salía una muy blanca mano; que la abrían y cerraban muy apriesa. Con esto entendimos o imaginamos que alguna mujer que en aquella casa vivía nos debía de haber hecho aquel beneficio; y en señal de que lo agradecíamos hecimos zalemas[10] a uso de moros, inclinando la cabeza, doblando el cuerpo y poniendo los brazos sobre el pecho. De allí a poco sacaron por la mesma ventana una pequeña cruz hecha de cañas, y luego la volvieron a entrar. Esta señal nos confirmó en que alguna cristiana debía de estar cautiva en aquella casa, y era la que el bien nos hacía; pero la blancura de la mano, y las ajorcas que en ella vimos, nos deshizo este pensamiento, puesto que imaginamos que debía de ser cristiana renegada, a quien de ordinario suelen tomar por legítimas mujeres sus mesmos amos[c], y aun lo tienen a ventura, porque las estiman en más que las de su nación. En todos nuestros discursos dimos muy lejos de la verdad del caso, y así, todo nuestro entretenimiento desde allí adelante era mirar y tener por norte a la ventana donde nos había aparecido la

---

[10] *zalemas*] «la cortesía y humilde reconocimiento que hace el inferior al mayor, con mucha sumisión», Cov. 391.a.64.

estrella de la caña; pero bien se pasaron quince días en que no la vimos, ni la mano tampoco, ni otra señal alguna. Y aunque en este tiempo procuramos con toda solicitud saber quién en aquella casa vivía, y si había en ella alguna cristiana renegada, jamás hubo quien nos dijese otra cosa sino que allí vivía un moro principal y rico, llamado Agi Morato[11], alcaide que había sido de La Pata[12], que es oficio entre ellos de mucha calidad. Mas cuando más descuidados estábamos de que por allí habían de llover más cianiís, vimos a deshora parecer la caña, y otro lienzo en ella con otro nudo más crecido; y esto fue a tiempo que estaba el baño, como la vez pasada, solo y sin gente. Hecimos la acostumbrada prueba, yendo cada uno primero que yo, de los mismos tres que estábamos; pero a ninguno se rindió la caña sino a mí, porque, en llegando yo, la dejaron caer. Desaté el nudo y hallé cuarenta escudos de oro españoles y un papel escrito en arábigo, y al cabo de lo escrito hecha una grande cruz. Besé la cruz, tomé los escudos, volvíme al terrado, hecimos todos nuestras zalemas, tornó a parecer la mano, hice señas que leería el papel, cerraron la ventana. Quedamos todos confusos y alegres con lo sucedido; y como ninguno de nosotros no entendía el arábigo, era grande el deseo que teníamos de entender lo que el papel contenía, y mayor la dificultad de buscar quien lo leyese. En fin, yo me determiné de fiarme de un renegado, natural de Murcia[c], que se había dado por grande amigo mío, y puesto prendas entre los dos, que le obligaban a guardar el secreto que le encargase; porque suelen algunos renegados, cuando tienen intención de volverse a tierra de cristianos, traer consigo algunas firmas de cautivos principales, en que dan fe, en la forma que pueden, como el tal renegado es hombre de bien, y que siempre ha hecho bien a cristianos, y que lleva deseo de huirse en la primera ocasión que se le ofrezca. Algunos hay que procuran estas fees con buena intención; otros se sirven dellas a caso y de industria[13]: que viniendo a robar a tierra de cristianos,

---

[11] *Agi Morato*] Ḥāÿÿī Murād. Haedo lo nombró entre los alcaides de Argel que vivían en 1581, «renegado esclavón, suegro de Muley Maluch, rey de Fez, el que murió en la batalla que dio a don Sebastián, rey de Portugal», I, p. 58. Nótese que Cervantes no menciona en su relato que fue Agi Morato renegado.

[12] *La Pata*] al-Batha o La Bata, fortaleza situada a dos leguas de Orán.

[13] *a caso y de industria*] 'cuando se les ofrece ocasión y adrede'.

si a dicha se pierden o los cautivan, sacan sus firmas y dicen que por aquellos papeles se verá el propósito con que venían, el cual era de quedarse en tierra de cristianos, y que por eso venían en corso[14] con los demás turcos. Con esto se escapan de aquel primer ímpetu, y se reconcilian con la Iglesia, sin que se les haga daño[15]; y cuando veen la suya, se vuelven a Berbería a ser lo que antes eran. Otros hay que usan destos papeles, y los procuran con buen intento, y se quedan en tierra de cristianos. Pues uno de los renegados que he dicho era este mi amigo, el cual tenía firmas de todas nuestras camaradas, donde le acreditábamos cuanto era posible; y si los moros le hallaran estos papeles, le quemaran vivo. Supe que sabía muy bien arábigo, y no solamente hablarlo, sino escribirlo; pero antes que del todo me declarase con él, le dije que me leyese aquel papel, que acaso me había hallado en un agujero de mi rancho. Abrióle, y estuvo un buen espacio mirándole, y construyéndole, murmurando entre los dientes. Preguntéle si lo entendía; díjome que muy bien, y que si quería que me lo declarase palabra por palabra, que le diese tinta y pluma, porque mejor lo hiciese. Dímosle luego lo que pedía, y él poco a poco lo fue traduciendo, y en acabando, dijo: —"Todo lo que va aquí en romance, sin faltar letra, es lo que contiene este papel morisco: y hase de advertir que adonde dice *Lela Marién* quiere decir *Nuestra señora la Virgen María.*" Leímos el papel, y decía así: *Cuando yo era niña, tenía mi padre una esclava, la cual en mi lengua me mostró la zalá cristianesca*[16], *y me dijo muchas cosas de Lela Marién. La cristiana murió, y yo sé que no fue al fuego, sino con Alá, porque después la vi dos veces, y me dijo que me fuese a tierra de cristianos a ver a Lela Marién, que me quería mucho. No sé yo cómo vaya: muchos cristianos he visto por esta ventana, y ninguno me ha parecido caballero sino tú. Yo soy muy hermosa y muchacha, y tengo muchos dineros que llevar conmigo: mira tú si puedes hacer cómo nos vamos, y serás allá mi marido, si quisieres, y si no quisieres, no se me dará nada; que Lela Marién me dará con quien me case.*

---

[14] *en corso*] en navegación corsaria.
[15] Al volver a España todo renegado debía presentarse a la Inquisición, cf. I.41, p.513.
[16] me mostró la zalá cristianesca] 'me enseñó la oración cristiana'. *zalá*: «cierta ceremonia que hacen los moros, que vale tanto como hacer reverencia, venerar y adorar», Cov. 391.a.32.

*Yo escribí esto; mira a quién lo das a leer: no te fíes de
ningún moro, porque son todos marfuces*[17]. *Desto tengo mucha pena: que quisiera que no te descubrieras a nadie; porque si mi padre lo sabe, me echará luego en un pozo, y me
cubrirá de piedras. En la caña pondré un hilo: ata allí la respuesta; y si no tienes quien te escriba arábigo, dímelo por
señas; que Lela Marién hará que te entienda. Ella y Alá
te guarden, y esa cruz que yo beso muchas veces; que así
me lo mandó la cautiva.*

Mirad, señores, si era razón que las razones deste papel
nos admirasen y alegrasen; y así, lo uno y lo otro fue de manera que el renegado entendió que no acaso se había hallado
aquel papel, sino que realmente a alguno de nosotros se había
escrito; y así, nos rogó que si era verdad lo que sospechaba,
que nos fiásemos dél y se lo dijésemos, que él aventuraría
su vida por nuestra libertad. Y diciendo esto, sacó del
pecho un crucifijo de metal, y con muchas lágrimas juró
por el Dios que aquella imagen representaba, en quien él,
aunque pecador y malo, bien y fielmente creía, de guardar-
nos lealtad y secreto en todo cuanto quisiésemos descubrirle, porque le parecía, y casi adevinaba, que por medio de
aquella que aquel papel había escrito había él y todos nosotros de tener libertad, y verse él en lo que tanto deseaba, que
era reducirse al gremio[18] de la santa Iglesia, su madre,
de quien como miembro podrido estaba dividido y apartado,
por su ignorancia y pecado. Con tantas lágrimas y con muestras de tanto arrepentimiento dijo esto el renegado, que
todos de un mesmo parecer consentimos, y venimos en declararle la verdad del caso; y así, le dimos cuenta de todo,
sin encubrirle nada. Mostrámosle la ventanilla por donde
parecía la caña, y él marcó desde allí la casa, y quedó de
tener especial y gran cuidado de informarse quién en ella
vivía. Acordamos ansimesmo que sería bien responder al
billete de la mora; y como teníamos quien lo supiese hacer,
luego al momento el renegado escribió las razones que yo
le fui notando, que puntualmente fueron las que diré, porque de todos los puntos sustanciales que en este suceso me
acontecieron, ninguno se me ha ido de la memoria, ni aun
se me irá en tanto que tuviere vida. En efeto, lo que a la

---

[17] marfuces] 'astutos, pérfidos', cf. Juan Ruiz, *LBA*, 332b etc[b].
[18] *reducirse al gremio*] volverse, acogerse, cf. I.46, nota 13; I.49,
p. 578.

mora se le respondió fue esto: *El verdadero Alá te guarde, señora mía, y aquella bendita Marién, que es la verdadera madre de Dios y es la que te ha puesto en corazón que te vayas a tierra de cristianos, porque te quiere bien. Ruégale tú que se sirva de darte a entender cómo podrás poner por obra lo que te manda; que ella es tan buena, que sí hará. De mi parte y de la de todos estos cristianos que están conmigo, te ofrezco de hacer por ti todo lo que pudiéremos, hasta morir. No dejes de escribirme y avisarme lo que pensares hacer, que yo te responderé siempre; que el grande Alá nos ha dado un cristiano cautivo que sabe hablar y escribir tu lengua tan bien como lo verás por este papel. Así que, sin tener miedo, nos puedes avisar de todo lo que quisieres. A lo que dices que si fueres a tierra de cristianos, que has de ser mi mujer, yo te lo prometo como buen cristiano; y sabe que los cristianos cumplen lo que prometen mejor que los moros. Alá y Marién, su madre, sean en tu guarda, señora mía.*

Escrito y cerrado este papel, aguardé dos días a que estuviese el baño solo, como solía, y luego salí al paso[19] acostumbrado del terradillo, por ver si la caña parecía, que no tardó mucho en asomar. Así como la vi, aunque no podía ver quién la ponía, mostré el papel, como dando a entender que pusiesen el hilo; pero ya venía puesto en la caña, al cual até el papel, y de allí a poco tornó a parecer nuestra estrella, con la blanca bandera de paz del atadillo. Dejáronla caer, y alcé yo, y hallé en el paño, en toda suerte de moneda de plata y de oro, más de cincuenta escudos, los cuales cincuenta veces más doblaron nuestro contento y confirmaron la esperanza de tener libertad. Aquella misma noche volvió nuestro renegado, y nos dijo que había sabido que en aquella casa vivía el mesmo moro que a nosotros nos habían dicho que se llamaba Agi Morato, riquísimo por todo estremo, el cual tenía una sola hija, heredera de toda su hacienda, y que era común opinión en toda la ciudad ser la más hermosa mujer de la Berbería; y que muchos de los virreyes que allí venían la habían pedido por mujer, y que ella nunca se había querido casar; y que también supo que tuvo una cristiana cautiva, que ya se había muerto; todo lo cual concertaba con lo que venía en el papel. Entramos luego en consejo con el renegado en qué orden se tendría para sacar a la mora y venirnos todos a tierra de

---

[19] *paso*] lugar.

cristianos, y, en fin, se acordó por entonces que esperásemos al aviso segundo de Zoraida, que así se llamaba la que ahora quiere llamarse María; porque bien vimos que ella y no otra alguna era la que había de dar medio a todas aquellas dificultades. Después que quedamos en esto, dijo el renegado que no tuviésemos pena; que él perdería la vida o nos pondría en libertad. Cuatro días estuvo el baño con gente, que fue ocasión que cuatro días tardase en parecer la caña; al cabo de los cuales, en la acostumbrada soledad del baño, pareció con el lienzo tan preñado, que un felicísimo parto prometía. Inclinóse a mí la caña y el lienzo; hallé en él otro papel y cien escudos de oro, sin otra moneda alguna. Estaba allí el renegado; dímosle a leer el papel dentro de nuestro rancho, el cual dijo que así decía:

Yo no sé, mi señor, cómo dar orden que nos vamos a España, ni Lela Marién me lo ha dicho, aunque yo se lo he preguntado; lo que se podrá hacer es que yo os daré por esta ventana muchísimos dineros de oro; rescataos vos con ellos y vuestros amigos, y vaya uno en tierra de cristianos, y compre allá una barca, y vuelva por los demás[c]; y a mí me hallarán en el jardín de mi padre, que está a la puerta de Babazón[20], junto a la marina, donde tengo de estar todo este verano con mi padre y con mis criados. De allí, de noche, me podréis sacar sin miedo y llevarme a la barca; y mira que has de ser mi marido, porque si no, yo pediré a Marién que te castigue. Si no te fías de nadie que vaya por la barca, rescátate tú y ve; que yo sé que volverás mejor que otro, pues eres caballero y cristiano. Procura saber el jardín, y cuando te pasees por ahí sabré que está solo el baño, y te daré mucho dinero. Alá te guarde, señor mío. Esto decía y contenía el segundo papel; lo cual visto por todos, cada uno se ofreció a querer ser el rescatado, y prometió de ir y volver con toda puntualidad, y también yo me ofrecí a lo mismo; a todo lo cual se opuso el renegado, diciendo que en ninguna manera consentiría que ninguno saliese de libertad hasta que fuesen todos juntos, porque la experiencia le había mostrado cuán mal cumplían los libres las palabras que daban en el cautiverio; porque muchas veces habían usado de aquel remedio algunos principales cautivos, rescatando a uno que fuese a Valencia o Mallorca con dineros para poder armar una

---

[20] *puerta de Babazón*] redundancia. *Bāb 'Azzūn*, en ár. 'puerta de Azzón' (Cejador).

barca y volver por los que le habían rescatado, y nunca habían vuelto; porque, decía, la libertad alcanzada y el temor de no volver a perderla les borraba de la memoria todas las obligaciones del mundo. Y en confirmación de la verdad que nos decía, nos contó brevemente un caso que casi en aquella mesma sazón había acaecido a unos caballeros cristianos, el más estraño que jamás sucedió en aquellas partes, donde a cada paso suceden cosas de grande espanto y de admiración. En efecto, él vino a decir que lo que se podía y debía hacer era que el dinero que se había de dar para rescatar al cristiano, que se le diese a él para comprar allí en Argel una barca, con achaque de hacerse mercader y tratante en Tetuán y en aquella costa; y que siendo él señor de la barca, fácilmente se daría traza para sacarlos del baño y embarcarlos a todos. Cuanto más que si la mora, como ella decía, daba dineros para rescatarlos a todos, que estando libres, era facilísima cosa aun embarcarse en la mitad del día; y que la dificultad que se ofrecía mayor era que los moros no consienten que renegado alguno compre ni tenga barca, si no es bajel grande para ir en corso, porque se temen que el que compra barca, principalmente si es español, no la quiere sino para irse a tierra de cristianos; pero que él facilitaría este inconveniente con hacer que un moro tagarino[21] fuese a la parte con él en la compañía de la barca y en la ganancia de las mercancías, y con esta sombra[22] él vendría a ser señor de la barca, con que daba por acabado todo lo demás. Y puesto que a mí y a mis camaradas nos había parecido mejor lo de enviar por la barca a Mallorca, como la mora decía, no osamos contradecirle, temerosos que, si no hacíamos lo que él decía, nos había de descubrir y poner a peligro de perder las vidas, si descubriese el trato de Zoraida, por cuya vida diéramos todos las nuestras; y así determinamos de ponernos en las manos de Dios y en las del renegado, y en aquel mismo punto se le respondió a Zoraida, diciéndole que haríamos todo cuanto nos aconsejaba, porque lo había advertido tan bien como si Lela Marién se lo hubiera dicho, y que en ella sola estaba dilatar aquel negocio, o ponello luego por obra. Ofrecíme de nuevo de ser su esposo, y con esto, otro día que acaeció a estar solo el

---

[21] Corrijo *tangerino* en la ed. pr.; se aclara en la p. 495, nota 3.
[22] *sombra*] pretexto.

baño, en diversas veces, con la caña y el paño, nos dio dos
mil escudos de oro, y un papel donde decía que el primer
jumá, que es el viernes, se iba al jardín de su padre, y que
antes que se fuese nos daría más dinero, y que si aquello no
bastase, que se lo avisásemos, que nos daría cuanto le
pidiésemos: que su padre tenía tantos, que no lo echaría
menos, cuanto más que ella tenía las llaves de todo. Dimos
luego quinientos escudos al renegado para comprar la barca; con ochocientos me rescaté yo, dando el dinero a un
mercader valenciano que a la sazón se hallaba en Argel,
el cual me rescató del rey, tomándome sobre su palabra,
dándola de que con el primer bajel que viniese de Valencia
pagaría mi rescate; porque si luego diera el dinero, fuera
dar sospechas al rey que había muchos días que mi rescate
estaba en Argel, y que el mercader, por sus granjerías, lo
había callado. Finalmente, mi amo era tan caviloso, que en
ninguna manera me atreví a que luego se desembolsase el
dinero. El jueves antes del viernes que la hermosa Zoraida
se había de ir al jardín nos dio otros mil escudos y nos
avisó de su partida, rogándome que, si me rescatase, supiese
luego el jardín de su padre, y que en todo caso buscase
ocasión de ir allá y verla. Respondíle en breves palabras
que así lo haría, y que tuviese cuidado de encomendarnos
a Lela Marién, con todas aquellas oraciones que la cautiva le había enseñado. Hecho esto, dieron orden en que los
tres compañeros nuestros se rescatasen, por facilitar la salida del baño, y porque, viéndome a mí rescatado, y a ellos
no, pues había dinero, no se alborotasen y les persuadiese el
diablo que hiciesen alguna cosa en perjuicio de Zoraida; que
puesto que el ser ellos quien eran me podía asegurar deste
temor, con todo eso, no quise poner el negocio en aventura,
y así, los hice rescatar por la misma orden que yo me rescaté, entregando todo el dinero al mercader, para que con
certeza y seguridad pudiese hacer la fianza; al cual nunca descubrimos nuestro trato y secreto, por el peligro que había.

CAPÍTULO XLI

Donde todavía prosigue el cautivo su suceso

No se pasaron quince días, cuando ya nuestro renegado
tenía comprada una muy buena barca, capaz de más de

treinta personas: y para asegurar su hecho y dalle color[1], quiso hacer, como hizo, un viaje a un lugar que se llama Sargel[2], que está treinta[b] leguas de Argel hacia la parte de Orán, en el cual hay mucha contratación de higos pasos. Dos o tres veces hizo este viaje, en compañía del tagarino que había dicho. *Tagarinos*[3] llaman en Berbería a los moros de Aragón, y a los de Granada, *mudéjares*[b]; y en el reino de Fez llaman a los mudéjares *elches*[4], los cuales son la gente de quien aquel rey más se sirve en la guerra. Digo, pues, que cada vez que pasaba con su barca daba fondo[5] en una caleta que estaba no dos tiros de ballesta del jardín donde Zoraida esperaba; y allí, muy de propósito, se ponía el renegado con los morillos que bogaban el remo, o ya a hacer la zalá, o a como por ensayarse de burlas a lo que pensaba hacer de veras; y así, se iba al jardín de Zoraida y le pedía fruta, y su padre se la daba sin conocelle; y, aunque él quisiera hablar a Zoraida, como él después me dijo, y decille que él era el que por orden mía le había de llevar a tierra de cristianos, que estuviese contenta y segura, nunca le fue posible, porque las moras no se dejan ver de ningún moro ni turco, si no es que su marido o su padre se lo manden. De cristianos cautivos se dejan tratar y comunicar, aun más de aquello que sería razonable[c]; y a mí me hubiera pesado que él la hubiera hablado, que quizá la alborotara, viendo que su negocio andaba en boca de renegados. Pero Dios, que lo ordenaba de otra manera, no dio lugar al buen deseo que nuestro renegado tenía; el cual, viendo cuán seguramente iba y venía a Sargel, y que daba fondo cuando y como y adonde quería, y que el tagarino, su compañero, no tenía más voluntad de lo que la suya ordenaba, y que yo estaba ya rescatado, y que sólo faltaba buscar algunos cristianos que bogasen el remo, me dijo que mirase yo cuáles quería traer conmigo, fuera de los rescatados,

---

[1] *dalle color*]   'darle apariencia de verdad'.
[2] *Sargel*]   actual Cherchell en Argelia[e].
[3] *Tagarinos*]   (ár., *tagrī*) «los moriscos antiguos [mudéjares], criados entre cristianos viejos, en lugares de Castilla y de Aragón, los cuales saben igualmente nuestra lengua y la suya, de modo que apenas se pueden distinguir ni conocer, salvo por la orden que con ellos se tiene de que vivan en ciertos barrios», Cov. 950.b.44.
[4] *elches*]   del ár. 'ilǧ., y vale 'transfuga' y 'extranjero no mahometano', Corominas *DCE*, s.v. *V*. Ravaisse, **149**, sec. 32-36, 1909.
[5] *dar fondo:* fondear.

y que los tuviese hablados para el primer viernes, donde
tenía determinado que fuese nuestra partida. Viendo esto,
hablé a doce españoles, todos valientes hombres del remo,
y de aquellos que más libremente podían salir de la ciudad; y
no fue poco hallar tantos en aquella coyuntura, porque
estaban veinte bajeles en corso, y se habían llevado toda la
gente de remo, y éstos no se hallaran, si no fuera que su
amo se quedó aquel verano sin ir en corso, a acabar una
galeota que tenía en astillero. A los cuales no les dije otra
cosa sino que el primer viernes en la tarde se saliesen uno
a uno, disimuladamente, y se fuesen la vuelta[6] del jardín
de Agi Morato, y que allí me aguardasen hasta que yo fuese.
A cada uno di este aviso de por sí, con orden que, aunque
allí viesen a otros cristianos, no les dijesen sino que yo les
había mandado esperar en aquel lugar. Hecha esta diligencia, me faltaba hacer otra, que era la que más me convenía: y era la de avisar a Zoraida en el punto que estaban
los negocios, para que estuviese apercebida y sobre aviso,
que no se sobresaltase si de improviso la asaltásemos antes
del tiempo que ella podía imaginar que la barca de cristianos podía volver. Y así, determiné de ir al jardín y ver
si podría hablarla; y, con ocasión de coger algunas yerbas,
un día, antes de mi partida, fui allá, y la primera persona
con quien encontré fue con su padre, el cual me dijo en
lengua que en toda la Berbería, y aun en Costantinopla,
se halla entre cautivos y moros, que ni es morisca, ni castellana, ni de otra nación alguna, sino una mezcla de todas
las lenguas, con la cual todos nos entendemos; digo, pues,
que en esta manera de lenguaje[b] me preguntó que qué buscaba en aquel su jardín, y de quién era. Respondíle que
era esclavo de Arnaute Mamí[7] (y esto, porque sabía yo
por muy cierto que era un grandísimo amigo suyo[c]), y que
buscaba de todas yerbas, para hacer ensalada. Preguntóme,
por el consiguiente, si era hombre de rescate o no, y que
cuánto pedía mi amo por mí. Estando en todas estas preguntas y respuestas, salió de la casa del jardín la bella
Zoraida, la cual ya había mucho que me había visto; y

---

[6] *irse la vuelta de:* caminar hacia[b].

[7] *Arnaute Mamí*] El renegado albanés que, en septiembre de 1575,
al atacar la galera *Sol*, llevó cautivos a Argel a Cervantes y a su hermano
Rodrigo, cuando volvían de Nápoles a España. Cervantes lo menciona
en *La Galatea*, ed. Clás. Cast., II, 115, y en *La española inglesa*, *NE*, ed.
S-B, II, p. 23.

como las moras en ninguna manera hacen melindre de mostrarse a los cristianos, ni tampoco se esquivan, como ya he dicho, no se le dio nada de venir adonde su padre conmigo estaba; antes, luego cuando su padre vio que venía, y de espacio, la llamó y mandó que llegase.

Demasiada cosa sería decir yo agora la mucha hermosura, la gentileza, el gallardo y rico adorno con que mi querida Zoraida se mostró a mis ojos; sólo diré que más perlas pendían de su hermosísimo cuello, orejas y cabellos que cabellos tenía en la cabeza; en las gargantas de los sus pies[b], que descubiertas, a su usanza, traía, traía dos carcajes (que así se llamaban las manillas o ajorcas de los pies en morisco) de purísimo oro, con tantos diamantes engastados[b], que ella me dijo después que su padre los estimaba en diez mil doblas[8], y las que traía en las muñecas de las manos[b] valían otro tanto. Las perlas eran en gran cantidad y muy buenas, porque la mayor gala y bizarría de las moras es adornarse de ricas perlas y aljófar, y así, hay más perlas y aljófar entre moros que entre todas las demás naciones; y el padre de Zoraida tenía fama de tener muchas y de las mejores que en Argel había, y de tener asimismo más de docientos mil escudos españoles, de todo lo cual era señora esta que ahora lo es mía. Si con todo este adorno podía venir entonces hermosa, o no, por las reliquias[9] que le han quedado en tantos trabajos se podrá conjeturar cuál debía de ser en las prosperidades. Porque ya se sabe que la hermosura de algunas mujeres tiene días y sazones, y requiere accidentes para diminuirse o acrecentarse; y es natural cosa que las pasiones del ánimo la levanten o abajen, puesto que las más veces la destruyen. Digo, en fin, que entonces llegó en todo estremo aderezada y en todo estremo hermosa, o, a lo menos, a mí me pareció serlo la más que hasta entonces había visto; y con esto, viendo las obligaciones en que me había puesto, me parecía que tenía delante de mí una deidad del cielo, venida a la tierra para mi gusto y para mi remedio. Así como ella llegó, le dijo su padre en su lengua como yo era cautivo de su amigo Arnaute Mamí, y que venía a buscar ensalada. Ella tomó la mano[10], y en aquella mezcla de lenguas que tengo

---

[8] *doblas*] los escudos de a dos, Cov. 479.a.64. La dobla argelina valía seis reales y un cuartillo de España⁶.

[9] *reliquias*] vestigios.

[10] *tomó la mano*] I.29, nota 4.

dicho me preguntó si era caballero y qué era la causa que
no me rescataba. Yo le respondí que ya estaba rescatado, y
que en el precio podía echar de ver en lo que mi amo me estimaba, pues había dado por mí mil y quinientos zoltamís[11].
A lo cual ella respondió: —"En verdad que si tú fueras de
mi padre, que yo hiciera que no te diera él por otros dos
tantos; porque vosotros, cristianos, siempre mentís en cuanto decís, y os hacéis pobres por engañar a los moros."
—"Bien podría ser eso, señora", le respondí; "mas en verdad que yo la he tratado con mi amo, y la trato y la trataré
con cuantas personas hay en el mundo". —"Y ¿cuándo
te vas?", dijo Zoraida. —"Mañana, creo yo", dije, "porque
está aquí un bajel de Francia que se hace mañana a la vela,
y pienso irme en él." —"¿No es mejor", replicó Zoraida,
"esperar a que vengan bajeles de España, y irte con ellos,
que no con los de Francia, que no son vuestros amigos?"
—"No, respondí yo; "aunque si como hay nuevas que viene
ya un bajel de España es verdad, todavía yo le aguardaré,
puesto que es más cierto el partirme mañana; porque el
deseo que tengo de verme en mi tierra y con las personas
que bien quiero es tanto, que no me dejará esperar otra comodidad, si se tarda, por mejor que sea". —"Debes de ser,
sin duda, casado en tu tierra", dijo Zoraida, "y por eso
deseas ir a verte con tu mujer". —"No soy", respondí yo,
"casado; mas tengo dada la palabra de casarme en llegando
allá". —"Y ¿es hermosa la dama a quien se la diste?",
dijo Zoraida. —"Tan hermosa es", respondí yo, que para
encarecella y decirte la verdad, te parece a ti mucho".
Desto se riyó muy de veras su padre, y dijo: —"Gualá[12],
cristiano, que debe de ser muy hermosa si se parece a mi
hija, que es la más hermosa de todo este reino. Si no, mírala
bien, y verás cómo te digo verdad." Servíanos de intérprete
a las más destas palabras y razones el padre de Zoraida,
como más ladino[13]; que aunque ella hablaba la bastarda
lengua que, como he dicho, allí se usa, más declaraba su
intención por señas que por palabras. Estando en estas y
otras muchas razones, llegó un moro corriendo, y dijo, a

[11] *zoltamís*] o zoltaní[b], moneda argelina; había varias clases entre
los turcos de diferente valor; aquí se tratará del *zoltaní* de oro fino, con
valor aproximadamente al escudo español.
[12] *Gualá* (ár., *wa-l-lāh*) juramento arábigo, 'por Dios'[b].
[13] *ladino*] «al morisco y al extranjero que aprendió nuestra lengua...
le llamamos *ladino*», Cov. 747.a.47.

grandes voces, que por las bardas o paredes del jardín
habían saltado cuatro turcos, y andaban cogiendo la fruta,
aunque no estaba madura. Sobresaltóse el viejo, y lo mesmo
hizo Zoraida; porque es común y casi natural el miedo
que los moros a los turcos tienen, especialmente a los soldados, los cuales son tan insolentes y tienen tanto imperio
sobre los moros que a ellos están sujetos, que los tratan
peor que si fuesen esclavos suyos. Digo, pues, que dijo su
padre a Zoraida: —"Hija, retírate a la casa y enciérrate,
en tanto que yo voy a hablar a estos canes; y tú, cristiano,
busca tus yerbas, y vete en buen hora, y llévete Alá con bien
a tu tierra." Yo me incliné, y él se fue a buscar los turcos,
dejándome solo con Zoraida, que comenzó a dar muestras
de irse donde su padre la había mandado. Pero apenas él
se encubrió con los árboles del jardín, cuando ella volviéndose a mí, llenos los ojos de lágrimas, me dijo: —*Ámexi*,
cristiano, *ámexi?*" Que quiere decir: "¿Vaste, cristiano, vaste?" Yo la respondí: —"Señora, sí; pero no, en ninguna manera, sin ti; el primero jumá[14] me aguarda, y no te sobresaltes
cuando nos veas; que sin duda alguna iremos a tierra de
cristianos." Yo le dije esto de manera que ella me entendió
muy bien a todas las razones que entrambos pasamos;
y echándome un brazo al cuello, con desmayados pasos
comenzó a caminar hacia la casa; y quiso la suerte, que
pudiera ser muy mala si el cielo no lo ordenara de otra manera, que yendo los dos de la manera y postura que os he
contado, con un brazo al cuello, su padre, que ya volvía
de hacer ir a los turcos, nos vio de la suerte y manera que
íbamos, y nosotros vimos que él nos había visto; pero Zoraida, advertida y discreta, no quiso quitar el brazo de mi
cuello; antes se llegó más a mí y puso su cabeza sobre mi
pecho, doblando un poco las rodillas, dando claras señales
y muestras que se desmayaba, y yo, ansimismo, di a entender que la sostenía contra mi voluntad. Su padre llegó corriendo adonde estábamos, y viendo a su hija de aquella manera,
le preguntó que qué tenía; pero como ella no le respondiese,
dijo su padre: —"Sin duda alguna que con el sobresalto
de la entrada de estos canes se ha desmayado." Y quitán-
dola del mío, la arrimó a su pecho, y ella, dando un suspiro
y aún no enjutos los ojos de lágrimas, volvió a decir: —"*Áme-*

---

[14] *jumá* (ár., *yum'a*). Entre los mahometanos se guardaba el viernes
como entre los hebreos el sábado y entre los cristianos el domingo.

xi, cristiano, *ámexi*." "Vete, cristiano, vete." A lo que su padre respondió: —"No importa, hija, que el cristiano se vaya; que ningún mal te ha hecho, y los turcos ya son idos. No te sobresalte cosa alguna, pues ninguna hay que pueda darte pesadumbre; pues, como ya te he dicho, los turcos, a mi ruego, se volvieron por donde entraron. —"Ellos, señor, la sobresaltaron, como has dicho", dije yo a su padre; "mas, pues ella dice que yo me vaya, no la quiero dar pesadumbre: quédate en paz, y, con tu licencia, volveré, si fuere menester, por yerbas a este jardín; que, según dice mi amo, en ninguno las hay mejores para ensalada que en él. —"Todas las que quisieres podrás volver", respondió Agi Morato; "que mi hija no dice esto porque tú ni ninguno de los cristianos la enojaban, sino que, por decir que los turcos se fuesen, dijo que tú te fueses, o porque ya era hora que buscases tus yerbas".

Con esto, me despedí al punto de entrambos; y ella, arrancándosele el alma, al parecer, se fue con su padre, y yo, con achaque de buscar las yerbas, rodeé muy bien y a mi placer todo el jardín: miré bien las entradas y salidas, y la fortaleza de la casa, y la comodidad que se podía ofrecer para facilitar todo nuestro negocio. Hecho esto, me vine y di cuenta de cuanto había pasado al renegado y a mis compañeros, y ya no veía la hora de verme gozar sin sobresalto del bien que en la hermosa y bella Zoraida la suerte me ofrecía. En fin, el tiempo se pasó, y se llegó el día y plazo de nosotros tan deseado; y siguiendo todos el orden y parecer que, con discreta consideración y largo discurso, muchas veces habíamos dado, tuvimos el buen suceso que deseábamos; porque el viernes que se siguió al día que yo con Zoraida hablé en el jardín, nuestro renegado[15], al anochecer, dio fondo con la barca casi frontero de donde la hermosísima Zoraida estaba. Ya los cristianos que habían de bogar el remo estaban prevenidos, y escondidos por diversas partes de todos aquellos alrededores. Todos estaban suspensos y alborozados aguardándome, deseosos ya de embestir con el bajel que a los ojos tenían; porque ellos no sabían el concierto del renegado, sino que pensaban que a fuerza de brazos habían de haber y ganar la libertad, quitando la vida a los moros que dentro de la barca estaban. Sucedió, pues, que así como yo me mostré

---

[15] *nuestro renegado*]   corrección por *Morrenago* en la ed. pr^{ab}.

y mis compañeros, todos los demás escondidos que nos vieron se vinieron llegando a nosotros. Esto era ya a tiempo que la ciudad estaba ya cerrada, y por toda aquella campaña ninguna persona parecía. Como[16] estuvimos juntos, dudamos si sería mejor ir primero por Zoraida, o rendir primero a los moros bagarinos[17] que bogaban el remo en la barca. Y estando en esta duda, llegó a nosotros nuestro renegado diciéndonos que en qué nos deteníamos, que ya era hora, y que todos sus moros estaban descuidados, y los más de ellos, durmiendo. Dijímosle en lo que reparábamos, y él dijo que lo que más importaba era rendir primero el bajel, que se podía hacer con grandísima facilidad y sin peligro alguno, y que luego podíamos ir por Zoraida. Pareciónos bien a todos lo que decía, y así, sin detenernos más, haciendo él la guía, llegamos al bajel, y saltando él dentro primero, metió mano a un alfanje, y dijo en morisco: —"Ninguno de vosotros se mueva de aquí, si no quiere que le cueste la vida." Ya, a este tiempo, habían entrado dentro casi todos los cristianos. Los moros, que eran de poco ánimo, viendo hablar de aquella manera a su arráez, quedáronse espantados, y sin ninguno de todos ellos echar mano a las armas, que pocas o casi ningunas tenían, se dejaron, sin hablar alguna palabra, maniatar de los cristianos, los cuales con mucha presteza lo hicieron, amenazando a los moros que si alzaban por alguna vía o manera la voz, que luego al punto los pasarían todos a cuchillo. Hecho ya esto, quedándose en guardia dellos la mitad de los nuestros, los que quedábamos, haciéndonos asimismo el renegado la guía, fuimos al jardín de Agi Morato, y quiso la buena suerte que, llegando a abrir la puerta, se abrió con tanta facilidad como si cerrada no estuviera; y así, con gran quietud y silencio, llegamos a la casa sin ser sentidos de nadie. Estaba la bellísima Zoraida aguardándonos a una ventana, y así como sintió gente preguntó con voz baja si éramos *nizarani*, como si dijera o preguntara si éramos cristianos. Yo le respondí que sí, y que bajase. Cuando ella me conoció, no se detuvo un punto; porque, sin responderme palabra, bajó en un instante, abrió la puerta y mostróse

---

[16] *Como*] aquí como en otros casos equivale a *luego como, luego que*[b].

[17] *bagarinos*] (del ár., *baḥrī*). Moros de la tierra que ganan su vida a bogar; remeros voluntarios y asalariados, por oposición al forzado o galeote[bc].

a todos tan hermosa y ricamente vestida, que no lo acierto
a encarecer. Luego que yo la vi, le tomé una mano y la comencé a besar, y el renegado hizo lo mismo, y mis dos camaradas; y los demás que el caso no sabían, hicieron lo que
vieron que nosotros hacíamos, que no parecía sino que le
dábamos las gracias y la reconocíamos por señora de nuestra libertad. El renegado le dijo en lengua morisca si estaba
su padre en el jardín. Ella respondió que sí, y que dormía.
—"Pues será menester despertalle", replicó el renegado,
"y llevárnosle con nosotros, y todo aquello que tiene de
valor este hermoso jardín". —"No", dijo ella, "a mi padre
no se ha de tocar en ningún modo, y en esta casa no hay
otra cosa que lo que yo llevo, que es tanto, que bien habrá
para que todos quedéis ricos y contentos, y esperaros un
poco y lo veréis". Y diciendo esto, se volvió a entrar, diciendo que muy presto volvería; que nos estuviésemos quedos, sin hacer ningún ruido. Preguntéle al renegado lo que
con ella había pasado[18], el cual me lo contó, a quien yo
dije que ninguna cosa se había de hacer más de lo que
Zoraida quisiese; la cual ya que[19] volvía cargada con un
cofrecillo lleno de escudos de oro[c], tantos, que apenas lo
podía sustentar. Quiso la mala suerte que su padre despertase en el ínterin y sintiese el ruido que andaba en el jardín; y asomándose a la ventana, luego conoció que todos
los que en él estaban eran cristianos; y dando muchas,
grandes y desaforadas voces, comenzó a decir en arábigo:
—"¡Cristianos, cristianos! ¡Ladrones, ladrones!" Por los
cuales gritos nos vimos todos puestos en grandísima y
temerosa confusión. Pero el renegado, viendo el peligro
en que estábamos, y lo mucho que le importaba salir con
aquella empresa antes de ser sentido, con grandísima presteza subió donde Agi Morato estaba, y juntamente con él
fueron algunos de nosotros; que yo no osé desamparar a
la Zoraida, que como desmayada se había dejado caer en
mis brazos. En resolución, los que subieron se dieron tan
buena maña, que en un momento bajaron con Agi Morato,
trayéndole atadas las manos y puesto un pañizuelo en la
boca, que no le dejaba hablar palabra, amenazándole que
el hablarla le había de costar la vida. Cuando su hija le vio
se cubrió los ojos por no verle, y su padre quedó espantado,

---

[18] *pasado*]   hablado o tenido[b], cf. I.7, p. 125.
[19] *ya que*]   cuando, luego que[a].

ıgnorando cuán de su voluntad se había puesto en nuestras
manos. Mas entonces siendo más necesarios los pies, con
diligencia y presteza nos pusimos en la barca; que ya los
que en ella habían quedado nos esperaban, temerosos de
algún mal suceso nuestro. Apenas serían dos horas pasadas
de la noche, cuando ya estábamos todos en la barcaᶜ,
en la cual se le quitó al padre de Zoraida la atadura de las
manos y el paño de la boca; pero tornóle a decir el renegado
que no hablase palabra; que le quitarían la vida. Él, como
vio allí a su hija, comenzó a suspirar ternísimamente, y
más cuando vio que yo estrechamente la tenía abrazada,
y que ella sin defender, quejarse ni esquivarse, se estaba
queda; pero, con todo esto, callaba, porque no pusiesen
en efeto las muchas amenazas que el renegado le hacía.
Viéndose, pues, Zoraida ya en la barca, y que queríamos
dar los remos al agua, y viendo allí a su padre y a los demás
moros que atados estaban, le dijo al renegado que me
dijese le hiciese merced de soltar a aquellos moros y de dar
libertad a su padre; porque antes se arrojaría en la mar que
ver delante de sus ojos y por causa suya llevar cautivo a
un padre que tanto la había querido. El renegado me lo
dijo, y yo respondí que era muy contento; pero él respondió que no convenía, a causa que, si allí los dejaban,
apellidarían luego la tierra[20] y alborotarían la ciudad, y
serían causa que saliesen a buscallos con algunas fraga-
tas ligeras, y les tomasen la tierra y la mar, de manera
que no pudiésemos escaparnos; que lo que se podría hacer
era darles libertad en llegando a la primera tierra de cristianos. En este parecer venimos todos, y Zoraida, a quien
se le dio cuenta, con las causas que nos movían a no hacer
luego lo que quería, también se satisfizo; y luego, con regoci-
jado silencio y alegre diligencia, cada uno de nuestros valientes remeros tomó su remo, y comenzamos, encomendándonos a Dios de todo corazón, a navegar la vuelta de las
islas de Mallorca, que es la tierra de cristianos más cerca.
Pero a causa de soplar un poco el viento tramontana[21]
y estar la mar algo picada, no fue posible seguir la derrota
de Mallorca, y fuenos forzoso dejarnos ir tierra a tierra[22]

---

[20] *apellidarían... la tierra*] convocarían gente, en son de guerraᶜ.
[21] *tramontana*] del ital., viento cierzo o norte, que en el Mediterráneo sopla de tras los montesᵇᶜ.
[22] *ir tierra a tierra*] ir costeando.

la vuelta de Orán, no sin mucha pesadumbre nuestra, por no ser descubiertos del lugar de Sargel, que en aquella costa cae sesenta millas de Argel. Y asimismo temíamos encontrar por aquel paraje alguna galeota de las que de ordinario vienen con mercancía de Tetuán, aunque cada uno por sí, y por todos juntos, presumíamos de que, si se encontraba galeota de mercancía, como no fuese de las que andan en corso, que no sólo no nos perderíamos, mas que tomaríamos bajel donde con más seguridad pudiésemos acabar nuestro viaje. Iba Zoraida, en tanto que se navegaba, puesta la cabeza entre mis manos, por no ver a su padre, y sentía yo que iba llamando a Lela Marién que nos ayudase. Bien habríamos navegado treinta millas, cuando nos amaneció, como tres tiros de arcabuz, desviados de tierra, toda la cual vimos desierta y sin nadie que nos descubriese; pero, con todo eso, nos fuimos a fuerza de brazos entrando un poco en la mar, que ya estaba algo más sosegada; y habiendo entrado casi dos leguas, diose orden que se bogase a cuarteles[23] en tanto que comíamos algo, que iba bien proveída la barca, puesto que los que bogaban dijeron que no era aquél tiempo de tomar reposo alguno; que les diesen de comer los que no bogaban, que ellos no querían soltar los remos de las manos en manera alguna. Hízose ansí, y en esto comenzó a soplar un viento largo[24], que nos obligó a hacer luego vela y a dejar el remo, y enderezar a Orán, por no ser posible poder hacer otro viaje. Todo se hizo con mucha presteza, y así a la vela, navegamos por más de ocho millas por hora, sin llevar otro temor alguno sino el de encontrar con bajel que de corso fuese. Dimos de comer a los moros bagarinos, y el renegado les consoló diciéndoles como no iban cautivos; que en la primera ocasión les darían libertad. Lo mismo se le dijo al padre de Zoraida, el cual respondió: —"Cualquiera otra cosa pudiera yo esperar y creer de vuestra liberalidad y buen término, ¡oh cristianos!; mas el darme libertad, no me tengáis por tan simple que lo imagine; que nunca os pusistes vosotros al peligro de quitármela para volverla tan liberalmente, especialmente sabiendo quién soy yo, y el interese que se os puede seguir de dármela; el cual inte-

---

[23] *a cuarteles*]   por parte, bogando unos mientras otros descansan.
[24] *viento largo*]   el viento que sopla perpendicular al rumbo que lleva la nave.

rese, si le queréis poner nombre[25], desde aquí os ofrezco todo aquello que quisiéredes por mí y por esa desdichada hija mía, o si no, por ella sola, que es la mayor y la mejor parte de mi alma." En diciendo esto, comenzó a llorar tan amargamente, que a todos nos movió a compasión[c], y forzó a Zoraida que le mirase; la cual, viéndole llorar, así se enterneció, que se levantó de mis pies y fue a abrazar a su padre, y, juntando su rostro con el suyo, comenzaron los dos tan tierno llanto, que muchos de los que allí íbamos le acompañamos en él. Pero cuando su padre la vio adornada de fiesta y con tantas joyas sobre sí, le dijo en su lengua: —"¿Qué es esto, hija, que ayer al anochecer, antes que nos sucediese esta terrible desgracia en que nos vemos, te vi con tus ordinarios y caseros vestidos, y agora, sin que hayas tenido tiempo de vestirte, y sin haberte dado alguna nueva alegre de solenizalle[b] con adornarte y pulirte, te veo compuesta con los mejores vestidos que yo supe y pude darte cuando nos fue la ventura más favorable? Respóndeme a esto, que me tiene más suspenso y admirado que la misma desgracia en que me hallo." Todo lo que el moro decía a su hija nos lo declaraba el renegado, y ella no le respondía palabra. Pero cuando él vio a un lado de la barca el cofrecillo donde ella solía tener sus joyas, el cual sabía él bien que le había dejado en Argel, y no traídole al jardín, quedó más confuso, y preguntóle que cómo aquel cofre había venido a nuestras manos, y qué era lo que venía dentro. A lo cual el renegado, sin aguardar que Zoraida le respondiese, le respondió: —"No te canses, señor, en preguntar a Zoraida, tu hija, tantas cosas, porque con una que yo te responda te satisfaré a todas; y así, quiero que sepas que ella es cristiana, y es la que ha sido la lima de nuestras cadenas y la libertad de nuestro cautiverio; ella va aquí de su voluntad, tan contenta, a lo que yo imagino, de verse en este estado, como el que sale de las tinieblas a la luz, de la muerte a la vida y de la pena a la gloria." —"¿Es verdad lo que éste dice, hija?", dijo el moro. —"Así es", respondió Zoraida. —"¿Que en efeto", replicó el viejo, "tú eres cristiana, y la que ha puesto a su padre en poder de sus enemigos?" A lo cual respondió Zoraida: —"La que es cristiana, yo soy; pero no la que te ha puesto en este punto; porque nunca mi deseo se estendió a dejarte

---

[25] *poner nombre*]   señalar precio[b].

ni a hacerte mal, sino a hacerme a mí bien." —"Y ¿qué bien es el que te has hecho, hija?" —"Eso", respondió ella, "pregúntaselo tú a Lela Marién; que ella te lo sabrá decir mejor que no yo"". Apenas hubo oído esto el moro, cuando, con una increíble presteza, se arrojó de cabeza en la mar, donde sin ninguna duda se ahogara, si el vestido largo y embarazoso que traía no le entretuviera un poco sobre el agua. Dio voces Zoraida que le sacasen, y así, acudimos luego todos, y, asiéndole de la almalafa, le sacamos medio ahogado y sin sentido; de que recibió tanta pena Zoraida, que, como si fuera ya muerto, hacía sobre él un tierno y doloroso llanto. Volvímosle boca abajo; volvió mucha agua; tornó en sí al cabo de dos horas, en las cuales, habiéndose trocado el viento, nos convino volver hacia tierra, y hacer fuerza de remos por no embestir en ella; mas quiso nuestra buena suerte que llegamos a una cala que se hace al lado de un pequeño promontorio o cabo que de los moros es llamado el de *la Cava Rumía*, que en nuestra lengua quiere decir *la mala mujer cristiana;* y es tradición entre los moros que en aquel lugar está enterrada la Cava, por quien se perdió España[26], porque *cava* en su lengua quiere decir *mujer mala*, y *rumía, cristiana;* y aun tienen por mal agüero llegar allí a dar fondo cuando la necesidad les fuerza a ello, porque nunca le dan sin ella; puesto que para nosotros no fue abrigo de mala mujer, sino puerto seguro de nuestro remedio, según andaba alterada la mar. Pusimos nuestras centinelas en tierra, y no dejamos jamás los remos de la mano; comimos de lo que el renegado había proveído, y rogamos a Dios y a Nuestra Señora, de todo nuestro corazón, que nos ayudase y favoreciese para que felicemente diésemos fin a tan dichoso principio. Diose orden, a suplicación de Zoraida, como echásemos en tierra a su padre y a todos los demás moros que allí atados venían, porque no le bastaba el ánimo, ni lo podían sufrir sus blandas entrañas, ver delante de sus ojos atado a su padre y aquellos de su tierra presos. Prometímosle de hacerlo así al tiempo de la partida, pues no corría peligro el dejallos en aquel lugar, que era despoblado. No fueron tan vanas nuestras oraciones que no fuesen oídas del cielo; que, en nuestro favor, luego volvió el viento, tranquilo el mar,

---

[26] Alusión a la leyenda medieval de la hija del conde Julián y el rey Rodrigo[b].

convidándonos a que tornásemos alegres a proseguir nuestro comenzado viaje. ·Viendo esto, desatamos a los moros, y uno a uno los pusimos en tierra, de lo que ellos se quedaron admirados; pero llegando a desembarcar al padre de Zoraida, que ya estaba en todo su acuerdo, dijo: —"¿Por qué pensáis, cristianos, que esta mala hembra huelga de que me deis libertad? ¿Pensáis que es por piedad que de mí tiene? No, por cierto, sino que lo hace por el estorbo que le dará mi presencia cuando quiera poner en ejecución sus malos deseos; ni penséis que la ha movido a mudar religión entender ella que la vuestra a la nuestra se aventaja, sino el saber que en vuestra tierra se usa la deshonestidad más libremente que en la nuestra." Y volviéndose a Zoraida, teniéndole yo y otro cristiano de entrambos brazos asido, porque algún desatino no hiciese, le dijo: —"¡Oh infame moza y mal aconsejada muchacha! ¿Adónde vas, ciega y desatinada, en poder destos perros, naturales enemigos nuestros? ¡Maldita sea la hora en que yo te engendré, y malditos sean los regalos y deleites en que te he criado!" Pero viendo yo que llevaba término de no acabar tan presto, di priesa a ponelle en tierra, y desde allí, a voces, prosiguió en sus maldiciones y lamentos, rogando a Mahoma rogase a Alá que nos destruyese, confundiese y acabase; y cuando, por habernos hecho a la vela, no podimos oír sus palabras, vimos sus obras, que eran arrancarse las barbas, mesarse los cabellos y arrastrarse por el suelo; mas una vez esforzó la voz de tal manera, que podimos entender que decía: —"¡Vuelve, amada hija, vuelve a tierra, que todo te lo perdono; entrega a esos hombres ese dinero, que ya es suyo, y vuelve a consolar a este triste padre tuyo, que en esta desierta arena dejará la vida, si tú le dejas!" Todo lo cual escuchaba Zoraida, y todo lo sentía y lloraba, y no supo decirle ni respondelle palabra, sino: —"Plega a Alá, padre mío, que Lela Marién, que ha sido la causa de que yo sea cristiana, ella te consuele en tu tristeza. Alá sabe bien que no pude hacer otra cosa de la que he hecho, y que estos cristianos no deben nada a mi voluntad, pues aunque quisiera no venir con ellos y quedarme en mi casa, me fuera imposible, según la priesa que me daba mi alma a poner por obra esta que a mí me parece tan buena como tú, padre amado, la juzgas por mala." Esto dijo, a tiempo que ni su padre la oía, ni nosotros ya le veíamos; y así, consolando yo a Zoraida, atendimos todos a nuestro viaje, el

cual nos le facilitaba el proprio viento, de tal manera
que bien tuvimos por cierto de vernos otro día al amanecer en las riberas de España.

Mas como pocas veces, o nunca, viene el bien puro y
sencillo, sin ser acompañado o seguido de algún mal que
le turbe o sobresalte, quiso nuestra ventura, o quizá las
maldiciones que el moro a su hija había echado, que siempre se han de temer de cualquier padre que sean, quiso,
digo, que estando ya engolfados[27] y siendo ya casi pasadas
tres horas de la noche, yendo con la vela tendida de alto
baja, frenillados los remos, porque el próspero viento nos
quitaba del trabajo de haberlos menester, con la luz de
la luna, que claramente resplandecía, vimos cerca de nosotros un bajel redondo[28], que, con todas las velas tendidas,
llevando un poco a orza[29] el timón, delante de nosotros
atravesaba; y esto tan cerca, que nos fue forzoso amainar[30]
por no embestirle, y ellos, asimesmo, hicieron fuerza de
timón para darnos lugar que pasásemos. Habíanse puesto
a bordo[31] del bajel a preguntarnos quién éramos, y adónde
navegábamos, y de dónde veníamos; pero, por preguntarnos esto en lengua francesa, dijo nuestro renegado: —"Ninguno responda; porque éstos, sin duda, son cosarios
franceses, que hacen a toda ropa."[32] Por este advertimiento,
ninguno respondió palabra; y habiendo pasado un poco
delante, que ya el bajel quedaba sotavento[33], de improviso
soltaron[34] dos piezas de artillería, y, a lo que parecía, ambas venían con cadenas[35], porque con una cortaron nuestro
árbol por medio, y dieron con él y con la vela en la mar;
y al momento, disparando otra pieza, vino a dar la bala
en mitad de nuestra barca, de modo que la abrió toda,
sin hacer otro mal alguno; pero como nosotros nos vimos
ir a fondo, comenzamos todos a grandes voces a pedir

---

[27] *engolfados*]   muy adentro del mar.

[28] *un bajel redondo*]   bajel de vela cuadrada[c].

[29] *a orza*]   exp. náutica: con la proa hacia la parte de donde viene
el viento.

[30] *amainar:* aflojar la vela.

[31] *a bordo*]   junto al costado del bajel.

[32] *hacer a toda ropa:* 'robar cuanto se halle en la mar'[bs].

[33] *sotavento*]   a sotavento, exp. náutica: al costado del bajel opuesto
al viento.

[34] *soltaron*]   dispararon.

[35] *con cadenas*]   balas partidas en mitades atadas con una cadena,
para que hicieran más daño.

socorro y a rogar a lós del bajel que nos acogiesen, porque nos anegábamos. Amainaron entonces, y echando el esquife, o barca, al mar, entraron en él hasta doce franceses bien armados, con sus arcabuces y cuerdas encendidas[36], y así llegaron junto al nuestro; y viendo cuán pocos éramos y cómo el bajel se hundía, nos recogieron, diciendo que, por haber usado de la descortesía de no respondelles, nos había sucedido aquello. Nuestro renegado tomó el cofre de las riquezas de Zoraida, y dio con él en la mar, sin que ninguno echase de ver en lo que hacía. En resolución, todos pasamos con los franceses, los cuales, después de haberse informado de todo aquello que de nosotros saber quisieron, como si fueran nuestros capitales enemigos, nos despojaron de todo cuanto teníamos, y a Zoraida le quitaron hasta los carcajes que traía en los pies. Pero no me daba a mí tanta pesadumbre la que a Zoraida daban como me la daba el temor que tenía de que habían de pasar del quitar de las riquísimas y preciosísimas joyas al quitar de la joya que más valía y ella más estimaba. Pero los deseos de aquella gente no se estienden a más que al dinero, y desto jamás se vee harta su codicia; lo cual entonces llegó a tanto, que aun hasta los vestidos de cautivos nos quitaran si de algún provecho les fueran. Y hubo parecer entre ellos de que a todos nos arrojasen a la mar envueltos en una vela, porque tenían intención de tratar en algunos puertos de España con nombre de que eran bretones, y si nos llevaban vivos, serían castigados siendo descubierto su hurto. Mas el capitán, que era el que había despojado a mi querida Zoraida, dijo que él se contentaba con la presa que tenía, y que no quería tocar en ningún puerto de España, sino pasar el estrecho de Gibraltar de noche, o como pudiese, y irse a la Rochela, de donde había salido; y así, tomaron por acuerdo de darnos el esquife de su navío, y todo lo necesario para la corta navegación que nos quedaba, como lo hicieron otro día, ya a vista de tierra de España; con la cual vista, todas nuestras pesadumbres y pobrezas se nos olvidaron de todo punto, como si no hubieran pasado por nosotros; tanto es el gusto de alcanzar la libertad perdida. Cerca de medio día podría ser cuando nos echaron en la barca, dándonos dos barriles de agua y algún bizcocho; y el capi-

---

[36] *cuerdas encendidas]*   mechas encendidas con que se daba fuego al arcabuz[c].

tán, movido no sé de qué misericordia, al embarcarse la hermosísima Zoraida, le dio hasta cuarenta escudos de oro, y no consintió que le quitasen sus soldados estos mesmos vestidos que ahora tiene puestos. Entramos en el bajel; dímosles las gracias por el bien que nos hacían, mostrándonos más agradecidos que quejosos; ellos se hicieron a lo largo, siguiendo la derrota del estrecho; nosotros, sin mirar a otro norte que a la tierra que se nos mostraba delante, nos dimos tanta priesa a bogar, que al poner del sol estábamos tan cerca, que bien pudiéramos, a nuestro parecer, llegar antes que fuera muy noche; pero, por no parecer en aquella noche la luna y el cielo mostrarse escuro, y por ignorar el paraje en que estábamos, no nos pareció cosa segura embestir en tierra, como a muchos de nosotros les parecía, diciendo que diésemos en ella, aunque fuese en unas peñas y lejos de poblado, porque así aseguraríamos[37] el temor que de razón se debía tener que por allí anduviesen bajeles de cosarios de Tetuán, los cuales anochecen en Berbería y amanecen en las costas de España, y hacen de ordinario presa, y se vuelven a dormir a sus casas; pero de los contrarios pareceres el que se tomó fue que nos llegásemos poco a poco, y que si el sosiego del mar lo concediese, desembarcásemos donde pudiésemos. Hízose así, y poco antes de la media noche sería cuando llegamos al pie de una disformísima y alta montaña, no tan junto al mar, que no concediese un poco de espacio para poder desembarcar cómodamente. Embestimos en la arena, salimos a tierra, besamos el suelo, y con lágrimas de muy alegrísimo contento dimos todos gracias a Dios, Señor Nuestro, por el bien tan incomparable que nos había hecho. Sacamos de la barca los bastimentos que tenía, tirámosla en tierra, y subímonos un grandísimo trecho en la montaña, porque aún allí estábamos, y aún no podíamos asegurar el pecho, ni acabábamos de creer que era tierra de cristianos la que ya nos sostenía. Amaneció más tarde, a mi parecer, de lo que quisiéramos. Acabamos de subir toda la montaña, por ver si desde allí algún poblado se descubría, o algunas cabañas de pastores; pero aunque más tendimos la vista, ni poblado, ni persona, ni senda, ni camino descubrimos. Con todo esto, determinamos de entrarnos la tierra adentro, pues no podría ser menos sino que presto descubriésemos quien

---

[37] *asegurar:* aquietar, acallar.

nos diese noticia della. Pero lo que a mí más me fatigaba era el ver ir a pie a Zoraida por aquellas asperezas, que, puesto que alguna vez la puse sobre mis hombros, más le cansaba a ella mi cansancio que la reposaba su reposo; y así, nunca más quiso que yo aquel trabajo tomase; y con mucha paciencia y muestras de alegría, llevándola yo siempre de la mano, poco menos de un cuarto de legua debíamos de haber andado, cuando llegó a nuestros oídos el son de una pequeña esquila, señal clara que por allí cerca había ganado; y mirando todos con atención si alguno se parecía, vimos al pie de un alcornoque un pastor mozo, que con grande reposo y descuido estaba labrando un palo con un cuchillo. Dimos voces, y él, alzando la cabeza, se puso ligeramente en pie, y a lo que después supimos, los primeros que a la vista se le ofrecieron fueron el renegado y Zoraida, y como él los vio en hábito de moros, pensó que todos los de la Berbería estaban sobre él; y metiéndose con estraña ligereza por el bosque adelante, comenzó a dar los mayores gritos del mundo, diciendo: —"¡Moros, moros hay en la tierra! ¡Moros, moros! ¡Arma, arma!" Con estas voces quedamos todos confusos, y no sabíamos qué hacernos; pero considerando que las voces del pastor habían de alborotar la tierra, y que la caballería de la costa había de venir luego a ver lo que era, acordamos que el renegado se desnudase las ropas de turco y se vistiese un gilecuelco o casaca de cautivo[38] que uno de nosotros le dio luego, aunque se quedó en camisa; y así, encomendándonos a Dios, fuimos por el mismo camino que vimos que el pastor llevaba, esperando siempre cuándo había de dar sobre nosotros la caballería de la costa. Y no nos engañó nuestro pensamiento, porque aún no habrían pasado dos horas cuando, habiendo ya salido de aquellas malezas a un llano, descubrimos hasta cincuenta caballeros[39], que con gran ligereza, corriendo a media rienda, a nosotros se venían, y así como los vimos, nos estuvimos quedos aguardándolos; pero como ellos llegaron, y vieron, en lugar de los moros que buscaban, tanto pobre cristiano, quedaron confusos, y uno dellos nos preguntó si éramos nosotros acaso la ocasión por que un pastor había apellidado al arma. —"Sí", dije yo; y queriendo comenzar a decirle mi suceso, y de dónde veníamos

---

[38] Cf. I.37, p. 461 y nota 10.
[39] *caballeros*] atajadores^c.

y quién éramos, uno de los cristianos que con nosotros venían conoció al jinete que nos había hecho la pregunta, y dijo, sin dejarme a mí decir más palabra: —"¡Gracias sean dadas a Dios, señores, que a tan buena parte nos ha conducido! Porque, si yo no me engaño, la tierra que pisamos es la de Vélez Málaga; si ya los años de mi cautiverio no me han quitado de la memoria el acordarme que vos, señor, que nos preguntáis quién somos, sois Pedro de Bustamante, tío mío." Apenas hubo dicho esto el cristiano cautivo, cuando el jinete se arrojó del caballo y vino a abrazar al mozo, diciéndole: —"Sobrino de mi alma y de mi vida, ya te conozco, y ya te he llorado por muerto yo, y mi hermana, tu madre, y todos los tuyos, que aún viven, y Dios ha sido servido de darles vida para que gocen el placer de verte: ya sabíamos que estabas en Argel, y por las señales y muestras de tus vestidos, y la de todos los desta compañía, comprehendo que habéis tenido milagrosa libertad." —"Así es", respondió el mozo, "y tiempo nos quedará para contároslo todo". Luego que los jinetes entendieron que éramos cristianos cautivos, se apearon de sus caballos, y cada uno nos convidaba con el suyo para llevarnos a la ciudad de Vélez Málaga, que legua y media de allí estaba. Algunos dellos volvieron a llevar la barca a la ciudad, diciéndoles dónde la habíamos dejado; otros nos subieron a las ancas, y Zoraida fue en las del caballo del tío del cristiano. Saliónos a recebir todo el pueblo; que ya de alguno que se había adelantado sabían la nueva de nuestra venida. No se admiraban de ver cautivos libres, ni moros cautivos, porque toda la gente de aquella costa está hecha a ver a los unos y a los otros; pero admirábanse de la hermosura de Zoraida, la cual en aquel instante y sazón estaba en su punto, ansí con el cansancio del camino como con la alegría de verse ya en tierra de cristianos, sin sobresalto de perderse; y esto le había sacado al rostro tales colores, que si no es que la afición entonces me engañaba, osaré decir que más hermosa criatura no había en el mundo; a lo menos, que yo la hubiese visto. Fuimos derechos a la iglesia, a dar gracias a Dios por la merced recebida; y así como en ella entró Zoraida, dijo que allí había rostros que se parecían a los de Lela Marién. Dijímosle que eran imágenes suyas, y como mejor se pudo le dio el renegado a entender lo que significaban, para que ella las adorase como si verdaderamente fueran cada una dellas la misma Lela Marién que la había hablado. Ella, que tiene buen entendimiento y un natural fácil y claro, entendió luego cuanto acerca de las imágenes se le dijo. Desde allí nos llevaron y repartieron a todos en diferentes casas del pueblo; pero al renegado, Zoraida y a mí nos llevó el cristiano que vino con nosotros, y en casa de sus padres, que medianamente eran acomodados de los bienes de fortuna, y nos regalaron con tanto amor como a su mismo hijo. Seis días estuvimos en Vélez, al cabo de los cuales el renegado, hecha su información de cuanto le convenía, se fue a la ciudad de Granada a reducirse por medio de la Santa Inquisición al gremio santísimo de la Iglesia[b]; los demás cristianos libertados se fueron cada uno donde mejor le pareció; solos quedamos Zoraida y yo, con solos los escudos que la cortesía del francés le dio a Zoraida, de los cuales compré este animal en que ella viene, y, sirviéndola yo hasta agora de padre y escudero, y no de esposo, vamos con intención de ver si mi padre es vivo, o si alguno de mis hermanos ha tenido más próspera ventura que la mía, puesto que, por haberme hecho el cielo compañero de Zoraida, me parece que ninguna otra suerte me pudiera venir, por buena que fuera, que más la estimara. La paciencia con que Zoraida lleva las incomodidades que la pobreza trae consigo, y el deseo que muestra tener de verse ya cristiana es tanto y tal, que me admira, y me mueve a servirla todo el tiempo de mi vida; puesto que el gusto que tengo de verme suyo y de que ella sea mía me le turba y deshace no saber si hallaré en mi tierra algún rincón donde recogella, y si habrán hecho el tiempo y la muerte tal mudanza en la hacienda y vida de mi padre y hermanos, que apenas halle quien me conozca, si ellos faltan[b]. No tengo más, señores, que deciros de mi historia; la cual, si es agradable y peregrina, júzguenlo vuestros buenos entendimientos; que de mí sé decir que quisiera habérosla contado más brevemente, puesto que el temor de enfadaros más de cuatro circunstancias me ha quitado de la lengua.

CAPÍTULO XLII

*Que trata de lo que más[1] sucedió en la venta y de otras muchas
cosas dignas de saberse*

Calló en diciendo esto el cautivo, a quien don Fernando dijo:

—Por cierto, señor capitán, el modo con que habéis
contado este estraño suceso ha sido tal, que iguala a la novedad y estrañeza del mesmo caso. Todo es peregrino, y
raro, y lleno de accidentes que maravillan y suspenden a
quien los oye; y es de tal manera el gusto que hemos recebido en escuchalle, que aunque nos hallara el día de mañana
entretenidos en el mesmo cuento, holgáramos que de nuevo
se comenzara[2].

Y en diciendo esto, Cardenio[3] y todos los demás se le
ofrecieron con todo lo a ellos posible para servirle, con
palabras y razones tan amorosas y tan verdaderas, que el
capitán se tuvo por bien satisfecho de sus voluntades. Especialmente, le ofreció don Fernando que si quería volverse con él, que él haría que el marqués, su hermano, fuese
padrino del bautismo de Zoraida, y que él, por su parte,
le acomodaría de manera que pudiese entrar en su tierra
con el autoridad y cómodo que a su persona se debía. Todo
lo agradeció cortesísimamente el cautivo, pero no quiso
acetar ninguno de sus liberales ofrecimientos.

En esto llegaba ya la noche[4], y al cerrar della, llegó a
la venta un coche, con algunos hombres de a caballo. Pidieron posada; a quien la ventera respondió que no había
en toda la venta un palmo desocupado.

—Pues, aunque eso sea —dijo uno de los de a caba-

---

¹ *más*]   además[bc].
² Aquí se define el «caso estraño» que entraña el arte novelesco de
Cervantes, en que se reconcilian lo maravilloso y lo verosímil, tanto en
el asunto como en el estilo, y teniendo como fin el despertar la admiración
del lector. Puede aplicarse tanto a lo que aquí se llama *cuento* como a
las obras que llamó él *novelas.* Cf. I.47, p. 565.
³ *Cardenio*]   La ed. pr.: *don Antonio*[b].
⁴ *llegaba ya la noche*]   Antes se ha dicho que «llegaba la noche» y
que se sentaron a cenar, I.37, p. 464. Por lo visto cenaron dos veces,
cf. p. 471 y 517.

llo que habían entrado—, no ha de faltar para el señor oidor⁵ que aquí viene.

A este nombre se turbó la güéspeda^b, y dijo:

—Señor, lo que en ello hay, es que no tengo camas; si es que su merced del señor oidor la trae, que sí debe de traer, entre en buen hora; que yo y mi marido nos saldremos de nuestro aposento por acomodar a su merced.

—Sea en buen hora —dijo el escudero.

Pero a este tiempo ya había salido del coche un hombre, que en el traje mostró luego el oficio y cargo que tenía, porque la ropa luenga, con las mangas arrocadas⁶, que vestía, mostraron ser oidor, como su criado había dicho. Traía de la mano a una doncella, al parecer de hasta diez y seis años, vestida de camino, tan bizarra, tan hermosa y tan gallarda, que a todos puso en admiración su vista; de suerte que, a no haber visto a Dorotea y a Luscinda y Zoraida, que en la venta estaban, creyeran que otra tal hermosura como la desta doncella difícilmente pudiera hallarse. Hallóse don Quijote al entrar del oidor y de la doncella, y así como le vio, dijo:

—Seguramente puede vuestra merced entrar y espaciarse en⁷ este castillo; que aunque es estrecho y mal acomodado, no hay estrecheza ni incomodidad en el mundo que no dé lugar a las armas y a las letras, y más si las armas y letras traen por guía y adalid a la fermosura, como la traen las letras de vuestra merced en esta fermosa doncella, a quien deben no sólo abrirse y manifestarse los castillos, sino apartarse los riscos, y devidirse y abajarse las montañas, para dalle acogida. Entre vuestra merced, digo, en este paraíso; que aquí hallará estrellas y soles que acompañen el cielo que vuestra merced trae consigo: aquí hallará las armas en su punto y la hermosura en su estremo.

Admirado quedó el oidor del razonamiento de don Quijote, a quien se puso a mirar muy de propósito, y no menos le admiraba su talle que sus palabras; y sin hallar

---

⁵ *oidor*] ministro togado que en las chancillerías o audiencias del reino oía y sentenciaba las causas y pleitos que en ella ocurrían.

⁶ *mangas arrocadas*] con vuelos y aberturas acuchilladas^bc. Los oidores usaban la *garnacha*, vestidura talar abierta por delante, la «ropa luenga» que aquí se menciona y que usaban los oidores incluso cuando viajaban.

⁷ *espaciarse en*] «salirse a pasear y a divertirse y recrearse», Cov. 549.a.36.

ningunas con que respondelle, se tornó a admirar de nuevo cuando vio delante de sí a Luscinda, Dorotea y a Zoraida, que a las nuevas de los nuevos güéspedes y a las que la ventera les había dado de la hermosura de la doncella, habían venido a verla y a recebirla. Pero don Fernando, Cardenio y el cura le hicieron más llanos y más cortesanos ofrecimientos. En efecto, el señor oidor entró confuso, así de lo que veía como de lo que escuchaba, y las hermosas de la venta dieron la bienllegada a la hermosa doncella.

En resolución, bien echó de ver el oidor que era gente principal toda la que allí estaba; pero el talle, visaje y la apostura de don Quijote le desatinaba; y habiendo pasado entre todos corteses ofrecimientos y tanteado la comodidad de la venta, se ordenó lo que antes estaba ordenado: que todas las mujeres se entrasen en el camaranchón ya referido, y que los hombres se quedasen fuera, como en su guarda. Y así, fue contento el oidor que su hija, que era doncella, se fuese con aquellas señoras, lo que ella hizo de muy buena gana. Y con parte de la estrecha cama del ventero, y con la mitad de la que el oidor traía, se acomodaron aquella noche, mejor de lo que pensaban.

El cautivo, que[8] desde el punto que vio al oidor, le dio saltos el corazón y barruntos de que aquél era su hermano, preguntó a uno de los criados que con él venían que cómo se llamaba y si sabía de qué tierra era. El criado le respondió que se llamaba el licenciado Juan Pérez de Viedma, y que había oído decir que era de un lugar de las montañas de León. Con esta relación y con lo que él había visto se acabó de confirmar de que aquél era su hermano, que había seguido las letras, por consejo de su padre; y alborotado y contento, llamando aparte a don Fernando, a Cardenio y al cura, les contó lo que pasaba, certificándoles[b] que aquel oidor era su hermano. Habíale dicho también el criado como iba proveído por oidor a las Indias, en la Audiencia de Méjico; supo también como aquella doncella era su hija, de cuyo parto había muerto su madre, y que él había quedado muy rico con el dote que con la hija se le quedó en casa. Pidióles consejo qué modo tendría para descubrirse, o para conocer primero si, después de descubierto, su hermano, por verle pobre, se afrentaba o le recebía con buenas entrañas.

---

[8] _que_] a quien, como en otros casos[gb].

—Déjeseme a mí el hacer esa experiencia —dijo el cura—;
cuanto más que no hay pensar sino que vos, señor capitán,
seréis muy bien recebido; porque el valor y prudencia que
en su buen parecer descubre vuestro hermano no da indicios de ser arrogante ni desconocido, ni que no ha de saber
poner los casos de la fortuna en su punto.

—Con todo eso —dijo el capitán—, yo querría, no de
improviso, sino por rodeos, dármele a conocer[9].

—Ya os digo —respondió el cura— que yo lo trazaré
de modo que todos quedemos satisfechos.

Ya, en esto, estaba aderezada la cena, y todos se sentaron a la mesa, eceto el cautivo y las señoras, que cenaron
de por sí en su aposento. En la mitad de la cena dijo el
cura:

—Del mesmo nombre de vuestra merced, señor oidor,
tuve yo una camarada en Costantinopla, donde estuve
cautivo algunos años; la cual camarada era uno de los
valientes soldados y capitanes que había en toda la infantería española; pero tanto cuanto tenía de esforzado y valeroso tenía de desdichado.

—Y ¿cómo se llamaba ese capitán, señor mío? —preguntó el oidor.

—Llamábase —respondió el cura— Ruy Pérez de Viedma, y era natural de un lugar de las montañas de León;
el cual me contó un caso que a su padre con sus hermanos
le había sucedido, que, a no contármelo un hombre tan
verdadero como él, lo tuviera por conseja[10] de aquellas
que las viejas cuentan el invierno al fuego[c]. Porque me
dijo que su padre había dividido su hacienda entre tres hijos
que tenía, y les había dado ciertos consejos, mejores que
los de Catón[11]. Y sé yo decir que el que él escogió de venir
a la guerra le había sucedido tan bien, que en pocos años,
por su valor y esfuerzos, sin otro brazo que el de su mucha
virtud, subió a ser capitán de infantería, y a verse en camino
y predicamento[12] de ser presto maestre de campo[13]. Pero
fuele la fortuna contraria, pues donde la pudiera esperar y

---

[9] *dármele a conocer*]   darme a conocer a él.
[10] *conseja*]   *V*. I.20, nota 21. Alude a lo prodigioso del caso, *V*. I.39,
nota 3, sobre el tema folklórico.
[11] *Catón*]   I.20, p. 241.
[12] *predicamento*]   merecimiento, estimación.
[13] *maestre de campo*]   jefe militar que mandaba un tercio o cuerpo
de infantería.

tener buena, allí la perdió, con perder la libertad en la felicísima jornada dondé tantos la cobraron, que fue en la batalla de Lepanto. Yo la perdí en la Goleta, y después, por diferentes sucesos, nos hallamos camaradas en Costantinopla. Desde allí vino a Argel, donde sé que le sucedió uno de los más estraños casos que en el mundo han sucedido.

De aquí fue prosiguiendo el cura, y con brevedad sucinta contó lo que con Zoraida a su hermano había sucedido; a todo lo cual estaba tan atento el oidor, que ninguna vez había sido tan oidor como entonces. Sólo llegó el cura al punto de cuando los franceses despojaron a los cristianos que en la barca venían, y la pobreza y necesidad en que su camarada y la hermosa mora habían quedado; de los cuales no había sabido en qué habían parado, ni si habían llegado a España, o llevádolos los franceses a Francia.

Todo lo que el cura decía estaba escuchando, algo de allí desviado, el capitán, y notaba todos los movimientos que su hermano hacía; el cual, viendo que ya el cura había llegado al fin de su cuento, dando un grande suspiro y llenándosele los ojos de agua, dijo:

—¡Oh señor, si supiésedes las nuevas que me habéis contado, y cómo me tocan tan en parte, que me es forzoso dar muestras dello con estas lágrimas que, contra toda mi discreción y recato, me salen por los ojos! Ese capitán tan valeroso que decís es mi mayor hermano, el cual, como más fuerte y de más altos pensamientos que yo ni otro hermano menor mío, escogió el honroso y digno ejercicio de la guerra, que fue uno de los tres caminos que nuestro padre nos propuso, según os dijo vuestra camarada en la conseja que, a vuestro parecer, le oísteis[14]. Yo seguí el de las letras, en las cuales Dios y mi diligencia me han puesto en el grado que me veis. Mi menor hermano[15] está en el Pirú[h], tan rico, que con lo que ha enviado a mi padre y a mí ha satisfecho bien la parte que él se llevó, y aun dado a las manos de mi padre con que poder hartar su liberalidad natural; y yo, ansimesmo, he podido con más decencia y autoridad tratarme en mis estudios, y llegar al puesto en que me veo. Vive aún mi padre, muriendo con el deseo de saber de su hijo mayor, y pide a Dios con continuas ora-

---

[14] O sea: «en la a vuestro parecer conseja que le oísteis».
[15] En I.39, p. 475, se dijo que el menor siguió estudios universitarios.

ciones no cierre la muerte sus ojos hasta que él vea con vida a los de su hijo. Del cual me maravillo, siendo tan discreto, cómo en tantos trabajos y aflicciones, o prósperos sucesos, se haya descuidado de dar noticia de sí a su padre; que si él lo supiera, o alguno de nosotros, no tuviera necesidad de aguardar al milagro de la caña para alcanzar su rescate. Pero de lo que yo agora me temo es de pensar si aquellos franceses le habrán dado libertad, o le habrán muerto por encubrir su hurto. Esto todo será que yo prosiga mi viaje, no con aquel contento con que le comencé, sino con toda melancolía y tristeza. ¡Oh buen hermano mío, y quién supiera agora dónde estabas; que yo te fuera a buscar y a librar de tus trabajos, aunque fuera a costa de los míos! ¡Oh, quién llevara nuevas a nuestro viejo padre de que tenías vida, aunque estuvieras en las mazmorras[16] más escondidas de Berbería; que de allí te sacaran sus riquezas, las de mi hermano y las mías! ¡Oh Zoraida hermosa y liberal, quién pudiera pagar el bien que a un hermano hiciste! ¡Quién pudiera hallarse al renacer de tu alma, y a las bodas, que tanto gusto a todos nos dieran!

Estas y otras semejantes palabras decía el oidor, lleno de tanta compasión con las nuevas que de su hermano le habían dado, que todos los que le oían le acompañaban en dar muestras del sentimiento que tenían de su lástima.

Viendo, pues, el cura que tan bien había salido con su intención y con lo que deseaba el capitán, no quiso tenerlos a todos más tiempo tristes, y así, se levantó de la mesa, y entrando donde estaba Zoraida, la tomó por la mano, y tras ella se vinieron Luscinda, Dorotea y la hija del oidor. Estaba esperando el capitán a ver lo que el cura quería hacer, que fue que, tomándole a él asimesmo de la otra mano, con entrambos a dos se fue donde el oidor y los demás caballeros estaban, y dijo:

—Cesen, señor oidor, vuestras lágrimas, y cólmese vuestro deseo de todo el bien que acertare a desearse, pues tenéis delante a vuestro buen hermano y a vuestra buena cuñada. Este que aquí veis es el capitán Viedma, y ésta, la hermosa mora que tanto bien le hizo. Los franceses que os dije los

---

[16] *mazmorras*] «Nombre arábigo, significa lugar subterráneo... Es la prisión y cárcel en lo profundo debajo de tierra, donde comúnmente los moros recogen de noche a los esclavos», Cov. 794.b.47.

pusieron en la estrecheza que veis, para que vos mostréis la liberalidad de vuestro buen pecho.

Acudió el capitán a abrazar a su hermano, y él le puso ambas manos en los pechos, por mirarle algo más apartado; mas, cuando le acabó de conocer, le abrazó tan estrechamente, derramando tan tiernas lágrimas de contento, que los más de los que presentes estaban le hubieron de acompañar en ellas. Las palabras que entrambos hermanos se dijeron, los sentimientos que mostraron, apenas creo que pueden pensarse, cuanto más escribirse. Allí, en breves razones, se dieron cuenta de sus sucesos; allí mostraron puesta en su punto la buena amistad de dos hermanos; allí abrazó el oidor a Zoraida; allí la ofreció su hacienda; allí hizo que la abrazase su hija; allí la cristiana hermosa y la mora hermosísima renovaron las lágrimas de todos.

Allí don Quijote estaba atento, sin hablar palabra, considerando estos tan estraños sucesos, atribuyéndolos todos a quimeras de la andante caballería. Allí concertaron que el capitán y Zoraida se volviesen con su hermano a Sevilla y avisasen a su padre de su hallazgo y libertad, para que, como pudiese[17], viniese a hallarse en las bodas y bautismo de Zoraida, por no le ser al oidor posible dejar el camino que llevaba, a causa de tener nuevas que de allí a un mes partía flota de Sevilla a la Nueva España, y fuérale de grande incomodidad perder el viaje.

En resolución, todos quedaron contentos y alegres del buen suceso del cautivo; y como ya la noche iba casi en las dos partes[18] de su jornada, acordaron de recogerse y reposar lo que de ella les quedaba. Don Quijote se ofreció a hacer la guardia del castillo, porque de algún gigante o otro mal andante follón no fuesen acometidos, codiciosos del gran tesoro de hermosura que en aquel castillo se encerraba. Agradeciéronselo los que le conocían, y dieron al oidor cuenta del humor estraño de don Quijote, de que no poco gusto recibió.

Sólo Sancho Panza se desesperaba con la tardanza del recogimiento, y sólo él se acomodó mejor que todos, echándose sobre los aparejos de su jumento, que le costaron tan caros como adelante se dirá.

Recogidas, pues, las damas en su estancia, y los demás

---

[17] *como pudiese*]   así que pudiese, o si pudiese.
[18] *las dos partes*]   las dos terceras partes.

acomodádose como menos mal pudieron, don Quijote se salió fuera de la venta a hacer la centinela del castillo, como lo había prometido.

Sucedió, pues, que faltando poco por venir el alba, llegó a los oídos de las damas una voz tan entonada y tan buena, que les obligó a que todas le prestasen atento oído, especialmente Dorotea, que despierta estaba, a cuyo lado dormía doña Clara de Viedma, que ansí se llamaba la hija del oidor. Nadie podía imaginar quién era la persona que tan bien cantaba, y era una voz sola, sin que la acompañase instrumento alguno. Unas veces les parecía que cantaban en el patio; otras, que en la caballeriza; y estando en esta confusión muy atentas, llegó a la puerta del aposento Cardenio, y dijo:

—Quien no duerme, escuche; que oirán una voz de un mozo de mulas, que de tal manera canta, que encanta.

—Ya lo oímos, señor —respondió Dorotea.

Y con esto, se fue Cardenio, y Dorotea, poniendo toda la atención posible, entendió que lo que se cantaba era esto:

CAPÍTULO XLIII

Donde se cuenta la agradable historia del mozo de mulas, con otros estraños acaecimientos en la venta sucedidos[1]

—Marinero soy de amor[2]
y en su piélago profundo
navego sin esperanza
de llegar a puerto alguno.
Siguiendo voy a una estrella
que desde lejos descubro,
más bella y resplandeciente
que cuantas vio Palinuro[3].
Yo no sé adónde me guía,
y así, navego confuso,
el alma a mirarla atenta,
cuidadosa y con descuido[b].

[1] En la ed. pr. falta aquí este epígrafe, pero se da en la Tabla, agregándosele «*Comienza: Marinero soy de amor.*»

[2] Cervantes tenía escrita esta canción en 1591, año en que le puso música Luis Salvador, cantor de capilla y cámara de Felipe II[a].

[3] *Palinuro*]   piloto mayor de la flota de Eneas, *Eneida*, III, vss. 513 y ss.

Recatos impertinentes,
honestidad contra el uso,
son nubes que me la encubren
cuando más verla procuro.
¡Oh clara y luciente estrella,
en cuya lumbre me apuro!
Al punto que te me encubras,
será de mi muerte el punto.

Llegando el que cantaba a este punto, le pareció a Dorotea que no sería bien que dejase Clara de oír una tan buena voz; y así, moviéndola a una y a otra parte, la despertó, diciéndole:

—Perdóname, niña, que te despierto, pues lo hago porque gustes de oír la mejor voz que quizá habrás oído en toda tu vida.

Clara despertó toda soñolienta, y de la primera vez no entendió lo que Dorotea le decía; y volviéndoselo a preguntar, ella se lo volvió a decir, por lo cual estuvo atenta Clara. Pero apenas hubo oído dos versos que el que cantaba iba prosiguiendo, cuando le tomó un temblor tan estraño, como si de algún grave accidente de cuartana[4] estuviera enferma, y abrazándose estrechamente con Dorotea, le dijo:

—¡Ay señora de mi alma y de mi vida! ¿Para qué me despertastes? Que el mayor bien que la fortuna me podía hacer por ahora era tenerme cerrados los ojos y los oídos, para no ver ni oír a ese desdichado músico.

—¿Qué es lo que dices, niña? Mira que dicen que el que canta es un mozo de mulas.

—No es sino señor de lugares[b] —respondió Clara—, y el que le tiene en mi alma con tanta seguridad, que si él no quiere dejalle, no le será quitado eternamente.

Admirada quedó Dorotea de las sentidas razones de la muchacha, pareciéndole que se aventajaban en mucho a la discreción que sus pocos años prometían; y así, le dijo:

—Habláis de modo, señora Clara, que no puedo entenderos: declaraos más y decidme qué es lo que decís de alma y de lugares, y deste músico, cuya voz tan inquieta os tiene. Pero no me digáis nada por ahora; que no quiero perder, por acudir a vuestro sobresalto, el gusto que recibo

<hr>

[4] *accidente de cuartana*]   ataque de calentura, cf. I.19, p. 230.

de oír al que canta; que me parece que con nuevos versos
y nuevo tono torna a su canto.

—Sea en buen hora —respondió Clara.

Y por no oílle, se tapó con las manos entrambos oídos,
de lo que también se admiró Dorotea; la cual, estando
atenta a lo que se cantaba, vio que proseguían en esta
manera:

> —Dulce esperanza mía,
> que, rompiendo imposibles y malezas,
> sigues firme la vía
> que tú mesma te finges y aderezas;
> no te desmaye el verte
> a cada paso junto al de tu muerte.
>
> No alcanzan perezosos
> honrados triunfos ni vitoria alguna,
> ni pueden ser dichosos
> los que, no contrastando a la fortuna,
> entregan, desvalidos,
> al ocio blando todos los sentidos.
>
> Que amor sus glorias venda
> caras, es gran razón, y es trato justo;
> pues no hay más rica prenda
> que la que se quilata por su gusto;
> y es cosa manifiesta
> que no es de estima lo que poco cuesta[5].
>
> Amorosas porfías
> tal vez alcanzan imposibles cosas;
> y ansí, aunque con las mías
> sigo de amor las más dificultosas,
> no por eso recelo
> de no alcanzar desde la tierra el cielo.

Aquí dio fin la voz, y principio a nuevos sollozos Clara;
todo lo cual encendía el deseo de Dorotea, que deseaba
saber la causa de tan suave canto y de tan triste lloro. Y
así, le volvió a preguntar qué era lo que le quería decir
denantes. Entonces Clara, temerosa de que Luscinda no[6]
la oyese, abrazando estrechamente a Dorotea, puso su
boca tan junto del oído de Dorotea, que seguramente
podía hablar sin ser de otro sentida, y así le dijo:

---

[5] Alude a un refrán, Correas 220a.
[6] *No* redundante en frase afirmativa con verbo que indica temor,
como muchas otras veces*.

—Este que canta, señora mía, es un hijo de un caballero natural del reino de Aragón, señor de dos lugares, el cual vivía frontero de la casa de mi padre en la Corte; y aunque mi padre tenía las ventanas de su casa con lienzos en el invierno y celosías en el verano[b], yo no sé lo que fue, ni lo que no, que este caballero, que andaba al estudio, me vio, ni sé si en la iglesia o en otra parte. Finalmente, él se enamoró de mí, y me lo dio a entender desde las ventanas de su casa con tantas señas y con tantas lágrimas, que yo le hube de creer, y aun querer, sin saber lo que me quería. Entre las señas que me hacía, era una de juntarse la una mano con la otra, dándome a entender que se casaría conmigo; y aunque yo me holgaría mucho de que ansí fuera, como sola y sin madre, no sabía con quién comunicallo, y así, lo dejé estar sin dalle otro favor si no era, cuando estaba mi padre fuera de casa y el suyo también, alzar un poco el lienzo o la celosía, y dejarme ver toda; de lo que él hacía tanta fiesta, que daba señales de volverse loco. Llegóse en esto el tiempo de la partida de mi padre, la cual él supo, y no de mí, pues nunca pude decírselo. Cayó malo, a lo que yo entiendo, de pesadumbre, y así, el día que nos partimos nunca pude verle para despedirme dél, siquiera con los ojos. Pero a cabo de dos días que caminábamos, al entrar de una posada en un lugar una jornada de aquí, le vi a la puerta del mesón, puesto en hábito de mozo de mulas, tan al natural, que si yo no le trujera tan retratado en mi alma fuera imposible conocelle. Conocíle, admiréme y alegréme; él me miró a hurto de mi padre, de quien él siempre se esconde cuando atraviesa por delante de mí en los caminos y en las posadas do llegamos; y como yo sé quién es, y considero que por amor de mí viene a pie y con tanto trabajo, muérome de pesadumbre, y adonde él pone los pies pongo yo los ojos. No sé con qué intención viene, ni cómo ha podido escaparse de su padre, que le quiere estraordinariamente, porque no tiene otro heredero, y porque él lo merece, como lo verá vuestra merced cuando le vea. Y más le sé decir: que todo aquello que canta lo saca de su cabeza; que he oído decir que es muy gran estudiante y poeta. Y hay más: que cada vez que le veo o le oigo cantar, tiemblo toda y me sobresalto, temerosa de que mi padre le conozca y venga en conocimiento de nuestros deseos. En mi vida le he hablado palabra, y, con todo eso, le quiero de manera que no he de poder vivir sin él. Esto es, señora mía, todo lo que os puedo decir deste músico cuya voz tanto os ha contentado; que en sola ella echaréis bien de ver que no es mozo de mulas, como decís, sino señor de almas y lugares, como yo os he dicho.

—No digáis más, señora doña Clara —dijo a esta sazón Dorotea, y esto, besándola mil veces—; no digáis más, digo, y esperad que venga el nuevo día; que yo espero en Dios de encaminar de manera vuestros negocios, que tengan el felice fin que tan honestos principios merecen.

—¡Ay señora! —dijo doña Clara—, ¿qué fin se puede esperar, si su padre es tan principal y tan rico, que le parecerá que aun yo no puedo ser criada de su hijo, cuanto más esposa? Pues casarme yo a hurto de mi padre no lo haré por cuanto hay en el mundo. No querría sino que este mozo se volviese y me dejase; quizá con no velle y con la gran distancia del camino que llevamos se me aliviaría la pena que ahora llevo, aunque sé decir que este remedio que me imagino me ha de aprovechar bien poco. No sé qué diablos ha sido esto, ni por dónde se ha entrado este amor que le tengo, siendo yo tan muchacha y él tan muchacho, que en verdad que creo que somos de una edad mesma, y que yo no tengo cumplidos diez y seis años; que para el día de San Miguel[7] que vendrá dice mi padre que los cumplo.

No pudo dejar de reírse Dorotea oyendo cuán como niña hablaba doña Clara, a quien dijo:

—Reposemos, señora, lo poco que creo queda de la noche, y amanecerá Dios y medraremos, o mal me andarán las manos[8].

Sosegáronse con esto, y en toda la venta se guardaba un grande silencio; solamente no dormían la hija de la ventera y Maritornes su criada, las cuales, como ya sabían el humor de que pecaba don Quijote, y que estaba fuera de la venta, armado y a caballo haciendo la guarda determinaron las dos de hacelle alguna burla, o, a lo menos, de pasar un poco el tiempo oyéndole sus disparates.

Es, pues, el caso, que en toda la venta no había ventana que saliese al campo, sino un agujero de un pajar, por donde

---

[7] *el día de San Miguel*] En las dos ocasiones en que un personaje de Cervantes menciona su cumpleaños (el otro es Preciosa en *La Gitanilla)* dice que es en la fiesta de San Miguel Arcángel, por lo que se supone que Cervantes aludía al suyo y a su nacimiento el día de este santo en 1547.

[8] *y amanecerá... manos*] o sea «mañana lo arreglaré todo, o no he de servir yo», cf. Correas 75a.

echaban la paja por defuera. A este agujero se pusieron las dos semidoncellas, y vieron que don Quijote estaba a caballo, recostado sobre su lanzón, dando de cuando en cuando tan dolientes y profundos suspiros, que parecía que con cada uno se le arrancaba el alma. Y asimesmo oyeron que decía con voz blanda, regalada y amorosa:

—¡Oh mi señora Dulcinea del Toboso, estremo de toda hermosura, fin y remate de la discreción, archivo del mejor donaire, depósito de la honestidad, y, ultimadamente[b], idea de todo lo provechoso, honesto y deleitable que hay en el mundo! Y ¿qué fará agora la tu merced? ¿Si tendrás por ventura las mientes en tu cautivo caballero, que a tantos peligros, por sólo servirte, de su voluntad ha querido ponerse? Dame tú nuevas della, ¡oh luminaria de las tres caras![9] Quizá con envidia de la suya la estás ahora mirando, que, o paseándose por alguna galería de sus suntuosos palacios, o ya puesta de pechos sobre algún balcón, está considerando cómo, salva su honestidad y grandeza, ha de amansar la tormenta que por ella este mi cuitado corazón padece, qué gloria ha de dar a mis penas, qué sosiego a mi cuidado y, finalmente, qué vida a mi muerte y qué premio a mis servicios. Y tú, sol, que ya debes de estar apriesa ensillando tus caballos, por madrugar y salir a ver a mi señora, así como la veas, suplícote que de mi parte la saludes; pero guárdate que al verla y saludarla no le des paz en el rostro; que tendré más celos de ti que tú los tuvistes de aquella ligera ingrata[10] que tanto te hizo sudar y correr por los llanos de Tesalia, o por las riberas de Peneo, que no me acuerdo bien por dónde corriste entonces celoso y enamorado.

A este punto llegaba entonces don Quijote en su tan lastimero razonamiento, cuando la hija de la ventera le comenzó a cecear[11] y a decirle:

—Señor mío, lléguese acá la vuestra merced, si es servido.

---

[9] *¡oh luminaria de las tres caras!*] Alusión a la luna, llamada por Horacio «diosa triforme» *(diva triformis)*, con tres nombres, Febe, Diana y Hecate, y tres formas, redonda, semicircular y puntiaguda[c], cf. Virgilio, *Eneida*, IV, vs. 511.

[10] *aquella ligera ingrata*] Alusión cómica a la fábula de Dafne[c]. Huyó de Apolo (el sol) por los llanos de Tesalia, regada por el río Peneo, padre de la ninfa, quien la convirtió a ruego suyo en laurel, Ovidio, *Meta.*, I. vss. 452 y ss; *V.* Schevill, **374.**

[11] *cecear*] llamarlo, diciendo ¡ce! ¡ce![b], cf. Cov. 396.b.64.

A cuyas señas y voz volvió don Quijote la cabeza, y vio, a la luz de la luna, que entonces estaba en toda su claridad, cómo le llamaban del agujero que a él le pareció ventana, y aun con rejas doradas, como conviene que las tengan tan ricos castillos como él se imaginaba que era aquella venta; y luego en el instante se le representó en su loca imaginación que otra vez, como la pasada, la doncella fermosa, hija de la señora de aquel castillo, vencida de su amor, tornaba a solicitarle; y con este pensamiento, por no mostrarse descortés y desagradecido, volvió las riendas a Rocinante y se llegó al agujero, y así como vio a las dos mozas, dijo:

—Lástima os tengo, fermosa señora, de que hayades puesto vuestras amorosas mientes en parte donde no es posible corresponderos conforme merece vuestro gran valor y gentileza; de lo que no debéis dar culpa a este miserable andante caballero, a quien tiene amor imposibilitado de poder entregar su voluntad a otra que aquella que, en el punto que sus ojos la vieron, la hizo señora absoluta de su alma. Perdonadme, buena señora, y recogeos en vuestro aposento, y no queráis, con significarme más vuestros deseos, que yo me muestre más desagradecido; y si del amor que me tenéis halláis en mí otra cosa con que satisfaceros que el mismo amor no sea, pedídmela; que yo os juro por aquella ausente enemiga dulce mía[12] de dárosla encontinente, si bien me pidiésedes una guedeja de los cabellos de Medusa, que eran todos culebras, o ya los mesmos rayos del sol, encerrados en una redoma.

—No ha menester nada deso mi señora, señor caballero —dijo a este punto Maritornes.

—Pues ¿qué ha menester, discreta dueña[13], vuestra señora? —respondió don Quijote.

—Sola una de vuestras hermosas manos —dijo Maritornes—, por poder deshogar con ella el gran deseo que a este agujero la ha traído, tan a peligro de su honor, que si su señor padre la hubiera sentido, la menor tajada della fuera la oreja.

—¡Ya quisiera yo ver eso! —respondió don Quijote—. Pero él se guardará bien deso, si ya no quiere hacer el más

---

[12] *enemiga dulce mía*] cf. I.13, p. 176. *V.* II.38, nota 13.

[13] *discreta dueña*] Recuérdese la escena imaginada por Maritornes en I.32, p. 393.

desastrado fin que padre hizo en el mundo, por haber puesto las manos en los delicados miembros de su enamorada hija.

Parecióle a Maritornes que sin duda don Quijote daría la mano que le habían pedido, y, proponiendo en su pensamiento lo que había de hacer, se bajó del agujero y se fue a la caballeriza, donde tomó el cabestro del jumento de Sancho Panza, y con mucha presteza se volvió a su agujero, a tiempo que don Quijote se había puesto de pies sobre la silla de Rocinante, por alcanzar a la ventana enrejada donde se imaginaba estar la ferida doncella; y al darle la mano, dijo:

—Tomad, señora, esa mano, o, por mejor decir, ese verdugo de los malhechores del mundo; tomad esa mano, digo, a quien no ha tocado otra de mujer alguna, ni aun la de aquella que tiene entera posesión de todo mi cuerpo. No os la doy para que la beséis, sino para que miréis la contextura de sus nervios, la trabazón de sus músculos, la anchura y espaciosidad de sus venas; de donde sacaréis qué tal debe de ser la fuerza del brazo que tal mano tiene.

—Ahora lo veremos —dijo Maritornes.

Y haciendo una lazada corrediza al cabestro, se la echó a la muñeca, y bajándose del agujero, ató lo que quedaba al cerrojo de la puerta del pajar, muy fuertemente. Don Quijote, que sintió la aspereza del cordel en su muñeca, dijo:

—Más parece que vuestra merced me ralla que no que me regala[14] la mano; no la tratéis tan mal, pues ella no tiene la culpa del mal que mi voluntad os hace, ni es bien que en tan poca parte venguéis el todo de vuestro enojo. Mirad que quien quiere bien no se venga tan mal.

Pero todas estas razones de don Quijote ya no las escuchaba nadie, porque, así como Maritornes le ató, ella y la otra se fueron, muertas de risa, y le dejaron asido de manera que fue imposible soltarse.

Estaba, pues, como se ha dicho, de pies sobre Rocinante, metido todo el brazo por el agujero, y atado de la muñeca, y al cerrojo de la puerta, con grandísimo temor y cuidado, que si Rocinante se desviaba a un cabo o a otro, había de quedar colgado del brazo; y así, no osaba hacer movimiento alguno, puesto que de la paciencia y quietud de

---

[14] *regalar:* acariciar.

Rocinante bien se podía esperar que estaría sin moverse un siglo entero.

En resolución, viéndose don Quijote atado, y que ya las damas se habían ido, se dio a imaginar que todo aquello se hacía por vía de encantamento, como la vez pasada, cuando en aquel mesmo castillo le molió aquel moro encantado del arriero; y maldecía entre sí su poca discreción y discurso[15], pues habiendo salido tan mal la vez primera de aquel castillo, se había aventurado a entrar en él la segunda, siendo advertimiento de caballeros andantes que cuando han probado una aventura y no salido bien con ella, es señal que no está para ellos guardada, sino para otros[16]; y así, no tienen necesidad de probarla segunda vez. Con todo esto, tiraba de su brazo, por ver si podía soltarse; mas él estaba tan bien asido, que todas sus pruebas fueron en vano. Bien es verdad que tiraba con tiento, porque Rocinante no se moviese; y aunque él quisiera sentarse y ponerse en la silla, no podía sino estar en pie, o arrancarse la mano.

Allí fue el desear de la espada de Amadís, contra quien no tenía fuerza de encantamento alguno[c]; allí fue el maldecir de su fortuna; allí fue el exagerar la falta que haría en el mundo su presencia el tiempo que allí estuviese encantado, que sin duda alguna se había creído que lo estaba; allí el acordarse de nuevo de su querida Dulcinea del Toboso; allí fue el llamar a su buen escudero Sancho Panza, que, sepultado en sueño y tendido sobre el albarda de su jumento, no se acordaba en aquel instante de la madre que lo había parido; allí llamó a los sabios Lirgandeo y Alquife[17], que le ayudasen; allí invocó a su buena amiga Urganda, que le socorriese, y, finalmente, allí le tomó la mañana, tan desesperado y confuso, que bramaba como un toro; porque no esperaba él que con el día se remediaría su cuita, porque la tenía por eterna, teniéndose por encantado. Y hacíale creer esto ver que Rocinante poco ni mucho se movía, y creía que de aquella suerte, sin comer ni beber ni dormir, habían de estar él y su caballo, hasta que aquel mal

---

[15] *discurso*] acto de discurrir, reflexión.

[16] La primera vez que se inyecta este tema en el relato, que luego repercute en la Segunda Parte, c. 22, nota 19.

[17] *Lirgandeo y Alquife*] Lirgandeo: maestro y cronista del Caballero del Febo; Alquife figura en *Amadís de Grecia*, y fue marido de Urganda, *V.* notas 1 y 22, Versos prelim.

influjo de las estrellas se pasase, o hasta que otro más sabio encantador le desencantase.

Pero engañóse mucho en su creencia, porque apenas comenzó a amanecer, cuando llegaron a la venta cuatro hombres de a caballo, muy bien puestos y aderezados, con sus escopetas sobre los arzones. Llamaron a la puerta de la venta, que aún estaba cerrada, con grandes golpes; lo cual, visto por don Quijote desde donde aún no dejaba de hacer la centinela, con voz arrogante y alta dijo:

—Caballeros, o escuderos, o quienquiera que seáis: no tenéis para qué llamar a las puertas deste castillo; que asaz de claro está que a tales horas, o los que están dentro duermen, o no tienen por costumbre de abrirse las fortalezas hasta que el sol esté tendido por todo el suelo. Desviaos afuera, y esperad que aclare el día, y entonces veremos si será justo o no que os abran.

—¿Qué diablos de fortaleza o castillo es éste —dijo uno—, para obligarnos a guardar esas ceremonias? Si sois el ventero, mandad que nos abran; que somos caminantes que no queremos más de dar cebada a nuestras cabalgaduras y pasar adelante, porque vamos de priesa.

—¿Paréceos, caballeros, que tengo yo talle de ventero? —respondió don Quijote.

—No sé de qué tenéis talle —respondió el otro—; pero sé que decís disparates en llamar castillo a esta venta.

—Castillo es —replicó don Quijote—, y aun de los mejores de toda esta provincia; y gente tiene dentro que ha tenido cetro en la mano y corona en la cabeza.

—Mejor fuera al revés —dijo el caminante—; el cetro en la cabeza y la corona en la mano. Y será, si a mano viene[18], que debe estar dentro alguna compañía de representantes[19], de los cuales es tener a menudo esas coronas y cetros que decís; porque en una venta tan pequeña, y adonde se guarda tanto silencio como ésta, no creo yo que se alojan personas dignas de corona y cetro.

—Sabéis poco del mundo —replicó don Quijote—, pues ignoráis los casos que suelen acontecer en la caballería andante.

Cansábanse los compañeros que con el preguntante ve-

[18] *si a mano viene*] 'acaso, por ventura'. «*Venir a la mano* es de cazadores de volatería», Cov. 786.a.50.
[19] *representantes*] cómicos.

nían del coloquio que con don Quijote pasaba, y así, tornaron a llamar con grande furia; y fue de modo que el ventero despertó, y aun todos cuantos en la venta estaban, y así, se levantó a preguntar quién llamaba. Sucedió en este tiempo que una de las cabalgaduras en que venían los cuatro que llamaban se llegó a oler a Rocinante, que, melancólico y triste, con las orejas caídas, sostenía sin moverse a su estirado señor; y como, en fin, era de carne, aunque parecía de leño, no pudo dejar de resentirse y tornar a oler a quien le llegaba a hacer caricias; y así, no se hubo movido tanto cuanto[20], cuando se desviaron los juntos pies de don Quijote, y, resbalando de la silla, dieran con él en el suelo, a no quedar colgado del brazo; cosa que le causó tanto dolor, que creyó, o que la muñeca le cortaban, o que el brazo se le arrancaba; porque él quedó tan cerca del suelo, que con los estremos de las puntas de los pies besaba la tierra, que era en su perjuicio, porque, como sentía lo poco que le faltaba para poner las plantas en la tierra, fatigábase y estirábase cuanto podía por alcanzar al suelo, bien así como los que están en el tormento de la garrucha[21], puestos a toca, no toca, que ellos mesmos son causa de acrecentar su dolor, con el ahínco que ponen en estirarse, engañados de la esperanza que se les representa, que con poco más que se estiren llegarán al suelo[22].

CAPÍTULO XLIV

Donde se prosiguen los inauditos[1] sucesos de la venta

En efeto, fueron tantas las voces que don Quijote dio, que, abriendo de presto las puertas de la venta, salió el ventero, despavorido, a ver quién tales gritos daba, y los que estaban fuera hicieron lo mesmo. Maritornes, que ya había despertado a las mismas voces, imaginando lo que

---

[20] *tanto cuanto*] algún tanto.
[21] *la garrucha*] polea de tortura con una soga a la que se ataban las muñecas del delincuente, los brazos vueltos a las espaldas y atados los pies; colgado de esta manera se le interrogaba[abc].
[22] Clemencín cita como antecedente de este episodio uno de *Don Florisel de Níquea* en que se burlan de dos caballeros viejos dos doncellas.
[1] *inauditos*] singulares, extraordinarios[b].

podía ser, se fue al pajar y desató, sin que nadie lo viese, el cabestro que a don Quijote sostenía, y él dio luego en el suelo, a vista del ventero y de los caminantes, que, llegándose a él, le preguntaron qué tenía, que tales voces daba. Él, sin responder palabra, se quitó el cordel de la muñeca, y levantándose en pie, subió sobre Rocinante, embrazó su adarga°, enristró su lanzón, y tomando buena parte del campo, volvió a medio galope, diciendo:

—Cualquiera que dijere que yo he sido con justo título encantado, como mi señora la princesa Micomicona me dé licencia para ello, yo le desmiento, le rieto y desafío a singular batalla.

Admirados se quedaron los nuevos caminantes de las palabras de don Quijote; pero el ventero les quitó de aquella admiración, diciéndoles que era don Quijote, y que no había que hacer caso dél, porque estaba fuera de juicio.

Preguntáronle al ventero si acaso había llegado a aquella venta un muchacho de hasta edad de quince años, que venía vestido como mozo de mulas, de tales y tales señas, dando las mesmas que traía el amante de doña Clara. El ventero respondió que había tanta gente en la venta, que no había echado de ver en el que preguntaban. Pero habiendo visto uno dellos el coche donde había venido el oidor, dijo:

—Aquí debe de estar sin duda, porque éste es el coche que él dicen que sigue; quédese uno de nosotros a la puerta y entren los demás a buscarle; y aun sería bien que uno de nosotros rodease toda la venta, porque no se fuese por las bardas de los corrales.

—Así se hará —respondió uno dellos.

Y entrándose los dos dentro, uno se quedó a la puerta y el otro se fue a rodear la venta; todo lo cual veía el ventero, y no sabía atinar para qué se hacían aquellas diligencias, puesto que bien creyó que buscaban aquel mozo cuyas señas le habían dado.

Ya a esta sazón aclaraba el día; y así por esto como por el ruido que don Quijote había hecho, estaban todos despiertos y se levantaban, especialmente doña Clara y Dorotea, que la una con sobresalto de tener tan cerca a su amante, y la otra con el deseo de verle, habían podido dormir bien mal aquella noche. Don Quijote, que vio que ninguno de los cuatro caminantes hacía caso dél, ni le respondían a su demanda, moría y rabiaba de despecho y saña; y si él hallara en las ordenanzas de su caballería que lícitamente podía el caballero andante tomar y emprender otra empresa habiendo dado su palabra y fe de no ponerse en ninguna hasta acabar la que había prometido, él embistiera con todos, y les hiciera responder mal de su grado; pero por parecerle no convenirle ni estarle bien comenzar nueva empresa hasta poner a Micomicona en su reino, hubo de callar y estarse quedo, esperando a ver en qué paraban las diligencias de aquellos caminantes; uno de los cuales halló al mancebo que buscaba, durmiendo al lado de un mozo de mulas, bien descuidado de que nadie ni le buscase, ni menos de que le hallase. El hombre le trabó del brazo y le dijo:

—Por cierto, señor don Luis, que responde bien a quien vos sois el hábito que tenéis, y que dice bien la cama en que os hallo al regalo con que vuestra madre os crió.

Limpióse el mozo los soñolientos ojos y miró de espacio[2] al que le tenía asido, y luego conoció que era criado de su padre, de que recibió tal sobresalto, que no acertó o no pudo hablarle palabra por un buen espacio; y el criado prosiguió diciendo:

—Aquí no hay que hacer otra cosa, señor don Luis, sino prestar paciencia y dar la vuelta a casa, si ya vuestra merced no gusta que su padre y mi señor la dé al otro mundo, porque no se puede esperar otra cosa de la pena con que queda por vuestra ausencia.

—Pues ¿cómo supo mi padre —dijo don Luis— que yo venía este camino y en este traje?

—Un estudiante —respondió el criado— a quien distes[3] cuenta de vuestros pensamientos fue el que lo descubrió, movido a lástima de las que vio que hacía vuestro padre al punto que os echó menos; y así, despachó a cuatro de sus criados en vuestra busca, y todos estamos aquí a vuestro servicio, más contentos de lo que imaginar se puede, por el buen despacho con que tornaremos, llevándoos a los ojos que tanto os quieren.

—Eso será como yo quisiere, o como el cielo lo ordenare —respondió don Luis.

—¿Qué habéis de querer, o qué ha de ordenar el cielo fuera de consentir en volveros? Porque no ha de ser posible otra cosa.

---

[2] *de espacio*] despacio.
[3] *distes*] Los criados tratan a don Luis unas veces de *vos* y otras de *vuestra merced*.

Todas estas razones que entre los dos pasaban oyó el mozo de mulas junto a quien don Luis estaba; y levantándose de allí, fue a decir lo que pasaba a don Fernando y a Cardenio, y a los demás, que ya vestido se habían; a los cuales dijo cómo aquel hombre llamaba de *don* a aquel muchacho, y las razones que pasaban, y cómo le quería volver a casa de su padre, y el mozo no quería. Y con esto, y con lo que dél sabían, de la buena voz que el cielo le había dado, vinieron todos en gran deseo de saber más particularmente quién era, y aun de ayudarle si alguna fuerza le quisiesen hacer; y así, se fueron hacia la parte donde aún estaba hablando y porfiando con su criado.

Salía en esto Dorotea de su aposento, y tras ella doña Clara, toda turbada; y llamando Dorotea a Cardenio aparte, le contó en breves razones la historia del músico y de doña Clara; a quien[4] él también dijo lo que pasaba de la venida a buscarle los criados de su padre, y no se lo dijo tan callando, que lo dejase de oír Clara; de lo que quedó tan fuera de sí, que si Dorotea no llegara a tenerla, diera consigo en el suelo. Cardenio dijo a Dorotea que se volviesen al aposento; que él procuraría poner remedio en todo, y ellas lo hicieron.

Ya estaban todos los cuatro que venían a buscar a don Luis dentro de la venta y rodeados dél[5], persuadiéndole que luego, sin detenerse un punto, volviese a consolar a su padre. Él respondió que en ninguna manera lo podía hacer hasta dar fin a un negocio en que le iba la vida, la honra y el alma. Apretáronle entonces los criados, diciéndole que en ningún modo volverían sin él, y que le llevarían, quisiese o no quisiese.

—Eso no haréis vosotros —replicó don Luis—, si no es llevándome muerto; aunque de cualquiera manera que me llevéis, será llevarme sin vida.

Ya a esta sazón habían acudido a la porfía todos los más[b] que en la venta estaban, especialmente Cardenio, don Fernando, sus camaradas, el oidor, el cura, el barbero y don Quijote, que ya le pareció que no había necesidad de guardar más el castillo. Cardenio, como ya sabía la historia del mozo, preguntó a los que llevarle querían que qué les movía a querer llevar contra su voluntad aquel muchacho.

---

[4] *a quien*] Se refiere a Dorotea.
[5] *rodeados dél*] puestos alrededor de él[b].

—Muévenos —respondió uno de los cuatro— dar la vida a su padre, que por la ausencia deste caballero queda a peligro de perderla.

A esto dijo don Luis:

—No hay para qué se dé cuenta aquí de mis cosas; yo soy libre, y volveré si me diere gusto, y si no, ninguno de vosotros me ha de hacer fuerza.

—Harásela a vuestra merced la razón —respondió el hombre—; y cuando ella no bastare con vuestra merced, bastará con nosotros para hacer lo que venimos y lo que somos obligados.

—Sepamos qué es esto de raíz —dijo a este tiempo el oidor.

Pero el hombre, que lo conoció, como vecino de su casa, respondió:

—¿No conoce vuestra merced, señor oidor, a este caballero, que es el hijo de su vecino, el cual se ha ausentado de casa de su padre en el hábito tan indecente[6] a su calidad como vuestra merced puede ver?

Miróle entonces el oidor más atentamente y conocióle; y abrazándole, dijo:

—¿Qué niñerías son éstas, señor don Luis, o qué causas tan poderosas, que os hayan movido a venir desta manera, y en este traje, que dice tan mal con la calidad vuestra?

Al mozo se le vinieron las lágrimas a los ojos, y no pudo responder palabra. El oidor[a] dijo a los cuatro que se sosegasen, que todo se haría bien; y tomando por la mano a don Luis, le apartó a una parte y le preguntó qué venida había sido aquélla.

Y en tanto que le hacía esta y otras preguntas, oyeron grandes voces a la puerta de la venta, y era la causa dellas que dos huéspedes que aquella noche habían alojado en ella, viendo a toda la gente ocupada en saber lo que los cuatro buscaban, habían intentado a irse sin pagar lo que debían; mas el ventero, que atendía más a su negocio que a los ajenos, les asió al salir de la puerta, y pidió su paga, y les afeó su mala intención con tales palabras, que les movió a que le respondiesen con los puños; y así, le comenzaron a dar tal mano[7], que el pobre ventero tuvo necesidad de dar voces y pedir socorro. La ventera y su hija no vieron a otro

---

[6] *indecente*] inconveniente, impropio.
[7] *dar tal mano*] 'dar de puñadas, de puñetazos'.

más desocupado para poder socorrerle que a don Quijote,
a quien la hija de la ventera dijo:

—Socorra vuestra merced, señor caballero, por la vir-
tud que Dios le dio^e, a mi pobre padre; que dos malos hombres le están moliendo como a cibera.

A lo cual respondió don Quijote, muy de espacio y con
mucha flema:

—Fermosa doncella, no ha lugar por ahora vuestra
petición, porque estoy impedido de entremeterme en otra
aventura en tanto que no diere cima a una en que mi palabra
me ha puesto. Mas lo que yo podré hacer por serviros es
lo que ahora diré: corred y decid a vuestro padre que se
entretenga en esa batalla lo mejor que pudiere, y que no
se deje vencer en ningún modo, en tanto que yo pido licencia a la princesa Micomicona para poder socorrerle en su
cuita; que si ella me la da, tened por cierto que yo le sacaré
della.

—¡Pecadora de mí! —dijo a esto Maritornes, que estaba
delante—. Primero que vuestra merced alcance esa licencia
que dice, estará ya mi señor en el otro mundo.

—Dadme vos, señora, que yo alcance la licencia que digo
—respondió don Quijote—; que como yo la tenga, poco
hará al caso que él esté en el otro mundo; que de allí le
sacaré a pesar del mismo mundo que lo contradiga; o, por
lo menos, os daré tal venganza de los que allá le hubieren
enviado, que quedéis más que medianamente satisfechas.

Y sin decir más se fue a poner de hinojos ante Dorotea,
pidiéndole con palabras caballerescas y andantescas que la
su grandeza fuese servida de darle licencia de acorrer y socorrer al castellano de aquel castillo, que estaba puesto
en una grave mengua. La princesa se la dio de buen talante,
y él luego, embrazando su adarga y poniendo mano a su
espada, acudió a la puerta de la venta, adonde aún todavía
traían los dos huéspedes a mal traer al ventero; pero así
como llegó, embazó⁸ y se estuvo quedo, aunque Maritones
y la ventera le decían que en qué se detenía, que socorriese
a su señor y marido.

—Deténgome —dijo don Quijote— porque no me es
lícito poner mano a la espada contra gente escuderil; pero

---

⁸ embazó] «*Embazar:* pasmarse, turbarse, perder la respiración y
suspenderla de espanto, empacho o miedo, así como los enfermos del
bazo», Cov. 178.b.42.

llamadme aquí a mi escudero Sancho, que a él toca y atañe esta defensa y venganza.

Esto pasaba en la puerta de la venta, y en ella andaban las puñadas y mojicones muy en su punto, todo en daño del ventero y en rabia de Maritornes, la ventera y su hija, que se desesperaban de ver la cobardía de don Quijote, y de lo mal que lo pasaba su marido, señor y padre.

Pero dejémosle aquí, que no faltará quien le socorra, o si no, sufra y calle el que se atreve a más de a lo que sus fuerzas le prometen[9], y volvámonos atrás cincuenta pasos, a ver qué fue lo que don Luis respondió al oidor, que le dejamos aparte, preguntándole la causa de su venida a pie y de tan vil traje vestido. A lo cual el mozo, asiéndole fuertemente de las manos, como en señal de que algún gran dolor le apretaba el corazón, y derramando lágrimas en grande abundancia, le dijo:

—Señor mío, yo no sé deciros otra cosa sino que desde el punto que quiso el cielo y facilitó nuestra vecindad que yo viese a mi señora doña Clara, hija vuestra y señora mía, desde aquel instante la hice dueño de mi voluntad; y si la vuestra, verdadero señor y padre mío, no lo impide, en este mesmo día ha de ser mi esposa. Por ella dejé la casa de mi padre, y por ella me puse en este traje, para seguirla dondequiera que fuese, como la saeta al blanco, o como el marinero al norte. Ella no sabe de mis deseos más de lo que ha podido entender de algunas veces que desde lejos ha visto llorar mis ojos. Ya, señor, sabéis la riqueza y la nobleza de mis padres, y como yo soy su único heredero, si os parece que éstas son partes para que os aventuréis a hacerme en todo venturoso, recebidme luego por vuestro hijo; que si mi padre, llevado de otros disignios suyos, no gustare deste bien que yo supe buscarme, más fuerza tiene el tiempo para deshacer y mudar las cosas que las humanas voluntades.

Calló en diciendo esto el enamorado mancebo, y el oidor quedó en oírle suspenso, confuso y admirado, así de haber oído el modo y la discreción con que don Luis le había descubierto su pensamiento, como de verse en punto que no sabía el que poder tomar en tan repentino y no esperado negocio; y así, no respondió otra cosa sino que se sosegase por entonces, y entretuviese a sus cria-

---

[9] *prometer:* permitir[b].

dos, que por aquel día no le volviesen, porque se tuviese tiempo para considerar lo que mejor a todos estuviese. Besóle las manos por fuerza don Luis, y aun se las bañó con lágrimas, cosa que pudiera enternecer un corazón de mármol, no sólo el del oidor, que, como discreto, ya había conocido cuán bien le estaba a su hija aquel matrimonio; puesto que, si fuera posible, lo quisiera efetuar con voluntad del padre de don Luis, del cual sabía que pretendía hacer de título[10] a su hijo.

Ya a esta sazón estaban en paz los huéspedes con el ventero, pues por persuasión y buenas razones de don Quijote, más que por amenazas, le habían pagado todo lo que él quiso, y los criados de don Luis aguardaban el fin de la plática del oidor y la resolución de su amo, cuando el demonio, que no duerme[b], ordenó que en aquel mesmo punto entró[11] en la venta el barbero a quien don Quijote quitó el yelmo de Mambrino y Sancho Panza los aparejos del asno, que trocó con los del suyo; el cual barbero, llevando su jumento a la caballeriza, vio a Sancho Panza que estaba aderezando no sé qué de la albarda, y así como la vio la conoció, y se atrevió a arremeter a Sancho, diciendo:

—¡Ah don[b] ladrón, que aquí os tengo! ¡Venga mi bacía y mi albarda, con todos mis aparejos que me robastes!

Sancho, que se vio acometer tan de improviso y oyó los vituperios que le decían, con la una mano asió de la albarda, y con la otra dio un mojicón al barbero, que le bañó los dientes en sangre; pero no por esto dejó el barbero la presa que tenía hecha en el albarda; antes alzó la voz de tal manera que todos los de la venta acudieron al ruido y pendencia, y decía:

—¡Aquí del rey[12] y de la justicia; que sobre cobrar[13] mi hacienda me quiere matar este ladrón, salteador de caminos!

—Mentís —respondió Sancho—; que yo no soy salteador de caminos; que en buena guerra ganó mi señor don Quijote estos despojos.

Ya estaba don Quijote delante, con mucho contento de ver cuán bien se defendía y ofendía su escudero, y túvole

---

[10] *de título*] obtener para él un título nobiliario.
[11] *entró*] por *entrase.*
[12] *¡Aquí del rey...!*] forma de pedir socorro contra algún agresor[b].
[13] *sobre cobrar*] 'además de quitarme'.

desde allí adelante por hombre de pro, y propuso en su corazón de armalle caballero[c] en la primera ocasión que se le ofreciese, por parecerle que sería en él bien empleada la orden de la caballería. Entre otras cosas que el barbero decía en el discurso de la pendencia, vino a decir:

—Señores, así esta albarda es mía como la muerte que debo a Dios[b], y así la conozco como si la hubiera parido[b]; y ahí está mi asno en el establo, que no me dejará mentir; si no, pruébensela, y si no le viniere pintiparada, yo quedaré por infame. Y hay más: que el mismo día que ella se me quitó, me quitaron también una bacía de azófar nueva, que no se había estrenado, que era señora de un escudo[14].

Aquí no se pudo contener don Quijote sin responder, y poniéndose entre los dos y apartándoles, depositando la albarda en el suelo, que la tuviese de manifiesto hasta que la verdad se aclarase[15], dijo:

—¡Porque vean vuestras mercedes clara y manifiestamente el error en que está este buen escudero, pues llama bacía a lo que fue, es y será yelmo de Mambrino, el cual se le quité yo en buena guerra, y me hice señor dél con ligítima y lícita posesión! En lo del albarda no me entremeto; que lo que en ello sabré decir es que mi escudero Sancho me pidió licencia para quitar los jaeces del caballo deste vencido cobarde, y con ellos adornar el suyo; yo se la di, y él los tomó, y de haberse convertido de jaez en albarda, no sabré dar otra razón si no es la ordinaria: que como esas transformaciones se ven en los sucesos de la caballería; para confirmación de lo cual corre, Sancho hijo, y saca aquí el yelmo que este buen hombre dice ser bacía.

—¡Pardiez, señor —dijo Sancho—, si no tenemos otra prueba de nuestra intención que la que vuestra merced dice, tan bacía es el yelmo de Malino como el jaez deste buen hombre albarda!

—Haz lo que te mando —replicó don Quijote—; que no todas las cosas deste castillo han de ser guiadas por encantamento.

Sancho fue a do estaba la bacía y la trujo; y así como don Quijote la vio, la tomó en las manos y dijo:

—Miren vuestras mercedes con qué cara[b] podía decir

---

[14] *señora de...*] que valía un escudo.
[15] *en el suelo... hasta que la verdad se aclarase*] lenguaje jurídico. Aplica Cervantes festivamente al suelo lo que en el uso judicial se prevenía a los depositarios de objetos litigiosos[b].

este escudero que ésta es bacía, y no el yelmo que yo he dicho; y juro por la orden de caballería que profeso que este yelmo fue el mismo que yo le quité, sin haber añadido en él ni quitado cosa alguna[b].

—En eso no hay duda —dijo a esta sazón Sancho—; porque desde que mi señor le ganó hasta agora no ha hecho con él más de una batalla, cuando libró a los sin ventura encadenados; y si no fuera por este baciyelmo[16], no lo pasara entonces muy bien, porque hubo asaz de pedradas en aquel trance.

CAPÍTULO XLV

Donde se acaba de averiguar la duda del yelmo de Mambrino y de la albarda y otras aventuras sucedidas, con toda verdad

—¿Qué les parece a vuestras mercedes, señores —dijo el barbero—, de lo que afirman estos gentiles hombres[b], pues aún porfían que ésta no es bacía, sino yelmo?

—Y quien lo contrario dijere —dijo don Quijote—, le haré yo conocer que miente, si fuere caballero, y si escudero, que remiente mil veces.

Nuestro barbero, que a todo estaba presente, como tenía tan bien conocido el humor de don Quijote, quiso esforzar[1] su desatino y llevar adelante la burla para que todos riesen, y dijo, hablando con el otro barbero:

—Señor barbero, o quien sois, sabed que yo también soy de vuestro oficio, y tengo más ha de veinte años carta de examen[2], y conozco muy bien de todos los instrumentos de la barbería, sin que le[3] falte uno; y ni más ni menos fui un tiempo en mi mocedad soldado, y sé también qué es yelmo, y qué es morrión, y celada de encaje, y otras cosas tocantes a la milicia, digo, a los géneros de armas de los soldados; y digo, salvo mejor parecer, remitiéndome

---

[16] *baciyelmo*] Sobre el tema de 'la realidad problemática', Castro, **060**, c. 2, Spitzer, **102**, y Avalle-Arce, *Deslindes cervantinos*, Madrid: Edhigar, 1961, p. 41.

[1] *esforzar*] 'dar fuerza a'. «*Esforzar* una opinión: ayudarla con nuevas razones, argumentos y ejemplos», Cov. 547.b.7.

[2] *carta de examen*] documento en que se hacía constar que un artesano había adquirido, mediante un examen, cierta categoría en su oficio.

[3] *le*] Se refiere a su *conocimiento*, embebido en *conozco*.

siempre al mejor entendimiento, que esta pieza que está
aquí delante y que este buen señor tiene en las manos, no
sólo no es bacía de barbero, pero está tan lejos de serlo
como está lejos lo blanco de lo negro y la verdad de la
mentira; también digo que éste, aunque es yelmo, no es
yelmo entero.

—No, por cierto —dijo don Quijote—, porque le falta
la mitad, que es la babera[4].

—Así es —dijo el cura, que ya había entendido la intención de su amigo el barbero.

Y lo mismo confirmó Cardenio, don Fernando y sus
camaradas; y aun el oidor, si no estuviera tan pensativo
con el negocio de don Luis, ayudara por su parte, a la burla;
pero las veras de lo que pensaba le tenían tan suspenso,
que poco o nada atendía a aquellos donaires.

—¡Válame Dios! —dijo a esta sazón el barbero burlado—.
¿Que es posible que tanta gente honrada diga que ésta no
es bacía, sino yelmo? Cosa parece ésta que puede poner
en admiración a toda una Universidad, por discreta que
sea. Basta: si es que esta bacía es yelmo, también debe de
ser esta albarda jaez de caballo, como este señor ha dicho.

—A mí albarda me parece —dijo don Quijote—; pero
ya he dicho que en esto no me entremeto.

—De que sea albarda o jaez —dijo el cura— no está
en más de decirlo el señor don Quijote; que en estas cosas
de la caballería todos estos señores y yo le damos la ventaja.

—Por Dios, señores míos —dijo don Quijote—, que
son tantas y tan estrañas las cosas que en este castillo, en
dos veces que en él he alojado, me han sucedido, que no me
atreva a decir afirmativamente ninguna cosa de lo que
acerca de lo que en él se contiene se preguntare, porque
imagino que cuanto en él se trata va por vía de encantamento.
La primera vez me fatigó mucho un moro encantado que
en él hay, y a Sancho no le fue muy bien con otros sus secua-
ces; y anoche estuve colgado deste brazo casi dos horas,
sin saber cómo ni cómo no vine a caer en aquella desgracia.
Así que, ponerme yo agora en cosa de tanta confusión
a dar mi parecer, será caer en juicio temerario. En lo que
toca a lo que dicen que ésta es bacía, y no yelmo, ya yo
tengo respondido; pero en lo de declarar si ésa es albarda

----

[4] *babera*] «la armadura del rostro de la nariz abajo que cubre la
boca, barba y quijadas», Cov. 177.b.14. *V.* I.21, nota 13.

o jaez, no me atrevo a dar sentencia difinitiva: sólo lo dejo al buen parecer de vuestras mercedes. Quizá por no ser armados caballeros como yo lo soy, no tendrán que ver con vuestras mercedes los encantamentos deste lugar, y tendrán los entendimientos libres, y podrán juzgar de las cosas deste castillo como ellas son real y verdaderamente, y no como a mí me parecían.

—No hay duda —respondió a esto don Fernando—, sino que el señor don Quijote ha dicho muy bien hoy, que a nosotros toca la difinición deste caso; y porque vaya con más fundamento, yo tomaré en secreto los votos destos señores, y de lo que resultare daré entera y clara noticia.

Para aquellos que la tenían del humor de don Quijote era todo esto materia de grandísima risa; pero para los que le ignoraban les parecía el mayor disparate del mundo, especialmente a los cuatro criados de don Luis, y a don Luis ni más ni menos, y a otros tres pasajeros que acaso habían llegado a la venta, que tenían parecer de ser cuadrilleros, como, en efeto, lo eran. Pero el que más se desesperaba era el barbero, cuya bacía allí delante de sus ojos se le había vuelto en yelmo de Mambrino, y cuya albarda pensaba sin duda alguna que se le había de volver en jaez rico de caballo; y los unos y los otros se reían de ver cómo andaba don Fernando tomando los votos de unos en otros, hablándolos al oído para que en secreto declarasen si era albarda o jaez aquella joya sobre quien tanto se había peleado. Y después que hubo tomado los votos de aquellos que a don Quijote conocían, dijo en alta voz:

—El caso es, buen hombre, que ya yo estoy cansado de tomar tantos pareceres, porque veo que a ninguno pregunto lo que deseo saber que no me diga que es disparate el decir que ésta sea albarda de jumento, sino jaez de caballo, y aun de caballo castizo[5]; y así, habréis de tener paciencia, porque, a vuestro pesar y al de vuestro asno, éste es jaez y no albarda, y vos habéis alegado y probado muy mal de vuestra parte.

—No la tenga yo en el cielo —dijo el sobrebarbero[6]— si todos vuestras mercedes no se engañan, y que así parezca mi ánima ante Dios como[b] ella me parece a mí albarda, y no jaez; pero allá van leyes[7]..., etcétera; y no digo más; y en

---

[5] castizo] de buena casta[c].
[6] sobrebarbero[b]] Se le ha llamado antes «el barbero burlado».
[7] El refrán[c] completo: «Allá van leyes do quieren reyes».

verdad que no estoy borracho: que no me he desayunado, si de pecar no[8].

No menos causaban risa las necedades que decía el barbero que los disparates de don Quijote, el cual a esta sazón dijo:

—Aquí no hay más que hacer sino que cada uno tome lo que es suyo, y a quien Dios se la dio, San Pedro se la bendiga.

Uno de los cuatro dijo:

—Si ya no es que esto sea burla pensada, no me puedo persuadir que hombres de tan buen entendimiento como son, o parecen, todos los que aquí están, se atrevan a decir y afirmar que ésta no es bacía, ni aquélla albarda; mas como veo que lo afirman y lo dicen, me doy a entender que no carece de misterio el porfiar una cosa tan contraria de lo que nos muestra la misma verdad y la misma experiencia; porque ¡voto a tal! —y arrojóle redondo[9]— que no me den a mí a entender cuantos hoy viven en el mundo al revés de que ésta no sea bacía de barbero y ésta albarda de asno.

—Bien podría ser de borrica —dijo el cura.

—Tanto monta —dijo el criado—; que el caso no consiste en eso, sino en si es o no es albarda, como vuestras mercedes dicen.

Oyendo esto uno de los cuadrilleros que habían entrado, que había oído la pendencia y quistión, lleno de cólera y de enfado, dijo:

—Tan albarda es como mi padre; y el que otra cosa ha dicho o dijere debe de estar hecho uva[10].

—Mentís como bellaco villano —respondió don Quijote.

Y alzando el lanzón, que nunca le dejaba de las manos, le iba a descargar tal golpe sobre la cabeza, que, a no desviarse el cuadrillero, se le dejara allí tendido. El lanzón se hizo pedazos en el suelo y los demás cuadrilleros, que vieron tratar mal a su compañero, alzaron la voz pidiendo favor a la Santa Hermandad.

El ventero, que era de la cuadrilla[b], entró al punto por su varilla y por su espada, y se puso al lado de sus compañeros; los criados de don Luis rodearon a don Luis, por-

---

[8] *si de pecar no*] 'si no es de pecar'[b].
[9] Cf. I.21, nota 6, p. 253.
[10] *hecho uva*] emborrachado.

que con el alboroto no se les fuese; el barbero, viendo la
casa revuelta, tornó a asir de su albarda, y lo mismo hizo
Sancho; don Quijote puso mano a su espada y arremetió
a los cuadrilleros. Don Luis daba voces a sus criados, que
le dejasen a él y acorriesen a don Quijote, y a Cardenio
y a don Fernando, que todos favorecían a don Quijote.
El cura daba voces, la ventera gritaba, su hija se afligía,
Maritornes lloraba, Dorotea estaba confusa, Luscinda suspensa y doña Clara desmayada[b]. El barbero aporreaba a
Sancho, Sancho molía al barbero, don Luis, a quien un
criado suyo se atrevió a asirle del brazo porque no se fuese,
le dio una puñada que le bañó los dientes en sangre; el
oidor le defendía, don Fernando tenía debajo de sus pies
a un cuadrillero, midiéndole el cuerpo con ellos muy a su
sabor; el ventero tornó a reforzar la voz, pidiendo favor
a[11] la Santa Hermandad: de modo que toda la venta era
llantos, voces, gritos, confusiones, temores, sobresaltos,
desgracias, cuchilladas, mojicones, palos, coces y efusión
de sangre. Y en la mitad deste caos, máquina y laberinto de
cosas, se le representó en la memoria de don Quijote que
se veía metido de hoz y de coz[12] en la discordia del campo
de Agramante[13], y así dijo, con voz que atronaba la venta:
—Ténganse todos; todos envainen; todos se sosieguen;
óiganme todos, si todos quieren quedar con vida.
A cuya gran voz todos se pararon, y él prosiguió, diciendo:
—¿No os dije yo, señores, que este castillo era encantado,
y que alguna región[14] de demonios debe de habitar en él?
En confirmación de lo cual quiero que veáis por vuestros
ojos cómo se ha pasado aquí y trasladado entre nosotros

---

[11] *pidiendo favor a*]   Es decir *para* la Santa Hermandad, que la había
menester[b].

[12] «Entrar *de hoz y coz.* «Entrar y meterse de rondón, abriendo las
puertas a coces si es menester, como segando y cortando con hoz los
estorbos», Correas 622a. Cf. Cov. 328.b.60.

[13] *discordia del campo de Agramante*]   alusión al episodio de Ariosto
OF, cantos 14 y 27. Agramante fue el jefe de los fabulosos reyes y príncipes moros que sitiaban al emperador Carlomagno en París, el cual
obtuvo de San Miguel que la Discordia enredase a los sitiadores en riñas
y pendencias. Se disputaron, como en seguida menciona don Quijote,
la posesión de la espada Durindana, el caballo Frontino y el escudo del
águila blanca, pero no de ningún yelmo, que es invención suya. Apaci-
guaron las disputas los reyes Agramante y Sobrino[c].

[14] *región*]   legión[b].

la discordia del campo de Agramante. Mirad cómo allí se
pelea por la espada, aquí por el caballo, acullá por el águila,
acá por el yelmo, y todos peleamos, y todos no nos entendemos. Venga, pues, vuestra merced, señor oidor, y vuestra
merced, señor cura, y el uno sirva de rey Agramante, y el
otro de rey Sobrino, y pónganos en paz; porque por Dios
Todopoderoso que es gran bellaquería que tanta gente principal como aquí estamos se mate por causas tan livianas.

Los cuadrilleros, que no entendían el frasis[15] de don
Quijote, y se veían malparados de don Fernando, Cardenio
y sus camaradas, no querían sosegarse; el barbero sí, porque en la pendencia tenía deshechas las barbas y el albarda;
Sancho, a la más mínima voz de su amo, obedeció como
buen criado; los cuatro criados de don Luis también se
estuvieron quedos, viendo cuán poco les iba en no estarlo.
Sólo el ventero porfiaba que se habían de castigar las
insolencias de aquel loco, que a cada paso le alborotaba
la venta. Finalmente, el rumor se apaciguó por entonces, la
albarda se quedó por jaez hasta el día del juicio, y la bacía
por yelmo y la venta por castillo en la imaginación de
don Quijote.

Puestos, pues, ya en sosiego, y hechos amigos todos a
persuasión del oidor y del cura, volvieron los criados de
don Luis a porfiarle que al momento se viniese con ellos;
y en tanto que él con ellos se avenía, el oidor comunicó
con don Fernando, Cardenio y el cura qué debía hacer
en aquel caso, contándoseles[g] con las razones que don
Luis le había dicho. En fin, fue acordado que don Fernando
dijese a los criados de don Luis quién él era y cómo era
su gusto que don Luis se fuese con él al Andalucía, donde
de su hermano el marqués sería estimado como el valor de
don Luis merecía; porque desta manera se sabía de la
intención de don Luis que no volvería por aquella vez a
los ojos de su padre, si le hiciesen pedazos. Entendida, pues,
de los cuatro la calidad de don Fernando y la intención de
don Luis, determinaron entre ellos que los tres se volviesen
a contar lo que pasaba a su padre, y el otro se quedase a
servir a don Luis, y a no dejalle hasta que ellos volviesen
por él, o viese lo que su padre les ordenaba.

Desta manera se apaciguó aquella máquina de pendencias, por la autoridad de Agramante y prudencia del rey

---

[15] *el frasis*]   la frasis, habla, lenguaje[bc].

Sobrino; pero viéndose el enemigo[16] de la concordia y el émulo de la paz menospreciado y burlado, y el poco fruto que había granjeado de haberlos puesto a todos en tan confuso laberinto, acordó de probar otra vez la mano[17], resucitando nuevas pendencias y desasosiegos.

Es, pues, el caso, que los cuadrilleros se sosegaron, por haber entreoído la calidad de los que con ellos se habían combatido, y se retiraron de la pendencia, por parecerles que, de cualquiera manera que sucediese, habían de llevar lo peor de la batalla; pero uno dellos, que fue el que fue molido y pateado por don Fernando, le vino a la memoria que entre algunos mandamientos que traía para prender a algunos delincuentes, traía uno contra don Quijote, a quien la Santa Hermandad había mandado prender, por la libertad que dio a los galeotes, y como Sancho con mucha razón había temido.

Imaginando, pues, esto, quiso certificarse si las señas que de don Quijote traía venían bien, y sacando del seno un pergamino[b], topó con el que buscaba, y poniéndosele a leer de espacio, porque no era buen lector, a cada palabra que leía ponía los ojos en don Quijote, y iba cotejando las señas del mandamiento con el rostro de don Quijote, y halló que sin duda alguna era el que el mandamiento rezaba. Y apenas se hubo certificado, cuando, recogiendo su pergamino, en la izquierda tomó el mandamiento, y con la derecha asió a don Quijote del cuello fuertemente, que no le dejaba alentar, y a grandes voces decía:

—¡Favor a la Santa Hermandad! Y para que se vea que lo pido de veras, léase este mandamiento, donde se contiene que se prenda a este salteador de caminos.

Tomó el mandamiento el cura y vio como era verdad cuanto el cuadrillero decía, y como convenía con las señas con don Quijote; el cual, viéndose tratar mal de aquel villano malandrín, puesta la cólera en su punto, y crujiéndole los huesos de su cuerpo, como mejor pudo él, asió al cuadrillero con entrambas manos de la garganta, que a no ser socorrido de sus compañeros, allí dejara la vida antes que don Quijote la presa. El ventero, que por fuerza había de favorecer a los de su oficio, acudió luego a dalle

---

[16] *el enemigo... y el émulo*] Se refiere al diablo.
[17] *probar la mano*] 'intentar una cosa para ver si conviene proseguirla'.

favor. La ventera, que vio de nuevo a su marido en pendencias, de nuevo alzó la voz, cuyo tenor le llevaron[18] luego Maritornes y su hija, pidiendo favor al cielo, y a los que allí estaban. Sancho dijo, viendo lo que pasaba:

—¡Vive el Señor, que es verdad cuanto mi amo dice de los encantos deste castillo, pues no es posible vivir una hora con quietud en él!

Don Fernando despartió al cuadrillero y a don Quijote, y, con gusto de entrambos, les desenclavijó las manos, que el uno en el collar del sayo del uno, y el otro en la garganta del otro, bien asidas tenían; pero no por esto cesaban los cuadrilleros de pedir su preso, y que les ayudasen a dársele atado y entregado a toda su voluntad, porque así convenía al servicio del rey y de la Santa Hermandad, de cuya parte de nuevo les pedían socorro y favor para hacer aquella prisión de aquel robador y salteador de sendas y de carreras[19]. Reíase de oír decir estas razones don Quijote, y con mucho sosiego, dijo:

—Venid acá, gente soez y malnacida: ¿saltear de caminos llamáis al dar libertad a los encadenados, soltar los presos, acorrer a los miserables, alzar los caídos, remediar los menesterosos? ¡Ah gente infame, digna por vuestro bajo y vil entendimiento que el cielo no os comunique el valor que se encierra a la caballería andante, ni os dé a entender el pecado e ignorancia en que estáis en no reverenciar la sombra, cuanto más la asistencia, de cualquier caballero andante! Venid acá, ladrones en cuadrilla[b], que no cuadrilleros, salteadores de caminos con licencia de la Santa Hermandad; decidme: ¿quién fue el ignorante que firmó mandamiento de prisión contra un tal caballero como yo soy? ¿Quién el que ignoró que son esentos de todo judicial fuero los caballeros andantes, y que su ley es su espada, sus fueros sus bríos, sus premáticas[20] su voluntad? ¿Quién fue el mentecato, vuelvo a decir, que no sabe que no hay secutoria de hidalgo[21] con tantas preeminencias ni esencio-

[18] *cuyo tenor le llevaron*[b]] 'le llevaron la voz', hicieron otro tanto, V. Cov. 958.a.54.

[19] *carreras*] «*carrera* en algunas partes de España vale caminos, y así decimos caminos y carreras», Cov. 310.b.52.

[20] *premáticas*] «La ley que se promulga, en razón de las nuevas ocasiones que se ofrecen en la república para remediar excesos y daños», Cov. 880.a.38.

[21] *secutoria de hidalgo*] «Hidalgo de executoria, el que la ha pleiteado, y por testigos y escrituras prueba su hidalguía», Cov. 592.a.1.

nes como la que adquiere un caballero andante el día que
se arma caballero y se entrega al duro ejercicio de la caballería? ¿Qué caballero andante pagó pecho, alcabala, chapín
de la reina, moneda forera, portazgo ni barca?[22] ¿Qué
sastre le llevó hechura de vestido que le hiciese? ¿Qué castellano le acogió en su castillo que le hiciese pagar el escote?
¿Qué rey no le asentó a su mesa? ¿Qué doncella no se le
aficionó y se le entregó rendida, a todo su talante y voluntad? Y, finalmente, ¿qué caballero andante ha habido, hay
ni habrá en el mundo, que no tenga bríos para dar él solo
cuatrocientos palos a cuatrocientos cuadrilleros que se le
pongan delante?

CAPÍTULO XLVI

De la notable aventura de los cuadrilleros, y la gran ferocidad
de nuestro buen caballero don Quijote

En tanto que don Quijote esto decía, estaba persuadiendo el cura a los cuadrilleros como don Quijote era falto
de juicio, como lo veían por sus obras y por sus palabras,
y que no tenían para qué llevar aquel negocio adelante,
pues aunque le prendiesen y llevasen, luego le habían de
dejar por loco; a lo que respondió el del mandamiento
que a él no tocaba juzgar de la locura de don Quijote, sino
hacer lo que por su mayor[1] le era mandado, y que una
vez preso, siquiera le soltasen trecientas[2].

—Con todo eso —dijo el cura—, por esta vez no le habéis
de llevar, ni aun él dejará llevarse, a lo que yo entiendo.

En efeto, tanto les supo el cura decir, y tantas locuras
supo don Quijote hacer, que más locos fueran que no él
los cuadrilleros si no conocieran la falta de don Quijote; y
así, tuvieron por bien de apaciguarse, y aun de ser media-
neros de hacer las paces entre el barbero y Sancho Panza,
que todavía asistían con gran rancor a su pendencia. Final-

---

[22] Diversos tributos de la época^{cb}: *pecho*: I.15 nota 11; *alcabala:*
sobre rentas; *chapín de la reina:* con ocasión de las bodas reales; *moneda*
forera: cada siete años, en reconocimiento del señorío real; *portazgo:*
por pasar por un sitio; *barca:* por pasar un río en la barca.
[1] *mayor*] jefe, superior^c.
[2] *siquiera... trecientas*] 'aunque le soltasen trecientas veces, no le
importaría nada'^{b}.

mente, ellos, como miembros de justicia, mediaron la causa y fueron árbitros della, de tal modo, que ambas partes quedaron, si no del todo contentas, a lo menos en algo satisfechas, porque se trocaron las albardas, y no las cinchas y jáquimas; y en lo que tocaba a lo del yelmo de Mambrino, el cura, a socapa y sin que don Quijote lo entendiese, le dio por la bacía ocho reales, y el barbero le hizo una cédula del recibo y de no llamarse a engaño por entonces, ni por siempre jamás, amén.

Sosegadas, pues, estas dos pendencias, que eran las más principales y de más tomo, restaba que los criados de don Luis se contentasen de volver los tres, y que el uno quedase para acompañarle donde don Fernando le quería llevar; y como ya la buena suerte y mejor fortuna había comenzado a romper lanzas[3] y a facilitar dificultades en favor de los amantes de la venta y de los valientes della, quiso llevarlo al cabo y dar a todo felice suceso, porque los criados se contentaron de cuanto don Luis quería; de que recibió tanto contento doña Clara, que ninguno en aquella sazón la mirara al rostro que no conociera el regocijo de su alma.

Zoraida, aunque no entendía bien todos los sucesos que había visto, se entristecía y alegraba a bulto, conforme veía y notaba los semblantes a cada uno, especialmente de su español, en quien tenía siempre puestos los ojos y traía colgada el alma. El ventero, a quien no se le pasó[a] por alto la dádiva y recompensa que el cura había hecho al barbero, pidió el escote de don Quijote, con el menoscabo de sus cueros y falta de vino jurando que no saldría de la venta Rocinante, ni el jumento de Sancho[a], sin que se le pagase primero hasta el último ardite. Todo lo apaciguó el cura, y lo pagó don Fernando, puesto que el oidor, de muy buena voluntad, había también ofrecido la paga; y de tal manera quedaron todos en paz y sosiego, que ya no parecía la venta la discordia del campo de Agramante, como don Quijote había dicho, sino la misma paz y quietud del tiempo de Otaviano[4]; de todo lo cual fue común opinión que se debían dar las gracias a la buena intención y mucha elocuencia del señor cura y a la incomparable liberalidad de don Fernando.

[3] *romper lanzas*] «*Quebrar lanzas*, por alusión, vale empezar a tratar algún negocio y romper dificultades», Cov. 751.a.33.
[4] *paz... Otaviano*] la paz octaviana[c], *V.* Bowle.

Viéndose, pues, don Quijote libre y desembarazado de tantas pendencias, así de su escudero como suyas, le pareció que sería bien seguir su comenzado viaje y dar fin a aquella grande aventura para que había sido llamado y escogido; y así, con resoluta determinación se fue a poner de hinojos ante Dorotea, la cual no le consintió que hablase palabra hasta que se levantase; y él, por obedecella, se puso en pie, y le dijo:

—Es común proverbio, fermosa señora, que la diligencia es madre de la buena ventura, y en muchas y graves cosas ha mostrado la experiencia que la solicitud del negociante trae a buen fin el pleito dudoso; pero en ningunas cosas se muestra más esta verdad que en las de la guerra, adonde la celeridad y presteza previene los discursos del enemigo, y alcanza la vitoria antes que el contrario se ponga en defensa. Todo esto digo, alta y preciosa señora, porque me parece que la estada nuestra en este castillo ya es sin provecho, y podría sernos de tanto daño, que lo echásemos de ver algún día; porque ¿quién sabe si por ocultas espías y diligentes habrá sabido ya vuestro enemigo el gigante de que yo voy a destruille?; y, dándole lugar el tiempo, se fortificase en algún inexpugnable castillo o fortaleza contra quien valiesen poco mis diligencias y la fuerza de mi incansable brazo. Así que, señora mía, prevengamos, como tengo dicho, con nuestra diligencia sus designios, y partámonos luego a la buena ventura; que no está más de[b] tenerla vuestra grandeza como desea, de cuanto yo tarde de verme con vuestro contrario.

Calló y no dijo más don Quijote, y esperó con mucho sosiego la respuesta de la fermosa infanta; la cual, con ademán señoril y acomodado al estilo de don Quijote, le respondió desta manera:

—Yo os agradezco, señor caballero, el deseo que mostráis tener de favorecerme en mi gran cuita, bien así como caballero a quien es anejo y concerniente favorecer los huérfanos y menesterosos; y quiera el cielo que el vuestro y mi deseo se cumplan, para que veáis que hay agradecidas mujeres en el mundo. Y en lo de mi partida, sea luego; que yo no tengo más voluntad que la vuestra: disponed vos de mí a toda vuestra guisa y talante; que la que una vez os entregó la defensa de su persona y puso en vuestras manos la restauración de sus señoríos no ha de querer ir contra lo que la vuestra prudencia ordenare.

—A la mano de Dios —dijo don Quijote—; pues así es que una señora[a] se me humilla, no quiero yo perder la ocasión de levantalla y ponella en su heredado trono. La partida sea luego, porque me va poniendo espuelas al deseo y al camino[b], lo que suele decirse que en la tardanza está el peligro. Y pues no ha criado el cielo, ni visto el infierno, ninguno que me espante ni acobarde, ensilla, Sancho, a Rocinante, y apareja tu jumento y el palafrén de la reina, y despidámonos del castellano y destos señores, y vamos de aquí luego al punto.

Sancho, que a todo estaba presente, dijo, meneando la la cabeza a una parte y a otra:

—¡Ay señor, señor, y cómo hay más mal en el aldegüela que se suena[5], con perdón sea dicho de las tocadas honradas![6]

—¿Qué mal puede haber en ninguna aldea, ni en todas las ciudades del mundo, que pueda sonarse en menoscabo mío, villano?

—Si vuestra merced se enoja —respondió Sancho—, yo callaré, y dejaré de decir lo que soy obligado como buen escudero, y como debe un buen criado decir a su señor.

—Di lo que quisieres —replicó don Quijote—, como tus palabras no se encaminen a ponerme miedo; que si tú le tienes, haces como quien eres; y si yo no le tengo, hago como quien soy.

—No es eso, ¡pecador fui yo a Dios! —respondió Sancho—; sino que yo tengo por cierto y por averiguado que esta señora que se dice ser reina del gran reino Micomicón no lo es más que mi madre; porque a ser lo que ella dice, no se anduviera hocicando[7] con alguno de los que están en la rueda, a vuelta de cabeza y a cada traspuesta.

Paróse[8] colorada con las razones de Sancho Dorotea,

---

[5] *más mal... suena*] 'es mayor el mal de lo que parece'. Este refrán aparece ya en el Marqués de Santillana; Correas 544a.

[6] *tocadas honradas*] Algunos editores enmiendan *tocas*[b]. La exp. de disculpas por las damas presentes era «con perdón de *las tocas honradas*», pero Sancho la desfigura maliciosamente.

[7] *hocicando*] Su grosero sentido es el de «*besucar:* besar descompuestamente... que otros dicen *hocicar*», Cov. 211.a.38. Lo demás equivale a «con cualquiera que hace rueda, y a cada volver de cabeza y de cada esquina».

[8] *Paróse*] Se puso[c].

porque era verdad que su esposo don Fernando, alguna
vez, a hurto de otros ojos, había cogido con los labios parte
del premio que merecían sus deseos —lo cual había visto
Sancho, y pareciéndole que aquella desenvoltura más era
de dama cortesana[9] que de reina de tan gran reino—, y
no pudo ni quiso responder palabra a Sancho, sino dejóle
proseguir en su plática, y él fue diciendo:

—Esto digo, señor, porque, si al cabo de haber andado
caminos y carreras[b], y pasado malas noches y peores días,
ha de venir a coger el fruto de nuestros trabajos el que se
está holgando en esta venta, no hay para qué darme priesa
a que ensille a Rocinante, albarde el jumento y aderece
al palafrén, pues será mejor que nos estemos quedos, y
cada puta hile, y comamos[10].

¡Oh, válame Dios, y cuán grande que fue el enojo
que recibió don Quijote oyendo las descompuestas palabras
de su escudero! Digo que fue tanto, que, con voz atropellada
y tartamuda lengua, lanzando vivo fuego por los ojos,
dijo:

—¡Oh bellaco villano, mal mirado, descompuesto, ignorante, infacundo, deslenguado, atrevido, murmurador y maldiciente! ¿Tales palabras has osado decir en mi presencia
y en la destas ínclitas señoras, y tales deshonestidades y
atrevimientos osaste poner en tu confusa imaginación? ¡Vete
de mi presencia, monstruo de naturaleza, depositario de
mentiras, almario[11] de embustes, silo de bellaquerías, inventor de maldades, publicador de sandeces, enemigo del
decoro que se debe a las reales personas! ¡Vete, no parezcas
delante de mí, so pena de mi ira!

Y diciendo esto, enarcó las cejas, hinchó los carrillos,
miró a todas partes, y dio con el pie derecho una gran patada
en el suelo, señales todas de la ira que encerraba en sus entrañas. A cuyas palabras y furibundos ademanes quedó
Sancho tan encogido y medroso, que se holgara que en aquel
instante se abriera debajo de sus pies la tierra y le tragara.
Y no supo qué hacerse, sino volver las espaldas y quitarse
de la enojada presencia de su señor. Pero la discreta Dorotea,

---

⁹ *dama cortesana*] eufemismo por 'mujer pública'[b]; cf. I.3, nota 24.
¹⁰ *cada puta... comamos*] refrán. RM explica que se refiere al rufián
que exhorta a las rameras a que trabajen para ellas, y para él, que no
piensa en hacerlo, cf. Correas 443a.
¹¹ *almario*] ant., armario[b].

que tan entendido tenía ya el humor de don Quijote, dijo, para templarle la ira:

—No os despechéis, señor Caballero de la Triste Figura, de las sandeces que vuestro buen escudero ha dicho; porque quizá no las debe de decir sin ocasión, ni de su buen entendimiento y cristiana conciencia se puede sospechar que levante testimonio a nadie; y así, se ha de creer, sin poner duda en ello, que, como en este castillo, según vos, señor caballero, decís, todas las cosas van y suceden por modo de encantamento, podría ser, digo, que Sancho hubiese visto por esta diabólica vía lo que él dice que vio, tan en ofensa de mi honestidad.

—Por el omnipotente Dios juro —dijo a esta sazón don Quijote—, que la vuestra grandeza ha dado en el punto, y que alguna mala visión se le puso delante a este pecador de Sancho, que le hizo ver lo que fuera imposible verse de otro modo que por el de encantos no fuera; que sé yo bien de la bondad e inocencia deste desdichado, que no sabe levantar testimonios[12] a nadie.

—Ansí es y ansí será —dijo don Fernando—; por lo cual debe vuestra merced, señor don Quijote, perdonalle y reducille al gremio[13] de su gracia, *sicut erat in principio* [14], antes que las tales visiones le sacasen de juicio.

Don Quijote respondió que él le perdonaba, y el cura fue por Sancho, el cual vino muy humilde, y, hincándose de rodillas, pidió la mano a su amo, y él se la dio, y después de habérsela dejado besar, le echó la bendición, diciendo:

—Agora acabarás de conocer, Sancho hijo, ser verdad lo que yo otras muchas veces te he dicho de que todas las cosas deste castillo son hechas por vía de encantamento.

—Así lo creo yo —dijo Sancho—, excepto aquello de la manta, que realmente sucedió por vía ordinaria.

—No lo creas —respondió don Quijote—; que si así fuera, yo te vengara entonces, y aun agora; pero ni entonces ni agora, pude ni vi en quién tomar venganza de tu agravio.

Desearon saber todos qué era aquello de la manta, y el ventero lo contó, punto por punto, la volatería de Sancho

---

[12] *testimonios*] Es decir *falso* testimonio[b].
[13] Aquí emplea cómicamente Cervantes la exp. que en su sentido serio usó el capitán Ruy Pérez, I.40, nota 18, y que se refiere a excomulgados, apóstatas o renegados, y herejes. Se notan en esta escena las alusiones eclesiásticas.
[14] Versículo del *Gloria Patri*[b].

Panza, de que no poco se rieron todos, y de que no menos se corriera Sancho, si de nuevo no le asegurara su amo que era encantamento; puesto que jamás llegó la sandez de Sancho a tanto, que creyese no ser verdad pura y averiguada, sin mezcla de engaño alguno, lo de haber sido manteado por personas de carne y hueso, y no por fantasmas soñadas ni imaginadas, como su señor lo creía y lo afirmaba.

Dos días eran ya pasados los que había que toda aquella ilustre compañía estaba en la venta; y pareciéndoles que ya era tiempo de partirse, dieron orden para que, sin ponerse al trabajo de volver Dorotea y don Fernando con don Quijote a su aldea, con la invención de la libertad de la reina Micomicona, pudiesen el cura y el barbero llevársele, como deseaban, y procurar la cura de su locura en su tierra. Y lo que ordenaron fue que se concertaron con un carretero de bueyes que acaso acertó a pasar por allí, para que lo llevase en esta forma: hicieron una como jaula de palos enrejados, capaz que pudiese en ella caber holgadamente don Quijote, y luego don Fernando y sus camaradas, con los criados de don Luis y los cuadrilleros, juntamente con el ventero, todos, por orden y parecer del cura, se cubrieron los rostros y se disfrazaron, quién de una manera y quién de otra, de modo que a don Quijote le pareciese ser otra gente de la que en aquel castillo había visto.

Hecho esto, con grandísimo silencio se entraron adonde él estaba durmiendo y descansando de las pasadas refriegas. Llegáronse a él, que libre y seguro[15] de tal acontecimiento dormía, y asiéndole fuertemente, le ataron muy bien las manos y los pies, de modo que cuando él despertó con sobresalto, no pudo menearse, ni hacer otra cosa más que admirarse y suspenderse de ver delante de sí tan estraños visajes[16]; y luego dio en la cuenta de lo que su continua y desvariada imaginación le representaba, y se creyó que todas aquellas figuras eran fantasmas de aquel encantado castillo, y que, sin duda alguna, ya estaba encantado, pues no se podía menear ni defender: todo a punto como había pensado que sucedería el cura, trazador desta máquina. Sólo Sancho, de todos los presentes, estaba en su mesmo juicio y en su mesma figura; el cual, aunque le faltaba bien

---

[15] *seguro*] 'ajeno y descuidado'[b]. El caso alude burlescamente al tópico del héroe tomado prisionero mientras duerme[c].
[16] *visajes*] rostros.

poco para tener la mesma enfermedad de su amo, no dejó
de conocer quién eran todas aquellas contrahechas[17] figuras; mas no osó descoser su boca, hasta ver en qué
paraba aquel asalto y prisión de su amo, el cual tampoco
hablaba palabra, atendiendo a ver el paradero de su desgracia; que fue que, trayendo allí la jaula, le encerraron
dentro, y le clavaron los maderos tan fuertemente, que no
se pudieran romper a dos tirones.

Tomáronle luego en hombros, y al salir del aposento
se oyó una voz temerosa, todo cuanto la supo formar el
barbero, no el del albarda, sino el otro, que decía:

—¡Oh Caballero de la Triste Figura! No te dé afincamiento[18] la prisión en que vas, porque así conviene para
acabar más presto la aventura en que tu gran esfuerzo te
puso. La cual se acabará cuando el furibundo león manchado[19] con la blanca paloma tobosina yoguieren en uno[20],
ya después de humilladas las altas cervices al blando yugo
matrimoñesco[b]; de cuyo inaudito consorcio saldrán a la
luz del orbe los bravos cachorros, que imitarán las rumpantes[21] garras del valeroso padre. Y esto será antes que el
seguidor de la fugitiva ninfa[22] faga dos vegadas[23] la visita
de las lucientes imágines[24] con su rápido y natural curso[c].
Y tú, ¡oh, el más noble y obediente escudero[c] que tuvo
espada en cinta, barbas en rostro y olfato en las narices!,
no te desmaye ni descontente ver llevar ansí delante de tus
ojos mesmos a la flor de la caballería andante; que presto,
si al plasmador del mundo le place, te verás tan alto y tan
sublimado que no te conozcas, y no saldrán defraudadas
las promesas que te ha fecho tu buen señor. Y asegúrote,
de parte de la sabia Mentironiana, que tu salario te sea

[17] *contrahechas*] I.2, nota 17.
[18] *afincamiento*] arcaico por aflicción, congoja. Abundan los arcaísmos cómicos en esta profecía.
[19] *manchado*] Algunos eds. han supuesto error por *manchego*, pero
lo cómico de la alusión es su doble sentido.
[20] *yoguieren en uno*] forma antigua, 'yacieren juntos'[b]. La ed. pr.,
yogiren.
[21] *rumpantes*] por rampantes o rapantes, alusión al león de la heráldica, erguido, en perfil, sobre las patas traseras.
[22] *el sequidor... ninfa*] Apolo (el sol)... Dafne, I.43 nota 10.
[23] *vegadas*] veces, es decir 'dentro de dos años'.
[24] *imágines*] Alude a las constelaciones del Zodiaco, cf. Cov.
732.b.30. Bowle, Pellicer, RM y Clemencín citan ejemplos de estos anun-
cios fatídicos en libros caballerescos.

pagado, como lo verás por la obra; y sigue las pisadas del
valeroso y encantado caballero; que conviene que vayas
donde paréis entrambos. Y porque no me es lícito decir
otra cosa, a Dios quedad; que yo me vuelvo adonde yo
me sé.

Y al acabar de la profecía, alzó la voz de punto[25], y di-
minuyóla después, con tan tierno acento, que aun los sabi-
dores de la burla estuvieron por creer que era verdad lo
que oían.

Quedó don Quijote consolado con la escuchada profecía, porque luego coligió de todo en todo la significación
de ella, y vio que le prometían el verse ayuntado en santo
y debido matrimonio con su querida Dulcinea del Toboso,
de cuyo felice vientre saldrían los cachorros, que eran
sus hijos, para gloria perpetua de la Mancha; y creyendo
esto bien y firmemente alzó la voz, y dando un gran suspiro,
dijo:

—¡Oh tú, quienquiera que seas, que tanto bien me has
pronosticado! Ruégote que pidas de mi parte al sabio encantador que mis cosas tiene a cargo, que no me deje pe-
recer en esta prisión donde agora me llevan, hasta ver cum-
plidas tan alegres e incomparables promesas como son las
que aquí se me han hecho; que como esto sea, tendré por
gloria las penas de mi cárcel, y por alivio estas cadenas que
me ciñen, y no por duro campo de batalla este lecho en
que me acuestan, sino por cama blanda y tálamo dichoso.
Y en lo que toca a la consolación de Sancho Panza mi escudero, yo confío de su bondad y buen proceder que no me
dejará, en buena ni en mala suerte; porque cuando no suceda, por la suya o por mi corta ventura, el poderle yo dar
la ínsula, o otra cosa equivalente, que le tengo prometida,
por lo menos su salario no podrá perderse; que en mi testamento, que ya está hecho, dejo declarado lo que se le ha
de dar, no conforme a sus muchos y buenos servicios, sino
a la posibilidad mía.

Sancho Panza se le inclinó con mucho comedimiento,
y le besó entrambas las manos, porque la una no pudiera,
por estar atadas entrambas.

Luego tomaron la jaula en hombros aquellas visiones,
y la acomodaron en el carro de los bueyes.

---

[25] *de punto*]   tono (de la voz).

CAPÍTULO XLVII

Del estraño modo con que fue encantado don Quijote de la Mancha, con otros famosos sucesos

Cuando don Quijote se vio de aquella manera enjaulado y encima del carro, dijo:

—Muchas y muy graves historias he yo leído de caballeros andantes; pero jamás he leído, ni visto, ni oído, que a los caballeros encantados los lleven desta manera y con el espacio[1] que prometen estos perezosos y tardíos animales; porque siempre los suelen llevar por los aires, con estraña ligereza, encerrados en alguna parda y escura nube, o en algún carro de fuego, o ya sobre algún hipogrifo o otra bestia semejante; pero que me lleven a mí agora sobre un carro de bueyes, ¡vive Dios que me pone en confusión! Pero quizá la caballería y los encantos destos nuestros tiempos deben de seguir otro camino que siguieron los antiguos. Y también podría ser que, como yo soy nuevo caballero en el mundo, y el primero que ha resucitado el ya olvidado ejercicio de la caballería aventurera, también nuevamente se hayan inventado otros géneros de encantamentos y otros modos de llevar a los encantados. ¿Qué te parece desto, Sancho hijo?

—No sé yo lo que me parece —respondió Sancho—, por no ser tan leído como vuestra merced en las escrituras andantes; pero, con todo eso, osaría afirmar y jurar que estas visiones que por aquí andan, que no son del todo católicas[2].

—¿Católicas? ¡Mi padre! —respondió don Quijote—. ¿Cómo han de ser católicas si son todos demonios que han tomado cuerpos fantásticos para venir a hacer esto y a ponerme en este estado? Y si quieres ver esta verdad, tócalos y pálpalos, y verás como no tienen cuerpo sino de aire, y como no consiste más de en la apariencia.

—Par Dios, señor —replicó Sancho—, ya yo los he tocado; y este diablo que aquí anda tan solícito es rollizo de carnes, y tiene otra propiedad muy diferente de la que yo

---

[1] *con el espacio*] 'despacio'. «*Espacioso:* el que camina con reposo», Cov. 549.a.29.

[2] *católicas*ᵇ] «Por alusión decimos de alguno que no tiene entera salud, o no está intencionado a nuestro propósito, *no estar católico*, por no estar sano o constante», Cov. 320.b.52.

he oído decir que tienen los demonios; porque, según se
dice, todos huelen a piedra azufre y a otros malos olores;
pero éste huele a ámbar de media legua.

Decía esto Sancho por don Fernando, que, como tan
señor, debía de oler a lo que Sancho decía.

—No te maravilles deso, Sancho amigo —respondió
don Quijote—; porque te hago saber que los diablos saben
mucho, y puesto que traigan olores consigo, ellos no huelen
nada, porque son espíritus, y si huelen, no pueden oler
cosas buenas, sino malas y hidiondas. Y la razón es que
como ellos, dondequiera que están, traen el infierno consigo, y no pueden recebir género de alivio alguno en sus tormentos, y el buen olor sea cosa que deleita y contenta, no es
posible que ellos huelan[3] cosa buena. Y si a ti te parece que
ese demonio que dices huele a ámbar, o tú te engañas, o él
quiere engañarte con hacer que no le tengas por demonio.

Todos estos coloquios pasaron entre amo y criado; y
temiendo don Fernando y Cardenio que Sancho no viniese
a caer del todo en la cuenta de su invención, a quien andaba
ya muy en los alcances[4], determinaron de abreviar con la
partida; y llamando aparte al ventero, le ordenaron que
ensillase a Rocinante y enalbardase el jumento de Sancho;
el cual lo hizo con mucha presteza.

Ya en esto, el cura se había concertado con los cuadrilleros que le acompañasen hasta su lugar, dándoles un tanto
cada día. Colgó Cardenio del arzón de la silla de Rocinante,
del un cabo la adarga y del otro la bacía, y por señas mandó
a Sancho que subiese en su asno y tomase de las riendas a
Rocinante, y puso a los dos lados del carro a los dos cuadrilleros con sus escopetas. Pero antes que se moviese
el carro, salió la ventera, su hija y Maritornes a despedirse
de don Quijote, fingiendo que lloraban de dolor de su desgracia; a quien don Quijote dijo:

—No lloréis, mis buenas señoras, que todas estas desdichas son anexas a los que profesan lo que yo profeso;
y si estas calamidades no me acontecieran no me tuviera
yo por famoso caballero andante; porque a los caballeros
de poco nombre y fama nunca les suceden semejantes casos, porque no hay en el mundo quien se acuerde dellos.
A los valerosos sí, que tienen envidiosos de su virtud y

---

[3] Uso intransitivo[b], 'que no exhala olores'.
[4] *en los alcances*]   que estaba al punto de caer en la cuenta.

valentía a muchos príncipes y a muchos otros caballeros, que procuran por malas vías destruir a los buenos. Pero, con todo eso, la virtud es tan poderosa que, por sí sola, a pesar de toda la nigromancía que supo su primer inventor, Zoroastes[5], saldrá vencedora de todo trance, y dará de sí luz en el mundo, como la da el sol en el cielo. Perdonadme, fermosas damas, si algún desaguisado, por descuido mío, os he fecho, que de voluntad y a sabiendas jamás le di a nadie, y rogad a Dios me saque destas prisiones, donde algún mal intencionado encantador me ha puesto; que si de ellas me veo libre, no se me caerá de la memoria las mercedes que en este castillo me habedes fecho, para gratificallas, servillas y recompensallas como ellas merecen.

En tanto que las damas del castillo esto pasaban con don Quijote, el cura y el barbero se despidieron de don Fernando y sus camaradas, y del capitán y de su hermano y todas aquellas contentas señoras, especialmente de Dorotea y Luscinda. Todos se abrazaron y quedaron de darse noticia de sus sucesos, diciendo don Fernando al cura dónde había de escribirle para avisarle en lo que paraba don Quijote, asegurándole que no habría cosa que más gusto le diese que saberlo; y que él, asimesmo le avisaría de todo aquello que él viese que podría darle gusto, así de su casamiento como del bautismo de Zoraida, y suceso de don Luis, y vuelta de Luscinda a su casa. El cura ofreció de hacer cuanto se le mandaba, con toda puntualidad. Tornaron a abrazarse otra vez, y otra vez tornaron a nuevos ofrecimientos.

El ventero se llegó al cura y le dio unos papeles, diciéndole que los había hallado en un aforro de la maleta donde se halló la *Novela del curioso impertinente*, y que pues su dueño no había vuelto más por allí, que se los llevase todos; que, pues él no sabía leer, no los quería. El cura se lo agradeció, y abriéndolos luego, vio que al principio del escrito decía: *Novela de Rinconete y Cortadillo*[6], por donde entendió ser alguna novela, y coligió que, pues la del *Cu-*

---

[5] *Zoroastes*] o Zoroastro, rey persa, á quien se atribuyó vulgarmente la invención de la magia, cf. Cov. 1018.a.36.

[6] Es de suponer que ya en 1604 tenía escrita Cervantes esta novela, que luego publicó en 1613. Una versión de ella copió Francisco Porras de la Cámara por 1606, en la compilación que hizo para el cardenal don Fernando Niño de Guevara[a], *V. NE*, ed. S-B, I. Esta versión la dio a conocer Isidro Bosarte en 1787, *V.* **021.2:9**.

rioso impertinente había sido buena, que también lo sería
aquélla, pues podría ser fuesen todas de un mesmo autor;
y así, la guardó, con prosupuesto de leerla cuando tuviese
comodidad.

Subió a caballo, y también su amigo el barbero, con sus
antifaces, porque no fuesen luego conocidos de don Quijote, y pusiéronse a caminar tras el carro. Y la orden que
llevaban era ésta: iba primero el carro, guiándole su dueño;
a los dos lados iban los cuadrilleros, como se ha dicho,
con sus escopetas; seguía luego Sancho Panza sobre su asno,
llevando de rienda a Rocinante. Detrás de todo esto iban
el cura y el barbero sobre sus poderosas mulas, cubiertos
los rostros, como se ha dicho, con grave y reposado continente, no caminando más de lo que permitía el paso tardo
de los bueyes. Don Quijote iba sentado en la jaula, las manos
atadas, tendidos los pies, y arrimado a las verjas, con tanto
silencio y tanta paciencia como si no fuera hombre de carne,
sino estatua de piedra.

Y así, con aquel espacio y silencio caminaron hasta dos
leguas, que llegaron a un valle, donde le pareció al boyero
ser lugar acomodado para reposar y dar pasto a los bueyes;
y comunicándolo con el cura, fue de parecer el barbero que
caminasen un poco más, porque él sabía detrás de un recuesto que cerca de allí se mostraba, había un valle de más
yerba y mucho mejor que aquel donde parar querían.
Tomóse el parecer del barbero, y así, tornaron a proseguir
su camino.

En esto, volvió el cura el rostro, y vio que a sus espaldas
venían hasta seis o siete hombres de a caballo, bien puestos
y aderezados, de los cuales fueron presto alcanzados, porque caminaban no con la flema y reposo de los bueyes,
sino como quien iba sobre mulas de canónigos y con deseo
de llegar presto a sestear a la venta, que menos de una
legua de allí se parecía. Llegaron los diligentes a los perezosos y saludáronse cortésmente; y uno de los que venían, que,
en resolución, era canónigo de Toledo y señor de los demás
que le acompañaban, viendo la concertada procesión del
carro, cuadrilleros, Sancho, Rocinante, cura y barbero,
y más a don Quijote, enjaulado y aprisionado, no pudo
dejar de preguntar qué significaba llevar aquel hombre de
aquella manera; aunque ya se había dado a entender, viendo las insignias de los cuadrilleros, que debía de ser algún
facinoroso salteador, o otro delincuente cuyo castigo tocase

a la Santa Hermandad. Uno de los cuadrilleros, a quien fue hecha la pregunta, respondió ansí:

—Señor, lo que significa ir este caballero desta manera, dígalo él, porque nosotros no lo sabemos.

Oyó don Quijote la plática, y dijo:

—¿Por dicha vuestras mercedes, señores caballeros, son versados y perictos en esto de la caballería andante? Porque si lo son, comunicaré con ellos mis desgracias; y si no, no hay para qué me canse en decillas.

Y a este tiempo habían ya llegado el cura y el barbero, viendo que los caminantes estaban en pláticas con don Quijote de la Mancha, para responder de modo que no fuese descubierto su artificio.

El canónigo, a lo que don Quijote dijo, respondió:

—En verdad, hermano, que sé más de libros de caballerías que de las *Súmulas* de Villalpando[7]. Ansí que, si no está más que en esto, seguramente podéis comunicar conmigo lo que quisiéredes.

—A la mano de Dios —replicó don Quijote—. Pues así es, quiero, señor caballero, que sepades que yo voy encantado en esta jaula, por envidia y fraude de malos encantadores; que la virtud más es perseguida de los malos que amada de los buenos. Caballero andante soy, y no de aquellos de cuyos nombres jamás la Fama se acordó para eternizarlos en su memoria, sino de aquellos que, a despecho y pesar de la mesma envidia, y de cuantos magos crió Persia, bracmanes la India, ginosofistas[8] la Etiopía, ha de poner su nombre en el templo de la inmortalidad para que sirva de ejemplo y dechado en los venideros siglos, donde los caballeros andantes vean los pasos que han de seguir, si quisieren llegar a la cumbre y alteza honrosa de las armas.

—Dice verdad el señor don Quijote de la Mancha —dijo a esta sazón el cura—; que él va encantado en esta carreta, no por sus culpas y pecados, sino por la mala intención

---

[7] Súmulas *de Villalpando*] Nombre dado al tratado de dialéctica *Summa summularum* (1557) de Gaspar Cardillo de Villalpando, catedrático de la Universidad de Alcalá, donde fue adoptado como libro de texto.

[8] *Gymnosophistas* (s.v. Cov.) llamaron los griegos a los brahmanes de la India. De que los hubiera en la Etiopía es tal vez idea sugerida por la *Historia ethiopica* de Heliodoro, traducida al castellano en 1554, en que hay numerosas referencias a los ginosofistas".

de aquellos a quien la virtud enfada y la valentía enoja. Éste es, señor, el Caballero de la Triste Figura, si ya le oístes nombrar en algún tiempo, cuyas valerosas hazañas y grandes hechos serán escritas en bronces duros y en eternos mármoles, por más que se canse la envidia en escurecerlos y la malicia en ocultarlos.

Cuando el canónigo oyó hablar al preso y al libre en semejante estilo, estuvo por hacerse la cruz de admirado, y no podía saber lo que le había acontecido; y en la mesma admiración cayeron todos los que con él venían. En esto, Sancho Panza, que se había acercado a oír la plática, para adobarlo[9] todo, dijo:

—Ahora, señores, quiéranme bien o quiéranme mal por lo que dijere, el caso de ello es que así va encantado mi señor don Quijote como mi madre; él tiene su entero juicio, él come y bebe y hace sus necesidades como los demás hombres, y como las hacía ayer, antes que le enjaulasen. Siendo esto ansí ¿cómo quieren hacerme a mí entender que va encantado? Pues yo he oído decir a muchas personas que los encantados ni comen, ni duermen, ni hablan[c], y mi amo, si no le van a la mano, hablará más que treinta procuradores[b].

Y volviéndose a mirar al cura, prosiguió diciendo:

—¡Ah señor cura, señor cura! ¿Pensaba vuestra merced que no le conozco, y pensará que yo no calo y adivino adónde se encaminan estos nuevos encantamentos? Pues sepa que le conozco, por más que se encubra el rostro, y sepa que le entiendo, por más que disimule sus embustes. En fin, donde reina la envidia no puede vivir la virtud, ni adonde hay escaseza[10] la liberalidad. ¡Mal haya el diablo; que si por su reverencia no fuera, ésta fuera ya la hora que mi señor estuviera casado con la infanta Micomicona, y yo fuera conde, por lo menos, pues no se podía esperar otra cosa, así de la bondad de mi señor el de la Triste Figura como de la grandeza de mis servicios! Pero ya veo que es verdad lo que se dice por ahí: que la rueda de la Fortuna anda más lista que una rueda de molino, y que los que ayer estaban en pinganitos[11] hoy están por el suelo.

---

[9] *adobarlo*] 'arreglarlo' en sentido irónico.
[10] *escaseza*] «la poquedad y merced corta», Cov. 536.a.62, o sea 'avaricia'.
[11] *en pinganitos*[b]] 'en las alturas, en fortuna próspera'.

De mis hijos y de mi mujer me pesa; pues cuando podían y debían esperar ver entrar a su padre por sus puertas hecho gobernador o visorrey de alguna ínsula o reino, le verán entrar hecho mozo de caballos. Todo esto que he dicho, señor cura, no es más de por encarecer a su paternidad haga conciencia del mal tratamiento que a mi señor se le hace, y mire bien no le pida Dios en la otra vida esta prisión de mi amo, y se le haga cargo de todos aquellos socorros y bienes que mi señor don Quijote deja de hacer en este tiempo que está preso.

—¡Adóbame esos candiles![12] —dijo a este punto el barbero—. ¿También vos, Sancho, sois de la cofradía de vuestro amo? ¡Vive el Señor, que voy viendo que le habéis de tener compañía en la jaula, y que habéis de quedar tan encantado como él, por lo que os toca de su humor y de su caballería! En mal punto os empreñastes[13] de sus promesas, y en mal hora se os entró en los cascos la ínsula que tanto deseáis.

—Yo no estoy preñado de nadie —respondió Sancho—, ni soy hombre que me dejaría empreñar, del rey que fuese[14]; y aunque pobre, soy cristiano viejo, y no debo nada a nadie; y si ínsulas deseo, otros desean otras cosas peores; y cada uno es hijo de sus obras; y debajo de ser hombre puedo venir a ser papa, cuanto más gobernador de una ínsula, y más pudiendo ganar tantas mi señor, que le falte a quien dallas. Vuestra merced mire cómo habla, señor barbero; que no es todo hacer barbas, y algo va de Pedro a Pedro. Dígolo porque todos nos conocemos, y a mí no se me ha de echar dado falso[15]. Y en esto del encanto de mi amo, Dios sabe la verdad; y quédese aquí, porque es peor meneallo[16].

No quiso responder el barbero a Sancho, porque no descubriese con sus simplicidades lo que él y el cura tanto procuraban encubrir; y por este mesmo temor había el cura

[12] Equivale a ¡Qué disparate! Cf. II.50, p. 420. Correas 64a, «Adobadme esas medidas. Cuando se dicen desconciertos».
[13] *empreñastes*ᵇ] «El que fácilmente cree lo que le dicen parece *empreñarse* [llenarse] de palabras, porque las aprehende y concibe de manera que totalmente excluye lo contrario», Cov. 509.b.56. La respuesta de Sancho alude a una significación más vulgar.
[14] *del rey que fuese*] 'ni del mismo rey'ᵇ.
[15] *Echar*, o *dar, dado falso:* engañarᵇ, cf. Correas 249b.
[16] Cf. I.20, p. 246.

dicho al canónigo que caminasen un poco delante: que él
le diría el misterio del enjaulado, con otras cosas que le
diesen gusto. Hízolo así el canónigo, y adelantóse con sus
criados, y con él estuvo atento a todo aquello que decirle
quiso de la condición, vida, locura y costumbres de don
Quijote, contándole brevemente el principio y causa de su
desvarío, y todo el progreso de sus sucesos, hasta haberlo
puesto en aquella jaula, y el disignio que llevaban de llevarle a su tierra, para ver si por algún medio hallaban remedio
a su locura. Admiráronse de nuevo los criados y el canónigo de oír la peregrina historia de don Quijote, y en acabándola de oír, dijo:

—Verdaderamente, señor cura, yo hallo por mi cuenta
que son perjudiciales en la república estos que llaman
libros de caballerías[17]; y aunque he leído, llevado de un
ocioso y falso gusto, casi el principio de todos los más que
hay impresos, jamás me he podido acomodar a leer ninguno
del principio al cabo, porque me parece que, cuál más,
cuál menos, todos ellos son una mesma cosa, y no tiene
más éste que aquél, ni estotro que el otro. Y según a mí
me parece, este género de escritura y composición cae debajo de aquel de las fábulas que llaman milesias[a], que son
cuentos disparatados, que atienden solamente a deleitar,
y no a enseñar[18]: al contrario de lo que hacen las fábulas
apólogas, que deleitan y enseñan juntamente. Y puesto
que el principal intento de semejantes libros sea el deleitar,
no sé yo cómo puedan conseguirle, yendo llenos de tantos
y tan desaforados disparates[c]; que el deleite que en el alma
se concibe ha de ser de la hermosura y concordancia que
vee o contempla en las cosas que la vista o la imaginación
le ponen delante; y toda cosa que tiene en sí fealdad y des-

---

[17] Es de notar que Cervantes en esta plática atribuye algunos de los
juicios literarios más importantes de su libro a este eclesiástico que
como el cura muestra tener un criterio refinado y un gusto delicado.
La crítica que hace el canónigo de los libros de caballerías se explica por
razones históricas; fueron eclesiásticos los que con más empeño los
censuraron a través del siglo XVI, *V*. E. Glaser, **157**.1.

[18] Era tradicional desde la antigüedad señalar tres especies de fábulas: mitológicas, apológicas y milesias (de la ciudad de Mileto). RM
cita la explicación de A. Venegas. La opinión del canónigo recuerda la
del tratadista Alonso López Pinciano, «Las ficciones que no tienen imitación y verisimilitud no son fábulas, sino disparates. como algunas
de las que antiguamente llamaron milesias, agora libros de caballerías...»
V. Riley, **108**, c. 5.

compostura no nos puede causar contento alguno. Pues ¿qué hermosura puede haber, o qué proporción de partes con el todo, y del todo con las partes, en un libro o fábula donde un mozo de diez y seis años[c] da una cuchillada a un gigante como una torre, y le divide en dos mitades, como si fuera de alfeñique[c], y que cuando nos quieren pintar una batalla, después de haber dicho que hay de la parte de los enemigos un millón de competientes, como sea contra ellos el señor del libro, forzosamente, mal que nos pese, habemos de entender que el tal caballero alcanzó la vitoria por solo el valor de su fuerte brazo? Pues ¿qué diremos de la facilidad con que una reina o emperatriz heredera se conduce en los brazos de un andante y no conocido caballero? ¿Qué ingenio, si no es del todo bárbaro e inculto, podrá contentarse leyendo que una gran torre llena de caballeros[c] va por la mar adelante, como nave con próspero viento, y hoy anochece en Lombardía, y mañana amanezca en tierras del Preste Juan de las Indias[19], o en otras que ni las descubrió[20] Tolomeo ni las vio Marco Polo?[c] Y si a esto se me respondiese que los que tales libros componen los escriben como cosas de mentira, y que así, no están obligados a mirar en delicadezas ni verdades, responderles hía yo que tanto la mentira es mejor cuanto más parece verdadera, y tanto más agrada cuanto tiene más de lo dudoso[a] y posible. Hanse de casar las fábulas mentirosas con el entendimiento de los que las leyeren, escribiéndose de suerte que, facilitando los imposibles, allanando las grandezas, suspendiendo los ánimos, admiren, suspendan, alborocen y entretengan, de modo que anden a un mismo paso la admiración y la alegría juntas; y todas estas cosas no podrá hacer el que huyere de la verisimilitud y de la imitación, en quien consiste la perfección de lo que se escribe. No he visto ningún libro de caballerías que haga un cuerpo de fábula entero con todos sus miembros, de manera que el medio corresponda al principio, y el fin al principio y al medio; sino que los componen con tantos miembros, que más parece que llevan intención a formar una quimera o un monstruo que a hacer una figura proporcionada. Fuera desto, son en el estilo duros; en las

[19] *Preste Juan de las Indias*] *V.* Prólogo, p. 54.
[20] *descubrió*] Es un despropósito, tratando de Ptolomeo, por lo cual puede suponerse errata por *describió*[e].

hazañas, increíbles; en los amores, lascivos; en las cortesías, mal mirados; largos en las batallas, necios en las razones, disparatados en los viajes, y, finalmente, ajenos de todo discreto artificio, y por esto dignos de ser desterrados de la república cristiana, como a gente inútil.

El cura le estuvo escuchando con grande atención, y parecióle hombre de buen entendimiento, y que tenía razón en cuanto decía; y así, le dijo que, por ser él de su mesma opinión, y tener ojeriza a los libros de caballerías, había quemado todos los de don Quijote, que eran muchos. Y contóle el escrutinio que dellos había hecho, y los que había condenado al fuego y dejado con vida, de que no poco se rió el canónigo, y dijo que, con todo cuanto mal había dicho de tales libros, hallaba en ellos una cosa buena: que era el sujeto que ofrecían para que un buen entendimiento pudiese mostrarse en ellos, porque daban largo y espacioso campo por donde sin empacho alguno pudiese correr la pluma, describiendo naufragios, tormentas, rencuentros y batallas, pintando un capitán valeroso con todas las partes que para ser tal se requieren, mostrándose prudente previniendo las astucias de sus enemigos, y elocuente orador persuadiendo o disuadiendo a sus soldados, maduro en el consejo, presto en lo determinado, tan valiente en el esperar como en el acometer; pintando ora un lamentable y trágico suceso, ahora un alegre y no pensado acontecimiento; allí una hermosísima dama, honesta, discreta y recatada; aquí un caballero cristiano, valiente y comedido; acullá un desaforado bárbaro fanfarrón; acá un príncipe cortés, valeroso y bien mirado; representando bondad y lealtad de vasallos, grandezas y mercedes de señores. Ya puede mostrarse astrólogo, ya cosmógrafo excelente, ya músico, ya inteligente en las materias de estado, y tal vez le vendrá ocasión de mostrarse nigromante, si quisiere. Puede mostrar las astucias de Ulixes, la piedad de Eneas, la valentía de Aquiles, las desgracias de Héctor, las traiciones de Sinón[21], la amistad de Eurialio, la liberalidad de

[21] *traiciones de Sinón*] Habiendo fingido desertar de las fuerzas griegas, Sinón indujo a los troyanos a que metieran el caballo de madera en la ciudad de Troya, *Eneida*, II, vss. 57-194. Según las leyendas clásicas era griego y no troyano; pero en tiempo de Cervantes se divulgó la creencia de que era un troyano a servicio del enemigo[c]. *Eurialio* o mejor Euríalo: guerrero famoso por su amistad con Niso y protagonista de dos episodios de la *Eneida*, V, vss. 286-361. *Zopiro:* Según Plutarco,

Alejandro, el valor de César, la clemencia y verdad de Trajano, la fidelidad de Zopiro, la prudencia de Catón, y, finalmente, todas aquellas acciones que pueden hacer perfecto a un varón ilustre, ahora poniéndolas en uno solo, ahora dividiéndolas en muchos.

—Y siendo esto hecho con apacibilidad de estilo y con ingeniosa invención, que tire lo más que fuere posible a la verdad, sin duda compondrá una tela de varios y hermosos lazos[22] tejida, que después de acabada, tal perfeción y hermosura muestre, que consiga el fin mejor que se pretende en los escritos, que es enseñar y deleitar juntamente, como ya tengo dicho. Porque la escritura desatada[23] destos libros da lugar a que el autor pueda mostrarse épico, lírico, trágico, cómico, con todas aquellas partes que encierran en sí las dulcísimas y agradables ciencias[a] de la poesía y de la oratoria; que la épica también puede escrebirse en prosa como en verso.

CAPÍTULO XLVIII

Donde prosigue el canónigo la materia de los libros de caballerías, con otras cosas dignas de su ingenio[e]

—Así es como vuestra merced dice, señor canónigo —dijo el cura—, y por esta causa son más dignos de reprehensión los que hasta aquí han compuesto semejantes libros sin tener advertencia a ningún buen discurso, ni al arte y reglas por donde pudieran guiarse y hacerse famosos en prosa, como lo son en verso los dos príncipes de la poesía griega y latina.

—Yo, a lo menos —replicó el canónigo—, he tenido cierta tentación de hacer un libro de caballerías, guardando en él todos los puntos que he significado; y si he de confesar la verdad, tengo escritas más de cien hojas. Y para hacer la experiencia de si correspondían a mi estimación, las he comunicado con hombres apasionados desta leyenda, do-

rebelados los babilonios contra Darío, y por mejor servir a su rey, se cortó la nariz y las orejas y se pasó a aquellos, fingiendo que la mutilación había sido a orden del rey persa, y logró por este medio sublevarlos[bc].

[22] Algunos editores corrigen *lizos*[ab].

[23] La escritura *desatada*, *scriptio soluta*, se opone al verso, *scriptio ligata*[g].

tos y discretos, y con otros ignorantes, que sólo atienden
al gusto de oír disparates, y de todos he hallado una agradable aprobación; pero, con todo esto, no he proseguido
adelante, así por parecerme que hago cosa ajena de mi profesión como por ver que es más el número de los simples
que de los prudentes, y que, puesto que es mejor ser loado
de los pocos sabios que burlado de los muchos necios, no
quiero sujetarme al confuso juicio del desvanecido vulgo,
a quien por la mayor parte toca leer semejantes libros.
Pero lo que más me le quitó de las manos, y aun del pensamiento, de acabarle, fue un argumento que hice conmigo
mesmo, sacado de las comedias que ahora se representan[1],
diciendo: «Si estas que ahora se usan, así las imaginadas
como las de historia, todas o las más son conocidos disparates y cosas que no llevan pies ni cabeza, y, con todo
eso, el vulgo las oye con gusto, y las tiene y las aprueba
por buenas, estando tan lejos de serlo, y los autores que las
componen y los actores que las representan dicen que así
han de ser, porque así las quiere el vulgo[b], y no de otra
manera, y que las que llevan traza y siguen la fábula como
el arte pide, no sirven sino para cuatro discretos que las
entienden, y todos los demás se quedan ayunos de entender
su artificio, y que a ellos les está mejor ganar de comer con
los muchos, que no opinión con los pocos, deste modo
vendrá a ser un libro, al cabo de haberme quemado las
cejas por guardar los preceptos referidos, y vendré a ser
el sastre del cantillo.»[2] Y aunque algunas veces he procurado persuadir a los actores[3] que se engañan en tener la opinión que tienen, y que más gente atraerán y más fama co-
brarán representando comedias que hagan el arte que no
con las disparatadas, y están tan asidos y encorporados en
su parecer, que no hay razón ni evidencia que dél los sa-

---

[1] Al equiparar, en sus defectos artísticos, los viejos libros de caballerías impresos y las comedias de Lope de Vega, Cervantes contra-
pone un género ya desprestigiado en 1604 y una forma dramática reciente y triunfante. Lo de «*ahora*» se refiere a los años inmediatamente
anteriores a la publicación del *Quijote*. En adelante se refiere el canónigo
a comedias de una época más temprana y en que escribió Cervantes
sus primeras obras dramáticas, los años 1580-1587.

[2] *el sastre del cantillo*[ᵃ]]   El sastre del refrán «cosía de balde y ponía
el hilo». El refrán tiene una forma aún más antigua en la colección del
Marqués de Santillana, cf. Correas 83a, 91a.

[3] *actores*]   los empresarios o autores de compañías, que también
eran casi todos actores.

que. Acuérdome que un día dije a uno destos pertinaces:
..."Decidme, ¿no os acordáis que ha pocos años que se
representaron en España tres tragedias que compuso un
famoso poeta destos reinos[4], las cuales fueron tales, que
admiraron, alegraron y suspendieron a todos cuantos las
oyeron, así simples como prudentes, así del vulgo como de
los escogidos, y dieron más dineros a los representantes
ellas tres solas que treinta de las mejores que después
acá se han hecho?" —"Sin duda", respondió el autor que
digo, "que debe de decir vuestra merced por *La Isabela*,
La Filis y *La Alejandra*". —"Por ésas digo", le repliqué
yo; "y mirad si guardaban bien los preceptos del arte, y si
por guardarlos dejaron de parecer lo que eran y de agradar
a todo el mundo. Así que no está la falta en el vulgo, que
pide disparates, sino en aquellos que no saben representar
otra cosa. Sí, que no fue disparate *La Ingratitud vengada*[5],
ni le tuvo *La Numancia*[6], ni se le halló en la del *Mercader
amante*[7], ni menos en *La Enemiga favorable*[8], ni en otras
algunas que de algunos entendidos poetas han sido compuestas[a], para fama y renombre suyo, y para ganancia de
los que las han representado". Y otras cosas añadí a éstas,
con que, a mi parecer, le dejé algo confuso; pero no satisfecho ni convencido, para sacarle de su errado pensamiento.

—En materia ha tocado vuestra merced, señor canónigo —dijo a esta sazón el cura—, que ha despertado en mí
un antiguo rancor que tengo con las comedias que agora
se usan, tal, que iguala al que tengo con los libros de caballerías; porque habiendo de ser la comedia, según le parece
a Tulio, espejo de la vida humana, ejemplo de las costumbres y imagen de la verdad[9], las que ahora se representan

[4] Lupercio Leonardo de Argensola (1559-1613)[a]. La *Isabela* se compuso hacia 1581; la *Filis* se ha perdido; la *Alejandra* está inspirada en
Marianna de Ludovico Dolce.

[5] De Lope de Vega[a].

[6] Comedia de Cervantes que hubo de representarse antes de 1587
y que nunca publicó. *V. CyE*, ed. S-B, v. 6, p. 34 y ss. Antonio de Sancha
dio a conocer su texto en 1784, *V.* 021.1:409. Solo en 1604 empezaron
a publicarse las comedias de Lope de Vega. Aquí se habla de obras
conocidas por haberse representado o que circularon en ms.

[7] De Gaspar de Aguilar.

[8] Del canónigo Francisco Agustín Tárrega.

[9] Marco Tulio Cicerón, frase conservada por Elio Donato, *Com-
mentum Terentii*, V, 1, también citada con más exactitud por Lope en
Arte nuevo de hacer comedias (1609): «Por eso Tulio las llamaba espejo /
de las costumbres y una viva imagen / de la verdad», vss. 123-5[ab].

son espejos de disparates, ejemplos de necedades e imágenes de lascivia. Porque, ¿qué mayor disparate puede ser en el sujeto que tratamos que salir un niño en mantillas en la primera cena[10] del primer acto, y en la segunda salir ya hecho hombre barbado?[b] Y ¿qué mayor que pintarnos un viejo valiente y un mozo cobarde, un lacayo rectórico, un paje consejero, un rey ganapán y una princesa fregona? ¿Qué diré, pues, de la observancia que guardan en los tiempos[11] en que pueden o podían suceder las acciones que representan, sino que he visto comedia que la primera jornada comenzó en Europa, la segunda en Asia, la tercera se acabó en África, y aun si fuera de cuatro jornadas, la cuarta acababa en América, y así se hubiera hecho en todas las cuatro partes del mundo? Y si es que la imitación es lo principal que ha de tener la comedia, ¿cómo es posible que satisfaga a ningún mediano entendimiento que, fingiendo una acción que pasa en tiempo del rey Pepino[12] y Carlomagno, el mismo que en ella hace la persona principal le atribuyan que fue el emperador Heraclio, que entró con la Cruz en Jerusalén, y el que ganó la Casa Santa, como Godofre de Bullón, habiendo infinitos años de lo uno a lo otro; y fundándose la comedia sobre cosa fingida, atribuirle verdades de historia y mezclarle pedazos de otras sucedidas a diferentes personas y tiempos, y esto, no con trazas verisímiles, sino con patentes errores, de todo punto inexcusables? Y es lo malo que hay ignorantes que digan que esto es lo perfecto, y que lo demás es buscar gullurías[13]. Pues ¿qué, si venimos a las comedias divinas? ¡Qué de milagros falsos fingen en ellas, qué de cosas apócrifas y mal entendidas, atribuyendo a un santo los milagros de otro! Y aun en las humanas se atreven a hacer milagros, sin más respeto ni consideración que parecerles que allí estará bien el tal milagro y apariencia[14], como ellos llaman, para que gente ignorante se admire y venga a la comedia; que todo esto es en perjuicio de la verdad y en menoscabo de las histo-

---

[10] *cena*] por scena o escena.

[11] *los tiempos*] las jornadas o actos.

[12] El rey Pepino, padre de Carlomagno, reinó hasta el año 768; Carlomagno hasta 814. Heraclio, emperador de Bizancio, gobernó de 610 a 641. Godofredo de Bullón, caudillo de la primera Cruzada, recobró Jerusalén en 1099.

[13] *gullurías*] 'cosas superfluas'.

[14] *apariencia*] tramoya o máquina teatral para representar transformaciones o acontecimientos prodigiosos[c].

rias, y aun en oprobio de los ingenios españoles; porque los estranjeros, que con mucha puntualidad guardan las leyes de la comedia[a], nos tienen por bárbaros e ignorantes, viendo los absurdos y disparates de las que hacemos. Y no sería bastante disculpa desto decir que el principal intento que las repúblicas bien ordenadas tienen permitiendo que se hagan públicas comedias es para entretener la comunidad con alguna honesta recreación, y divertirla[15] a veces de los malos humores que suele engendrar la ociosidad; y que, pues éste se consigue con cualquier comedia, buena o mala, no hay para qué poner leyes, ni estrechar a los que las componen y representan a que las hagan como debían hacerse, pues, como he dicho, con cualquiera se consigue lo que con ellas se pretende. A lo cual respondería yo que este fin se conseguiría mucho mejor, sin comparación alguna, con las comedias buenas que con las no tales; porque de haber oído la comedia artificiosa y bien ordenada, saldría el oyente alegre con las burlas, enseñado con las veras, admirado de los sucesos, discreto con las razones, advertido con los embustes, sagaz con los ejemplos, airado contra el vicio y enamorado de la virtud; que todos estos afectos ha de despertar la buena comedia en el ánimo del que la escuchare, por rústico y torpe que sea[h], y de toda imposibilidad es imposible dejar de alegrar y entretener, satisfacer y contentar, la comedia que todas estas partes tuviere mucho más que aquella que careciere dellas, como por la mayor parte carecen estas que de ordinario agora se representan. Y no tienen la culpa·desto los poetas que las componen, porque algunos hay dellos que conocen muy bien en lo que yerran, y saben estremadamente lo que deben hacer; pero como las comedias se han hecho mercadería vendible[b], dicen, y dicen verdad, que los representantes no se las comprarían si no fuesen de aquel jaez; y así, el poeta procura acomodarse con lo que el representante que le ha de pagar su obra le pide. Y que esto sea verdad véase por muchas e infinitas comedias que ha compuesto un felicísimo ingenio destos reinos[16], con tanta gala, con tanto donaire, con tan elegante verso, con tan buenas razones, con tan graves sentencias y, finalmente, tan llenas de elocución y alteza de estilo, que tiene lleno el mundo de

---

[15] *divertir*] I.24, nota 9.
[16] Lope de Vega. *V*. **392, 473.**

su fama; y, por querer acomodarse al gusto de los representantes, no han llegado todas, como han llegado algunas, al punto de la perfección que requieren. Otros las componen tan sin mirar lo que hacen, que después de representadas tienen necesidad los recitantes de huirse y ausentarse, temerosos de ser castigados, como lo han sido muchas veces, por haber representado cosas en perjuicio de algunos reyes y en deshonra de algunos linajes. Y todos estos inconvinientes cesarían, y aun otros muchos más que no digo, con que hubiese en la Corte una persona inteligente y discreta que examinase todas las comedias antes que se representasen[a]; no sólo aquellas que se hiciesen en la Corte, sino todas las que se quisiesen representar en España; sin la cual aprobación, sello y firma ninguna justicia en su lugar dejase representar comedia alguna; y desta manera, los comediantes tendrían cuidado de enviar las comedias a la Corte, y con seguridad podrían representallas, y aquellos que las componen mirarían con más cuidado y estudio lo que hacían, temerosos de haber de pasar sus obras por el riguroso examen de quien lo entiende; y desta manera se harían buenas comedias y se conseguiría felicísimamente lo que en ellas se pretende: así el entretenimiento del pueblo como la opinión de los ingenios de España, el interés y seguridad de los recitantes y el ahorro del cuidado de castigallos. Y si se diese cargo a otro, o a este mismo, que examinase los libros de caballerías que de nuevo se compusiesen, sin duda podrían salir algunos con la perfección que vuestra merced ha dicho, enriqueciendo nuestra lengua del agradable y precioso tesoro de la elocuencia, dando ocasión que los libros viejos se escureciesen a la luz de los nuevos que saliesen, para honesto pasatiempo, no solamente de los ociosos, sino de los más ocupados; pues no es posible que esté continuo el arco armado[b], ni la condición y flaqueza humana se pueda sustentar sin alguna lícita recreación.

A este punto de su coloquio llegaban el canónigo y el cura, cuando adelantándose el barbero, llegó a ellos, y dijo al cura:

—Aquí, señor licenciado, es el lugar que yo dije que era bueno para que, sesteando nosotros, tuviesen los bueyes fresco y abundoso pasto.

—Así me lo parece a mí —respondió el cura.

Y diciéndole al canónigo lo que pensaba hacer, él también quiso quedarse con ellos, convidado del sitio de un hermoso valle que a la vista se les ofrecía. Y así por gozar dél como de la conversación del cura, de quien ya iba aficionado, y por saber más por menudo las hazañas de don Quijote, mandó a algunos de sus criados que se fuesen a la venta que no lejos de allí estaba, y trujesen della lo que hubiese de comer, para todos, porque él determinaba de sestear en aquel lugar aquella tarde; a lo cual uno de sus criados respondió que el acémila del repuesto, que ya debía de estar en la venta, traía recado bastante para no obligar a no tomar de la venta más que cebada.

—Pues así es —dijo el canónigo—, llévense allá todas las cabalgaduras, y haced volver la acémila.

En tanto que esto pasaba, viendo Sancho que podía hablar a su amo sin la continua asistencia del cura y el barbero, que tenía por sospechosos, se llegó a la jaula donde iba su amo, y le dijo:

—Señor, para descargo de mi conciencia le quiero decir lo que pasa cerca de su encantamento; y es que aquestos dos que vienen aquí cubiertos los rostros son el cura de nuestro lugar y el barbero; y imagino han dado esta traza de llevalle desta manera, de pura envidia que tienen como vuestra merced se les adelanta en hacer famosos hechos. Presupuesta, pues, esta verdad, síguese que no va encantado, sino embaído[17] y tonto. Para prueba de lo cual le quiero preguntar una cosa; y si me responde como creo que me ha de responder, tocará con la mano este engaño y verá como no va encantado, sino trastornado el juicio.

—Pregunta lo que quisieres, hijo Sancho —respondió don Quijote—, que yo te satisfaré y responderé a toda tu voluntad. Y en lo que dices que aquellos que allí van y vienen con nosotros son el cura y el barbero, nuestros compatriotas y conocidos, bien podrá ser que parezca que son ellos mesmos; pero que lo sean realmente y en efeto, eso no lo creas en ninguna manera. Lo que has de creer y entender es que si ellos se les parecen, como dices, debe de ser que los que me han encantado habrán tomado esa apariencia y semejanza; porque es fácil a los encantadores tomar la figura que se les antoja, y habrán tomado las destos nuestros amigos, para darte a ti ocasión de que pienses lo que piensas y ponerte en un laberinto de imaginaciones,

---

[17] *embaído*] embaucado, engañado, burlado.

que no aciertes a salir dél, aunque tuvieses la soga de Teseo[18].
Y también lo habrán hecho para que yo vacile en mi entendimiento, y no sepa atinar de dónde me viene este daño;
porque si, por una parte, tú me dices que me acompañan
el barbero y el cura de nuestro pueblo, y, por otra, yo me
veo enjaulado, y sé de mí que fuerzas humanas, como no
fueran sobrenaturales, no fueran bastantes para enjau-
larme, ¿qué quieres que diga o piense sino que la manera
de mi encantamento excede a cuantas yo he leído en todas
las historias que tratan de caballeros andantes que han sido
encantados? Ansí que bien puedes darte paz y sosiego en
esto de creer que son los que dices, porque así son ellos
como yo soy turco. Y en lo que toca a querer preguntarme
algo, di, que yo te responderé, aunque me preguntes de
aquí a mañana.

—¡Válame Nuestra Señora! —respondió Sancho, dando una gran voz—. Y ¿es posible que sea vuestra merced
tan duro de celebro y tan falto de meollo, que no eche
de ver que es pura verdad la que le digo, y que en esta su
prisión y desgracia tiene más parte la malicia que el encanto? Pero, pues así es, yo le quiero probar evidentemente
como no va encantado. Si no, dígame, así Dios le saque
desta tormenta, y así se vea en los brazos de mi señora
Dulcinea cuando menos se piense...

—Acaba de conjurarme —dijo don Quijote—, y pregunta lo que quisieres; que ya te he dicho que te responderé
con toda puntualidad.

—Eso pido —replicó Sancho—; y lo que quiero saber
es que me diga, sin añadir ni quitar cosa ninguna, sino con
toda verdad, como se espera que la han de decir y la dicen
todos aquellos que profesan las armas, como vuestra merced las profesa, debajo de título de caballeros andantes...

—Digo que no mentiré en cosa alguna —respondió
don Quijote—. Acaba ya de preguntar; que en verdad que
me cansas con tantas salvas[19], plegarias y prevenciones,
Sancho.

—Digo que yo estoy seguro de la bondad y verdad de
mi amo; y así, porque hace al caso a nuestro cuento, pregunto, hablando con acatamiento, si acaso después que
vuestra merced va enjaulado y, a su parecer encantado

[18] *soga de Teseo*]   el hilo de Ariadna, cf. I.25, p. 317.
[19] *salvas*]   ceremonia, cumplimientos, salvedades. Cov. 924.a.28.

en esta jaula, le ha venido gana y voluntad de hacer aguas mayores o menores, como suele decirse.

—No entiendo eso de *hacer aguas*, Sancho; aclárate más, si quieres que te responda derechamente.

—¿Es posible que no entiende vuestra merced de hacer aguas menores o mayores? Pues en la escuela destetan[b] a los muchachos con ello. Pues sepa que quiero decir si le ha venido gana de hacer lo que no se escusa.

—¡Ya, ya te entiendo, Sancho! Y muchas veces; y aun agora la tengo. ¡Sácame deste peligro, que no anda todo limpio!

CAPÍTULO XLIX

Donde se trata del discreto coloquio que Sancho Panza tuvo con su señor don Quijote

—¡Ah! —dijo Sancho—. Cogido le tengo: esto es lo que yo deseaba saber, como al alma y como a la vida. Venga acá, señor: ¿Podría negar lo que comúnmente suele decirse por ahí cuando una persona está de mala voluntad[1]: «No sé qué tiene fulano, que ni come, ni bebe, ni duerme, ni responde a propósito a lo que le preguntan, que no parece sino que está encantado»? De donde se viene a sacar que los que no comen, ni beben, ni duermen, ni hacen las obras naturales que yo digo, estos tales están encantados; pero no aquellos que tienen la gana que vuestra merced tiene y que bebe cuando se lo dan, y come cuando lo tiene, y responde a todo aquello que le preguntan.

—Verdad dices, Sancho —respondió don Quijote—; pero ya te he dicho que hay muchas maneras de encantamentos, y podría ser que con el tiempo se hubiesen mudado de unos en otros, y que agora se use que los encantados hagan todo lo que yo hago, aunque antes no lo hacían. De manera, que contra el uso de los tiempos no hay que argüir ni de qué hacer consequencias. Yo sé y tengo para mí que voy encantado, y esto me basta para la seguridad de mi conciencia; que la formaría[2] muy grande si yo pen-

---

[1] *estar de mala voluntad:* estar mal dispuesto, indispuesto, cf. I.21, p. 260[b].

[2] *formar conciencia*[b]: hacer escrúpulos o cargo de conciencia.

sase que no estaba encantado y me dejase estar en esta jaula perezoso y cobarde, defraudando el socorro que podría dar a muchos menesterosos y necesitados que de mi ayuda y amparo deben tener a la hora de ahora precisa y estrema necesidad.

—Pues con todo eso —replicó Sancho—, digo que, para mayor abundancia y satisfación, sería bien que vuestra merced probase a salir desta cárcel, que yo me obligo con todo mi poder a facilitarlo, y aun a sacarle della, y probase de nuevo a subir sobre su buen Rocinante, que también parece que va encantado, según va de malencólico y triste; y, hecho esto, probásemos otra vez la suerte de buscar más aventuras; y si no nos sucediese bien, tiempo nos queda para volvernos a la jaula, en la cual prometo, a ley de buen y leal escudero, de encerrarme juntamente con vuestra merced, si acaso fuere vuestra merced tan desdichado, o yo tan simple, que no acierte a salir con lo que digo.

—Yo soy contento de hacer lo que dices, Sancho hermano —replicó don Quijote—; y cuando tú veas coyuntura de poner en obra mi libertad, yo te obedeceré en todo y por todo; pero tú, Sancho, verás como te engañas en el conocimiento de mi desgracia.

En estas pláticas se entretuvieron el caballero andante y el mal andante escudero, hasta que llegaron donde, ya apeados, los aguardaban el cura, el canónigo y el barbero. Desunció luego los bueyes de la carreta el boyero, y dejólos andar a sus anchuras por aquel verde y apacible sitio, cuya frescura convidaba a quererla gozar, no a las personas tan encantadas como don Quijote, sino a los tan advertidos y discretos como su escudero; el cual rogó al cura que permitiese que su señor saliese por un rato de la jaula, porque si no le dejaban salir, no iría tan limpia aquella prisión como requiría la decencia de un tal caballero como su amo. Entendióle el cura, y dijo que de muy buena gana haría lo que le pedía, si no temiera que en viéndose su señor en libertad había de hacer de las suyas, y irse donde jamás gentes le viesen.

—Yo le fío de la fuga —respondió Sancho.

—Y yo y todo[3] —dijo el canónigo—, y más si él me da la palabra como caballero de no apartarse de nosotros hasta que sea nuestra voluntad.

---

[3] *Y yo y todo*] 'Y yo también'.

—Sí doy —respondió don Quijote, que todo lo estaba escuchando—; cuanto más que el que está encantado, como yo, no tiene libertad para hacer de su persona lo que quisiere, porque el que le encantó le puede hacer que no se mueva de un lugar en tres siglos; y si hubiere huido, le hará volver en volandas. —Y que, pues esto era así, bien podían soltalle, y más siendo tan en provecho de todos; y del no soltalle les protestaba que no podía dejar de fatigalles el olfato, si de allí no se desviaban.

Tomóle la mano[b] el canónigo, aunque las tenía atadas, y debajo de su buena fe y palabra, le desenjaularon, de que él se alegró infinito y en grande manera de verse fuera de la jaula; y lo primero que hizo fue estirarse todo el cuerpo, y luego se fue donde estaba Rocinante, y dándole dos palmadas en las ancas, dijo:

—Aún espero en Dios y en su bendita Madre, flor y espejo de los caballos, que presto nos hemos de ver los dos cual deseamos; tú, con tu señor a cuestas; y yo, encima de ti, ejercitando el oficio para que Dios me echó al mundo.

Y diciendo esto, don Quijote se apartó con Sancho en remota parte, de donde vino más aliviado y con más deseos de poner en obra lo que su escudero ordenase.

Mirábalo el canónigo, y admirábase de ver la estrañeza de su grande locura, y de que en cuanto hablaba y respondía mostraba tener bonísimo entendimiento; solamente venía a perder los estribos[4], como otras veces se ha dicho, en tratándole de caballería. Y así, movido de compasión, después de haberse sentado todos en la verde yerba para esperar el repuesto del canónigo, le dijo:

—¿Es posible, señor hidalgo, que haya podido tanto con vuestra merced la amarga y ociosa letura de los libros de caballerías, que le hayan vuelto el juicio de modo que venga a creer que va encantado, con otras cosas deste jaez, tan lejos de ser verdaderas como lo está la mesma mentira de la verdad? Y ¿cómo es posible que haya entendimiento humano que se dé a entender que ha habido en el mundo aquella infinidad de Amadises[c], y aquella turbamulta de tanto famoso caballero, tanto[5] emperador de Trapisonda,

---

[4] *perder los estribos*] «Hacerle perder a uno los estribos: sacarle la paciencia, como el caballero que, encontrando a otro con la lanza, le saca de acuerdo, y le hace perder los estribos», Cov. 571.a.18.

[5] La repetición del indefinido *tanto* imita satíricamente enumeraciones descriptivas frecuentes en los libros andantescos, tomadas de los

tanto Felixmarte de Hircania, tanto palafrén, tanta doncella andante, tantas sierpes, tantos endriagos, tantos gigantes[c], tantas inauditas aventuras[c], tanto género de encantamentos, tantas batallas, tantos desaforados encuentros, tanta bizarría de trajes, tantas princesas enamoradas, tantos escuderos condes, tantos enanos graciosos[c], tanto billete, tanto requiebro, tantas mujeres valientes[c] y, finalmente, tantos y tan disparatados casos como los libros de caballerías contienen? De mí sé decir que cuando los leo, en tanto que no pongo la imaginación en pensar que son todos mentira y liviandad, me dan algún contento; pero cuando caigo en la cuenta de lo que son, doy con el mejor dellos en la pared, y aun diera con él en el fuego si cerca o presente le tuviera, bien como a merecedores de tal pena, por ser falsos y embusteros, y fuera del trato que pide la común naturaleza, y como a inventores de nuevas sectas y de nuevo modo de vida, y como a quien da ocasión que el vulgo ignorante venga a creer y a tener por verdaderas tantas necedades como contienen. Y aun tienen tanto atrevimiento, que se atreven a turbar los ingenios de los discretos y bien nacidos hidalgos, como se echa bien de ver por lo que con vuestra merced han hecho, pues le han traído a términos, que sea forzoso encerrarle en una jaula, y traerle sobre un carro de bueyes, como quien trae o lleva algún león o algún tigre de lugar en lugar, para ganar con él dejando que le vean. ¡Ea, señor don Quijote, duélase de sí mismo, y redúzgase al gremio[6] de la discreción, y sepa usar de la mucha que el cielo fue servido de darle, empleando el felicísimo talento de su ingenio en otra letura que redunde en aprovechamiento de su conciencia y en aumento de su honra! Y si todavía, llevado de su natural inclinación, quisiere leer libros de hazañas y de caballerías, lea en la Sacra Escritura el de los Jueces; que allí hallará verdades grandiosas y hechos tan verdaderos como valientes. Un Viriato tuvo Lusitania; un César, Roma; un Aníbal, Cartago; un Alejandro, Grecia; un conde Fernán González, Castilla; un Cid, Valencia; un Gonzalo Fernández, Andalucía; un Diego García de Paredes, Estremadura; un Garci Pérez de Vargas, Jerez; un Garcilaso, Toledo; un don Manuel de León, Sevilla,

---

romances y cantares de gesta, cf. Menéndez Pidal, *Poema de mio Cid*, ed. Clás. Cast., p. 33. Sobre *Trapisonda*, p. 54, nota 19.
    [6] *redúzgase al gremio*[b]] Cf. I.46, nota 13.

cuya leción de sus valerosos hechos puede entretener, enseñar, deleitar y admirar a los más altos ingenios que los leyeren[7]. Ésta sí será letura digna del buen entendimiento de vuestra merced, señor don Quijote mío, de la cual saldrá erudito en la historia, enamorado de la virtud, enseñado en la bondad, mejorado en las costumbres, valiente sin temeridad, osado sin cobardía, y todo esto, para honra de Dios, provecho suyo y fama de la Mancha, do, según he sabido, trae vuestra merced su principio y origen.

Atentísimamente estuvo don Quijote escuchando las razones del canónigo; y cuando vio que ya había puesto fin a ellas, después de haberle estado un buen espacio mirando, le dijo:

—Paréceme, señor hidalgo, que la plática de vuestra merced se ha encaminado a querer darme a entender que no ha habido caballeros andantes en el mundo, y que todos los libros de caballerías son falsos, mentirosos, dañadores e inútiles para la república, y que yo he hecho mal en leerlos, y peor en creerlos, y más mal en imitarlos, habiéndome puesto a seguir la durísima profesión de la caballería andante, que ellos enseñan, negándome que no[8] ha habido en el mundo Amadises, ni de Gaula ni de Grecia, ni todos los otros caballeros de que las escrituras están llenas.

—Todo es al pie de la letra como vuestra merced lo va relatando —dijo a esta sazón el canónigo.

A lo cual respondió don Quijote:

—Añadió también vuestra merced, diciendo que me habían hecho mucho daño tales libros, pues me habían vuelto el juicio y puéstome en una jaula, y que me sería mejor hacer la enmienda y mudar de letura, leyendo otros más verdaderos y que mejor deleitan y enseñan.

—Así es —dijo el canónigo.

—Pues yo —replicó don Quijote—, hallo por mi cuenta que el sin juicio y el encantado es vuestra merced, pues se ha puesto a decir tantas blasfemias contra una cosa tan recebida en el mundo, y tenida por tan verdadera, que el

---

[7] Los héroes de las lecturas que cita el canónigo son rigurosamente históricos. Gonzalo Fernández es el Gran Capitán, I.32, nota 10. Garcilaso es el caballero Garcilaso de la Vega que se distinguió en la guerra de Granada (es improbable que el canónigo se refiera al poeta del mismo nombre). Sobre don Manuel de Leónª, II.17, nota 13.

[8] *no* redundante con verbo de negación; se repite varias veces en el razonamiento de don Quijote que sigue.

MIGUEL DE CERVANTES SAAVEDRA

que la negase, como vuestra merced la niega, merecía la
mesma pena que vuestra merced dice que da a los libros
cuando los lee y le enfadan. Porque querer dar a entender
a nadie que Amadís no fue en el mundo, ni todos los otros
caballeros aventureros de que están colmadas las historias, será querer persuadir que el sol no alumbra, ni el yelo
enfría, ni la tierra sustenta; porque ¿qué ingenio puede
haber en el mundo que pueda persuadir a otro que no
fue verdad lo de la infanta Floripes y Guy de Borgoña, y
lo de Fierabrás con la puente de Mantible, que sucedió en
el tiempo de Carlomagno[9], que voto a tal que es tanta verdad como es ahora de día? Y si es mentira, también lo debe
de ser que no hubo Héctor, ni Aquiles[c], ni la guerra de
Troya, ni los doce Pares de Francia[10], ni el rey Artús de Ingalaterra, que anda hasta ahora convertido en cuervo y
le esperan en su reino por momentos. Y también se atre-
verán a decir que es mentirosa la historia de Guarino Mezquino[11], y la de la demanda del Santo Grial[12], y que son
apócrifos los amores de don Tristán y la reina Iseo[c], como
los de Ginebra y Lanzarote, habiendo personas que casi
se acuerdan de haber visto a la dueña Quintañona, que fue
la mejor escanciadora de vino que tuvo la Gran Bretaña[13].

[9] Don Quijote contesta refiriéndose a casos legendarios recordados
en historias. Se narra en la *Hystoria del emperador Carlomagno y de
los doze pares de Francia* (V. I.10, nota 12) que el almirante Balán reinaba
en el Castillo de Aguas Muertas con su hijo Fierabrás y su hija Floripes.
Se llegaba a Aguas Muertas por la puente de Mantible, custodiada por
un espantable gigante y un ejército de paganos. Floripes se enamora de
Guy de Borgoña, uno de los doce pares, a quienes da acogida en una torre,
hasta que llega a socorrerlos Carlomagno. Vencido y muerto Balán,
Floripes se convierte a la fe cristiana, se casa con Guy de Borgoña y el
Emperador los corona reyes de estas tierras[ac].

[10] Sobre *los doce Pares de Francia*, I.5, nota 12. Sobre las leyendas
del *rey Artús*, I.13, notas 6 y 7.

[11] *Guarino Mezquino*] Alude tal vez a la *Coronica del noble cauallero
Guarino mesquino*, etc. (Sevilla, 1527, 1548) que es trad. de la novela
italiana *Guerrino il meschino* de Andrea da Barberino (ca. 1370-m.
después de 1431)[ec].

[12] *Santo Grial*] Según las leyendas medievales (materia de Bretaña)
era la copa en que José de Arimatea recogió la sangre de Jesucristo.
V. R. S. Loomis, *The Grail from celtic myth to christian symbol* (New
York: Columbia Univ. Press, 1963) y **160.4**; sobre las versiones castellanas, **160.2, 160.5.** Cervantes no parece conocer más que unos cuantos
detalles de la leyenda.

[13] Sobre la versión castellana de la leyenda de Lanzarote y Ginebra
y la dueña Quintañona, I.13, nota 9.

Y es esto tan ansí, que me acuerdo yo que me decía una
mi agüela de partes de mi padre[b], cuando veía alguna dueña
con tocas reverendas[b]: «Aquélla, nieto, se parece a la dueña
Quintañona». De donde arguyo yo que la debió de conocer ella o, por lo menos, debió de alcanzar a ver algún retrato suyo. Pues ¿quién podrá negar no ser verdadera la
historia de Pierres y la linda Magalona, pues aun hasta
hoy día se vee en la armería de los reyes la clavija con que
volvía al caballo de madera[14] sobre quien iba el valiente
Pierres por los aires, que es un poco mayor que un timón
de carreta? Y junto a la clavija está la silla de Babieca,
y en Roncesvalles está el cuerno de Roldán[e], tamaño como
una grande viga; de donde se infiere que hubo doce Pares,
que hubo Pierres, que hubo Cides, y otros caballeros semejantes,

> destos que dicen las gentes
> que a sus aventuras van[15].

Si no, díganme también que no es verdad que fue caballero
andante el valiente lusitano Juan de Merlo[16], que fue a
Borgoña y se combatió en la ciudad de Ras con el famoso
señor de Charni, llamado mosén Pierres, y después, en la
ciudad de Basilea, con mosén Enrique de Remestán, saliendo de entrambas empresas vencedor y lleno de honrosa
fama, y las aventuras y desafíos que también acabaron en
Borgoña los valientes españoles Pedro Barba y Gutierre
Quijada (de cuya alcurnia yo deciendo por línea recta de

---

[14] *Pierres y la linda Magalona... caballo de madera*]   Ferdinand Wolf
en 1833 y luego Schevill en 1927 (P. Aebischer, **489**) indicaron que este
caballo (antecedente de Clavileño) no figura en la historia de estos
amantes (Sevilla, 1519) sino en la de otros, igualmente difundida, *La
hystoria del muy valiente y esforçado cauallero Clamades, hijo del rey de
Castilla, e de la linda Clarmonda, hija del rey de Tuscana* (Burgos, 1521),
que deriva de las prosificaciones francesas del poema de Adenet li Rois,
V. II.40, nota 6; **489**.

[15] *V.* I.9, nota 7.

[16] Ahora enumera don Quijote a una serie de caballeros españoles
que vivieron en el siglo XV y cuyas empresas figuran en la *Crónica de
Juan II* (BAE, t. 68), *V.* los comentarios extensos de RM, Cortejón y
Clemencín, y Martín de Riquer, *Caballeros andantes españoles*, Madrid:
Espasa-Calpe, 1967. Col Austral. De Gutierre Quijada y los «modelos
vivos» de don Quijote han escrito RM (t. 10, Apéndice 40) y Astrana
Marín, **039.4**, c. 45.

varón), venciendo a los hijos del conde de San Polo. Niéguenme asimesmo que no fue a buscar las aventuras a Alemania don Fernando de Guevara, donde se combatió con micer Jorge, caballero de la casa del duque de Austria; digan que fueron burla las justas de Suero de Quiñones, del Paso[17]; las empresas de mosén Luis de Falces contra don Gonzalo de Guzmán, caballero castellano, con otras muchas hazañas hechas por caballeros cristianos, déstos y de los reinos estranjeros, tan auténticas y verdaderas, que torno a decir que el que las negase carecería de toda razón y buen discurso.

Admirado quedó el canónigo de oír la mezcla que don Quijote hacía de verdades y mentiras, y de ver la noticia que tenía de todas aquellas cosas tocantes y concernientes a los hechos de su andante caballería, y así le respondió:

—No puedo yo negar, señor don Quijote, que no sea verdad algo de lo que vuestra merced ha dicho, especialmente en lo que toca a los caballeros andantes españoles; y asimesmo quiero conceder que hubo doce Pares de Francia; pero no quiero creer que hicieron todas aquellas cosas que el arzobispo Turpín[18] dellos escribe; porque la verdad dello es que fueron caballeros escogidos por los reyes de Francia, a quien llamaron *pares* por ser todos iguales en valor, en calidad y en valentía; a lo menos, si no lo eran, era razón que lo fuesen, y era como una religión de las que ahora se usan de Santiago o de Calatrava, que se presupone que los que la profesan han de ser, o deben ser, caballeros valerosos, valientes y bien nacidos; y como ahora dicen caballero de San Juan, o de Alcántara, decían en aquel tiempo caballero de los doce Pares, porque lo fueron doce iguales los que para esta religión militar se escogieron. En lo de que hubo Cid no hay duda, ni menos Bernardo del

---

[17] *Suero de Quiñones, del Paso*] Mencionado bajo el año de 1433 en la *Crónica de Juan II*. El caballero leonés Suero de Quiñones, acompañado de otros nueve caballeros, mantuvo un torneo a fin de librarse del juramento hecho en honor de su dama de llevar al cuello una argolla de hierro durante todos los jueves del año. Es asunto de una de las crónicas de hechos particulares del siglo XV conservada en una refundición hecha por Fray Juan de Pineda en el siglo XVI (Salamanca, 1588). *El Passo honroso* se celebró en julio de 1434 en el puente de Órbigo, próximo a León, en la ruta de las peregrinaciones a Compostela. Durante treinta días, sesenta y ocho caballeros lucharon contra los mantenedores, hasta que, rotas las trescientas lanzas propuestas, los jueces declararon a Quiñones libre de su promesa[ac].

[18] *el arzobispo Turpín*] I.6, nota 14.

Carpio[19]; pero de que hicieron las hazañas que dicen, creo que la hay muy grande. En lo otro de la clavija que vuestra merced dice del conde Pierres, y que está junto a la silla de Babieca en la armería de los reyes, confieso mi pecado; que soy tan ignorante, o tan corto de vista, que, aunque he visto la silla, no he echado de ver la clavija, y más siendo tan grande como vuestra merced ha dicho.

—Pues allí está, sin duda alguna —replicó don Quijote—; y, por más señas, dicen que está metida en una funda de vaqueta[20], porque no se tome de moho.

—Todo puede ser —respondió el canónigo—; pero por las órdenes que recebí que no me acuerdo haberla visto. Mas puesto que conceda que está allí, no por eso me obligo a creer las historias de tantos Amadises, ni las de tanta turbamulta de caballeros como por ahí nos cuentan, ni es razón que un hombre como vuestra merced, tan honrado y de tan buenas partes, y dotado de tan buen entendimiento, se dé a entender que son verdaderas tantas y tan estrañas locuras como las que están escritas en los disparatados libros de caballerías.

CAPÍTULO L

De las discretas altercaciones que don Quijote y el canónigo tuvieron, con otros sucesos,

—¡Bueno está eso! —respondió don Quijote—. Los libros que están impresos con licencia de los reyes y con aprobación de aquellos a quien se remitieron, y que con gusto general son leídos y celebrados de los grandes y de los chicos, de los pobres y de los ricos, de los letrados e ignorantes, de los plebeyos y caballeros, finalmente, de todo género de personas de cualquier estado y condición que sean, ¿habían de ser mentira, y más llevando tanta apariencia de verdad, pues nos cuentan el padre, la madre, la patria, los parientes, la edad, el lugar y las hazañas, punto por punto y día por día, que el tal caballero hizo, o caba-

---

[19] *Bernardo del Carpio*] Se creyó en la existencia histórica de este héroe fabuloso hasta el siglo XVIII.

[20] *vaqueta*] cuero de vaca curtido y adobado.

lleros hicieron? Calle vuestra merced, no diga tal blasfemia, y créame que le aconsejo en esto lo que debe de hacer como discreto, si no léalos, y verá el gusto que recibe de su leyenda. Si no, dígame: ¿Hay mayor contento que ver, como si dijésemos, aquí ahora se muestra delante de nosotros un gran lago de pez hirviendo a borbollones, y que andan nadando y cruzando por él muchas serpientes, culebras y lagartos, y otros muchos géneros de animales feroces y espantables, y que del medio del lago sale una voz tristísima que dice: —"Tú, caballero, quienquiera que seas, que el temeroso lago estás mirando, si quieres alcanzar el bien que debajo destas negras aguas se encubre, muestra el valor de tu fuerte pecho y arrójate en mitad de su negro y encendido licor; porque si así no lo haces, no serás digno de ver las altas maravillas que en sí encierran y contienen los siete castillos de las siete fadas[c] que debajo desta negregura[1] yacen? ¿Y que apenas el caballero no ha acabado de oír la voz temerosa, cuando, sin entrar más en cuentas consigo, sin ponerse a considerar el peligro a que se pone, y aun sin despojarse de la pesadumbre de sus fuertes armas, encomendándose a Dios y a su señora, se arroja en mitad del bullente lago[c], y cuando no se cata ni sabe dónde ha de parar, se halla entre unos floridos campos, con quien los Elíseos no tienen que ver en ninguna cosa? Allí le parece que el cielo es más transparente, y que el sol luce con claridad más nueva[c]; ofrécesele a los ojos una apacible floresta de tan verdes y frondosos árboles compuesta, que alegra a la vista su verdura, y entretiene los oídos el dulce y no aprendido canto de los pequeños, infinitos y pintados pajarillos que por los intricados ramos van cruzando. Aquí descubre un arroyuelo, cuyas frescas aguas, que líquidos cristales parecen, corren sobre menudas arenas y blancas pedrezuelas, que oro cernido y puras perlas semejan; acullá vee una artificiosa fuente de jaspe variado[2] y de liso mármol compuesta; acá vee otra a lo brutesco[3] adornada, adonde las menudas conchas de las almejas con las torcidas casas blancas y amarillas del caracol, puestas con orden desordenada,

---

[1] *negregura*] negrura[b].
[2] *variado*] de diversos colores[c].
[3] *a lo brutesco*] 'a lo rústico', por corrupción de *grutesco*[bh], «Grutesco: se dijo de gruta, y es cierto modo de pintura, remedando lo tosco de las grutas y los animalejos que suelen criar en ellas, y sabandijas y aves nocturnas», Cov. 661.a.48.

mezclados entre ellas pedazos de cristal luciente y de contrahechas esmeraldas, hacen una variada labor, de manera que
el arte, imitando a la naturaleza, parece que allí la vence.
Acullá de improviso se le descubre un fuerte castillo o vis-
toso alcázar[4], cuyas murallas son de macizo oro, las almenas de diamantes, las puertas de jacintos[5]; finalmente,
él es de tan admirable compostura, que, con ser la materia
de que está formado no menos que de diamantes, de carbun-
cos[6], de rubíes, de perlas, de oro y de esmeraldas, es de
más estimación su hechura. Y ¿hay más que ver, después
de haber visto esto, que ver salir por la puerta del castillo
un buen número de doncellas[c], cuyos galanos y vistosos
trajes, si yo me pusiese ahora a decirlos como las historias
nos los cuentan, sería nunca acabar; y tomar luego la que
parecía principal de todas por la mano al atrevido caballero
que se arrojó en el ferviente[7] lago, y llevarle, sin hablarle
palabra, dentro del rico alcázar o castillo, y hacerle desnudar como su madre le parió, y bañarle con templadas
aguas, y luego untarle todo con olorosos ungüentos, y ves-
tirle una camisa de cendal delgadísimo, toda olorosa y
perfumada, y acudir otra doncella y echarle un mantón
sobre los hombros, que, por lo menos menos[8], dicen que
suele valer una ciudad[b], y aun más? ¿Qué es ver, pues, cuando nos cuentan que, tras todo esto, le llevan a otra sala,
donde halla puestas las mesas, con tanto concierto, que
queda suspenso y admirado? ¿Qué el verle echar agua a
manos, toda de ámbar y de olorosas flores distilada? ¿Qué
el hacerle sentar sobre una silla de marfil? ¿Qué verle servir
todas las doncellas[c], guardando un maravilloso silencio?
¿Qué el traerle tanta diferencia de manjares, tan sabrosamente guisados, que no sabe el apetito a cuál deba de alar-
gar la mano? ¿Cuál será oír la música que en tanto que come
suena, sin saberse quién la canta ni adónde suena? ¿Y,
después de la comida acabada y las mesas alzadas, quedarse

[4] Don Quijote combina tópicos —el lago, la floresta elísea, la gruta
y el palacio— del viaje al mundo subterráneo de los relatos caballerescos;
cf. esta aventura 'imaginada' con la de la cueva de Montesinos, II.23.
V. María Rosa Lida de Malkiel, 483.3. En esta descripción de la gruta
se ha visto cierta doctrina estética del barroco, Casalduero, 090, p. 196-7.
[5] jacintos] piedra fina, circón.
[6] carbuncos] carbunclos, especie de rubí[c].
[7] ferviente] hirviente.
[8] por lo menos menos] superlativo por la repetición de menos[b].

el caballero recostado sobre la silla, y quizá mondándose
los dientes[9], como es costumbre, entrar a deshora por la
puerta de la sala otra mucho más hermosa doncella que
ninguna de las primeras, y sentarse al lado del caballero,
y comenzar a darle cuenta de qué castillo es aquél, y de
cómo ella está encantada en él, con otras cosas que suspenden
al caballero y admiran a los leyentes que van leyendo su
historia? No quiero alargarme más en esto, pues dello se
puede colegir que cualquiera parte que se lea de cualquiera
historia de caballero andante ha de causar gusto y maravilla a cualquiera que la leyere. Y vuestra merced créame,
y como otra vez le he dicho, lea estos libros, y verá cómo
le destierran la melancolía que tuviere, y le mejoran la
condición, si acaso la tiene mala. De mí sé decir que después que[10] soy caballero andante soy valiente, comedido,
liberal, biencriado, generoso, cortés, atrevido, blando, pa-
ciente, sufridor de trabajos, de prisiones, de encantos; y
aunque ha tan poco que me vi encerrado en una jaula como
loco, pienso, por el valor de mi brazo, favoreciéndome el
cielo y no me siendo contraria la fortuna, en pocos días
verme rey de algún reino, adonde pueda mostrar el agradecimiento y liberalidad que mi pecho encierra. Que, mía
fe[11], señor, el pobre está inhabilitado de poder mostrar la
virtud de liberalidad con ninguno, aunque en sumo grado
la posea; y el agradecimiento que sólo consiste en el deseo
es cosa muerta, como es muerta la fe sin obras[12]. Por esto
querría que la fortuna me ofreciese presto alguna ocasión
donde me hiciese emperador, por mostrar mi pecho haciendo bien a mis amigos, especialmente a este pobre de Sancho
Panza, mi escudero, que es el mejor hombre del mundo,
y querría darle un condado que le tengo muchos días ha
prometido; sino que temo que no ha de tener habilidad
para gobernar su estado.

Casi estas últimas palabras oyó Sancho a su amo, a
quien dijo:

—Trabaje vuestra merced, señor don Quijote, en darme ese condado tan prometido de vuestra merced, como de

---

[9] *mondándose los dientes*] Detalle quijotesco, pues el palillo de
dientes era motivo para acentuar la pobreza y el hambre del hidalgo
como tipo social, *V.* RM, Apéndice 36, t. 10, p. 93.
[10] *después que*] desde que[b].
[11] *mía fe*] 'a fe mía', cf. I.30, p.371.
[12] *muerta... obras*] cf. Epístola católica de Santiago, 2,26.

mí esperado; que yo le prometo que no me falte a mí habilidad para gobernarle; y cuando me faltare, yo he oído decir que hay hombres en el mundo que toman en arrendamiento los estados de los señores, y les dan un tanto cada año, y ellos se tienen cuidado del gobierno, y el señor se está a pierna tendida, gozando de la renta que le dan, sin curarse de otra cosa; y así haré yo, y no repararé en tanto más cuanto[13], sino que luego me desistiré[14] de todo, y me gozaré mi renta como un duque, y allá se lo hayan.

—Eso, hermano Sancho —dijo el canónigo—, entiéndese en cuanto al gozar la renta; empero al administrar justicia, ha de atender el señor del estado, y aquí entra la habilidad y buen juicio, y principalmente la buena intención de acertar; que si ésta falta en los principios, siempre irán errados los medios y los fines; y así suele Dios ayudar al buen deseo del simple como desfavorecer al malo del discreto.

—No sé esas filosofías —respondió Sancho Panza—; mas sólo sé que tan presto tuviese yo el condado como sabría regirle; que tanta alma tengo yo como otro, y tanto cuerpo como el que más, y tan rey sería yo de mi estado como cada uno del suyo; y siéndolo, haría lo que quisiese; y haciendo lo que quisiese, haría mi gusto; y haciendo mi gusto, estaría contento; y en estando uno contento, no tiene más que desear; y no teniendo más que desear, acabóse, y el estado venga, y a Dios y veámonos, como dijo un ciego a otro[15].

—No son malas filosofías ésas, como tú dices, Sancho[16]; pero, con todo eso, hay mucho que decir sobre esta materia de condados.

A lo cual replicó don Quijote:

—Yo no sé que haya más que decir; sólo me guío por el ejemplo que me da el grande Amadís de Gaula, que hizo a su escudero conde de la Ínsula Firme[c]; y así, puedo yo sin escrúpulo de conciencia hacer conde a Sancho Panza, que es uno de los mejores escuderos que caballero andante ha tenido.

[13] *no repararé en tanto más cuanto*] 'no andaré en pequeñeces'[g].
[14] *me desistiré*] me apartaré.
[15] *y a Dios... otro*] Alude al refrán «'A Dios y veámonos'. Y eran dos ciegos», Correas 12b.
[16] Algunos editores[a] insertan aquí «dijo el canónigo», que ahora hablaría de *tu* a Sancho[cg].

Admirado quedó el canónigo de los concertados disparates que don Quijote había dicho, del modo con que había pintado la aventura del Caballero del Lago, de la impresión que en él habían hecho las pensadas mentiras de los libros que había leído, y, finalmente, le admiraba la necedad de Sancho, que con tanto ahínco deseaba alcanzar el condado que su amo le había prometido.

Ya en esto volvían los criados del canónigo, que a la venta habían ido por la acémila del repuesto, y haciendo mesa de una alhombra[17] y de la verde yerba del prado, a la sombra de unos árboles se sentaron, y comieron allí, porque el boyero no perdiese la comodidad de aquel sitio, como queda dicho. Y estando comiendo, a deshora oyeron un recio estruendo y un son de esquila, que por entre unas zarzas y espesas matas que allí junto estaban sonaba, y al mesmo instante vieron salir de entre aquellas malezas una hermosa cabra, toda la piel manchada de negro, blanco y pardo. Tras ella venía un cabrero dándole voces, y diciéndole palabras a su uso, para que se detuviese, o al rebaño volviese. La fugitiva cabra, temerosa y despavorida, se vino a la gente, como a favorecerse della, y allí se detuvo. Llegó el cabrero, y asiéndola de los cuernos, como si fuera capaz de discurso y entendimiento, le dijo:

—¡Ah, cerrera[18], cerrera, Manchada, Manchada, y cómo andáis vos estos días de pie cojo! ¿Qué lobos os espantan, hija? ¿No me diréis qué es esto, hermosa? Mas ¡qué puede ser sino que sois hembra, y no podéis estar sosegada; que mal haya vuestra condición, y la de todas aquellas a quien imitáis! Volved, volved, amiga; que si no tan contenta, a lo menos estaréis más segura en vuestro aprisco, o con vuestras compañeras; que si vos que las habéis de guardar y encaminar andáis tan sin guía y tan descaminada, ¿en qué podrán parar ellas?

Contento dieron las palabras del cabrero a los que las oyeron, especialmente al canónigo, que le dijo:

—Por vida vuestra, hermano, que os soseguéis un poco y no os acuciéis en volver tan presto esa cabra a su rebaño; que pues ella es hembra, como vos decís, ha de seguir su natural distinto[19], por más que vos os pongáis a estorbarlo.

---

[17] *alhombra*]	alfombra.
[18] *cerrera*]	que gusta andar por los cerros, 'indómita, cerril'.
[19] *distinto*]	instinto.

Tomad este bocado y bebed una vez[20], con que templaréis
la cólera, y en tanto, descansará la cabra.

Y el decir esto y el darle con la punta del cuchillo los
lomos de un conejo fiambre[21], todo fue uno. Tomólo y agra-
decíolo el cabrero; bebió y sosegóse, y luego dijo:

—No querría que por haber yo hablado con esta alimaña[22] tan en seso[23], me tuviesen vuestras mercedes por
hombre simple; que en verdad que no carecen de misterio
las palabras que le dije. Rústico soy; pero no tanto que
no entienda cómo se ha de tratar con los hombres y con las
bestias.

—Eso creo yo muy bien —dijo el cura—; que ya yo sé
de esperiencia que los montes crían letrados y las cabañas de
los pastores encierran filósofos.

—A lo menos, señor —replicó el cabrero—, acogen
hombres escarmentados[24]; y para que creáis esta verdad
y la toquéis con la mano, aunque parezca que sin ser rogado
me convido, si no os enfadáis dello y queréis, señores, un
breve espacio prestarme oído atento, os contaré una verdad que acredite lo que ese señor —señalando al cura—
ha dicho, y la mía.

A esto respondió don Quijote:

—Por ver que tiene este caso un no sé qué de sombra de
aventura de caballería, yo, por mi parte, os oiré, hermano,
de muy buena gana, y así lo harán todos estos señores, por
lo mucho que tienen de discretos y de ser amigos de curiosas
novedades que suspendan, alegren y entretengan los sentidos, como, sin duda, pienso que lo ha de hacer vuestro
cuento. Comenzad, pues, amigo; que todos escucharemos.

—Saco la mía[25] —dijo Sancho—; que yo a aquel arroyo

---

[20] *una vez*] Se entiende *una vez de vino*, el vino que, comiendo, se
solía beber de una vez[b].

[21] *conejo fiambre*] «*fiambre*... la carne que después de asada o cocida
se come fría», Cov. 590.b.24.

[22] *alimaña*] «Alimaña (de *animalia*) es la bestia cuadrúpede, y
particularmente dan este nombre los villanos a las que crían en sus casas
y son domésticas y de su servicio», Cov. 90.a.35.

[23] *en seso*] «*Hablar en seso:* hablar con cordura y fuera de burlas»,
Cov. 935.b.48.

[24] Tanto la declaración del cura como esta respuesta del cabrero
aluden a situaciones novelescas del género pastoril; se anticipa de esta
manera el relato del cabrero.

[25] *Saco la mía*] o sea 'retiro mi carta'; frase del juego que decía el
que al retirarse sacaba su puesta.

me voy con esta empanada, donde pienso hartarme por
tres días; porque he oído decir a mi señor don Quijote que
el escudero de caballero andante ha de comer cuando se le
ofreciere, hasta no poder más, a causa que se les suele ofrecer
entrar acaso por una selva tan intricada, que no aciertan
a salir della en seis días; y si el hombre no va harto, o bien
proveídas las alforjas, allí se podrá quedar, como muchas
veces se queda, hecho carnemomia[26].

—Tú estás en lo cierto, Sancho —dijo don Quijote—;
vete adonde quisieres, y come lo que pudieres; que yo ya
estoy satisfecho, y sólo me falta dar al alma su refacción,
como se la daré escuchando el cuento deste buen hombre.

—Así las daremos todos a las nuestras —dijo el canónigo.

Y luego rogó al cabrero que diese principio a lo que prometido había. El cabrero dio dos palmadas sobre el lomo
a la cabra, que por los cuernos tenía, diciéndole:

—Recuéstate junto a mí, Manchada; que tiempo nos
queda para volver a nuestro apero[27].

Parece que lo entendió la cabra, porque en sentándose
su dueño, se tendió ella junto a él con mucho sosiego, y
mirándole al rostro daba a entender que estaba atenta a
lo que el cabrero iba diciendo; el cual comenzó su historia
desta manera:

CAPÍTULO LI

Que trata de lo que contó el cabrero a todos los que llevaban
a don Quijote

—Tres leguas deste valle está una aldea que, aunque
pequeña, es de las más ricas que hay en todos estos contornos; en la cual había un labrador muy honrado, y tanto, que aunque es anexo al ser rico el ser honrado[b], más
lo era él por la virtud que tenía que por la riqueza que alcanzaba. Mas lo que le hacía más dichoso, según él decía,
era tener una hija de tan estremada hermosura, rara dis-

---

[26] *carnemomia*] «Es la carne enjuta, sin humedad ninguna, del
cuerpo del hombre, que por estar embalsamado o por haberse secado
entre el arena ardiente», Cov. 309.b.12.
[27] *apero*] Aquí significa el aprisco o majada[c].

creción, donaire y virtud, que el que la conocía y la miraba
se admiraba de ver las estremadas partes con que el cielo
y la naturaleza la habían enriquecido. Siendo niña fue
hermosa, y siempre fue creciendo en belleza, y en la edad
de diez y seis años fue hermosísima. La fama de su belleza
se comenzó a estender por todas las circunvecinas aldeas;
¿qué digo yo por las circunvecinas no más, si se estendió
a las apartadas ciudades, y aun se entró por las salas de los
reyes, y por los oídos de todo género de gente, que como a
cosa rara, o como a imagen de milagros[1], de todas partes
a verla venían? Guardábala su padre, y guardábase ella;
que no hay candados, guardas ni cerraduras que mejor
guarden a una doncella que las del recato proprio. La
riqueza del padre y la belleza de la hija movieron a muchos,
así del pueblo como forasteros, a que por mujer se la pidiesen; mas él, como a quien tocaba disponer de tan rica
joya, andaba confuso, sin saber determinarse a quién la
entregaría de los infinitos que le importunaban. Y entre
los muchos que tan buen deseo tenían, fui yo uno, a quien
dieron muchas y grandes esperanzas de buen suceso conocer que el padre conocía quién yo era, el ser natural del
mismo pueblo, limpio en sangre, en la edad floreciente,
en la hacienda muy rico y en el ingenio no menos acabado.
Con todas estas mismas partes la pidió también otro del
mismo pueblo, que fue causa de suspender y poner en ba-
lanza la voluntad del padre, a quien parecía que con cualquiera de nosotros estaba su hija bien empleada; y, por
salir desta confusión, determinó decírselo a Leandra, que
así se llama la rica que en miseria me tiene puesto, advir-
tiendo que, pues los dos éramos iguales, era bien dejar a
la voluntad de su querida hija el escoger a su gusto; cosa
digna de imitar de todos los padres que a sus hijos quieren
poner en estado: no digo yo que los dejen escoger en cosas
ruines y malas, sino que se las propongan buenas, y de
las buenas, que escojan a su gusto. No sé yo el que tuvo
Leandra; sólo sé que el padre nos entretuvo a entrambos
con la poca edad de su hija y con palabras generales, que
ni le obligaban, ni nos desobligaba tampoco. Llámase mi
competidor Anselmo, y yo, Eugenio, porque vais[2] con noticia de los nombres de las personas que en esta tragedia

---

[1] *de milagros*]　milagrosa[b].
[2] *porque vais*]　para que vayáis.

se contienen, cuyo fin aún está pendiente; pero bien se deja entender que ha de ser desastrado.

En esta sazón vino a nuestro pueblo un Vicente de la Rosa[3], hijo de un pobre labrador del mismo lugar; el cual Vicente venía de las Italias y de otras diversas partes, de ser soldado. Llevóle de nuestro lugar, siendo muchacho de hasta doce años, un capitán que con su compañía por allí acertó a pasar, y volvió el mozo de allí a otros doce, vestido a la soldadesca, pintado con mil colores, lleno de mil dijes de cristal y sutiles cadenas de acero. Hoy se ponía una gala y mañana otra; pero todas sutiles, pintadas, de poco peso y menos tomo[4]. La gente labradora, que de suyo es maliciosa, y dándole el ocio lugar es la misma malicia, lo notó, y contó punto por punto sus galas y preseas, y halló que los vestidos eran tres, de diferentes colores, con sus ligas y medias; pero él hacía tantos guisados e invenciones dellas, que si no se los contaran, hubiera quien jurara que había hecho muestra de más de diez pares de vestidos y de más de veinte plumajes[b]. Y no parezca impertinencia y demasía esto que de los vestidos voy contando, porque ellos hacen una buena parte en esta historia. Sentábase en un poyo que debajo de un gran álamo está en nuestra plaza, y allí nos tenía a todos la boca abierta, pendientes de las hazañas que nos iba contando. No había tierra en todo el orbe que no hubiese visto, ni batalla donde no se hubiese hallado; había muerto más moros que tiene Marruecos y Túnez, y entrado en más singulares[5] desafíos, según él decía, que Gante y Luna[6], Diego García de Paredes y otros mil que nombraba; y de todos había salido con vitoria, sin que le hubiesen derramado una sola gota de sangre. Por otra parte, mostraba señales de heridas que, aunque no se divisaban, nos hacía entender que eran arcabuzazos dados en diferentes rencuentros y faciones[7]. Finalmente, con una no vista arrogancia, llamaba de *vos*[8] a sus iguales y a los mis-

---

[3] *Vicente de la Rosa*] En la ed. pr. se apellida *Rosa* dos veces y *Roca* una, de las tres que se le nombra. En la 3.ª ed. de Cuesta se le llama siempre *Roca*.

[4] *tomo*] importancia.

[5] *singulares*] de hombre a hombre[b].

[6] *Gante y Luna*] Se ignora a quienes se pueda referir[a].

[7] *faciones*] «un cierto acometimiento de adunados, para ganar gloria y honra con menoscabo y afrenta de los enemigos», Cov. 581.a.18.

[8] vos] El tratamiento de *vos* solo se daba a los inferiores o a los

mos que le conocían, y decía que su padre era su brazo,
su linaje, sus obras, y que debajo de ser soldado, al mismo
rey no debía nada[b]. Añadiósele a estas arrogancias ser
un poco músico y tocar una guitarra a lo rasgado[9], de manera
que decían algunos que la hacía hablar; pero no pararon
aquí sus gracias; que también la tenía de poeta, y así, de
cada niñería que pasaba en el pueblo, componía un romance
de legua y media de escritura.

Este soldado, pues, que aquí he pintado, este Vicente
de la Rosa, este bravo, este galán, este músico, este poeta
fue visto y mirado muchas veces de Leandra, desde una
ventana de su casa que tenía la vista a la plaza. Enamoróla
el oropel[10] de sus vistosos trajes; encantáronla sus romances, que de cada uno que componía daba veinte traslados[11],
llegaron a sus oídos las hazañas que él de sí mismo había
referido, y, finalmente, que así el diablo lo debía de tener
ordenado, ella se vino a enamorar dél, antes que en él naciese presunción de solicitalla. Y como en los casos de
amor no hay ninguno que con más facilidad se cumpla
que aquel que tiene de su parte el deseo de la dama, con
facilidad se concertaron Leandra y Vicente, y primero que
alguno de sus muchos pretendientes cayesen en la cuenta
de su deseo, ya ella le tenía cumplido, habiendo dejado
la casa de su querido y amado padre, que madre no la
tiene, y ausentándose de la aldea con el soldado, que salió
con más triunfo desta empresa que de todas las muchas
que él se aplicaba. Admiró el suceso a toda el aldea, y aun
a todos los que dél noticia tuvieron; yo quedé suspenso,
Anselmo atónito, el padre triste, sus parientes afrentados,
solícita la justicia, los cuadrilleros listos; tomáronse los
caminos, escudriñáronse los bosques y cuanto había, y al
cabo de tres días hallaron a la antojadiza Leandra en una
cueva de un monte, desnuda en camisa, sin muchos dineros
y preciosísimas joyas que de su casa había sacado. Volvié-
ronla a la presencia del lastimado padre; preguntáronle
su desgracia; confesó sin apremio que Vicente de la Rosa la
había engañado, y debajo de su palabra de ser su esposo

iguales con quienes se tenía mucha familiaridad o intimidad; cf. II.40,
p. 344.
 [9] *a lo rasgado*] 'a lo rasgueado'[b].
 [10] *oropel*] lámina de latón, muy batida y delgada, o cosa de poco
valor y mucha apariencia.
 [11] *traslados*] copias.

la persuadió que dejase la casa de su padre; que él la llevaría a la más rica y más viciosa ciudad que había en todo el
universo mundo, que era Nápoles; y que ella, mal advertida y peor engañada, le había creído; y, robando a su padre, se le entregó la misma noche que había faltado; y que
él la llevó a un áspero monte, y la encerró en aquella cueva
donde la habían hallado. Contó también como el soldado,
sin quitalle su honor, le robó cuanto tenía, y la dejó en
aquella cueva, y se fue: suceso que de nuevo puso en admiración a todos. Duro se nos hizo[12] de creer la continencia
del mozo; pero ella lo afirmó con tantas veras, que fueron
parte para que el desconsolado padre se consolase, no haciendo cuenta de las riquezas que le llevaban, pues le habían
dejado a su hija con la joya que, si una vez se pierde, no
deja esperanza de que jamás se cobre. El mismo día que
pareció Leandra la despareció[13] su padre de nuestros ojos,
y la llevó a encerrar en un monesterio de una villa que está
aquí cerca, esperando que el tiempo gaste alguna parte de
la mala opinión en que su hija se puso. Los pocos años
de Leandra sirvieron de disculpa de su culpa, a lo menos
con aquellos que no les iba algún interés en que ella fuese
mala o buena; pero los que conocían su discreción y mucho
entendimiento no atribuyeron a ignorancia su pecado, sino
a su desenvoltura y a la natural inclinación de las mujeres,
que, por la mayor parte, suele ser desatinada y mal compuesta. Encerrada Leandra, quedaron los ojos de Anselmo
ciegos, a lo menos sin tener cosa que mirar que contento
le diese; los míos en tinieblas, si. luz que a ninguna cosa
de gusto les encaminase; con la ausencia de Leandra crecía
nuestra tristeza, apocábase nuestra paciencia, maldecíamos
las galas del soldado y abominábamos del poco recato del
padre de Leandra. Finalmente, Anselmo y yo nos con-
certamos de dejar el aldea y venirnos a este valle, donde él,
apacentando una gran cantidad de ovejas suyas proprias, y
yo un numeroso rebaño de cabras, también mías, pasamos la vida entre los árboles, dando vado a nuestras pasiones, o cantando juntos alabanzas o vituperios de la
hermosa Leandra, o suspirando solos y a solas comunicando
con el cielo nuestras querellas. A imitación nuestra, otros

---

[12] La ed. pr. dice «Dino señor...». Se enmienda según la ed. de
Bruselas, 1607ª.
[13] *la despareció*] la hizo desaparecer, la ocultó.

muchos de los pretendientes de Leandra se han venido a estos ásperos montes usando el mismo ejercicio nuestro; y son tantos, que parece que este sitio se ha convertido en la pastoral Arcadia[14], según está colmo de pastores y de apriscos, y no hay parte en él donde no se oiga el nombre de la hermosa Leandra. Éste la maldice y la llama antojadiza, varia y deshonesta; aquél la condena por fácil y ligera; tal la absuelve y perdona, y tal la justicia[15] y vitupera; uno celebra su hermosura, otro reniega de su condición, y, en fin, todos la deshonran[16], y todos la adoran, y de todos se estiende a tanto la locura, que hay quien se queje de desdén sin haberla jamás hablado, y aun quien se lamente y sienta la rabiosa enfermedad de los celos, que ella jamás dio a nadie; porque, como ya tengo dicho, antes se supo su pecado que su deseo. No hay hueco de peña, ni margen de arroyo, ni sombra de árbol que no esté ocupada de algún pastor que sus desventuras a los aires cuente; el eco repite el nombre de Leandra dondequiera que pueda formarse: Leandra resuenan los montes[c], Leandra murmuran los arroyos, y Leandra nos tiene a todos suspensos y encantados, esperando sin esperanza y temiendo sin saber de qué tenemos. Entre estos disparatados, el que muestra que menos y más juicio tiene es mi competidor Anselmo, el cual, teniendo tantas otras cosas de que quejarse, sólo se queja de ausencia; y al son de un rabel, que admirablemente toca, con versos donde muestra su buen entendimiento, cantando se queja. Yo sigo otro camino más fácil, y a mi parecer el más acertado, que es decir mal de la ligereza de las mujeres, de su inconstancia, de su doble trato, de sus promesas muertas, de su fe rompida, y, finalmente, del poco discurso que tienen en saber colocar sus pensamientos e intenciones que tienen. Y ésta fue la ocasión, señores, de las palabras y razones que dije a esta cabra cuando aquí llegué; que por ser hembra la tengo en poco, aunque es la mejor de todo mi apero. Ésta es la historia que prometí contaros; si he sido en el contarla prolijo, no seré

---

[14] *Arcadia*]   Alude al nombre de la región montañosa del Peloponeso que la literatura del Renacimiento, a imitación de la clásica, convirtió en escenario de novelas pastoriles. La *Arcadia* de Sannazzaro (1504), primera traducción al castellano en 1547; de Lope de Vega, 1598, de Sir Philip Sydney, 1590.

[15] *justiciar*: juzgar, enjuiciar, condenar.

[16] *deshonran*]   injurian.

en serviros corto: cerca de aquí tengo mi majada, y en ella tengo fresca leche y muy sabrosísimo queso^e, con otras varias y sazonadas frutas, no menos a la vista que al gusto agradables.

CAPÍTULO LII

De la pendencia que don Quijote tuvo con el cabrero, con la rara aventura de los deceplinantes, a quien dio felice fin a costa de su sudor[1]

General gusto causó el cuento del cabrero a todos los que escuchado le habían; especialmente le recibió el canónigo, que con estraña curiosidad notó la manera con que le había contado, tan lejos de parecer rústico cabrero cuan cerca de mostrarse discreto cortesano; y así, dijo que había dicho muy bien el cura en decir que los montes criaban letrados. Todos se ofrecieron a Eugenio; pero el que más se mostró liberal en esto fue don Quijote, que le dijo:

—Por cierto, hermano cabrero, que si yo me hallara posibilitado de poder comenzar alguna aventura, que luego luego me pusiera en camino porque vos la tuviérades buena; que yo sacara del monesterio, donde, sin duda alguna, debe de estar contra su voluntad, a Leandra, a pesar de la abadesa y de cuantos quisieran estorbarlo, y os la pusiera en vuestras manos, para que hiciérades della a toda vuestra voluntad y talante, guardando, pero[2], las leyes de la caballería, que mandan que a ninguna doncella se le sea fecho desaguisado alguno; aunque yo espero en Dios Nuestro Señor que no ha de poder tanto la fuerza de un encantador malicioso, que no pueda más la de otro encantador mejor intencionado, y para entonces os prometo mi favor y ayuda, como me obliga mi profesión, que no es otra si no es favorecer a los desvalidos y menesterosos.

Miróle el cabrero, y como vio a don Quijote de tan mal pelaje y catadura[3], admiróse y preguntó al barbero, que cerca de sí tenía:

---

[1] Similar a la aventura del cuerpo muerto o encamisados, I.19, esta de los disciplinantes también tiene análoga función a la de las imágenes de los santos en II.58, por su lugar en el relato. Con ambas aventuras se cierra una etapa de la carrera de don Quijote.

[2] *pero*] Equivale a 'empero, sin embargo'.

[3] *pelaje y catadura*] 'vestido y cara fiera'.

—Señor, ¿quién es este hombre, que tal talle tiene y de tal manera habla?

—¿Quién ha de ser —respondió el barbero— sino el famoso don Quijote de la Mancha, desfacedor de agravios^c, enderezador de tuertos, el amparo de las doncellas, el asombro de los gigantes y el vencedor de las batallas?

—Eso me semeja —respondió el cabrero— a lo que se lee en los libros de caballeros andantes, que hacían todo eso que de este hombre vuestra merced dice; puesto que para mí tengo, o que vuestra merced se burla, o que este gentilhombre debe de tener vacíos los aposentos de la cabeza.

—Sois un grandísimo bellaco —dijo a esta sazón don Quijote—, y vos sois el vacío y el menguado; que yo estoy más lleno que jamás lo estuvo la muy hideputa puta que os parió.

Y diciendo y hablando, arrebató de un pan que junto a sí tenía, y dio con él al cabrero en todo el rostro, con tanta furia, que le remachó las narices; mas el cabrero, que no sabía de burlas, viendo con cuántas veras le maltrataban, sin tener respeto a la alhombra, ni a los manteles, ni a todos aquellos que comiendo estaban, saltó sobre don Quijote, y asiéndole del cuello con entrambas manos, no dudara de ahogalle, si Sancho Panza no llegara en aquel punto, y le asiera por la espaldas y diera con él encima de la mesa, quebrando platos, rompiendo tazas y derramando y esparciendo cuanto en ella estaba. Don Quijote, que se vio libre, acudió a subirse sobre el cabrero; el cual, lleno de sangre el rostro, molido a coces de Sancho, andaba buscando a gatas algún cuchillo de la mesa para hacer alguna sanguinolenta venganza, pero estorbábanselo el canónigo y el cura; mas el barbero hizo de suerte que el cabrero cogió debajo de sí a don Quijote, sobre el cual llovió tanto número de mojicones, que del rostro del pobre caballero llovía tanta sangre como del suyo.

Reventaban de risa el canónigo y el cura, saltaban los cuadrilleros de gozo, zuzaban⁴ los unos y los otros, como hacen a los perros cuando en pendencia están trabados; sólo Sancho Panza se desesperaba, porque no se podía desasir de un criado del canónigo, que le estorbaba que a su amo no ayudase.

---

⁴ *zuzaban*] antiguo por azuzaban.

En resolución, estando todos en regocijo y fiesta, sino los dos aporreantes que se carpían[5], oyeron el son de una trompeta, tan triste, que les hizo volver los rostros hacia donde les pareció que sonaba; pero el que más se alborotó de oírle fue don Quijote, el cual, aunque estaba debajo del cabrero, harto contra su voluntad y más que medianamente molido, le dijo:

—Hermano demonio, que no es posible que dejes de serlo, pues has tenido valor y fuerzas para sujetar las mías, ruégote que hagamos treguas, no más de por una hora; porque el doloroso son de aquella trompeta que a nuestros oídos llega me parece que a alguna nueva aventura me llama.

El cabrero, que ya estaba cansado de moler y ser molido, le dejó luego, y don Quijote se puso en pie, volviendo asimismo el rostro adonde el son se oía, y vio a deshora que por un recuesto bajaban muchos hombres vestidos de blanco, a modo de diciplinantes[c].

Era el caso que aquel año habían las nubes negado su rocío a la tierra, y por todos los lugares de aquella comarca se hacían procesiones, rogativas y diciplinas, pidiendo a Dios abriese las manos de su misericordia y les lloviese; y para este efecto la gente de una aldea que allí junto estaba venía en procesión a una devota ermita que en un recuesto de aquel valle había.

Don Quijote, que vio los estraños trajes de los diciplinantes, sin pasarle por la memoria las muchas veces que los había de haber visto, se imaginó que era cosa de aventura, y que a él solo tocaba, como a caballero andante, el acometerla; y confirmóle más esta imaginación pensar que una imagen que traían cubierta de luto fuese alguna principal señora que llevaban por fuerza aquellos follones y descomedidos malandrines; y como esto le cayó en las mientes, con gran ligereza arremetió a Rocinante, que paciendo andaba, quitándole del arzón el freno y el adarga, y en un punto le enfrenó; y pidiendo a Sancho su espada, subió sobre Rocinante y embrazó su adarga, y dijo en alta voz a todos los que presentes estaban:

—Agora, valerosa compañía, veredes cuánto importa que haya en el mundo caballeros que profesen la orden de

---

[5] *carpían*]   verbo anticuado. «*Carpir* es rasgar, hendar, arañar, cardar», Cov. 310.b.22.

la andante caballería; agora.digo que veredes, en la libertad
de aquella buena señora que allí va cautiva, si se han de
estimar los caballeros andantes.

Y en diciendo esto, apretó los muslos a Rocinante, porque espuelas no las tenía, y a todo galope, porque carrera
tirada no se lee en toda esta verdadera historia que jamás
la diese Rocinante, se fue a encontrar con los diciplinantes,
bien que fueran el cura y el canónigo y barbero a detenelle;
mas no les fue posible, ni menos le detuvieron las voces que
Sancho le daba, diciendo:

—¿Adónde va, señor don Quijote? ¿Qué demonios lleva
en el pecho, que le incitan a ir contra nuestra fe católica?
Advierta, mal haya yo, que aquélla es procesión de diciplinantes, y que aquella señora que llevan sobre la peana
es la imagen benditísima de la Virgen sin mancilla; mire,
señor, lo que hace; que por esta vez se puede decir que no
es lo que sabe[b].

Fatigóse en vano Sancho; porque su amo iba tan puesto
en llegar a los ensabanados y en librar a la señora enlutada,
que no oyó palabra; y aunque la oyera, no volviera, si el
rey se lo mandara. Llegó, pues, a la procesión, y paró a
Rocinante, que ya llevaba deseo de quietarse un poco, y
con turbada y ronca voz, dijo:

—Vosotros, que, quizá por no ser buenos, os encubrís
los rostros, atended y escuchad lo que deciros quiero.

Los primeros que se detuvieron fueron los que la imagen llevaban; y uno de los cuatro clérigos que cantaban
las ledanías[6], viendo la estraña catadura de don Quijote,
la flaqueza de Rocinante y otras circunstancias de risa que
notó y descubrió en don Quijote, le respondió diciendo:

—Señor hermano, si nos quiere decir algo, dígalo presto,
porque se van estos hermanos abriendo las carnes, y no
podemos, ni es razón que nos detengamos a oír cosa alguna,
si ya no es tan breve, que en dos palabras se diga.

—En una lo diré —replicó don Quijote—, y es ésta:
que luego al punto dejéis libre a esa hermosa señora[7],

---

[6] *ledanías*] letanías.

[7] *señora*] Sentido moderno de la antigua *dueña* de los libros de
caballerías. Bowle citó como antecedente este ejemplo de *Don Olivante
de Laura*, libro 3, c. 7: «Estaban unas andas muy grandes en el suelo
puestas, y a ellas arrimada una dueña al parecer asaz hermosa, toda
cubierta de luto, el semblante tenía muy triste, y la una mano puesta
en la mejilla, dexando caer de sus ojos grande abundancia de lágrimas;

cuyas lágrimas y triste semblante dan claras muestras que
la lleváis contra su voluntad y que algún notorio desaguisado le habedes fecho; y yo, que nací en el mundo para
desfacer semejantes agravios, no consentiré que un solo
paso adelante pase sin darle la deseada libertad que merece.

En estas razones, cayeron todos los que las oyeron que
don Quijote debía de ser algún hombre loco, y tomáronse
a reír muy de gana; cuya risa fue poner pólvora a la cólera
de don Quijote, porque sin decir más palabra, sacando la
espada, arremetió a las andas. Uno de aquellos que las
llevaban, dejando la carga a sus compañeros, salió al encuentro de don Quijote, enarbolando una horquilla o bastón
con que sustentaba las andas en tanto que descansaba; y
recibiendo en ella una gran cuchillada que le tiró don Quijote, con que se la hizo dos partes, con el último tercio[8],
que le quedó en la mano, dio tal golpe a don Quijote encima
de un hombro, por el mismo lado de la espada, que no pudo
cubrir el adarga contra villana fuerza, que el pobre don
Quijote vino al suelo muy mal parado.

Sancho Panza, que jadeando le iba a los alcances, viéndole caído, dio voces a su moledor que no le diese otro
palo, porque era un pobre caballero encantado, que no había
hecho mal a nadie en todos los días de su vida. Mas lo que
detuvo al villano no fueron las voces de Sancho, sino el
ver que don Quijote no bullía pie ni mano[b]; y así, creyendo
que le había muerto, con priesa se alzó la túnica a la cinta[9],
y dio a huir por la campaña como un gamo.

Ya en esto llegaron todos los de la compañía de don
Quijote adonde él estaba; y más los de la procesión, que
los vieron venir corriendo, y con ellos los cuadrilleros con
sus ballestas, temieron algún mal suceso, y hiciéronse todos
un remolino alrededor de la imagen; y alzados los capirotes[10], empuñando las diciplinas, y los clérigos los ciriales,
esperaban el asalto con determinación de defenderse, y aun
ofender, si pudiesen, a sus acometedores; pero la fortuna
lo hizo mejor que se pensaba, porque Sancho no hizo otra

juntándose los caballeros y escuderos, pusieron las andas sobre cuatro
caballos que las llevaban, y subiendo ellos en los suyos, y la dueña y
doncellas en sus palafrenes, llevando las andas en medio de sí, comenzaron a caminar».
[8] *tercio*] la mitad, no la tercera parte[b].
[9] *cinta*] cintura.
[10] *capirotes*] cucurucho cubierto de lienzo blanco, con antifaz.

cosa que arrojarse sobre el cuerpo de su señor, haciendo sobre él el más doloroso y risueño llanto del mundo, creyendo que estaba muerto.

El cura fue conocido de otro cura que en la procesión venía; cuyo conocimiento puso en sosiego el concebido temor de los dos escuadrones. El primer cura dio al segundo, en dos razones, cuenta de quién era don Quijote, y así él como toda la turba de los diciplinantes fueron a ver si estaba muerto el pobre caballero, y oyeron que Sancho Panza, con lágrimas en los ojos, decía:

—¡Oh flor de la caballeríaᶜ, que con solo un garrotazo acabaste la carrera de tus bien gastados años! ¡Oh honra de tu linaje, honor y gloria de toda la Mancha, y aun de todo el mundo, el cual faltando tú en él, quedará lleno de malhechores, sin temor de ser castigados de sus malas fechorías! ¡Oh liberal sobre todos los Alejandros, pues por solos ocho meses[11] de servicio me tenías dada la mejor ínsula que el mar ciñe y rodea! ¡Oh humilde con los soberbios[12] y arrogante con los humildes, acometedor de peligros, sufridor de afrentas, enamorado sin causa, imitador de los buenos, azote de los malos, enemigo de los ruines, en fin, caballero andante, que es todo lo que decir se puede!

Con las voces y gemidos de Sancho revivió don Quijote, y la primer palabra que dijo fue:

—El que de vos vive ausente, dulcísima Dulcinea, a mayores miserias que éstas está sujeto. Ayúdame, Sancho amigo, a ponerme sobre el carro encantado; que ya no estoy para oprimir la silla de Rocinante, porque tengo todo este hombro hecho pedazos.

—Eso haré yo de muy buena gana, señor mío —respondió Sancho—, y volvamos a mi aldea en compañía destos señores, que su bien desean, y allí daremos orden de hacer otra salida que nos sea de más provecho y fama.

—Bien dices, Sancho —respondió don Quijote—, y será gran prudencia dejar pasar el mal influjo de las estrellas que agora corre[13].

[11] *solos ocho meses*] suma hiperbólica de Sancho. Del relato se deduce que la segunda salida de don Quijote ha durado menos de tres semanas.

[12] El llanto de Sancho es una versión cómica de la enumeración panegírica de las virtudes del difunto, tradicional en la poesía de la muerte. Sancho trabuca los términos; ha querido decir «arrogante con los soberbios», etc.

[13] Cf. I.43, p. 530.

El canónigo y el cura y barbero le dijeron que haría muy bien en hacer lo que decía; y así, habiendo recebido grande gusto de las simplicidades de Sancho Panza, pusieron a don Quijote en el carro, como antes venía. La procesión volvió a ordenarse y a proseguir su camino; el cabrero se despidió de todos; los cuadrilleros no quisieron pasar adelante, y el cura les pagó lo que se les debía. El canónigo pidió al cura le avisase el suceso de don Quijote, si sanaba de su locura o si proseguía en ella, y con esto tomó licencia para seguir su viaje. En fin, todos se dividieron y apartaron, quedando solos el cura y barbero, don Quijote y Panza y el bueno de Rocinante, que a todo lo que había visto estaba con tanta paciencia como su amo.

El boyero unció sus bueyes y acomodó a don Quijote sobre un haz de heno, y con su acostumbrada flema siguió el camino que el cura quiso, y a cabo de seis días llegaron a la aldea de don Quijote, adonde entraron en la mitad del día, que acertó a ser domingo, y la gente estaba toda en la plaza, por mitad de la cual atravesó el carro de don Quijote. Acudieron todos a ver lo que en el carro venía, y cuando conocieron a su compatrioto, quedaron maravillados, y un muchacho acudió corriendo a dar las nuevas a su ama y a su sobrina de que su tío y su señor venía flaco y amarillo, y tendido sobre un montón de heno y sobre un carro de bueyes. Cosa de lástima fue oír los gritos que las dos buenas señoras alzaron, las bofetadas que se dieron, las maldiciones que de nuevo echaron a los malditos libros de caballerías; todo lo cual se renovó cuando vieron entrar a don Quijote por sus puertas.

A las nuevas desta venida de don Quijote, acudió la mujer de Sancho Panza, que ya había sabido que había ido con él sirviéndole de escudero, y así como vio a Sancho, lo primero que le preguntó fue que si venía bueno el asno. Sancho respondió que venía mejor que su amo.

—Gracias sean dadas a Dios —replicó ella—, que tanto bien me ha hecho; pero contadme agora, amigo: ¿Qué bien habéis sacado de vuestras escuderías? ¿Qué saboyana[14] me traéis a mí? ¿Qué zapaticos a vuestros hijos?

—No traigo nada deso —dijo Sancho—, mujer mía, aunque traigo otras cosas de más momento y consideración.

[14] *saboyana*]   ropa exterior de mujer, abierta por delante.

—Deso recibo yo mucho gusto —respondió la mujer—; mostradme esas cosas de más consideración y más momento, amigo mío; que las quiero ver, para que se me alegre este corazón, que tan triste y descontento ha estado en todos los siglos de vuestra ausencia.

—En casa os las mostraré, mujer —dijo Panza—, y por agora estad contenta; que siendo Dios servido de que otra vez salgamos en viaje a buscar aventuras, vos me veréis presto conde, o gobernador de una ínsula, y no de las de por ahí, sino la mejor que pueda hallarse.

—Quiéralo así el cielo, marido mío; que bien lo habemos menester. Mas decidme: ¿Qué es eso de ínsulas, que no lo entiendo?

—No es la miel para la boca del asno —respondió Sancho—; a su tiempo lo verás, mujer, y aun te admirarás de oírte llamar señoría de todos tus vasallos.

—¿Qué es lo que decís, Sancho, de señorías, ínsulas y vasallos? —respondió Juana Panza, que así se llamaba la mujer de Sancho, aunque no eran parientes, sino porque se usa en la Mancha tomar las mujeres el apellido de sus maridos[15].

—No te acucies, Juana, por saber todo esto tan apriesa; basta que te diga verdad, y cose la boca. Sólo te sabré decir, así de paso, que no hay cosa más gustosa en el mundo que ser un hombre honrado escudero de un caballero andante buscador de aventuras. Bien es verdad que las más que se hallan no salen tan a gusto como el hombre querría, porque de ciento que se encuentran, las noventa y nueve suelen salir aviesas y torcidas. Sélo yo de expiriencia, porque de algunas he salido manteado, y de otras molido; pero, con todo eso, es linda cosa esperar los sucesos atravesando montes, escudriñando selvas, pisando peñas, visitando castillos, alojando en ventas a toda discreción, sin pagar ofrecido sea al diablo el maravedí[16].

Todas estas pláticas pasaron entre Sancho Panza y Juana Panza, su mujer, en tanto que el ama y sobrina de don Quijote le recibieron, y le desnudaron, y le tendieron en su antiguo lecho. Mirábalas él con ojos atravesados[17], y no acababa de entender en qué parte estaba. El cura encargó

---

[15] Sobre los apellidos de la mujer de Sancho, I.7, nota 26.
[16] 'sin pagar ni un maravedí'.
[17] *con ojos atravesados*]   mirando de través, oblicuamente.

a la sobrina tuviese gran cuenta con regalar a su tío, y que estuviesen alerta de que otra vez no se les escapase, contando lo que había sido menester para traelle a su casa. Aquí alzaron las dos de nuevo los gritos al cielo; allí se renovaron las maldiciones de los libros de caballerías; allí pidieron al cielo que confundiese en el centro del abismo a los autores de tantas mentiras y disparates. Finalmente, ellas quedaron confusas y temerosas de que se habían de ver sin su amo y tío en el mesmo punto que tuviese alguna mejoría, y sí fue como ellas se lo imaginaron.

Pero el autor desta historia, puesto que con curiosidad y diligencia ha buscado los hechos que don Quijote hizo en su tercera salida, no ha podido hallar noticia de ellas, a lo menos por escrituras auténticas; sólo la fama ha guardado, en las memorias de la Mancha, que don Quijote la tercera vez que salió de su casa fue a Zaragoza, donde se halló en unas famosas justas[18] que en aquella ciudad hicieron, y allí le pasaron cosas dignas de su valor y buen entendimiento. Ni de su fin y acabamiento pudo alcanzar cosa alguna, ni la alcanzara ni supiera si la buena suerte no le deparara[c] un antiguo médico que tenía en su poder una caja de plomo, que, según él dijo, se había hallado en los cimientos derribados de una antigua ermita que se renovaba; en la cual caja se habían hallado unos pergaminos escritos con letras góticas[19], pero en versos castellanos, que contenían muchas de sus hazañas y daban noticia de la hermosura de Dulcinea del Toboso, de la figura de Rocinante, de la fidelidad de Sancho Panza y de la sepultura del mesmo don Quijote, con diferentes epitafios y elogios de su vida y costumbres.

Y los que se pudieron leer y sacar en limpio fueron los que aquí pone el fidedigno autor desta nueva y jamás vista historia. El cual autor no pide a los que la leyeren, en premio del inmenso trabajo que le costó inquerir y buscar todos los archivos manchegos, por sacarla a luz, sino que le den el mesmo crédito que suelen dar los discretos a los libros de caballerías, que tan validos andan en el mun-

---

[18] *justas*] *V*. II.4, p. 69.
[19] *con letras góticas*] 'en mayúsculas romanas', *V*. Henry Thomas, «Lo que Cervantes entendía por 'letras góticas'», *BRAE*, 28: 257-264 (1948); original en *MLR*, 33: 412-416 (1938).

do; que con esto se tendrá por bien pagado y satisfecho, y se animará a sacar y buscar otras, si no tan verdaderas, a lo menos de tanta invención y pasatiempo.

Las palabras primeras que estaban escritas en el pergamino que se halló en la caja de plomo eran éstas:

Los académicos de la Argamasilla[20], lugar de la Mancha, en vida y muerte del valeroso don Quijote de la Mancha,

HOC SCRIPSERUNT

EL MONICONGO[21], ACADÉMICO DE LA ARGAMASILLA,
A LA SEPULTURA DE DON QUIJOTE

Epitafio

El calvatrueno[22] que adornó a la Mancha
de más despojos que Jasón de Creta,
el jüicio que tuvo la veleta
aguda donde fuera mejor ancha,
    el brazo que su fuerza tanto ensancha,
que llegó del Catay hasta Gaeta,
la musa más horrenda y más discreta
que grabó versos en broncínea plancha,
    el que a cola dejó los Amadises,
y en muy poquito a Galaores tuvo,
estribando en su amor y bizarría,
    el que hizo callar los Belianises,
aquel que en Rocinante errando anduvo,
yace debajo desta losa fría.

[20] Hay dos Argamasillas en la Mancha; la de Alba y la de Calatrava. No se precisa a cuál de ellas se refiere como tampoco que sea este «lugar de la Mancha» la aldea de don Quijote. Pero el hecho de haberse mencionado de esta manera aquí motivó la suposición de que así era (idea recogida por el imitador Avellaneda)ᵉ, y además que Argamasilla tenía relación con la vida de Cervantes y la composición de la obra. *V.* I.1, nota 2. Es burlesca la suposición de haber una Academia en Argamasilla al estilo de los grupos literarios en Madrid, y que los miembros de ella se diesen nombres caprichosos.

[21] *Monicongo*] Se llamaba así el Congo y a los negros que venían de élᵇ.

[22] *calvatrueno*] «Vocablo grosero y aldeano, por la cabeza atronada del que es vocinglero y hablador, alocado y vacío de cascos», Cov. 271.a.55. *Catay:* antiguo nombre de la parte septentrional de China. *Gaeta:* puerto del antiguo reino de Nápoles.

DEL PANIAGUADO, ACADÉMICO DE LA ARGAMASILLA,
In Laudem Dulcineæ del Toboso

Soneto

Esta que veis de rostro amondongado,
alta de pechos y ademán brïoso,
es Dulcinea, reina del Toboso,
de quien fue el gran Quijote aficionado.
    Pisó por ella el uno y otro lado
de la gran Sierra Negra[23], y el famoso
campo de Montïel, hasta el herboso
llano de Aranjuez, a pie y cansado.
    Culpa de Rocinante. ¡Oh dura estrella!,
que esta manchega dama, y este invito
andante caballero, en tiernos años,
    ella dejó, muriendo, de ser bella;
y él, aunque queda en mármores escrito,
no pudo huir de amor, iras y engaños.

DEL CAPRICHOSO, DISCRETÍSIMO ACADÉMICO
DE LA ARGAMASILLA, EN LOOR DE ROCINANTE,
CABALLO DE DON QUIJOTE DE LA MANCHA

Soneto

En el soberbio trono diamantino
que con sangrientas plantas huella Marte,
frenético el Manchego su estandarte
tremola con esfuerzo peregrino.
    Cuelga las armas y el acero fino
con que destroza, asuela, raja y parte:
¡Nuevas proezas!, pero inventa el arte
un nuevo estilo al nuevo paladino.
    Y si de su Amadís se precia Gaula,
por cuyos bravos descendientes Grecia
triunfó mil veces y su fama ensancha,
    hoy a Quijote le corona el aula
do Belona[24] preside, y dél se precia,
más que Grecia ni Gaula, la alta Mancha.

---

[23] *Sierra Negra*]   chiste por Sierra Morena; pero jamás se acerca don Quijote a Aranjuez. Los equívocos en estas poesías son tan manifiestos que cabe pensar que no fue autor de ellas Cervantes. *V.* Versos prelim. nota 18.
[24] *Belona*]   diosa romana de la guerra.

Nunca sus glorias el olvido mancha,
pues hasta Rocinante, en ser gallardo,
excede a Brilladoro y a Bayardo[25].

DEL BURLADOR, ACADÉMICO ARGAMASILLESCO,
A SANCHO PANZA

Soneto

Sancho Panza es aquéste, en cuerpo chico,
pero grande en valor, ¡milagro estraño!
Escudero el más simple y sin engaño
que tuvo el mundo, os juro y certifico.
    De ser conde, no estuvo en un tantico,
si no se conjuraran en su daño
insolencias y agravios del tacaño
siglo, que aun no perdonan a un borrico.
    Sobre él anduvo —con perdón se miente[b]—
este manso escudero, tras el manso
caballo Rocinante y tras su dueño.
    ¡Oh vanas esperanzas de la gente!
¡Cómo pasáis con prometer descanso,
y al fin paráis en sombra, en humo, en sueño!

DEL CACHIDIABLO[26], ACADÉMICO DE LA ARGAMASILLA,
EN LA SEPULTURA DE DON QUIJOTE

Epitafio

Aquí yace el caballero
bien molido y mal andante
a quien llevó Rocinante
por uno y otro sendero.
    Sancho Panza el majadero
yace también junto a él,
escudero el más fiel
que vio el trato de escudero.

---

[25] Nombres de los caballos de Orlando y Reynaldos de Montalbán, cf. II.40, p. 341.
[26] *Cachidiablo*] 'duende diablo'. Fue apodo de un corsario argelino[c].

DEL TIQUITOC[27], ACADÉMICO DE LA ARGAMASILLA,
EN LA SEPULTURA DE DULCINEA DEL TOBOSO

Epitafio

Reposa aquí Dulcinea;
y, aunque de carnes rolliza,
la volvió en polvo y ceniza
la muerte espantable y fea.
Fue de castiza ralea,
y tuvo asomos de dama;
del gran Quijote fue llama,
y fue gloria de su aldea.

Éstos fueron los versos que se pudieron leer; los demás,
por estar carcomida la letra, se entregaron a un académico
para que por conjeturas los declarase. Tiénese noticia que
lo ha hecho, a costa de muchas vigilias y mucho trabajo,
y que tiene intención de sacallos a luz, con esperanza de la
tercera salida de don Quijote.

Forsi altro canterà con miglior plectio[28]

FINIS

----

[27] *Tiquitoc*] italianismo, nombre onomatopéyico de *tic tac*.
[28] El verso de Ariosto es *Forse altri canterà con miglior plettro*, *OF*,
30.16, que el propio Cervantes traduce en II.1, p.52.

INDICE DE CAPÍTULOS

[Primera Parte]

612   ÍNDICE DE CAPÍTULOS

EL EDITOR
LUIS ANDRÉS MURILLO

Nacido en Pasadena (California), se doctoró en Harvard con una tesis sobre el diálogo español del Siglo de Oro. Además de sus múltiples escritos cervantinos, publicó un estudio sobre la ironía en James Joyce y Jorge Luis Borges (1968).

Alumno de Amado Alonso o Rafael Lapesa, entre otros, Murillo ha dedicado gran parte de su vida al estudio del Quijote y a fomentar su figura en todo el mundo con, por ejemplo, la fundación de la Sociedad Cervantes de California. Su labor cervantina puede verse como un aporte más del pueblo hispanohablante de esta antigua provincia de España a las letras hispánicas.

ESTE LIBRO
SE TERMINÓ DE IMPRIMIR
EL DÍA
29 DE ENERO DE 2018